LA NUIT DE TOUS LES DANGERS

Du même auteur

L'ARME À L'ŒIL, Laffont, 1980.
TRIANGLE, Laffont, 1980.
LE CODE REBECCA, Laffont, 1981.
L'HOMME DE SAINT-PÉTERSBOURG, Laffont, 1982.
COMME UN VOL D'AIGLES, Stock, 1983.
LES LIONS DU PANSHIR, Stock, 1987.
LES PILIERS DE LA TERRE, Stock, 1990.
Tome 1 : Ellen.
Tome 2 : Aliéna.

Ken Follett

La Nuit de tous les dangers

roman

TRADUIT DE L'ANGLAIS
PAR
JEAN ROSENTHAL

LE GRAND LIVRE DU MOIS

Titre original :

NIGHT OVER WATER
(William Morrow, New York)

A ma sœur Hannah,
avec toute ma tendresse.

Le premier service aérien de passagers entre les États-Unis et l'Europe fut inauguré par la Pan American durant l'été 1939. Il ne fonctionna que quelques semaines : le service fut interrompu quand Hitler envahit la Pologne.

Ce roman raconte l'histoire d'un dernier voyage imaginaire prenant place quelques jours après la déclaration de guerre. Le vol, les noms des passagers et ceux des membres de l'équipage sont tous fictifs. Mais l'hydravion lui-même a bien existé.

En septembre 1939, une livre anglaise valait 22 F.
Un shilling [un vingtième de livre], 1,10 F.
Un penny [le douzième d'un shilling], environ 9 centimes.
Une guinée [une livre et un shilling], 23,10 F.

PLAN DU PONT DES PASSAGERS
PAN AMERICAN AIRWAYS SUPER-CLIPPERS

APPAREIL : BOEING 314 . PASSAGERS : 74 LE JOUR, 40 LA NUIT . ENVERGURE : 45,60 M .
HAUTEUR DE LA COQUE : 32 M. PUISSANCE : 4 MOTEURS CYCLONE WRIGHT DE 1500 CV

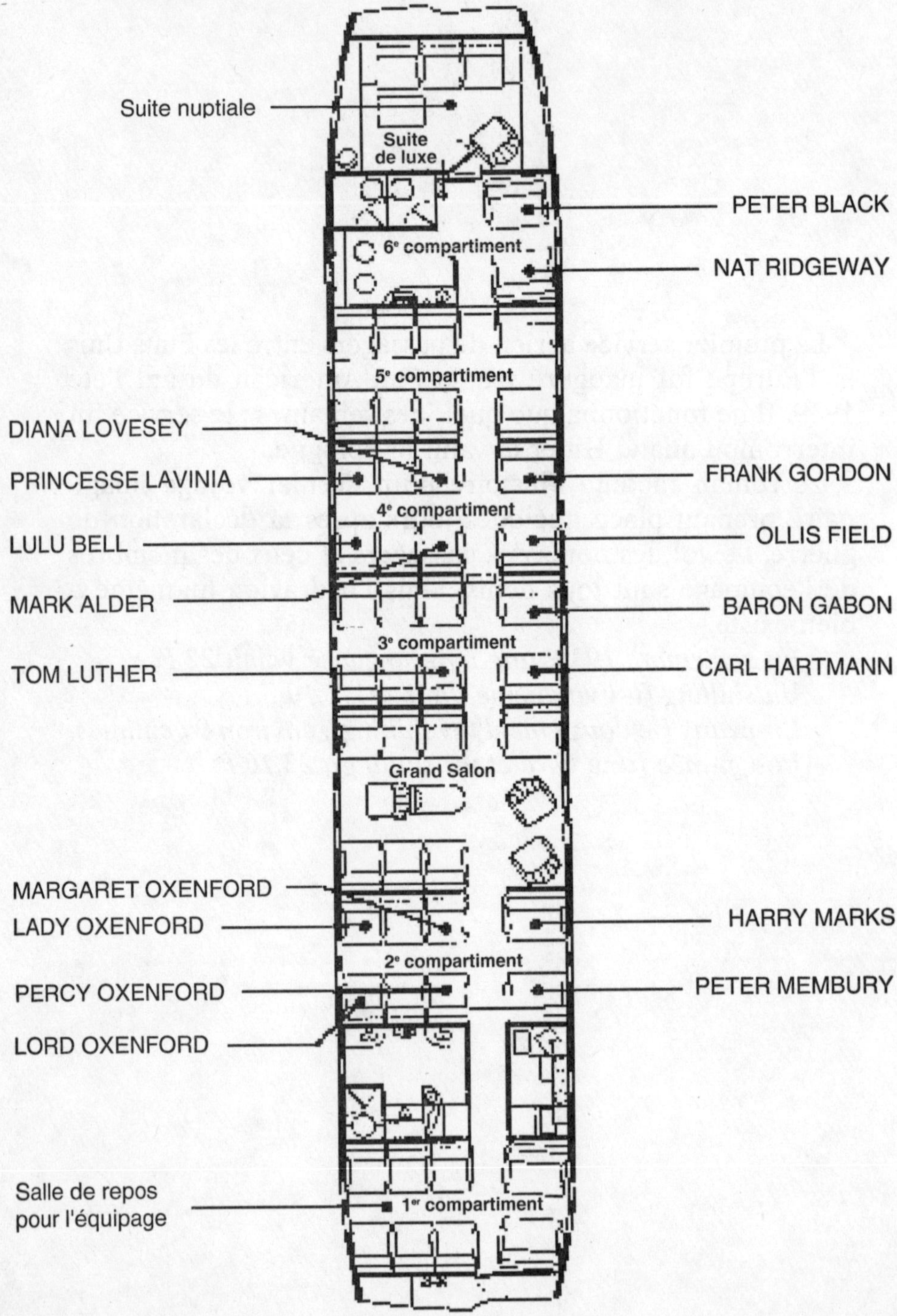

Première Partie

Angleterre

1

C'était l'avion le plus romanesque qu'on eût jamais conçu. Planté sur le quai de Southampton, à midi et demi le jour où les hostilités venaient d'être déclarées, Tom Luther scrutait le ciel en attendant l'avion, le cœur plein d'impatience et d'appréhension. Il fredonnait inlassablement quelques mesures de Beethoven : le premier mouvement du concerto *L'Empereur*, un air entraînant qui convenait à une atmosphère de guerre.

Une foule de badauds l'entourait : des passionnés d'aviation avec des jumelles, de jeunes garçons et des curieux. Luther calcula que ce devait être la neuvième fois que le Clipper de la Pan American amerrissait à Southampton, mais l'événement n'avait rien perdu de sa nouveauté. L'appareil était si fascinant, si enchanteur que les gens accouraient pour le regarder même le jour où leur pays entrait en guerre. Au même quai se trouvaient amarrés deux magnifiques paquebots, mais les hôtels flottants avaient perdu leur magie : tout le monde regardait vers le ciel.

Dans l'attente de l'événement, la guerre occupait toutes les conversations. Les enfants étaient excités par cette perspective ; les hommes parlaient à voix basse et d'un air entendu de chars et d'artillerie ; les femmes avaient simplement l'air inquiet. Luther était américain, et il espérait bien que son pays resterait en dehors du conflit : ça n'était pas l'affaire de l'Amérique. D'ailleurs, il y avait une chose qu'on pouvait dire des nazis : ils n'aimaient pas le communisme.

Luther était un industriel, fabricant de lainages, et il avait eu un temps beaucoup de problèmes avec les Rouges dans ses filatures. Il s'était trouvé à leur merci : ils l'avaient presque ruiné. Il en ressentait encore de l'amertume. Le magasin de confection de son père avait failli être mis en faillite par la concurrence des Juifs, et puis les Lainages Luther s'étaient trouvés menacés par les cocos — dont la plupart étaient juifs ! Là-dessus Luther avait rencontré Ray Patriarca, et sa vie avait changé. Les hommes de Patriarca savaient comment traiter les communistes. Il y avait eu des accidents. Un meneur avait eu la main prise dans un métier à tisser. Un syndicaliste avait été tué par un chauffard. Deux hommes qui se plaignaient d'infractions aux règles de sécurité s'étaient trouvés mêlés à une bagarre dans un bar et avaient fini à l'hôpital. Une faiseuse d'ennuis avait renoncé à poursuivre la compagnie après l'incendie de sa maison. Ça n'avait duré que quelques semaines ; depuis lors, tout était calme. Patriarca savait ce que Hitler savait aussi : la seule façon de traiter les communistes, c'était de les écraser comme des cafards. Luther frappa du pied sur la pierre, fredonnant toujours Beethoven.

Une vedette quitta le dock d'Imperial Airways, de l'autre côté de l'estuaire, à Hythe, et passa à plusieurs reprises sur la zone d'amerrissage, pour s'assurer qu'il n'y avait pas de débris flottants. Un murmure d'impatience monta de la foule : l'hydravion devait approcher.

Le premier à le repérer fut un petit garçon avec des chaussures neuves. Il n'avait pas de jumelles, mais ses yeux de onze ans valaient toutes les lentilles. « Le voilà ! » cria-t-il d'une voix perçante. « Voilà le Clipper ! » Il désignait le sud-ouest. Tous les regards se tournèrent de ce côté. Luther tout d'abord ne distingua qu'une vague silhouette qui aurait pu être un oiseau, mais ses contours bientôt se précisèrent et un frisson d'excitation parcourut la foule : l'enfant avait raison. Tout le monde l'appelait le Clipper, mais, sur le plan technique, il s'agissait d'un Boeing B-314. La Pan American avait chargé Boeing de construire un appareil capable de transporter des passagers à travers l'océan Atlantique dans un luxe total, et le résultat était là : un palace volant énorme, majestueux, d'une incroyable puissance. La compagnie en avait reçu six et commandé six autres. Par leur confort et leur élégance, ils égalaient les fabuleux transatlantiques qui accostaient à Southampton, mais, alors que les paquebots mettaient quatre ou cinq jours pour traverser l'Atlantique, le Clipper pouvait couvrir le trajet en vingt-cinq à trente heures.

On dirait une baleine ailée, songea Luther tandis que l'appareil approchait. Il avait un gros museau carré de cétacé, un corps massif et un arrière effilé qui se terminait par deux ailerons jumeaux. Les énormes moteurs étaient intégrés aux ailes. Sous les ailes se trouvait une paire de courts flotteurs qui servaient à stabiliser l'hydravion quand il était sur l'eau. Le bas de l'appareil était profilé comme la coque d'un navire rapide.

Luther bientôt put distinguer les grands hublots rectangulaires, disposés en deux rangées irrégulières, et qui marquaient les ponts supérieur et inférieur. Il était arrivé en Angleterre par le Clipper exactement une semaine plus tôt, il en connaissait donc l'aménagement. Le pont supérieur comprenait la cabine de pilotage et la soute à bagages et le pont inférieur était celui des passagers. Au lieu des rangées de fauteuils, le pont des passagers se composait d'une série d'alcôves avec des canapés. A l'heure des repas, le salon principal devenait la salle à manger et, la nuit, les canapés se transformaient en couchettes.

Tout était fait pour isoler les passagers du monde extérieur et du froid qui y régnait. Il y avait de profondes moquettes, un éclairage tamisé, des velours aux couleurs apaisantes et des capitonnages de cuir. L'épaisse couche d'isolant réduisait le rugissement des puissants moteurs à un bourdonnement lointain et rassurant. Le commandant faisait montre d'une calme autorité, les membres de l'équipage étaient d'une impeccable élégance dans leurs uniformes de la Pan American, les stewards toujours attentifs. On pourvoyait à vos moindres désirs ; sans cesse on vous proposait quelque chose à manger ou à boire ; tout ce que vous désiriez apparaissait comme par magie, juste au moment où tous en aviez envie, des couchettes protégées par des rideaux le soir, des fraises fraîches au petit déjeuner. Le monde extérieur commençait à paraître irréel, comme un film projeté sur les hublots, et l'univers semblait se circonscrire à l'intérieur de l'appareil.

Ce genre de confort coûtait cher : six cent soixante-quinze dollars pour un aller et retour, soit la moitié du prix d'une petite maison. Les passagers étaient des personnages princiers, des vedettes de cinéma, des directeurs de grandes compagnies et des présidents de petits pays.

Tom Luther n'était rien de tout cela. Il était riche, mais il avait trimé dur pour gagner sa fortune et, normalement, il ne l'aurait pas gaspillée dans le luxe. Il lui fallait toutefois se familiariser avec l'hydravion. Il s'était vu confier une mission dangereuse par un homme puissant, très puissant même. On ne le paierait pas pour son travail, mais rendre service à pareil personnage valait mieux que de l'argent.

Tout cela pouvait encore être annulé : Luther attendait un message lui donnant le feu vert. Il était partagé entre sa hâte d'aller de l'avant et l'espoir de ne pas avoir à le faire.

L'appareil descendit de biais, nez relevé. Il était très proche maintenant et Luther fut une fois de plus frappé par ses formidables proportions. Il savait qu'il mesurait trente-trois mètres de long et quarante-cinq mètres d'envergure, mais ces chiffres ne signifiaient rien tant qu'on n'avait pas réellement vu cette foutue machine flotter dans l'air.

On eut un moment l'impression que l'hydravion ne volait pas mais qu'il tombait, qu'il allait s'écraser dans la mer et couler à pic. Puis il parut suspendu juste au-dessus de la surface, comme attaché à un fil. Il toucha enfin l'eau, ricochant sur la crête des vagues et faisant jaillir de petits bouquets d'écume. Mais il y avait très peu de houle dans l'estuaire protégé et, quelques instants plus tard, dans un geyser d'embruns, la coque plongea dans l'eau.

Elle avança, traçant un sillon blanc dans l'eau verte, soulevant de chaque côté des panaches d'embruns ; et Luther songea à un canard sauvage se posant sur un lac, les ailes déployées et les pattes ramenées sous lui. La coque s'enfonça un peu, élargissant les voiles d'écume, puis elle bascula sur l'avant. Le jaillissement des embruns augmenta tandis que l'appareil se redressait, poussant encore davantage son ventre de baleine. Il posa enfin son nez. La vitesse diminua brusquement, des panaches d'embruns il ne resta plus qu'un léger remous et l'hydravion vogua sur la mer comme le navire qu'il était, aussi calmement que s'il n'avait jamais tenté d'atteindre le ciel.

Luther s'aperçut qu'il retenait son souffle et il le relâcha dans un long soupir. Il se remit à fredonner. L'appareil se dirigea vers son poste d'amarrage. C'est là que Luther avait débarqué la semaine précédente, sur le quai flottant spécialement aménagé à cet effet. En quelques minutes, on eut amarré des cordages à l'avant et à l'arrière de l'hydravion et on le hala jusqu'à son lieu d'ancrage entre les deux môles du quai. Les passagers privilégiés allaient maintenant apparaître, franchissant la porte qui donnait sur l'aile de l'appareil, atteindre le débarcadère flottant et de là gagner la terre ferme par une passerelle.

Luther s'éloigna, puis s'arrêta brusquement. Auprès de lui se tenait quelqu'un qu'il n'avait pas encore vu : un homme à peu près de sa taille, qui, avec son costume gris sombre et son chapeau melon, avait tout de l'employé se rendant à son bureau. Luther allait continuer son chemin, mais son regard s'attarda sur le visage de l'homme. Ce n'était pas celui d'un employé. Il avait le front haut, des yeux bleus perçants, une longue mâchoire et une bouche aux lèvres minces et cruelles. Il était plus âgé que Luther, environ la quarantaine, mais il était large d'épaules et semblait en pleine forme. L'air avantageux et dangereux. Il regardait Luther droit dans les yeux.

Luther cessa de fredonner.

L'homme dit : « Je suis Henry Faber.

— Tom Luther.

— J'ai un message pour vous. »

Luther sentit son cœur battre plus fort. Il essaya de cacher son excitation et répondit sur le même ton sec et précis que son interlocuteur : « Bon. Allez-y.

— L'homme qui vous intéresse tant sera sur cet appareil mercredi quand il décollera pour New York.

— Vous en êtes sûr ? »

L'homme lança à Luther un regard dur et ne répondit pas.

Luther hocha la tête. La mission était donc confirmée. Fini le suspense. « Merci, dit-il.

— Ce n'est pas tout.

— Je vous écoute.

— La seconde partie du message est : ne nous laissez pas tomber. »

Luther prit une profonde inspiration. « Dites-leur de ne pas s'inquiéter, fit-il, avec plus d'assurance qu'il n'en ressentait réellement. L'homme va peut-être quitter Southampton, mais il n'atteindra jamais New York. »

Imperial Airways avait aménagé des ateliers de l'autre côté de l'estuaire, juste en face des docks de Southampton. C'étaient des mécaniciens d'Imperial qui assuraient l'entretien du Clipper, sous la surveillance de l'officier mécanicien de la Pan American. Sur ce vol, il s'agissait d'Eddie Deakin.

C'était un gros travail, mais ils disposaient de trois jours. Après avoir débarqué ses passagers au quai 108, le Clipper traversa jusqu'à Hythe. Là, on le fit passer dans un bassin, un treuil le hissa sur cales et on le remorqua ainsi, comme une baleine en équilibre sur une voiture d'enfant, jusque dans l'énorme hangar vert.

Le vol transatlantique imposait une rude tâche aux moteurs. Sur la partie la plus longue, de Terre-Neuve à l'Irlande, l'hydravion tenait l'air pendant neuf heures (et lors du voyage de retour, en raison des vents contraires, le même trajet prenait seize heures et demie). Heure après heure, le carburant s'écoulait, les bougies crépitaient, les quatorze cylindres de chaque monstrueux moteur montaient et descendaient inlassablement et les hélices de quatre mètres cinquante brassaient les nuages, la pluie et les bourrasques.

Pour Eddie, c'était le côté fabuleux de la mécanique. C'était merveilleux, c'était stupéfiant que des hommes puissent construire des moteurs capables de travailler avec perfection et précision pendant des heures. Il y avait tant de choses qui auraient pu mal se passer, tant de pièces en mouvement qui devaient être taillées avec la plus extrême précision et méticuleusement assemblées de façon à ne pas lâcher, glisser, se bloquer ou simplement s'user alors qu'elles entraînaient sur des milliers de kilomètres un hydravion de quarante et une tonnes.

Mercredi matin, le Clipper serait prêt à repartir.

2

La déclaration de guerre tomba un agréable dimanche de fin d'été, doux et ensoleillé. Quelques minutes avant qu'on annonçât la nouvelle à la radio, Margaret Oxenford était sortie de la résidence familiale, une vaste demeure de brique, transpirant sous son chapeau et son manteau et pestant de devoir aller à l'église. A l'autre bout du village, l'unique cloche de la paroisse lançait son appel monotone.

Margaret avait horreur de l'église, mais son père n'admettait pas qu'elle pût manquer le service, même si elle avait dix-neuf ans et était assez grande pour avoir ses idées sur la religion. Un an auparavant, elle avait eu le cran de lui dire qu'elle ne voulait pas y aller, mais il avait refusé d'écouter. Margaret avait dit : « Vous ne trouvez pas que c'est hypocrite de ma part d'assister au culte alors que je ne crois pas en Dieu ? » Père avait répliqué : « Ne sois pas ridicule. » Vaincue et furieuse, elle avait déclaré à sa mère que, quand elle serait majeure, elle ne remettrait plus jamais les pieds à l'église. Mère avait dit : « Ça dépendra de ton mari, ma chérie. » Pour eux, la discussion était close, mais depuis lors, chaque dimanche matin, Margaret bouillonnait de ressentiment.

Sa sœur et son frère sortirent de la maison. Elizabeth avait vingt et un ans. Elle était grande, gauche et pas très jolie. Autrefois, les deux sœurs savaient tout l'une de l'autre. Elles avaient passé leurs années d'enfance toujours ensemble car elles n'étaient jamais allées à l'école mais avaient reçu à la maison une éducation hasardeuse dispensée par des gouvernantes et des précepteurs. Mais depuis quelque temps, ce n'était plus pareil Au cours de son adolescence, Elizabeth avait adopté les valeurs rigides et traditionnelles de leurs parents : elle était ultra-conservatrice, ardemment royaliste, aveugle aux idées nouvelles et hostile aux changements. Margaret avait pris le chemin opposé. Féministe et socialiste, elle s'intéressait à la musique de jazz, à la peinture cubiste et aux vers libres. Elizabeth estimait que Margaret se montrait déloyale envers sa famille en adoptant des idées radicales. Margaret était exaspérée par la stupidité de sa sœur, mais aussi très triste et navrée qu'elles ne fussent plus aussi proches. Elle n'avait pas tellement d'amies intimes.

Percy avait quatorze ans. Il n'avait pas d'opinion particulière sur les idées radicales, mais il était d'un naturel espiègle et il sympathisait avec l'esprit rebelle de Margaret. Souffrant tous deux de la tyrannie de leur père, ils se soutenaient l'un l'autre et Margaret l'aimait tendrement.

Père et Mère sortirent quelques instants plus tard. Père arborait une abominable cravate orange et vert. Il n'avait quasiment aucun sens des couleurs, mais sans doute était-ce Mère qui la lui avait achetée. Mère avait des cheveux roux, des yeux d'un vert marin, une peau pâle et laiteuse et elle était ravissante dans des couleurs comme l'orange et le vert. Mais Père avait des cheveux noirs grisonnants, le teint rougeaud et sur lui la cravate faisait l'effet d'un panneau de signalisation.

Elizabeth ressemblait à son père, avec des cheveux bruns et des traits irréguliers. Margaret avait le teint de sa mère : elle aurait aimé un foulard dans la soie de la cravate que portait son père. Percy, lui, changeait si vite que nul ne pouvait dire de qui il finirait par tenir.

Ils descendirent la longue allée jusqu'au petit village derrière les grilles. Père était propriétaire de la plupart des maisons et de toutes les terres à des lieues à la ronde. Il n'avait rien fait pour acquérir pareille richesse : une série de mariages au début du XIXe siècle avait réuni les trois plus importantes familles de propriétaires terriens du comté et l'énorme domaine qui en résultait s'était transmis intact de génération en génération.

Ils prirent la rue du village et traversèrent la pelouse jusqu'à l'église de pierre grise. Ils y pénétrèrent en procession : Père et Mère d'abord, Margaret derrière Elizabeth, et Percy fermant la marche. Les villageois de la congrégation se signaient tandis que les Oxenford descendaient la nef jusqu'au banc familial. Les plus riches fermiers, dont les terres appartenaient à Père, inclinaient poliment la tête ; et les bourgeois, le Dr Rowan, le colonel Smythe et sir Alfred, les saluaient respectueusement. Ce ridicule rituel féodal faisait frissonner de gêne Margaret chaque fois qu'elle en était témoin. Tous les hommes étaient censés être égaux devant Dieu, n'est-ce pas ? Elle aurait voulu crier : « Mon père ne vaut pas mieux que n'importe lequel d'entre vous et il est bien pire que la plupart ! » Peut-être un jour en aurait-elle le courage. Si elle faisait une scène à l'église, elle n'aurait peut-être jamais plus à y revenir. Mais elle avait trop peur de la réaction de Père.

Juste au moment où ils arrivaient à leur banc, tous les regards fixés sur eux, Percy murmura suffisamment haut pour être entendu : « Jolie cravate, Père. » Margaret pouffa et fut prise d'un fou rire. Percy et elle s'assirent rapidement et cachèrent leur visage entre leurs mains, en ayant l'air de prier, jusqu'à ce qu'ils se fussent calmés. Après cela, Margaret se sentit mieux.

Le pasteur fit un sermon sur le Fils prodigue. Margaret trouva que ce vieil abruti aurait pu choisir un sujet plus adapté à ce qui les préoccupait tous : la perspective d'une guerre. Le Premier ministre avait envoyé un ultimatum à Hitler, que le Führer avait ignoré, et on s'attendait d'un instant à l'autre à voir les hostilités déclarées. La pensée de ce conflit terrorisait Margaret. Un garçon qu'elle aimait était mort dans la guerre d'Espagne. Cela faisait plus d'un an, mais elle pleurait encore parfois la nuit. Pour elle, la guerre signifiait que des milliers d'autres filles allaient connaître le chagrin qu'elle avait éprouvé.

Et pourtant, une autre partie d'elle voulait la guerre. Des années durant elle avait vivement critiqué la lâcheté de l'Angleterre face à la guerre d'Espagne. Son pays s'était contenté de regarder les événements pendant que le gouvernement socialiste élu était renversé par une bande d'aventuriers armés par Hitler et Mussolini. Des centaines de jeunes idéalistes venus de toute l'Europe s'étaient précipités en Espagne afin de lutter pour la démocratie. Mais ils manquaient d'armes et les gouvernements démocratiques du monde entier avaient refusé de leur en fournir; ces garçons avaient donc perdu leur vie et des gens comme Margaret en éprouvaient de la colère, du désespoir et de la honte. Si l'Angleterre décidait maintenant de prendre position contre les fascistes, elle pourrait de nouveau être fière de son pays.

Il y avait une autre raison qui faisait que son cœur battait à la perspective d'un conflit: la fin probable de la vie étroite et suffocante qu'elle menait auprès de ses parents. Elle s'ennuyait, elle se sentait ligotée et frustrée par leurs rituels immuables et leur vie mondaine absurde. Elle avait envie de s'évader et d'avoir une vie à elle, mais cela semblait impossible: elle était mineure, elle n'avait pas d'argent et aucune qualification pour un travail quelconque. Mais, songeait-elle avec impatience, tout assurément serait différent en temps de guerre.

Elle avait lu avec fascination comment, lors du dernier conflit, les femmes avaient mis des pantalons pour aller travailler dans les usines. Aujourd'hui, il y avait des services féminins dans l'armée, la marine et l'aviation. Margaret rêvait de s'engager dans le Service territorial auxiliaire, l'armée des femmes. Un des rares talents pratiques qu'elle possédât, c'était de savoir conduire. Digby, le chauffeur de Père, lui avait donné des leçons avec la Rolls; et Ian, le garçon qui était mort en Espagne, l'avait laissée conduire sa motocyclette. Elle était même capable de piloter un bateau à moteur, car Père disposait d'un petit yacht à Nice. Le STA avait besoin de conductrices d'ambulances et de coursiers. Elle s'imaginait en uniforme, casquée, chevauchant une motocyclette, portant des rapports urgents d'un champ de bataille à un autre, à toute vitesse, avec une photographie de Ian dans la poche de poitrine de sa chemise kaki. Elle était sûre que, si on lui en donnait l'occasion, elle saurait être brave.

Ils apprirent plus tard que la guerre avait été effectivement déclarée pendant le service religieux. Il y eut même une alerte aérienne à 11 h 28, en plein milieu du sermon, mais cela n'atteignit pas leur village et, de toute façon, c'était une fausse alerte. La famille Oxenford rentra donc à pied de l'église, sans savoir qu'elle était en guerre avec l'Allemagne.

Percy voulait prendre un fusil et aller chasser le lapin. Ils savaient tous tirer : c'était un passe-temps familial, presque une obsession. Mais Père, bien sûr, opposa son refus à la requête de Percy, car cela ne se faisait pas de chasser le dimanche. Percy fut déçu, mais il obéit. Malgré toute son espièglerie, il n'était pas encore assez homme pour braver ouvertement Père.

Margaret adorait l'esprit malicieux de son frère. Il était le seul rayon de soleil dans la tristesse de sa vie. Elle regrettait souvent de ne pas pouvoir se moquer de Père comme le faisait Percy, et rire derrière son dos, mais elle était trop furieuse pour plaisanter.

A la maison, ils furent stupéfaits de trouver une femme de chambre pieds nus en train d'arroser les fleurs dans le vestibule. Père ne la reconnut pas. « Qui êtes-vous ? » demanda-t-il brusquement.

Mère dit de sa douce voix d'Américaine : « Elle s'appelle Jenkins, elle a commencé cette semaine. »

La fille esquissa une révérence.

« Et où diable sont ses chaussures ? » demanda Père.

Un air méfiant se peignit sur le visage de la domestique et elle lança à Percy un regard accusateur. « S'il vous plaît, Votre Seigneurie, c'est le jeune lord Isley. » Le titre de Percy était comte d'Isley. « Il m'a dit que les femmes de chambre doivent être pieds nus le dimanche par respect pour le Seigneur. »

Mère soupira et Père poussa un grognement exaspéré.

Margaret ne put s'empêcher de pouffer. C'était un des tours favoris de Percy : inventer pour les domestiques nouveaux dans la maison des règles imaginaires. Il pouvait dire des choses insensées en gardant un visage impassible et la famille avait une telle réputation d'excentricité que les gens croyaient n'importe quoi à son sujet.

Percy faisait souvent rire Margaret, mais cette fois elle plaignit l'infortunée domestique plantée pieds nus dans le vestibule et qui se sentait ridicule.

« Allez mettre vos chaussures », dit Mère.

Et Margaret ajouta : « Et ne croyez jamais lord Isley. »

Elles ôtèrent leur chapeau dans le petit salon. « C'était une bien mauvaise plaisanterie », souffla Margaret à Percy, en lui tirant les cheveux. Percy se contenta de sourire : il était incorrigible. Il avait un jour raconté au pasteur que Père était mort d'une crise cardiaque pendant la nuit, et tout le village prit le deuil avant de découvrir que ce n'était pas vrai.

Père alluma le poste de TSF et ce fut alors qu'ils apprirent la nouvelle : la Grande-Bretagne avait déclaré la guerre à l'Allemagne.

Margaret sentit une sorte de joie sauvage l'envahir, comme l'excitation qu'on éprouve à conduire trop vite ou à grimper jusqu'au faîte d'un grand arbre. On n'avait plus de questions à se poser : il y aurait des tragédies, des deuils, du chagrin et de la souffrance, mais tout cela maintenant ne pouvait plus être évité, les dés étaient jetés et il ne restait plus qu'à affronter l'ennemi. Cette pensée fit battre son cœur plus vite. Tout allait être différent. On allait abandonner les conventions sociales, les femmes participeraient à la lutte, les barrières de classe tomberaient, tous allaient travailler ensemble. Elle respirait déjà une atmosphère de liberté. Et puis ils seraient en guerre contre les fascistes, ces gens qui avaient tué le pauvre Ian et des milliers d'autres braves jeunes gens. Margaret ne s'estimait pas vindicative mais, à l'idée de combattre les nazis, elle vibrait en proie à un formidable esprit de revanche. C'était une sensation nouvelle, effrayante et excitante.

Père était furieux. Corpulent et le visage déjà congestionné, quand il se mettait en colère on aurait dit qu'il allait éclater. « Sacré Chamberlain ! s'écria-t-il. Maudit soit ce salopard !

— Algernon, je vous en prie », dit Mère, lui reprochant ses intempérances de langage.

Père avait été un des fondateurs de l'Union britannique des fascistes. Il était quelqu'un de différent alors : pas simplement plus jeune, mais plus mince, plus beau et moins irritable. Il charmait les gens et se gagnait leur fidélité. Il avait écrit un ouvrage controversé intitulé *Les Métis : menace de pollution raciale*, qui expliquait comment la civilisation avait décliné depuis que les peuples de race blanche avaient commencé à se croiser avec des Juifs, des Asiatiques, des Orientaux et même des nègres. Il avait correspondu avec Adolf Hitler, qu'il estimait être le plus grand homme d'État depuis Napoléon. Chaque week-end, la maison avait été le théâtre de grandes réceptions avec des politiciens, des hommes d'État étrangers parfois et — en une inoubliable occasion —, le roi. Les discussions se prolongeaient tard dans la nuit, le maître d'hôtel montant sans cesse d'autres bouteilles de cognac de la cave tandis que les valets bâillaient dans l'entrée. Durant toute la Dépression, Père avait attendu que le pays l'appelle à son secours en cette période difficile pour lui demander d'être le Premier ministre d'un gouvernement de reconstruction nationale. Mais l'appel n'était jamais arrivé. Les réceptions du week-end se firent plus rares et l'assistance moins nombreuse ; les plus brillants invités trouvèrent des moyens de se démarquer en public de l'Union britannique des fascistes ; et Père devint un homme amer et déçu. Son charme disparut avec son assurance. Sa belle allure fut gâchée par le ressentiment, l'ennui et la boisson. Son intelligence n'était qu'un leurre : Margaret avait lu son livre et elle avait été choquée de constater qu'il n'était pas simplement erroné mais stupide.

Ces dernières années, son programme s'était réduit à une unique obsession : que l'Angleterre et l'Allemagne devraient s'allier contre l'Union soviétique. Il avait défendu cette thèse dans des articles de magazine et des lettres aux journaux, et lors des occasions de plus en plus rares où on l'invitait à prendre la parole dans des réunions politiques et devant des associations universitaires. Il se cramponnait avec acharnement à son idée tandis que les événements en Europe rendaient sa politique de plus en plus irréaliste. La déclaration de guerre entre l'Angleterre et l'Allemagne anéantissait ses derniers espoirs et, dans tout le tumulte des émotions qui l'agitaient, Margaret éprouvait un peu de pitié pour lui.

« L'Angleterre et l'Allemagne vont se détruire mutuellement et laisser l'Europe dominée par le communisme athée ! » dit-il.

Cette allusion à l'athéisme rappela à Margaret l'obligation qu'on lui faisait d'aller à l'église et elle déclara : « Ça m'est égal, je suis athée.

— Tu ne peux pas, ma chérie, dit Mère. Tu appartiens à l'Église d'Angleterre. »

Margaret ne put s'empêcher d'éclater de rire. Elizabeth, au bord des larmes, lança : « Comment peux-tu rire ? C'est une tragédie ! »

Elizabeth était une grande admiratrice des nazis. Elle parlait allemand — c'était leur cas à toutes les deux, grâce à une gouvernante allemande qui avait duré plus longtemps que la plupart des autres —, elle était allée plusieurs fois à Berlin et avait à deux reprises dîné avec le Führer en personne. Margaret soupçonnait les nazis d'être des snobs qui aimaient avoir l'approbation d'une aristocrate britannique.

Margaret se tourna vers Elizabeth et dit : « Il est temps que nous résistions à ces brutes.

— Ce ne sont pas des brutes, protesta Elizabeth avec indignation. Ce sont des Aryens fiers, forts et de pure race, et c'est une tragédie que notre pays soit en guerre avec eux. Père a raison : les peuples de race blanche vont s'exterminer et le monde tombera aux mains des métis et des Juifs. »

Margaret n'avait pas la patience d'écouter ce genre de balivernes. « Qu'est-ce qu'il y a de mal avec les Juifs ? » dit-elle avec force.

Père brandit un doigt. « Il n'y a rien de mal avec un Juif... qui reste à sa place.

— Qui est sous le talon de la botte, dans votre... dans votre système fasciste. » Elle avait été sur le point de dire dans votre « *abominable* système », mais elle avait soudain eu peur et avait ravalé son insulte ; c'était dangereux de mettre Père trop en colère.

Elizabeth reprit : « Et dans ton système bolchevique, ce sont les Juifs qui gouvernent !

— Je ne suis pas bolchevique, je suis socialiste. »

Percy lança, imitant l'accent de Mère : « Ça n'est pas possible, ma chérie, tu appartiens à l'Église d'Angleterre. »

Margaret ne put s'empêcher de rire ; et une fois de plus cela exaspéra sa sœur qui dit d'un ton amer : « Tu veux détruire tout ce qu'il y a de beau et de pur et puis en rire ensuite. »

Cela ne méritait guère de réponse, mais Margaret voulait quand même se faire entendre. Elle se tourna vers son père et dit : « En tout cas, je suis d'accord avec vous en ce qui concerne Neville Chamberlain. Il a rendu notre position militaire bien plus mauvaise en laissant les fascistes mettre la main sur l'Espagne. L'ennemi maintenant se trouve à l'Ouest aussi bien qu'à l'Est.

— Chamberlain n'a pas laissé les fascistes s'emparer de l'Espagne, répliqua Père. L'Angleterre a signé un pacte de non-intervention avec l'Allemagne, l'Italie et la France. Tout ce que nous avons fait, c'est respecter notre parole. »

C'était de l'hypocrisie pure et il le savait. Margaret se sentit rougir d'indignation. « Nous avons respecté nos engagements pendant que les Italiens et les Allemands ne tenaient pas compte des leurs ! protesta-t-elle. Comme ça, les fascistes ont eu des armes et les démocrates n'ont rien eu... que des héros. »

Il y eut un moment de silence gêné.

« Je suis vraiment navrée, fit Mère, que Ian soit mort, ma chérie, mais il avait une très mauvaise influence sur toi. » Margaret tout d'un coup eut envie d'éclater en sanglots.

Ian Rochdale était ce qui lui était jamais arrivé de mieux,

et la peine qu'elle éprouvait à le savoir mort lui serrait encore le cœur.

Pendant des années, elle avait dansé à des bals à l'occasion de parties de chasse avec des jeunes gens à la tête vide appartenant aux familles des châtelains locaux, des garçons qui ne pensaient qu'à boire et à chasser ; et elle désespérait de jamais rencontrer un jeune homme de son âge qui l'intéressât. Ian était arrivé dans sa vie comme la lumière de la raison, et depuis sa mort elle vivait dans les ténèbres.

Il terminait ses études à Oxford. Margaret aurait adoré aller à une université, mais elle n'avait aucune possibilité d'y accéder : elle n'avait jamais fréquenté l'école. Elle avait pourtant beaucoup lu — il n'y avait rien d'autre à faire ! — et elle fut enthousiasmée de trouver quelqu'un comme elle qui aimait discuter d'idées. Il était le seul à pouvoir lui expliquer des choses sans condescendance. Ian était l'être à l'esprit le plus clair qu'elle eût jamais rencontré ; dans les discussions il avait une patience infinie et était dépourvu de vanité intellectuelle : il ne faisait jamais semblant de comprendre quand ce n'était pas le cas. Dès la première minute, elle l'adora.

Longtemps elle n'imagina pas qu'il s'agissait d'amour. Mais un jour, il avoua maladroitement, et avec beaucoup d'embarras, se donnant un mal inhabituel pour trouver les mots qu'il fallait et finissant par dire : « Je crois que j'ai dû tomber amoureux de vous... Est-ce que ça va tout gâcher ? » Et ce fut alors qu'elle se rendit compte avec joie qu'elle aussi était amoureuse.

Il lui changea la vie. Comme si elle était passée dans un autre pays où tout était différent : le paysage, le climat, les gens, la cuisine. Elle aimait tout. Les contraintes et les irritations de la vie avec ses parents en vinrent à lui paraître mineures.

Même après s'être enrôlé dans les Brigades internationales et avoir gagné l'Espagne pour se battre pour le gouvernement socialiste contre les rebelles fascistes, il continua d'illuminer sa vie. Elle était fière de lui parce qu'il avait le courage de ses opinions et qu'il était prêt à risquer la mort pour la cause à laquelle il croyait. De temps en temps, elle recevait une lettre de lui. Un jour, il lui adressa un poème. Et puis arriva le message annonçant qu'il était mort, déchiqueté par un obus, et Margaret sentit que sa vie était finie.

« Une mauvaise influence, reprit-elle d'un ton amer. Oui. Il m'a enseigné à mettre en question le dogme, à ne pas croire les mensonges, à détester l'ignorance et à mépriser l'hypocrisie. Le résultat c'est que je ne suis guère faite pour la société civilisée. »

Père, Mère et Elizabeth se mirent tous à parler en même temps, puis s'arrêtèrent parce qu'aucun d'eux n'arrivait à se faire entendre ; ce fut Percy qui parla dans le brusque silence. « A propos de Juifs, dit-il, je suis tombé sur une drôle de photo dans la cave, au fond d'une de ces vieilles valises de Stamford. » Stamford, dans le Connecticut, était l'endroit où résidait la famille de Mère. Percy retira de sa poche de chemise une photographie sépia toute froissée et aux couleurs fanées. « J'avais bien une arrière-grand-mère qui s'appelait Ruth Glencarry, n'est-ce pas ?

— Oui, répondit Mère... C'était la mère de ma mère. Pourquoi, mon chéri, qu'as-tu trouvé ? »

Percy montra la photographie à Père et les autres se pressèrent pour la regarder. Elle représentait une scène de rue dans une ville américaine, sans doute New York, voilà soixante ou soixante-dix ans. Au premier plan, on voyait un Juif d'une trentaine d'années avec une barbe noire, grossièrement vêtu et coiffé d'un chapeau. Il se tenait auprès d'une charrette à bras dans laquelle était chargée une meule. Sur le côté de la charrette on distinguait nettement les mots « Reuben Fishbein — rémouleur ». Auprès de l'homme il y avait une fillette d'une dizaine d'années, en méchante robe de cotonnade et grosses bottines.

« Qu'est-ce que c'est, Percy ? demanda Père. Qui sont ces horribles gens ?

— Regardez derrière », dit Percy.

Père retourna la photographie. Au dos on pouvait lire : « Ruthie Glencarry, née Fishbein, âgée de dix ans. »

Margaret regarda Père. Il était absolument horrifié.

« C'est intéressant, reprit Percy, que le grand-père de Mère ait épousé la fille d'un rémouleur juif ambulant, mais il paraît qu'en Amérique c'est comme ça.

— C'est impossible ! » s'exclama Père. Mais sa voix tremblait et Margaret sentit qu'à son avis ce n'était que trop possible.

Percy continua avec entrain : « De toute façon, on est juif par les femmes, alors si la grand-mère de ma mère était juive, ça fait de moi un Juif. »

Père était devenu tout pâle. Mère semblait très surprise, un pli un peu soucieux lui marquant le front.

« J'espère bien, poursuivit Percy, que les Allemands ne vont pas gagner cette guerre. Je n'aurais plus le droit d'aller au cinéma et Mère serait obligée de coudre des étoiles jaunes sur toutes ses robes de bal. »

Tout cela semblait trop beau pour être vrai. Margaret examina attentivement les mots écrits au dos de la photographie et la vérité lui apparut. « Percy ! fit-elle, ravie. Mais c'est ton écriture !

— Mais non, pas du tout ! » dit Percy.

Mais tout le monde pouvait s'apercevoir que c'était bien la sienne. Margaret rit de bon cœur. Percy avait trouvé cette vieille photo d'une petite fille juive quelque part et avait rédigé lui-même l'inscription au verso pour tromper Père. Celui-ci était tombé dans le piège et cela n'avait rien d'étonnant : ce devait être l'ultime cauchemar de tout raciste de découvrir qu'il avait une ascendance mélangée. Bien fait pour lui.

Père fit « Bah ! » et jeta la photo sur une table. Mère dit : « Percy, vraiment », d'un ton navré. Ils auraient pu en dire davantage, mais sur ces entrefaites la porte s'ouvrit et Bates, le maître d'hôtel au mauvais caractère, annonça : « Madame est servie. »

Ils quittèrent le petit salon et traversèrent le vestibule pour passer dans la salle à manger. Il y aurait comme toujours le dimanche du roastbeef trop cuit. Mère prendrait une salade : elle ne mangeait jamais d'aliments cuits, persuadée qu'elle était que la chaleur en détruisait les vertus.

Père récita le bénédicité et tout le monde s'assit. Bates présenta à Mère le saumon fumé. Les aliments fumés, conservés dans du vinaigre ou de la saumure, étaient ce qu'il lui fallait, selon sa théorie.

« Bien sûr, déclara Mère en se servant, il n'y a qu'une chose à faire. » Elle parlait du ton dégagé de celui qui énonce une évidence. « Nous devons tous aller vivre en Amérique en attendant la fin de cette guerre stupide. »

Après le choc, il y eut un moment de silence.

Horrifiée, Margaret lança : « Non !

— Allons, dit Mère, je crois que nous avons eu assez de discussions pour la journée. Tâchons de déjeuner dans la paix et l'harmonie.

— Non ! » répéta Margaret. Elle était presque sans voix tant elle était scandalisée. « Vous... vous ne pouvez pas faire ça, c'est... c'est... » Elle aurait voulu crier et tempêter, les accuser de trahison et de lâcheté, proclamer tout haut son mépris et son défi ; mais les mots ne voulaient pas sortir et tout ce qu'elle trouva à dire, ce fut : « Ça n'est pas juste ! »

Même cela, c'en était trop. Père lança : « Si tu n'es pas capable de tenir ta langue, il vaut mieux nous laisser. »

Margaret porta sa serviette à sa bouche pour étouffer un sanglot ; elle repoussa sa chaise et se leva, puis elle sortit de la salle à manger en courant.

*

Bien sûr, ils avaient organisé cela depuis des mois.

Après le déjeuner, Percy vint dans la chambre de Margaret pour lui donner tous les détails. On devait fermer la maison, recouvrir les meubles de housses et congédier les domestiques. On laisserait la propriété aux mains de l'homme d'affaires de Père qui percevrait les loyers. L'argent s'accumulerait à la banque : on ne pourrait pas l'envoyer en Amérique à cause du contrôle des changes en temps de guerre. On vendrait les chevaux, on mettrait les couvertures dans la naphtaline et l'argenterie sous clé.

Elizabeth, Margaret et Percy devaient préparer chacun une valise : le reste de leurs affaires serait expédié par une entreprise de déménagement. Père avait retenu des places pour eux tous sur le Clipper de la Pan American et ils devaient partir mercredi.

Percy était fou d'excitation. Il avait pris l'avion déjà une ou deux fois, mais le Clipper, ça n'était pas la même chose. L'appareil était énorme et très luxueux : les journaux en avaient longuement parlé quand la ligne avait été inaugurée quelques semaines plus tôt. Le vol jusqu'à New York durait vingt-neuf heures et tout le monde dormait dans son lit pendant la nuit qu'on passait au-dessus de l'océan Atlantique.

C'était tout à fait dans le style de ses parents, songea Margaret, de partir dans un confort luxueux et de laisser leurs compatriotes en butte aux privations et aux épreuves de la guerre.

Percy s'en alla pour boucler sa valise et Margaret s'allongea sur son lit, fixant le plafond, bouillonnant de rage, pleurant de déception et d'impuissance devant son sort.

Elle resta dans sa chambre jusqu'à la fin de la soirée.

Le lundi matin, alors qu'elle était encore au lit, Mère vint dans sa chambre. Margaret s'assit et lui lança un regard hostile. Mère s'installa devant la coiffeuse et regarda Margaret dans le miroir. « Je t'en prie, dit-elle, ne fais pas d'histoires avec ton père pour ce départ. »

Margaret comprit que sa mère était nerveuse. Dans d'autres circonstances, cela aurait pu amener Margaret à adoucir son ton ; mais elle était trop bouleversée pour se montrer compatissante.

« C'est si lâche ! » lança-t-elle.

Sa mère pâlit. « Nous ne sommes pas lâches.

— Fuir son pays quand une guerre éclate !

— Nous n'avons pas le choix. Nous devons partir. »

Margaret était intriguée. « Pourquoi ? »

Mère se retourna pour la regarder droit dans les yeux. « Sans cela, on jettera ton père en prison. »

Margaret fut prise complètement au dépourvu. « Comment pourraient-ils faire ça ? Ça n'est pas un crime d'être fasciste.

— Ils disposent de pouvoirs d'exception. Alors, quelle importance ? Un sympathisant au Home Office nous a prévenus. Père sera arrêté s'il est encore en Angleterre à la fin de la semaine. »

Margaret avait du mal à croire qu'on voulût mettre son père en prison comme un voleur.

« Mais ils ne nous laisseront pas emporter d'argent, reprit Mère d'un ton amer. C'est ça, le sens britannique du fair-play. »

L'argent était bien la dernière chose dont Margaret se souciait pour l'instant. Toute sa vie était en jeu. Dans un brusque accès de bravoure, elle décida de dire à sa mère la vérité. Avant d'avoir eu le temps de perdre son audace, elle prit une profonde inspiration et déclara : « Mère, je ne veux pas partir avec vous. »

Mère ne manifesta aucune surprise. Peut-être même s'attendait-elle à une réaction de ce genre. Du ton vague qu'elle employait quand elle essayait d'éviter une discussion, elle déclara : « Il faut que tu viennes, ma chérie.

— Ils ne vont pas me jeter en prison, moi. Je peux habiter chez tante Martha, ou même chez la cousine Catherine. Vous ne voulez pas en parler à Père ? »

Mère prit soudain un ton farouche qui ne lui ressemblait guère.

« Je t'ai enfantée dans la peine et la douleur, et je ne vais pas te laisser risquer ta vie si je peux l'empêcher. »

Un instant, Margaret fut saisie par l'émotion sans fard de sa mère. Puis elle répliqua : « Je devrais quand même avoir mon mot à dire : c'est de ma vie qu'il s'agit ! »

Mère soupira et reprit ses airs langoureux habituels. « Peu importe ce que toi et moi pensons. Quoi que nous disions, ton père ne t'autorisera pas à rester. »

La passivité de Mère exaspérait Margaret et elle résolut d'agir.

« Je vais le lui demander carrément.

— Je préférerais que tu ne le fasses pas », dit Mère, et on sentait dans sa voix une note de supplication. « C'est déjà terriblement dur pour lui. Il aime l'Angleterre, tu sais. Dans toute autre circonstance, il serait déjà en train de téléphoner au ministère de la Guerre pour essayer de trouver un poste. Ça lui brise le cœur.

— Et le mien ?

— Pour toi, ce n'est pas la même chose. Tu es jeune, tu as ta vie devant toi. Pour lui, c'est la fin de tout espoir.

— Ce n'est pas ma faute s'il est fasciste », dit Margaret tout à trac.

Mère se leva. « J'espérais que tu serais plus compréhensive », fit-elle doucement, et elle sortit.

Margaret se sentait tout à la fois coupable et indignée. C'était si injuste ! Son père méprisait ses opinions depuis qu'elle était en âge d'en avoir et, maintenant qu'il se trouvait en mauvaise posture, on lui demandait, à elle, de compatir.

Elle soupira. Sa mère était belle, excentrique et insaisissable. Elle était née riche et décidée. Ses excentricités étaient le résultat d'une volonté forte, sans éducation pour la guider : elle s'attachait à des idées folles parce qu'elle n'avait aucun moyen de faire la différence entre le bon sens et l'absurdité. En se montrant insaisissable, elle avait trouvé le moyen de supporter la domination masculine : elle n'avait pas le droit de se dresser contre son mari, aussi la seule façon d'échapper à son contrôle consistait-elle à faire semblant de ne pas le comprendre. Margaret adorait sa mère et acceptait ses bizarreries avec une tolérance affectueuse ; mais elle était bien décidée à ne pas devenir comme elle, malgré leur ressemblance physique. Si les autres refusaient de faire son éducation, eh bien, elle s'en chargerait elle-même ; et elle préférait se retrouver vieille célibataire que d'épouser un porc qui croirait avoir le droit de la harceler comme une domestique de trente-sixième ordre.

Toute la journée du lundi, elle se sentit incapable de manger. Elle but d'innombrables tasses de thé pendant que les domestiques s'occupaient à fermer la maison. Le mardi, quand Mère se rendit compte que Margaret n'entendait pas faire ses bagages, elle demanda à la nouvelle femme de chambre, Jenkins, de s'en charger. Jenkins, bien sûr, ne savait pas quoi mettre dans la valise et Margaret dut l'aider ;

si bien qu'au bout du compte Mère obtint ce qu'elle voulait, comme c'était si souvent le cas.

Margaret dit à la servante : « Ce n'est pas de chance pour vous que nous décidions de fermer la maison une semaine après que vous avez commencé à travailler ici.

— Oh, mademoiselle, rétorqua Jenkins, ce n'est pas le travail qui va manquer maintenant. Notre père dit qu'il n'y a pas de chômage en temps de guerre.

— Qu'est-ce que vous allez faire... travailler dans une usine ?

— Je vais m'engager. On a annoncé à la radio que dix-sept mille femmes se sont engagées hier dans les Services auxiliaires. Il y a des queues devant les mairies de chaque ville : j'ai vu une photo dans le journal.

— Vous avez de la veine, dit Margaret, abattue. La seule chose pour laquelle je vais faire la queue, c'est pour m'embarquer dans un hydravion qui m'emmènera en Amérique.

— Faut que vous fassiez ce que veut le marquis, déclara Jenkins.

— Que pense votre père de votre décision de vous engager ?

— Je ne vais pas le lui dire : je vais simplement le faire.

— Mais s'il vous ramène à la maison ?

— Il ne peut pas. J'ai dix-huit ans. Dès l'instant où vous avez signé, ça y est. A condition que vous ayez l'âge, vos parents n'y peuvent rien. »

Margaret était stupéfaite. « Vous êtes sûre ?

— Bien sûr. Tout le monde le sait.

— Pas moi », fit Margaret d'un ton songeur.

Jenkins descendit la valise de Margaret dans le vestibule. Ils devaient partir très tôt le mercredi matin. En voyant les bagages alignés, Margaret se rendit compte qu'elle allait certainement passer la guerre dans le Connecticut si elle se contentait de bouder. Malgré sa mère qui l'avait suppliée de se tenir tranquille, il lui fallait affronter son père.

Cette idée même la faisait trembler. Elle revint dans sa chambre pour reprendre courage et réfléchir à ce qu'elle pourrait dire. Tout d'abord, il importait de garder son calme.

Il ne se laisserait pas attendrir par des larmes et la colère ne réussirait qu'à provoquer son mépris. Elle devrait se montrer raisonnable, responsable, mûre. S'abstenir de discuter car cela l'exaspérait et alors elle aurait tellement peur qu'elle serait incapable d'aller plus avant.

Comment faudrait-il commencer? « Je crois que j'ai le droit de dire quelque chose à propos de mon propre avenir. »

Non, ce n'était pas bon. Il répondrait : « Je suis responsable de toi, alors c'est à moi de décider. »

Peut-être devrait-elle dire : « Puis-je discuter avec vous de notre départ pour l'Amérique ? »

Il répliquerait sans doute : « Il n'y a rien à discuter. »

Elle devrait commencer de façon si inoffensive que même lui ne pourrait pas l'éconduire. Elle décida de dire : « Puis-je vous demander quelque chose ? » Là, il serait bien obligé de répondre oui.

Et ensuite ? Comment pourrait-elle aborder le sujet sans provoquer une de ses terribles crises de rage ? Elle pourrait dire : « Pendant la dernière guerre, vous étiez dans l'armée, n'est-ce pas ? » Elle savait qu'il s'était battu en France. Alors elle dirait : « Et Mère ? » Elle connaissait la réponse à cette question aussi : Mère avait été infirmière volontaire à Londres, pour soigner les officiers américains blessés. Elle dirait enfin : « Vous avez tous les deux servi votre patrie, alors je sais que vous comprendrez pourquoi je veux faire la même chose. » Voilà assurément qui était irrésistible.

Si seulement il cédait sur le principe, elle avait l'impression qu'elle réussirait à combattre ses autres objections. Elle irait habiter chez des parents jusqu'à ce qu'elle s'engage, ce qui serait une question de jours. Elle avait dix-neuf ans : bien des filles de cet âge travaillaient à plein temps depuis six ans. Elle était assez vieille pour se marier, conduire une voiture et aller en prison. Il n'y avait aucune raison pour qu'on ne l'autorisât pas à rester en Angleterre.

Tout cela tenait debout. Tout ce qu'il lui fallait maintenant, c'était du courage.

Père devait être dans son bureau avec son homme d'affaires. Margaret sortit de sa chambre. Sur le palier, elle se sentit soudain tremblante de peur. Son père devenait furieux quand on s'opposait à lui. Ses crises de rage étaient terribles et ses châtiments cruels. A onze ans, il l'avait obligée à rester debout une journée entière, face au mur, dans son bureau, pour la punir de s'être montrée grossière avec un invité ; quand elle avait sept ans, il lui avait confisqué son ours en peluche parce qu'elle avait mouillé son lit ; un jour, dans une crise de rage, il avait jeté un chat par une fenêtre du deuxième étage. Qu'allait-il faire maintenant quand elle lui dirait qu'elle voulait rester en Angleterre et combattre les nazis ?

Elle se contraignit à descendre l'escalier et, comme elle attendait devant la porte du bureau, tremblante, la gouvernante traversa le couloir dans sa robe de soie noire. Mme Allen dirigeait le personnel féminin de la maison avec sévérité, mais elle avait toujours été indulgente avec les enfants. Elle était attachée à la famille et l'idée qu'ils allaient partir la bouleversait : cela signifiait la fin d'un mode de vie. Elle adressa à Margaret un sourire triste.

En la regardant, Margaret eut une idée qui lui fit battre le cœur.

Tout un plan d'évasion se dessinait dans sa tête. Elle allait emprunter de l'argent à Mme Allen, quitter la maison maintenant, prendre le train de 16 h 55 pour Londres, passer la nuit chez sa cousine Catherine et s'enrôler dans les Services auxiliaires à la première heure demain matin. Le temps que Père la rattrape, ce serait trop tard.

Le plan était si simple et si audacieux qu'elle avait du mal à croire qu'il fût réalisable. Mais, avant qu'elle ait pu y réfléchir, elle s'entendit demander : « Oh, madame Allen, voudriez-vous me donner un peu d'argent ? J'ai des courses de dernière minute à faire et je ne veux pas déranger Père, il est si occupé. »

Mme Allen n'hésita pas. « Bien sûr, mademoiselle. Combien vous faut-il ? »

Margaret ne savait pas ce que coûtait un billet de train pour Londres, elle n'en avait jamais acheté. A tout hasard, elle dit : « Oh, une livre devrait me suffire. » Elle pensait : suis-je vraiment en train de faire ça ?

Mme Allen retira de son sac deux billets de dix shillings. Si Margaret le lui avait demandé, elle lui aurait sans doute remis les économies de toute une vie.

Margaret prit l'argent d'une main tremblante. Ce pourrait bien être mon billet pour la liberté, se dit-elle ; et, malgré son état d'affolement, elle sentit un petit frémissement joyeux la traverser.

Mme Allen, croyant qu'elle était bouleversée à l'idée d'émigrer, lui pressa la main. « C'est un triste jour, lady Margaret, dit-elle. Un triste jour pour nous tous. » Secouant sa tête grisonnante d'un air consterné, elle disparut vers l'arrière de la maison.

Margaret promena autour d'elle un regard affolé. Personne en vue. Son cœur battait comme un oiseau prisonnier et elle haletait. Elle savait que, si elle hésitait, elle allait perdre son courage. Elle ne prit même pas le temps d'enfiler un manteau. Serrant les billets dans sa main, elle sortit par la grande porte.

La gare était à trois kilomètres, dans le village voisin. A chaque pas sur la route, Margaret s'attendait à entendre arriver derrière elle la Rolls-Royce de Père. Mais comment pourrait-il savoir ? Il était peu probable qu'on s'aperçût de son absence, du moins avant le dîner ; et, dans ce cas, on se dirait qu'elle était allée faire des courses, comme elle l'avait raconté à Mme Allen.

Elle arriva à la gare largement en avance, acheta son billet — elle avait plus d'argent qu'il ne lui en fallait — et s'assit dans la salle d'attente des dames, surveillant les aiguilles de la grande pendule fixée au mur.

Le train avait du retard.

16 h 55, 17 heures, 17 h 05. Margaret fut si paniquée que l'envie la prit de renoncer et de rentrer à la maison ne serait-ce que pour échapper à cette tension.

Le train arriva à 17 h 14 et Père n'était toujours pas là.

Margaret embarqua, le cœur serré.

Elle se mit à la fenêtre, regardant la barrière d'entrée, s'attendant à le voir arriver à la dernière minute.

Enfin le train s'ébranla.

Elle avait du mal à croire qu'elle partait.

Le train prit de la vitesse. Elle se mit à frissonner, mais cette fois de joie. Quelques secondes plus tard, le train était sorti de la gare. Margaret vit le village s'éloigner et un sentiment de triomphe l'envahit. Elle l'avait fait : elle s'était enfuie !

Elle se sentait soudain les jambes molles. Elle chercha du regard une place et s'aperçut pour la première fois que le train était plein. Chaque place était occupée, même dans ce wagon de première classe ; il y avait des soldats assis par terre. Elle resta debout.

Son euphorie ne diminua pas, bien que le voyage, sous certains aspects, ressemblât à un cauchemar. A chaque arrêt, de nouveaux voyageurs venaient s'entasser dans les wagons. Le train fut immobilisé trois heures avant Reading. On avait retiré toutes les ampoules électriques à cause du black-out, aussi, après la tombée de la nuit, le convoi se retrouva-t-il dans une obscurité totale que trouait de temps en temps le faisceau de la lampe du contrôleur qui parcourait les couloirs. Quand Margaret ne put supporter plus longtemps de rester debout, elle aussi s'assit par terre. Ce genre de choses n'avait plus d'importance, se dit-elle. Sa robe allait se salir, mais demain elle aussi serait en uniforme. Tout était différent : on était en guerre.

Margaret se demanda si Père avait découvert qu'elle avait pris le train et s'il n'était pas en train de foncer vers Londres pour intercepter sa fille à la gare de Paddington. C'était peu probable, mais quand même possible, et quand le train entra en gare, elle avait le cœur serré d'angoisse.

Pourtant, quand enfin elle descendit, il n'était pas là et elle sentit un autre frisson de triomphe la parcourir. Après tout, il n'était pas tout-puissant ! Elle parvint à trouver un taxi dans la pénombre caverneuse de la gare. Il la déposa à Bayswater, et le chauffeur se servit d'une lampe électrique pour la guider jusqu'à l'immeuble où Catherine avait son appartement.

On avait masqué toutes les fenêtres, mais le hall d'entrée était brillamment éclairé. Le concierge avait fermé sa loge — il était maintenant près de minuit — mais Margaret connaissait l'appartement de Catherine. Elle monta l'escalier et sonna.

Pas de réponse.

Son cœur se serra.

Elle sonna de nouveau, mais elle savait que c'était inutile : l'appartement était petit, la sonnerie bruyante. Catherine n'était pas là.

Elle se rendit compte que cela n'avait rien d'étonnant. Catherine vivait avec ses parents dans le Kent et n'utilisait l'appartement que comme pied-à-terre. La vie mondaine à Londres s'était arrêtée, bien sûr, aussi Catherine n'avait-elle aucune raison d'être ici. Margaret n'avait pas pensé à cela.

Elle était déçue mais pas accablée. Elle s'était imaginée assise avec Catherine à boire du cacao et à partager avec elle les détails de sa grande aventure. Qu'allait-elle faire ? Elle avait plusieurs parents à Londres, mais si elle allait les trouver, ils téléphoneraient à Père. Alors que Catherine aurait été une complice pleine de bonne volonté, elle ne pouvait se fier à aucun des autres membres de la famille.

Puis elle se souvint que tante Martha n'avait pas le téléphone. En fait, c'était une grand-tante ; une célibataire revêche d'environ soixante-dix ans. Elle vivait à un peu plus d'un kilomètre de là. A cette heure, elle dormait sûrement à poings fermés et elle serait furieuse d'être réveillée, mais pas moyen de faire autrement. L'important, c'est qu'elle n'aurait aucun moyen de prévenir Père de la présence de sa fille.

Margaret redescendit l'escalier et sortit dans la rue pour se trouver dans une obscurité totale.

Le black-out était tout à fait effrayant. Elle s'arrêta devant la porte et regarda autour d'elle, les yeux écarquillés, sans rien voir. Cela lui fit une drôle d'impression. Un peu comme si elle avait le vertige.

Elle ferma les yeux pour retrouver le spectacle familier de la rue. Au coin, sur sa gauche, il y avait une petite église dont l'auvent était toujours illuminé. Le long du trottoir s'alignaient des lampadaires dont chacun aurait dû répandre une petite flaque de lumière ; et la chaussée aurait dû être éclairée par les phares des bus, des taxis et des voitures.

Elle rouvrit les yeux et ne vit rien.

C'était déconcertant. Elle imagina un moment qu'il n'y avait rien autour d'elle : la rue avait disparu et elle était dans des limbes, elle tombait dans le vide. Elle se sentit soudain prise de nausée, puis elle se reprit et reconstitua en pensée le trajet jusqu'à la maison de tante Martha.

En partant d'ici, se dit-elle, je vais à droite, puis je tourne à gauche au second carrefour et la maison de tante Martha est au bout de ce pâté de maisons. Ça ne devrait pas être bien difficile, même dans le noir.

Si seulement une aide quelconque se présentait : un taxi éclairé, une lune pleine ou un policier compatissant ! Au bout d'un moment, son vœu fut exaucé : une voiture s'avança très lentement, ses feux de position comme les yeux d'un chat dans l'épaisse obscurité, et soudain elle aperçut le bord du trottoir jusqu'au coin de la rue.

Elle se mit à marcher.

La voiture passa, ses feux arrière s'affaiblissant avec la distance. Margaret croyait être encore à trois ou quatre pas du coin de la rue quand elle trébucha au bord du trottoir. Elle traversa la chaussée et trouva le trottoir d'en face sans encombre. Cela l'encouragea et elle poursuivit sa marche avec plus d'assurance.

Soudain quelque chose de dur lui heurta le visage avec une violence surprenante.

Elle poussa un cri de douleur et de peur. Un instant, elle fut en proie à la panique et l'envie la prit de tourner les talons et de partir en courant. Au prix d'un grand effort, elle se calma. Elle porta la main à sa joue et tâta l'endroit endolori. Que s'était-il passé ? Qu'y avait-il pour la heurter en plein visage au milieu du trottoir ? Elle tâtonna, sentit presque aussitôt quelque chose et recula, terrorisée ; puis elle serra les dents et répéta l'opération. Elle touchait quelque chose de froid, de dur et de rond, comme un énorme plat à tarte flottant dans l'air. Poursuivant ses explorations, elle sentit une colonne arrondie avec un trou rectangulaire et comme un toit qui dépassait. Lorsqu'elle comprit ce que c'était, elle se mit à rire malgré son visage meurtri. Elle avait été attaquée par une boîte aux lettres.

Elle la contourna prudemment, puis reprit sa marche, les deux bras tendus devant elle.

Au bout d'un moment, elle trébucha au bord d'un autre trottoir. Retrouvant son équilibre, elle se sentit soulagée : elle avait atteint la rue de tante Martha. Elle tourna à gauche.

L'idée lui vint que tante Martha pourrait ne pas entendre la sonnette. Elle vivait seule : il n'y avait personne d'autre pour répondre. Si c'était le cas, Margaret devrait retourner jusqu'à l'immeuble de Catherine et dormir dans le couloir. Elle pouvait envisager de dormir par terre, mais elle redoutait un nouveau trajet dans le black-out. Peut-être se blottirait-elle tout simplement sur le pas de la porte de tante Martha en attendant le jour.

La petite maison de sa tante était tout au bout d'un long pâté de maisons. Margaret marchait lentement. La ville était plongée dans l'obscurité, mais pas dans le silence. Elle entendait de temps en temps une voiture dans le lointain. Des chiens aboyaient comme elle passait devant leur porte et deux chats poussèrent de longs miaulements. A un moment, des bribes de musique lui parvinrent, échos d'une soirée qui se prolongeait. Un peu plus loin, elle perçut les cris étouffés d'une scène de ménage derrière les rideaux du black-out. L'envie la saisit de se retrouver dans une maison avec des lampes, un feu dans la cheminée et une théière.

Le pâté de maisons parut plus long à Margaret qu'elle n'en gardait le souvenir. Elle n'avait pourtant pas pu se tromper : elle avait tourné à gauche au second carrefour. Néanmoins, l'idée qu'elle s'était égarée prenait de plus en plus de consistance. Elle avait perdu toute notion du temps : marchait-elle depuis cinq minutes, vingt minutes, deux heures, toute la nuit ? Elle n'était même plus sûre tout à coup qu'il y eût des maisons tout près. Peut-être se trouvait-elle au beau milieu de Hyde Park, ayant franchi l'entrée par hasard, à l'aveuglette. Elle commença à avoir l'impression que des créatures l'entouraient dans l'obscurité, qui la guettaient avec leurs yeux de chat, attendant de la voir trébucher pour pouvoir l'empoigner. Un cri faillit sortir de sa gorge et elle l'étouffa.

Margaret essaya de retrouver le grisant sentiment d'excitation et de triomphe qu'elle avait connu dans le train, mais il avait disparu, maintenant elle se sentait simplement toute seule et elle avait peur. Elle décida de s'arrêter et de ne plus bouger. Rien ainsi ne pourrait lui arriver.

Elle demeura immobile un temps qu'elle fut bien vite incapable d'évaluer. Elle se dit qu'elle allait rester plantée là jusqu'à ce qu'elle s'évanouisse d'épuisement ou bien jusqu'au matin.

Sur ces entrefaites, une voiture apparut. Ses feux de position à demi masqués n'éclairaient pas grand-chose, mais, par comparaison avec l'obscurité totale qu'elle venait de traverser, elle eut l'impression que c'était le grand jour. Elle constata qu'elle était en fait plantée au beau milieu de la chaussée et elle regagna en hâte le trottoir. Elle était sur une place qui lui parut vaguement familière. La voiture passa, tourna à un coin de rue et Margaret se précipita dans cette direction, espérant apercevoir un point de repère qui lui indiquerait où elle se trouvait. En arrivant au coin, elle vit la voiture tout au bout d'une petite rue étroite bordée de boutiques, dont l'une était celle d'une modiste dont Mère était cliente ; elle se rendit compte qu'elle n'était qu'à quelques mètres de Marble Arch.

Elle en aurait pleuré de soulagement.

Au carrefour suivant, elle attendit le passage d'une autre voiture pour éclairer son chemin ; puis elle s'engagea dans Mayfair.

Quelques minutes plus tard, elle avait atteint l'hôtel Claridge. L'immeuble, bien sûr, était plongé dans l'obscurité, mais elle parvint à repérer la porte, et se demanda si elle devait entrer.

Elle ne pensait pas avoir assez d'argent pour payer une chambre, mais elle se souvint que les gens ne réglaient leur note d'hôtel qu'en partant. Elle pourrait prendre une chambre pour deux nuits, sortir demain comme si elle comptait revenir plus tard, s'engager dans les Services auxiliaires, puis téléphoner à l'hôtel pour leur dire d'envoyer la note à l'avocat de Père.

Comme la plupart des bâtiments ouverts la nuit, l'hôtel avait aménagé une double porte, un peu comme un sas, ce qui permettait aux gens d'entrer et de sortir sans que les lumières de l'intérieur fussent visibles de la rue. Margaret referma la porte extérieure derrière elle, puis poussa l'autre et pénétra dans la bienveillante lumière du hall de l'hôtel. Elle éprouva une formidable sensation de soulagement. Elle retrouvait la vie normale : le cauchemar était terminé.

Un jeune veilleur de nuit sommeillait derrière le comptoir. Margaret toussa et il s'éveilla en sursaut, tout confus. « J'ai besoin d'une chambre, dit Margaret.

— A cette heure-ci ? balbutia l'homme.

— J'ai été surprise dans le black-out, expliqua Margaret. Maintenant je n'arrive pas à rentrer chez moi. »

L'homme commençait à rassembler ses esprits. « Pas de bagages ?

— Non », fit Margaret d'un ton coupable ; puis une pensée la frappa et elle ajouta : « Bien sûr que non : je ne comptais pas m'égarer. »

Il la regarda d'un air un peu bizarre. Il ne pouvait tout de même pas lui refuser, se dit Margaret. Il avala sa salive, se frotta le visage et fit semblant de consulter un registre. Qu'avait-il donc ? Prenant sa décision, il referma le livre et dit : « Nous sommes complets.

— Oh, voyons, vous devez bien avoir quelque chose...

— Vous vous êtes querellée avec votre paternel, n'est-ce pas ? » fit-il avec un clin d'œil.

Margaret n'en croyait pas ses oreilles. « Je ne peux pas

rentrer chez moi », répéta-t-elle, puisque l'homme manifestement n'avait pas compris la première fois.

« Je n'y peux rien », dit-il. D'humeur soudain badine, il ajouta : « C'est la faute de Hitler.

— Où est votre directeur ? » demanda-t-elle.

Il parut vexé. « Je suis responsable jusqu'à 6 heures. »

Margaret regarda autour d'elle. « Eh bien, fit-elle d'un ton las, il ne me reste plus qu'à rester assise dans le hall jusqu'au matin.

— Vous ne pouvez pas faire ça ! dit le veilleur de nuit, l'air affolé. Une jeune fille seule sans bagages qui passe la nuit dans le hall ? Ça me coûterait ma place.

— Je ne suis pas une jeune fille, fit-elle furieuse, je suis lady Margaret Oxenford. » Elle avait horreur d'utiliser son titre, mais elle était désespérée.

Cela ne servit à rien. L'employé lui lança un regard insolent et dit : « Ah, vraiment ? »

Margaret allait l'accabler d'insultes quand elle aperçut son reflet dans la vitre de la porte et se rendit compte qu'elle avait un œil au beurre noir. Par-dessus le marché, elle avait les mains toutes sales et sa robe était déchirée. Elle se rappela qu'elle s'était cognée contre une boîte aux lettres et qu'elle s'était assise dans le couloir d'un train. Pas étonnant que le veilleur de nuit ne voulût pas lui donner de chambre. Elle dit d'un ton désespéré : « Mais vous ne pouvez pas me mettre dehors dans le black-out !

— Je ne peux rien faire d'autre ! » rétorqua l'employé.

Margaret se demanda comment il réagirait si elle s'asseyait tout simplement et refusait de bouger. C'était ce qu'elle avait envie de faire. Mais elle avait connu tant d'épreuves qu'il ne lui restait plus d'énergie pour une confrontation. D'ailleurs il était tard, ils étaient seuls : Dieu sait ce qui pourrait se passer si elle donnait au garçon un prétexte pour poser la main sur elle.

Avec lassitude, elle lui tourna le dos et sortit dans la nuit.

Elle n'avait nulle part où aller. Elle n'arriverait jamais à retrouver l'immeuble de Catherine, elle n'était pas parvenue à trouver la maison de tante Martha ; elle n'avait pas d'autres parents à qui se fier et elle était trop sale pour obtenir une chambre d'hôtel.

Elle n'avait plus qu'à déambuler jusqu'au jour. Le temps était beau : il ne pleuvait pas et il faisait juste un peu frisquet. Si elle continuait à marcher, elle ne sentirait même pas le froid. Elle y voyait maintenant suffisamment : il y avait beaucoup de lumières allumées dans le West End et il passait une voiture environ chaque minute. Elle entendait la musique et le brouhaha des boîtes de nuit d'où sortaient de temps en temps des gens de son monde, les femmes en robe du soir somptueuse et les hommes en habit, que leur voiture conduite par un chauffeur allait ramener chez eux après une soirée prolongée. Dans une rue, bizarrement, elle vit trois autres femmes seules : l'une plantée sur le seuil d'une porte, une autre appuyée à un lampadaire et la troisième assise dans une voiture. Elles fumaient toutes et avaient l'air d'attendre quelqu'un. Elle se demanda si c'était ce que sa mère appelait des femmes déchues.

Elle commençait à se sentir épuisée. Elle portait toujours les légères chaussures d'intérieur qu'elle avait aux pieds quand elle s'était enfuie de chez elle. Sans plus attendre, elle s'assit sur le pas d'une porte, ôta ses chaussures et frictionna ses pieds endoloris.

Levant les yeux, elle se rendit compte qu'elle distinguait le vague contour des immeubles de l'autre côté de la rue. Faisait-il enfin jour ? Peut-être allait-elle trouver un café d'ouvriers qui ouvrait de bonne heure ? Elle pourrait commander un petit déjeuner et attendre le moment de se présenter au bureau de recrutement. Elle n'avait pratiquement rien mangé depuis deux jours, et la perspective d'œufs au bacon lui fit venir l'eau à la bouche.

Soudain la forme blanche d'un visage surgit devant elle. Elle poussa un petit cri de frayeur. Le visage approcha et elle distingua un homme assez jeune en tenue de soirée. Il dit : « Bonjour, ma beauté. »

Elle se releva aussitôt. Elle avait horreur des ivrognes. Ils manquaient tant de dignité. « Je vous en prie, allez vous-en », répliqua-t-elle. Elle essayait de prendre un ton ferme, mais sa voix tremblait.

Il s'approcha d'un pas incertain. « Alors, donne-moi un baiser.

— Certainement pas ! » fit-elle, révoltée. Elle recula d'un pas, trébucha et laissa tomber ses chaussures. Sans qu'elle comprît pourquoi, la perte de ses chaussures lui donna le sentiment d'être désespérément vulnérable. Elle se retourna et se pencha pour les chercher à tâtons. Il eut un rire gras puis, à son horreur, elle sentit les mains de l'homme entre ses cuisses, qui la palpaient avec une pénible maladresse. Elle se redressa aussitôt, sans avoir trouvé ses chaussures, et s'écarta. Se tournant vers lui, elle cria : « Fichez-moi la paix ! »

Il rit de nouveau et dit : « C'est ça, vas-y, j'aime bien un peu de résistance. »

Avec une agilité surprenante, il la saisit par les épaules et l'attira vers lui. Son souffle chargé d'alcool lui arriva en plein visage et, soudain, il l'embrassa sur la bouche.

C'était indiciblement écœurant et elle se sentit au bord de la nausée, mais l'étreinte de l'homme était si forte qu'elle pouvait à peine respirer, encore moins protester. Elle se débattit en vain tandis qu'il s'obstinait sur elle. Puis il lui lâcha une épaule pour lui saisir un sein. Il serra brutalement et elle poussa un cri de douleur. Mais comme il lui avait lâché l'épaule, elle parvint à se tourner à demi et se mit à hurler.

Un long, un strident hurlement.

Elle l'entendit vaguement dire d'un ton inquiet : « Bon, bon, ne prends pas les choses comme ça, je ne te voulais aucun mal », mais elle était trop affolée pour se laisser raisonner et elle continua à crier. Des visages se matérialisèrent dans la nuit : un passant en bleu de travail, une femme déchue avec une cigarette et un sac à main, et une tête à une fenêtre de la maison derrière eux. L'ivrogne disparut, Margaret cessa de crier et éclata en sanglots. Puis il y eut un bruit de grosses chaussures, l'étroit faisceau d'une torche électrique à demi voilée et un casque de policier.

Le policier braqua sa lumière sur le visage de Margaret.

La femme murmura : « Ce n'est pas une de nous, Steve. »

Le policier qu'on appelait Steve demanda : « Comment vous appelez-vous, ma petite ?

— Margaret Oxenford. »

L'homme en tenue de travail observa : « Un aristo l'a prise pour une pute, voilà. » Satisfait, il poursuivit sa route.

« Vous ne seriez pas *lady* Margaret Oxenford ? » demanda le policier.

Margaret renifla en hochant la tête.

« Je vous disais que c'était pas une des nôtres », dit la femme. Là-dessus, elle tira sur sa cigarette, secoua la cendre du mégot, marcha dessus et disparut.

Le policier dit : « Venez avec moi, mademoiselle, tout ira bien maintenant. »

Margaret s'essuya le visage avec sa manche. Le policier lui tendit le bras, elle le prit. Il braqua le faisceau de sa torche sur le trottoir devant elle et ils commencèrent à marcher. Au bout d'un moment, Margaret frissonna et dit : « Quel homme horrible. »

Le policier se montra peu compatissant. « On ne peut pas vraiment lui en vouloir, dit-il gaiement. C'est la rue la plus malfamée de Londres. On peut supposer qu'une femme seule ici à cette heure est une dame de la nuit. »

Margaret se dit qu'il devait avoir raison, bien que cela lui parût bien injuste.

La lumière bleue d'un poste de police apparut dans les premières lueurs de l'aube. Le policier dit : « Vous allez prendre une bonne tasse de thé et ça ira mieux. »

Ils entrèrent dans le poste. Derrière un comptoir se tenaient deux policiers, l'un trapu et entre deux âges, l'autre jeune et mince. De chaque côté de l'entrée, un simple banc de bois posé contre le mur. Et sur l'un des bancs, une femme pâle avec les cheveux rassemblés dans un foulard et des mules aux pieds, attendant avec une résignation lasse.

« Asseyez-vous là une minute », dit le sauveteur de Margaret en lui indiquant l'autre banc.

Margaret fit ce qu'on lui disait. Le policier s'approcha du

comptoir et s'adressa à l'homme plus âgé. « Sergent, c'est lady Margaret Oxenford. Elle a eu un accrochage avec un ivrogne dans Bolting Lane.

— Il a sans doute cru qu'elle faisait le trottoir. »

Margaret était frappée par la variété des euphémismes pour désigner la prostitution. Les gens semblaient avoir horreur de l'appeler par son nom et y faisaient des allusions obliques. Elle-même n'en avait entendu parler que très vaguement, jusqu'à ce soir elle ne croyait même pas que ça existait vraiment. Mais il n'y avait rien eu de vague dans les intentions du jeune homme en tenue de soirée.

Le sergent considéra Margaret d'un œil intéressé, puis dit quelque chose à voix basse qu'elle ne parvint pas à entendre. Steve acquiesça de la tête et disparut au fond des bureaux.

Margaret s'aperçut qu'elle avait laissé ses chaussures sur le pas de la porte où elle s'était assise. Il y avait maintenant des trous dans ses bas. Elle commença à s'inquiéter : comment oserait-elle se présenter au centre de recrutement dans cet état ? Peut-être pourrait-elle retourner chercher ses chaussures quand il ferait jour. Mais sans doute ne seraient-elles plus là. Et puis elle avait grand besoin de faire un peu de toilette et de trouver une robe propre. Ce serait vraiment trop désolant de se voir refuser l'admission dans les Services auxiliaires après tout ce qu'elle venait de traverser. Mais où pouvait-elle aller pour s'arranger un peu ? Au matin, même la maison de tante Martha ne serait pas sûre : Père risquait d'y surgir. Tout de même, se dit-elle avec angoisse, tout son plan n'allait pas s'effondrer pour une paire de chaussures ?

Son policier revint avec du thé dans une grosse chope en terre. Il était pâle et trop sucré, mais Margaret le but à petites gorgées reconnaissantes. Cela renforça sa résolution. Elle arriverait bien à surmonter ses problèmes. Dès qu'elle aurait fini son thé, elle s'en irait. Elle se rendrait dans un quartier pauvre pour trouver une boutique où on vendait des vêtements pas chers : elle avait encore quelques shillings. Elle achèterait une robe, des sandales et du linge. Elle irait dans un établissement de bain pour se laver et se changer. Elle serait alors prête pour l'armée.

Tandis qu'elle élaborait ce plan, il y eut un brouhaha devant la porte et un groupe de jeunes gens fit irruption dans le poste de police. Ils étaient bien habillés, certains en tenue de soirée et d'autres en complet-veston. Au bout d'un moment, Margaret constata qu'ils traînaient un de leurs compagnons qui se débattait. L'un des hommes se mit à interpeller le sergent assis derrière le comptoir.

Ce dernier l'interrompit. « Bon, bon, calmez-vous ! lança-t-il d'un ton autoritaire. Vous n'êtes pas sur un terrain de rugby, vous savez : c'est un commissariat ici. » Le bruit s'atténua quelque peu, mais pas assez au goût du sergent. « Si vous ne vous tenez pas convenablement, je vous colle tous en cellule, cria-t-il. Maintenant voulez-vous bien la fermer ! »

Ils firent silence et lâchèrent leur prisonnier qui resta planté là, l'air maussade. Le sergent désigna un des hommes, un garçon aux cheveux bruns qui avait à peu près l'âge de Margaret. « Bon... vous là-bas. Expliquez-moi de quoi il s'agit. »

Le jeune homme pointa le doigt vers le prisonnier. « Cet individu a emmené ma sœur dans un restaurant, puis a filé sans payer l'addition ! » dit-il d'un ton indigné. Sa façon de s'exprimer dénotait le grand bourgeois et Margaret s'aperçut que son visage lui était vaguement familier. Elle espérait qu'il ne la reconnaîtrait pas : quelle humiliation si les gens apprenaient qu'elle avait été récupérée par un agent de police après s'être enfuie de chez elle !

Un garçon plus jeune en costume à rayures ajouta : « Il s'appelle Harry Marks, il devrait être en prison. »

Margaret regarda avec intérêt Harry Marks. C'était un jeune homme d'une beauté étonnante qui pouvait avoir vingt-deux ou vingt-trois ans, avec des cheveux blonds et des traits réguliers. Malgré un certain désordre dans sa tenue, il portait sa veste croisée de smoking avec une élégante aisance. Il promena autour de lui un regard méprisant et observa : « Ces types sont ivres. »

Le jeune homme en costume à rayures riposta : « Nous sommes peut-être ivres, mais lui est une canaille... et un voleur. Regardez ce que nous avons trouvé dans sa poche. » Il jeta quelque chose sur le comptoir. « Ces boutons de manchettes ont été volés au début de la soirée à sir Simon Monkford.

— Très bien, dit le sergent. Vous l'accusez donc d'obtenir un avantage pécuniaire par la tromperie — en ne payant pas sa note de restaurant — et de vol. Rien d'autre ? »

Le jeune homme au costume à rayures eut un rire méprisant et dit : « Ça ne vous suffit pas ? »

Le sergent pointa son crayon sur son interlocuteur. « Tâchez de vous rappeler où vous êtes, mon garçon. Vous êtes peut-être né avec une cuiller d'argent dans la bouche, mais ici c'est un poste de police et, si vous ne parlez pas poliment, vous allez passer le restant de la nuit en cellule. »

Le jeune homme, l'air déconcerté, ne répondit rien.

Le sergent se retourna vers son premier interlocuteur. « Maintenant, pouvez-vous me fournir tous les détails de ces deux accusations ? J'ai besoin du nom et de l'adresse du restaurant, du nom et de l'adresse de votre sœur et aussi du nom et de l'adresse du propriétaire de ces boutons de manchettes.

— Oui, je peux vous donner tout ça. Le restaurant...

— Bon. Vous, restez ici, dit-il à l'accusé. Asseyez-vous. » Puis, d'un geste à l'adresse des jeunes gens : « Vous autres, vous pouvez rentrer chez vous. »

Ils semblaient un peu déconcertés. Leur grande aventure se terminait de façon décevante. Un moment, aucun d'eux ne bougea.

« Allons, foutez-moi le camp, tous autant que vous êtes ! »

Margaret n'avait jamais entendu autant de gros mots en un seul jour.

Les jeunes gens s'éloignèrent en marmonnant. Le garçon au costume à rayures dit : « Vous livrez un voleur à la justice et on vous traite comme si vous étiez vous-même un criminel ! » Mais il avait passé la porte avant d'avoir terminé sa phrase.

Le sergent entreprit d'interroger le garçon aux cheveux bruns, en prenant des notes. Harry Marks resta un moment planté devant lui, puis il se détourna avec impatience. Apercevant Margaret, il lui lança un sourire radieux et vint s'asseoir auprès d'elle. « Ça va, ma petite ? demanda-t-il. Qu'est-ce que vous faites ici à cette heure de la nuit ? »

Margaret était interloquée. Il était tout à fait transformé. Fini ses manières hautaines et son langage raffiné : il parlait avec le même accent que le sergent. Un moment elle fut trop surprise pour répondre.

Harry lança un coup d'œil vers la porte comme s'il envisageait de filer par là, puis son regard revint au bureau et il vit le plus jeune des policiers qui l'observait attentivement. Il parut renoncer à l'idée d'évasion. Il se retourna vers Margaret. « Qui vous a donné cet œil au beurre noir, votre paternel ? »

Retrouvant sa voix, Margaret répondit : « Je me suis perdue dans le black-out et j'ai heurté une boîte aux lettres. »

Ce fut son tour à lui d'être surpris. Il l'avait prise pour une ouvrière. Maintenant, au ton qu'elle avait, il s'apercevait de son erreur. Sans sourciller, il reprit son rôle précédent. « Mon Dieu, mais quelle malchance ! »

Margaret était fascinée. Quelle était sa vraie personnalité ? Il sentait l'eau de Cologne. Il avait les cheveux bien coupés, même s'ils étaient un rien trop longs. Il portait une tenue de soirée bleu nuit mise à la mode par Édouard VIII, avec des chaussettes de soie et des escarpins vernis. Les accessoires étaient de très bonne qualité : des boutons de diamants sur son plastron de chemise et des boutons de manchettes assortis ; une montre en or avec un bracelet en crocodile noir ; et une chevalière au petit doigt de la main gauche. Il avait de grandes mains robustes, mais des ongles parfaitement propres.

A voix basse, elle murmura : « Vous êtes vraiment parti du restaurant sans payer ? »

Il la regarda un moment, puis parut prendre une décision.

« Figurez-vous que oui, répondit-il d'un ton de conspirateur.

— Mais pourquoi ?

— Parce que, si j'avais écouté une minute de plus Rebecca

Maugham-Flint parler de ses fichus chevaux, je n'aurais pas su résister à l'envie de la prendre à la gorge et de l'étrangler. »

Margaret pouffa. Elle connaissait Rebecca Maugham-Flint, qui était une grande perche sans attraits, fille d'un général, dont elle avait hérité les manières généreuses et la voix de stentor. « J'imagine très bien », dit-elle. Difficile d'imaginer une compagne de dîner convenant aussi peu au séduisant M. Marks.

L'agent dénommé Steve apparut et lui reprit sa chope vide.

« On se sent mieux, lady Margaret ? »

Du coin de l'œil, elle vit Harry Marks sursauter en l'entendant appeler par son titre. « Beaucoup mieux, je vous remercie », dit-elle. Un moment, en bavardant avec Harry, elle avait oublié ses propres ennuis, mais elle se rappelait maintenant tout ce qu'elle avait à faire. « Vous avez été si bon, poursuivit-elle. Maintenant, je vais vous laisser pour m'occuper de choses plus importantes.

— Pas la peine de vous bousculer, dit le policier. Votre père, le marquis, est en route pour venir vous chercher. »

Margaret sentit son cœur s'arrêter. Comment était-ce possible ? Elle était si persuadée d'être en sûreté : mais elle avait sous-estimé son père ! Maintenant, elle avait aussi peur que quand elle marchait sur la route de la gare. Il était à sa poursuite, à cet instant même il se dirigeait vers Londres ! Elle en tremblait. « Comment sait-il où je suis ? » fit-elle d'une voix tendue.

Le jeune policier répondit fièrement : « On a fait circuler votre signalement tard hier soir et je l'ai lu en prenant mon service. Je ne vous avais pas reconnue dans le black-out mais je me suis souvenu du nom. La consigne était d'informer immédiatement le marquis. Sitôt que je vous ai amenée ici, je l'ai appelé par téléphone. »

Margaret se leva, le cœur battant à tout rompre. « Je ne l'attendrai pas, dit-elle. Il fait jour maintenant. »

Le policier parut inquiet. « Une minute », dit-il nerveusement. Il se tourna vers le bureau. « Sergent, la petite dame ne veut pas attendre son père. »

Harry Marks souffla à Margaret : « Ils ne peuvent pas vous obliger à rester : à votre âge, s'enfuir de la maison n'est pas un crime. Si vous voulez partir, vous n'avez qu'à sortir. »

Margaret était sûre qu'ils allaient trouver un prétexte pour la retenir.

Le sergent se leva de son siège et contourna le comptoir. « Il a tout à fait raison, dit-il. Vous pouvez partir quand vous voulez.

— Oh, merci », fit Margaret avec gratitude.

Le sergent sourit. « Mais vous n'avez pas de chaussures et vos bas sont troués. Si vous devez partir avant l'arrivée de votre père, laissez-nous au moins appeler un taxi. »

Elle réfléchit un moment. Ils avaient téléphoné à Père sitôt son arrivée au poste de police, mais cela faisait moins d'une heure. Père ne pouvait absolument pas être ici avant encore une heure ou davantage. « Bon, dit-elle à l'obligeant policier. Je vous remercie. »

Il ouvrit une porte. « Vous serez mieux ici pour attendre le taxi. » Il tourna le commutateur. Margaret aurait préféré rester à discuter avec le fascinant Harry Marks, mais elle ne voulut pas blesser le sergent. « Je vous remercie », répéta-t-elle.

Elle entra dans la petite pièce. Il y avait quelques mauvaises chaises et un banc, une ampoule accrochée au plafond et des barreaux aux fenêtres. Elle ne comprenait pas pourquoi le sergent estimait cela plus confortable que le vestibule. Elle se tourna pour le lui dire.

La porte se referma. Un affreux pressentiment lui emplit le cœur. Elle se précipita sur la porte et saisit la poignée. Sa soudaine appréhension se trouva confirmée quand elle entendit une clef tourner dans la serrure. Elle secoua frénétiquement la poignée. La porte refusait de s'ouvrir.

Elle s'affala, désespérée, sur le banc. De l'autre côté, elle entendit un petit rire, puis la voix de Harry un peu étouffée disant : « Salopard. »

La voix du sergent était maintenant rien moins qu'aimable. « Fermez-la, dit-il brutalement.

— Vous n'avez pas le droit de faire ça, vous le savez.

— Son père est un marquis et c'est tout le droit dont j'ai besoin. »

La conversation s'arrêta là.

Margaret comprit avec amertume qu'elle avait perdu. Sa grande évasion avait échoué. Elle avait été trahie par les gens mêmes qu'elle croyait venus à son aide. Pendant quelques heures, elle avait été libre, mais c'était fini. Elle ne s'engagerait pas dans les Services auxiliaires, songea-t-elle, navrée : elle allait embarquer sur le Clipper de la Pan American et s'envoler pour New York, fuyant la guerre. Après toutes ces aventures, son sort demeurait inchangé. Tout cela semblait si désespérément injuste.

Au bout d'un long moment, elle tourna le dos à la porte et s'approcha de la fenêtre. Elle apercevait une cour déserte et un mur de brique. Elle resta là, vaincue et désemparée, regardant entre les barreaux le jour qui se levait, et attendant son père.

Eddie Deakin inspecta pour la dernière fois le Clipper de la Pan American. Les quatre moteurs Wright Cyclone de mille cinq cents chevaux luisaient de graisse. Chacun d'eux avait la hauteur d'un homme. On avait remplacé les cinquante-six bougies. Mû par une brusque impulsion, Eddie prit un pied à coulisse dans la poche de sa combinaison et le glissa dans le châssis d'un moteur entre le caoutchouc et le métal pour vérifier l'adhésivité : les vibrations pendant ce long vol imposaient une terrible tension à la gomme. Mais l'instrument de mesure n'indiqua même pas une variation d'un demi-centimètre. Le châssis tenait bon.

Il referma le panneau d'écoutille et descendit l'échelle. Quand on remettrait l'hydravion à l'eau, il ôterait sa combinaison, ferait sa toilette et passerait son uniforme noir de la Pan American.

Le soleil brillait dans le ciel lorsqu'il quitta le quai et remonta la colline jusqu'à l'hôtel où l'équipage séjournait pendant la révision. Il était fier de l'appareil et du métier qu'il faisait. Les équipages du Clipper constituaient une élite, les meilleurs hommes de la compagnie, car ce nouveau vol transatlantique était l'itinéraire le plus prestigieux. Toute sa vie, il pourrait dire qu'il avait connu les premiers vols du Clipper au-dessus de l'Atlantique.

Toutefois, il comptait y renoncer bientôt. Il avait trente ans, il était marié depuis un an et Carol-Ann était enceinte. Voler était très bien pour un célibataire, mais il n'allait pas passer sa vie loin de sa femme et de ses enfants. Il avait mis de l'argent de côté et il en avait presque assez pour monter une petite affaire. Il avait une option sur un terrain près de Bangor, dans le Maine, qui ferait un terrain d'aviation parfait. Il entretiendrait les avions, vendrait du carburant et finirait par se payer un appareil pour faire l'avion-taxi. Il rêvait secrètement de posséder un jour une compagnie aérienne, comme Juan Trippe, le pionnier qui avait fondé la Pan American.

Il entra dans le jardin de l'hôtel Langdown Lawn. C'était une chance que les équipages de la Pan American puissent disposer d'un hôtel aussi agréable à moins de deux kilomètres des installations d'Imperial Airways. L'établissement était une maison de campagne anglaise typique, dirigé par un couple fort aimable qui charmait tout le monde et servait le thé sur la pelouse les après-midi de beau temps.

Il entra. Dans le hall, il tomba sur son adjoint, Desmond Finn — qu'on surnommait, comme il fallait s'y attendre, Mickey[1]*. Mickey était un garçon insouciant avec un grand sourire qui découvrait ses dents et une tendance à considérer Eddie comme un héros, lequel trouvait cette adoration embarrassante. Il était au téléphone et dit quand il vit Eddie : « Oh, attendez, vous avez de la chance, il vient d'arriver. » Il tendit le combiné à Eddie en annonçant : « Un coup de fil pour toi. » Puis il monta l'escalier, laissant poliment son ami seul.*

1. Mickey Finn : boisson droguée, généralement avec un violent purgatif.

« Allô ? fit Eddie dans l'appareil.

— C'est Edward Deakin ? »

Eddie se rembrunit. La voix lui était inconnue et personne ne l'appelait Edward. « Oui, dit-il, je suis Eddie Deakin. Qui êtes-vous ?

— Attendez, j'ai votre femme en ligne. »

Eddie sentit son cœur se serrer. Pourquoi Carol-Ann l'appelait-elle des États-Unis ? Il se passait quelque chose.

Un instant plus tard, il entendit la voix de sa femme. « Eddie ?

— Salut, mon chou, qu'est-ce qui se passe ? »

Elle éclata en sanglots.

Toute une série d'horribles explications lui vinrent à l'esprit : la maison avait brûlé, quelqu'un était mort, elle s'était blessée dans un accident, elle avait fait une fausse couche...

« Carol-Ann, calme-toi, tu vas bien ? »

Elle répondit entre deux sanglots : « Je ne suis... pas... blessée...

— Quoi alors ? fit-il avec appréhension. Qu'est-ce qui s'est passé ? Essaie de m'expliquer, chérie.

— Ces hommes... sont venus à la maison. »

Eddie sentit le froid l'envahir. « Quels hommes ? Qu'est-ce qu'ils ont fait ?

— Ils m'ont fait monter dans une voiture.

— Seigneur, qui sont-ils ? » La colère lui serrait la poitrine et il devait faire un effort pour respirer. « Ils t'ont fait du mal ?

— Je vais bien... Mais, Eddie, j'ai si peur. »

Il ne savait plus quoi dire. De trop nombreuses questions lui venaient aux lèvres. Des hommes étaient entrés dans sa maison et avaient forcé Carol-Ann à monter en voiture ! Que se passait-il ? Il finit par demander : « Mais pourquoi ?

— Ils ne veulent pas me le dire.

— Qu'est-ce qu'ils t'ont raconté ?

— Eddie, il faut que tu fasses ce qu'ils veulent, c'est tout ce que je sais. »

Malgré sa colère et sa terreur, Eddie crut entendre son père dire : « Ne signe jamais un chèque en blanc. » Pourtant, il n'hésita pas. « Je le ferai, mais qu'est-ce que...

— Promets !

— Je promets !

— Dieu soit loué.

— Quand est-ce arrivé ?

— Il y a deux heures.

— Où es-tu maintenant ?

— Nous sommes dans une maison pas loin... » Un cri étouffa sa voix.

« Carol-Ann ! Qu'est-ce qui se passe ? Tu vas bien ? »

Pas de réponse. Furieux, affolé et impuissant, Eddie serrait le combiné jusqu'à en avoir les jointures blanches.

Puis la voix de l'homme qui avait parlé en premier revint.

« Écoutez-moi très attentivement, Edward.

— Non, c'est vous qui allez m'écouter, ordure, lança Eddie. Si vous lui faites du mal, je vous tuerai, je le jure devant Dieu, je vous traquerai même si ça me prend toute ma vie, et quand je vous aurai trouvé, espèce de salaud, je vous arracherai la tête de mes propres mains, est-ce que vous m'entendez ? »

Il y eut un moment d'hésitation, comme si l'homme à l'autre bout du fil ne s'attendait pas à pareille tirade. Puis ce dernier reprit : « Ne jouez pas les durs, vous êtes trop loin. » Il avait l'air un peu secoué, mais il avait raison : Eddie ne pouvait rien faire. L'homme continua : « Contentez-vous d'écouter attentivement. »

Au prix d'un effort, Eddie retint sa langue.

« Vous recevrez vos instructions à bord de l'appareil, d'un homme du nom de Tom Luther. »

A bord de l'appareil ! Qu'est-ce que ça voulait dire ? Ce Tom Luther serait-il un passager, ou quoi ? Eddie demanda : « Mais que voulez-vous que je fasse ?

— Taisez-vous. Luther vous le dira. Et vous feriez mieux de suivre ses ordres à la lettre si vous voulez revoir votre femme.

— Mais comment saurai-je...

— Oh, encore une chose. N'alertez pas la police. Ça ne vous avancera à rien. Mais si vous la prévenez, rien que pour vous apprendre, je sauterai votre femme.

— Espèce de salaud, je vais... »

On raccrocha.

3

Harry Marks était l'homme le plus chanceux du monde.

Sa mère lui avait toujours dit qu'il avait de la chance. Bien que son père eût été tué dans la Grande Guerre, il avait eu la bonne fortune d'avoir pour mère une femme robuste et capable. Elle gagnait leur vie en faisant des ménages dans des bureaux et pendant toute la crise elle n'avait jamais manqué de travail. Ils habitaient à Battersea, un logement avec un robinet d'eau froide à chaque étage et des toilettes à l'extérieur, mais ils avaient de bons voisins qui s'entraidaient dans les périodes difficiles. Harry avait le don d'échapper aux ennuis. Lorsque le professeur battait les élèves à l'école, sa canne se brisait juste avant d'en arriver à Harry. Harry pouvait tomber sous une charrette et l'attelage lui passait dessus sans même le toucher.

C'était son amour des bijoux qui avait fait de lui un voleur. Adolescent, il adorait se promener dans les opulentes rues du West End et regarder les vitrines des joailliers. Il était fasciné par les diamants et les pierres précieuses disposés sur des coussinets de velours sombre, et étincelant sous la lumière crue de l'étalage. Ils les aimait pour leur beauté, mais aussi parce qu'ils symbolisaient un mode de vie qu'il avait découvert dans les livres, une vie de spacieuses maisons de campagne àvec de grandes pelouses vertes où de jolies filles appelées lady Penelope ou Jessica Chumley jouaient tout l'après-midi au tennis et rentraient tout essoufflées pour le thé.

Il avait été apprenti chez un bijoutier, mais le travail l'avait ennuyé et il était parti au bout de six mois. Réparer des bracelets de montre cassés et agrandir des alliances pour des femmes qui avaient pris du poids manquait de charme. Mais il avait appris à distinguer un rubis d'un grenat, une perle naturelle d'une perle de culture et un diamant moderne taillé en brillant d'une pierre taillée au XIXe siècle. Il avait découvert aussi la différence entre une belle et une vilaine monture, un modèle gracieux et un bijou ostentatoire et sans goût ; et cette faculté de discernement n'avait qu'enflammé davantage son amour des beaux bijoux et son goût pour le style de vie qui allait de pair avec eux.

Il finit par trouver un moyen de satisfaire ces deux envies en utilisant des jeunes filles comme Rebecca Maugham-Flint.

Il avait fait la connaissance de Rebecca à Ascot. Il rencontrait souvent des filles riches aux courses. Le plein air et la foule lui permettaient d'aller et venir entre deux groupes de jeunes parieurs si bien que chaque groupe croyait qu'il appartenait à l'autre. Rebecca était une grande fille avec un gros nez, qui arborait une abominable robe en jersey ruché et un chapeau à la Robin des bois orné d'une plume. Aucun des jeunes gens qui l'entouraient ne lui accordait la moindre attention, et elle se montra éperdument reconnaissante à Harry de lui adresser la parole.

Il n'avait pas poursuivi tout de suite leur relation, car mieux valait ne pas paraître trop empressé. Mais quand il était tombé sur elle un mois plus tard, dans une galerie d'art, elle l'avait accueilli comme un vieil ami et l'avait présenté à sa mère.

Bien entendu, les filles comme Rebecca n'étaient pas censées sortir sans chaperon avec des garçons, que ce soit au cinéma ou au restaurant ; seules des vendeuses et des ouvrières faisaient cela. Elles affirmaient donc à leurs parents qu'elles sortaient en bande ; et pour que cela soit véridique, elles commençaient généralement par se rendre à un cocktail. Ensuite, les couples s'éclipsaient discrètement. Cela convenait admirablement à Harry : comme il ne « courtisait » pas officiellement Rebecca, ses parents ne voyaient pas la nécessité de trop se pencher sur ses antécédents et ne lui posaient jamais de questions sur les vagues mensonges qu'il racontait à propos d'une maison de campagne dans le Yorkshire, d'un petit collège en Écosse, d'une mère invalide vivant dans le midi de la France et d'un futur brevet de lieutenant dans la Royal Air Force.

Il avait constaté que les vagues mensonges étaient chose courante dans les milieux de la haute société qu'il fréquentait. On les entendait débiter par des jeunes gens qui ne voulaient pas avouer leur désespérante pauvreté, ni que leurs parents étaient des ivrognes invétérés, ni qu'ils appartenaient à une famille déshonorée par un scandale. Personne ne se donnait la peine d'épingler quelqu'un avant qu'il ne donnât les signes de s'intéresser sérieusement à une jeune fille de bonne famille.

Harry sortait donc avec Rebecca depuis trois semaines dans ce flou artistique. Elle l'avait fait inviter à un week-end dans le Kent, où il avait joué au cricket et volé de l'argent aux invités qui n'avaient pas osé signaler la chose, de crainte d'offenser leurs hôtes. Elle l'avait emmené aussi à plusieurs bals où il avait fait les poches et vidé des sacs. En outre, au cours d'une visite au domicile de Rebecca, il avait pris de petites sommes d'argent, un peu d'argenterie et trois intéressantes broches victoriennes dont la mère de Rebecca n'avait pas encore remarqué la disparition.

A son avis, il n'y avait rien d'immoral dans ce qu'il faisait. Les gens qu'il volait ne méritaient pas leur richesse. La plupart d'entre eux n'avaient jamais travaillé de leur vie. Les rares qui possédaient une sorte de situation utilisaient leurs relations de collège pour obtenir des sinécures surpayées : ils étaient diplomates, présidents de compagnies, juges ou députés conservateurs. Les voler, c'était comme tuer des nazis : c'était un service rendu au public, pas un crime.

Il faisait cela depuis deux ans et il savait que cela ne pourrait pas continuer éternellement. Le monde de la haute société britannique était vaste mais limité et on finirait par découvrir son manège. La guerre était survenue au moment où il s'apprêtait à chercher un autre mode de vie.

Il n'entendait pourtant pas s'engager dans l'armée comme simple soldat. Nourriture médiocre, vêtements rêches, brutalités et discipline militaire, tout cela n'était pas pour lui et d'ailleurs il avait très mauvaise mine en kaki. Le bleu de l'armée de l'air toutefois s'accordait bien à ses yeux et il se voyait très bien en pilote. Il allait donc devenir officier de la RAF. Il n'avait pas encore trouvé comment, mais il y parviendrait : il avait toujours eu de la chance.

En attendant, il décida, avant de laisser tomber Rebecca, de se servir d'elle pour s'introduire une dernière fois dans une demeure de riches.

Ils commencèrent la soirée par une réception dans l'hôtel particulier qu'habitait à Belgravia sir Simon Monkford, un riche éditeur.

Harry passa un moment avec l'honorable Lydia Moss, fille presque obèse d'un comte écossais. Maladroite et esseulée, c'était exactement le genre de fille sur qui son charme agissait le plus facilement et il l'enchanta une vingtaine de minutes, plus ou moins par habitude. Puis il fit la conversation à Rebecca pour la maintenir de bonne humeur. Après quoi il jugea que le moment était venu d'agir.

Il s'excusa et quitta la pièce. La réception avait lieu dans l'immense salon du premier étage. Comme il traversait le palier et se glissait discrètement dans l'escalier, il sentit le grisant déferlement d'adrénaline qui lui venait toujours quand il était sur le point de faire un coup. L'idée qu'il allait voler ses hôtes, en courant le risque d'être pris sur le fait et dénoncé comme imposteur, l'emplissait tout à la fois de crainte et d'excitation.

Il parvint à l'étage au-dessus et s'engagea dans le couloir qui menait vers le devant de la maison. La porte la plus éloignée donnait sans doute accès aux appartements de maître, se dit-il. Il l'ouvrit et aperçut une grande chambre avec des rideaux à fleurs et un couvre-lit rose. Il allait y pénétrer quand une autre porte s'ouvrit et qu'une voix lui lança : « Eh bien, dites donc ! »

Harry se retourna, plus tendu que jamais. Il vit un jeune homme d'environ son âge qui avançait dans le couloir et le regardait avec curiosité.

Comme toujours, les mots qu'il fallait lui vinrent aux lèvres au moment où il en avait besoin. « Ah, c'est par là ?

— Quoi donc ?

— Ce sont bien les toilettes ? »

Le visage du jeune homme s'éclaira. « Oh, je vois. Allez jusqu'à la porte verte à l'autre bout du couloir.

— Merci infiniment.

— Pas de quoi. »

Harry longea le corridor. « Ravissante maison, observa-t-il.

— N'est-ce pas ? » L'homme descendit l'escalier et disparut.

Harry se permit un sourire satisfait. Les gens étaient parfois si crédules.

Il revint sur ses pas et entra dans la chambre rose. Comme d'habitude, il y avait là tout un appartement. Les couleurs indiquaient qu'il se trouvait dans la chambre de lady Monkford. Un rapide examen des lieux lui révéla la présence d'un vestiaire sur le côté, lui aussi décoré en rose, et d'une autre chambre plus petite, avec des fauteuils en cuir et du papier à rayures à laquelle succédait un vestiaire d'homme. Dans la haute société, les couples faisaient souvent chambre à part, avait appris Harry. Il n'avait pas encore décidé si c'était parce qu'ils étaient moins paillards que les ouvriers ou parce qu'ils se sentaient obligés d'utiliser toutes les nombreuses pièces de leurs vastes demeures.

Le vestiaire de sir Simon comprenait une grande penderie d'acajou et une commode assortie. Harry ouvrit le premier tiroir de la commode. Là, dans un petit coffret à bijoux en cuir, se trouvait un assortiment de boutons de plastron, de baguettes de col et de boutons de manchettes, non pas rangés avec soin mais jetés là n'importe comment. La plupart d'entre eux étaient assez ordinaires, mais l'œil exercé de Harry se posa sur une charmante paire de boutons de manchettes en or incrusté de petits rubis. Il les fourra dans sa poche. A côté du coffret, il y avait un portefeuille en cuir contenant une cinquantaine de livres en billets de cinq livres. Harry en prit vingt et se sentit satisfait de lui-même. Facile, songea-t-il. Pour gagner vingt livres, il fallait à la plupart des gens deux mois de dur labeur dans une usine crasseuse.

Il ne volait jamais tout. Prendre juste quelques articles créait le doute. Les gens pensaient qu'ils avaient égaré les bijoux ou s'étaient trompés sur le contenu de leur portefeuille, si bien qu'ils hésitaient à signaler le vol.

Il referma le tiroir et passa dans la chambre de lady Monkford. Il était tenté de partir tout de suite avec le précieux butin qu'il avait déjà amassé, mais il décida de prendre le risque de traîner quelques minutes encore. Les femmes en général avaient de plus beaux bijoux que leur mari. Lady Monkford avait peut-être des saphirs et Harry adorait les saphirs.

Il faisait doux et une fenêtre était grande ouverte. Harry jeta un coup d'œil et vit un petit balcon avec une balustrade en fer forgé. Il passa aussitôt dans le vestiaire et s'assit derrière la coiffeuse. Il ouvrit tous les tiroirs et trouva plusieurs boîtes et plateaux à bijoux. Il se mit à les inspecter rapidement, l'oreille tendue pour guetter le bruit éventuel de la porte qu'on ouvrirait.

Lady Monkford n'avait pas bon goût. C'était une jolie femme que Harry avait trouvée sans intérêt et elle — ou son mari — avait choisi des bijoux voyants mais d'assez piètre qualité. Ses perles étaient mal assorties, ses broches énormes et laides, ses boucles d'oreilles lourdes et ses bracelets tapageurs. Il était déçu.

Il hésitait devant un pendentif presque séduisant lorsqu'il entendit la porte de la chambre s'ouvrir.

Il se figea, l'estomac noué, réfléchissant rapidement.

L'unique porte donnait sur la chambre.

Il y avait une petite fenêtre, mais elle était fermée et sans doute ne pourrait-il pas l'ouvrir assez vite ni assez silencieusement. Il se demanda s'il avait le temps de se cacher dans la penderie.

De là où il se trouvait, il ne voyait pas la porte de la chambre. Il l'entendit se refermer, puis il y eut une toux féminine et des pas légers sur le tapis. Il se pencha vers le miroir de la coiffeuse et s'aperçut que, dans cette position, il découvrait toute la chambre. Lady Monkford venait d'entrer et se dirigeait vers le vestiaire. Il n'avait même pas le temps de refermer les tiroirs.

Il haletait un peu. Il était crispé de peur, mais il avait déjà connu ce genre de situation. Il attendit encore un moment, se forçant à respirer calmement, à s'apaiser. Puis il décida d'agir.

Il se leva, franchit rapidement la porte qui donnait dans la chambre et dit : « Ça alors ! »

Lady Monkford s'arrêta net au milieu de la pièce. Elle porta une main à sa bouche et poussa un petit cri.

Un rideau à fleurs s'agitait dans la brise devant la fenêtre ouverte et Harry eut une soudaine inspiration.

« Ça alors, répéta-t-il, s'efforçant de prendre un ton stupéfait. Je viens de voir quelqu'un sauter par votre fenêtre. »

Elle retrouva sa voix. « Qu'est-ce que vous dites ? Et que faites-vous dans ma chambre ? »

Jouant son rôle, Harry se précipita vers la fenêtre et regarda dehors. « Parti ! dit-il.

— Je vous en prie, expliquez-vous ! »

Harry prit une profonde inspiration, comme s'il voulait mettre de l'ordre dans ses pensées. Lady Monkford était une femme d'une quarantaine d'années, papillonnant dans une robe de soie verte. S'il gardait son calme, il pouvait en faire son affaire. Le sourire conquérant, il se coula dans la peau du collégien monté en graine, type chaleureux, joueur de rugby à ses heures — personnage qu'elle devait bien connaître — et il commença son numéro.

« C'est la chose la plus étrange que j'aie jamais vue, dit-il. J'étais dans le couloir quand un type à l'air bizarre a passé le nez par cette porte. Il m'a aperçu et s'est esquivé. Je savais que c'était votre chambre parce que j'étais entré là-dedans moi-même en cherchant les toilettes. Je me demandais ce que voulait ce type : il n'avait pas l'air d'un de vos domestiques et il n'était certainement pas un invité. Alors je me suis approché pour lui demander. Quand j'ai ouvert la porte, il a sauté par la fenêtre. » Puis, pour expliquer les tiroirs encore ouverts de la coiffeuse, il ajouta : « Je viens de jeter un coup d'œil dans votre vestiaire et, j'en ai bien peur, il en voulait à vos bijoux. »

C'était brillant, se dit-il, admiratif ; je devrais être comédien à la radio.

Elle porta la main à son front. « Oh, c'est épouvantable, dit-elle d'une voix faible.

— Vous feriez mieux de vous asseoir », fit Harry avec sollicitude.

Il l'escorta jusqu'à une petite chaise rose.

« Quand je pense, reprit-elle, que si vous ne l'aviez pas fait s'enfuir il aurait été ici quand je suis entrée ! Je crois bien que je vais m'évanouir. » Elle saisit la main de Harry et la serra très fort. « Je vous suis si reconnaissante. »

Harry étouffa un sourire. Il s'en était tiré une fois de plus.

Il réfléchit un moment. Il ne tenait pas à ce qu'elle ameute tout le monde. L'idéal serait qu'elle ne parle de rien. « Écoutez, ne dites pas à Rebecca ce qui s'est passé, voulez-vous ? fit-il pour commencer. Elle est très nerveuse et une histoire comme ça pourrait la démoraliser pour des semaines.

— Moi aussi, dit lady Monkford. Des semaines ! » Elle était trop bouleversée pour songer que la robuste Rebecca n'était guère du genre à avoir les nerfs fragiles.

« Il faudra probablement que vous appeliez la police et tout ça, mais ça va gâcher la soirée, reprit-il.

— Oh, mon Dieu... Ce serait trop épouvantable. Il faut vraiment appeler la police ?

— Ma foi..., fit Harry en masquant sa satisfaction. Ça dépend de ce que cette canaille a volé. Pourquoi ne jetez-vous pas un coup d'œil tout de suite ?

— Oh, mon Dieu, mais oui, ça vaudrait mieux. »

Harry lui pressa la main pour l'encourager puis l'aida à se lever.

Ils passèrent dans le vestiaire. Elle eut un sursaut en voyant tous les tiroirs ouverts. Harry lui avança son fauteuil.

Elle s'assit et se mit à examiner ses bijoux. Au bout d'un moment, elle dit : « Je ne crois pas qu'il ait pu prendre grand-chose.

— Je l'ai peut-être surpris avant qu'il commence », déclara Harry.

Elle continuait à trier les colliers, les bracelets et les broches. « Je crois que oui, conclut-elle. Vous êtes merveilleux.

— Si vous n'avez rien perdu, vous n'avez pas vraiment besoin d'en parler à qui que ce soit.

— Sauf à sir Simon, bien sûr, fit-elle.

— Évidemment, dit Harry, bien qu'il eût espéré le contraire. Vous pourrez lui en parler quand la réception sera finie. Comme ça, vous ne lui gâcherez pas sa soirée.

— Quelle bonne idée », répondit-elle avec reconnaissance.

Tout cela était très satisfaisant. Harry était immensément soulagé. Il décida d'en rester là maintenant que les choses allaient si bien. « Je ferais mieux de redescendre, annonça-t-il. Je vais vous laisser reprendre votre souffle. » Il se pencha et lui posa un petit baiser sur la joue. Prise au dépourvu, elle rougit. Il lui murmura à l'oreille : « Je pense que vous êtes terriblement brave. » Sur quoi, il sortit.

Les femmes entre deux âges étaient encore plus faciles à manier que leurs filles, se dit-il. Dans le corridor désert, il s'aperçut dans un miroir. Il s'arrêta pour rajuster son nœud papillon et adressa à son reflet un sourire triomphant. « Harold, murmura-t-il, tu es un vrai démon. »

La soirée s'achevait. Quand Harry revint dans le salon, Rebecca dit avec agacement : « Où étiez-vous passé ?

— Je parlais à notre hôtesse, répondit-il. Désolé. Nous partons ? »

Il sortit de la maison avec les boutons de manchettes de son hôte et vingt livres dans sa poche.

Ils prirent un taxi sur Belgrave Square et se firent conduire à un restaurant de Piccadilly. Harry adorait les bons restaurants : il éprouvait un profond sentiment de bien-être à voir les nappes empesées, les verres étincelants, les menus en français et les maîtres d'hôtel déférents. Son père n'avait jamais vu ces endroits de l'intérieur. Sa mère, peut-être, si elle y avait fait le ménage. Il commanda une bouteille de champagne, consulta avec soin la liste des vins et choisit un millésime qu'il savait être bon mais non pas rare, pour que le prix ne fût pas trop élevé.

Quand il avait commencé à emmener des filles au restaurant, il avait commis quelques erreurs ; mais il apprenait vite. Un subterfuge bien utile consistait à laisser le menu fermé et à dire : « J'aimerais une sole, vous en avez ? » Le serveur ouvrait alors le menu et lui montrait la ligne où l'on pouvait lire *Sole meunière, Les goujons de sole avec sauce tartare,* et *Sole grillée,* puis, le voyant hésiter, suggérait : « Les *goujons* sont très bien, monsieur. » Harry ne tarda pas à connaître les mots français de tous les plats de base. Il remarqua aussi que les gens qui dînaient fréquemment dans ce genre d'endroit demandaient très souvent au serveur ce qu'était tel plat : les Anglais riches ne savaient pas nécessairement le français. Après cela, il se fit un devoir de demander la traduction d'un plat chaque fois qu'il dînait dans un restaurant chic ; et il pouvait maintenant lire un menu mieux que la plupart des riches jeunes gens de son âge. Le vin n'était pas un problème non plus. Les sommeliers étaient en général ravis qu'on leur demandât un conseil et ils ne s'attendaient pas à voir un jeune homme connaître tous les châteaux, les appellations et les différents millésimes. Dans les restaurants comme dans la vie, le truc était d'avoir l'air à l'aise, surtout quand on ne l'était pas.

Le champagne qu'il avait choisi était bon, mais quelque chose ce soir-là le préoccupait, et il ne tarda pas à comprendre que le problème, c'était Rebecca. Il ne cessait de se dire combien ce serait délicieux d'amener dans un établissement comme ça une *jolie* fille. Il sortait toujours avec des filles qui n'avaient rien de séduisant : des laides, des grosses, des boutonneuses, des idiotes. C'était facile de faire leur connaissance ; et puis, une fois qu'elles s'étaient entichées de lui, elles ne demandaient qu'à le prendre pour ce qu'il se donnait l'air d'être, répugnant à mettre en doute ses affirmations, de crainte de le perdre. C'était la stratégie idéale pour avoir accès à des maisons riches. L'ennui, c'est qu'il passait tout son temps avec des filles qui ne lui plaisaient pas. Un jour, peut-être...

Rebecca ce soir était maussade. Elle était mécontente pour une raison ou pour une autre. Peut-être, après avoir vu régulièrement Harry depuis trois semaines, se demandait-elle pourquoi il n'avait pas tenté d'« aller trop loin », elle entendait par là lui toucher les seins. La vérité était qu'il ne pouvait pas faire semblant de la désirer. Il pouvait la charmer, lui conter fleurette, la faire rire et la rendre amoureuse de lui ; mais il n'arrivait pas à la désirer. En une horrible occasion, il s'était trouvé dans une grange avec une fille maigrelette et déprimée bien décidée à perdre sa virginité, et il avait essayé de se forcer ; mais son corps avait refusé de coopérer et il en était encore gêné chaque fois qu'il y pensait.

Son expérience sexuelle, en fait, se limitait presque aux filles de sa classe sociale et aucune de ces relations n'avait été durable. Il n'avait eu qu'une seule aventure profondément satisfaisante. A dix-huit ans, il s'était sans vergogne laissé lever sur Bond Street par une femme plus âgée, l'épouse désœuvrée d'un avocat trop affairé, et ils avaient été amants pendant deux ans. Il avait beaucoup appris d'elle : l'art de faire l'amour, qu'elle lui avait enseigné avec enthousiasme, les manières de la haute société, qu'il avait assimilées subrepticement ; et la poésie qu'ils lisaient et dont ils discutaient au lit ensemble. Harry éprouvait pour elle beaucoup d'affection. Elle mit un terme à leur liaison brutalement et sans préavis quand son mari découvrit qu'elle avait un amant (il ne sut jamais qui). Depuis lors, Harry les avait rencontrés tous les deux à plusieurs reprises : la femme le regardait toujours comme s'il n'était pas là. Harry trouvait cela cruel. Elle avait beaucoup compté pour lui et elle semblait tenir à lui. Avait-elle une forte volonté ou était-ce simplement manque de cœur ? Il ne le saurait sans doute jamais.

Le champagne et la bonne chère ne dissipaient pas la

morosité de Harry ni celle de Rebecca. Il commençait à se sentir nerveux. Il avait prévu de la laisser tomber gentiment après ce soir, et voilà qu'il ne pouvait plus supporter l'idée de passer ne fût-ce que le reste de cette soirée avec elle. Il regrettait d'avoir gaspillé de l'argent pour l'inviter à dîner. Il regarda le visage grognon de Rebecca, sans maquillage et écrasé sous un ridicule petit chapeau à plume, et il se mit à la détester.

Quand ils eurent terminé leur dessert, il commanda du café et alla aux toilettes. Le vestiaire se trouvait juste à côté des toilettes pour hommes, près de la porte de sortie, et n'était pas visible de leur table. Harry fut saisi d'une envie irrésistible. Il prit son chapeau, glissa un pourboire à la dame du vestiaire et sortit discrètement du restaurant.

La nuit était douce. Avec le black-out il faisait très sombre, mais Harry connaissait bien le West End et il y avait des signaux lumineux aux carrefours pour guider sa navigation, sans parler de la lueur étouffée des feux de position des voitures. Il avait l'impression d'avoir séché l'école. Il s'était débarrassé de Rebecca, avait fait l'économie de sept ou huit livres et s'était donné une soirée de congé, tout cela sur le coup de l'inspiration.

Les théâtres, les cinémas et les dancings avaient été fermés par le gouvernement « jusqu'à ce que l'on ait jugé de l'ampleur de l'attaque allemande sur la Grande-Bretagne », disait-on. Mais les boîtes de nuit fonctionnaient toujours en marge de la loi et il y en avait encore beaucoup d'ouvertes si on savait où regarder. Harry se retrouva bientôt confortablement installé à une table dans une cave de Soho, à siroter un whisky et à écouter un excellent orchestre de jazz américain tout en caressant l'idée de faire la cour à la vendeuse de cigarettes.

Il y pensait encore quand le frère de Rebecca entra.

Le lendemain matin, assis dans une cellule, dans les sous-sol du palais de justice, déprimé et plein de remords, il attendait de comparaître devant les magistrats. Il était dans le pétrin.

Sortir du restaurant comme ça avait été totalement stupide. Rebecca n'était pas le genre à ravaler son orgueil et à payer discrètement l'addition. Elle avait fait toute une histoire, le directeur avait appelé la police, la famille de Rebecca était arrivée... Le genre d'histoires que Harry normalement prenait grand soin d'éviter. Malgré tout, il s'en serait tiré s'il n'avait pas eu l'incroyable malchance de tomber deux heures plus tard sur le frère de Rebecca.

Il partageait une grande cellule avec quinze ou vingt autres prisonniers qu'on allait traîner ce matin-là devant le tribunal des flagrants délits. Il n'y avait pas de fenêtre et la pièce était pleine de fumée de cigarette. Harry n'allait pas être jugé aujourd'hui, ce ne serait qu'une audience préliminaire.

Bien sûr, on finirait par le condamner. Les preuves contre lui étaient indiscutables. Le maître d'hôtel confirmerait les doléances de Rebecca et sir Simon Monkford identifierait les boutons de manchettes.

Mais il y avait pire. Harry avait été interrogé par un inspecteur de la Brigade criminelle. L'homme arborait la tenue habituelle des inspecteurs, costume de serge robuste, chemise blanche et cravate noire, gilet sans chaîne de montre et chaussures parfaitement cirées ; c'était un policier expérimenté à l'esprit vif et plein de méfiance. Il avait dit : « Depuis deux ou trois ans, nous recevons de temps en temps des rapports provenant de riches demeures, à propos de bijoux *perdus*. Pas *volés*, bien sûr. Simplement disparus. Des bracelets, des boucles d'oreilles, des pendentifs, des boutons de plastron... Ceux qui les ont perdus sont absolument sûrs que les objets en question n'ont pas pu être volés, car les seules personnes qui auraient eu l'occasion de les prendre auraient été leurs invités. La seule raison pour laquelle ils signalent ces disparitions, c'est qu'ils veulent les récupérer si jamais on les voit quelque part. »

Harry n'avait pas dit un mot durant toute cette entrevue, mais il se sentait très mal. Jusqu'à présent, il avait été persuadé que sa carrière était passée totalement inaperçue. Il fut horrifié de découvrir le contraire : cela faisait quelque temps qu'on était sur sa piste.

L'inspecteur ouvrit un gros dossier. « Comte de Dorset, une bonbonnière en argent XVIIIe et une tabatière laquée également XVIIIe. Mme Harry Jaspers, un bracelet de perles avec fermoir en rubis de chez Tiffany. La comtesse di Malvoli, un pendentif en diamants Art déco monté sur une chaîne en argent. Cet homme a bon goût. » Le détective eut un regard appuyé sur les boutons en diamants du plastron de Harry.

Harry comprit que le dossier devait contenir les détails de douzaines de délits commis par lui. Il savait aussi qu'il finirait par être condamné pour au moins certains d'entre eux. Cet habile inspecteur avait rassemblé tous les éléments de base : il n'aurait aucun mal à retrouver des témoins pour dire qu'au moment du vol Harry se trouvait sur les lieux. Tôt ou tard on allait perquisitionner chez lui et chez sa mère. La plupart des bijoux avaient été vendus à un receleur, mais il avait conservé quelques pièces : les boutons en diamants remarqués par le policier avaient été pris sur un ivrogne assoupi lors d'un bal à Grosvenor Square et sa mère possédait une broche qu'il avait habilement subtilisée sur le corsage d'une comtesse lors d'une réception de mariage dans un jardin du Surrey. De plus, que répondrait-il quand on lui demanderait de quoi il vivait ?

Il était bon pour un long séjour en prison. Et, quand il sortirait, il serait mobilisé dans l'armée, ce qui était plus ou moins la même chose. Cette idée lui glaçait le sang.

Il refusa obstinément de dire un mot, même quand l'inspecteur le prit par les revers de sa veste de smoking et le plaqua contre le mur ; mais le silence ne le sauverait pas. La justice avait le temps pour elle.

Harry n'avait qu'une possibilité de retrouver la liberté : persuader les magistrats de le libérer sous caution, puis disparaître. Il brûlait soudain d'envie d'être libre comme s'il avait passé des années en prison et non quelques heures.

Disparaître ne serait pas simple, mais l'idée lui donnait le frisson.

En dépouillant les riches, il s'était habitué à leur style de vie : il se levait tard, buvait son café dans une tasse en porcelaine, portait des vêtements superbes et dînait dans les grands restaurants. Il aimait encore retrouver ses racines, en allant boire au pub avec de vieux copains ou en emmenant sa mère à l'Odéon. Mais l'idée de la prison était insupportable : les vêtements sales, la nourriture abominable, la promiscuité et, pire que tout, l'ennui lancinant d'une existence absolument sans but. Avec un frisson de dégoût, il concentra ses pensées sur la manière d'obtenir une caution.

La police s'y opposerait, bien entendu, mais c'étaient les magistrats qui prendraient la décision. Harry n'avait jamais encore comparu devant un tribunal, mais dans les rues dont il venait, on savait ces choses-là comme on savait qui pourrait bénéficier d'un logement social et comment ramoner des cheminées. Les tribunaux ne refusaient systématiquement la caution que dans les cas de meurtre. Sinon, c'était à la discrétion des magistrats. Normalement, ils faisaient ce que la police demandait, mais pas toujours. Ils pouvaient parfois se laisser persuader par un habile avocat ou par un accusé qui leur balançait une histoire mélodramatique à propos d'un enfant malade. Parfois, si l'accusateur public était un peu trop arrogant, ils accordaient la liberté sous caution rien que pour affirmer leur indépendance. Il faudrait trouver un peu d'argent, sans doute vingt-cinq ou cinquante livres. Ce n'était pas un problème. Il avait beaucoup d'argent. On l'avait autorisé à donner un coup de téléphone, et il avait appelé le marchand de journaux au coin de la rue où habitait sa mère et demandé à Bernie, le propriétaire, d'envoyer un de ses employés la chercher. Quand enfin elle arriva, il lui dit où trouver son argent.

« Ils vont m'accorder la liberté sous caution, maman, dit Harry d'un ton assuré.

— Je sais, mon fils, répondit sa mère. Tu as toujours eu de la chance. »

Et sinon...

Je me suis déjà sorti de situations difficiles, se dit-il avec entrain. Mais pas difficiles à ce point-là.

Un gardien cria : « Marks ! »

Harry se leva. Il n'avait pas préparé ce qu'il allait dire : il préférait improviser. Mais pour une fois il regretta de ne pas avoir pensé à sa défense. Qu'on en finisse, se dit-il nerveusement. Il boutonna sa veste, rajusta son nœud et redressa le petit carré de batiste blanc dans sa poche de poitrine. Il se frotta le menton et regretta qu'on ne lui eût pas permis de se raser. A la dernière minute, le germe d'une histoire se forma dans son esprit, il retira de sa chemise les boutons de manchettes et les fourra dans sa poche.

On ouvrit la grille et il sortit.

On lui fit prendre un escalier bétonné et il se retrouva au banc des accusés au milieu de la salle du tribunal. Il avait devant lui le banc vide des avocats, le greffier à sa table et la Cour composée de trois magistrats non professionnels.

Harry se dit : Seigneur, j'espère que ces salauds vont me laisser partir.

Dans la tribune de presse, sur un côté de la salle, se tenait un jeune reporter avec un bloc-notes. Harry se retourna et regarda vers le fond, la partie réservée au public. Il repéra sa mère, dans son plus beau manteau et avec un chapeau neuf. Elle tapota sa poche d'un air entendu : Harry comprit qu'elle avait l'argent pour sa caution. Il constata avec horreur qu'elle arborait la broche qu'il avait volée à la comtesse d'Eyer.

Il se tourna vers les juges et agrippa la balustrade pour empêcher ses mains de trembler. L'accusateur public, un policier chauve avec un grand nez, disait : « Affaire numéro trois, votre honneur : vol de vingt livres en espèces et d'une paire de boutons de manchettes en or d'une valeur de quinze guinées, propriété de sir Simon Monkford ; et délit de grivèlerie au restaurant Saint Raphael à Piccadilly. La police demande un emprisonnement préventif car nous enquêtons sur d'autres délits impliquant de grosses sommes d'argent. »

Harry examinait soigneusement les magistrats : d'un côté

se trouvait un vieux type avec des favoris blancs et un col empesé, de l'autre, un homme du genre ancien militaire avec une cravate aux couleurs de son régiment : tous deux le regardaient de haut et sans doute estimaient-ils que tous ceux qui comparaissaient devant eux devaient être coupables de quelque chose. Il sentit le désespoir l'envahir. Puis il se dit qu'un stupide préjugé pouvait aisément se changer en une crédulité tout aussi stupide. S'il voulait les rouler dans la farine, mieux valait qu'ils ne fussent pas trop malins. Le président, au milieu, était le seul à compter vraiment. C'était un homme entre deux âges, avec une moustache grise et un costume gris, et son air las donnait à penser que depuis ses débuts il avait entendu plus de hâbleries et d'excuses plausibles qu'il n'avait envie de s'en souvenir. C'était lui qu'il faudrait surveiller, se dit Harry avec angoisse.

Il s'adressait maintenant à Harry. « Demandez-vous à être libéré sous caution ? »

Harry fit semblant d'être déconcerté. « Oh ! Bonté divine ! Je pense que oui. Oui... en effet, c'est ce que je demande. »

Les trois magistrats se redressèrent et commencèrent à faire attention en entendant son accent distingué. Harry apprécia l'effet. Il avait le talent de déconcerter les gens et il en était fier. La réaction du tribunal le réconforta. Je peux les avoir, songea-t-il ; je suis sûr que oui.

« Eh bien, reprit le président, qu'avez-vous à dire pour votre défense ? »

Harry écoutait attentivement l'accent du président, s'efforçant de le situer avec précision dans l'échelle sociale. Il décida que l'homme appartenait à la bourgeoisie. Un pharmacien, peut-être, ou un directeur de banque. Il devait être astucieux, mais devait avoir l'habitude de respecter les gens de la haute société.

Harry prit un air embarrassé et adopta le ton d'un collégien s'adressant à un proviseur. « J'ai bien peur que toute cette histoire ne soit horriblement embrouillée, monsieur le président », commença-t-il. L'intérêt des magistrats monta d'un cran, il s'agitèrent sur leur fauteuil et se penchèrent en avant d'un air émoustillé. Voilà qui n'allait pas être une affaire banale, ils le sentaient et ils étaient contents de sortir de leur routine habituelle. Harry poursuivit : « Pour vous dire la vérité, quelques-uns de mes amis ont bu trop de porto au Carlton Club hier, et ça a vraiment été la cause de tout cela. » Il marqua un temps, comme si c'était tout ce qu'il avait à dire, et regarda la Cour d'un air d'expectative.

Le magistrat aux airs d'ancien militaire répéta : « Le Carlton Club ? » Son expression disait clairement qu'il n'arrivait pas souvent à des membres de cette auguste institution de comparaître devant le tribunal.

Harry se demanda s'il n'était pas allé trop loin. Peut-être refuserait-on de croire qu'il était un membre du club. Il s'empressa de continuer : « C'est terriblement embarrassant, mais je vais *immédiatement* aller présenter mes excuses à tous les intéressés et régler cette affaire sans délai... » Il fit semblant de se rappeler soudain qu'il était en tenue de soirée. « Enfin, dès que je me serai changé. »

Le vieux type demanda : « Vous voulez dire que vous n'aviez pas l'*intention* de prendre vingt livres et une paire de boutons de manchettes ? »

Le ton était incrédule, mais c'était néanmoins un bon signe qu'on lui posât des questions. Cela voulait dire qu'ils n'écartaient pas d'emblée sa version des faits. S'ils n'avaient pas cru un mot de ce qu'il racontait, ils n'auraient pas pris la peine de le questionner sur des détails. Il sentit un frisson d'espoir : peut-être allait-on le libérer !

Il reprit : « J'ai bien emprunté les boutons de manchettes : je n'avais pas pris les miens. » Il leva les bras pour montrer les manchettes non attachées de sa chemise de smoking qui dépassaient des manches de sa veste.

Le vieux type demanda : « Et les vingt livres ? »

Voilà qui était plus difficile, se dit Harry avec inquiétude. Aucune excuse plausible ne lui venait à l'esprit. On pouvait oublier ses boutons de manchettes et emprunter négligemment ceux de quelqu'un d'autre, mais emprunter de l'argent sans permission, cela équivalait à un vol. Il était au bord de l'affolement quand l'inspiration une fois de plus vint à son secours. « Je pense que sir Simon a pu se tromper sur la somme qu'il y avait à l'origine dans son portefeuille. » Harry baissa la voix, comme pour faire aux magistrats une confidence que le commun des mortels dans la salle ne devrait pas entendre. « Il est extrêmement riche, monsieur le président. »

Le magistrat répliqua : « Il ne s'est pas enrichi en oubliant combien d'argent il avait. » Des rires montèrent de l'assistance. Un certain sens de l'humour aurait pu être un signe encourageant, mais le magistrat n'eut même pas un sourire : il n'avait pas eu l'intention d'être drôle. C'est un directeur de banque, pensa Harry ; on ne plaisante pas avec l'argent. Le président reprit : « Et pourquoi n'avez-vous pas payé votre addition au restaurant ?

— Je dois dire que je suis extrêmement navré de cela. J'ai eu une épouvantable discussion avec... avec la personne avec qui je dînais. » Harry s'abstint ostensiblement de dire avec qui il dînait : l'ancien élève d'un grand collège ne galvaude pas le nom d'une femme et les magistrats devaient savoir cela. « Je crois malheureusement que je suis sorti en coup de vent, en oubliant complètement l'addition. »

Le président regarda par-dessus les verres de ses lunettes et fixa sur Harry un regard sévère. Harry sentit que quelque part il avait fait fausse route. Son cœur se serra. Qu'avait-il dit ? L'idée lui vint qu'il avait traité avec désinvolture une affaire de dette. Attitude normale dans la haute société, mais péché mortel aux yeux d'un directeur de banque. La panique le prit et il eut l'impression qu'il allait tout perdre à cause d'une petite erreur de jugement. Il s'empressa de balbutier : « C'est horriblement irresponsable de ma part, monsieur le président, et bien entendu j'irai là-bas dès l'heure du déjeuner pour régler cela. Enfin, si vous voulez bien me laisser partir. »

Impossible de dire si le président était adouci ou non. « Si je vous comprends bien, vous pensez que, une fois vos explications données, les accusations portées contre vous vont probablement être abandonnées ? »

Harry décida qu'il devait prendre garde à ne pas avoir

l'air d'avoir une réponse toute prête à chaque question Il baissa la tête en prenant un air penaud. « J'imagine que ce serait une leçon pour moi si on refusait d'abandonner les accusations.

— Sans doute », dit sévèrement le président.

Espèce de vieux schnock, se dit Harry ; mais il savait que ce genre d'attitude, même si c'était humiliant, servait son affaire. Plus on le gronderait, moins on risquait de le renvoyer en prison.

« Y a-t-il autre chose que vous voudriez ajouter ? » demanda le président.

D'une voix étouffée, Harry répondit : « Seulement que j'ai terriblement honte de moi, monsieur le président.

— Hmm. » Le président eut un grognement sceptique, mais l'homme aux allures militaires hocha la tête d'un air approbateur.

Les trois magistrats conférèrent un moment à voix basse. Au bout de quelques instants, Harry se rendit compte qu'il retenait son souffle et s'obligea à respirer. C'était insupportable de se dire que tout son avenir reposait entre les mains de ces vieux machins. Il souhaitait qu'ils fassent vite et qu'ils se décident ; puis, quand il les vit branler du chef d'un même mouvement, il regretta qu'ils ne retardent pas un peu l'horrible moment de vérité.

Le président leva les yeux. « J'espère qu'une nuit en prison vous a donné une leçon », dit-il.

Oh, mon Dieu, je crois qu'il va me laisser partir, pensa Harry.

Il avala sa salive et répondit : « Absolument, monsieur le président. Je ne veux à aucun prix retourner là-bas.

— Veillez-y. »

Il y eut un autre silence, puis le président détourna son regard de Harry pour s'adresser à la Cour. « Je ne dis pas que nous croyons tout ce que nous avons entendu, mais nous n'estimons pas qu'il s'agisse d'une affaire nécessitant un emprisonnement préventif. »

Une vague de soulagement déferla sur Harry et il sentit ses jambes se dérober sous lui.

Le président déclara : « Affaire renvoyée à une semaine. Caution d'un montant de cinquante livres. »

Harry était libre.

Il vit les rues avec des yeux neufs, comme s'il avait passé un an en prison au lieu de quelques heures. Londres se préparait à la guerre. Des douzaines d'énormes ballons argentés flottaient haut dans le ciel, pour faire obstacle aux avions allemands. Les magasins et les bâtiments publics étaient entourés de sacs de sable destinés à les protéger des dégâts causés par les bombes. Il y avait de nouveaux abris antiaériens dans les parcs et chacun portait en bandoulière un masque à gaz. Le sentiment qu'ils risquaient de disparaître à tout instant incitait les gens à se départir de leur réserve et à engager des conversations affables avec de parfaits étrangers.

Harry n'avait aucun souvenir de la Grande Guerre : il avait deux ans quand elle s'était terminée. Petit garçon, il avait cru que « La Guerre » était un lieu, car on lui disait aussi bien « ton père a été tué à La Guerre », que « va jouer dans Le Parc, ne tombe pas dans La Rivière, maman va au Pub. » Plus tard, quand il fut assez vieux pour comprendre ce qu'il avait perdu, toute mention de la guerre lui fut pénible. Avec Marjorie, la femme de l'avocat qui avait été sa maîtresse pendant deux ans, il avait lu des poèmes inspirés par la Grande Guerre et, pendant un moment, il s'était qualifié de pacifiste. Puis il avait vu les chemises noires défiler à Londres et les visages affolés des vieux Juifs qui les regardaient, et il avait décidé que certaines guerres valaient peut-être la peine de se battre. Ces dernières années, il avait été écœuré par la façon dont le gouvernement britannique détournait les yeux de ce qui se passait en Allemagne, simplement parce qu'on espérait que Hitler allait détruire l'Union soviétique. Mais maintenant que la guerre avait bel et bien éclaté, il ne pensait qu'à tous les petits garçons qui connaîtraient comme lui une existence marquée par l'absence d'un père.

Mais les bombardiers n'étaient pas encore arrivés, et c'était encore une belle journée ensoleillée.

Harry décida de ne pas retourner chez lui. La police, furieuse qu'on l'eût libéré sous caution, essaierait certainement de s'emparer de lui à la première occasion. Il ferait mieux de se terrer quelque temps. Mais jusqu'à quand devrait-il continuer à regarder par-dessus son épaule ?

Il prit le bus avec sa mère. Pour l'instant, il irait chez elle, à Battersea.

Sa mère avait l'air triste. Elle savait comment il gagnait sa vie, même s'ils n'en avaient jamais parlé. Elle dit d'un ton songeur :

« Je n'ai jamais rien pu te donner.

— Tu m'as tout donné, maman, protesta-t-il.

— Mais non, sinon pourquoi aurais-tu besoin de voler ? »

Il n'avait pas de réponse à cela.

Quand ils descendirent du bus, il entra chez le marchand de journaux, remercia Bernie d'avoir fait venir sa mère au téléphone tout à l'heure et acheta le *Daily Express*. La manchette annonçait : LES POLONAIS BOMBARDENT BERLIN. En sortant, il vit un policier qui passait à bicyclette et il connut un moment de stupide panique. Il faillit tourner les talons et se mettre à courir avant de se maîtriser et de se rappeler qu'on envoyait toujours deux policiers pour vous arrêter.

Je ne peux pas vivre comme ça, songea-t-il.

Arrivé chez sa mère, Harry passa dans la chambre, prit sa valise sous le lit et compta son argent.

Après deux ans de coupable activité, il possédait deux cent quarante-sept livres. J'ai dû piquer au moins quatre fois ça, se dit-il ; je me demande à quoi j'ai dépensé le reste ?

Il détenait aussi un passeport américain.

Il le feuilleta d'un air songeur. Il se rappelait l'avoir trouvé dans un bureau au domicile d'un diplomate à Kensington. Il avait remarqué que le détenteur se prénommait Harold et, d'après la photo, lui ressemblait un peu, aussi l'avait-il empoché.

L'Amérique, songea-t-il.

Il pouvait imiter l'accent américain. Il savait en fait

quelque chose qu'ignoraient la plupart des Anglais : il y avait différents accents américains, dont certains étaient plus chic que d'autres. Prenez le mot *Boston.* Les gens de Boston disaient *Bahston.* Les New Yorkais disaient *Baoston.* Plus on avait l'air anglais, plus en Amérique on faisait haute société. Et il y avait des millions de riches Américaines qui attendaient simplement qu'on leur fasse la cour.

Il possédait un passeport, un peu d'argent et un costume propre dans la penderie de sa mère. Il pouvait acheter quelques chemises et une valise. Il était à cent vingt kilomètres de Southampton.

Rien ne l'empêchait de partir aujourd'hui.

C'était comme un rêve.

Sa mère le tira de sa rêverie en appelant de la cuisine : « Harry... tu veux un sandwich au bacon ?

— Oui, merci. »

Il passa dans la cuisine et s'assit à la table. Elle posa devant lui le sandwich, mais il n'y toucha pas. « Maman, dit-il, partons pour l'Amérique. »

Elle éclata de rire. « Moi ? En Amérique ? Tu es fou !

— Non, je suis sérieux. Je pars. »

Elle prit un air grave. « Ça n'est pas pour moi, mon fils. Je suis trop vieille pour émigrer.

— Mais il va y avoir une guerre.

— J'ai vécu ici à travers une guerre, une grève générale et la Dépression. » Son regard parcourut la petite cuisine. « Ça n'est pas grand-chose, mais c'est ce que je connais. »

Harry ne s'attendait pas vraiment à la voir accepter, mais maintenant, il se retrouvait tout abattu. Sa mère était tout ce qu'il avait.

« D'ailleurs, dit-elle, qu'est-ce que tu feras là-bas ?

— Tu as peur que je recommence à faucher ?

— Voler, ça finit toujours de la même façon. Je n'ai jamais entendu parler d'un voleur qui ne se fasse pas tôt ou tard cravater.

— J'aimerais m'engager dans l'aviation, dit Harry, et apprendre à piloter.

— On te laisserait ?

— Là-bas, ça leur est égal qu'on soit de la classe ouvrière dès l'instant qu'on a de la cervelle. »

Elle parut soudain plus gaie. Ils burent leur thé tranquillement. Quand Harry eut terminé, il compta son argent et lui tendit cinquante livres.

« C'est pour quoi ? » demanda-t-elle. Elle n'en avait pas gagné autant en deux ans de ménage dans les bureaux.

« Ça te servira, répondit-il. Prends-le, maman. Je veux que tu l'aies. »

Elle prit l'argent. « Alors, tu pars vraiment.

— Je vais emprunter la moto de Sid Brennan, partir aujourd'hui pour Southampton et chercher un bateau. »

Elle allongea le bras sur la petite table et lui saisit la main. « Alors bonne chance, fiston. »

Il lui pressa doucement la main. « Je t'enverrai de l'argent d'Amérique.

— Pas la peine, à moins que tu n'en aies de trop. Je préférerais que tu m'envoies une lettre de temps en temps pour que je sache comment tu vas.

— Promis. Je t'écrirai. »

Les yeux de sa mère s'emplirent de larmes. « Reviens un jour voir ta vieille maman, hein ?

— Bien sûr, maman, que je reviendrai. »

Harry se regarda dans le miroir du coiffeur. Le costume bleu, qui lui avait coûté treize livres à Savile Row, lui allait à merveille et était parfait avec ses yeux bleus. Le col de sa nouvelle chemise faisait très américain. Le coiffeur donna un coup de brosse sur les épaules rembourrées de son veston croisé, Harry lui versa un pourboire et sortit.

Il monta les marches menant du sous-sol et émergea dans le hall surchargé de décorations de l'hôtel South Western. Il y avait un monde fou. C'était le point de départ de la plupart des traversées transatlantiques et des milliers de gens essayaient de quitter l'Angleterre.

Harry s'en était aperçu quand il avait voulu réserver une couchette sur un paquebot. Toutes les places étaient retenues des semaines à l'avance. Certaines compagnies de navigation avaient fermé leurs bureaux plutôt que de payer du personnel à éconduire les gens. Pendant un moment, se rendre en Amérique lui avait paru impossible. Il allait renoncer et envisager un autre plan quand un agent de voyage avait mentionné le Clipper de la Pan American.

Il avait entendu parler du Clipper par la presse. Le service avait commencé cet été. On pouvait gagner New York par la voie des airs en moins de trente heures, au lieu de quatre ou cinq jours par bateau. Mais un aller simple coûtait quatre-vingt-dix livres. Quatre-vingt-dix livres ! pour ce prix-là, on pouvait presque acheter une voiture neuve.

Harry avait réussi à obtenir un billet. C'était de la folie, mais maintenant qu'il avait décidé de partir, il était prêt à payer n'importe quel prix pour quitter le pays. Et le luxe à bord de l'appareil avait de quoi le séduire : ce serait champagne pendant tout le trajet jusqu'à New York.

Il ne sursautait plus chaque fois qu'il apercevait un flic : la police de Southampton ne pouvait pas avoir entendu parler de lui. Toutefois, il n'avait jamais encore pris l'avion et cette idée le rendait nerveux.

Il consulta sa montre, une Patek Philippe volée à un écuyer du roi. Il avait le temps de prendre une tasse de café. Il pénétra dans le bar.

Il buvait son café à petites gorgées quand une femme d'une étonnante beauté entra. C'était une blonde superbe, vêtue d'une robe de soie crème à pois rouges orangés cintrée à la taille, une taille de guêpe. Elle avait une trentaine d'années, environ dix ans de plus que Harry, mais cela ne l'empêcha pas de sourire quand il croisa son regard.

Elle s'assit à la table voisine, et il examina la façon dont la soie moulait sa poitrine et drapait ses genoux. Elle portait des chaussures crème, un chapeau de paille et elle posa sur la table un petit sac à main.

Au bout d'un moment, un homme en blazer vint la rejoindre. En écoutant leur conversation, Harry découvrit qu'elle était anglaise mais que lui était américain. Elle s'appelait Diana et l'homme, Mark. Il lui toucha le bras, elle se pencha vers lui. Ils étaient amoureux et ne voyaient personne d'autre qu'eux-mêmes : la salle aurait pu être vide.

Harry ressentit une bouffée d'envie.

Il détourna les yeux. Il se sentait bizarre. Il allait traverser par la voie des airs tout l'Atlantique : un si long trajet sans aucune terre sous ses pieds. De toute façon, il n'avait jamais compris le principe du voyage aérien : les hélices tournaient indéfiniment, alors comment l'avion montait-il ?

Tout en écoutant Mark et Diana, il s'entraînait à prendre un air nonchalant. Il ne voulait pas laisser voir aux autres passagers du Clipper combien il était nerveux. Je suis Harry Vandenpost, se répéta-t-il ; un jeune Américain fortuné qui rentre au pays à cause de la guerre en Europe. Pas de travail pour l'instant, mais j'imagine qu'il faudra que je trouve quelque chose bientôt. Mon père a différents investissements. Ma mère, Dieu la bénisse, était anglaise, et j'ai fait mes études là-bas. Je ne suis pas allé à l'université : je n'ai jamais aimé bûcher. (Les Américains utilisaient-ils ce mot « bûcher » ? Il n'en était pas sûr.) J'ai passé si longtemps en Angleterre que j'ai fini par parler un peu comme les indigènes. J'ai pris l'avion un certain nombre de fois, bien sûr, mais c'est mon premier vol transatlantique, figurez-vous. Ça m'excite vraiment !

Lorsqu'il eut terminé son café, il n'avait pratiquement plus peur.

Eddie Deakin raccrocha. Il regarda autour de lui : le hall était désert. Personne n'avait surpris sa conversation. Il contempla le téléphone qui l'avait plongé dans cette horreur, en se demandant s'il pourrait mettre un terme à ce cauchemar en fracassant l'appareil. Puis, lentement, il tourna les talons.

Qui étaient-ils ? Où avaient-ils emmené Carol-Ann ? Pourquoi l'avaient-ils enlevée ? Que pouvaient-ils bien vouloir de lui ? Les questions bourdonnaient dans sa tête comme des mouches dans un bocal. Il essaya de réfléchir. Il se força à se concentrer sur une question à la fois.

Qui étaient-ils ? Pouvait-il s'agir de simples déments ? Non.

Ils étaient trop bien organisés : des fous pourraient réussir un enlèvement, mais il avait fallu une préparation soigneuse pour découvrir où Eddie se trouverait juste après l'enlèvement et pour le mettre en contact par téléphone avec Carol-Ann au moment opportun. C'étaient donc des gens rationnels mais ils étaient prêts à braver la loi. Éventuellement des anarchistes, mais selon toute probabilité des gangsters.

Où avaient-ils emmené Carol-Ann ? Elle avait dit qu'elle se trouvait dans une maison. Celle-ci appartenait peut-être à l'un des ravisseurs, mais il était plus probable qu'ils avaient trouvé ou loué une maison abandonnée dans un endroit désert. Carol-Ann avait dit que ça s'était passé deux heures plus tôt, la maison ne pouvait donc être à plus de cent ou cent vingt kilomètres de Bangor.

Pourquoi l'avaient-ils enlevée ? Ils voulaient quelque chose de lui, quelque chose qu'il n'était pas prêt à leur donner de son plein gré, quelque chose qu'il ne ferait pas pour de l'argent ; quelque chose, pensa-t-il, qu'il serait prêt à leur refuser ? Mais quoi donc ? Il n'avait pas d'argent, il ne connaissait aucun secret et il n'exerçait de pouvoir sur personne.

Ce devait avoir un rapport avec le Clipper.

Il trouverait ses instructions à bord de l'appareil, lui avait-on dit, et ce serait un nommé Tom Luther qui les lui remettrait. Luther travaillait-il pour quelqu'un qui voulait avoir des détails concernant la construction et le fonctionnement de l'appareil ? Quelqu'un d'une autre compagnie, ou d'un pays étranger ? C'était possible. Les Allemands ou les Japonais espéraient peut-être bâtir un appareil du même type pour l'utiliser comme bombardier. Mais il devait y avoir des moyens plus simples pour eux de se procurer les plans. Des centaines de gens, peut-être des milliers, étaient capables de leur fournir ce genre de renseignements : des employés de la Pan American, des employés de chez Boeing, voire les mécaniciens d'Imperial Airways qui entretenaient les moteurs ici, à Hythe. Un enlèvement n'était pas nécessaire. On avait publié dans les magazines suffisamment de détails techniques.

Peut-être que quelqu'un voulait voler l'appareil ? C'était difficile à imaginer.

L'explication la plus probable était qu'on voulait qu'Eddie coopère pour faire entrer clandestinement quelque chose ou quelqu'un aux États-Unis.

Voilà à peu près tout ce qu'il savait ou qu'il pouvait deviner. Qu'allait-il faire ?

Il était un citoyen respectueux des lois, victime d'un acte criminel et il voulait de tout son cœur appeler la police.

Mais il était terrifié.

Il n'avait jamais eu si peur de sa vie. Étant enfant, il avait peur du diable, mais depuis lors rien ne l'avait vraiment pétrifié à ce point. Maintenant, il était désemparé et paralysé de peur : il crut un moment qu'il n'allait même pas pouvoir bouger de l'endroit où il se tenait.

Il pensa à la police.

Dans cette fichue Angleterre, à quoi cela servirait-il de parler à ces flics à vélo ? Mais il pourrait essayer de passer un coup de téléphone au shérif de son comté, ou à la police de l'État du Maine, ou même au FBI pour qu'on commence à rechercher une maison isolée récemment louée par un homme...

N'appelez pas la police. Ça ne vous avancera à rien, *avait dit la voix.* Mais si vous la prévenez, rien que pour vous apprendre, je sauterai votre femme.

Eddie le croyait. Il avait cru déceler une note d'attente dans cette voix méprisante, comme si l'homme espérait à demi un prétexte pour violer Carol-Ann. Avec son ventre arrondi et ses seins gonflés, elle avait un air épanoui qui...

Il crispa le poing, mais il n'avait rien d'autre à frapper que le mur. Avec un grognement de désespoir, il franchit la porte du hall. Sans regarder où il allait, il traversa la pelouse. Il arriva à un bouquet d'arbres, s'arrêta et appuya son front contre l'écorce rugueuse d'un chêne.

Eddie était un homme simple. Il avait vu le jour dans une ferme, à quelques kilomètres de Bangor, où son père possédait quelques arpents de champs de pommes de terre, des poulets, une vache et un coin de potager. La Nouvelle-Angleterre était un mauvais endroit pour les pauvres : les hivers y étaient longs et d'un froid vif. Son père et sa mère croyaient que tout provenait de la volonté de Dieu. Même quand la petite sœur d'Eddie était morte d'une pneumonie, le père avait dit que c'était là le dessein de Dieu, « trop profond pour que nous le comprenions ». En ce temps-là, Eddie rêvait de trouver dans les bois un trésor enfoui : un coffre de pirates cerclé de cuir, plein d'or et de pierres précieuses, comme dans les romans. Dans ses fantasmes, il se voyait apportant une pièce d'or à Bangor et achetant de grands lits douillets, tout un chargement de bois, de la jolie porcelaine pour sa mère, des manteaux en peau de mouton pour toute la famille, des steaks épais comme le bras, une glacière pleine de sorbets et un ananas. La triste ferme délabrée se transformait en un endroit confortable et heureux.

Il ne trouva jamais de trésor enterré, mais il fit ses études en parcourant chaque jour les dix kilomètres qui le séparaient de l'école. Il aimait cela parce que dans la salle de classe il faisait plus chaud que chez lui ; Mme Maple l'aimait bien parce qu'il lui demandait toujours comment les choses marchaient.

Des années plus tard, ce fut Mme Maple qui écrivit au député de Nouvelle-Angleterre, lequel donna à Eddie une chance de se présenter à l'examen d'entrée d'Annapolis.

L'Académie navale lui parut un paradis. Il y avait des couvertures et de beaux vêtements, et toute la nourriture qu'on pouvait engloutir : il n'avait jamais imaginé un tel luxe. Le rude entraînement physique était facile pour lui ; les foutaises qu'on leur racontait n'étaient pas pires que ce qu'il avait toute sa vie entendu à la chapelle ; et le bizutage était peu de chose auprès des rossées que lui administrait son père.

Ce fut à Annapolis qu'il comprit pour la première fois l'impression qu'il faisait sur les autres. Il apprit qu'il était énergique, entêté, inflexible et travailleur. Même s'il était maigrichon, les brutes s'attaquaient rarement à lui : il y avait dans son œil une lueur qui leur faisait peur. Les gens l'aimaient bien parce qu'ils savaient qu'il tenait ses pro-

messes, mais personne ne venait jamais pleurer sur son épaule.

Qu'on vantât son ardeur au travail le surprit. Aussi bien son père que Mme Maple lui avaient enseigné qu'on réussissait à avoir ce qu'on voulait en travaillant, et Eddie n'avait jamais imaginé d'autres méthodes. Malgré tout, le compliment lui fit plaisir.

Il sortit avec le grade d'enseigne de vaisseau et fut affecté à l'entraînement sur les hydravions. Annapolis lui avait paru confortable auprès de sa maison ; mais la Marine américaine, c'était littéralement le luxe. Il parvint à envoyer de l'argent à ses parents pour qu'ils puissent arranger le toit de la ferme et acheter une nouvelle cuisinière.

Il était depuis quatre ans dans la Marine quand sa mère mourut, et son père la suivit tout juste cinq mois plus tard. Leurs quelques arpents furent absorbés par la ferme voisine, mais Eddie réussit à acheter la maison et le bois pour une bouchée de pain. Il démissionna de la Marine et trouva une situation bien payée au Pan American Airways System.

Entre deux vols, il travaillait sur la vieille maison, installant la plomberie, l'électricité et un chauffe-eau. Il acheta des radiateurs électriques pour les chambres, un poste de radio et fit même installer le téléphone. Puis il rencontra Carol-Ann. Bientôt, s'était-il dit, la maison résonnerait du rire des enfants, et son rêve alors se réaliserait.

Voilà qu'au lieu de cela tout avait tourné au cauchemar.

4

Les premiers mots que Mark Alder dit à Diana Lovesey furent : « Bonté divine, vous êtes ce que j'ai vu de plus joli de toute la journée. »

Les gens lui disaient tout le temps ce genre de choses. Elle était en effet jolie et vive et elle aimait bien s'habiller. Ce soir-là, elle portait une longue robe turquoise avec de petits revers, un corsage bouillonné aux manches courtes serrées aux coudes. Et elle savait qu'elle était merveilleuse.

Elle participait à un dîner dansant, à l'hôtel Midland, à Manchester. Elle ne savait plus très bien qui l'organisait, de la chambre de commerce, des francs-maçons ou de la Croix-Rouge : dans ce genre de soirée on rencontrait toujours les mêmes gens. Elle avait dansé avec la plupart des relations d'affaires de son mari Mervyn, qui la serraient de trop près et lui marchaient sur les pieds ; et leurs épouses l'avaient foudroyée du regard. Il est étrange, se disait Diana, que, quand un homme fait un peu la cour à une jolie femme, ce soit toujours elle que l'épouse déteste et non pas l'homme. Non d'ailleurs que Diana eût des intentions sur aucun de leurs pompeux maris imbibés de whisky.

Elle les avait tous scandalisés et avait embarrassé son mari en enseignant le jitterbug à l'adjoint au maire. Puis, éprouvant le besoin de faire une pause, elle s'était éclipsée au bar de l'hôtel sous prétexte d'acheter des cigarettes.

Il était là tout seul, à siroter un petit cognac et il leva les yeux vers elle comme si elle avait amené le soleil dans la pièce.

C'était un homme de petite taille, soigné, avec un sourire juvénile et un accent américain. Sa remarque semblait spontanée et il avait des manières charmantes, aussi lui adressa-t-elle un sourire radieux, mais sans lui parler. Elle acheta des cigarettes, but un verre d'eau glacée, puis retourna danser.

Il avait dû demander des renseignements au barman et trouver son adresse quelque part, car le lendemain elle reçut un mot de lui sur du papier à lettres de l'hôtel Midland.

En fait, c'était un poème.

Il commençait ainsi :

Fixée dans mon cœur, l'image de votre sourire
Est gravée, toujours présente à ma mémoire
Ni le chagrin, ni les années, ni la douleur ne peuvent l'effacer.

Cela la fit pleurer. Elle pleura à cause de tout ce qu'elle avait espéré et qui ne s'était jamais réalisé. Elle pleura parce qu'elle vivait dans une sinistre ville industrielle avec un mari qui avait horreur de prendre des vacances. Elle pleura parce que le poème était le seul détail romantique et plein de grâce qu'elle eût connu dans sa vie depuis cinq ans. Et elle pleura parce qu'elle n'était plus amoureuse de Mervyn.

Après cela, tout se passa très vite.

Le lendemain, c'était dimanche. Elle descendit en ville le lundi. Normalement, elle aurait commencé par aller chez Boots pour changer son livre à la bibliothèque ambulante, puis pour deux shillings et six pence elle aurait acheté au cinéma Paramount d'Oxford Street un ticket lui donnant droit à la séance de la matinée et à un déjeuner. Après le film, elle serait allée faire un tour au grand magasin Lewis et chez Finnegan afin d'acheter des rubans, des serviettes ou des cadeaux pour les enfants de sa sœur. Peut-être, dans une de ces petites boutiques des Shambles, aurait-elle acheté un fromage exotique ou un jambon de premier choix. Puis elle aurait repris le train pour Altrincham, la banlieue où elle habitait, afin d'être de retour à l'heure du dîner.

Mais cette fois-ci, elle but un café au bar de l'hôtel Midland, déjeuna au restaurant allemand du sous-sol de l'hôtel Midland et prit le thé dans le salon de l'hôtel Midland. Mais elle ne trouva pas trace de cet homme charmant à l'accent américain.

Elle rentra à la maison la mort dans l'âme. C'était ridicule, se dit-elle. Elle ne l'avait même pas vu une minute et ne lui avait jamais dit un mot ! Il avait paru symboliser tout ce qu'elle avait l'impression de manquer dans sa vie. Mais si elle le revoyait, elle allait sûrement découvrir que c'était un rustaud, à l'esprit dérangé, un malade qui sentait mauvais ou toutes ces choses-là.

Elle descendit du train et s'engagea dans sa rue aux grandes villas typiquement banlieusardes. Comme elle approchait de chez elle, elle fut surprise et toute troublée de le voir s'avancer à sa rencontre, regardant la maison avec une feinte curiosité.

Elle devint écarlate et son cœur se mit à battre plus vite. Lui aussi sembla surpris. Il s'arrêta, mais elle continua sa marche, puis, en le croisant, elle dit : « Rendez-vous à la bibliothèque centrale demain matin ! »

Elle ne s'attendait pas à ce qu'il répondît mais — elle le découvrirait par la suite — il avait l'esprit vif et plein d'humour et il dit aussitôt : « Quelle section ? »

C'était une grande bibliothèque, pas au point toutefois que deux personnes ne puissent s'y retrouver ; alors elle répondit la première chose qui lui traversa l'esprit : « Biologie. » Et il se mit à rire.

Quand elle rentra chez elle, le rire de l'inconnu sonnait encore à ses oreilles : un rire plein de chaleur, détendu et qui la ravissait ; le rire d'un homme qui aimait la vie et qui se sentait bien dans sa peau.

La maison était déserte. Mme Rollins, la femme de ménage, était déjà partie, et Mervyn pas encore rentré . Diana s'assit dans la cuisine moderne et hygiénique et se surprit à nourrir des pensées démodées et très peu hygiéniques à propos de son drôle de poète américain.

Le lendemain matin, elle le trouva assis à une table sous un panneau qui portait l'inscription : « Silence ». Quand elle dit : « Bonjour », il porta un doigt à ses lèvres, désigna une chaise et écrivit quelque chose sur une feuille de papier.

Elle put lire : *J'adore votre chapeau.*

Elle avait un petit chapeau qui ressemblait à un pot de fleurs renversé avec un rebord et elle le portait carrément sur le côté si bien qu'il lui masquait l'œil gauche : c'était la mode, même si peu de femmes à Manchester avaient le toupet de se coiffer ainsi.

Elle prit un petit stylo dans son sac et griffonna : *Ça ne vous irait pas.*

Mais mes géraniums seraient parfaits dedans, répondit-il.

Elle pouffa et il dit : « Chut ! »

Diana pensa : Est-il fou ou simplement drôle ?

Elle écrivit : *J'aime votre poème.*

Alors il répondit : *Je vous aime.*

Il est fou, se dit-elle ; mais les larmes lui vinrent aux yeux.

Elle remarqua : *Je ne connais même pas votre nom !*

Il lui tendit une carte. Il s'appelait Mark Alder, et il habitait Los Angeles.

La Californie !

Ils allèrent déjeuner de bonne heure dans un restaurant végétarien, car elle était sûre de ne pas tomber là sur son mari : on n'aurait pas pu le traîner vivant dans un restaurant végétarien. Puis, comme on était mardi, elle l'entraîna au concert de l'après-midi au Houldsworth Hall à Deansgate, avec le célèbre orchestre de la ville et son nouveau chef, Malcolm Sargent. Diana était fière que sa ville pût offrir un tel régal culturel à un visiteur.

Elle apprit ce jour-là que Mark écrivait des comédies pour des émissions de radio. Elle n'avait jamais entendu parler des gens pour qui il écrivait, mais il lui assura qu'ils étaient célèbres : Jack Benny, Fred Allen, Amos et Andy. Il possédait également une station de radio. Il portait un blazer de cachemire. Il était en vacances, à la recherche de ses ancêtres : sa famille était originaire de Liverpool, ville portuaire à quelques kilomètres à l'ouest de Manchester. Guère plus grand que Diana, il avait à peu près son âge, des yeux noisette et quelques taches de rousseur.

Et il était absolument adorable.

Intelligent, drôle et charmant. Il avait des manières agréables, les ongles soignés et il s'habillait avec soin. Il aimait Mozart mais il connaissait Louis Armstrong. Et surtout, il aimait bien Diana.

C'était curieux comme peu d'hommes en fait aimaient les femmes, songea-t-elle. Les hommes qu'elle connaissait lui faisaient la cour, essayaient de la peloter, proposaient discrètement des rendez-vous quand Mervyn avait le dos tourné et parfois, quand ils étaient complètement ivres, lui déclaraient leur amour ; mais ils ne l'aimaient pas vraiment : leur conversation n'était que badinage, ils ne l'écoutaient jamais et ne savaient rien d'elle.

Mark était tout à fait différent, comme elle le constata au cours des jours et des semaines qui suivirent.

Il louait une suite au Midland, mais ils ne pouvaient pas se retrouver là parce que Diana y était trop connue : si on l'avait vue monter l'escalier après le déjeuner, à l'heure du thé, toute la ville l'aurait su. Mais l'esprit inventif de Mark eut tôt fait de trouver une solution. Ils se rendirent sur la côte, jusqu'à la petite ville de Lytham Saint Anne, en emportant une valise, et s'inscrivirent dans un hôtel sous le nom de M. et Mme Alder. Ils déjeunèrent puis allèrent se coucher.

Faire l'amour avec Mark était si amusant.

La première fois, il fit un véritable numéro en essayant de se déshabiller dans un silence total et elle rit si fort qu'elle ne se sentit pas le moins du monde intimidée en ôtant ses vêtements. Elle ne s'inquiéta pas de savoir si elle lui plairait : de toute évidence, il l'adorait.

Ils passèrent l'après-midi au lit, puis repartirent en disant qu'ils avaient changé d'avis et qu'ils n'allaient pas rester. Mark régla une journée de pension complète en guise de compensation. Il la déposa à une gare juste avant Altrincham et elle arriva par le train tout comme si elle avait passé l'après-midi à Manchester.

Ils continuèrent ainsi durant tout cet été bienheureux.

Il était censé rentrer aux États-Unis au début août pour travailler sur un nouveau spectacle, mais il resta et écrivit une série de sketches sur un Américain en vacances en Angleterre, envoyant ses textes chaque semaine par le nouveau service aérien de la Pan American.

Malgré ce rituel hebdomadaire qui leur rappelait que le temps était compté, Diana parvint à ne pas trop penser à l'avenir. Bien sûr, Mark retournerait en Amérique un jour, mais il serait encore ici demain et elle n'avait pas envie de regarder plus loin. C'était comme la guerre : tout le monde savait que ce serait horrible, mais personne ne pouvait dire quand elle allait éclater, et en attendant, ils n'avaient rien d'autre à faire que de continuer à essayer de prendre du bon temps.

Le lendemain de la déclaration de guerre, il lui annonça qu'il rentrait aux États-Unis.

Elle était assise dans le lit, les couvertures remontées juste sous la poitrine et découvrant ses seins : Mark adorait la voir dans cette position. Il trouvait qu'elle avait des seins magnifiques bien qu'elle-même les jugeât trop gros.

Ils étaient plongés dans une conversation sérieuse. La Grande-Bretagne avait déclaré la guerre à l'Allemagne et même des amants heureux devaient en parler. Diana avait suivi toute l'année l'affreux conflit qui ravageait la Chine. Comme les fascistes en Espagne, les Japonais n'éprouvaient aucun scrupule à lâcher des bombes sur les femmes et les enfants ; et le carnage à Chungking et à I-Chang avait été abominable.

Elle posa à Mark la question que chacun avait sur les lèvres :

« Que crois-tu qu'il va arriver ? »

Pour une fois, il n'eut pas de réponse drôle à lui fournir. « Je pense que ça va être horrible, dit-il d'un ton grave. Je crois que l'Europe va être dévastée. Peut-être ce pays survivra-t-il, comme c'est une île. Je l'espère.

— Oh ! » fit Diana. Tout d'un coup, elle eut peur. Les Anglais ne disaient pas des choses comme ça. Les journaux étaient pleins de discours combatifs et Mervyn attendait la guerre littéralement avec impatience. Mais Mark était un étranger et son jugement, émis sur ce ton détaché des Américains, semblait d'un réalisme inquiétant. Allait-on lâcher des bombes sur Manchester ?

Elle se rappela quelque chose que Mervyn avait dit et le répéta.

« Tôt ou tard, l'Amérique devra entrer en guerre. »

Mark la choqua en disant : « Seigneur, j'espère que non. C'est une querelle d'Européens, rien à voir avec nous. Je perçois tout juste pourquoi l'Angleterre a déclaré la guerre, mais du diable si je veux voir les Américains mourir pour défendre cette foutue Pologne. »

Elle était navrée de cette attitude, mais elle comprenait son point de vue. Pourquoi les Américains iraient-ils faire la guerre pour la Pologne, ou même pour l'Europe ? « Mais... et moi ? » demanda-t-elle. Elle tenta de prendre un ton plus léger. « Tu ne voudrais tout de même pas que je sois violée par des nazis blonds en bottes étincelantes, non ? » Ça n'était pas très drôle et elle le regretta aussitôt.

Ce fut alors qu'il prit une enveloppe dans sa valise pour la lui remettre.

Elle en tira un billet et le regarda. « Tu rentres en Amérique ! » s'écria-t-elle. C'était comme la fin du monde.

L'air grave, il dit simplement : « Il y a deux billets. »

Elle eut l'impression que son cœur allait s'arrêter. « Deux billets », répéta-t-elle d'une voix sans timbre.

Il s'assit sur le lit auprès d'elle et lui prit la main. Elle savait ce qu'il allait dire et elle était tout à la fois excitée et terrifiée.

« Pars avec moi, Diana, dit-il. Prends le vol jusqu'à New York avec moi, puis va à Reno pour divorcer. Ensuite nous irons en Californie nous marier. Je t'aime. »

Voler. Elle avait du mal à s'imaginer survolant l'océan Atlantique : ces choses-là étaient du domaine du conte de fées. *A New York.* New York était un rêve de gratte-ciel et de boîtes de nuit, de gangsters et de millionnaires, de riches héritières et d'énormes voitures.

Divorcer. Et se libérer de Mervyn !

Ensuite nous irons en Californie. Où on tournait les films, où les oranges poussaient sur les arbres et où le soleil brillait chaque jour.

Nous marier. Et avoir Mark tout le temps, tous les jours, chaque nuit.

Elle était incapable de parler.

« Nous pourrions avoir des enfants », dit Mark.

Elle avait envie de pleurer.

« Demande-le-moi encore, murmura-t-elle.

— Je t'aime, dit-il. Veux-tu m'épouser et me donner des enfants ?

— Oh oui, répondit-elle avec l'impression qu'elle volait déjà. Oui, oui, oui ! »

Elle devait annoncer la nouvelle à Mervyn le soir même.

On était lundi. Mardi, elle partirait pour Southampton avec Mark. Le Clipper décollait le mercredi à 2 heures de l'après-midi.

Elle flottait sur des nuages quand elle arriva chez elle le lundi après-midi, mais à peine fut-elle entrée que son euphorie se dissipa.

Comment allait-elle lui apprendre ça ?

C'était une belle maison : une grande villa neuve, blanche avec un toit rouge. Quatre chambres, dont trois qu'on n'utilisait presque jamais, une salle de bains moderne et une cuisine avec tous les derniers gadgets. Maintenant qu'elle partait, elle regardait tout avec une tendresse nostalgique : c'était sa maison depuis cinq ans.

Elle préparait elle-même les repas de Mervyn. Mme Rollins s'occupait du ménage et de la lessive, et si Diana ne s'était pas chargée de la cuisine, elle n'aurait rien eu à faire. D'ailleurs, Mervyn avait conservé ses habitudes populaires, il aimait que sa femme lui serve son repas quand il rentrait. Il appelait cela « prendre le thé » et il en buvait en dînant, même s'il y avait toujours quelque chose de substantiel comme des saucisses, un steak, une quiche. Pour Mervyn, le « dîner » était servi dans les hôtels. Chez soi, c'était le thé.

Qu'allait-elle lui dire ?

Aujourd'hui, il aurait de la viande froide, reste du rôti du dimanche. Diana passa un tablier et se mit à éplucher des pommes de terre pour faire des frites. Quand elle pensait à ce qu'allait être la colère de Mervyn, elle en avait les mains qui tremblaient et elle se coupa avec le couteau à légumes.

Elle essaya de se reprendre tout en nettoyant la coupure sous le robinet d'eau froide, puis elle se sécha les mains avec une serviette et enroula un bandage autour de son doigt. De quoi ai-je peur ? se demanda-t-elle. Il ne va pas me tuer. Il ne peut pas m'arrêter : j'ai plus de vingt et un ans et nous sommes dans un pays libre.

Cette idée ne la calmait pas.

Elle dressa la table et lava une laitue. Bien que Mervyn travaillât beaucoup, il rentrait presque toujours à la même heure. Il disait : « A quoi bon être le patron si je dois rester à travailler quand tous les autres rentrent chez eux ? » Il avait une formation d'ingénieur et possédait une usine qui fabriquait toute sorte de rotors, depuis des petits ventilateurs pour des systèmes de refroidissement jusqu'à d'énormes hélices pour les paquebots. Mervyn avait toujours réussi — c'était un bon homme d'affaires — mais il avait vraiment décroché la timbale quand il s'était mis à produire des hélices d'avions. Le pilotage était sa distraction favorite et il possédait un petit appareil, un Tiger Moth qu'il garait sur un terrain d'aviation en dehors de la ville. Quand le gouvernement avait commencé à constituer une force aérienne voilà deux ou trois ans, il y avait très peu de gens à savoir fabriquer des rotors avec une précision mathématique, et Mervyn était de ceux-là. Depuis lors, ses affaires avaient connu une expansion extraordinaire.

Diana était sa seconde femme. La première l'avait quitté sept ans plus tôt pour partir avec un autre homme, et elle avait emmené leurs deux enfants. Mervyn avait divorcé aussi rapidement que possible et avait demandé sa main à Diana sitôt la sentence prononcée. Diana avait alors vingt-huit ans et lui trente-huit. Il était séduisant, viril et prospère ; et il l'adorait. En cadeau de mariage il lui avait offert un collier de diamants.

Pour leur cinquième anniversaire de mariage, voilà quelques semaines il lui avait donné une machine à coudre.

A la réflexion, elle se rendait compte que la machine à coudre avait été en quelque sorte la goutte d'eau qui avait fait déborder le vase. Elle espérait une voiture : elle savait conduire et Mervyn avait les moyens de lui en offrir une. Quand elle vit la machine à coudre, elle eut l'impression d'être arrivée au bout du rouleau. Ils vivaient ensemble depuis cinq ans et il n'avait pas remarqué qu'elle ne faisait jamais de couture.

Elle savait que Mervyn l'aimait, mais il ne la *voyait* pas. A ses yeux, elle était simplement une personne étiquetée « épouse ». Elle était jolie et savait se tenir dans le monde, elle lui servait son dîner et elle était toujours consentante au lit : qu'attendre d'autre d'une femme ? Il ne lui demandait jamais son avis sur rien. Comme elle n'était ni un homme d'affaires ni un ingénieur, l'idée ne venait jamais à Mervyn qu'elle avait un cerveau. Dans son monde, les hommes avaient besoin de voitures et les épouses de machines à coudre.

Et pourtant, il était loin d'être sot. Fils d'un tourneur, après des études secondaires au lycée de Manchester, il avait étudié la physique. Il avait eu la possibilité d'aller à Cambridge passer son doctorat, mais il n'avait pas le genre universitaire et il entra dans le service des plans d'une grande société de mécanique. Il continuait à suivre les progrès de la physique et parlait sans cesse à son père — jamais à Diana, bien sûr — d'atomes et de radiations et de fission nucléaire.

Diana malheureusement ne comprenait rien à la physique. Elle connaissait bien la musique, la littérature et un peu l'histoire, mais Mervyn ne s'intéressait à aucune forme de culture, même s'il aimait le cinéma et la musique de danse. Ils n'avaient donc en commun aucun sujet de conversation.

Ç'aurait pu être différent s'ils avaient eu des enfants. Mais Mervyn en avait déjà deux de sa première femme et il n'en voulait pas d'autres. Diana aurait été toute prête à les aimer, mais on ne lui en avait jamais donné l'occasion : leur mère les avait montés contre Diana qui, affirmait-elle, portait la responsabilité de l'échec du mariage avec leur père. La sœur de Diana qui vivait à Liverpool avait de charmantes petites jumelles à nattes et Diana déversait sur elles toute son affection maternelle.

Les jumelles allaient lui manquer.

Mervyn aimait sortir et recevoir, et Diana trouva très agréable pendant quelque temps de jouer les hôtesses pour les principaux hommes d'affaires et notables de la ville. Elle avait toujours apprécié les belles toilettes et elle les portait bien. Mais il fallait quand même plus que cela dans la vie. Pendant un moment, elle avait tenu le rôle de la non-conformiste dans la société de Manchester : fumant des cigares, s'habillant de façon extravagante, parlant d'amour libre et de communisme. Il lui avait paru drôle de choquer les matrones, mais Manchester n'était pas une ville très conservatrice, Mervyn et ses amis étaient des libéraux, aussi n'avait-elle guère suscité d'émotion.

Elle était mécontente mais elle se demandait si elle en avait le droit. La plupart des femmes estimaient qu'elle avait de la chance. Elle avait un mari sérieux, fiable, généreux, une jolie maison et une foule d'amis. Elle devait être heureuse. Mais elle ne l'était pas — et là-dessus, Mark était arrivé.

Elle entendit la voiture de Mervyn s'arrêter devant la maison. C'était un bruit familier, mais ce soir il lui parut menaçant, comme le grognement d'une bête dangereuse.

D'une main tremblante, elle posa la poêle sur le réchaud à gaz.

Mervyn entra dans la cuisine.

Il était très bel homme. Il y avait maintenant du gris dans ses cheveux bruns, mais cela ne faisait que lui donner un air plus distingué. Il était grand et ne s'était pas empâté comme la plupart de ses amis. Il ignorait la vanité, mais

Diana l'obligeait à porter des costumes sombres bien coupés et des chemises blanches coûteuses, car elle aimait que son apparence correspondît à sa réussite.

Elle était terrifiée à l'idée qu'il allait lire la culpabilité sur son visage et lui demander ce qui se passait.

Il l'embrassa sur la bouche. Pleine de honte, elle lui rendit son baiser. Parfois il la serrait contre lui et pressait sa main contre le bas de ses reins, la passion les prenait et ils se précipitaient vers la chambre en laissant le dîner brûler. Mais cela arrivait de plus en plus rarement, et ce soir ne fit pas exception, Dieu merci. Il l'embrassa distraitement et tourna les talons. Il ôta sa veste, son gilet, sa cravate, déboutonna son col et remonta ses manches de chemise ; puis il se lava les mains et le visage à l'évier de la cuisine. Il avait les épaules larges et des bras robustes.

Il n'avait pas senti que quelque chose n'allait pas. Pas surprenant : il ne la *voyait* pas. Inutile de s'inquiéter : il ne se douterait de rien avant qu'elle ne lui parle.

Je ferai ça plus tard, se dit-elle.

Pendant que les pommes de terre rissolaient, elle beurra le pain et prépara un pot de thé. Elle tremblait toujours, mais elle parvint à le dissimuler. Mervyn lisait le *Manchester Evening News* et la regardait à peine.

« Je suis tombé à l'usine sur un vrai fauteur de troubles », dit-il tandis qu'elle déposait une assiette devant lui.

Je m'en fous, songea Diana, exaspérée. Je n'ai plus rien à voir avec toi.

Alors pourquoi ai-je préparé son thé ?

« C'est un Londonien, de Battersea, et je crois qu'il est connu. En tout cas, il demande une augmentation de salaire pour travailler sur la nouvelle perceuse. Ce n'est pas déraisonnable, en réalité, mais j'ai établi mon prix en me fondant sur les anciens salaires, alors il va bien être obligé de l'accepter. »

Diana rassembla son courage et balbutia : « J'ai quelque chose à te dire. » Là-dessus, elle regretta de ne pas pouvoir ravaler ses paroles, mais c'était trop tard.

« Qu'est-ce que tu t'es fait au doigt ? » demanda-t-il, en remarquant le petit pansement.

Cette banale question la démonta. « Rien, répondit-elle en s'affalant sur sa chaise. Je me suis coupée en épluchant les pommes de terre. » Elle prit sa fourchette et son couteau.

Mervyn mangeait de bon appétit. « Je devrais faire plus attention aux gens que j'engage, mais l'ennui, c'est que les bons outilleurs ne sont pas faciles à trouver de nos jours. »

Il ne s'attendait pas à l'entendre réagir lorsqu'il parlait de ses affaires. Si elle faisait une suggestion, il lui lançait un regard irrité comme si elle avait tenu un propos malsonnant. Elle était là pour écouter.

Tandis qu'il discourait à propos de la nouvelle perceuse et du communiste de Battersea, elle se rappela le jour de leur mariage. Sa mère vivait encore en ce temps-là. La cérémonie avait eu lieu à Manchester et la réception à l'hôtel Midland. Mervyn, en jaquette, était le plus bel homme d'Angleterre. Diana avait cru que ce serait pour toujours. L'idée que son mariage pût ne pas durer ne lui avait pas traversé l'esprit. Avant Mervyn, elle n'avait jamais rencontré de divorcé. Se souvenant de ce qu'elle éprouvait alors, elle eut soudain envie de pleurer.

Elle savait aussi que Mervyn serait anéanti par son départ. Il n'avait aucune idée de ce qu'elle préparait. Le fait que sa première femme l'eût quitté exactement dans les mêmes conditions aggravait évidemment les choses. Il allait être désemparé. Mais, pour commencer, il serait furieux.

Il termina son roastbeef et se versa une autre tasse de thé. « Tu n'as pas beaucoup mangé », remarqua-t-il. En fait, elle n'avait rien avalé.

« J'ai bien déjeuné, répondit-elle.

— Où es-tu allée ? »

Cette innocente question la plongea dans la panique. Elle avait partagé des sandwiches au lit avec Mark dans un hôtel de Blackpool, et elle était incapable d'inventer un mensonge plausible. Les noms des principaux restaurants de Manchester lui vinrent à l'esprit, mais il était possible que Mervyn eût déjeuné dans l'un de ceux-là. Après un pénible silence, elle dit : « Au café Waldorf. » Il y avait plusieurs cafés Waldorf : c'était une chaîne de restaurants bon marché où on pouvait avoir un steak-frites pour un shilling et neuf pence.

Mervyn ne lui demanda pas lequel.

Elle ramassa les assiettes et se leva. Elle avait les genoux si faibles qu'elle craignait de tomber, mais elle parvint à atteindre l'évier. « Veux-tu un dessert ? demanda-t-elle.

— Oui, volontiers. »

Elle passa dans l'office où elle trouva des poires en conserve et du lait concentré. Elle ouvrit la boîte et apporta le dessert sur la table.

En le regardant dévorer les poires, elle fut horrifiée à l'idée de ce qu'elle allait faire. Cela lui semblait impardonnablement destructeur. Comme la guerre qui arrivait, elle allait tout détruire. Elle se rendit soudain compte qu'elle n'en était pas capable.

Mervyn reposa sa cuiller et regarda sa monde. « 7 heures et demie : prenons les informations.

— Je ne peux pas, fit Diana tout haut.

— Quoi donc ?

— Je ne peux pas », répéta-t-elle. Elle allait tout annuler. Elle allait voir Mark tout de suite et lui dire qu'elle avait changé d'avis, qu'elle ne s'enfuirait pas avec lui.

« Pourquoi ne peux-tu pas écouter la radio ? » fit Mervyn avec impatience.

Diana le dévisagea. « Il faut que je sorte », dit-elle. Elle chercha désespérément un prétexte. « Doris Williams est à l'hôpital et il faut que j'aille la voir.

— Bon sang, qui est Doris Williams ? »

Elle n'existait pas. « Tu l'as rencontrée, fit Diana, improvisant. On vient de l'opérer.

— Je ne me souviens pas d'elle », dit-il, mais il ne se méfiait pas : il n'avait pas la mémoire des noms.

Sur le coup de l'inspiration, Diana lui demanda :

« Veux-tu venir avec moi ?

— Seigneur, non ! répondit-il comme elle s'y attendait.

— Alors je vais prendre la voiture.

— Ne roule pas trop vite dans le black-out. » Il se leva et passa dans le salon où se trouvait le poste de radio.

Diana le suivit un moment du regard. Il ne saura jamais combien j'ai été près de le quitter, songea-t-elle, avec une sorte de tristesse.

Elle mit un chapeau, attrapa son manteau. Dieu merci, la voiture démarra du premier coup. Elle descendit l'allée et prit la direction de Manchester.

Le trajet fut un cauchemar. Malgré sa hâte, elle devait rouler lentement parce que, avec les phares masqués, elle ne voyait qu'à quelques mètres devant elle ; et d'ailleurs, sa vision était brouillée par les larmes qui n'arrêtaient pas de couler. Si elle n'avait pas bien connu la route, elle aurait sans doute eu un accident.

Il lui fallait plus d'une heure pour parcourir les quinze kilomètres.

Quand elle s'arrêta finalement devant le Midland, elle était épuisée. Elle resta là une minute, en s'efforçant de retrouver ses esprits. Elle prit son poudrier et tenta de dissimuler les traces de larmes.

Mark aurait le cœur brisé, elle le savait ; mais il était de taille à le supporter. Il en arriverait bientôt à considérer cela comme une romance estivale. C'était moins cruel de mettre un terme à une brève aventure, même passionnée, que de rompre un mariage de cinq ans. Mark et elle évoqueraient toujours avec tendresse cet été de 1939...

De nouveau elle éclata en sanglots.

Inutile de rester là à ruminer tout cela, décida-t-elle au bout d'un moment. Il fallait entrer et en finir. Elle se remaquilla une fois de plus et descendit de voiture.

Elle traversa le hall de l'hôtel et monta l'escalier sans s'arrêter à la réception. Elle connaissait le numéro de la chambre de Mark. Bien sûr, c'était tout à fait scandaleux pour une femme seule de se rendre dans la chambre d'hôtel d'un homme ; mais elle décida de braver les conventions. L'autre solution aurait été de voir Mark dans le salon ou au bar, et il était impensable de lui annoncer ce genre de nouvelle dans un lieu public.

Elle frappa à sa porte. Elle pria le ciel qu'il fût là. Et s'il avait décidé d'aller dîner au restaurant ou de voir un film ? On ne répondait pas et elle frappa de nouveau, plus fort. Comment pouvait-il aller au cinéma dans un moment pareil ?

Enfin une voix demanda : « Qu'est-ce que c'est ? »

Elle frappa encore et dit : « C'est moi ! »

Elle entendit des pas rapides. La porte s'ouvrit toute grande et Mark apparut, l'air stupéfait. Il eut un sourire ravi, l'attira à l'intérieur, referma la porte et la serra contre lui.

Elle se sentait maintenant aussi déloyale à son égard qu'envers Mervyn quelques instants plus tôt. Elle l'embrassa avec un sentiment de culpabilité, et la chaleur familière du désir monta dans ses veines ; mais elle s'écarta et annonça : « Je ne peux pas partir avec toi. »

Il pâlit. « Ne dis pas ça. »

Elle regarda autour d'elle. Il faisait ses bagages. La penderie et les tiroirs étaient ouverts, ses valises étaient sur le sol et partout on voyait des chemises pliées, des piles de linge et des chaussures dans des sacs. Il était si soigneux. « Je ne peux pas partir », répéta-t-elle.

Il lui prit la main et l'entraîna dans la chambre. Ils s'assirent sur le lit. Il avait l'air désemparé. « Tu ne penses pas ce que tu dis, fit-il.

— Mervyn m'aime et nous sommes ensemble depuis cinq ans. Je ne peux pas lui faire ça.

— Et moi ? »

Elle le regarda. Il portait un chandail vieux rose, un nœud papillon, un pantalon de flanelle gris-bleu et des mocassins. Il était à croquer. « Vous m'aimez tous les deux, dit-elle. Mais lui, c'est mon mari.

— Nous t'aimons tous les deux, mais moi, en plus, tu me plais vraiment, dit Mark.

— Tu ne crois pas que ce soit son cas ?

— Je ne crois même pas qu'il te connaisse. Écoute, j'ai trente-cinq ans. J'ai déjà été amoureux. J'ai eu autrefois une liaison qui a duré six ans. Je n'ai jamais été marié, mais j'ai vécu. Je sais que c'est sérieux. Rien ne m'a jamais paru aussi sérieux. Tu es belle, tu es drôle, tu n'es pas conventionnelle, tu es brillante, et tu aimes faire l'amour. Je ne suis pas mal, je suis drôle, je ne suis pas conventionnel, je suis intelligent et j'ai envie de faire l'amour avec toi tout de suite...

— Non », protesta-t-elle, mais elle ne le pensait pas.

Il l'attira doucement vers lui et ils s'embrassèrent.

« Nous sommes tellements faits l'un pour l'autre, murmura-t-il. Tu te souviens quand nous nous passions des mots sous le panneau "Silence" ? Tu as tout de suite compris le jeu, sans explications. D'autres femmes trouvent que je suis dingue, mais toi tu m'aimes comme ça. »

C'était vrai, pensa-t-elle ; et quand elle faisait des excentricités, comme fumer la pipe, sortir sans culotte ou assister à des réunions fascistes puis déclencher l'alarme incendie, Mervyn était agacé, alors que Mark riait aux éclats.

Il lui caressa les cheveux, puis la joue. Peu à peu, elle se calma, l'affolement la quitta. Elle posa la tête sur l'épaule de Mark et lui embrassa le cou. Elle sentait ses doigts sur sa jambe, sous sa robe, caresser l'intérieur de sa cuisse, là où les bas s'arrêtaient. Ce n'était pas ce qui était censé se passer, se dit-elle sans conviction.

Il la renversa doucement sur le lit et son chapeau tomba. « Ce n'est pas bien », fit-elle faiblement. Il l'embrassa sur la bouche, en lui mordillant les lèvres. Ses doigts s'aventurèrent sous la soie fine de la culotte et elle frémit de plaisir. Au bout d'un moment, sa main glissa à l'intérieur.

Il savait vraiment s'y prendre.

Un jour, au début de l'été, comme ils étaient allongés nus dans une chambre d'hôtel, avec la rumeur des vagues arrivant par la fenêtre ouverte, il lui avait dit : « Montre-moi ce que tu fais quand tu te caresses. »

Gênée, elle avait fait semblant de ne pas comprendre. « Que veux-tu dire ?

— Tu sais bien. Quand tu te caresses. Montre-moi. Comme ça, je saurai ce que tu aimes.

— Je ne me caresse pas, avait-elle répondu en mentant.

— Eh bien... quand tu étais jeune fille, avant de te marier, tu as dû le faire... tout le monde le fait. Montre-moi comment tu t'y prenais. »

Elle allait refuser, puis elle comprit combien ce serait excitant.

« Tu veux que je me caresse... là... pendant que tu regardes ? » dit-elle d'une voix rauque de désir.

Il eut un sourire espiègle et hocha la tête.

« Tu veux dire... jusqu'au bout ?

— Jusqu'au bout.

— Je ne pourrai pas », dit-elle ; mais elle le fit.

C'était maintenant ses doigts à lui qui la touchaient juste où il fallait, et elle ferma les yeux et s'abandonna à ces sensations.

Au bout d'un moment, elle commença à gémir doucement, ses hanches se soulevaient et s'abaissaient en mesure. Elle sentait sur son visage le souffle chaud de Mark penché sur elle. Puis, comme elle perdait contrôle, il dit d'un ton pressant : « Regarde-moi. »

Elle ouvrit les yeux. Il continua à la caresser exactement de la même façon, mais un peu plus vite. « Ne ferme pas les yeux », ordonna-t-il. Le regarder au fond des yeux pendant qu'il faisait cela était extrêmement intime, comme si elle était plus que nue. On aurait dit qu'il pouvait tout voir et tout savoir d'elle et elle éprouva un sentiment de grisante liberté parce qu'elle n'avait plus rien à cacher. L'orgasme arriva et elle s'obligea à soutenir le regard de Mark pendant qu'un spasme agitait ses hanches et qu'elle haletait ; il ne cessait pas de la regarder en souriant et il murmura : « Je t'aime, Diana, je t'aime tant. »

Quand ce fut fini, elle l'empoigna et le serra contre elle, haletante et tremblante d'émotion, avec le sentiment qu'elle ne le lâcherait jamais. Elle aurait bien pleuré, mais il ne lui restait plus de larmes.

Elle ne parla jamais à Mervyn.

Avec son esprit inventif, Mark trouva une solution et elle se la répéta en rentrant chez elle, calme et déterminée.

Mervyn était en pyjama et en robe de chambre, à fumer

une cigarette en écoutant la musique à la radio. « C'était une sacrément longue visite », marmonna-t-il.

Juste un peu nerveuse, Diana répondit : « Il a fallu que je conduise très lentement. » Elle avala sa salive, prit une profonde inspiration et dit : « Je ne serai pas là demain. »

Il fut un peu surpris. « Où vas-tu ?

— J'aimerais aller rendre visite à Thea et voir les jumelles. Je veux m'assurer qu'elle va bien et Dieu sait quand j'aurai une autre occasion : les trains commencent à être irréguliers et le rationnement d'essence prendra effet la semaine prochaine. »

Il acquiesça de la tête. « Tu as raison. Il vaut mieux y aller pendant que tu le peux encore.

— Je vais monter me préparer une valise.

— Prépare-m'en une pour moi, veux-tu ? »

Pendant un horrible moment, elle crut qu'il voulait partir avec elle. « Pour quoi faire ? demanda-t-elle.

— Je ne vais pas dormir dans une maison vide, dit-il. Je m'arrêterai au Reform Club demain soir. Tu seras de retour mercredi ?

— Oui, répondit-elle sans vergogne, mercredi.

— Très bien. »

Elle monta au premier. En mettant dans une petite valise le linge et les chaussettes de son mari, elle songea : c'est la dernière fois que je fais cela pour lui. Elle était soulagée qu'il eût accepté son histoire, mais en même temps elle se sentait déçue, comme s'il y avait quelque chose qu'elle n'avait pas terminé. Elle comprit que, bien que l'idée de l'affronter la terrifiât, elle aurait voulu aussi lui expliquer pourquoi elle le quittait. Elle avait besoin de lui dire qu'il l'avait laissée tomber, qu'il était devenu autoritaire, qu'il ne la chérissait plus comme autrefois. Mais elle ne lui dirait jamais plus ces choses-là et elle se sentait étrangement déçue.

Elle ferma la valise qu'elle lui avait préparée et commença à ranger dans son sac ses produits de maquillage et ses articles de toilette. Cela lui parut une drôle de façon de mettre un terme à cinq années de mariage, de ranger des bas, de la pâte dentifrice et du fond de teint.

Au bout d'un moment, Mervyn monta. Dans sa chemise de nuit la moins séduisante, elle se démaquillait devant sa coiffeuse. Il s'approcha d'elle par-derrière et lui saisit les seins.

Oh non, se dit-elle. Pas ce soir, surtout pas !

Bien qu'elle fût horrifiée, son corps réagit aussitôt, et elle rougit d'un air coupable. Les doigts de Mervyn pincèrent ses boutons de seins gonflés et elle eut un petit sursaut de plaisir mêlé de désespoir. Il lui prit les mains et la fit se relever. Elle le suivit sans protester tandis qu'il l'entraînait vers le lit. Il éteignit la lumière et ils s'allongèrent dans l'obscurité. Il monta aussitôt sur elle et lui fit l'amour avec une sorte de furieux désespoir, presque comme s'il savait qu'elle le quittait et qu'il n'y pouvait rien. Elle sentit son corps la trahir et elle frémit de plaisir et de honte. Extrêmement mortifiée, elle se rendit compte qu'en deux heures elle serait parvenue à l'orgasme avec deux hommes différents et elle essaya de s'arrêter, mais elle n'y arrivait pas.

Au moment de jouir, elle se mit à pleurer.

Heureusement, Mervyn ne s'en aperçut pas.

Assise dans l'élégant salon de l'hôtel South Western le mercredi matin, attendant le taxi qui devait les emmener, Mark et elle, au quai 108 du port de Southampton pour embarquer sur le Clipper de la Pan American, elle se sentait triomphante et libre.

Dans la salle, tout le monde la regardait ou bien s'efforçait de ne pas la regarder. Un bel homme en costume bleu, qui devait avoir dix ans de moins qu'elle, la dévisageait avec une insistance particulière. Mais elle en avait l'habitude. Ça lui arrivait toujours quand elle était en forme et aujourd'hui elle était ravissante. Sa robe de soie crème à pois avait un air frais et estival. Ses chaussures crème étaient parfaitement assorties et le chapeau de paille complétait à merveille sa toilette.

Elle adorait voyager : emballer et déballer ses toilettes, rencontrer des gens, être chouchoutée et dorlotée, gavée de champagne et de nourriture en découvrant des endroits nouveaux. Elle éprouvait un peu d'appréhension à l'idée de prendre l'avion, mais traverser l'Atlantique était le voyage le plus prestigieux de tous, car à l'autre bout, c'était l'Amérique. Elle avait hâte d'être là-bas. Elle s'imaginait l'Amérique telle qu'elle lui apparaissait au cinéma : elle se voyait dans un appartement Art déco, tout en fenêtres et en miroirs ; une soubrette l'aidait à passer un manteau de fourrure blanche ; dans la rue une longue voiture noire avec son moteur qui tournait, et un chauffeur noir, attendaient de l'emmener dans une boîte de nuit où elle commanderait un martini très sec, et danserait aux accents d'un orchestre de jazz qui accompagnerait Bing Crosby. C'était un rêve, elle le savait, mais elle avait hâte de découvrir la réalité.

Elle éprouvait pourtant quelques scrupules à l'idée de quitter l'Angleterre juste au moment où la guerre commençait. Elle connaissait un grand nombre de Juifs. Manchester comportait une importante communauté juive : ils avaient planté un millier d'arbres à Nazareth. Les amis que Diana comptait parmi eux suivaient avec horreur et consternation le déroulement des événements en Europe. Il n'y avait pas qu'eux d'ailleurs : les fascistes détestaient les gens de couleur, les gitans, les homosexuels et tous ceux qui étaient en désaccord avec le fascisme. Diana avait un oncle homosexuel et il avait toujours été gentil avec elle et l'avait traitée comme sa fille.

Elle était trop vieille pour s'engager, mais, si elle restait à Manchester, elle devrait se porter volontaire dans un service auxiliaire et enrouler des bandages pour la Croix-Rouge...

C'était irréel, encore plus improbable que de danser en écoutant Bing Crosby. Elle n'était pas le genre à enrouler des bandages. L'austérité et les uniformes n'étaient pas faits pour elle.

Mais rien de cela n'avait vraiment d'importance. La seule chose qui comptait, c'est qu'elle était amoureuse. Elle irait là où irait Mark. Elle le suivrait au cœur d'un champ de bataille si c'était nécessaire. Ils allaient se marier et avoir des enfants.

A l'idée de voyager sur le Clipper de la Pan American, elle tremblait d'excitation. Elle avait lu plein de choses sur l'appareil dans le *Manchester Guardian*, sans jamais imaginer qu'un jour elle y prendrait vraiment place. Se rendre à New York en un peu plus d'une journée semblait tenir du miracle.

Elle avait laissé un mot à Mervyn. Elle ne lui disait rien des choses qu'elle aurait voulu lui dire ; elle n'expliquait pas qu'il avait lentement et inexorablement perdu son amour par sa négligence et son indifférence ; elle ne disait pas non plus que Mark était merveilleux. *Cher Mervyn*, avait-elle écrit, *je te quitte. Je trouve que tu es devenu froid envers moi et je suis tombée amoureuse de quelqu'un d'autre. Quand tu liras cette lettre, nous serons en Amérique. Je suis navrée de te faire de la peine, mais c'est en partie ta faute.* Elle ne savait pas comment signer : elle ne pouvait tout de même pas mettre : *Bien à toi* ou *affectueusement*... alors elle se contenta d'un : *Diana*.

Elle avait tout d'abord pensé laisser la lettre sur la table de la cuisine. Puis elle avait été hantée par la possibilité qu'il changeât ses projets et que, au lieu de passer la nuit de mardi à son club, il ne rentrât à la maison et ne lui créât ainsi qu'à Mark quelques difficultés avant qu'ils n'eussent quitté le pays. En fin de compte elle avait expédié la lettre par la poste à l'usine, où elle arriverait aujourd'hui.

Elle regarda sa montre (un cadeau de Mervyn qui aimait la voir ponctuelle). Elle connaissait sa routine journalière : il passait le plus clair de la matinée dans les ateliers, puis vers midi il remontait à son bureau et consultait le courrier avant d'aller déjeuner. Elle avait marqué « personnel » sur l'enveloppe pour éviter que sa secrétaire ne l'ouvrît. Il la trouverait sur son bureau dans une pile de factures, de commandes, de lettres et de notes. Il devait être en train de la lire en ce moment. Cette idée lui donna des remords et un peu de tristesse, mais elle était soulagée en même temps de se trouver à trois cents kilomètres de lui.

« Notre taxi est là, annonça Mark. Il est temps de partir. »

Refoulant son anxiété, elle reposa sa tasse de café, se leva et lui fit son plus beau sourire. « Oui, dit-elle d'un ton joyeux. C'est l'heure de s'envoler. »

Eddie avait toujours été timide avec les filles. A sa sortie d'Annapolis, il était encore vierge. Quand il était en garnison, à Pearl Harbor, il avait fréquenté des prostituées et cette expérience lui avait laissé une sensation d'écœurement. Après avoir quitté la Marine, il avait mené une vie très solitaire, se rendant à un bar à quelques kilomètres de là chaque fois qu'il éprouvait le besoin de compagnie. Carol-Ann travaillait comme hôtesse au sol pour la compagnie à Port Washington, Long Island, le terminus new-yorkais des hydravions : les cheveux blonds, toujours hâlée par le soleil, des yeux bleus Pan American — jamais Eddie n'aurait osé lui demander un rendez-vous. Mais un jour, à la cantine, un jeune opérateur radio lui avait donné deux places pour Life with Father *à Broadway et, quand il avait dit qu'il n'avait personne à emmener, le radio s'était tourné vers la table voisine en demandant à Carol-Ann si elle avait envie d'y aller.*

« Tu parles ! » fit-elle, et Eddie comprit que cette déesse appartenait au même monde que lui.

Il découvrit plus tard qu'elle était désespérément seule. C'était une fille de la campagne et les façons sophistiquées des New-Yorkais la mettaient mal à l'aise. Elle était plutôt sensuelle mais ne savait comment se comporter quand des hommes prenaient des libertés avec elle ; alors, dans son embarras, elle repoussait leurs avances avec indignation. Sa nervosité lui valait la réputation d'être un glaçon et on ne l'invitait pas souvent.

Mais, à l'époque, Eddie ne savait rien de tout cela. Avec elle à son bras, il se sentait comme un roi. Il l'emmena dîner, puis la raccompagna en taxi jusqu'à son appartement. Sur le pas de la porte, il la remercia de cette charmante soirée et rassembla tout son courage pour l'embrasser sur la joue ; là-dessus, elle éclata en sanglots et lui déclara qu'il était le premier homme convenable qu'elle rencontrait à New York.

Avant de s'être rendu compte de ce qu'il disait, il lui avait demandé un nouveau rendez-vous.

Ce fut lors de cette seconde sortie qu'il tomba amoureux d'elle. C'était un brûlant vendredi de juillet, ils s'étaient promenés à Coney Island et elle portait un pantalon blanc et un corsage bleu ciel. Il se rendit compte à sa stupéfaction qu'elle était bel et bien fière d'être vue avec lui. Ils prirent des glaces, firent un tour de montagnes russes, achetèrent des chapeaux de papier, se prirent la main et échangèrent quelques petits secrets d'une grande banalité. Quand il la raccompagna, Eddie lui annonça franchement qu'il n'avait jamais été aussi heureux de toute sa vie et elle le stupéfia encore une fois en répondant qu'elle non plus.

Bientôt, il négligeait la ferme et passait tous ses moments de congé à New York, dormant sur le canapé d'un camarade ingénieur, surpris mais le poussant à aller de l'avant. Carol-Ann l'emmena à Bristol, dans le New Hampshire, pour le présenter à ses parents, des gens petits, menus et entre deux âges, pauvres et travailleurs. Ils le firent penser à ses parents à lui, mais sans leur impitoyable religion. Ils avaient du mal à croire qu'ils avaient produit une fille aussi belle et Eddie comprit ce qu'ils ressentaient, car lui-même avait du mal à croire qu'une telle fille ait pu tomber amoureuse de lui.

Planté dans le jardin de l'hôtel Langdown Lawn à regarder l'écorce rugueuse du chêne, il songeait à quel point il l'aimait. Il vivait un cauchemar, un de ces vieux affreux rêves dans lesquels on commence par se sentir heureux et en sécurité, et puis on se met à penser, comme ça, vaguement, à la pire chose qui pourrait vous arriver et voilà tout à coup que c'est la réalité, que la pire chose au monde est bel et bien en train de vous arriver et que vous n'y pouvez rien.

Ce qui rendait tout cela plus terrible encore, c'est qu'ils s'étaient querellés juste avant son départ et qu'ils s'étaient séparés sans se raccommoder.

Elle était assise sur le canapé, vêtue d'une chemise de travail à lui et de pas grand-chose d'autre, ses longues jambes bronzées allongées devant elle, ses beaux cheveux répandus sur ses épaules comme un châle. Elle lisait un magazine. Ses seins, normalement très menus, avaient gonflé récemment. Il éprouva l'envie de les toucher et il se dit : pourquoi pas ? Il glissa donc sa main à l'intérieur de la chemise et lui caressa le bouton de son sein. Elle leva les yeux vers lui en souriant tendrement puis reprit sa lecture.

Il l'embrassa sur le haut du crâne et s'assit auprès d'elle. Dès le début, elle l'avait étonné. Pour commencer, ils s'étaient montrés tous deux timides, mais peu après leur retour de voyage de noces, quand ils se furent installés dans la vieille ferme, elle était devenue tout à fait déchaînée.

D'abord, elle voulut faire l'amour avec la lumière allumée. Eddie se sentait un peu embarrassé, mais il y consentit et au fond il aimait assez ça. Puis il remarqua qu'elle ne fermait pas la porte à clé quand elle prenait un bain. Après cela, il se dit qu'il serait ridicule s'il continuait de son côté à la fermer, si bien qu'un beau jour elle entra, complètement nue, et se glissa dans la baignoire avec lui ! Eddie ne s'était jamais senti aussi gêné de sa vie.

Elle prit l'habitude de déambuler dans la ferme dans diverses sortes de petites tenues. On pouvait dire qu'aujourd'hui elle était presque trop habillée, avec cette chemise qui ne laissait voir qu'un petit triangle de coton blanc en haut de ses jambes. En général, c'était bien pire. Il préparait du café dans la cuisine et elle surgissait en sous-vêtements et se mettait à griller des muffins ; ou bien il se rasait et elle apparaissait en petite culotte, sans soutien-gorge, et se brossait les dents ; ou bien elle arrivait dans la chambre complètement nue, avec son petit déjeuner sur un plateau. Il se demandait si elle n'était pas un peu obsédée. Mais il aimait aussi qu'elle fût ainsi. Il n'avait jamais rêvé d'avoir une femme superbe qui se promènerait déshabillée dans sa maison. Il trouvait qu'il avait beaucoup de chance.

Un an de vie commune l'avait transformé. Il avait à ce point perdu ses inhibitions qu'il allait nu de la chambre à la salle de bains ; parfois il ne passait même pas son pyjama avant de se mettre au lit ; un jour il l'avait prise dans le salon, sur le canapé.

Il se demandait encore s'il y avait quelque chose d'anormal dans cette sorte de comportement, mais il avait décidé que peu importait : Carol-Ann et lui pouvaient faire ce qui leur plaisait. Une fois ce principe accepté, il eut l'impression d'être un oiseau libéré d'une cage. C'était incroyable ; c'était merveilleux ; c'était comme être au paradis.

Il restait assis auprès d'elle, sans rien dire, à savourer simplement le plaisir d'être avec elle et à humer la brise légère venant des bois par les fenêtres ouvertes. Son sac de voyage était bouclé et dans quelques minutes il partait pour Port Washington. Carol-Ann avait quitté la Pan American — elle ne pouvait pas habiter le Maine et travailler à New York — et elle avait trouvé du travail dans un magasin de Bangor. Eddie voulait lui parler de cela avant de partir.

Carol-Ann leva les yeux de Life *et dit : « Quoi ?*

— Je n'ai rien dit.

— Mais tu vas le faire, n'est-ce pas ? »

Il sourit. « Comment as-tu deviné ?

— Eddie, tu sais que je peux entendre ton cerveau fonctionner. Qu'est-ce qu'il y a ? »

Il posa sa grande main carrée sur le ventre de sa femme et sentit le léger renflement. « Je veux que tu arrêtes ton travail.

— C'est trop tôt...

— Ça ne fait rien. Nous pouvons nous le permettre. Et je veux que tu fasses bien attention à toi.

— Je ferai attention à moi. J'arrêterai de travailler quand il le faudra. »

Il se sentit blessé. « Je pensais que ça te ferait plaisir. Pourquoi veux-tu continuer ?

— Parce que nous en avons besoin et qu'il faut bien que je fasse quelque chose.

— Je te l'ai dit, nous pouvons nous le permettre.

— Je m'ennuierais.

— La plupart des femmes mariées ne travaillent pas. »

Elle éleva le ton. « Eddie, pourquoi essaies-tu de me ligoter comme ça ? »

Il n'avait aucune envie de la ligoter et cette idée le mit en fureur. Il répliqua : « Pourquoi veux-tu absolument t'opposer à moi ?

— Je ne m'oppose pas à toi ! Je ne veux simplement pas rester assise ici comme une chiffe !

— Tu n'as pas de choses à faire ?

— Quoi donc ?

— Tricoter des brassières, faire des conserves, faire la sieste...

— Oh, seigneur... fit-elle d'un ton méprisant.

— Qu'est-ce qu'il y a de mal à ça, bon sang ? dit-il avec agacement.

— J'aurai largement le temps de faire tout ça quand le bébé sera là. J'aimerais profiter de mes quelques dernières semaines de liberté. »

Eddie se sentit vexé mais il ne savait pas très bien pourquoi ils en étaient arrivés là. Il avait envie de partir. Il regarda sa montre. « J'ai un train à prendre. »

Carol-Ann avait l'air triste. « Ne sois pas en colère », dit-elle d'un ton conciliant.

Mais il était en colère. « Je crois que je ne te comprends tout simplement pas, répliqua-t-il d'un ton irrité.

— J'ai horreur d'être enfermée.

— J'essayais d'être gentil. »

Il se leva et passa dans la cuisine où sa tunique d'uniforme était accrochée à une patère. Il avait voulu faire un geste généreux et elle voyait cela comme quelque chose qu'on cherchait à lui imposer.

Elle apporta sa valise et la lui tendit quand il eut enfilé sa veste. Elle leva le visage vers lui et il lui donna un bref baiser. « Ne pars pas fâché contre moi », dit-elle.

C'était pourtant le cas.

Et maintenant, dans ce jardin, en pays étranger, à des milliers de kilomètres d'elle, il se demandait s'il reverrait jamais sa Carol-Ann.

5

Pour la première fois de sa vie, Nancy Lenehan avait pris du poids. Debout, dans sa suite de l'hôtel Adelphi à Liverpool, auprès d'une pile de bagages qui attendait d'être embarquée à bord de l'*Orania*, elle se contemplait avec horreur dans le miroir.

Ni belle ni laide, elle avait des traits réguliers — un nez droit, des cheveux noirs et raides et un menton net — et elle était séduisante quand elle s'habillait avec soin, ce qui était le cas la plupart du temps. Aujourd'hui elle portait un tailleur de flanelle très légère de chez Paquin, couleur cerise, avec un corsage de soie grise. La jaquette était serrée à la taille comme la mode l'exigeait et c'était cela qui lui avait révélé qu'elle prenait du poids. Quand elle ferma sa veste, un pli léger mais incontestable apparut : les boutons du bas tiraient sur les boutonnières.

Il n'y avait à cela qu'une seule explication : la taille de la veste était plus petite que la taille de Mme Lenehan.

Sans doute fallait-il en incriminer les déjeuners et les dîners qu'elle avait faits dans les meilleurs restaurants de Paris pendant tout le mois d'août. Elle soupira. Elle allait se mettre au régime pour toute la traversée. En arrivant à New York, elle aurait retrouvé sa silhouette.

Jamais auparavant elle n'avait dû se soumettre à un régime. La perspective ne la gênait pas : si elle aimait la bonne chère, elle n'était pas gloutonne, et cela la préoccupait vraiment. C'était probablement le signe qu'elle vieillissait.

Elle avait quarante ans aujourd'hui.

Elle s'était toujours habillée chez les couturiers et sa minceur soulignait le chic des toilettes. Elle avait détesté les vêtements drapés bas sur les hanches, des années vingt, et elle se réjouit quand la mode réimposa les robes marquées à la taille. Elle consacrait beaucoup de temps et d'argent à s'acheter des vêtements et elle aimait cela. Elle justifiait parfois cette recherche de l'élégance par les nécessités de sa profession, mais en vérité, elle le faisait pour le plaisir.

Son père avait fondé une usine de chaussures à Brockton, Massachusetts, à côté de Boston, l'année de la naissance de Nancy, en 1899. Il se fit envoyer de Londres des chaussures de première qualité et en exécuta des copies bon marché ; puis il fit de son imitation un argument de vente. « Pouvez-vous voir la différence ? » lisait-on sur ses annonces qui montraient une chaussure vendue vingt-neuf dollars à Londres auprès d'une copie de chez Black à dix dollars. Il travaillait dur, ses affaires allaient bien et pendant la Grande Guerre il se vit attribuer le premier des contrats militaires qui constituaient toujours la principale source de bénéfices de la maison.

Dans les années vingt, il monta une chaîne de magasins, pour la plupart en Nouvelle-Angleterre, où on ne vendait que ses chaussures. Quand la crise arriva, il réduisit le nombre de modèles d'un millier à cinquante, et lança un prix standard de six dollars soixante, quel que fût le modèle. Son audace paya et, alors que tout le monde se ruinait, les bénéfices de Black augmentèrent.

Il disait toujours que cela coûtait aussi cher de faire de mauvaises chaussures que des bonnes et qu'il n'y avait pas de raison que les gens qui travaillent soient mal chaussés. A une époque où les pauvres achetaient des chaussures avec des semelles en carton qui s'usaient en quelques jours, les Black ne coûtaient pas cher et duraient longtemps. Son père en était fier, tout comme Nancy. La qualité des chaussures que fabriquait la famille justifiait à ses yeux la somptueuse maison de Back Bay où ils habitaient, la grande Packard avec le chauffeur, les soirées, les jolies toilettes et les domestiques. Elle n'était pas comme certains de ces gosses de riches qui tenaient pour un dû la richesse dont ils héritaient.

Elle aurait voulu pouvoir en dire autant de son frère.

Peter avait trente-huit ans. A sa mort, il y avait cinq ans de cela, leur père avait légué à Peter et à Nancy des parts égales dans la compagnie, quarante pour cent chacun. Sa sœur, tante Tilly, reçut dix pour cent et les dix qui restaient allèrent à Danny Riley, la vieille canaille d'avocat.

Nancy avait toujours pensé qu'elle reprendrait la direction de l'affaire après la disparition de son père. Il l'avait toujours préférée à Peter. Une femme à la tête d'une compagnie était peu courant, mais cela s'était vu, surtout dans l'industrie du vêtement.

Son père avait un adjoint, Nat Ridgeway, homme très capable qui fit clairement comprendre qu'à son avis il constituait le meilleur choix pour le poste de président des Chaussures Black.

Mais ce poste, Peter le voulait aussi et il était le fils. Nancy avait toujours éprouvé des remords d'avoir été la favorite de son père. Peter serait humilié et amèrement déçu s'il n'héritait pas du sceptre paternel. Nancy n'avait pas le courage de lui assener un pareil coup. Elle accepta donc que Peter prît la direction de l'affaire. A eux deux, elle et son frère possédaient quatre-vingts pour cent des actions, aussi, quand ils étaient d'accord, obtenaient-ils ce qu'ils voulaient.

Nat Ridgeway avait donné sa démission et était allé travailler pour la General Textiles à New York. C'était une perte pour la société, mais c'en était une aussi pour Nancy. Juste avant la mort de son père, elle et Nat avaient commencé à sortir ensemble.

Cela faisait cinq ans que Sean, son mari, avait disparu, et depuis lors, Nat était le premier homme avec qui elle acceptait de se montrer. Tout simplement parce qu'elle commençait à en avoir assez de sa vie tout entière consacrée au travail et qu'elle était mûre pour un peu de sentiment. Ils avaient partagé quelques agréables dîners, étaient allés une ou deux fois au théâtre et elle l'avait embrassé très affectueusement quand il la raccompagnait ; mais quand la crise survint, ils n'avaient pas dépassé ce stade et, quand quand Nat partit de chez Black, la romance s'acheva aussi, laissant à Nancy un amer sentiment de frustration.

Depuis, Nat avait fait une brillante carrière à la General Textiles, et il était maintenant président de la compagnie. Il s'était également marié, à une jolie blonde de dix ans plus jeune que Nancy.

Peter, au contraire, n'avait pas réussi. En vérité, il n'était pas fait pour le poste de président. Depuis cinq ans qu'il en assumait la responsabilité, l'affaire ne cessait de dégringoler. Les magasins ne rapportaient plus rien, ils rentraient tout juste dans leurs frais. Peter avait ouvert une luxueuse boutique sur la Cinquième Avenue à New York, où il vendait des modèles haute couture pour dames ; il y consacrait tout son temps et toute son attention, mais l'entreprise perdait de l'argent.

Seule l'usine, dirigée par Nancy, en gagnait. Vers le milieu des années trente, comme l'Amérique commençait à sortir de la crise, elle s'était mise à fabriquer des sandales très bon marché pour femmes et ses modèles s'étaient révélés très populaires. Elle était convaincue que, pour les chaussures de femmes, l'avenir était à des produits légers et colorés assez bon marché pour qu'on pût les jeter.

Elle savait qu'elle était capable de doubler les ventes pour peu que la fabrication fût en état de suivre. Mais ses bénéfices étaient engloutis par les pertes de Peter et il ne restait rien pour l'expansion.

Il n'y avait qu'une solution : vendre la chaîne de magasins, peut-être au gérant, pour trouver des liquidités. Le produit de la vente serait utilisé pour moderniser l'usine et passer au mode de production à la chaîne qu'adoptaient toutes les usines de chaussures plus à la page. Peter devrait lui rendre les rênes et se contenter de diriger son magasin de New York, en se soumettant à un strict contrôle de ses frais généraux. Elle voulait bien lui laisser le titre de président et le prestige qui l'accompagnait, mais il devrait renoncer à tout pouvoir réel.

Elle avait exposé tout cela dans un rapport écrit, destiné exclusivement à Peter. Il avait promis d'y réfléchir. Nancy lui avait dit, aussi gentiment que possible, qu'on ne pouvait pas laisser la compagnie continuer à décliner et que, s'il n'était pas d'accord avec son plan, elle devrait porter l'affaire devant le conseil d'administration — ce qui signifiait qu'il serait sacqué et qu'elle deviendrait présidente. Elle espérait ardemment qu'il comprendrait. Si une crise éclatait par sa faute, elle se terminerait pour lui sur une défaite humiliante et entraînerait une rupture familiale qui ne se cicatriserait peut-être jamais.

Jusqu'à présent il n'avait pas réagi. Il semblait calme et songeur et restait dans de bonnes dispositions. Ils avaient choisi de se rendre ensemble à Paris, Peter afin d'acheter des modèles haute couture pour son magasin et Nancy pour courir les boutiques tout en surveillant les dépenses de son frère. Nancy avait adoré l'Europe, surtout Paris, et elle attendait avec impatience d'arriver à Londres ; là-dessus était survenue la déclaration de guerre.

Ils décidèrent de retourner aussitôt aux États-Unis, mais tout le monde en faisait autant, bien sûr, et ils eurent le plus grand mal à trouver un passage. Nancy finit par avoir des places sur un bateau qui partait de Liverpool. Après un long trajet en train et en ferry, ils avaient atteint le port la veille et devaient s'embarquer aujourd'hui.

Les préparatifs de guerre de l'Angleterre la rendaient nerveuse. Hier après-midi, un chasseur était venu dans sa chambre pour installer sur la fenêtre un système compliqué d'écran arrêtant la lumière. Chaque soir, toutes les fenêtres devaient être complètement obscurcies pour que la ville ne fût pas visible la nuit du haut des airs. On avait collé sur les vitres des bandes de ruban adhésif pour empêcher les éclats de verre de se répandre partout en cas de bombardement. Il y avait des sacs de sable devant l'hôtel et un abri souterrain derrière.

Ce qu'elle craignait surtout, c'était l'entrée en guerre des États-Unis et la mobilisation de ses fils Liam et Hugh. Elle se souvenait de son père disant, quand Hitler avait accédé au pouvoir, que les nazis empêcheraient l'Allemagne de devenir communiste ; et c'était la dernière fois que Hitler avait occupé ses pensées. Elle avait trop à faire pour se soucier de l'Europe. Elle ne s'intéressait pas à la politique internationale, à l'équilibre des puissances ni à l'avènement du fascisme : de telles abstractions lui semblaient ridicules comparées à la vie de ses fils. Les Polonais, les Autrichiens, les Juifs et les Slaves n'avaient qu'à s'occuper d'eux-mêmes. Sa tâche à elle était de s'occuper de Liam et de Hugh.

Non pas qu'ils en eussent grand besoin. Nancy s'était mariée jeune et avait eu ses enfants tout de suite, si bien que les deux garçons étaient maintenant des adultes. Liam était marié et habitait Houston, et Hugh terminait sa dernière année à Yale. Hugh n'étudiait pas aussi dur qu'il l'aurait dû, et elle avait été consternée d'apprendre qu'il s'était acheté une voiture de sport, mais il avait passé l'âge d'écouter les conseils de sa mère.

Elle savait que la guerre serait bonne pour les affaires et qu'il y aurait un boom économique en Amérique. Qu'on aboutît ou non à l'entrée en guerre des États-Unis, l'armée allait se développer et cela signifiait un accroissement de commandes gouvernementales. Elle estimait que ses ventes allaient doubler, voire tripler au cours des deux ou trois prochaines années — raison de plus pour moderniser son usine.

Mais tout cela n'avait guère d'importance quand elle envisageait la terrible éventualité de voir ses fils appelés sous les drapeaux et allant se battre, peut-être même mourir, sur un lointain champ de bataille.

Un porteur vint chercher ses bagages et interrompit ses morbides méditations. Elle demanda à l'homme si Peter avait déjà fait prendre ses valises. Avec un fort accent local qu'elle avait du mal à comprendre, il lui dit que son frère les avait fait porter la veille au soir sur le bateau.

Voulant s'assurer qu'il était prêt à partir, elle alla frapper à la porte de sa chambre. Ce fut une femme de chambre qui ouvrit et lui dit, avec le même accent guttural, qu'il avait quitté l'hôtel la veille.

Nancy était stupéfaite. La veille, elle avait décidé de dîner dans sa chambre pour se coucher de bonne heure, et Peter avait déclaré qu'il allait en faire autant. S'il avait changé d'avis, où avait-il passé la nuit ? Et où était-il maintenant ?

Elle descendit dans le hall pour téléphoner, mais elle ne savait pas très bien qui appeler. Ni elle ni Peter ne connaissaient qui que ce soit en Angleterre. Liverpool était situé juste en face de Dublin : Peter se serait-il rendu en Irlande pour voir le pays dont la famille Black était originaire ? Ils en avaient eu l'intention au début. Mais Peter savait qu'il ne pourrait pas revenir de là-bas à temps pour le départ du paquebot.

Mue par une brusque inspiration, elle demanda à la téléphoniste d'appeler le numéro de tante Tilly. Téléphoner d'Europe en Amérique était une opération hasardeuse. Il n'y avait pas assez de lignes et l'attente pouvait durer une éternité, ou bien, si l'on avait de la chance, seulement quelques minutes. La communication n'était généralement pas bonne et il fallait crier.

Il n'était pas tout à fait 7 heures du matin à Boston, mais tante Tilly serait debout. Comme bien des gens d'un certain âge, elle dormait peu et se réveillait tôt. Elle était très alerte. En raison de l'heure matinale, la vie des affaires n'avait pas encore commencé aux États-Unis ; aussi, au bout de cinq minutes, la sonnerie retentissait dans la cabine. Nancy décrocha le combiné et entendit la voix familière. Elle s'imaginait tante Tilly en peignoir de soie et pantoufles fourrées, trottinant sur le plancher bien astiqué de sa cuisine pour aller décrocher le téléphone noir dans le vestibule.

« Allô ?

— Tante Tilly, c'est Nancy.

— Mon Dieu, mon enfant, tu vas bien ?

— Très bien. La guerre est déclarée, mais on n'a pas encore commencé à tirer, du moins pas en Angleterre. As-tu eu des nouvelles des garçons ?

— Ils vont bien tous les deux. J'ai reçu une carte postale de Liam : il est à Palm Beach et il dit que Jacqueline est plus belle que jamais avec son bronzage. Hugh m'a emmenée faire un tour dans sa nouvelle voiture qui est très jolie.

— Est-ce qu'il conduit très vite ?

— Il m'a paru assez prudent et il a refusé un cocktail en disant que les gens ne devaient pas conduire de puissantes automobiles après avoir bu.

— Ça me rassure.

— Joyeux anniversaire, ma chérie ! Qu'est-ce que tu fais en Angleterre ?

— Je suis à Liverpool, et je m'apprête à m'embarquer pour New York, mais j'ai perdu Peter. Je ne pense pas que tu aies eu de ses nouvelles ?

— Mais, ma chérie, bien sûr que si. Il a convoqué un conseil d'administration pour après-demain, à la première heure. »

Nancy était médusée. « Tu veux dire vendredi matin ?

— Oui, ma chérie, vendredi, c'est après-demain », répliqua Tilly d'un ton un peu pincé. Son ton de voix suggérait : *Je ne suis pas vieille au point de ne pas savoir quel jour de la semaine nous sommes.*

Nancy n'y comprenait rien. A quoi bon convoquer une réunion du conseil quand ni elle ni Peter ne seraient là ? Les seuls autres administrateurs étaient Tilly et Danny Riley, et ils ne prendraient jamais une décision de leur propre chef.

Tout cela sentait le complot. Peter mijotait-il quelque chose ?

« Qu'y a-t-il à l'ordre du jour, ma tante ?

— C'est justement ce que je regardais. » Tante Tilly lut tout haut : « Approuver la vente des Chaussures Black à la General Textiles aux conditions négociées par le président.

— Bon Dieu ! » Nancy suffoquait. Elle crut un instant qu'elle allait s'évanouir. Peter vendait la compagnie derrière son dos !

Au prix d'un grand effort, elle dit d'une voix tremblante : « Pourrais-tu me relire ça encore une fois ? »

Tante Tilly lui relut le texte.

Comment Peter avait-il réussi à faire ça ? Quand avait-il négocié l'accord ? Il avait dû y travailler depuis le jour où elle lui avait remis son rapport secret. Tout en faisant semblant de réfléchir à ses propositions, il n'avait cessé de comploter dans son dos.

Elle avait toujours su que Peter était un faible, mais elle ne l'aurait jamais soupçonné de pareille traîtrise.

« Tu es toujours là, Nancy ? »

Elle avala sa salive. « Oui, je suis là. Mais je suis sonnée. Peter ne m'a jamais parlé de ça.

— Vraiment ? Ce n'est pas très correct.

— De toute évidence, il veut faire passer cette motion pendant mon absence... mais il ne sera pas à la réunion du conseil non plus. Nous prenons le bateau aujourd'hui... Nous ne serons pas là avant cinq jours. » Et pourtant, songea-t-elle, Peter a disparu.

« Il n'y a pas un avion qui fait le trajet ?

— Le Clipper ! » se souvint Nancy. C'était dans tous les journaux. On pouvait traverser l'Atlantique en un jour.

« C'est ça, le Clipper, fit Tilly. Danny Riley dit que Peter rentre par le Clipper et qu'il sera ici à temps pour la réunion du conseil. »

Nancy n'en revenait pas que son frère ait pu lui mentir à ce point, jusqu'à l'accompagner à Liverpool pour lui faire croire qu'il prenait le bateau. Il avait dû partir dès l'instant où ils s'étaient séparés dans le couloir de l'hôtel et rouler toute la nuit pour arriver à temps à Southampton. Et dire que pendant qu'ils bavardaient, déjeunaient, dînaient ensemble à Paris, il était en train de la rouler !

Tante Tilly demanda : « Pourquoi ne prends-tu pas le Clipper, toi aussi ? »

N'était-il pas trop tard ? Peter avait dû compter sur le fait que, lorsqu'elle comprendrait où il avait disparu, elle n'aurait plus le temps de le rattraper. Néanmoins, qui sait ?

« Je vais essayer, dit Nancy avec une soudaine détermination. Au revoir. » Sur quoi, elle raccrocha.

Elle réfléchit un moment. Le Clipper devait sûrement

quitter Southampton aujourd'hui pour arriver à New York le lendemain, ce qui permettrait à Peter de se trouver à Boston pour la réunion de vendredi.

Le cœur serré, elle se rendit à la réception et demanda au concierge à quelle heure le Clipper de la Pan American décollait de Southampton.

« Vous l'avez manqué, madame, déclara-t-il.

— Voudriez-vous vérifier ? » dit-elle en essayant de maîtriser son impatience.

Il prit un horaire et l'ouvrit. « Il décolle à 2 heures. »

Elle consulta sa montre : il était midi juste.

« Vous ne pourriez pas arriver à temps à Southampton, dit le concierge, même si un avion privé vous y emmenait.

— Il n'y a pas d'avion ? » insista-t-elle.

Le visage du concierge arbora l'expression tolérante d'un employé d'hôtel prêt à céder à tous les caprices d'une étrangère stupide. « Il y a un terrain d'aviation à une quinzaine de kilomètres d'ici. En général, on peut trouver là un pilote prêt à vous emmener n'importe où, moyennant finances. Mais il faut se rendre au terrain, trouver le pilote, accomplir le trajet, atterrir près de Southampton, puis aller de ce terrain jusqu'au quai. Ce n'est pas faisable en deux heures, croyez-moi. »

Elle s'éloigna, terriblement déçue.

Se mettre en colère ne servait à rien en affaires, voilà longtemps qu'elle l'avait appris. Quand les choses tournaient mal, il fallait trouver un moyen de les faire tourner bien. Je ne peux pas arriver à Boston à l'heure, se dit-elle, alors peut-être pourrais-je arrêter la vente d'ici.

Elle retourna dans la cabine téléphonique. Il était 7 heures passées à Boston. Son avocat, Patrick MacBride, devait être chez lui. Elle donna son numéro à la standardiste.

Mac était l'homme que son frère aurait dû être. A la mort de Sean, Mac s'était occupé de tout : de l'enquête, de l'enterrement, du testament et des finances personnelles de Nancy. Il avait été merveilleux avec les garçons, les emmenant à des matches de football, venant assister à leurs performances sur les planches dans des pièces montées à l'école et les conseillant sur le choix d'un collège et d'une carrière. A différentes occasions, il avait eu avec chacun d'eux une conversation sur les réalités de la vie. Il avait recommandé à Nancy, à la mort de son père, de ne pas laisser Peter devenir président. Elle n'en avait fait qu'à sa tête et les événements maintenant prouvaient que Mac avait eu raison. Elle savait qu'il était un peu amoureux d'elle, attachement qui n'irait pas bien loin : Mac était un catholique fervent, fidèle à sa petite femme rondouillarde et sans beauté. Nancy l'aimait beaucoup, mais il n'était pas le genre d'homme dont elle pourrait jamais tomber amoureuse : c'était un être tendre, rond, aux manières douces, avec une légère calvitie, et elle n'était attirée que par les hommes forts et chevelus — des hommes comme Nat Ridgeway. Celui-là même qui, complice de Peter, essayait de prendre le contrôle des Chaussures Black.

Bien qu'elle ne l'eût pas rencontré, elle savait que Nat s'était rendu à Paris pour les collections. Peter et lui avaient dû en profiter et conclure l'affaire là-bas. Quand elle pensait avec quelle facilité ils l'avaient bernée, c'était surtout à elle-même qu'elle en voulait. Le téléphone sonna dans la cabine et elle décrocha : elle avait de la chance avec les communications.

Mac répondit, la bouche pleine : c'était l'heure du petit déjeuner.

« Hmm ?

— Mac, c'est Nancy. »

Il avala rapidement. « Dieu merci, tu as appelé ! Je t'ai cherchée dans toute l'Europe. Peter essaie de...

— Je sais, je viens de l'apprendre, fit-elle en l'interrompant. Quels sont les termes de l'accord ?

— Une action de la General Textiles, plus vingt-sept cents en liquide, pour cinq actions de Black.

— Seigneur, mais c'est un cadeau !

— Compte tenu de tes bénéfices, ce n'est pas si bas...

— Mais nos actifs valent beaucoup plus que ça !

— Hé ! Je ne me bats pas contre toi, protesta-t-il.

— Pardon, Mac, mais je suis furieuse.

— Je comprends. »

Elle entendait les enfants se quereller à l'arrière-fond. Il en avait cinq, rien que des filles. Elle entendait aussi une radio, et une bouilloire qui sifflait.

Au bout d'un moment, il reprit : « Je conviens que l'offre est trop basse. Elle reflète le niveau actuel des bénéfices, c'est vrai, mais elle ignore la valeur des actifs et le potentiel.

— Je pense bien.

— Ce n'est pas tout.

— Dis-moi.

— Peter continuera à diriger la société Black pendant cinq ans après la prise de contrôle. Mais il n'y a rien de prévu pour toi. »

Nancy ferma les yeux. C'était le coup le plus cruel de tous. Elle se sentait au bord de la nausée. Ce paresseux, cet abruti de Peter, qu'elle avait protégé, couvert, allait rester en place ; et elle, qui avait maintenu l'affaire à flot, serait fichue à la porte.

« Comment a-t-il pu me faire ça ? dit-elle. C'est mon frère !

— Je suis vraiment désolé, Nancy.

— Merci.

— Je n'ai jamais eu confiance en Peter.

— Mon père a passé sa vie à construire cette affaire, s'écria-t-elle. On ne peut pas laisser Peter la détruire.

— Que veux-tu que je fasse ?

— Est-ce qu'on peut l'arrêter ?

— Si tu réussissais à être là pour la réunion du conseil, je crois que tu arriverais à persuader ta tante et Danny Riley de refuser l'offre...

— Je ne serai jamais là à temps. Tu ne peux pas les persuader, toi ?

— Peut-être, mais ça ne servirait à rien : Peter a plus de parts. Ils n'ont que dix pour cent chacun et il en a quarante

— Tu ne peux pas voter pour moi ?

— Je n'ai pas ta procuration.

— Est-ce que je peux voter par téléphone ?

— Intéressante idée... Mais je crois que ça dépendrait du conseil, et Peter utiliserait sa majorité pour t'écarter. »

Il y eut un silence pendant que tous deux se creusaient la cervelle.

Elle se rappela soudain ses bonnes manières et demanda : « Comment va la famille ?

— Pas lavée, pas habillée et désobéissante pour l'instant. Et Betty est enceinte. »

Un instant, elle oublia ses ennuis. « Sans blague ! » Elle pensait qu'ils ne voulaient plus d'enfants. La plus jeune avait maintenant cinq ans. « Après tout ce temps !

— Je crois que j'ai enfin trouvé ce qui les fait venir. »

Nancy éclata de rire. « Félicitations !

— Merci, mais Betty est un peu... partagée là-dessus.

— Pourquoi ? Elle est plus jeune que moi.

— Mais six, ça fait beaucoup de gosses.

— Tu peux te le permettre.

— Oui... Tu es sûre que tu ne peux pas prendre cet avion ? »

Nancy soupira. « Je suis à Liverpool. Southampton est à trois cents kilomètres et l'avion décolle dans moins de deux heures. C'est impossible.

— Liverpool ? Ce n'est pas loin de l'Irlande.

— Épargne-moi les guides touristiques.

— Mais le Clipper fait escale en Irlande ! »

Nancy en eut des battements de cœur. « Tu es sûr ?

— Je l'ai lu dans le journal. »

Voilà qui changeait tout, se dit-elle avec un renouveau d'espoir. Peut-être parviendrait-elle à prendre l'avion ! « Où se pose-t-il ?... à Dublin ?

— Non, quelque part sur la côte ouest, je ne me rappelle plus le nom. Mais tu pourrais peut-être encore l'attraper.

— Je vais vérifier et je te rappelle plus tard. Au revoir.

— Eh, Nancy ?

— Quoi ?

— Joyeux anniversaire. »

Elle regarda le mur en souriant. « Mac, tu es formidable.

— Bonne chance.

— Au revoir. » Elle raccrocha et revint à la réception. Le concierge lui fit un sourire condescendant. Elle résista à la tentation de le remettre à sa place : cela le rendrait encore moins coopératif. « Je crois que le Clipper fait escale en Irlande, dit-elle, en s'obligeant à prendre un ton aimable.

— C'est exact, madame, à Foynes, dans l'estuaire du Shannon. » Elle avait envie de demander : *Pourquoi ne me l'avez-vous pas dit avant, pontifiant petit crétin ?* Au lieu de cela, elle sourit et dit : « A quelle heure ? »

Il prit son horaire. « Il doit se poser à 3 h 30 et redécoller à 4 h 30.

— Est-ce que je peux y être d'ici là ? »

Son sourire tolérant disparut et il la considéra avec plus de respect. « Je n'y avais pas pensé, observa-t-il. C'est un vol de deux heures dans un petit avion. Si vous trouvez un pilote, vous pouvez y arriver. »

Sa tension monta d'un cran. La chose commençait à paraître vraiment possible. « Voudriez-vous m'appeler un taxi pour me conduire tout de suite à ce terrain d'aviation ? »

D'un claquement de doigts il héla un chasseur. « Un taxi pour madame ! » Il se retourna vers Nancy. « Et vos bagages ? » Ils étaient maintenant entassés dans le hall. « Vous ne ferez pas tenir tout ça dans un petit appareil.

— Voulez-vous les faire porter au bateau ?

— Très bien.

— Préparez-moi ma note aussi vite que vous le pourrez.

— Tout de suite. »

Nancy reprit parmi les valises son petit sac de voyage. Il contenait l'essentiel de ses affaires de toilette, de maquillage, et du linge de rechange. Elle ouvrit une valise et en sortit un corsage en soie bleu marine pour le lendemain matin, une chemise de nuit et un peignoir. Elle avait sur le bras un manteau de cachemire gris qu'elle avait prévu de porter sur le pont en cas de vent froid. Elle décida de le garder avec elle : elle pourrait en avoir besoin pour se réchauffer dans l'avion.

Elle referma ses bagages.

« Votre note, madame Lenehan. »

Elle griffonna un chèque et le lui tendit avec un pourboire.

« Merci beaucoup, madame Lenehan. Le taxi vous attend. »

Elle se précipita et monta dans une de ces minuscules voitures anglaises. Le porteur posa son sac de voyage sur le siège à côté d'elle et donna des instructions au chauffeur. Nancy ajouta : « Et allez aussi vite que vous pouvez ! »

Le taxi traversa le centre de la ville avec une lenteur exaspérante. Du bout de sa chaussure de daim gris elle tapait avec impatience sur le tapis. La lenteur de leur progression était due à la présence d'hommes en train de peindre des lignes blanches au milieu de la chaussée, sur les trottoirs et autour des arbres. Elle se demanda avec agacement pourquoi ils faisaient cela, puis elle devina que les lignes blanches devaient aider les automobilistes dans le black-out.

Le taxi prit de la vitesse en traversant la banlieue et fonça dans la campagne. Là elle ne vit aucun préparatif de guerre. Les Allemands n'allaient sûrement pas bombarder des champs, sinon par accident. Elle regardait sans cesse sa montre. Déjà midi et demi. A supposer qu'elle trouve un appareil et un pilote, qu'elle le persuade de l'emmener après avoir négocié un prix, tout cela sans perdre une minute, elle pourrait décoller vers 1 heure. Deux heures de vol, avait dit le portier. Elle atterrirait à 3 heures. Ensuite, bien sûr, il lui faudrait se rendre du terrain d'aviation jusqu'à Foynes. Mais ça ne devait pas être très loin. Y aurait-il une voiture pour la conduire jusqu'au quai ? Inutile de s'inquiéter si longtemps à l'avance.

L'idée lui vint que le Clipper pourrait être complet. C'était le cas de tous les bateaux.

Elle chassa cette pensée de son esprit.

Elle s'apprêtait à demander au chauffeur s'ils étaient encore loin quand, à son grand soulagement, il quitta brusquement la route et s'engagea dans un champ. Comme la voiture cahotait sur l'herbe, Nancy aperçut devant elle un hangar. De petits avions aux couleurs vives étaient garés sur la pelouse comme une collection de papillons sur un tissu de velours. On ne manquait pas d'appareils, remarqua-t-elle avec satisfaction. Mais il lui fallait aussi un pilote et il ne semblait pas y en avoir dans les parages.

Le chauffeur l'amena jusqu'à la grande porte du hangar.

« Attendez-moi, s'il vous plaît », dit-elle en sautant à terre. Elle n'avait pas envie de se retrouver coincée ici.

Elle se précipita dans le hangar. A l'intérieur, il y avait trois avions, mais personne. Elle ressortit sous le soleil. Il *devait* y avoir quelqu'un, sinon la porte serait fermée. Elle fit le tour du bâtiment et, derrière, trouva enfin trois hommes plantés autour d'un avion. L'appareil était ravissant. Couleur jaune canari, avec de petites roues jaunes, il rappela à Nancy les voitures jouets. C'était un biplan, aux ailes réunies par des câbles et des entretoises, et un seul moteur dans le nez de l'appareil. Posé ainsi, avec son hélice pointée vers le ciel, il ressemblait à un jeune chiot suppliant qu'on l'emmène se promener.

On était en train de faire le plein. Un homme en salopette bleue pleine de taches d'huile et casquette de toile était juché sur une échelle, occupé à verser du carburant d'un bidon dans un renflement de l'aile au-dessus du siège avant. A côté, se trouvait un grand et bel homme qui avait à peu près l'âge de Nancy, coiffé d'un casque d'aviateur et portant un blouson de cuir. Il était en grande conversation avec un homme en costume de tweed.

Nancy toussota et dit : « Pardonnez-moi. » Les deux hommes lui jetèrent un coup d'œil, mais le plus grand continua à parler, sans lui accorder plus d'attention. Ça commençait mal.

Nancy dit : « Je suis désolée de vous déranger. Je voudrais louer un avion. »

L'homme de grande taille interrompit une seconde sa conversation pour lui lancer :

« Je ne peux pas vous aider.

— C'est une urgence, insista Nancy.

— Vous me prenez pour un chauffeur de taxi ? » fit-il en se détournant de nouveau.

Nancy était suffisamment furieuse pour lancer : « Pourquoi faut-il que vous soyez si grossier ! »

Surpris, il la dévisagea, et elle remarqua qu'il avait des sourcils noirs en accent circonflexe. « Je ne voulais pas être grossier, fit-il doucement, mais mon avion n'est pas à louer et moi non plus. »

Désespérée, elle reprit : « Je vous en prie, ne vous vexez pas, mais si c'est une question d'argent, je paierai le prix... »

Cette fois, il était vexé : son expression se figea et il tourna les talons.

Nancy nota sous le blouson de cuir un costume gris foncé à fines rayures et des chaussures noires qui étaient de véritables Oxford et non pas des imitations bon marché comme celles que fabriquait Nancy. C'était de toute évidence un riche homme d'affaires qui pilotait son propre avion pour le plaisir.

« Alors il n'y a personne d'autre ? » demanda-t-elle.

Le mécanicien leva le nez du réservoir d'essence et secoua la tête. « Personne aujourd'hui », dit-il.

L'homme au blouson dit à son compagnon : « Je ne fais pas des affaires pour perdre de l'argent. Dites à Seward que ce qu'on lui paie, c'est le tarif normal.

— L'ennui, dit l'homme en costume de tweed, c'est qu'il a des arguments, vous savez.

— Je le sais. Dites que nous négocierons un prix plus élevé la prochaine fois.

— Ça peut ne pas le satisfaire.

— Dans ce cas, qu'il aille se faire voir. »

Nancy en aurait crié de déception. Penser qu'elle avait devant elle un avion en parfait état, avec un pilote, et que rien de ce qu'elle disait ne semblait pouvoir l'impressionner. Au bord des larmes, elle déclara : « Il faut *absolument* que j'aille à Foynes ! »

Le plus grand des deux hommes se retourna. « Vous avez bien dit Foynes ?

— Oui...

— Pourquoi ? »

Elle avait du moins réussi à engager la conversation. « J'essaie d'attraper le Clipper de la Pan American.

— C'est drôle, dit-il. Moi aussi. »

Elle reprit espoir. « Oh, mon Dieu, fit-elle. Vous allez à Foynes ?

— Mais oui. » Il avait l'air sinistre. « Je poursuis ma femme. »

Quelle drôle de chose à dire, pensa-t-elle, malgré son énervement : un homme capable d'avouer cela était ou bien très faible ou bien très sûr de lui. Elle regarda l'appareil. Il semblait y avoir deux cockpits l'un derrière l'autre. « Est-ce qu'il y a deux places dans votre avion ? » demanda-t-elle d'une voix tremblante.

Il la toisa de la tête aux pieds. « Mais oui, dit-il. Deux places.

— Je vous en prie, emmenez-moi. »

Il hésita, puis haussa les épaules. « Pourquoi pas ? »

Elle s'en serait évanouie de soulagement. « Oh, Dieu soit loué. Je vous suis si reconnaissante.

— Je vous en prie. » Il tendit une grande main robuste. « Mervyn Lovesey. Enchanté. »

Elle lui serra la main. « Nancy Lenehan, répondit-elle. Si vous saviez à quel point je suis ravie de vous rencontrer. »

Eddie finit par se rendre compte qu'il avait besoin de parler à quelqu'un.

Une personne à qui il pourrait se fier absolument ; qui garderait le secret le plus total.

Or la seule personne avec qui il discutait de ce genre de choses, c'était Carol-Ann. Elle était sa confidente. Il n'en aurait même pas discuté avec son père du vivant de celui-ci : il n'aimait jamais montrer sa faiblesse à son père. A qui aujourd'hui pouvait-il faire confiance ?

Il songea au commandant Baker. Martin Baker était le genre même de pilote qu'aimaient les passagers : bel homme, la mâchoire carrée, l'air sûr de lui. Eddie le respectait et l'aimait bien aussi. Mais la loyauté de Baker allait d'abord à l'appareil et à la sécurité des passagers et il était très à cheval sur le règlement. Il insisterait pour aller raconter son histoire à la police. Il ne fallait pas songer à lui.

Personne d'autre ?

Si, Steve Appleby.

Steve était le fils d'un bûcheron de l'Oregon, un grand gaillard avec des muscles durs comme du bois, d'une famille catholique pauvre comme Job. Ils s'étaient connus quand ils étaient aspirants à Annapolis. Ils étaient devenus amis dès le premier jour, dans le grand hall blanc du réfectoire. Alors que les autres se plaignaient du rata, Eddie avait nettoyé son assiette. Levant les yeux, il avait constaté qu'il y avait un autre cadet assez pauvre pour trouver que la cuisine était bonne : Steve. Leurs regards se croisèrent et ils se comprirent à merveille.

Ils étaient restés copains pendant tout leur séjour à l'Académie, puis plus tard s'étaient retrouvés à Pearl Harbor. Quand Steve épousa Nella, Eddie fut son garçon d'honneur ; l'année d'avant, Steve avait rendu le même service à Eddie. Steve était toujours dans la Marine, en poste à l'arsenal de Portsmouth dans le New Hampshire. Ils ne se voyaient plus très souvent maintenant, mais ça n'avait pas d'importance, car leur amitié était de celles qui survivaient à de longues périodes sans contact. Ils ne s'écrivaient pas, à moins d'avoir quelque chose de précis à se dire. Parfois ils se retrouvaient à New York, dînaient ensemble ou bien assistaient à un match de football, et se sentaient aussi proches que s'ils s'étaient vus la veille. Eddie aurait confié son âme à Steve.

Et puis Steve était un grand combinard. Une permission pour le week-end, une bouteille de gnôle, deux places pour le grand match : il se procurait tout ça quand personne d'autre n'y arrivait.

Eddie décida d'essayer de le contacter. Il se précipita dans l'hôtel.

Il se rendit dans le petit bureau et donna à la propriétaire de l'établissement le numéro de la base navale, puis il monta dans sa chambre. Elle viendrait le chercher quand elle aurait sa communication.

Il ôta sa combinaison, n'osa pas faire couler un bain de peur de se trouver dans sa baignoire quand le téléphone sonnerait en bas. Aussi se contenta-t-il de se laver les mains et le visage au lavabo, puis il enfila une chemise blanche propre et son pantalon d'uniforme. Ces actes routiniers le calmèrent un peu. Il ne savait pas ce que Steve allait dire, mais ce serait un formidable soulagement que de partager avec lui le problème.

Il nouait sa cravate quand la propriétaire frappa à la porte. Il dévala l'escalier et décrocha l'appareil. Il était en communication avec la standardiste de la base.

« Voudriez-vous me passer Steve Appleby, je vous prie ? dit-il.

— Le lieutenant Appleby est impossible à joindre au téléphone en ce moment », répondit-elle. Eddie sentit son cœur se serrer. Elle ajouta : « Puis-je lui transmettre un message ? »

Eddie était amèrement déçu. Il savait que Steve n'aurait pas pu agiter une baguette et sauver Carol-Ann, mais peut-être quelques idées seraient-elles sorties de leur conversation.

« Mademoiselle, dit-il, c'est une urgence. Où diable est-il ?

— Puis-je vous demander qui le demande, monsieur ?

— C'est Eddie Deakin. »

Elle abandonna aussitôt son ton officiel. « Oh, salut, Eddie ! Vous étiez son garçon d'honneur, n'est-ce pas ? Je suis Laura Gross, nous nous sommes rencontrés. »

Elle prit un ton de conspiratrice. « Tout à fait officieusement, Steve a passé la nuit dernière hors de la base. »

Eddie étouffa un grognement. Steve avait vraiment choisi son moment ! « Quand comptez-vous le revoir ?

— Il aurait dû être de retour avant l'aube, mais il ne s'est pas manifesté. »

Ainsi, non seulement Steve était absent, mais en plus il risquait d'avoir des ennuis !

La standardiste reprit : « Je pourrais vous passer Nella, elle est dans la salle des dactylos.

— Bon, merci. » Il ne pouvait pas, bien sûr, se confier à Nella, mais peut-être lui dirait-elle où se trouvait Steve. Tout en attendant qu'on lui passe la communication, il se rappelait Nella : c'était une fille chaleureuse au visage rond, avec de longs cheveux bouclés.

Il entendit enfin sa voix. « Allô ?

— Nella, c'est Eddie Deakin.

— Bonjour, Eddie, où es-tu ?

— J'appelle d'Angleterre. Nella, où est Steve ?

— Tu appelles d'Angleterre ! Eh bien ! Steve est, euh, injoignable pour l'instant. » Elle semblait mal à l'aise en ajoutant : « Quelque chose qui ne va pas ?

— Oui. Quand penses-tu que Steve sera de retour ?

— Dans la matinée, peut-être d'ici une heure ou deux. Eddie, tu as vraiment l'air secoué. Qu'est-ce qu'il y a ? Tu as des ennuis ?

— Peut-être que Steve pourrait me rappeler ici s'il rentre à temps. » Il lui donna le numéro de téléphone de Langdown Lawn.

Elle le répéta. « Eddie, tu ne veux pas, s'il te plaît, me dire ce qu'il y a ?

— Je ne peux pas. Demande-lui seulement de m'appeler. Je serai ici pendant une heure encore. Après cela, il faudra que je rejoigne l'appareil : nous repartons pour New York aujourd'hui.

— Comme tu voudras, fit Nella d'un ton peu convaincu. Comment va Carol-Ann ?

— Il faut que j'y aille maintenant, dit-il. Au revoir, Nella. » Il raccrocha sans attendre sa réponse. Il se rendait compte de son manque de courtoisie, mais il était trop bouleversé pour s'en soucier.

Ne sachant pas quoi faire, il remonta l'escalier et regagna sa chambre. Il laissa la porte entrouverte de façon à pouvoir entendre la sonnerie du téléphone dans le hall et il s'assit au bord de son petit lit. Pour la première fois depuis qu'il était enfant, il se sentait au bord des larmes. Il se prit la tête à deux mains et murmura : « Qu'est-ce que je vais faire ? »

Il se rappelait le kidnapping du fils Lindbergh, sept ans plus tôt, alors qu'il servait à Annapolis. L'enfant avait été tué. « Oh, mon Dieu, faites que Carol-Ann soit saine et sauve », pria-t-il.

Il ne priait pas souvent ces temps-ci. La prière n'avait jamais aidé ses parents. Mieux valait s'aider soi-même. Il secoua la tête. Ce n'était pas le moment de revenir à la religion. Il fallait réfléchir et faire quelque chose.

Les gens qui avaient enlevé Carol-Ann voulaient qu'Eddie

fût à bord de l'hydravion. Ça, au moins, c'était clair. Peut-être alors ne fallait-il pas y aller, mais dans ce cas, il ne rencontrerait jamais Tom Luther et ne saurait jamais ce qu'ils exigeaient. Peut-être déjouerait-il leurs plans, mais il perdrait la moindre chance de prendre le contrôle de la situation.

Il se leva et ouvrit sa petite valise. Il ne pouvait penser qu'à Carol-Ann, mais il rangea machinalement son nécessaire à raser, son pyjama et son linge.

Comme il se rasseyait, le téléphone sonna.

En deux enjambées, il fut dans le couloir, dévala l'escalier, mais quelqu'un avait répondu avant lui. Traversant le hall, il entendit la propriétaire dire : « 4 octobre ? Laissez-moi voir si nous avons une chambre libre. »

Dépité, il revint sur ses pas. Il se convainquit que Steve de toute façon ne pouvait rien faire. Personne ne pouvait rien faire. Quelqu'un avait enlevé Carol-Ann, et Eddie accomplirait ce qu'ils exigeraient de lui, et alors il la retrouverait. Personne ne pouvait le tirer du pétrin dans lequel il se trouvait.

Le cœur lourd, il se rappela leur dispute avant son départ. Il ne se le pardonnerait jamais. Il jura qu'il ne se querellerait plus jamais avec elle, si seulement il pouvait la retrouver saine et sauve.

On frappa à la porte et Mickey entra, vêtu de son uniforme de vol et sa valise à la main. « Prêt à partir ? » demanda-t-il avec entrain.

Eddie sentit la panique le gagner. « Ça ne peut pas être déjà l'heure !

— Bien sûr que si !

— Merde...

— Qu'est-ce qui se passe ? Tu te plais tellement ici ? Tu veux rester pour combattre les Allemands ? »

Eddie devait laisser encore quelques minutes à Steve. « Pars en avant, dit-il à Mickey, je te rattraperai. »

Mickey sembla un peu vexé Il haussa les épaules, dit : « A tout à l'heure » et sortit.

Où diable était Steve Appleby ?

Eddie se rassit et fixa le papier peint du mur pendant le quart d'heure suivant.

Il finit par prendre sa valise et descendit lentement l'escalier, contemplant le téléphone comme si c'était un serpent à sonnette prêt à mordre. Il s'arrêta dans le hall, attendant la sonnerie.

Le commandant Baker descendit à son tour et regarda Eddie d'un air surpris.

« Vous êtes en retard, dit-il. Vous feriez mieux de prendre le taxi avec moi. » Le commandant avait le privilège de disposer d'un taxi pour le conduire au hangar.

« J'attends un coup de téléphone », répondit Eddie.

L'ombre d'une désapprobation passa sur le visage du commandant.

« Eh bien, vous ne pouvez pas attendre davantage. Allons-y ! » Un instant, Eddie ne bougea pas. Puis il comprit que c'était stupide. Steve n'allait pas appeler et lui-même devait être à bord s'il voulait faire quelque chose. Il se força à reprendre sa valise et à franchir la porte.

Le taxi attendait et ils y montèrent.

Eddie comprit qu'il avait frisé l'insubordination. « Pardonnez-moi. J'attendais un appel des États-Unis. »

Le commandant eut un sourire indulgent. « Allons, vous y serez demain ! dit-il d'un ton guilleret.

— C'est vrai », fit Eddie, le visage sombre.

Il se retrouvait seul.

Deuxième Partie

De Southampton à Foynes

6

Comme le train roulait vers le sud à travers les bois de pins du Surrey, en direction de Southampton, Elizabeth, la sœur de Margaret Oxenford, fit une déclaration stupéfiante.

La famille Oxenford occupait un wagon spécial réservé aux passagers du Clipper de la Pan American. Margaret, debout toute seule au fond du compartiment, regardait par la fenêtre. Son humeur oscillait entre le noir désespoir et une fébrilité croissante. Elle était furieuse et consternée d'abandonner son pays en ce moment d'épreuve, mais l'excitation la gagnait à l'idée de s'envoler vers l'Amérique.

Sa sœur Elizabeth se détacha du groupe familial et s'approcha d'elle, l'air grave. Après un moment d'hésitation, elle annonça : « Je t'aime, tu sais, Margaret. »

Margaret fut touchée. Au cours des dernières années, depuis qu'elles étaient assez grandes pour comprendre la bataille d'idées qui faisait rage à travers le monde, elles avaient adopté des points de vue violemment opposés et, à cause de cela, s'étaient éloignées l'une de l'autre. Mais l'affection de sa sœur lui manquait et cet éloignement l'attristait. Ce serait merveilleux si elles pouvaient redevenir amies. « Je t'aime aussi », répondit-elle, et elle serra Elizabeth très fort dans ses bras.

Au bout d'un moment, Elizabeth dit : « Je ne viens pas en Amérique. »

Margaret eut un sursaut d'étonnement. « Comment est-ce possible ?

— Je vais simplement dire à Mère et à Père que je ne pars pas. J'ai vingt et un ans : ils ne peuvent pas m'y forcer. »

De ce point-là, Margaret n'était pas convaincue, mais elle ne le releva pas : « Où vas-tu aller ?

— En Allemagne.

— Mais, Elizabeth ! fit Margaret, horrifiée. Tu vas te faire tuer ! »

Elizabeth prit un air de défi. « Il n'y a pas que les socialistes qui sont prêts à mourir pour une cause, tu sais.

— Mais pour le nazisme !

— Ce n'est pas simplement pour le fascisme, fit Elizabeth, avec une lueur dans le regard. C'est pour tous les peuples de pure race blanche qui risquent d'être envahis par les Noirs et les métis. C'est pour la race humaine. »

Margaret était révoltée. C'était déjà bien suffisant de perdre sa sœur, mais la perdre pour une si mauvaise cause !

Margaret toutefois ne voulait pas reprendre maintenant leur vieille et âpre discussion politique car elle était plus préoccupée de la sécurité de sa sœur : « Comment vivras-tu ? demanda-t-elle.

— J'ai de l'argent à moi. »

Margaret se rappela qu'elles héritaient toutes deux de leur grand-père à l'âge de vingt et un ans. Ce n'était pas grand-chose, mais ce pourrait être suffisant pour vivre.

Une autre idée lui vint. « Mais tes bagages sont enregistrés pour New York...

— Ces valises sont pleines de vieilles nappes. J'ai préparé d'autres bagages que j'ai expédiés lundi. »

Margaret était stupéfaite. Elizabeth avait tout arrangé et préparé son plan dans le secret le plus total. Margaret songea avec un peu d'amertume combien, auprès de celle de sa sœur, sa propre tentative de fuite était impétueuse et mal conçue. Pendant que je ruminais mes pensées et que je refusais de manger, se dit-elle, Elizabeth prenait un billet et expédiait ses bagages. Bien sûr, Elizabeth avait sur elle l'avantage que lui conféraient ses vingt et un ans. Mais cela n'avait pas tant compté que des préparatifs sérieux et une exécution accomplie de sang-froid. L'idée que sa sœur, qui avait des idées politiques si stupides et si erronées, se fût comportée avec tellement plus d'intelligence lui faisait honte.

Elle se rendit compte tout à coup à quel point Elizabeth allait lui manquer. Bien qu'elles ne fussent plus de grandes amies, Elizabeth était toujours dans les parages. Le plus souvent, elles se querellaient et chacune se moquait des idées de l'autre, mais cela aussi manquerait à Margaret. Elles continuaient à se soutenir mutuellement dans les moments difficiles : quand Elizabeth était malade, Margaret la bordait dans son lit et lui apportait une tasse de chocolat chaud et le *Picture Post.* Elizabeth avait été profondément navrée de la mort de Ian, même si elle ne le trouvait pas à son goût, et elle avait réconforté sa sœur. Les larmes aux yeux, Margaret dit : « Tu vas me manquer terriblement.

— Ne fais pas de scène, murmura Elizabeth avec angoisse. Je ne veux pas qu'ils sachent encore. »

Margaret se maîtrisa. « Quand vas-tu le leur dire ?

— A la dernière minute. Peux-tu agir normalement jusque-là ?

— D'accord. » Elle s'imposa un radieux sourire. « Je serai aussi horrible avec toi que d'habitude.

— Oh, Margaret ! » Elizabeth aussi était au bord des larmes. Elle avala sa salive et dit : « Va leur parler un peu pendant que je me calme. »

Margaret pressa la main de sa sœur, puis regagna sa place.

Mère feuilletait un numéro de *Vogue* et en lisait de temps en temps des passages à Père, sans se soucier de son total manque d'intérêt. « On porte beaucoup de dentelles », lut-elle tout haut, ajoutant : « Je n'ai pas remarqué, et vous ? » Le fait de ne pas obtenir de réponse ne la découragea pas le moins du monde. « Le blanc est la couleur à la mode. Eh bien, je n'aime pas le blanc : il me donne mauvaise mine. »

Père arborait une expression d'intolérable satisfaction. Il était content de lui, Margaret le savait, content d'avoir réaffirmé son autorité parentale et maîtrisé le mouvement de rébellion d'un de ses enfants. Mais il ne savait pas que sa fille aînée avait préparé une bombe à retardement.

Elizabeth aurait-elle le courage d'aller jusqu'au bout ? C'était une chose de l'annoncer à Margaret et tout à fait une autre de le dire à Père. Elizabeth pourrait bien perdre son audace à la dernière minute. Et même si elle allait de l'avant et parlait à Père, ce n'était pas certain qu'elle pût s'échapper. Peut-être ne désapprouverait-il pas l'idée qu'elle voulût rejoindre le camp fasciste, mais il serait hors de lui qu'elle refusât de souscrire aux plans qu'il avait imaginés pour la famille et, s'il trouvait un moyen quelconque de l'empêcher de partir, il n'hésiterait pas.

Margaret avait livré de nombreux combats de ce genre à Père. Il avait été furieux quand elle avait appris à conduire sans son autorisation ; et lorsqu'il sut qu'elle était allée écouter un discours de Mary Stopes, la pionnière controversée de la contraception, il se retrouva au bord de l'apoplexie. Mais ces réussites-là, elle ne les avait obtenues qu'en agissant derrière son dos. Elle ne l'avait jamais emporté dans un conflit direct. Il avait refusé de la laisser partir en camp de vacances à l'âge de seize ans, avec sa cousine Catherine et plusieurs des amis de celle-ci, alors même que tout se passait sous la surveillance d'un pasteur et de sa femme. Père avait protesté parce qu'il y aurait des garçons aussi bien que des filles. Leurs plus âpres discussions avaient porté sur l'école. Elle avait plaidé, supplié, crié, sangloté pour qu'on la laissât y aller, et il s'était montré d'une implacabilité de pierre. « Ça ne sert à rien d'envoyer les filles à l'école, avait-il déclaré. Il suffit qu'elles grandissent et qu'elles se marient. »

Combien de temps encore allait-il imposer sa loi à ses enfants ?

Pour calmer sa nervosité, Margaret se leva et alla arpenter le couloir. La plupart des autres voyageurs semblaient partager ses dispositions d'esprit : ils étaient à la fois excités et déprimés. Au moment de monter dans le train à Waterloo Station, il y avait eu des conversations animées et des rires. Alors qu'ils enregistraient leurs bagages, un problème s'était posé à propos de la malle-cabine de Mère, qui dépassait de beaucoup la limite de poids autorisé, mais elle avait allégrement ignoré tout ce que lui disaient les responsables de la Pan American et on avait fini par accepter sa malle. Un jeune homme en uniforme avait pris leurs billets et les avait conduits jusqu'au wagon qui leur était réservé. Puis, comme ils laissaient Londres derrière eux, les passagers étaient devenus silencieux, comme s'ils disaient secrètement adieu à un pays qu'ils ne reverraient peut-être jamais.

Parmi eux se trouvait une vedette de cinéma américaine de réputation mondiale, ce qui expliquait en partie le registre des conversations. Elle s'appelait Lulu Bell. Percy était assis auprès d'elle et lui parlait comme s'il l'avait connue toute sa vie. Margaret aurait bien voulu en faire autant, mais elle n'avait pas le toupet d'aller engager comme ça la conversation. Percy était plus audacieux.

En chair et en os, Lulu Bell paraissait plus âgée qu'à l'écran. Margaret estima qu'elle avait une bonne trentaine, même si elle continuait à jouer les débutantes et les jeunes mariées. Elle était quand même jolie. Petite et vive, elle évoquait pour Margaret un passereau.

Margaret lui sourit et Lulu dit : « Votre jeune frère m'a tenu compagnie.

— J'espère qu'il s'est montré bien élevé, répondit Margaret.

— Oh, bien sûr. Il m'a parlé de votre arrière-grand-mère, Rachel Fishbein. » Lulu prit un ton grave, comme si elle parlait d'une héroïne de tragédie. « Elle a dû être une femme *merveilleuse.* »

Margaret était très gênée. Comment Percy osait-il raconter de tels mensonges à de parfaits étrangers ? Rougissant, elle eut un vague sourire — un truc qu'elle avait appris de Mère — et passa son chemin.

Percy avait toujours été espiègle, mais depuis quelque temps il semblait de plus en plus hardi. Il grandissait, sa voix devenait plus grave et ses plaisanteries frôlaient le dangereux. Il craignait toujours Père, et ne s'opposait à l'autorité parentale que si Margaret le soutenait, mais elle avait dans l'idée que le jour approchait où Percy se rebellerait ouvertement. Comment Père réagirait-il à cela ? Pourrait-il rudoyer un garçon aussi facilement qu'il l'avait fait avec ses filles ? Margaret en doutait.

Tout au bout du wagon se tenait un personnage étrange qui parut vaguement familier à Margaret. Il était de grande taille, avec une expression intense dans ses yeux au regard brûlant ; sa maigreur et son pauvre costume au tissu grossier le distinguaient nettement de cette foule de gens bien habillés et bien nourris. Ses cheveux étaient coupés affreusement courts, comme ceux d'un prisonnier. Il paraissait inquiet et tendu.

Comme elle approchait, leurs regards se croisèrent, et soudain elle se souvint de lui. Ils ne s'étaient jamais rencontrés, mais elle avait vu sa photo dans les journaux. C'était Carl Hartmann, le savant socialiste allemand. Décidant d'imiter la hardiesse de son frère, Margaret alla s'asseoir en face du vieux monsieur et se présenta. Depuis toujours opposé à Hitler, Hartmann était devenu en raison de son courage un héros pour des jeunes gens comme Margaret. Puis il avait disparu voilà environ un an, et on avait craint le pire. Margaret se dit qu'il avait dû s'échapper d'Allemagne. Il avait l'air d'un homme qui avait traversé l'enfer.

« Le monde entier s'est demandé ce qui vous était arrivé », lui dit-elle.

Il répondit dans un anglais correct mais avec un fort accent : « J'étais aux arrêts mais on m'a permis de continuer mes travaux scientifiques.

— Et alors ?

— Je me suis échappé », dit-il simplement. Il présenta l'homme assis auprès de lui. « Connaissez-vous mon ami le baron Gabon ? »

Margaret avait entendu parler de lui. Philippe Gabon était un banquier français qui utilisait son immense fortune pour promouvoir des causes juives comme le sionisme, ce qui le rendait extrêmement impopulaire aux yeux du gouvernement britannique. Il passait une grande partie de son temps à voyager à travers le monde, s'efforçant de persuader les États d'admettre des réfugiés juifs fuyant les persécutions nazies. C'était un petit homme plutôt replet, à la barbe bien taillée, qui arborait un élégant costume noir avec un gilet gris colombe et une cravate gris argent. Margaret devina qu'il payait le billet de son ami. Elle lui serra la main et son regard revint vers Hartmann.

« On n'a pas parlé de votre évasion dans les journaux, dit-elle.

— Nous nous sommes efforcés, expliqua le baron Gabon, de garder le silence là-dessus jusqu'à ce que Carl soit sorti d'Europe sans encombre. »

C'est inquiétant, pensa Margaret : on dirait que les nazis sont encore à ses trousses. « Qu'allez-vous faire en Amérique ? demanda-t-elle.

— Je vais à Princeton, travailler au département de physique », répondit Hartmann. Une expression d'amertume se peignit sur son visage. « Je ne voulais pas quitter mon pays. Mais si j'étais resté, mes travaux auraient pu contribuer à une victoire des nazis. »

Margaret ne savait rien de ses travaux — seulement que c'était un savant. Ce qui l'intéressait, c'était ses idées politiques. « Votre courage a été un exemple pour tant de gens », dit-elle. Elle pensait à Ian, qui avait traduit des discours de Hartmann, du temps où on laissait ce dernier en prononcer.

Les compliments de la jeune fille parurent le mettre mal à l'aise.

« J'aurais bien voulu continuer, dit-il. Je regrette d'avoir dû renoncer.

— Vous n'avez pas renoncé, Carl, protesta le baron Gabon. Ne vous accusez pas. Vous avez fait la seule chose que vous pouviez faire. »

Hartmann acquiesça et Margaret comprit qu'il se rendait bien compte que Gabon avait raison mais que, dans son cœur, il avait le sentiment d'avoir abandonné son pays dans l'épreuve. Elle aurait aimé lui dire quelque chose de réconfortant, mais elle ne savait pas quoi. Elle fut sauvée de ce dilemme par l'hôtesse de la Pan American qui arriva en annonçant : « Le déjeuner est prêt dans la voiture voisine. Si vous voulez bien gagner vos tables. »

Margaret se leva et dit : « C'est un tel honneur de vous connaître. J'espère que nous pourrons encore bavarder.

— J'en suis certain, répondit Hartmann, en souriant pour la première fois. Nous allons faire cinq mille kilomètres ensemble. »

Elle passa dans le wagon-restaurant et s'assit avec sa famille. Mère et Père s'installèrent d'un côté de la table, et les trois enfants s'entassèrent de l'autre, Percy entre Margaret et Elizabeth. Margaret jeta un regard en coulisse à sa sœur. Quand allait-elle lâcher sa bombe ?

Le serveur leur apporta de l'eau et Père commanda une bouteille de vin du Rhin. Elizabeth, silencieuse, regardait par la fenêtre. Margaret attendait l'éclat. Mère perçut la tension et demanda : « Qu'avez-vous donc, jeunes filles ? »

Margaret ne répondit pas mais Elizabeth déclara : « J'ai quelque chose d'important à vous dire. »

Le serveur arrivait avec un potage à la crème de champignons et Elizabeth attendit qu'il les eût servis. Mère commanda une salade.

Quand il fut parti, Mère reprit : « Qu'y a-t-il, ma chérie ? »

Margaret retint son souffle.

Elizabeth lança : « J'ai décidé de ne pas aller en Amérique.

— De quoi diable parles-tu ? fit Père avec irritation. Bien sûr que tu y vas... Nous sommes en route !

— Non, je ne prendrai pas l'avion avec vous », poursuivit Elizabeth d'un ton calme. Margaret l'observait attentivement. Elizabeth avait un ton uni, mais son long visage sans grande beauté était blanc de tension et Margaret sentit un élan la porter vers elle.

« Ne sois pas stupide, Elizabeth, dit Mère. Ton père a pris ton billet.

— Il peut sans doute se le faire rembourser, suggéra Percy.

— Tais-toi, petit imbécile, dit Père.

— Si vous essayez de me forcer, reprit Elizabeth, je refuserai de m'embarquer sur l'appareil. Vous découvririez que la compagnie ne vous laissera pas me porter à bord hurlant et me débattant. »

Comme Elizabeth avait été maligne, se dit Margaret. Elle avait surpris Père à un moment critique. Il ne pouvait pas l'embarquer de force et il ne pouvait pas non plus rester à terre pour régler le problème, car les autorités ne tarderaient pas à l'arrêter comme fasciste.

Mais Père ne s'avouait pas encore battu. Il comprit qu'elle était sérieuse. Il reposa sa cuiller. « Qu'est-ce que tu crois que tu ferais si tu restais ? dit-il d'un ton cinglant. Tu t'engagerais dans l'armée, comme ta demeurée de sœur proposait de le faire ? »

Margaret rougit de colère en s'entendant qualifier de demeurée, mais elle se mordit la langue sans rien dire, attendant qu'Elizabeth assenât son coup fatal.

Elizabeth annonça : « J'irai en Allemagne. »

Pendant un moment, Père abasourdi garda le silence.

« Ma chérie, dit Mère, tu ne crois pas que tu pousses les choses trop loin ? »

Percy lança, en imitant Père à merveille : « Voilà ce qui arrive quand on laisse les jeunes filles discuter politique. J'en rends responsable cette Mary Stopes.

— Tais-toi, Percy », dit Margaret en lui donnant un coup de coude.

La famille garda le silence pendant que le serveur débarrassait les assiettes auxquelles personne n'avait touché. Elle l'a fait, songea Margaret. Elle a bel et bien eu le courage de le dire. Maintenant, va-t-elle s'en tirer ?

Margaret sentait que Père était déconcerté. Il ne lui avait pas été difficile de se moquer de Margaret qui voulait rester pour se battre contre les fascistes, mais il était plus dur de tourner en dérision Elizabeth, qui partageait ses idées. Toutefois, un petit doute moral ne le troublait jamais bien longtemps et, une fois le serveur reparti, il laissa tomber : « Je te l'interdis absolument. » Son ton était sans réplique, comme si cela mettait un terme à la discussion.

Margaret regarda Elizabeth. Comment allait-elle réagir ? Il ne se donnait même pas la peine de discuter avec elle.

Avec une surprenante douceur, Elizabeth poursuivit : « Je

crains que vous ne puissiez pas l'empêcher, mon cher père. J'ai vingt et un ans et je peux faire ce qui me plaît.

— Pas aussi longtemps que tu dépends de moi, répliqua-t-il.

— Alors je devrai peut-être me débrouiller sans votre soutien, fit-elle. J'ai un petit revenu. »

Père but rapidement une gorgée de vin et dit : « Je ne le permettrai pas, et voilà tout. »

Cela semblait peu convaincant. Margaret commença à croire qu'Elizabeth allait vraiment s'en tirer. Elle ne savait pas si elle devait être ravie à l'idée de voir sa sœur vaincre leur père ou révoltée à la pensée qu'elle allait rallier les rangs des nazis.

On leur servit une sole. Percy fut le seul à manger. Elizabeth était pâle de frayeur, mais un pli déterminé lui crispait la bouche. Margaret ne pouvait s'empêcher d'admirer son courage.

« Mais, observa Percy, si tu ne viens pas en Amérique, pourquoi as-tu pris le train ?

— J'ai pris un billet sur un bateau qui part de Southampton.

— Tu ne peux pas prendre de ce pays un bateau qui se rende en Allemagne », dit Père d'un ton triomphant.

Margaret était consternée. Bien sûr qu'on ne le pouvait pas.

Elizabeth avait-elle fait une erreur ? Son plan tout entier allait-il achopper sur ce détail ?

Elizabeth ne se laissa pas démonter. « Je prends un bateau pour Lisbonne, annonça-t-elle avec calme. J'ai fait télégraphier de l'argent à une banque là-bas et j'ai une chambre réservée dans un hôtel.

— Petite fourbe ! » s'exclama Père d'un ton furieux. Il avait parlé fort et un homme à la table voisine se retourna.

Elizabeth poursuivit comme s'il n'avait rien dit. « Une fois là-bas, je trouverai un bateau qui aille en Allemagne.

— Et ensuite ? interrogea sa mère.

— J'ai des amis à Berlin, Mère ; vous le savez.

— Oui, ma chérie », soupira Mère. Elle paraissait très

triste et Margaret se rendit compte qu'elle avait accepté maintenant l'idée qu'Elizabeth allait partir.

« Moi aussi j'ai des amis à Berlin », lança Père d'une voix forte.

Plusieurs personnes aux tables voisines levèrent les yeux et Mère murmura : « Doucement, mon cher. Nous vous entendons très bien. »

Père reprit d'un ton plus calme : « J'ai des amis à Berlin qui t'enverront promener dès l'instant où tu seras arrivée. »

Margaret porta la main à sa bouche. Bien sûr, Père pouvait obtenir des Allemands qu'ils expulsent Elizabeth : dans un pays fasciste, le gouvernement faisait ce qu'il voulait. La fuite d'Elizabeth allait-elle se terminer lors d'un contrôle de passeport devant un maudit bureaucrate qui secouerait la tête avec obstination en lui refusant un visa d'entrée ?

« Ils ne feront pas ça, déclara Elizabeth.

— Nous verrons », dit Père et Margaret trouva qu'il n'avait pas l'air sûr de lui.

« Ils m'accueilleront à bras ouverts, Père », et, chose étrange, la lassitude qu'on percevait dans sa voix lui donnait un air encore plus convaincant. « Ils publieront un communiqué annonçant au monde que j'ai fui l'Angleterre pour rejoindre leur camp, tout comme ces maudits journaux britanniques proclament la défection de Juifs allemands éminents.

— J'espère, observa Percy, qu'ils ne découvriront pas l'existence de grand-mère Fishbein. »

Elizabeth était blindée contre les attaques de Père, mais mal armée contre l'humour cruel de Percy. « Tais-toi, horrible garçon ! » dit-elle et elle se mit à pleurer.

Le serveur repartit une fois de plus avec leurs assiettes intactes. Le plat suivant était des côtelettes d'agneau accompagnées de légumes. Le garçon leur servit du vin. Mère en but une gorgée, signe qu'elle était bouleversée.

Père attaqua sa viande et se mit à mâcher furieusement. Margaret examinait son visage rouge de colère et elle fut étonnée de déceler un trouble sous le masque de rage. C'était bizarre de le voir ébranlé. Son arrogance lui permettait en général d'essuyer toutes les tempêtes. En l'observant, elle commença à comprendre que c'était tout l'univers de son père qui s'écroulait. Cette guerre marquait la fin de ses espoirs : il avait voulu que le peuple britannique se rallie au fascisme sous sa direction, mais voilà qu'on avait déclaré la guerre au fascisme et qu'on l'exilait. Il est vrai que les Anglais l'avaient rejeté dès le milieu des années trente, mais jusqu'alors il avait pu fermer les yeux là-dessus et se persuader que, à l'heure de l'épreuve, ses compatriotes viendraient le chercher. Voilà pourquoi il était si épouvantable, pensa-t-elle : sa vie était un mensonge. Son zèle de croisé avait tourné à la manie obsessionnelle, son assurance n'était plus que de la vantardise et, n'ayant pas réussi à devenir le dictateur de l'Angleterre, il en était réduit à tyranniser ses enfants. Mais il ne pouvait plus ignorer la vérité. Il quittait son pays et — Margaret s'en rendait compte maintenant — peut-être ne le laisserait-on jamais y revenir.

Margaret avait cru qu'elle serait ravie de déceler le moindre défaut dans l'armure de son père, mais en fait elle se sentait mal à l'aise. Jusqu'à présent, elle avait toujours dû compter avec l'inébranlable despotisme de son père, et elle était troublée à l'idée de le voir s'effondrer. Comme une nation opprimée devant la perspective d'une révolution, elle se sentait tout à coup peu sûre d'elle.

Elle essaya de manger quelque chose, mais c'était à peine si elle pouvait avaler. Mère chipota une tomate dans son assiette, puis reposa sa fourchette et demanda : « Y a-t-il à Berlin un garçon que tu aimes, Elizabeth ?

— Non », répondit sa fille. Margaret la crut, mais tout de même, la question de Mère était perspicace. Margaret savait que l'attrait que l'Allemagne exerçait sur Elizabeth n'était pas purement idéologique. Il y avait chez ces grands soldats blonds, avec leur uniforme immaculé et leurs bottes étincelantes, quelque chose qui fascinait sa sœur. Et, alors que dans la société londonienne on considérait Elizabeth comme une fille sans grande beauté et issue d'une famille d'excentriques, à Berlin elle jouirait d'une certaine aura : celle d'une aristocrate anglaise, fille d'un des pionniers du fascisme, une étrangère qui admirait le nazisme. Sans doute tomberait-elle amoureuse d'un jeune officier ou d'un fonctionnaire du parti plein d'avenir ; ils se marieraient et auraient des enfants blonds qui grandiraient en parlant l'allemand.

« Ce que tu fais est si dangereux, ma chérie, dit Mère. Père et moi nous préoccupons seulement de ta sécurité. »

Margaret se demanda si Père se souciait vraiment de la sécurité d'Elizabeth. Mais, peut-être sa fureur cachait-elle un vestige de tendresse. Il n'avait pas toujours été dur : Margaret se rappelait des moments de gentillesse, d'amusement même, au bon vieux temps. Cette pensée ne fit qu'accroître sa tristesse.

« Je sais que c'est dangereux, Mère, répondit Elizabeth, mais dans cette guerre, c'est mon avenir qui est en jeu. Je ne veux pas vivre dans un monde dominé par des financiers juifs et de sales petits syndicalistes communistes.

— Quelles balivernes ! s'exclama Margaret, mais personne n'écoutait.

— Alors, viens avec nous, dit Mère à Elizabeth. L'Amérique est un beau pays.

— Wall Street est aux mains des Juifs...

— Je crois que c'est exagéré, dit Mère d'un ton ferme, en évitant le regard de Père. Il y a trop de Juifs et d'autres gens déplaisants dans les milieux d'affaires américains, c'est vrai, mais ils sont beaucoup moins nombreux que les gens convenables. N'oublie pas que ton grand-père possédait une banque.

— C'est incroyable, observa Percy, qu'en simplement deux générations nous soyons passés du rémoulage à la banque. » Personne ne releva.

Mère poursuivit : « J'ai les mêmes opinions que toi, ma chérie, tu le sais ; mais croire à une chose ne veut pas dire qu'il faille mourir pour elle. Aucune cause ne mérite cela. »

Margaret était stupéfaite. Mère était en train de dire que la cause fasciste ne valait pas la peine de donner sa vie pour elle ; et, aux yeux de Père, c'était du blasphème. Elle n'avait jamais vu Mère s'opposer à lui de cette façon. Elizabeth était étonnée aussi, Margaret s'en rendait compte. Toutes deux regardèrent Père. Il rougit un peu et émit un grognement désapprobateur, mais la sortie à laquelle elles s'attendaient ne vint pas. Et c'était bien ce qu'il y avait de plus stupéfiant.

On servit le café et Margaret constata qu'ils avaient atteint les faubourgs de Southampton. Dans quelques minutes, ils arriveraient à la gare. Elizabeth allait-elle vraiment le faire ?

Le train ralentit.

Elizabeth dit au serveur : « Je descends du train à la gare principale. Voudriez-vous, je vous prie, apporter ma valise qui est dans l'autre wagon ? C'est un sac de cuir rouge au nom de lady Elizabeth Oxenford.

— Certainement, milady », dit-il.

Des maisons de banlieue en brique rouge défilaient derrière les vitres comme des soldats en rangs. Margaret observait Père. Il ne disait rien, mais il avait le visage gonflé d'une rage contenue. Mère posa une main sur son genou et lui dit : « Je vous en prie, mon cher, ne faites pas de scène. » Il ne répondit pas.

Le train entra en gare.

Elizabeth était assise près de la fenêtre. Elle surprit le regard de Margaret et de Percy, qui s'écartèrent pour la laisser passer.

Père se leva.

Les autres passagers sentirent la tension et observèrent la scène : Elizabeth et Père se confrontant dans le couloir tandis que le train s'arrêtait. Margaret fut une nouvelle fois frappée de constater combien Elizabeth avait bien choisi son moment. Ce serait difficile pour Père d'utiliser la force dans ces circonstances et, s'il essayait, il pourrait bien en être empêché par les autres voyageurs. Néanmoins, elle se sentait malade de peur.

Père avait le visage congestionné, les yeux exorbités, le souffle rauque. Elizabeth tremblait, mais elle avait un air décidé.

« Si tu descends de ce train maintenant, dit Père, je ne veux plus jamais te revoir.

— Ne dites pas cela ! » s'écria Margaret, mais c'était trop tard : c'était dit et il ne reviendrait jamais là-dessus.

Mère se mit à pleurer.

Elizabeth dit simplement : « Adieu ! »

Margaret se leva et prit sa sœur dans ses bras. « Bonne chance ! murmura-t-elle.

— A toi aussi », dit Elizabeth en la serrant contre elle.

Elizabeth embrassa Percy sur la joue, puis se pencha maladroitement par-dessus la table pour poser un baiser sur le visage de Mère tout mouillé de larmes. Enfin elle se tourna de nouveau vers son père et demanda d'une voix tremblante : « Voulez-vous me serrer la main ? »

Le visage de Père était un masque de haine. « Ma fille est morte », dit-il.

Mère poussa un cri de détresse.

Le wagon restait très silencieux, comme si tout le monde se rendait compte qu'un drame familial parvenait à sa tragique conclusion.

Elizabeth tourna les talons et s'éloigna.

Margaret aurait voulu empoigner son père et le secouer jusqu'à ce que les dents lui en tombent, lui dire qu'il était méchant, injuste et stupide ; mais, comme toujours, elle se mordit les lèvres sans piper mot.

Elizabeth passa devant la fenêtre du wagon, portant son petit sac de voyage rouge. Elle les regarda tous, sourit, les larmes aux yeux, et leur fit un petit salut hésitant de sa main libre. Mère se mit à sangloter doucement. Percy et Margaret agitèrent le bras. Père détourna la tête. Ils la perdirent de vue. Père se rassit et Margaret l'imita.

Il y eut un coup de sifflet et le train s'ébranla.

Ils revirent Elizabeth, qui attendait dans une file à la sortie.

Elle leur jeta un coup d'œil quand le wagon passa à sa hauteur. Pas de sourire, cette fois, ni de geste d'adieu : elle avait simplement l'air triste et résolu.

Le train prit de la vitesse et elle disparut à leurs regards.

« C'est merveilleux, la vie de famille », remarqua Percy ; et, bien qu'il fût sarcastique, il n'y avait dans son ton aucun humour, rien que de l'amertume.

Margaret se demanda si elle reverrait jamais sa sœur.

Mère se tamponnait les yeux avec un petit mouchoir de

batiste, mais elle n'arrivait pas à s'arrêter de pleurer. Il était rare qu'elle perdît son calme. Margaret ne se rappelait pas l'avoir jamais vue pleurer. Percy semblait secoué. Tout en se répétant combien était stupide l'attachement d'Elizabeth à une cause aussi mauvaise, Margaret ne pouvait s'empêcher d'éprouver un sentiment d'exultation. Elizabeth avait réussi : elle avait défié Père et s'en était tirée ! Elle lui avait tenu tête, l'avait vaincu et avait échappé à son emprise.

Si Elizabeth pouvait le faire, elle le ferait aussi.

Elle sentit l'odeur de la mer. Le train entrait dans le port. Il traversa les docks, avançant lentement devant des hangars, des grues et des paquebots. Il s'arrêta derrière un bâtiment sur lequel on pouvait lire : Imperial House. C'était un immeuble ultra-moderne qui ressemblait un peu à un navire : ses angles étaient arrondis et l'étage supérieur comportait une large véranda ressemblant à un pont couvert, autour de laquelle courait une balustrade blanche. Avec les autres passagers, les Oxenford prirent leurs bagages à main et descendirent du train. Pendant qu'on transbordait leurs malles enregistrées dans l'avion, ils entrèrent tous dans l'Imperial House pour terminer les formalités de départ.

Margaret se sentait étourdie. Le monde autour d'elle changeait trop vite. Elle avait quitté sa maison, son pays était en guerre, elle avait perdu sa sœur et voilà qu'elle allait s'envoler pour l'Amérique. Elle aurait voulu pouvoir arrêter la pendule un moment et tâcher d'assimiler tout cela.

Père expliqua qu'Elizabeth ne partirait pas avec eux et un employé de la Pan American répliqua : « Ça ne fait rien... Il y a quelqu'un ici qui attend dans l'espoir d'acheter un billet. Je vais m'en occuper. »

Margaret remarqua le professeur Hartmann, planté dans un coin, fumant une cigarette et jetant autour de lui des coups d'œil nerveux et méfiants. Il semblait agité et impatient. Ce sont des gens comme ma sœur qui l'ont rendu comme ça, songea Margaret, les fascistes l'ont persécuté et l'ont complètement détraqué. Je comprends qu'il ait hâte de quitter l'Europe.

De la salle d'attente, on ne voyait pas l'appareil, aussi

Percy s'éloigna-t-il en quête d'un meilleur poste d'observation. Il revint bourré de renseignements. « Le décollage aura lieu comme prévu à 2 heures, annonça-t-il. On devrait mettre une heure et demie pour gagner notre première escale qui est Foynes. L'Irlande est à l'heure d'été, comme l'Angleterre, nous devrions donc arriver là-bas à 3 heures et demie. Nous attendrons une heure pendant qu'on refait le plein et qu'on met au point les derniers détails du plan de vol. Nous repartirons donc à 4 heures et demie. »

Margaret remarqua de nouveaux visages, des gens qui n'étaient pas dans le train. Certains passagers avaient dû gagner directement Southampton ce matin, ou peut-être avaient-ils passé la nuit dans un hôtel de la ville. Là-dessus, une femme d'une remarquable beauté arriva en taxi. C'était une blonde d'une trentaine d'années et elle portait une ravissante robe de soie crème à pois rouges. Elle était accompagnée d'un homme plutôt ordinaire, mais souriant, avec un blazer en cachemire. Tous les regards étaient fixés sur eux : ils avaient l'air si heureux et si séduisants.

Quelques minutes plus tard, tout était prêt pour l'embarquement.

Par les portes de l'Imperial House, ils débouchèrent directement sur le quai. Le Clipper était ancré là, tanguant doucement sur les vagues, le soleil étincelant sur ses flancs argentés.

L'appareil était *gigantesque*.

Margaret n'avait jamais vu un avion de même la moitié de cette taille. Il avait la hauteur d'une maison et la longueur de deux courts de tennis. Un grand drapeau américain était peint sur son nez écrasé comme celui d'une baleine. Les ailes se trouvaient au niveau de la partie supérieure du fuselage. Quatre énormes moteurs y étaient fixés et les hélices semblaient avoir près de cinq mètres de long.

Comment un tel engin pouvait-il *voler* ?

« Est-il très léger ? » se demanda-t-elle tout haut.

Percy l'entendit. « Quarante et une tonnes », s'empressa-t-il de répondre.

Ils arrivèrent au bord du quai. Une passerelle descendait

jusqu'à un appontement flottant. Mère avançait à petits pas prudents, se cramponnant à la balustrade : elle avait l'air tremblotante, comme si elle avait vieilli de vingt ans. Père portait leurs deux sacs de voyage : mère ne portait jamais rien, c'était un de ses points faibles.

De l'appontement, une passerelle plus courte les amena jusqu'à ce qui semblait une aile auxiliaire tronquée, à demi immergée dans l'eau. « Un hydro-stabilisateur, dit Percy d'un air entendu. Appelé aussi ballonnet. Ça empêche l'avion de chavirer dans l'eau. » La surface du ballonnet était légèrement incurvée et Margaret crut qu'elle allait glisser, mais ce ne fut pas le cas. L'ombre de l'énorme aile s'étendait au-dessus de sa tête. Elle aurait voulu tendre la main pour toucher une des pales d'hélices, mais elle n'aurait pas pu l'atteindre.

Il y avait une porte dans le fuselage, juste sous le mot American dans l'inscription Pan American Airways System. Margaret pencha la tête et franchit le seuil. Il y avait trois marches à descendre jusqu'au plancher de l'appareil.

Margaret se trouva dans une salle de près de quatre mètres de côté avec une luxueuse moquette couleur terre cuite, des murs beige et des fauteuils bleus tapissés d'un motif étoilé très gai. Des plafonniers éclairaient la salle ainsi que de grands hublots avec des stores vénitiens. Les parois et le plancher étaient droits au lieu d'être incurvés suivant la forme du fuselage : on avait plutôt l'impression d'entrer dans une maison que d'embarquer à bord d'un hydravion.

On dirigea certains passagers vers l'arrière de l'appareil. Regardant de ce côté, Margaret vit qu'il y avait une série de compartiments-alcôves, tous avec d'épaisses moquettes et décorés dans des bruns et des verts doux. Mais les Oxenford étaient installés à l'avant. Un steward petit et assez rondouillard, en veste blanche, annonça qu'il s'appelait Nicky et les emmena dans le compartiment jouxtant la salle d'accueil. Cette alcôve-ci, un peu plus petite que les autres, était décorée dans une autre gamme de couleurs : moquette turquoise, parois vert pâle et capitonnage beige. A droite se trouvaient deux grands canapés à trois places disposés l'un en face de l'autre, avec une petite table entre eux sous le hublot. A gauche, de l'autre côté de la travée, une autre paire de canapés, pour deux personnes seulement.

Nicky les conduisit jusqu'au plus grand, sur la droite. Père et Mère prirent place auprès du hublot, Margaret et Percy s'installèrent côté travée. Il restait donc deux places libres entre eux et leurs parents et quatre places de l'autre côté de la travée. Margaret se demandait qui allait les occuper. La belle femme en robe à pois serait intéressante. Tout comme Lulu Bell si elle voulait parler de grand-mère Fishbein ! Le mieux de tous, ce serait Hartmann.

Elle sentait l'avion osciller suivant la houle, un mouvement très léger : juste assez pour lui rappeler qu'elle était en mer. Impossible de comprendre comment de simples moteurs pouvaient le faire voler : on était prêt à croire qu'il allait s'élever dans les airs tel un tapis magique, en vertu d'un antique enchantement.

Percy se leva. « Je vais visiter, annonça-t-il.

— Reste ici, dit Père. Tu vas être dans les jambes de tout le monde si tu commences à courir partout. »

Percy se rassit. Père n'avait pas perdu son autorité.

Mère se repoudra. Elle ne pleurait plus. Elle se sentait mieux, estima Margaret.

Elle entendit une voix américaine dire : « Je préférerais un siège tourné vers l'avant. » Elle leva la tête. Nicky, le steward, montrait à un passager une place de l'autre côté de la travée. Margaret ne pouvait pas voir qui c'était car il lui tournait le dos. Il avait les cheveux blonds et portait un costume bleu.

« Très bien, M. Vandenpost, dit le steward... prenez le siège d'en face. »

L'homme se retourna, et son regard croisa celui de Margaret, qui l'observait avec curiosité.

Elle fut stupéfaite.

Il n'était pas américain et il ne s'appelait pas Vandenpost.

Ses yeux bleus lancèrent à Margaret un signal d'alarme, mais c'était trop tard.

« Bonté divine ! balbutia-t-elle. Mais c'est Harry Marks ! »

7

C'était dans ces moments-là que Harry Marks reussissait ses meilleures performances.

Fuyant la justice, voyageant avec un passeport volé et une fausse identité, prétendant être américain, il avait l'incroyable malchance de tomber sur une fille qui savait qu'il était un voleur, et l'appelait à haute voix par son vrai nom.

Un instant, il fut en proie à la panique.

L'horrible vision de tout ce qu'il laissait derrière lui apparut devant ses yeux : procès, prison, et pour finir la vie misérable d'un simple troufion dans l'armée britannique.

Puis il se souvint qu'il avait toujours de la chance et il sourit.

La jeune fille semblait complètement abasourdie. Il attendit que son nom lui revînt en mémoire.

Margaret. Lady Margaret Oxenford.

Elle le dévisageait avec stupéfaction, trop surprise pour dire quoi que ce fût, tandis qu'il attendait l'inspiration.

« Je m'appelle Harry Vandenpost, dit-il. Mais on dirait que j'ai meilleure mémoire que vous. Vous êtes Margaret Oxenford, n'est-ce pas ? Comment allez-vous ?

— Je vais bien », fit-elle, ahurie. Elle était plus décontenancée que lui. Il allait pouvoir dominer la situation.

Il lui tendit la main comme pour la serrer et elle en fit autant ; et en cet instant l'inspiration le visita. Au lieu d'une poignée de main, au dernier moment, il se pencha et s'inclina très bas ; quand il eut la tête près de celle de Margaret, il dit dans un souffle : « Faites semblant de ne m'avoir jamais vu dans un poste de police et j'en ferai autant pour vous. »

Il se redressa et la regarda dans les yeux. Ils étaient d'une insolite nuance de vert foncé, observa-t-il ; très beaux, en fait. Un moment, elle resta médusée. Puis son visage s'éclaira et elle eut un large sourire. Elle avait compris et elle était ravie et intriguée par le petit complot qu'il lui proposait. « Bien sûr, dit-elle, que je suis bête, Harry Vandenpost. »

Harry se détendit, soulagé. L'homme le plus chanceux du monde, se répéta-t-il.

Avec un petit froncement de sourcils malicieux, Margaret ajouta : « Mais au fait... où nous sommes-nous rencontrés ? »

Harry eut tôt fait de trouver la parade. « N'était-ce pas au bal de Pippa Matchingham ?

— Non... je n'y suis pas allée. »

Harry se rendit compte qu'il savait très peu de chose sur Margaret. Habitait-elle Londres durant toute la saison mondaine ou se terrait-elle à la campagne ? Est-ce qu'elle chassait, pratiquait le tir, participait à des œuvres de charité, faisait campagne pour les droits de la femme, peignait des aquarelles ou se livrait à des expériences agricoles sur le domaine de son père ? Il décida de citer un des grands événements de la saison. « Alors, je suis sûr que c'est à Ascot.

— Mais oui, bien sûr », fit-elle.

Il se permit un petit sourire satisfait. Il avait déjà fait d'elle une complice.

Elle reprit : « Mais je ne crois pas que vous ayez rencontré mes parents. Mère, puis-je vous présenter M. Vandenpost, de... ?

— Pennsylvanie », dit précipitamment Harry. Il le regretta aussitôt. Où diable était la Pennsylvanie ? Il n'en avait pas la moindre idée.

« Ma mère, lady Oxenford ; mon père, le marquis. Et voici mon frère, lord Isley. »

Harry bien sûr avait entendu parler d'eux : c'était une

famille connue. Il leur serra la main avec une débordante cordialité que les Oxenford estimeraient typiquement américaine.

Lord Oxenford avait l'air de ce qu'il était : un vieux fasciste grincheux et trop bien nourri. Il portait un costume de tweed brun avec un gilet dont les boutons étaient sur le point de lâcher et il avait gardé son chapeau mou marron.

Harry s'adressa à lady Oxenford. « Je suis enchanté de faire votre connaissance, madame, je m'intéresse aux bijoux anciens et j'ai entendu dire que vous avez une des plus belles collections au monde.

— Oh, je vous remercie, dit-elle. C'est un domaine qui m'intéresse particulièrement. »

Il fut horrifié d'entendre son accent américain. Ce qu'il savait d'elle provenait de sa lecture attentive des magazines mondains. Il l'avait crue anglaise. Mais il se rappelait vaguement maintenant avoir entendu quelques potins à propos des Oxenford. Le marquis, comme bien des aristocrates possédant de vastes domaines, s'était retrouvé au bord de la faillite après la guerre à cause de la chute des prix agricoles mondiaux. Certains avaient vendu leurs propriétés pour aller s'installer à Nice ou à Florence, où leur fortune, bien que s'amenuisant, leur permettait de maintenir leur train de vie. Mais Algernon Oxenford avait épousé l'héritière d'une banque américaine et c'est grâce à l'argent de sa femme qu'il avait pu continuer à vivre dans le style de ses ancêtres. Et pour lui, Harry, cela signifiait qu'il allait devoir duper une authentique Américaine et exécuter un numéro sans défaut pendant trente heures d'affilée.

Il décida de la charmer. Il sentait qu'elle n'était pas hostile aux compliments, surtout venant de jeunes gens bien tournés. Il examina de près la broche fixée au revers de son tailleur de voyage pain brûlé. Elle était faite d'émeraudes, de saphirs, de rubis et de diamants et représentait un papillon se posant sur un bouton de rose sauvage. C'était d'un réalisme extraordinaire. Il décida que c'était un bijou français des années 1880 et lança sous le coup de l'inspiration : « N'est-ce pas une broche d'Oscar Massin ?

— Vous avez tout à fait raison.

— Elle est superbe.

— Je vous remercie. » Elle était plutôt belle. On comprenait aisément pourquoi Oxenford l'avait épousée, mais plus difficilement pourquoi elle s'était entichée de lui. Peut-être était-il plus séduisant voilà vingt ans.

« Je crois que je connais les Vandenpost de Philadelphie », fit-elle.

Seigneur, pensa Harry, j'espère que non. Dieu merci, elle semblait plutôt vague.

« Moi, je suis une Glencarry de Stamford, dans le Connecticut, ajouta-t-elle.

— Vraiment ! » fit Harry, l'air impressionné. Il pensait toujours à Philadelphie. Avait-il dit qu'il venait de Philadelphie ou de Pennsylvanie ? Il n'arrivait plus à s'en souvenir. C'était peut-être le même endroit. Les deux semblaient aller ensemble. Philadelphie, Pennsylvanie. Stamford, Connecticut. Il se souvint que, quand on demandait aux Américains d'où ils venaient, ils vous donnaient toujours deux réponses. Houston, Texas ; San Francisco, Californie.

« Je m'appelle Percy, dit le jeune garçon.

— Harry », dit Harry, ravi de se retrouver en terrain familier. Le titre de Percy était lord Isley, que l'héritier porterait jusqu'à la mort de son père, sur quoi il deviendrait marquis d'Oxenford. La plupart de ces gens étaient ridiculement fiers de leurs titres stupides. Harry avait un jour été présenté à un morveux de trois ans qui s'appelait le baron Portrail. Toutefois, Percy semblait très supportable. Il faisait courtoisement comprendre à Harry qu'il ne voulait pas qu'on s'adressât à lui de façon formelle.

Harry s'assit. Margaret et lui n'étaient séparés que par la travée, si bien qu'il pourrait lui parler sans que les autres entendent. L'appareil était aussi silencieux qu'une église.

Il essaya de se détendre. Le voyage s'annonçait difficile. Margaret connaissait sa véritable identité et cela créait un nouveau risque, considérable. Même si elle avait accepté son subterfuge, elle pouvait changer d'avis ou laisser échapper quelque chose accidentellement. Harry ne devait pas laisser s'éveiller le moindre doute. Il réussirait à passer les services d'immigration américains à condition qu'on ne lui posât pas de questions trop indiscrètes, mais si un incident rendait les fonctionnaires méfiants et s'ils décidaient de vérifier son identité, ils ne tarderaient pas à découvrir qu'il utilisait un passeport volé, et tout serait terminé.

On escorta un passager vers la place faisant face à celle de Harry. C'était un homme de grande taille, avec un chapeau melon et un costume gris foncé qui avait dû jadis être très bien mais dont l'heure de gloire était maintenant passée. Quelque chose en l'homme frappa Harry, qui le regardait ôter son manteau et s'installer à sa place. Il avait de grosses chaussures noires bien usées, d'épaisses chaussettes de laine et un gilet lie-de-vin sous sa veste croisée. Sa cravate bleu marine semblait avoir été nouée au même endroit tous les jours depuis dix ans.

Si je ne savais pas le prix d'un billet sur ce palace volant, se dit Harry, je jurerais que ce type est un flic.

Il n'était pas trop tard pour se lever et descendre de l'avion.

Personne ne l'arrêterait. Il pourrait tout simplement sortir et disparaître.

Mais il avait payé quatre-vingt-dix livres ! Et puis il lui faudrait peut-être des semaines avant de pouvoir trouver un autre passage transatlantique et, en attendant, il risquerait d'être de nouveau arrêté.

Une fois de plus il songea à fuir en Angleterre même ; et une fois de plus il renonça à cette idée. Très difficile en temps de guerre, avec tous ces imbéciles à l'affût d'espions étrangers ; mais, plus important encore, la vie de fugitif serait insupportable : descendre dans des pensions de famille minables, éviter les policiers, ne jamais s'arrêter.

L'homme assis en face de lui, s'il était de la police, n'était certainement pas à ses trousses : sinon, il ne serait pas là, en train de s'installer confortablement pour le vol. Harry n'arrivait pas à imaginer ce que cet homme faisait ; mais, pour l'instant, il cessa d'y penser et se concentra sur son propre problème. Margaret constituait le facteur dangereux. Comment s'en protéger ?

Par jeu elle s'était faite complice de sa petite comédie. Il ne devait pas compter qu'elle continuerait. Mais il pouvait augmenter ses chances en se rapprochant d'elle. S'il réussissait à se gagner son affection, peut-être commencerait-elle à éprouver à son égard un sentiment de loyauté et veillerait à ne pas le trahir.

Mieux connaître Margaret Oxenford ne serait pas une tâche déplaisante. Il l'étudia du coin de l'œil. Le même teint pâle que sa mère, les cheveux roux, une peau laiteuse avec quelques taches de rousseur et ces fascinants yeux vert sombre. Il ne pouvait dire comment était sa silhouette, mais elle avait les chevilles fines et les pieds menus. Elle portait un léger manteau en poil de chameau très simple sur une robe marron-rouge. Même si ses vêtements semblaient venir de chez le bon faiseur, elle n'avait pas le style de sa mère : peut-être cela viendrait-il quand elle serait plus âgée et plus assurée. Elle ne portait aucun bijou intéressant : rien qu'un simple rang de perles autour du cou. Les traits étaient nets et réguliers, le menton décidé. Elle n'avait pas le genre qui d'habitude l'intéressait : il choisissait toujours des filles avec un point faible, parce que c'était tellement plus facile de leur faire la cour. Margaret était trop jolie pour être facile. Toutefois elle semblait le trouver sympathique, et c'était un début. Il décida de se gagner son cœur.

Nicky, le steward, entra dans le compartiment. En observant le petit homme rondouillard et efféminé d'une vingtaine d'années, Harry se dit qu'il était sans doute homosexuel. Nombre de serveurs avaient cette allure, il l'avait remarqué. Nicky lui tendit une feuille dactylographiée avec les noms des passagers et des membres de l'équipage sur le vol d'aujourd'hui.

Harry étudia la liste avec intérêt. Il avait entendu parler du baron Philippe Gabon, le riche sioniste. Le nom suivant, professeur Carl Hartmann, lui disait quelque chose aussi. Il ignorait tout de la princesse Lavinia Bazarov, mais le patronyme russe laissait supposer qu'elle avait fui les communistes et sa présence à bord signifiait sans doute qu'elle avait réussi à faire sortir du pays au moins une partie de sa fortune. Il avait bien sûr entendu parler de Lulu Bell, la vedette de cinéma. Voilà à peine une semaine, il avait emmené Rebecca Maugham-Flint la voir dans *Un espion à Paris*, au cinéma Gaumont de Shaftesbury Avenue. Elle jouait, comme d'habitude, le rôle d'une fille pleine de cran. Harry était très curieux de faire sa connaissance.

Percy, dont le siège était tourné vers l'arrière et qui pouvait voir ce qui se passait dans le compartiment suivant, annonça : « Ils ont fermé la porte. »

Harry commença à se sentir de nouveau nerveux.

Pour la première fois, il prit conscience du mouvement de l'appareil qui s'élevait puis retombait doucement sur l'eau.

Il y eut un grondement, comme la canonnade d'un lointain champ de bataille. Harry regarda par le hublot avec inquiétude. Là-dessus, le bruit augmenta et une hélice se mit à tourner. On mettait les moteurs en marche. Il entendit le troisième et le quatrième démarrer. Le bruit avait beau être atténué par une excellente insonorisation, on percevait la vibration des puissants moteurs et Harry sentit son appréhension croître.

Sur l'appontement flottant, un marin largua les amarres de l'hydravion. Harry eut une stupide impression de destin inévitable en voyant les filins qui le reliaient à la terre tomber brutalement dans l'eau.

Il était gêné d'avoir peur et ne voulait surtout pas qu'on devinât ses sentiments, aussi prit-il un journal, l'ouvrit et se carra dans son fauteuil en croisant les jambes.

Margaret lui toucha le genou. Elle n'avait pas besoin d'élever la voix pour se faire entendre : l'insonorisation était stupéfiante. « J'ai peur aussi », chuchota-t-elle.

Harry était mortifié. Il croyait avoir réussi à paraître calme.

L'appareil commença à bouger. Il serra très fort le bras de son fauteuil, puis il s'obligea à le lâcher. Elle se rendait compte bien sûr qu'il avait peur. Il devait être aussi blanc que le journal qu'il faisait semblant de lire.

Assise, les genoux serrés et les mains crispées sur ses cuisses, elle semblait pleine tout à la fois d'appréhension et d'excitation, comme si elle allait se lancer sur des montagnes russes. Ses joues un peu rouges, ses grands yeux et sa bouche légèrement entrouverte lui donnaient un air sensuel. Harry se demanda une fois de plus comment était son corps sous ce manteau.

Il regarda les autres. L'homme assis en face de lui bouclait calmement sa ceinture de sécurité. Les parents de Margaret regardaient par les hublots. Lady Oxenford semblait imperturbable, mais lord Oxenford ne cessait de se racler bruyamment la gorge, signe certain de tension. Le jeune Percy était si énervé qu'il avait toutes les peines du monde à rester tranquille, mais il ne semblait absolument pas effrayé.

Harry fixait son journal, mais il était incapable d'en lire un mot, aussi le reposa-t-il pour regarder par la fenêtre. Le puissant appareil avançait majestueusement dans la rade de Southampton, laissant derrière lui les paquebots alignés le long des quais. L'hydravion avait déjà parcouru une certaine distance et il restait encore plusieurs navires de plus petit tonnage entre lui et la terre. On ne peut pas décoller maintenant, se dit Harry.

Comme ils avançaient, la mer se faisait plus agitée. Arrivés au milieu de l'estuaire, l'appareil ralentit et changea de direction. Il se balançait dans la brise et Harry se rendit compte qu'il se mettait face au vent pour le décollage. Puis il parut marquer un temps, hésiter, tanguant un peu comme un animal monstrueux qui renifle l'air de son énorme museau. Le suspense était presque intolérable : Harry dut faire un effort de volonté pour se retenir de bondir de son siège en hurlant qu'on le laisse descendre.

Tout à coup il y eut un terrifiant rugissement, comme une formidable tempête se déchaînant, et les quatre gros moteurs se mirent à tourner à pleine puissance. Harry poussa un cri de surprise, mais qui fut noyé dans ce vacarme. L'appareil parut se stabiliser un peu dans l'eau, comme s'il sombrait sous l'effort, mais, un instant plus tard, il fonçait en avant.

Il prit rapidement de la vitesse, comme une vedette rapide,

sauf qu'aucun bateau de cette taille n'aurait pu accélérer aussi vite. Les embruns éclaboussaient les hublots. Quatre-vingts, quatre-vingt-dix, cent dix kilomètres à l'heure : le Clipper tanguait et roulait avec la houle. Harry aurait voulu fermer les yeux, mais il n'osait pas. Je vais mourir, songea-t-il, horrifié.

Il y eut une nouvelle vibration, comme une voiture qui roule sur des ornières. Qu'était-ce donc ? Harry était certain qu'il se passait quelque chose d'épouvantable et que l'appareil allait se rompre. L'idée lui vint que l'hydravion avait commencé à se redresser et que la vibration provenait de ce qu'il cahotait sur les vagues comme un canot automobile. Était-ce normal ?

L'eau soudain parut exercer une traction moindre. Regardant par le hublot, Harry constata que la surface de l'estuaire semblait s'être inclinée et il comprit que le nez de l'appareil devait être pointé vers le ciel, bien qu'il n'eût senti aucun changement. Il fut pris d'une envie de vomir et s'empressa d'avaler sa salive.

La vibration changea. Au lieu de cahoter sur des ornières, ils semblaient sauter d'une vague à l'autre, comme un caillou qui fait des ricochets. Les moteurs hurlaient et les hélices brassaient l'air. Peut-être était-ce impossible, se dit Harry ; peut-être un si énorme appareil ne pouvait-il pas prendre l'air ; peut-être ne pouvait-il que sauter d'une crête de vague à l'autre comme un dauphin trop gros. Puis, tout à coup, il sentit que l'appareil s'était libéré, avait surgi de l'eau qui le retenait prisonnier. Par le hublot que n'obscurcissaient plus les embruns, il vit s'éloigner la surface miroitante. Bonté divine, nous volons, se dit-il ; ce gigantesque palace est bel et bien en train de voler ! Maintenant qu'il était dans les airs, sa peur laissait la place à une formidable griserie, comme s'il avait été personnellement responsable du décollage. Il avait envie de pousser des acclamations. Regardant autour de lui, il constata que tous les autres arboraient des sourires soulagés. En même temps, il se rendit compte qu'il était trempé de sueur. Il prit un petit mouchoir de batiste, s'épongea subrepticement le visage et s'empressa de remettre le mouchoir trempé dans sa poche.

L'appareil continuait à s'élever. Harry vit la côte sud de l'Angleterre disparaître sous les ballonnets des ailes, puis, devant lui, il aperçut l'île de Wight. Au bout d'un moment, l'appareil cessa de s'élever et le rugissement des moteurs se réduisit soudain à un sourd ronronnement.

Nicky, le steward, réapparut, toujours aussi impeccable, en veste blanche et cravate noire. Il n'avait pas à élever la voix maintenant que les moteurs avaient pris leur vitesse de croisière. « Voudriez-vous un cocktail, monsieur Vandenpost ? » proposa-t-il.

C'est exactement ce qu'il me faut, se dit Harry. « Un double whisky », répondit-il aussitôt. Puis, se souvenant qu'il était censé être américain, il ajouta avec l'accent approprié : « Avec beaucoup de glace. »

Nicky prit la commande des Oxenford puis disparut par la porte avant.

Les doigts de Harry tambourinaient nerveusement sur le bras de son fauteuil. La moquette, l'insonorisation, la douceur des sièges et les couleurs apaisantes lui donnaient l'impression d'être dans une cellule capitonnée, à son aise mais prisonnier. Au bout d'un moment, il déboucla sa ceinture de sécurité et se leva.

Il s'avança dans la direction qu'avait prise le steward et franchit la porte par laquelle il avait disparu. A sa gauche était la cambuse, une minuscule cuisine étincelante d'acier inoxydable, où le steward préparait des boissons. A sa droite, la porte des toilettes des hommes. A côté des lavabos, un escalier montait en spirale, sans doute jusqu'au poste de pilotage. Plus loin, il y avait un autre compartiment de passagers, décoré dans des couleurs différentes et occupé par des membres d'équipage en uniforme. Harry se demanda un moment ce qu'ils faisaient là, puis il se rappela que, comme le vol durait près de trente heures, les membres de l'équipage devaient se reposer à tour de rôle.

Il revint sur ses pas, passant devant la cuisine, traversant son compartiment et celui un peu plus grand par lequel ils avaient embarqué. Plus loin, vers l'arrière de l'appareil, il y avait trois autres compartiments de passagers, décorés dans des tons différents, une moquette turquoise avec des murs vert pâle ou bien une moquette rouille avec des murs beiges. Des marches séparaient les compartiments, car la coque de l'appareil était incurvée et le plancher remontait vers l'arrière. Au passage, il saluait vaguement de la tête les autres passagers, comme devait le faire un jeune Américain riche et sûr de lui.

Dans le quatrième compartiment, il y avait d'un côté deux petits canapés, de l'autre les toilettes des dames. Auprès de la porte des lavabos, une échelle fixée au mur menait à une trappe dans le plafond. Le couloir central, qui faisait toute la longueur de l'appareil, se terminait sur une porte. Ce devait être la fameuse suite pour jeunes mariés qui avait provoqué tant de commentaires dans la presse. Harry essaya la poignée : la porte était fermée à clef.

En arpentant de nouveau la longueur de l'hydravion, il examina ses compagnons de voyage.

L'homme en élégants vêtements de coupe française devait être le baron Gabon. Auprès de lui se trouvait un personnage à l'air agité, les pieds nus dans ses chaussures. Très bizarre. Peut-être était-ce le professeur Hartmann. Il portait un costume dans un état épouvantable et paraissait affamé.

Harry reconnut Lulu Bell, mais fut stupéfait de constater qu'elle semblait avoir une quarantaine d'années : il s'était imaginé qu'elle avait l'âge des rôles de ses films, c'est-à-dire environ dix-neuf ans. Elle arborait pas mal de bijoux modernes de bonne qualité : des boucles d'oreilles rectangulaires, de gros bracelets et une broche en cristal de roche, sans doute de chez Boucheron.

Il revit la belle blonde qu'il avait remarquée dans le salon de l'hôtel South Western. Elle avait retiré son chapeau de paille. Elle avait les yeux bleus et la peau claire. Elle riait en écoutant son compagnon : de toute évidence elle était amoureuse de lui, bien qu'il ne fût pas particulièrement beau garçon. Mais les femmes aiment toujours un homme qui les fait rire, se rappela Harry.

La vieille peau avec le pendentif Fabergé en diamants roses était sans doute la princesse Lavinia. Elle montrait une expression dégoûtée, comme une duchesse égarée dans une porcherie.

Le compartiment plus grand par lequel ils avaient embarqué était vide au moment du décollage, mais maintenant, observa Harry, il servait de salon. Quatre ou cinq personnes s'y étaient installées, y compris le grand gaillard assis en face de Harry. Certains des hommes jouaient aux cartes et l'idée lui traversa l'esprit qu'un joueur professionnel pourrait se faire pas mal d'argent au cours d'un voyage comme celui-ci.

Il regagna sa place et le steward lui apporta son scotch. « L'avion semble à moitié vide, remarqua Harry.

— Nous sommes complets », fit Nicky en secouant la tête.

Harry regarda autour de lui. « Mais il y a quatre places libres dans ce compartiment, et c'est pareil dans tous les autres.

— C'est vrai que ce compartiment contient dix places pour un vol de jour. Mais on ne peut y dormir qu'à six. Vous verrez pourquoi quand nous ferons les couchettes après le dîner. En attendant, profitez de l'espace. »

Harry but son whisky à petites gorgées. Le steward était parfaitement poli et efficace, mais sans l'obséquiosité dont faisait preuve un serveur dans un hôtel de Londres. Harry se demanda si le personnel américain se comportait toujours ainsi. Il l'espérait. Lors de ses expéditions dans le monde étrange de la haute société londonienne, il avait toujours trouvé un peu dégradant qu'on lui fît des courbettes chaque fois qu'il levait un doigt.

Il était temps de poursuivre son amitié avec Margaret Oxenford, qui buvait une coupe de champagne en feuilletant un magazine. Il avait flirté avec des douzaines de filles du même âge et du même milieu qu'elle et il se lança automatiquement dans son numéro habituel. « Vous habitez Londres ?

— Nous avons une maison à Eaton Square, mais nous passons la plupart du temps à la campagne, dit-elle. Notre propriété est dans le Berkshire. Père a aussi un pavillon de chasse en Écosse. » Elle avait dit cela d'un ton détaché, comme si elle trouvait la question assommante et qu'elle voulût s'en débarrasser le plus vite possible.

« Vous chassez à courre ? » demanda Harry. C'était un truc classique de la conversation : la plupart des gens riches chassaient à courre et ils adoraient en parler.

« Pas beaucoup, dit-elle. Nous tirons plutôt.

— Vous, vous tirez ? » fit-il surpris. Ce n'était pas considéré comme une activité de dame.

« Quand on m'y autorise.

— J'imagine que vous avez des tas d'admirateurs. »

Elle se tourna vers lui et murmura : « Pourquoi me posez-vous toutes ces questions stupides ? »

Harry fut décontenancé. Il ne savait pas quoi répondre. Il avait posé à des douzaines de filles les mêmes questions et aucune n'avait réagi de cette façon. « Vous les trouvez stupides ? fit-il.

— Vous vous moquez éperdument de savoir où j'habite et si je chasse.

— Mais c'est ce dont les gens parlent dans la haute société.

— Vous n'êtes pas de la haute société, répliqua-t-elle carrément.

— Touché ! dit-il revenant à son accent naturel. Vous ne tournez pas autour du pot, vous ! »

Elle se mit à rire puis dit : « C'est mieux.

— Je n'arrête pas de changer d'accent, je m'embrouille.

— Bon. Je supporterai votre accent américain si vous promettez de ne plus me parler de la pluie et du beau temps.

— Merci, mon chou », répondit-il, reprenant le rôle de Harry Vandenpost.

Ce n'est pas une fille facile, songeait-il. C'est une fille qui sait où elle va. Mais ça la rendait d'autant plus intéressante.

« Vous faites ça très bien, poursuivit-elle. Je n'aurais jamais deviné que ce n'était pas votre accent naturel. J'imagine que ça fait partie de votre *modus operandi.* »

Ça le déconcertait toujours quand on lui parlait latin. « Probablement », marmonna-t-il, sans avoir la moindre idée de ce qu'elle voulait dire. Il allait falloir changer de sujet. Il se demanda comment gagner son amitié. De toute évidence, il ne pouvait pas flirter avec elle comme il l'avait fait avec toutes les autres. Peut-être était-elle du genre spiritiste, s'intéressant aux tables tournantes et à la nécromancie. « Vous croyez aux fantômes ? » demanda-t-il.

Cela lui valut une nouvelle réponse plutôt sèche. « Pour qui me prenez-vous ? Et pourquoi faut-il que vous changiez de sujet ? »

Avec n'importe quelle autre fille, il aurait tourné la chose en plaisanterie, mais pour Dieu sait quelle raison, Margaret l'impressionnait. « Parce que je ne parle pas latin, répliqua-t-il.

— De quoi diantre parlez-vous ?

— Je ne comprends pas des mots comme *modus andy.* »

Elle parut un moment surprise et agacée, puis son visage s'éclaira et elle répéta l'expression : *modus operandi.*

« Je ne suis pas resté assez longtemps à l'école pour apprendre ces choses-là », dit-il.

Cela eut sur elle un effet tout à fait stupéfiant. Elle rougit de honte et balbutia : « Je suis tout à fait désolée. Comme c'est grossier de ma part. »

Il fut étonné de ce revirement. Un tas de filles semblaient croire que c'était leur devoir d'étaler leur éducation. Il était enchanté que Margaret eût de meilleures manières que la plupart de ses congénères. Il lui sourit et dit : « Tout est pardonné. »

Elle le surprit encore en ajoutant : « Je sais l'impression que ça fait, parce que je n'ai jamais eu de véritable éducation non plus.

— Avec tout votre argent ? » demanda-t-il, incrédule.

Elle hocha la tête. « Vous comprenez, nous ne sommes jamais allés à l'école. »

Harry était abasourdi. Pour un ouvrier londonien qui se respectait, c'était une honte de ne pas envoyer ses enfants à l'école ; presque aussi mal vu que d'avoir la police chez soi ou d'être expulsé par les huissiers. Et quand les enfants devaient sécher l'école parce que leurs chaussures étaient chez le cordonnier et qu'ils n'avaient pas de paire de rechange, les mères avaient honte. « Mais les enfants doivent aller à l'école : c'est la loi ! protesta Harry.

— Nous avions ces stupides gouvernantes. C'est pour ça que je ne peux pas aller à l'université : je n'ai aucun diplôme. » Elle paraissait triste. « Je crois que ça m'aurait plu, l'université.

— C'est incroyable. Je pensais que les riches pouvaient faire tout ce qu'ils voulaient.

— Pas avec mon père.

— Et le petit ? demanda Harry en désignant Percy du menton.

— Oh, lui, bien sûr, il est à Eton, répondit-elle d'un ton amer. Pour les garçons, c'est différent. »

Harry réfléchit. « Est-ce que ça veut dire, commença-t-il prudemment, que vous n'êtes pas d'accord avec votre père sur d'autres sujets... en politique, par exemple ?

— En effet, répondit-elle d'un ton farouche. Je suis socialiste. »

Voilà peut-être la clé pour l'atteindre, songea Harry. « J'étais au parti communiste », déclara-t-il. C'était vrai : il s'y était inscrit à seize ans et l'avait quitté au bout de trois semaines. Il attendit sa réaction avant de décider ce qu'il allait lui dire.

Elle s'anima aussitôt. « Pourquoi l'avez-vous quitté ? »

La vérité était que les réunions politiques l'assommaient prodigieusement, mais peut-être valait-il mieux ne pas l'avouer. « C'est difficile à expliquer », fit-il.

Il aurait dû deviner qu'avec elle, ça ne marcherait pas. « Vous devez bien savoir pourquoi vous l'avez quitté, reprit-elle avec impatience.

— Je crois que ça ressemblait trop au catéchisme. »

Cela la fit rire. « Je vois très bien ce que vous voulez dire.

— En tout cas, je trouve que j'ai fait plus que les cocos pour ce qui est de ramener la richesse aux travailleurs qui l'ont produite.

— Comment ça ?

— Eh bien, je libère de l'argent liquide de Mayfair et je l'apporte à Battersea.

— Vous voulez dire que vous ne volez que les riches ?

— Ça ne sert à rien de voler les pauvres, ils n'ont pas d'argent. »

Cela la fit rire à nouveau. « Mais vous ne donnez tout de même pas tous vos biens mal acquis, comme Robin des bois ? »

Il réfléchit à ce qu'il devait lui raconter. Le croirait-elle s'il prétendait qu'il volait les riches pour donner aux pauvres ? Si elle était intelligente, elle était aussi naïve — mais, décida-t-il, pas naïve à ce point-là. « Je ne suis pas une œuvre de charité, dit-il en haussant les épaules. Mais c'est vrai que j'aide de temps en temps les gens.

— C'est extraordinaire », dit-elle. Ses yeux pétillaient d'intérêt et d'animation, et elle était tout à fait ravissante. « Je crois que je savais qu'il existait des gens comme vous, mais c'est tout à fait étonnant de vous rencontrer vraiment et de vous parler. »

N'en fais pas trop, ma petite, se dit Harry. Il se méfiait des femmes qui manifestaient trop d'enthousiasme à son égard : elle risquait de se sentir blessée en découvrant qu'il n'était qu'un petit être humain. « Je ne suis pas quelqu'un de si spécial, fit-il avec un sincère embarras. Je viens simplement d'un monde que vous n'avez jamais vu. »

Elle lui lança un regard signifiant qu'elle le trouvait quand même spécial.

Ça suffisait comme ça, décida-t-il. Le moment était venu de changer de sujet. « Vous me gênez, dit-il, tout honteux.

— Pardonnez-moi », répliqua-t-elle aussitôt. Elle réfléchit un moment, puis demanda : « Pourquoi allez-vous en Amérique ?

— Pour fuir Rebecca Maugham-Flint. »

Elle éclata de rire. « Non, sérieusement. »

Quand elle tenait quelque chose, pensa-t-il, elle était comme un chien de chasse : elle ne lâchait pas prise, ce qui la rendait dangereuse. « Il fallait que je parte pour ne pas aller en prison, expliqua-t-il.

— Que ferez-vous en arrivant là-bas ?
— J'ai pensé que je pourrais m'engager dans l'aviation canadienne. J'aimerais apprendre à piloter.
— Comme c'est excitant !
— Et vous ? Pourquoi allez-vous en Amérique ?
— Nous fuyons, dit-elle d'un ton écœuré.
— Que voulez-vous dire ?
— Vous savez que mon père est un fasciste. »
Harry acquiesça. « J'ai lu des articles sur lui dans les journaux.
— Eh bien, il trouve les nazis merveilleux et il ne veut pas se battre contre eux. D'ailleurs, s'il restait, le gouvernement le jetterait en prison.
— Alors vous allez vivre en Amérique ?
— La famille de ma mère est originaire du Connecticut.
— Et combien de temps allez-vous rester là-bas ?
— Mes parents vont y passer au moins la durée de la guerre. Peut-être qu'ils ne reviendront jamais.
— Mais vous, vous ne voulez pas y aller ?
— Certainement pas, répondit-elle avec vigueur. Je veux rester pour me battre. Le fascisme est quelque chose d'absolument épouvantable. Cette guerre est terriblement importante et je veux y apporter ma contribution. » Elle se mit à parler de la guerre d'Espagne, mais Harry n'écoutait qu'à moitié. Il venait d'être frappé par une idée si bouleversante que son cœur battait plus vite, et il dut faire un effort pour garder une expression normale.

Quand les gens fuient un pays où la guerre éclate, ils ne laissent pas leurs objets de valeur derrière eux.

C'était bien simple. Les paysans poussaient leur bétail devant eux en fuyant les armées d'invasion. Les Juifs fuyaient les nazis avec des pièces d'or cousues dans la doublure de leur manteau. Après 1917, les aristocrates russes comme la princesse Lavinia étaient arrivés dans toutes les capitales d'Europe en serrant sur leur cœur leurs œufs de Fabergé.

Lord Oxenford avait dû envisager la possibilité de ne jamais rentrer. En outre, le gouvernement avait décrété le contrôle des changes pour empêcher les riches Britanniques de transférer tout leur argent à l'étranger. Les Oxenford savaient qu'ils ne retrouveraient peut-être jamais ce qu'ils laissaient derrière eux.

Ils avaient certainement pris tous les biens qu'ils pouvaient emporter.

Bien sûr, c'était un peu risqué de trimballer une fortune en bijoux dans ses bagages. Mais qu'est-ce qui serait moins risqué ? De l'envoyer par la poste ? Par courrier spécial ? De le laisser sur place pour le voir confisqué par un gouvernement avide de vengeance, pillé par une armée d'envahisseurs ou même « libéré » lors d'une révolution d'après guerre ?

Non. Les Oxenford devaient avoir leurs bijoux avec eux.

Notamment, ils devaient emporter la Parure Delhi...

Cette seule idée lui coupa le souffle.

La Parure Delhi était la plus belle pièce de la célèbre collection de bijoux anciens de lady Oxenford. Composée de rubis et de diamants montés sur or, elle comprenait un collier, des boucles d'oreilles et un bracelet assortis. Les rubis étaient birmans, la qualité la plus rare, et absolument énormes : ils avaient été apportés en Angleterre au XVIIIe siècle par le général Robert Clive, qu'on appelait Clive de l'Inde, et montés par les joailliers de la Couronne.

La Parure de Delhi, disait-on, valait un quart de million de livres : plus d'argent qu'un homme ne pourrait jamais en dépenser.

Et elle se trouvait presque certainement à bord.

Aucun voleur professionnel n'irait tenter un coup à bord d'un bateau ou d'un avion : la liste des suspects était trop restreinte. En outre, Harry jouait le rôle d'un Américain, voyageait avec un faux passeport, fuyait la justice et était assis en face d'un policier. Ce serait de la folie d'essayer de mettre la main sur la Parure et il tremblait à la seule pensée des risques encourus.

D'un autre côté, jamais une occasion semblable ne se représenterait. Et tout à coup il eut besoin de ces bijoux comme un homme qui se noie a besoin d'air.

Bien sûr, il ne pourrait pas vendre la Parure pour deux cent cinquante mille livres. Mais il en tirerait bien un dixième de sa valeur, ce qui représentait plus de cent mille dollars.

Dans une devise comme dans l'autre, c'était assez pour lui permettre de vivre tranquille jusqu'à la fin de ses jours.

L'idée d'autant d'argent lui faisait monter l'eau à la bouche — mais les bijoux eux-mêmes étaient irrésistibles. Harry en avait vu des photos. Les pierres du collier étaient parfaitement assorties ; les diamants faisaient ressortir les rubis comme des larmes sur la joue d'un bébé ; et les pièces plus petites, les boucles d'oreilles et le bracelet, étaient admirablement proportionnées. Le tout sur une jolie femme devait être absolument ravissant.

Harry savait que jamais plus il n'approcherait d'aussi près un tel chef-d'œuvre. Jamais.

Il fallait le subtiliser.

Les risques étaient stupéfiants — mais aussi, il avait toujours eu de la chance.

« Je ne crois pas que vous m'écoutiez », observa Margaret.

Harry se rendit compte qu'il n'avait absolument pas prêté attention à ce qu'elle disait. Il sourit et répondit : « Pardonnez-moi. Une de vos phrases m'a plongé dans une rêverie.

— Je sais, fit-elle. A voir votre expression, vous rêviez de quelqu'un que vous aimez. »

8

Nancy Lenehan attendait, en proie à une impatience fébrile, que le charmant avion jaune de Mervyn Lovesey fût prêt à décoller.

Celui-ci donnait des instructions de dernière minute à l'homme en costume de tweed, qui semblait être le contremaître de son usine. Nancy en conclut que Mervyn avait des difficultés avec les syndicats et qu'une grève menaçait.

Quand il en eut terminé, il se tourna vers Nancy et expliqua : « J'emploie dix-sept tourneurs et chacun d'eux est un individualiste forcené.

— Qu'est-ce que vous fabriquez ? demanda-t-elle.

— Des ventilateurs », répondit-il. Il désigna l'avion. « Des hélices d'avion, de bateau, ce genre de choses. Tout ce qui a des courbes complexes. Mais la fabrication, c'est facile. C'est le facteur humain qui me cause des soucis. » Il eut un sourire condescendant et ajouta : « Mais vous ne devez pas vous intéresser aux problèmes de l'industrie.

— Bien sûr que si, répondit-elle. Moi aussi, je dirige une usine. »

Il fut pris au dépourvu. « Quel genre ?

— Je produis cinq mille sept cents paires de chaussures par jour. »

Il était impressionné, mais sembla aussi estimer qu'il avait perdu l'avantage, car il dit : « Bravo » d'un ton où la raillerie se mêlait à l'admiration. Nancy comprit que l'affaire de Mervyn était bien plus petite que la sienne.

« Je devrais peut-être dire que je *produisais* des chaussures », reprit-elle, et elle avait un goût amer dans la bouche en faisant cet aveu. « Mon frère est en train d'essayer de vendre l'affaire sous mon nez. C'est pourquoi, ajouta-t-elle avec un regard inquiet vers l'appareil, c'est pourquoi il faut que je prenne le Clipper.

— Vous le prendrez, dit-il d'un ton assuré. Mon Tiger Moth nous amènera là-bas avec une heure d'avance. »

Elle espérait de tout son cœur qu'il ne se trompait pas.

Le mécanicien sauta à terre et annonça : « Tout est paré, monsieur Lovesey. »

Lovesey regarda Nancy. « Trouvez-lui un casque, lança-t-il au mécanicien. Elle ne peut pas voler avec ce ridicule petit chapeau. »

Nancy fut surprise par ce brusque retour des façons cavalières qu'il affichait tout à l'heure. De toute évidence, il voulait bien lui parler quand il n'y avait rien d'autre à faire, mais dès que quelque chose d'important se présentait, elle perdait tout intérêt pour lui. Elle n'avait pas l'habitude d'être traitée ainsi par les hommes. Sans être une séductrice, elle avait assez d'attrait pour attirer les regards, et une certaine autorité. Les hommes prenaient souvent avec elle des airs protecteurs, mais ils se comportaient rarement avec l'insouciance de Lovesey. Toutefois, elle n'allait pas protester. Elle était prête à supporter bien pire qu'un peu de grossièreté contre la possibilité de rattraper son traître de frère.

Ce qui l'intriguait vraiment, c'était le mariage de Lovesey. « Je suis à la poursuite de ma femme », avait-il dit ; un aveu d'une étonnante candeur. Elle comprenait qu'une femme veuille le quitter. Il était très bel homme, mais il était aussi égoïste et insensible. C'est pourquoi elle trouvait si bizarre qu'il courût après sa femme. Il paraissait du genre trop orgueilleux pour ça. Nancy l'aurait plutôt entendu déclarer : « Qu'elle aille au diable. » Peut-être l'avait-elle mal jugé.

Elle se demanda à quoi ressemblait son épouse. Était-elle jolie ? Sexy ? Égoïste et gâtée ? Une souris affolée ? Nancy n'allait pas tarder à le savoir... s'ils parvenaient à rattraper le Clipper.

Le mécano lui apporta un casque dont elle se coiffa. Lovesey grimpa à bord en criant par-dessus son épaule : « Donnez-lui un coup de main, voulez-vous ? » Le mécanicien, plus courtois que son maître, l'aida à passer son manteau en disant : « Il fait frisquet là-haut, même quand le soleil brille. » Puis il l'aida à monter et elle s'installa à la place arrière. Il lui passa son sac de voyage qu'elle fourra sous ses pieds.

Comme le moteur se mettait à tourner, elle se rendit compte, avec un frisson de nervosité, qu'elle s'apprêtait à confier sa vie à un parfait étranger.

Mervyn Lovesey pouvait très bien se révéler un pilote absolument incompétent, n'ayant pas l'entraînement suffisant et pilotant un appareil mal entretenu. Il pourrait même être un trafiquant se livrant à la traite des Blanches et qui comptait la vendre à un bordel de Turquie.

Non, elle était trop âgée pour ça. Mais elle n'avait aucune raison de faire confiance à Lovesey. Tout ce qu'elle savait, c'est qu'il était anglais et possédait un avion.

Nancy avait trois fois déjà pris l'avion, mais toujours dans des appareils plus grands, avec des cabines fermées. Elle n'avait jamais eu l'expérience d'un vieux biplan. Elle avait l'impression de décoller dans une voiture décapotable. Ils foncèrent sur la piste, le rugissement du moteur dans les oreilles et le vent fouettant leur casque.

Les avions commerciaux à bord desquels Nancy avait pris place semblaient fendre l'air avec douceur, mais celui-ci s'arracha d'un coup, comme un cheval de course franchissant un obstacle. Puis Lovesey vira sur l'aile si brusquement que Nancy se cramponna à son siège, terrifiée à l'idée qu'elle allait tomber malgré sa ceinture de sécurité. Avait-il même un brevet de pilote ?

Il redressa l'appareil et le petit avion prit rapidement de la vitesse. La manœuvre semblait plus compréhensible, moins miraculeuse que celle d'un gros appareil de ligne. Elle voyait les ailes, elle humait le vent, elle entendait le bruit du petit moteur et elle sentait littéralement comment il tenait en suspension, l'hélice pompant l'air et le vent soulevant les larges ailes de toile, comme on sent un cerf-volant prendre le vent quand on tire sur la ficelle. On n'éprouvait pas ce genre de sensation dans un avion fermé.

Toutefois, avoir conscience de la lutte du petit appareil pour voler lui donnait aussi une sensation déplaisante au creux de l'estomac. Les ailes n'étaient qu'un fragile assemblage de bois et de toile ; l'hélice pouvait se bloquer, se briser ou tomber ; le vent qui les aidait pouvait se retourner contre eux ; il pouvait y avoir du brouillard, des éclairs ou de la grêle.

Mais tout cela semblait peu probable tandis que l'avion s'élevait dans la lumière du soleil et mettait le cap sur l'Irlande. Nancy avait l'impression de chevaucher une grosse libellule jaune. Ça faisait un peu peur, mais c'était grisant, comme un tour de manège à la foire.

Ils eurent bientôt laissé derrière eux la côte anglaise. Nancy se permit un petit moment de triomphe en voyant qu'ils mettaient le cap à l'ouest. Peter n'allait pas tarder à embarquer à bord du Clipper, en se félicitant d'avoir dupé sa sœur aînée qui se croyait si maligne. Mais sa jubilation serait de courte durée, songea-t-elle avec une satisfaction rageuse. Il ne l'avait pas encore emporté. Il allait avoir un sacré choc en la voyant arriver à Foynes.

Bien sûr, la bataille ne serait pas terminée, même lorsqu'elle aurait rattrapé Peter. Elle n'allait pas le vaincre rien qu'en apparaissant au conseil d'administration. Il lui faudrait convaincre tante Tilly et Danny Riley qu'ils feraient mieux de se cramponner à leur paquet d'actions et ne pas le lâcher.

Elle voulait dénoncer devant eux tous l'horrible comportement de Peter, leur apprendre comment il avait menti à sa sœur et comploté contre elle ; elle voulait l'écraser et le mortifier en leur montrant quel serpent il était ; elle savoura un instant cette idée, mais à la réflexion comprit que ce n'était pas la chose intelligente à faire. Si elle laissait sa fureur et son ressentiment se manifester, on croirait qu'elle s'opposait à la fusion pour des raisons purement affectives.

Elle devrait parler avec calme et froideur des perspectives d'avenir et se conduire comme si son désaccord avec Peter ne portait que sur des questions de gestion. Ils savaient tous qu'elle s'y connaissait mieux dans ce domaine que son frère.

D'ailleurs, son argumentation reflétait le simple bon sens. Le prix qu'on leur offrait pour leurs actions était calculé sur les bénéfices de Black, qui étaient maigres en raison de la mauvaise gestion de Peter. Nancy estimait qu'ils pourraient faire mieux rien qu'en vendant tous les magasins. Mais la meilleure solution serait de restructurer l'entreprise suivant le plan qu'elle avait conçu et la rendre de nouveau bénéficiaire.

Il y avait une autre raison d'attendre : la guerre. La guerre était bonne pour les affaires en général et surtout pour des firmes comme Black qui fournissaient l'armée. Les États-Unis n'entreraient peut-être pas dans le conflit, mais il y aurait certainement des constitutions de stocks à titre préventif. Les bénéfices ne manqueraient donc pas d'augmenter. A n'en pas douter, c'était pour cela que Nat Ridgeway voulait acheter la société.

Elle réfléchissait à la situation, ébauchant son discours dans sa tête tandis qu'ils survolaient la mer d'Irlande. Elle en répétait les points forts, les énonçant à haute voix, persuadée que le vent emporterait ses paroles avant qu'elles ne puissent parvenir aux oreilles casquées de Mervyn Lovesey, à un mètre devant elle.

Elle était si occupée à fourbir ses armes que ce fut à peine si elle remarqua la première fois où le moteur eut des ratés.

« La guerre en Europe va doubler en douze mois la valeur de cette compagnie. Si les États-Unis entrent en guerre, le prix doublera encore... »

La seconde fois que cela se produisit, elle fut tirée de sa rêverie. Le moteur hoqueta à la façon d'un robinet, quand il y a de l'air dans la canalisation. Il revint à un rythme normal, puis changea encore, prit une tonalité différente, un son un peu haletant et résolument plus faible qui affola complètement Nancy.

L'avion commença à perdre de l'altitude.

« Qu'est-ce qui se passe ? » hurla Nancy à pleins poumons, mais elle n'obtint pas de réponse. Ou bien il ne l'entendait pas, ou bien il était trop occupé pour répliquer.

Le bruit du moteur varia encore, le rugissement se faisant plus aigu, comme si le pilote avait mis les gaz ; et l'appareil cessa de descendre.

Nancy aurait bien voulu apercevoir le visage de Lovesey, mais il restait résolument tourné vers l'avant.

Maintenant le moteur changeait de registre, tantôt retrouvant son ronronnement rassurant, tantôt pris de saccades. Terrifiée, Nancy regardait devant elle, essayant de distinguer un dérèglement dans la rotation de l'hélice, mais elle n'en voyait aucun. Et chaque fois que le moteur avait des ratés, l'appareil perdait un peu d'altitude.

Incapable de supporter plus longtemps la tension, elle déboucla sa ceinture de sécurité, se pencha et tapa sur l'épaule de Lovesey. Il tourna la tête de côté et elle lui cria à l'oreille : « Qu'est-ce qui ne va pas ?

— Je ne sais pas ! » répliqua-t-il sur le même ton.

Elle avait trop peur pour accepter cette réponse. « Que se passe-t-il ? insista-t-elle.

— Je crois qu'il y a un cylindre qui cafouille.

— Ah, et combien de cylindres y a-t-il ?

— Quatre. »

L'avion plongea brusquement, Nancy s'empressa de se redresser sur son siège et de reboucler sa ceinture. Elle savait conduire et elle comprenait qu'une voiture pouvait continuer à rouler avec un cylindre en moins. Seulement sa Cadillac en avait douze. Un avion pouvait-il voler avec trois cylindres sur quatre ?

Ils perdaient maintenant régulièrement de l'altitude. Nancy en conclut que l'avion pouvait voler sur trois cylindres, mais pas longtemps. Combien de temps tiendraient-ils avant de tomber à la mer ? Elle scruta l'horizon et, à son soulagement, aperçut la côte devant eux. Incapable de se maîtriser, elle défit une nouvelle fois sa ceinture et s'adressa à Lovesey. « Nous allons pouvoir atteindre la côte ?

— Je n'en sais rien ! cria-t-il.

— Vous ne savez rien du tout ! » hurla-t-elle. Elle s'efforça de retrouver son calme. « Qu'est-ce que vous en pensez ?

— Fermez-la, et laissez-moi me concentrer ! »

Elle se rassit. Je vais peut-être mourir tout à l'heure, se dit-elle ; luttant toujours contre l'affolement, elle s'obligea à réfléchir. Heureusement que mes fils sont élevés. Ce sera dur pour eux, surtout après avoir perdu leur père dans un accident de voiture. Mais ce sont des hommes, grands et forts et ils ne manqueront jamais d'argent. Ils s'en tireront.

Je regrette de ne pas avoir eu d'autre amant. Ça fait... combien de temps ? Dix ans ! Pas étonnant que je m'y habitue. Je pourrais aussi bien être une nonne. J'aurais dû coucher avec Nat Ridgeway : il aurait été gentil, j'en suis sûre.

Elle était sortie deux ou trois fois avec un nouveau compagnon, juste avant de partir pour l'Europe, un comptable célibataire qui avait à peu près son âge ; mais elle ne regrettait pas de ne pas avoir couché avec lui. Il était charmant mais faible, comme trop des hommes qu'elle rencontrait. Ils reconnaissaient sa force et ils avaient envie qu'elle s'occupât d'eux. Mais moi, se dit-elle, je veux quelqu'un qui s'occupe de moi !

Si je m'en tire, je vais en tout cas tout faire pour avoir au moins encore un amant avant de mourir

Si Peter l'emportait, ce serait un sacré gâchis. L'entreprise était tout ce qui restait de leur père, et voilà qu'elle allait être absorbée et disparaître dans la masse anonyme de General Textiles. Son père avait trimé toute sa vie pour édifier cette compagnie et Peter avait réussi à la détruire en cinq années d'oisiveté et d'égoïsme.

Parfois, son père lui manquait encore. C'était un homme si habile. Quand il y avait un problème, qu'il s'agît d'un cas grave comme la Grande Crise ou d'une petite histoire de famille, par exemple un des enfants travaillant mal en classe, son père trouvait toujours une solution positive et constructive. Il était très fort en mécanique et les gens qui produisaient les grosses machines utilisées dans la fabrication des chaussures venaient souvent le consulter avant de mettre au point un modèle. Nancy comprenait parfaitement le processus de production, mais sa spécialité, c'était de prédire les styles que réclamerait le marché et, depuis qu'elle avait repris l'usine, Black avait réalisé plus de bénéfices avec les chaussures de femmes qu'avec les chaussures pour hommes. Contrairement à Peter, elle ne se sentait jamais dominée par l'ombre de son père ; simplement, il lui manquait.

Tout à coup, l'idée qu'elle allait mourir lui parut ridicule et irréelle. Comme si le rideau tombait avant la fin de la pièce, laissant l'acteur principal au milieu d'une tirade : ce n'était tout simplement pas comme ça que les choses se passaient. Pendant un temps, elle se sentit, sans aucune raison, toute joyeuse, certaine qu'elle allait vivre.

L'avion continuait à perdre de l'altitude, tandis que la côte d'Irlande approchait rapidement. Elle distingua bientôt les champs vert émeraude et le brun des marécages. C'est de là que vient la famille Black, songea-t-elle avec un petit frémissement.

Juste devant elle, la tête et les épaules de Mervyn Lovesey commençaient à bouger comme s'il se débattait avec les commandes ; l'humeur de Nancy changea encore une fois et elle se mit à prier. Elle avait été élevée dans la religion catholique, mais elle n'était pas allée à la messe depuis la mort de Sean ; en fait, la dernière fois qu'elle avait mis les pieds dans une église, ç'avait été à son enterrement. Elle ne savait vraiment pas si elle était croyante ou non, mais en ce moment, elle priait de toutes ses forces, en se disant que de toute façon elle n'avait rien à perdre. Elle récita un Notre Père, puis demanda à Dieu de la sauver afin de lui permettre de tenir au moins jusqu'à ce que Hugh se marie et s'installe ; et qu'elle puisse ainsi connaître ses petits-enfants ; et puis parce qu'elle voulait redresser l'entreprise et continuer à employer tous ces hommes et ces femmes, et fabriquer de bonnes chaussures pour des gens ordinaires ; et parce qu'elle voulait un peu de bonheur pour elle-même. Depuis trop longtemps, se dit-elle brusquement, elle ne vivait que pour le travail.

Elle voyait maintenant la crête blanche des vagues. Les

contours un peu flous de la côte qui approchait se transformaient en brisants, en plages, en falaises et en champs verdoyants. Elle se demanda avec un frisson d'appréhension si elle parviendrait à nager jusqu'au rivage au cas ou l'avion tomberait à l'eau. Elle s'estimait une bonne nageuse, mais faire des allers et retours dans une piscine, c'était tout autre chose que de survivre dans une mer agitée. L'eau en outre devait être glacée. Quel était le mot qu'on utilisait quand les gens mouraient de froid ? Hypothermie. L'avion de Mme Lenehan s'est écrasé dans la mer d'Irlande et elle est morte d'hypothermie, annoncerait *The Boston Globe.* Elle frémit sous son manteau de cachemire.

De toute façon, si l'avion s'écrasait, elle n'aurait sans doute pas le temps de sentir la température de l'eau. Elle se demanda à quelle vitesse volait l'avion. Sa vitesse de croisière, lui avait dit Lovesey, était d'environ cent cinquante kilomètres à l'heure ; mais maintenant qu'ils ralentissaient, elle avait dû tomber à quatre-vingts. Sean avait eu un accident de voiture à quatre-vingts kilomètres à l'heure et il était mort. Non, inutile de se demander quelle distance elle pouvait parcourir à la nage.

La rive se rapprocha. Peut-être avait-on répondu à ses prières, se dit-elle ; peut-être l'avion allait-il atteindre la terre après tout. Il n'y avait pas de nouvelle dégradation dans le bruit du moteur : il continuait au même rythme un peu saccadé, qui rappelait le bourdonnement vengeur d'une guêpe blessée.

Elle commença à se demander où ils allaient se poser s'ils s'en tiraient. Un avion pouvait-il atterrir sur une plage de sable ? Et si c'était une plage de galets ? Un avion pouvait se poser dans un champ, si le terrain n'était pas trop accidenté, mais si c'était un marécage ?

Elle le saurait bien assez tôt.

Ils se trouvaient maintenant à quatre cents mètres de la côte. Elle constata que le rivage était rocheux et qu'il y avait des vagues. Des blocs de pierre jonchaient la plage. Une petite falaise s'élevait jusqu'à une lande où paissaient quelques moutons. Elle inspecta la lande, qui paraissait à peu près plate. Il n'y avait pas de haies et peu d'arbres. Peut-être l'avion pourrait-il atterrir là ? Elle ne savait si elle devait l'espérer ou essayer de se préparer à la mort.

Le petit avion jaune continuait à lutter courageusement, tout en perdant constamment de l'altitude. L'odeur salée de la mer parvint aux narines de Nancy. Ce serait sûrement mieux de tomber à l'eau, se dit-elle, que d'essayer de se poser sur cette plage. Ces grosses pierres allaient réduire en pièces le fragile petit appareil — et elle avec.

Elle espérait qu'elle mourrait vite.

Quand le rivage ne fut qu'à une centaine de mètres, elle comprit que l'appareil n'allait pas toucher la grève : il avait encore trop d'altitude. Lovesey de toute évidence visait le pâturage en haut de la falaise. Mais parviendrait-il jusque-là ? Ils semblaient maintenant presque au niveau du haut de la falaise et elle eut la certitude qu'ils allaient se fracasser sur la paroi. Elle aurait voulu fermer les yeux, mais elle n'osait pas. Au lieu de cela, elle fixa d'un regard hypnotisé la falaise qui se précipitait vers elle.

Le moteur hurlait comme une bête malade. Le vent projetait des embruns au visage de Nancy. Les moutons là-haut s'éparpillaient dans toutes les directions tandis que l'avion fonçait sur eux. Nancy agrippait avec une telle force le bord du cockpit qu'elle en avait mal aux mains. Ça y est, se dit-elle, nous heurtons la falaise, c'est la fin. Soudain une rafale de vent souleva très légèrement l'avion et elle crut qu'ils allaient passer. Puis le vent retomba. Alors, la paroi se trouva à une fraction de seconde d'eux, elle ferma les yeux et poussa un hurlement.

Pendant un moment, il ne se passa rien.

Puis il y eut un choc et Nancy fut projetée en avant, sa ceinture de sécurité tendue à se rompre. L'instant d'après, elle sentit l'appareil s'élever de nouveau. Elle cessa de hurler et ouvrit les yeux. Ils volaient toujours, à moins d'un mètre au-dessus de l'herbe en haut de la falaise. Une nouvelle secousse projeta l'avion vers le bas et cette fois il ne remonta pas. Il roula, tressautant sur le sol inégal, et Nancy se retrouva brinquebalée dans tous les sens. Elle constata qu'ils se dirigeaient vers un buisson de ronces et elle comprit qu'ils pouvaient encore s'écraser ; puis Lovesey fit une manœuvre et l'avion vira, évitant le bosquet. Les tressautements diminuèrent, ils ralentissaient. Nancy avait du mal à croire qu'elle était encore en vie. Enfin l'avion s'arrêta.

Le soulagement la fit trembler de tous ses membres. Secouée par des frissons, elle était au bord de la crise de nerfs. Alors, par un formidable effort de volonté, elle réussit à se maîtriser. C'est fini, dit-elle tout haut ; c'est fini, c'est fini, je suis vivante.

Devant elle, Lovesey se leva et s'extirpa de son siège, une boîte à outils à la main. Sans la regarder, il sauta à terre et alla jusqu'à l'avant de l'appareil ouvrir le capot et il entreprit d'inspecter le moteur.

Il aurait pu me demander si j'allais bien, se dit Nancy.

De façon bizarre, la grossièreté de Lovesey la calma. Elle regarda autour d'elle. Les moutons s'étaient remis à paître, comme si rien ne s'était passé. Maintenant que le moteur s'était tu, elle entendait les vagues se briser sur la plage. Le soleil brillait, mais elle sentait sur sa joue un vent froid et humide.

Elle resta un moment sans bouger puis, quand elle fut certaine que ses jambes allaient la soutenir, elle se leva et descendit de l'appareil. Pour la première fois de sa vie, elle foulait le sol irlandais, et elle se sentait presque émue aux larmes. C'est de là que nous sommes venus, songea-t-elle, il y a si longtemps. Opprimés par les Anglais, persécutés par les protestants, affamés par la maladie des pommes de terre, nous nous sommes entassés dans des bateaux et nous avons quitté notre pays natal pour un monde nouveau.

Et voilà une façon bien irlandaise de revenir au pays, songea-t-elle en souriant. Mais assez de sentiment ! Elle était en vie, alors avait-elle encore une chance d'attraper le Clipper ? Elle regarda sa montre. 2 heures et quart. Le Clipper venait tout juste de décoller de Southampton. Elle pourrait être à Foynes à temps, si on parvenait à refaire voler cet avion et si elle trouvait le courage d'y remonter.

Elle alla jusqu'à l'avant de l'appareil. Lovesey, avec une

énorme clef à molette, s'efforçait de desserrer un boulon. « Vous pouvez le réparer ? demanda Nancy.

— Je ne sais pas, fit-il sans lever les yeux.

— Qu'est-ce qui s'est passé ?

— Je ne sais pas. »

De toute évidence, il avait retrouvé son humeur taciturne. Exaspérée, Nancy lança : « Je croyais que vous étiez censé être ingénieur. »

Cette remarque le piqua au vif. Il la regarda et dit : « J'ai étudié les mathématiques et la physique. Ma spécialité, c'est la résistance au vent de courbes complexes. Je ne suis pas un de ces sacrés mécanos !

— Alors, nous devrions peut-être en chercher un.

— Vous n'en trouverez pas un seul dans ce foutu pays. L'Irlande en est encore à l'âge de pierre.

— Seulement parce que les gens ont été piétinés pendant tant de siècles par ces brutes d'Anglais ! »

Il dégagea sa tête du capot et se redressa. « Comment diable en sommes-nous arrivés à faire de la politique ?

— Vous ne m'avez même pas demandé si j'allais bien.

— Je peux le voir.

— Vous avez failli me tuer !

— Je vous ai sauvé la vie. »

Cet homme était impossible.

Elle regarda autour d'elle. A quatre cents mètres environ, on apercevait la ligne d'une haie ou d'un muret qui bordait peut-être une route, et un peu plus loin elle distingua quelques toits de chaume. Peut-être pourrait-elle trouver une voiture pour l'emmener jusqu'à Foynes. « Où sommes-nous ? demanda-t-elle. Et ne me dites pas que vous ne savez pas ! »

Il eut un large sourire. C'était la deuxième ou troisième fois qu'il laissait deviner un caractère moins revêche que celui qu'il affichait. « Je crois que nous sommes à quelques kilomètres de Dublin. »

Elle décida qu'elle n'allait pas rester plantée là à le regarder tripoter le moteur. « Je m'en vais chercher de l'aide. »

Il regarda les pieds de Nancy. « Vous n'irez pas loin dans ces chaussures. »

Je vais lui montrer, se dit-elle rageusement. Elle souleva sa jupe et eut tôt fait de dégrafer ses bas. Il la regardait, choqué, et devint tout rouge. Elle roula ses bas et les ôta ainsi que ses chaussures. Elle était ravie de lui faire perdre son calme. Fourrant ses escarpins dans les poches de son manteau, elle dit : « Je ne serai pas longue », et s'éloigna pieds nus.

Quand elle lui eut tourné le dos et qu'elle fut à quelques mètres, elle se permit un large sourire. Il avait été complètement déconcerté. Ça lui apprendrait à se montrer si condescendant.

Le plaisir de lui avoir rabattu le caquet ne tarda pas à se dissiper. Bientôt elle eut les pieds mouillés, froids et boueux. Les chaumières étaient plus loin qu'elle ne l'avait cru. Elle ne savait même pas ce qu'elle allait dire quand elle serait là-bas. Sans doute essaierait-elle de se faire conduire à Dublin. Mais Lovesey avait sans doute raison quand il affirmait qu'il n'y avait pas de mécaniciens en Irlande.

Il lui fallut vingt minutes pour atteindre les maisons. Derrière la première, elle trouva une petite femme en sabots qui bêchait son jardin potager. Nancy appela.

La femme leva les yeux et poussa un cri de frayeur.

« Mon avion est tombé en panne », annonça Nancy. La femme la dévisagea comme si elle débarquait d'une autre planète. Nancy comprit qu'elle devait avoir un air bizarre, en manteau de cachemire et les pieds nus. De fait, une créature arrivant d'un autre monde n'aurait guère été moins surprenante, pour une paysanne en train de bêchei son jardin, qu'une personne déclarant sortir d'un avion. D'un geste hésitant, la femme tendit le bras et toucha le manteau de Nancy, qui en fut très gênée : elle la traitait comme une déesse.

« Je suis irlandaise », fit Nancy, en s'efforçant de se donner un air plus humain.

La femme sourit en secouant la tête, comme pour dire : on ne me la fait pas.

« J'ai besoin qu'on me conduise à Dublin », déclara Nancy.

Cela, la femme le comprit et elle parla enfin. « Oh, je pense bien ! » dit-elle. Elle estimait évidemment que des apparitions comme celle-là étaient faites pour la grande ville.

Nancy fut soulagée de l'entendre parler anglais : elle avait craint de tomber sur quelqu'un qui ne s'exprimerait qu'en gaélique. « C'est loin ?

— Vous pourriez y être en une heure et demie avec un bon cheval », dit la femme avec un accent chantant.

Ça n'allait pas. Dans deux heures, le Clipper devait décoller de Foynes, de l'autre côté du pays. « Il n'y a personne par ici qui ait une automobile ?

— Non.

— Zut !

— Mais le forgeron a une motocyclette.

— Ça fera l'affaire ! » A Dublin, elle pourrait trouver une voiture pour la mener à Foynes. Elle ne savait pas très bien à quelle distance était Foynes, ni combien cela prendrait pour arriver là-bas, mais elle estimait qu'il fallait essayer. « Où est le forgeron ?

— Je vais vous conduire. » La femme planta sa bêche dans le sol.

Nancy la suivit. La route n'était qu'une piste boueuse, constata-t-elle le cœur serré : une motocyclette sur une pareille surface n'irait pas beaucoup plus vite qu'un cheval.

Un autre inconvénient lui apparut tandis qu'elles traversaient le hameau. Une motocyclette ne prendrait qu'un seul passager. Elle avait compté revenir jusqu'à l'avion pour emmener Lovesey, si elle parvenait à trouver une voiture. Mais la moto ne transporterait qu'un seul d'entre eux — à moins que son propriétaire ne fût disposé à la vendre, auquel cas Lovesey pourrait piloter et Nancy monter en croupe. Ainsi, se dit-elle, tout excitée, ils réussiraient à gagner Foynes.

Elles marchèrent jusqu'à la dernière maison et s'approchèrent d'un appentis. Les espoirs de Nancy s'évanouirent aussitôt : la motocyclette était en pièces détachées sur le sol, et le forgeron travaillait dessus. « Oh, la barbe », fit Nancy.

La femme s'adressa au forgeron en gaélique. Il considéra Nancy d'un air un peu amusé. Il était très jeune, avec les cheveux noirs et les yeux bleus des Irlandais et une moustache broussailleuse. De la tête il fit signe qu'il avait compris, puis il dit à Nancy : « Où est votre avion ?

— A environ huit cents mètres.

— Je devrais peut-être y jeter un coup d'œil.

— Vous y connaissez quelque chose en avions ? » demanda-t-elle d'un ton sceptique.

Il haussa les épaules. « Un moteur, c'est toujours un moteur. »

Et elle comprit que, s'il pouvait mettre une motocyclette en pièces détachées, il réussirait peut-être à réparer un moteur d'avion.

Le forgeron poursuivit : « Seulement, il me semble qu'il est peut-être trop tard. »

Nancy fronça les sourcils, puis elle entendit ce qu'il avait remarqué : le bruit d'un aéroplane. Cela pouvait-il être le Tiger Moth ? Elle courut dehors et regarda vers le ciel. Mais oui, le petit avion jaune survolait le hameau.

Lovesey l'avait réparé et avait décollé sans l'attendre !

Comment pouvait-il lui faire une chose pareille ? Il avait même son sac de voyage !

L'avion passa au ras des maisons, comme pour se moquer d'elle. Elle secoua le poing dans sa direction. Lovesey lui fit un signe de la main puis reprit de la hauteur.

Elle regarda l'appareil s'éloigner. Le forgeron et la paysanne restaient plantés auprès d'elle. « Il part sans vous, déclara le forgeron.

— C'est une brute sans cœur.

— C'est votre mari ?

— Certainement pas !

— C'est sans doute tant mieux. »

Nancy était écœurée. Deux hommes l'avaient trahie aujourd'hui. Mais qu'est-ce qu'elle avait donc ? se demanda-t-elle.

Elle se dit qu'elle ferait peut-être aussi bien de renoncer. Elle ne pourrait plus rattraper le Clipper maintenant. Peter vendrait la compagnie à Nat Ridgeway, et ce serait la fin.

L'avion vira sur l'aile et revint. Lovesey mettait le cap sur Foynes, supposa-t-elle. Il allait rattraper sa femme. Nancy espérait qu'elle refuserait de repartir avec lui.

Contre toute attente l'avion continuait à tourner. Lorsqu'il se retrouva dans la direction du hameau, il garda son cap. Que se passait-il ?

Il suivait le chemin boueux, perdant de l'altitude. Pourquoi revenait-il ? Comme l'appareil approchait, Nancy commença à se demander s'il n'allait pas se poser. Avait-il de nouveau des ennuis de moteur ?

Le petit appareil toucha le sol et rebondit vers les trois personnes arrêtées devant la maison du forgeron.

Nancy faillit s'évanouir de soulagement. Il était revenu la chercher !

L'avion s'immobilisa en tremblant devant elle. Mervyn lui cria quelque chose qu'elle n'arrivait pas à comprendre. « Quoi ? » demanda-t-elle. Il lui fit un signe d'impatience. Elle se précipita en courant vers l'avion. Il se pencha et cria : « Qu'est-ce que vous attendez ? Montez ! »

Elle regarda sa montre : 3 heures et quart. Ils pourraient encore arriver à Foynes à temps. L'optimisme l'envahissait de nouveau. Je ne suis pas encore fichue ! se dit-elle.

Le jeune forgeron s'approcha avec un regard amusé : « Je vais vous aider. » Il lui fit la courte échelle. Elle posa ses pieds nus sur ses mains jointes et il la souleva. Elle se glissa à sa place.

L'avion décolla aussitôt.

Quelques secondes plus tard, ils avaient pris l'air.

9

L'épouse de Mervyn Lovesey était très heureuse. Si elle avait eu peur quand le Clipper avait décollé, Diana n'éprouvait plus maintenant que du ravissement.

C'était la première fois qu'elle volait. Mervyn ne l'avait jamais invitée à monter dans son petit avion, bien qu'elle eût passé des jours à le peindre d'un si joli jaune vif. Elle découvrit, une fois son appréhension dépassée, combien c'était fantastique de se trouver en plein ciel, à bord d'une sorte d'hôtel de première classe ailé, et de regarder les pâturages et les champs d'Angleterre, les routes et les voies ferrées, les maisons, les églises et les usines. Elle se sentait libre. Elle *était* libre. Elle avait quitté Mervyn, et elle s'enfuyait avec Mark.

La veille au soir, à l'hôtel South Western de Southampton, ils s'étaient inscrits comme M. et Mme Alder et avaient passé ensemble leur première nuit complète. Ils avaient fait l'amour, puis s'étaient endormis, puis éveillés le matin et avaient refait l'amour. Ça semblait un tel luxe, après trois mois de brefs après-midi et de baisers volés.

Voler à bord du Clipper, c'était comme vivre un film : décor somptueux, passagers élégants, stewards d'une discrète efficacité, et partout des visages célèbres. D'abord le baron Gabon, le riche sioniste, toujours plongé dans une grande discussion avec son compagnon hagard. Le marquis d'Oxenford, le fasciste bien connu, qu'accompagnait sa belle épouse. La princesse Lavinia Bazorov, un des piliers de la société parisienne, installée dans le compartiment de Diana, partageait avec elle un canapé, dont elle occupait la place côté fenêtre.

En face de la princesse, il y avait la vedette de cinéma Lulu Bell. Diana l'avait vue dans des tas de films : *Mon Cousin Jack, Tourment, Vie secrète, Hélène de Troie* et bien d'autres qui étaient passés au cinéma Paramount d'Oxford Street, à Manchester. Mais la plus grande surprise, c'était que Mark la connaissait. Ils s'installaient à leur place quand une voix stridente d'Américaine avait lancé : « Mark ! Mark Alder ! C'est bien toi ? » et Diana s'était retournée pour voir une petite femme blond-canard se précipiter sur lui.

Il s'avéra qu'ils avaient travaillé ensemble dans une émission de radio à Chicago voilà quelques années, alors que Lulu n'était pas encore une grande vedette. Mark avait présenté Diana, et Lulu avait été adorable, disant combien Diana était belle et à quel point Mark avait eu de la chance de la rencontrer. Mais, naturellement, elle s'intéressait davantage à Mark et tous deux bavardaient depuis le décollage, en évoquant le bon vieux temps où ils étaient jeunes, à court d'argent, habitaient des taudis et veillaient toute la nuit en buvant des alcools de contrebande.

Diana ne s'était pas rendu compte que Lulu était si petite. Au cinéma, elle paraissait plus grande. Plus jeune aussi. Et, hors écran, on s'apercevait qu'elle n'était pas naturellement blonde, comme Diana : elle se teignait. Mais elle avait bien la personnalité pleine de gaieté et d'allant qu'elle interprétait dans la plupart de ses films. Même maintenant, elle attirait tous les regards, drainait l'attention de tout le compartiment.

Elle racontait une histoire à propos d'une émission de radio au cours de laquelle un des acteurs était sorti, croyant son rôle terminé, alors qu'en fait il avait une réplique à donner à la fin. « Alors j'ai dit mon texte à moi, qui était : "Qui a mangé le gâteau de Pâques ?" Tout le monde a regardé alentour, mais George avait disparu ! Alors il y a eu un long, très long silence. »

Elle marqua une pause théâtrale. Diana sourit. Que diable

en effet faisaient les gens quand les choses tournaient mal pendant une émission de radio ? Elle écoutait beaucoup la radio, mais elle n'arrivait pas à se rappeler un incident de ce genre. Lulu reprit : « Alors j'ai répété ma réplique : "Qui a mangé le gâteau de Pâques ?" Et puis j'ai continué comme ceci. » Elle baissa la tête et ajouta d'une voix masculine étonnamment bourrue : « Ça doit être le chat. »

Tout le monde se mit à rire.

« Et ce fut la fin de l'émission », conclut-elle.

Diana se souvenait d'avoir entendu un jour un speaker, bouleversé par quelque chose, lancer un : « Nom de Dieu ! » d'un ton stupéfait. « Une fois, j'ai entendu un speaker jurer », commença-t-elle. Elle s'apprêtait à raconter l'histoire, mais Mark l'interrompit : « Oh, ça arrive tout le temps » et il se retourna vers Lulu en disant : « Tu te souviens quand Max Gifford a dit à propos d'un joueur de basket qu'il avait toujours la main au panier, et qu'il ne pouvait plus s'arrêter de rire ? »

Mark et Lulu furent pris d'un fou rire et Diana sourit, mais elle commençait à se sentir un peu délaissée. Elle reconnut qu'elle avait été très gâtée : pendant les trois mois que Mark était demeuré seul dans une ville étrangère, il lui avait accordé toute son attention. De toute évidence, ça ne pouvait pas durer indéfiniment. Elle allait devoir s'habituer à le partager avec d'autres. Mais elle n'était pas obligée de jouer le rôle du public. Se tournant vers la princesse Lavinia, assise à sa droite, elle demanda : « Vous écoutez la TSF, princesse ? »

La vieille Russe, penchant vers elle son nez fin et aquilin, rétorqua : « Je trouve cela un peu vulgaire. »

Diana avait déjà rencontré des vieilles dames snob et elles ne l'intimidaient pas. « C'est étonnant, fit-elle. Hier soir encore, ils diffusaient un quintette de Beethoven.

— La musique allemande est si mécanique », répondit la princesse.

Pas moyen d'avoir le dernier mot avec elle, conclut Diana. Elle avait jadis appartenu à la classe la plus oisive et la plus privilégiée que le monde eût jamais connue et elle tenait à le faire savoir. Elle allait être assommante.

Le steward chargé des passagers assis à l'arrière vint prendre les commandes pour les cocktails. Il s'appelait Davy. Charmant petit jeune homme soigné aux cheveux blonds, il foulait la moquette du couloir d'un pas souple. Diana commanda un dry martini. Elle ne savait pas ce que c'était mais elle se souvenait que dans les films américains c'était une boisson chic.

Elle examina les deux hommes de l'autre côté du compartiment. Ils regardaient par les hublots. Le plus proche d'elle était un beau jeune homme vêtu d'un costume un peu voyant. Il avait les épaules larges, comme un athlète, et portait plusieurs bagues. Son teint sombre faisait penser à un Américain du Sud. L'homme qui se trouvait en face de lui avait l'air un peu déplacé ici, avec son costume trop grand et son col de chemise élimé. Il était également chauve comme un genou. On avait du mal à croire qu'il ait pu se payer un billet de Clipper. Les deux hommes ne se parlaient pas, ne se regardaient pas, mais Diana avait quand même la certitude qu'ils voyageaient ensemble.

Elle se demanda ce que Mervyn était en train de faire en ce moment. Il avait presque certainement lu son mot. Peut-être pleurait-il, se dit-elle avec quelque remords. Non, ce n'était pas son genre. Il était plus probablement en rage. Mais sur qui passait-il sa colère ? Peut-être sur ses malheureux employés. Elle regretta de ne pas avoir laissé un billet plus aimable, ou du moins plus explicite, mais quand elle l'avait écrit, elle était trop affolée pour faire mieux. Sans doute allait-il téléphoner à sa sœur. Il penserait que Thea savait forcément où elle était partie. Eh bien, Thea n'en savait rien. Elle serait bouleversée. Que dirait-elle aux jumelles ? Cette idée perturba Diana. Ses petites nièces allaient lui manquer.

Davy revint avec leurs consommations. Mark leva son verre à la santé de Lulu, puis de Diana — presque comme si l'idée lui en venait tout à coup, songea-t-elle avec un peu d'amertume. Elle goûta son cocktail et faillit le recracher. « Pouah ! fit-elle. On dirait du gin pur ! »

Cela fit rire tout le monde. « C'est presque uniquement du gin, mon chou, dit Mark. Tu n'as jamais goûté de dry martini ? »

Diana était humiliée. Comme une collégienne dans un bar, elle ne connaissait pas ce qu'elle avait commandé. Tous ces gens cosmopolites devaient la prendre maintenant pour une provinciale ignorante.

« Permettez-moi de vous apporter autre chose, madame, proposa Davy.

— Une coupe de champagne, alors, dit-elle d'un ton boudeur.

— Tout de suite. »

Diana s'adressa à Mark d'un ton sec. « Je n'avais jamais bu de martini. Je me suis dit que j'allais essayer. Il n'y a rien de mal à ça, non ?

— Bien sûr que non, mon chou », dit-il en lui caressant le genou.

La princesse Lavinia déclara : « Jeune homme, ce cognac est épouvantable. Apportez-moi plutôt du thé.

— Tout de suite, madame. »

Diana décida d'aller aux toilettes. Elle se leva en s'excusant et franchit le petit passage voûté qui menait vers le fond.

Elle traversa un autre compartiment tout à fait semblable à celui qu'elle venait de quitter, puis se trouva à l'arrière de l'appareil. De l'autre côté d'un compartiment occupé par deux passagers seulement, il y avait la porte des toilettes des dames. Elle entra.

La pièce, vraiment très jolie, la réconforta. Elle comportait une charmante coiffeuse avec deux tabourets capitonnés de cuir turquoise, et les murs étaient tendus de tissu beige. Diana s'assit devant le miroir pour refaire son maquillage. Mark appelait cela réécrire son visage. Des serviettes en papier et des pots de crème démaquillante s'alignaient devant elle.

Lorsqu'elle se regarda dans la glace, elle vit une femme malheureuse. Lulu Bell était survenue comme un nuage passant devant le soleil. Elle avait accaparé l'attention de Mark et l'avait amené à traiter Diana en passager encombrant. Bien sûr, l'âge les rapprochait : il avait trente-neuf ans, Lulu devait en avoir plus de quarante. Diana, elle, n'en avait que trente-quatre. Mais, surtout, ils avaient des tas de choses en commun : Américains tous deux, ils vivaient dans le même monde, celui du spectacle, et ils avaient connu les premiers temps de la radio. Diana n'avait rien vecu de tout cela. Si on voulait être sévère, on pouvait dire qu'elle n'avait rien fait du tout sauf jouer les femmes du monde dans une ville de province.

En serait-il toujours ainsi avec Mark ? Elle partait pour son pays à lui, une terre où tout lui était étranger, où les seuls amis qu'elle aurait seraient ceux de Mark. Combien de fois encore se moquerait-on d'elle parce qu'elle ignorait ce que tout un chacun savait, par exemple le fait qu'un dry martini n'avait pas d'autre goût que celui du gin glacé ?

Elle se demanda si elle allait regretter la vie confortable et prévisible qu'elle laissait derrière elle, celle des bals de charité et des dîners maçonniques dans les hôtels de Manchester, où elle connaissait tout le monde, et toutes les boissons, et tous les menus aussi. C'était ennuyeux, mais sans risque.

Elle secoua la tête pour faire bouffer ses cheveux. Pas question de poser à la nostalgique. Je m'ennuyais à périr, se dit-elle ; j'avais envie d'aventure et d'excitation, et maintenant que je les ai trouvées, je vais en profiter.

Elle décida de regagner l'attention de Mark. Mais comment ? Elle n'avait pas envie de l'affronter directement en lui disant qu'elle n'aimait pas son attitude. C'était un peu simplet. Peut-être pourrait-elle lui rendre la monnaie de sa pièce, parler à quelqu'un d'autre, pendant qu'il bavardait avec Lulu. Mais qui allait jouer ce rôle ? Le beau garçon de l'autre côté du couloir ferait parfaitement l'affaire. Il était plus jeune que Mark et plus costaud. De quoi le rendre jaloux.

Elle se mit un peu de parfum derrière les oreilles et entre les seins, et quitta les toilettes. En traversant l'avion, elle se déhancha un peu plus qu'il n'était nécessaire et elle fut ravie des regards lourds de désir des hommes et des coups d'œil admiratifs ou envieux des femmes. Je suis la plus belle femme de cet avion, et Lulu Bell le sait, se dit-elle.

Revenue dans son compartiment, elle ne retourna pas à sa place, mais se dirigea vers le côté gauche et regarda par le hublot par-dessus l'épaule du jeune homme au costume à rayures. Il lui fit un sourire aimable.

Elle le lui rendit et dit : « N'est-ce pas merveilleux ?

— Tout à fait », répondit-il ; mais elle remarqua qu'il jetait un regard prudent à l'homme assis en face de lui, comme s'il s'attendait à une réprimande. On aurait dit que l'autre était son chaperon.

« Vous êtes ensemble ? » demanda Diana.

Le chauve répondit d'un ton sec : « On pourrait dire que nous sommes associés. » Puis il parut se rappeler ses bonnes manières et tendit la main en disant : « Ollis Field.

— Diana Lovesey. » Elle serra à contrecœur la main qu'on lui tendait. Il avait les ongles sales. Son regard revint au plus jeune des deux hommes.

« Frank Gordon », dit-il.

Ils étaient tous deux américains, mais la ressemblance s'arrêtait là. Frank Gordon était élégamment vêtu, avec une épingle de cravate et une pochette de soie à son veston. Il sentait l'eau de toilette et ses cheveux bouclés étaient légèrement brillantinés.

« Quelle région survolons-nous, demanda-t-il, c'est encore l'Angleterre ? »

Diana se pencha un peu plus, lui permettant ainsi de humer son parfum. « Je pense que ce doit être le Devon », fit-elle, mais elle n'en savait vraiment rien.

« De quelle région êtes-vous ? » demanda-t-il.

Elle s'assit auprès de lui. « Manchester », répondit-elle. Elle jeta un coup d'œil à Mark, surprit son regard étonné et se retourna vers Frank. « C'est dans le Nord-Ouest. »

En face d'elle, Ollis Field alluma une cigarette d'un air désapprobateur. Diana croisa les jambes.

« Ma famille est originaire d'Italie », annonça Frank.

Le gouvernement italien était fasciste. Diana demanda avec candeur : « Pensez-vous que l'Italie va entrer en guerre ? »

Frank secoua la tête. « Le peuple italien ne veut pas la guerre.

— Je pense que personne ne la veut vraiment.

— Alors pourquoi éclate-t-elle ? »

Elle le trouva difficile à cerner. De toute évidence il avait de l'argent, mais il semblait sans éducation. La plupart des hommes ne demandaient qu'à lui expliquer les choses, à faire étalage de leurs connaissances, qu'elle en eût envie ou non. Celui-là n'avait pas ce genre d'élan. Elle regarda son compagnon et dit : « Qu'en pensez-vous, monsieur Field ?

— Je n'ai pas d'opinion », répondit-il d'un ton maussade.

Elle revint au jeune homme. « La guerre est peut-être le seul moyen pour les dirigeants fascistes de garder le contrôle de leurs peuples. »

Elle jeta de nouveau un coup d'œil vers Mark et fut déçue de constater qu'il était encore en grande conversation avec Lulu et que tous deux riaient comme des collégiens. Elle se sentit déprimée. Qu'avait-il donc ? Mervyn aurait déjà écrasé le nez de son rival.

Elle se retourna vers Frank. Elle s'apprêtait à dire : « Parlez-moi de vous », mais soudain elle ne put supporter l'idée de devoir écouter sa réponse, et elle se tut. Là-dessus, Davy le steward lui apporta son champagne et un toast au caviar. Elle en profita pour regagner sa place, un peu abattue.

Pendant un moment, elle écouta avec agacement Mark et Lulu, puis ses pensées l'emmenèrent ailleurs. Elle était stupide de s'énerver à propos de Lulu. C'était à elle, Diana, que Mark était attaché. Ça l'amusait simplement de parler du bon vieux temps. Diana n'avait aucune raison de s'inquiéter pour l'Amérique : la décision était prise, le sort en était jeté, Mervyn maintenant avait lu son mot. C'était stupide de remettre les choses en question à cause d'une blonde de quarante-cinq ans comme Lulu. Elle allait bientôt apprendre les mœurs des Américains, tout savoir de ce qu'ils buvaient, des émissions de radio qu'ils écoutaient et de leur façon de vivre. Avant longtemps, elle aurait plus d'amis que Mark. Elle était comme ça, elle attirait les gens.

Elle se mit à attendre avec impatience que commence la longue traversée de l'Atlantique. Un article sur le Clipper qu'elle avait lu dans le *Manchester Guardian* laissait penser qu'il s'agissait du voyage le plus romanesque du monde. D'Irlande à Terre-Neuve, il y avait près de trois mille kilomètres, et cela prenait un temps fou, quelque chose comme dix-sept heures. On avait le temps de dîner, d'aller se coucher, de dormir toute la nuit et de se réveiller avant que l'hydravion n'amerrisse. Elle n'avait pas eu le temps de faire des courses en prévision du voyage mais possédait heureusement un magnifique peignoir de soie café au lait et un pyjama rose saumon, tous deux jamais portés. Il n'y avait pas de grand lit, pas même dans la suite pour jeunes mariés — Mark s'était renseigné — mais sa couchette à lui serait au-dessus de la sienne. Il y avait quelque chose d'excitant et d'affolant aussi dans la pensée que, pendant qu'ils seraient couchés, l'avion continuerait à voler, à des centaines de kilomètres de toute terre. Parviendrait-elle à dormir ?

En regardant par le hublot, elle vit qu'ils se trouvaient maintenant au-dessus de l'eau. Ce devait être la mer d'Irlande. On disait qu'un hydravion ne pouvait pas se poser en pleine mer à cause des vagues ; mais il semblait à Diana qu'il devait tout de même avoir de meilleures chances qu'un avion.

Ils entrèrent dans les nuages et elle ne vit plus rien. Au bout d'un moment, l'appareil se mit à trembler. Les passagers échangèrent des regards et des sourires nerveux et le steward passa en leur demandant de boucler leur ceinture de sécurité. Plutôt inquiète, Diana remarqua que la princesse Lavinia avait les doigts crispés sur le bras de son fauteuil, mais que Mark et Lulu continuaient à bavarder comme si de rien n'était. Frank Gordon et Ollis Field paraissaient calmes, mais tous deux allumèrent une cigarette et se mirent à tirer dessus avec énergie.

Juste au moment où Mark disait : « Que diable est-il advenu de Muriel Fairfield ? », il y eut un bruit sourd et l'appareil sembla tomber. Diana eut la sensation que son estomac lui remontait dans la gorge. Dans un autre compartiment, un passager poussa un cri. Puis l'appareil se redressa, presque comme s'il venait de se poser.

« Muriel a épousé un millionnaire ! fit Lulu.

— Sans blague ! répliqua Mark. Mais elle était si laide ! »

Diana dit : « Mark, j'ai peur ! »

Il se tourna vers elle. « Ce n'était qu'un trou d'air, mon chou. C'est normal.

— Mais on aurait dit que nous allions nous écraser !

— Mais non. Ça arrive tout le temps. »

Il se retourna vers Lulu. Celle-ci regarda un moment Diana, attendant sa réponse. Diana détourna la tête, furieuse contre Mark.

« Et comment Muriel a-t-elle trouvé un millionnaire ? » reprit Mark.

Au bout d'un moment, Lulu répondit : « Je ne sais pas, mais ils habitent maintenant Hollywood, et il investit dans le cinéma.

— Incroyable ! » Incroyable était le mot, se dit Diana. Dès qu'elle se retrouverait en tête à tête avec Mark, elle lui dirait sa façon de penser.

Son manque de compassion accentuait son sentiment de peur. A la tombée de la nuit, ils se trouveraient au-dessus de l'océan Atlantique et non plus de la mer d'Irlande ; qu'éprouverait-elle alors ? A en croire le *Manchester Guardian*, tout ce qu'on voyait en survolant l'Atlantique, c'étaient des icebergs. Si au moins il y avait quelques îles, se dit Diana. C'est le vide complet du paysage qui était terrifiant : rien que l'avion, la lune et la mer en bas. Bizarrement, son inquiétude était la même que celle qu'elle éprouvait à propos de son arrivée en Amérique : elle savait dans sa tête que ce n'était pas dangereux, mais l'environnement était étrange et elle manquait totalement de points de repère. Elle commençait à s'énerver et essaya de penser à autre chose. Elle attendait avec gourmandise le dîner qu'on annonçait somptueux, car elle adorait les longs repas élégants. Grimper dans sa couchette serait follement amusant, comme lorsqu'elle dormait sous une tente dans le jardin quand elle était enfant. Et dire que de l'autre côté les tours vertigineuses de New York s'apprêtaient à l'accueillir. Elle vida sa coupe et en commanda une autre, mais le champagne ne parvint pas à la calmer. Elle avait envie de retrouver la terre ferme sous ses pieds. Elle frissonna, en songeant combien la mer devait être glacée. Rien n'arrivait à chasser la peur de son esprit. Si elle avait été seule, elle aurait enfoui son visage entre ses mains et aurait fermé les yeux. Elle lança un regard mauvais à Mark et à Lulu qui bavardaient toujours gaiement, sans se soucier de son angoisse. Elle fut même tentée de faire une scène, d'éclater en sanglots ou d'avoir une crise de nerfs ; mais elle inspira profondément et parvint à garder son calme. Bientôt l'hydravion se poserait à Foynes, et elle pourrait descendre et marcher sur la terre.

Mais ensuite il lui faudrait remonter à bord pour le long vol transatlantique.

Soudain cette idée lui parut insupportable.

C'est à peine si je peux tenir une heure comme ça, pensa-t-elle. Alors comment tiendrai-je toute une nuit ? Je n'y survivrai pas.

Mais qu'est-ce que je peux faire d'autre ?

Bien sûr, personne n'allait l'obliger à remonter dans l'appareil à Foynes !

Et si personne ne l'y contraignait, elle était sûre qu'elle n'y parviendrait pas.

Que vais-je faire ? Je sais.

Je téléphonerai à Mervyn.

Elle avait du mal à croire que son beau rêve allait s'effondrer de cette façon ; mais elle savait que cela allait arriver.

Mark était en train de se faire dévorer tout cru sous ses yeux par une femme âgée aux cheveux teints et trop maquillée, et Diana allait téléphoner à Mervyn pour lui dire · je suis désolée, j'ai commis une erreur, je veux rentrer.

Elle savait qu'il lui pardonnerait. Elle avait un peu honte d'être aussi certaine de sa réaction. Elle l'avait blessé, mais il la prendrait quand même dans ses bras et serait content qu'elle fût revenue.

Mais je ne veux pas de ça, se dit-elle, consternée ; je veux aller en Amérique, épouser Mark et vivre en Californie. Je l'aime.

Non, c'était un rêve stupide. Elle était Mme Mervyn Lovesey, de Manchester, sœur de Thea, et tante Diana pour les jumelles, la rebelle guère redoutable de la société de Manchester. Jamais elle n'habiterait une maison avec des palmiers dans le jardin et une piscine. Elle était mariée à un homme loyal un peu bourru, qui s'intéressait plus à ses affaires qu'à elle ; mais la plupart des femmes qu'elle connaissait se trouvaient exactement dans la même situation, ce devait donc être normal. Elles étaient toutes un peu déçues mais mieux loties que celles qui avaient épousé des vauriens et des ivrognes, alors elles échangeaient leurs doléances en convenant que ce pourrait être pire, et dépensaient dans les magasins et les salons de coiffure l'argent durement gagné par leur mari. Mais elles ne partaient jamais pour la Californie.

L'avion plongea de nouveau dans le vide puis comme la dernière fois se redressa. Diana dut faire un effort pour ne pas vomir. Mais, sans savoir pourquoi, elle n'avait plus peur. Elle savait ce que l'avenir lui réservait. Elle se sentait en sécurité.

Elle avait seulement envie de pleurer

10

Eddie Deakin, l'officier mécanicien, considérait le Clipper comme une gigantesque bulle de savon, magnifique et fragile, à lquelle il devait prudemment faire traverser l'Océan pendant qu'à l'intérieur les gens s'amusaient, sans penser combien mince était la pellicule qui les séparait des hurlements de la nuit.

Le voyage était plus risqué qu'ils ne s'en doutaient, car la technologie de l'appareil était toute nouvelle et le ciel nocturne au-dessus de l'Atlantique un territoire inexploré, plein de dangers inconnus. Néanmoins, Eddie avait toujours l'orgueilleux sentiment que l'habileté du commandant, le dévouement de l'équipage et la fiabilité de la mécanique américaine les amèneraient sains et saufs au terme du voyage.

Cette fois, pourtant, il était malade de peur.

Il y avait un certain Tom Luther sur la liste des passagers. Eddie n'avait cessé de regarder par les hublots du poste de pilotage tandis que les passagers embarquaient, se demandant lequel d'entre eux était responsable de l'enlèvement de Carol-Ann ; mais, bien sûr, impossible de le dire : c'était la foule habituelle de grands hommes d'affaires, de vedettes de cinéma et d'aristocrates bien vêtus et bien nourris.

Pendant un moment, en préparant le décollage, il avait réussi à ne plus penser à Carol-Ann et à se concentrer sur sa tâche : contrôler ses instruments, amorcer les quatre énormes moteurs, les faire chauffer, régler le mélange du carburant, les volets du capot et la vitesse au moment des manœuvres précédant le décollage. Mais une fois que l'appareil avait atteint son altitude de croisière, il avait moins de choses à faire. Il devait synchroniser la vitesse des moteurs, contrôler leur température et vérifier le mélange du carburant. Maintenant qu'il s'était assuré que tout fonctionnait sans problème, son esprit se remit à vagabonder.

Il éprouvait une envie désespérée et tout à fait irrationnelle de savoir ce que portait Carol-Ann. Il se sentirait un tout petit peu moins mal s'il pouvait se l'imaginer dans son manteau de peau de mouton, boutonné jusqu'au cou et chaussée de bottes imperméables ; non parce qu'elle risquait d'avoir froid — on n'était qu'en septembre — mais parce que cela dissimulerait les formes de son corps. Il était pourtant plus probable qu'elle portait la robe sans manches couleur lavande qu'il aimait tant et qui faisait ressortir sa silhouette plantureuse. Elle allait se trouver enfermée avec une bande de brutes pendant les vingt-quatre prochaines heures et l'idée de ce qui pourrait arriver s'ils se mettaient à boire le torturait.

Que diable voulaient-ils de lui ?

Il espérait que le reste de l'équipage n'allait pas remarquer dans quel état il se trouvait. Heureusement, chacun se consacrait à sa tâche et ils n'étaient pas entassés les uns sur les autres comme dans la plupart des avions. Le poste de pilotage du Boeing 314 était très grand. Le spacieux cockpit n'en constituait qu'une partie. Le commandant Baker et son copilote Johnny Dott étaient assis sur des sièges surélevés côte à côte devant les commandes, séparés par une trappe qui donnait accès au compartiment avant dans le nez de l'appareil. La nuit, on pouvait tirer de gros rideaux derrière les pilotes pour éviter que la lumière du reste de la cabine ne diminuât leur vision nocturne.

Cette partie à elle seule était plus grande que la plupart des postes de pilotage, mais le reste était encore plus spacieux. Côté bâbord, à gauche quand on regardait vers l'avant, il y avait la table des cartes, longue de plus de deux mètres, sur laquelle se penchait le navigateur, Jack Ashford, et derrière, une petite table de conférence à laquelle le commandant pouvait s'asseoir quand il ne pilotait pas. A côté, un panneau ovale, donnant accès à la coursive à l'intérieur de l'aile : une des caractéristiques du Clipper était ce passage qui permettait d'accéder aux moteurs pendant le vol ; Eddie pouvait donc assurer l'entretien ou des réparations, comme colmater une fuite d'huile, sans que l'appareil fût obligé de se poser.

A tribord, du côté droit, juste derrière le siège du copilote, se trouvait l'escalier qui descendait jusqu'au pont des passagers. On passait alors devant la cabine de l'opérateur radio où se tenait Ben Thompson, tourné vers l'avant. Eddie était installé derrière Ben, face à la paroi. Il regardait un tableau de cadrans et une rangée de commandes. Un peu à sa droite, il y avait le panneau ovale donnant accès à la coursive de l'aile tribord. Au fond du poste de pilotage, une porte menait aux soutes à bagages.

L'ensemble mesurait un peu plus de six mètres de long sur près de trois de large, et on pouvait partout se tenir debout sans problème. Avec sa moquette, son insonorisation, le tissu vert pâle recouvrant les parois, et ses sièges en cuir marron, c'était le poste de pilotage le plus incroyablement luxueux qu'on eût jamais conçu : quand Eddie l'avait vu pour la première fois, il avait cru à une plaisanterie.

Mais maintenant il ne voyait que les dos penchés et l'air concentré de ses compagnons d'équipage et il estimait, non sans soulagement, qu'ils n'avaient pas remarqué qu'il était malade de peur.

Désespérant de comprendre pourquoi ce cauchemar lui arrivait, il voulait donner le plus tôt possible au mystérieux M. Luther l'occasion de se faire connaître. Après le décollage, il chercha une excuse pour traverser la cabine des passagers. Faute de trouver une bonne raison, il en inventa une mauvaise. Il se leva, murmura au navigateur : « Je m'en vais juste vérifier les câbles de contrôle du correcteur d'assiette », et il dévala l'escalier. Si on lui demandait pourquoi l'idée lui venait de procéder à cette vérification maintenant, il se contenterait de répondre : « Question d'intuition. »

Il traversa lentement la cabine des passagers. Nicky et Davy servaient des cocktails et des petits fours. Les voyageurs se détendaient et bavardaient dans diverses langues. Une partie de cartes s'était déjà engagée dans le grand salon. Eddie aperçut des visages familiers, mais il était trop préoccupé pour se rappeler le nom des personnes célèbres à qui ils appartenaient. Son regard croisa celui de plusieurs passagers, et il espéra que l'un d'eux allait déclarer être Tom Luther, mais aucun ne lui adressa la parole.

Il arriva au fond de l'appareil et entreprit de gravir l'échelle fixée au mur auprès de la porte des toilettes des dames. Cela le conduisit à un panneau dans le plafond qui donnait accès à l'espace vide dans la queue. Il aurait pu arriver au même endroit en restant sur le pont supérieur et en traversant la soute à bagages.

Il vérifia rapidement les câbles, puis referma le panneau et descendit l'échelle. Un garçon de quatorze ou quinze ans était planté là à le regarder, plein de curiosité. Eddie se força à sourire. Encouragé, le jeune garçon dit : « Est-ce que je peux voir le poste de pilotage ?

— Bien sûr », répondit machinalement Eddie. Il n'avait pas envie d'être dérangé mais, sur cet appareil plus que sur tous les autres, l'équipage devait se montrer charmant avec les passagers et d'ailleurs cette distraction lui ferait peut-être oublier un instant Carol-Ann.

« Formidable, merci !

— Retourne à ta place une minute et je viendrai te chercher. »

Le jeune garçon hocha la tête et s'éloigna. Eddie arpenta de nouveau, encore plus lentement, toute la longueur du couloir, attendant que quelqu'un vînt l'aborder ; mais personne ne bougea et il en fut réduit à supposer que l'homme attendrait une occasion plus discrète. Il aurait pu simplement demander aux stewards à quelle place était assis M. Luther, mais ils ne manqueraient pas de s'étonner de cette question, et il n'avait pas envie d'éveiller leur curiosité.

Le jeune garçon était installé dans le compartiment numéro deux, vers l'avant, avec sa famille. « Bon, mon garçon, viens », dit Eddie en souriant aux parents. Ils lui firent un signe de tête sans chaleur. Une jeune fille aux longs cheveux — la sœur du garçon peut-être — lui adressa un sourire reconnaissant, et il sentit son cœur battre plus fort : elle était ravissante quand elle souriait.

« Comment t'appelles-tu ? demanda-t-il à l'enfant comme ils montaient l'escalier en spirale.

— Percy Oxenford.

— Et moi, Eddie Deakin, je suis le chef mécanicien. »

Ils arrivèrent en haut de l'escalier. « La plupart des postes de pilotage ne sont pas aussi beaux que celui-ci, observa Eddie, en se forçant à prendre un ton joyeux.

— Comment sont-ils en général ?

— Nus, froids et bruyants. Et il y a des instruments anguleux dans lesquels on se cogne chaque fois qu'on bouge.

— En quoi consiste votre travail ?

— Je m'occupe des moteurs... Je veille à leur bon fonctionnement pendant tout le trajet jusqu'en Amérique.

— Tous ces leviers et ces cadrans, c'est pour quoi faire ?

— Voyons... ces commandes contrôlent la vitesse de rotation de l'hélice, la température du moteur et le mélange de carburants. Il y en a un jeu complet pour chacun des quatre moteurs. » Tout cela était un peu vague, il s'en rendit compte, mais le jeune garçon avait l'air intelligent. Il fit un effort pour donner davantage d'informations. « Tiens, assieds-toi à ma place », dit-il. Percy s'empressa d'obéir. « Regarde ce cadran. Il montre que la température du moteur numéro deux, à l'avant, est de deux cent cinq degrés centigrades. C'est un peu trop près du maximum autorisé, qui est de deux cent trente-deux degrés en croisière. Alors nous allons le rafraîchir.

— Comment faites-vous ça ?

— Prends cette commande et tire-la un tout petit peu... voilà, ça suffit. Maintenant tu as ouvert le clapet du capot de deux centimètres de plus pour laisser entrer davantage d'air froid et, dans quelques instants, tu vas constater que la température baisse. Tu as étudié un peu de physique ?

— Je vais dans une école vieillotte, répondit Percy. On fait beaucoup de latin et de grec, mais ils ne sont pas très forts en sciences. »

Eddie avait l'impression que le latin et le grec n'allaient pas aider l'Angleterre à gagner la guerre, mais il garda ses idées pour lui.

« Que font les autres ? interrogea Percy.

— Eh bien, le personnage le plus important, c'est le navigateur : Jack Ashford, debout à la table des cartes. » Jack, un homme aux cheveux bruns, au menton bleu de barbe, avec des traits réguliers, leva la tête et fit un sourire amical. Eddie poursuivit : « Il doit calculer où nous sommes, ce qui peut être difficile en plein milieu de l'Atlantique. Il a un dôme d'observation, là-bas au fond, entre les soutes à bagages, et il prend des relevés sur les étoiles avec son sextant.

— En fait, dit Jack, c'est un octant à bulle.

— Qu'est-ce que c'est ? »

Jack lui montra l'instrument. « La bulle sert simplement à te montrer quand l'octant est de niveau. On identifie une étoile, puis on la regarde par le miroir et on ajuste l'angle jusqu'au moment où l'étoile semble être à l'horizon. On lit l'angle du miroir ici, on regarde dans ces tables et ça te donne ta position à la surface de la terre.

— Ça a l'air simple, dit Percy.

— Ça l'est, en théorie, fit Jack en riant. Un des problèmes sur ce trajet, c'est qu'on peut voler dans les nuages pendant tout le voyage, si bien que je n'arrive jamais à voir une étoile.

— Mais pourtant, si vous savez d'où vous êtes parti et que vous continuez toujours dans la même direction, vous ne pouvez pas vous tromper.

— C'est ce qu'on appelle naviguer à l'estime. Mais on peut quand même se tromper, parce que le vent te pousse de côté.

— On ne peut pas deviner de combien ?

— On peut faire mieux que deviner. Il y a une petite trappe dans l'aile par laquelle je laisse tomber une fusée dans l'eau et je la surveille tandis que nous nous éloignons. Si elle reste en ligne avec la queue de l'appareil, nous ne dérivons pas ; mais si elle paraît se déplacer vers un côté ou l'autre, ça me montre notre dérive.

— Ça me semble un peu approximatif. »

Jack rit de nouveau. « Ça l'est. Si je n'ai pas de chance et si je n'arrive pas à me repérer aux étoiles pendant tout le trajet au-dessus de l'Océan et que je fasse une mauvaise estimation de notre dérive, nous pouvons nous retrouver à cent cinquante ou deux cents kilomètres du cap fixé.

— Et alors, qu'est-ce qui se passe ?

— Nous nous en apercevons dès que nous arrivons à portée d'une balise ou d'une station radio et alors nous corrigeons notre cap. »

Eddie regardait la curiosité et la compréhension se lire sur le visage intelligent du jeune garçon. Un jour, se dit-il, j'expliquerai des choses à mon enfant à moi. Cela le fit penser à Carol-Ann, et ce rappel lui fit mal comme si on l'avait frappé. Si seulement ce M. Luther révélait son visage, Eddie se sentirait mieux. Une fois qu'il saurait ce qu'on voulait de lui, il comprendrait au moins pourquoi cette chose épouvantable lui arrivait.

« Est-ce que je peux voir à l'intérieur de l'aile ? demanda Percy.

— Bien sûr », fit Eddie. Il ouvrit le panneau donnant accès à l'aile tribord. Le rugissement des énormes moteurs se fit aussitôt plus bruyant et une odeur d'huile chaude leur parvint. A l'intérieur de l'aile était aménagé un petit passage avec une rampe semblable à une planche étroite. Derrière chacun des deux moteurs se trouvait une niche où un homme pouvait presque se tenir debout. Les décorateurs de la Pan American avaient négligé cet espace, et c'était un univers utilitaire d'entretoises et de rivets, de câbles et de canalisations. « C'est à ça que ressemblent la plupart des postes de pilotage, cria Eddie.

— Je peux entrer ? »

Eddie secoua la tête et referma le panneau. « Je suis désolé, pas de passager au-delà de ce point.

— Je vais te montrer mon dôme d'observation », proposa Jack. Il entraîna Percy par la porte à l'arrière du poste de pilotage et Eddie en profita pour vérifier les cadrans dont il ne s'était pas occupé depuis quelques minutes. Tout allait bien.

Le radio, Ben Thompson, annonçait les conditions à Foynes. « Vent d'ouest, vingt-cinq nœuds, mer agitée. »

Quelques instants plus tard, sur le tableau d'Eddie, la lumière au-dessus du voyant « Croisière » s'éteignit et une autre vint s'allumer au-dessus du mot « Amerrissage ». Il consulta ses cadrans de température et signala : « Moteurs OK pour l'amerrissage. » Cette vérification était nécessaire parce que les moteurs, avec leur taux de compression élevé, risquaient d'être endommagés par une diminution trop brutale des gaz.

Eddie ouvrit la porte donnant accès à l'arrière de l'appareil. Au-dessus de l'étroite coursive bordée de chaque côté par les soutes à bagages, il y avait un dôme qu'on atteignait par une échelle. Percy, debout sur l'échelle, regardait à travers l'octant. Au-delà des soutes, on avait réservé un espace pour les couchettes de l'équipage, mais il n'avait jamais été aménagé : les membres de l'équipage qui n'étaient pas de service utilisaient le compartiment numéro un. Tout au fond, un panneau donnait accès à la partie de la queue par où passaient les câbles de commande. Eddie cria : « Jack, on va se poser.

— C'est le moment de regagner ta place, jeune homme », fit Jack.

Eddie se disait que le comportement de Percy était trop beau pour être honnête : si le jeune garçon se montrait obéissant, il y avait toujours dans son regard une lueur malicieuse. Pour l'instant, il se comportait à merveille et il regagna docilement l'escalier pour descendre jusqu'au pont des passagers.

Le bruit des moteurs changea et l'appareil commença à perdre de l'altitude. L'équipage entreprit les manœuvres routinières de l'amerrissage. Eddie aurait voulu pouvoir dire aux autres ce qui lui arrivait. Il se sentait désespérément seul. C'étaient pourtant ses amis et ses collègues ; ils se fiaient les uns aux autres ; ils avaient traversé l'Atlantique ensemble ; il aurait voulu leur expliquer son malheur et demander leur avis. Mais c'était trop risqué.

Il resta un moment à regarder par le hublot. Il apercevait une petite ville qu'il pensa être Limerick. A l'extérieur de la ville, sur la rive nord de l'estuaire du Shannon, on était en train de construire un grand aéroport pour les avions et les hydravions. En attendant qu'il soit terminé, les hydravions amerrissaient sur le côté sud de l'estuaire, à l'abri d'une petite île, à côté d'un village du nom de Foynes.

Leur cap était au nord-ouest, aussi le commandant Baker dut-il faire virer l'avion de quarante-cinq degrés pour se poser contre le vent d'ouest. Un canot du village devait patrouiller la zone d'amerrissage pour s'assurer qu'il n'y avait aucun gros débris flottant susceptible d'endommager l'appareil. Le bateau de ravitaillement devait stationner non loin de là, chargé de barils de deux cents litres, et il y avait sans doute une foule de badauds sur le rivage, venus assister au miracle d'un navire qui volait.

Ben Thompson parlait dans le micro de sa radio. Au-delà d'une distance de quelques kilomètres, il devait communiquer en morse, mais il se trouvait maintenant assez près pour la transmission vocale. Eddie n'arrivait pas à distinguer les mots qu'il prononçait, mais il devinait au ton calme et détendu de Ben que tout allait bien.

Ils perdaient régulièrement de l'altitude. Eddie surveillait constamment ses cadrans, procédant de temps en temps à des réglages. Une de ses tâches les plus importantes consistait à synchroniser la vitesse des moteurs, mission qui devenait plus délicate quand le pilote mettait ou réduisait les gaz.

Se poser sur une mer calme pouvait être presque imperceptible. Dans des conditions idéales, la coque du Clipper entrait dans l'eau comme une cuiller dans la crème. Eddie, concentré sur son tableau, ne se rendait souvent compte que l'avion s'était posé que quelques secondes après qu'il avait pénétré dans l'eau. Mais aujourd'hui la mer était agitée, ce qui compliquait les choses.

La pointe inférieure de la coque, qu'on appelait le « redent », toucha la première et il y eut un léger toc-toc-toc, tandis qu'elle effleurait la crête des vagues. Cela ne dura qu'une seconde ou deux, puis l'énorme appareil descendit de quelques centimètres encore et vint labourer la surface. Eddie trouvait qu'un amerrissage était beaucoup plus doux qu'un atterrissage, qui produisait toujours un choc perceptible, et quelquefois plusieurs. Très peu d'embruns arrivaient jusqu'au hublot du poste de pilotage, situé au niveau supérieur. Le pilote coupa les gaz et l'appareil ralentit aussitôt. L'hydravion était redevenu un bateau.

Eddie regarda de nouveau par les hublots tandis qu'ils avançaient doucement jusqu'à leur poste d'ancrage. D'un côté, il y avait l'île, basse et nue : il aperçut une petite maison blanche et quelques moutons. De l'autre côté, c'était la terre ferme. Il distinguait une jetée de bonne taille avec un gros bateau de pêche amarré à son flanc ; on voyait aussi quelques gros réservoirs de carburant, et quelques maisons grises çà et là. C'était Foynes.

Contrairement à Southampton, Foynes n'avait pas de jetée construite exprès pour les hydravions, aussi le Clipper allait-il s'ancrer dans l'estuaire, et le débarquement des passagers se ferait-il par canot. L'ancrage était sous la responsabilité du chef mécanicien.

Eddie s'avança, s'agenouilla entre les sièges des deux pilotes et ouvrit la trappe permettant d'accéder au compartiment de la proue. Il descendit l'échelle. S'avançant dans le nez de l'appareil, il ouvrit une écoutille et passa la tête dehors. L'air était frais et salé, il prit une profonde inspiration.

Un canot vint se ranger le long de la coque. Un des hommes fit signe à Eddie. Il tenait une ancre attachée à une bouée et la lança dans l'eau.

Il y avait un cabestan escamotable dans le nez de l'hydravion. Eddie le sortit et le bloqua, puis il saisit une gaffe, s'en servit pour attraper l'ancre qui flottait dans l'eau et l'amarrer au cabestan : l'hydravion était amarré. Pouces dressés, il fit le signe habituel à l'intention du commandant Baker, là-haut, derrière son pare-brise.

Un autre canot approchait déjà pour prendre les passagers et l'équipage.

Eddie referma l'écoutille et remonta au poste de pilotage. Le commandant Baker et Ben, le radio, étaient toujours à leur poste mais le copilote, Johnny, penché sur la table des cartes, discutait avec Jack. Eddie s'assit à son poste et coupa les moteurs. Quand tout fut en ordre, il passa sa veste noire d'uniforme et coiffa sa casquette blanche. L'équipage descendit l'escalier, traversa le compartiment des passagers numéro deux, puis le salon et sortit sur le flotteur. De là, ils embarquèrent sur le canot. Mickey Finn, l'adjoint d'Eddie, resta pour surveiller le ravitaillement en carburant.

Le soleil brillait, mais il y avait une brise fraîche et salée. Eddie inspecta les passagers du canot, se demandant à nouveau lequel était Tom Luther. Cette fois il reconnut le visage d'une des femmes et se rappela avec un peu d'étonnement l'avoir vue faire l'amour avec un comte français dans un film qui s'appelait *Un espion à Paris* : c'était la vedette de cinéma Lulu Bell. Elle discutait avec animation avec un homme en blazer. Tom Luther ? Ils étaient accompagnés d'une femme superbe en robe à pois, qui avait l'air navrée. A l'exception de quelques autres personnes vaguement familières, la plupart des passagers étaient des hommes anonymes en costume et chapeau, et des femmes riches en manteau de fourrure.

Si Luther n'intervenait pas rapidement, Eddie se mettrait à sa recherche, et au diable la discrétion, décida-t-il. Il ne pouvait pas supporter l'attente.

Le canot s'éloigna du Clipper en crachotant et mit le cap vers la terre. Eddie regardait l'eau en songeant à sa femme. Il s'imaginait la scène au moment où les hommes avaient fait irruption dans la maison. Peut-être Carol-Ann était-elle en train de battre des œufs, de préparer du café ou de s'habiller pour aller à son travail. Et si elle avait été dans la baignoire ? Eddie adorait la regarder dans son bain. Elle relevait ses cheveux, découvrant son long cou, et s'allongeait dans l'eau, en épongeant avec langueur ses membres hâlés par le soleil. Elle aimait bien qu'il vienne s'asseoir sur le rebord pour lui parler. Jusqu'au jour où il l'avait rencontrée, il avait cru que ce genre de choses n'arrivait que dans les rêveries érotiques. Mais maintenant cette image était empoisonnée par l'idée de trois brutes coiffées de feutres mous qui survenaient et l'empoignaient...

L'idée de la peur et du choc qu'elle avait dû éprouver à ce moment rendait Eddie presque fou. Il sentait sa tête tourner et il devait se concentrer pour rester debout dans le canot. C'était sa totale impuissance qui rendait la situation si torturante. Il se rendit compte qu'il avait les poings crispés et il s'obligea à se calmer.

Le canot arriva à terre et s'amarra à un ponton flottant qu'une passerelle reliait au quai. L'équipage aida les voyageurs à débarquer, puis leur emboîta le pas. On se dirigea vers le bâtiment des douanes.

Les formalités furent brèves. Les passagers se dirigèrent vers le petit village, et l'équipage se rendit dans une ancienne auberge, de l'autre côté de la route, qui avait été presque entièrement occupée par le personnel de la compagnie aérienne.

Eddie fut le dernier à passer et, au moment où il sortait du bâtiment des douanes, il fut abordé par un passager qui lui dit : « C'est vous, le chef mécanicien ? »

Eddie se crispa. L'homme, trente-cinq ans environ, était plus petit que lui, mais trapu et musclé. Il portait un costume gris pâle, une épingle à sa cravate, et il était coiffé d'un feutre gris. Eddie répondit : « Oui, je suis Eddie Deakin.

— Je m'appelle Tom Luther. »

Une brume rouge brouilla la vision d'Eddie et, en un instant, il sentit la rage bouillonner en lui. Il empoigna Luther par ses revers, le fit pivoter et le poussa contre le mur du bâtiment des douanes. « Qu'avez-vous fait à Carol-Ann ? » cracha-t-il. Luther fut pris totalement au dépourvu :

il s'attendait à trouver une victime docile et affolée. Eddie le secoua comme un prunier.

« Bougre d'enfant de salaud, où est ma femme ? »

Luther ne mit pas longtemps à revenir de sa surprise. Il perdit aussitôt son air stupéfait. D'un mouvement vif et puissant, il se dégagea de l'emprise d'Eddie et lança son poing en avant. Eddie esquiva le coup et à deux reprises le frappa à l'estomac. Luther souffla de l'air comme un coussin et se plia en deux. Il était costaud, mais pas en forme. Eddie le saisit à la gorge et se mit à serrer.

Luther le dévisageait avec des yeux terrifiés.

Au bout d'un moment, Eddie se rendit compte qu'il était en train de le tuer.

Il desserra son étreinte, puis lâcha prise complètement. Luther s'affala contre le mur, cherchant à retrouver son souffle, en tâtant son cou meurtri.

Le douanier irlandais sortit du bâtiment. Il avait dû entendre le choc quand Eddie avait projeté Luther contre le mur. « Qu'est-ce qui s'est passé ? »

Luther se redressa au prix d'un effort. « J'ai trébuché, mais ça va maintenant », parvint-il à dire.

Le douanier se pencha, ramassa le chapeau de Luther et le lui tendit tout en leur jetant à tous deux un regard curieux, mais il n'ajouta rien et rentra dans son bureau.

Eddie s'assura que personne d'autre n'avait observé la bagarre. Les passagers et l'équipage avaient disparu de l'autre côté de la petite gare de chemin de fer.

Luther remit son chapeau. D'une voix rauque, il dit : « Si vous continuez comme ça, on va tous les deux se faire tuer ainsi que votre foutue femme, espèce d'imbécile. »

Cette allusion à Carol-Ann rendit de nouveau Eddie furieux, et il serra le poing pour frapper Luther, mais celui-ci leva un bras pour se protéger et dit : « Un peu de calme, voulez-vous ? Vous ne la récupérerez pas de cette façon ! Vous ne comprenez donc pas que vous avez besoin de moi ? »

Eddie comprenait cela parfaitement : il avait simplement perdu la tête quelques instants. Il fit un pas en arrière et inspecta l'homme. Luther s'exprimait bien et il était bien habillé. Il avait une moustache en brosse et des yeux pâles brillants de haine. Eddie n'avait aucun regret de l'avoir frappé. Il reprit : « Qu'est-ce que vous voulez de moi, pauvre tas de merde ? »

Luther plongea la main à l'intérieur de son veston. L'idée traversa l'esprit d'Eddie qu'il avait peut-être une arme, mais Luther sortit une carte postale qu'il lui tendit.

Eddie la regarda. C'était une photo de Bangor, dans le Maine.

« Qu'est-ce que ça veut dire ?

— Retournez-la », dit Luther.

Au dos, on pouvait lire :

44°70 NORD 67° OUEST

« Qu'est-ce que c'est que ces chiffres... des coordonnées géographiques ? demanda Eddie.

— Oui. C'est là où vous devez poser l'avion. »

Eddie le regarda avec stupeur. « Poser l'avion ? répéta-t-il stupidement. C'est ce que vous voulez de moi... C'est tout ?

— Amenez l'avion à ce point précis.

— Mais pourquoi ?

— Parce que vous voulez revoir votre jolie petite femme.

— Où est-ce situé ?

— Au large de la côte du Maine. »

Les gens s'imaginaient souvent qu'un hydravion pouvait amerrir n'importe où, mais en fait il lui fallait des eaux très calmes. Pour des raisons de sécurité, la Pan American n'autorisait pas un appareil à se poser au milieu de vagues hautes de plus d'un mètre. Si l'appareil amerrissait par gros temps, il risquait de se briser. « On ne peut pas faire amerrir un hydravion en pleine mer, déclara Eddie.

— Nous le savons. C'est un endroit abrité.

— Ça ne veut pas dire...

— Vous n'avez qu'à vérifier. Vous pouvez vous poser là. Je m'en suis assuré. »

Il avait l'air si sûr qu'Eddie eut le sentiment qu'il avait vraiment vérifié. Mais il y avait d'autres problèmes.

« Comment suis-je censé faire se poser l'appareil ? Je ne suis pas le commandant.

— J'ai étudié très soigneusement la question. Le commandant, théoriquement, pourrait le faire mais quel prétexte aurait-il ? Vous, vous êtes le chef mécanicien, vous pouvez vous arranger pour que quelque chose n'aille pas.

— Vous voulez que je fasse s'écraser l'appareil ?

— Il vaudrait mieux pas : je serai à bord. Arrangez-vous simplement pour que quelque chose n'aille pas de façon que le commandant soit contraint à un amerrissage forcé. » D'un doigt à l'ongle soigné, il montra la carte postale. « Juste là. »

Le chef mécanicien pouvait en effet créer un problème qui forcerait l'hydravion à se poser, aucun doute là-dessus ; mais une urgence était difficile à contrôler, et Eddie ne voyait pas sur le moment comment arranger un amerrissage non prévu à un endroit aussi précis. « Ce n'est pas si facile...

— Je sais que ce n'est pas facile, Eddie. Mais je sais que c'est faisable. J'ai vérifié. »

Avec qui avait-il vérifié ? Qui était-il ? « Qui diable êtes-vous ?

— Ne posez pas de question. »

Eddie avait commencé par menacer cet individu, mais la situation s'était retournée, et c'était lui maintenant qui se sentait intimidé. De toute évidence, Luther appartenait à un gang qui avait préparé cette opération avec soin. Ils avaient choisi Eddie comme instrument ; ils avaient enlevé Carol-Ann ; et lui, ils le tenaient.

Il fourra la carte postale dans la poche de sa veste d'uniforme et tourna les talons.

« Alors, vous allez le faire ? » demanda Luther avec inquiétude.

Eddie se retourna, le fixa d'un long regard glacé, puis s'éloigna sans un mot.

Il jouait les durs, mais à la vérité il était accablé. Qu'est-ce que tout cela signifiait ? A un moment, il s'était demandé si les Allemands ne voulaient pas voler un Boeing 314 pour le copier, mais cette thèse peu vraisemblable se trouvait maintenant complètement démolie, car les Allemands auraient essayé de s'emparer de l'appareil en Europe, pas dans le Maine.

Le fait qu'ils fussent si précis quant à l'emplacement où ils voulaient voir le Clipper amerrir était un indice. Cela donnait à penser qu'un autre bateau attendrait là. Mais pourquoi ? S'agissait-il de faire entrer en contrebande quelque chose ou quelqu'un aux États-Unis : une valise bourrée d'opium, un bazooka, un agitateur communiste ou un espion nazi ? Il devait s'agir d'une personne ou d'un objet rudement importants pour qu'on se donnât tout ce mal.

Du moins savait-il maintenant pourquoi on l'avait choisi. Si l'on voulait obliger le Clipper à amerrir, le chef mécanicien était l'homme de la situation. Ce n'était à la portée ni du navigateur ni de l'opérateur radio, et un pilote avait besoin de la coopération de son copilote ; mais un mécanicien, à lui tout seul, pouvait arrêter les moteurs.

Luther avait dû se procurer à la Pan American une liste des officiers mécaniciens du Clipper. Ça ne devait pas être très difficile : quelqu'un avait pu entrer par effraction dans les bureaux une nuit, ou bien simplement acheter une secrétaire. Pourquoi Eddie ? Pour une raison quelconque, Luther avait décidé d'agir sur ce vol en particulier, et il s'était procuré la liste de l'équipage. Puis il s'était demandé comment amener Eddie Deakin à coopérer et il avait trouvé la réponse : enlever sa femme. Eddie se souvenait de ce que son père lui disait à propos des brutes à l'école : « Ces types sont mauvais, d'accord, mais ils ne sont pas malins. » Tom Luther était mauvais, mais était-il malin ? « C'est dur de lutter contre ces types, mais ça n'est pas si difficile de les rouler », poursuivait son père. » Mais Tom Luther ne serait pas facile à rouler. Il avait conçu un plan minutieux qui jusque-là semblait fonctionner parfaitement.

Eddie aurait tenté presque n'importe quoi pour avoir une chance de rouler Luther. Mais Luther détenait Carol-Ann. Tout ce qu'Eddie manigancerait pour déjouer les plans de

Luther risquait de les pousser à lui faire du mal à elle. Il ne pouvait pas lutter contre eux ni les duper : il ne lui restait qu'à agir comme on le lui demandait.

Ivre de rage, il quitta le port et franchit l'unique route qui traversait le village de Foynes.

Depuis que le village était devenu une importante escale pour les hydravions, la Pan American avait transformé l'ancienne auberge en aérogare, conservant tout juste un bar dans une petite salle dont une porte donnait sur la rue. Eddie monta au premier étage, à la salle des opérations où il trouva le commandant Marvin Baker et son second, Johnny Dott, en conférence avec le chef d'escale de la Pan American. C'était ici, au milieu des tasses de café, des cendriers, des piles de messages radio et de rapports de la météo, qu'ils allaient prendre la décision d'effectuer ou non la longue traversée transatlantique.

Le facteur crucial, c'était la force du vent. Le voyage vers l'ouest représentait une lutte constante contre le vent dominant. Les pilotes ne cessaient de changer d'altitude à la recherche des conditions les plus favorables, ce qu'on appelait « chasser le vent ». C'était généralement à basse altitude qu'on trouvait les vents les moins violents, mais en dessous d'un certain point, l'avion courait le risque d'entrer en collision avec des navires ou, plus probablement, des icebergs. Des vents forts nécessitaient davantage de carburant et parfois la météo en prévoyait de si puissants que le Clipper n'avait pas les moyens de tenir les trois mille kilomètres jusqu'à Terre-Neuve. Il fallait alors retarder le vol et on installait les passagers dans un hôtel en attendant que le temps s'améliore.

Si cela arrivait aujourd'hui, qu'adviendrait-il de Carol-Ann ?

Eddie jeta un premier coup d'œil au bulletin météorologique. Les vents étaient forts et il y avait une tempête au milieu de l'Atlantique. Il savait que l'appareil était plein. Il faudrait donc faire des calculs précis avant de pouvoir donner l'autorisation de départ. Impératif qui ne fit qu'accroître son angoisse : comment supporter l'idée de se retrouver bloqué en Irlande alors que Carol-Ann était aux mains de ces salauds de l'autre côté de l'Océan ?

Il s'approcha de la carte de l'Atlantique fixée au mur et repéra l'endroit que lui avait indiqué Luther. Le lieu avait été fort bien choisi. Il était proche de la frontière canadienne, à deux ou trois kilomètres de la côte, dans un chenal entre la rive et une grande île de la baie de Fundy. Quelqu'un connaissant un peu le pilotage des hydravions devait estimer que c'était l'endroit idéal pour amerrir. Ce n'était pas tout à fait vrai — les ports utilisés par les Clippers étaient encore mieux abrités — mais l'endroit serait plus calme que la pleine mer et l'hydravion pourrait sans doute se poser là sans grand risque. Eddie se sentait un peu soulagé : cette partie-là du plan au moins était réalisable. Il se rendit compte qu'il investissait beaucoup dans la réussite du plan de Luther. Cette constatation lui laissa dans la bouche un goût amer.

Il se demandait toujours comment il allait amener l'appareil à se poser. Inventer des ennuis de moteur ? Mais le Clipper pouvait voler sur trois moteurs et puis il y avait l'assistant mécanicien, Mickey Finn, qui ne se laisserait pas duper très longtemps. Eddie se creusa la cervelle, sans trouver de solution.

Faire ça au commandant Baker et aux autres lui donnait l'impression d'être le pire salopard que la terre ait porté. Il trahissait des gens qui avaient confiance en lui. Mais il n'avait pas le choix.

Et voilà maintenant qu'une idée plus inquiétante encore lui venait. Et si Tom Luther ne tenait pas sa parole ? Qu'est-ce qui l'y obligeait ? C'était une canaille ! Eddie pourrait fort bien faire amerrir l'appareil sans toutefois retrouver Carol-Ann.

Le navigateur, Jack, arriva avec de nouveaux bulletins météo et lança un drôle de regard à Eddie. Celui-ci se rendit compte que personne ne lui avait adressé la parole depuis qu'il était entré dans la pièce. On semblait marcher sur la pointe des pieds autour de lui : avait-on remarqué son air préoccupé ? Il dut faire un nouvel effort pour prendre une attitude normale. « Essaie de ne pas te perdre, cette fois-ci », lança-t-il, répétant une vieille plaisanterie. Il n'était pas très bon comédien et le gag lui semblait forcé, mais tout le monde se mit à rire et cela détendit l'atmosphère.

Le commandant Baker regarda les nouveaux bulletins météo et dit : « Cette tempête est en train de s'aggraver. Je m'en vais donc la contourner. »

Baker et Johnny Dott établirent un plan de vol jusqu'à Botwood, à Terre-Neuve, qui longeait la lisière de la tempête et évitait les vents contraires les plus forts. Quand ils eurent terminé, Eddie s'assit avec les prévisions météo et commença ses calculs.

Pour chaque section du voyage, il possédait les prévisions concernant la direction et la force du vent à mille, quatre mille, huit mille et douze mille pieds. Connaissant la vitesse de croisière de l'appareil et la force du vent, Eddie pouvait calculer la vitesse de base. Cela lui donnait un temps de vol pour chaque section à l'altitude la plus favorable. Il utilisait alors des tableaux tout préparés pour calculer la consommation de carburant, compte tenu du chargement du Clipper. Il notait les besoins en carburant étape par étape sur un graphique que l'équipage appelait la « courbe zinzin ». Puis il calculait le total et ajoutait une marge de sécurité.

Quand il eut terminé, il s'aperçut à sa consternation que la quantité de carburant nécessaire pour les amener jusqu'à Terre-Neuve était supérieure à celle que pouvait emporter le Clipper.

Un moment, il ne dit rien.

Il s'en fallait de très peu : juste quelques kilos de cargaison en trop, quelques bidons d'essence en moins. Et Carol-Ann attendait quelque part, folle de peur.

Il devait prévenir maintenant le commandant Baker qu'il fallait remettre le décollage jusqu'à ce que le temps se soit amélioré, à moins qu'il ne soit disposé à traverser le cœur de la tempête.

Mais l'écart était si petit.

Pouvait-il mentir ?

De toute façon, il y avait une marge de sécurité comprise

dans les calculs. Si les choses allaient trop mal, l'appareil aurait la ressource de traverser la tempête au lieu de la contourner.

Il détestait l'idée de tromper son commandant. Il avait toujours été conscient que la vie des passagers dépendait de lui et il était fier de la méticuleuse exactitude des calculs qu'il effectuait.

D'un autre côté, sa décision n'était pas irrévocable. A chaque heure du trajet il devrait comparer la consommation réelle de carburant avec la projection sur la « courbe zinzin ». S'ils consommaient beaucoup plus que prévu, ils n'auraient tout simplement qu'à faire demi-tour.

Il risquait d'être découvert, et ce serait la fin de sa carrière, mais quelle importance cela avait-il quand c'était la vie de sa femme et celle de son bébé à naître qui étaient en jeu ? Il recommença ses calculs ; mais cette fois, en consultant les tableaux, il commit deux erreurs délibérées, relevant les chiffres de la colonne voisine qui indiquaient la consommation de carburant pour un chargement plus faible. Le résultat tombait maintenant à l'intérieur de la marge de sécurité.

Il hésitait quand même. Il ne mentait pas facilement, même dans une si horrible situation. Le commandant Baker finit par s'impatienter et regarda par-dessus l'épaule d'Eddie en disant :

« Grouillez-vous, Ed. On part ou on reste ? »

Eddie lui montra le résultat faussé sur le bloc et garda les yeux baissés, ne voulant pas croiser le regard de son commandant. Il s'éclaircit nerveusement la gorge, puis fit de son mieux pour parler d'une voix ferme et assurée.

« C'est juste, commandant, annonça-t-il..., mais on part. »

Troisième Partie

De Foynes au milieu de l'Atlantique

11

Diana Lovesey s'avança sur le quai de Foynes et se sentit éperdument reconnaissante de fouler de nouveau la terre ferme.

Elle était triste mais calme. Sa décision était prise : elle ne remonterait pas à bord du Clipper, elle ne partirait pas pour l'Amérique et elle n'épouserait pas Mark Alder.

Ses genoux tremblaient un peu et elle craignit un moment de tomber, mais la sensation se dissipa et elle suivit le quai jusqu'au bâtiment des douanes.

Elle passa le bras sous celui de Mark. Elle lui annoncerait la nouvelle dès qu'ils seraient seuls. Il en aurait beaucoup de peine, mais elle ne voulait pas y penser.

Les passagers avaient tous débarqué, à l'exception du couple bizarre assis auprès de Diana, le beau Frank Gordon et Ollis Field, avec sa calvitie. Lulu Bell n'avait pas arrêté de bavarder avec Mark. Diana l'avait ignorée, sa colère s'était dissipée. Cette femme était envahissante, mais du moins lui avait-elle permis de comprendre sa situation.

Ils passèrent la douane, quittèrent le quai, et se retrouvèrent au bout de l'unique rue du village. On poussait devant eux un troupeau de vaches et ils durent attendre que le bétail fût passé.

Diana entendit la princesse Lavinia demander à haute voix : « Mais pourquoi m'a-t-on amenée dans cette ferme ? »

Davy, le petit steward, répondit d'une voix apaisante : « Je vais vous conduire jusqu'au bâtiment du terminal, princesse. » Il désignait de l'autre côté de la route une sorte de vieille auberge aux murs couverts de lierre. « Il y a un bar très confortable, le pub de Mme Walsh, où on vend de l'excellent whisky irlandais. »

Une fois les vaches passées, plusieurs des passagers suivirent Davy jusqu'au pub de Mme Walsh. Diana dit à Mark : « Faisons le tour du village. » Elle voulait dès que possible l'avoir à elle toute seule. Il accepta en souriant. Mais certains des autres passagers avaient eu la même idée, dont Lulu ; et ce fut une petite foule qui se mit à déambuler dans la grande rue de Foynes.

Il y avait une gare, un bureau de poste et une église ; et puis deux rangées de maisons de pierre grise au toit d'ardoise, dont certaines avec des boutiques. On remarquait plusieurs charrettes attelées, mais un seul camion. Les villageois, vêtus de tweed et de lainages du pays, dévisageaient les visiteurs en toilettes de soie et fourrures, et Diana eut l'impression de faire partie d'un défilé. Foynes n'était pas encore habitué à son statut d'étape pour les riches et les privilégiés de ce monde.

Elle espérait que les passagers allaient se disperser, mais ils restaient groupés, comme des explorateurs craignant de se perdre. Elle commençait à se sentir prise au piège. Le temps passait. Ils aperçurent un autre bar et elle dit soudain à Mark : « Entrons-là.

— Quelle bonne idée, dit aussitôt Lulu. Il n'y a rien à voir à Foynes. »

Diana en avait par-dessus la tête de Lulu. « J'aimerais vraiment parler à Mark en tête à tête », lança-t-elle d'un ton sec.

Mark était gêné. « Mon chou ! protesta-t-il.

— Ne t'inquiète pas ! dit aussitôt Lulu. Nous allons continuer notre promenade et laisser les amoureux tranquilles. Il y aura bien un autre bar, puisque nous sommes en Irlande ! » Son ton était enjoué, mais son regard glacé.

« Lulu, dit Mark, je suis désolé...

— Mais non ! » fit-elle avec entrain.

Diana n'aimait pas voir Mark s'excuser à sa place. Elle

tourna les talons et entra en le laissant la suivre si bon lui semblait.

A l'intérieur, il faisait sombre et frais. Derrière un grand comptoir s'alignaient des bouteilles et des tonnelets, devant, quelques tables de bois et des chaises. Le sol était en planches. Deux vieillards assis dans le coin contemplèrent Diana. Elle portait sur sa robe à pois un manteau de soie rouge orangé. Elle avait l'impression d'être une princesse égarée chez un prêteur sur gages.

Une petite femme en tablier apparut derrière le bar et Diana demanda : « Pourrais-je avoir un cognac, s'il vous plaît ? » Elle voulait se donner du courage. Elle s'assit à une petite table.

Mark arriva — après s'être sans doute encore répandu en excuses auprès de Lulu, songea Diana avec agacement. Il s'assit auprès d'elle et dit : « Qu'est-ce qui s'est passé ?

— J'en avais assez de Lulu, annonça Diana.

— Pourquoi t'es-tu montrée si grossière ?

— Je n'ai pas été grossière. J'ai simplement dit que je voulais te parler seule.

— Tu n'aurais pas pu trouver une façon moins brutale de le dire ?

— Je pense qu'elle doit être insensible aux allusions. »

Il semblait agacé et sur la défensive. « Eh bien, tu te trompes. En fait, malgré ses airs, c'est quelqu'un de sensible.

— Peu importe, de toute façon.

— Comment ça ? Tu viens de vexer une de mes plus vieilles amies ! »

La serveuse apporta le cognac de Diana. Elle en but rapidement une gorgée pour se calmer. Mark commanda un verre de Guinness. « Ça n'a pas d'importance, reprit Diana, parce que j'ai changé d'avis, et que je ne viens pas en Amérique avec toi. »

Il pâlit. « Tu ne parles pas sérieusement.

— J'ai réfléchi. Je ne veux pas partir. Je retourne auprès de Mervyn... s'il veut bien me reprendre. » Mais elle était certaine qu'il le ferait.

« Tu ne l'aimes pas. Tu me l'as dit. Et je sais que c'est vrai.

— Qu'est-ce que tu en sais ? Tu n'as jamais été marie »

Il eut l'air peiné et elle s'adoucit. Elle lui posa une main sur le genou. « Tu as raison, je n'aime pas Mervyn comme je t'aime. » Elle avait honte et elle retira sa main en disant : « Mais ça ne va pas marcher entre nous.

— Je me suis trop occupé de Lulu, fit Mark d'un ton de repentir. Je suis désolé, mon chou. Excuse-moi. Je pense que c'est parce que ça fait si longtemps que je ne l'avais pas vue. Je t'ai négligée. C'est une grande aventure pour nous et, pendant une heure, je l'ai oublié. Je t'en prie, pardonne-moi. »

Il était adorable quand il comprenait qu'il avait mal agi : son expression navrée lui donnait l'air d'un petit garçon. Diana dut faire un effort pour se rappeler quelle avait été sa réaction une heure plus tôt. « Ce n'est pas seulement Lulu, répondit-elle. Je crois que je me suis décidée trop vite. »

La serveuse apporta la bière de Mark, mais il n'y toucha pas.

« J'ai laissé tout ce que je connais, poursuivit Diana : ma maison, mon mari, mes amis et mon pays. Je suis embarquée sur un vol à travers l'Atlantique qui n'est déjà pas sans danger et je pars pour un pays inconnu où je n'ai pas d'amis, pas d'argent, rien. »

Mark semblait désemparé. « Oh, mon Dieu, je comprends ce que j'ai fait. Je t'ai abandonnée au moment où tu te sentais vulnérable. Ma chérie, je me sens stupide. Je te promets de ne jamais recommencer. »

Peut-être tiendrait-il sa promesse, et peut-être que non. Il était charmant, mais aussi insouciant. Il était sincère maintenant, mais se souviendrait-il de sa promesse la prochaine fois qu'il tomberait sur un vieil ami ? C'était son attitude enjouée qui avait tout d'abord attiré Diana ; et voilà maintenant que par une ironie du sort elle comprenait que cette attitude même le rendait peu fiable. Mervyn, en revanche, on pouvait lui faire confiance : bonnes ou mauvaises, ses habitudes ne changeaient jamais.

« Je n'ai pas l'impression de pouvoir compter sur toi, dit-elle.

— Quand est-ce que je t'ai laissée tomber ? » demanda-t-il, l'air furieux. Elle ne parvint pas à trouver un exemple. « Ça t'arrivera, répliqua-t-elle.

— De toute façon, tu as envie de laisser tout ça derrière toi. Tu es malheureuse avec ton mari, ton pays est en guerre, tu en as assez de ta maison et de tes amis... tu me l'as dit.

— J'en ai assez, mais ça ne me fait pas peur.

— Il n'y a rien dont tu doives avoir peur. L'Amérique, c'est comme l'Angleterre. Les gens parlent la même langue, voient les mêmes films, écoutent les mêmes orchestres de jazz. Tu vas adorer ça. Je m'occuperai de toi, je te promets. »

Elle aurait voulu pouvoir le croire.

« Et puis il y a autre chose, poursuivit-il. Les enfants. »

Ce trait-là toucha au but. Elle avait si envie d'avoir un bébé, alors que Mervyn refusait absolument. Mark serait un bon père, affectueux, heureux et tendre. Elle ne savait plus maintenant où elle en était, et sa détermination s'affaiblissait. Peut-être, après tout, devrait-elle en effet renoncer à tout ça. Qu'était-ce pour elle qu'une maison et la sécurité si elle ne pouvait pas avoir une famille ?

Mais si Mark devait l'abandonner à mi-chemin de la Californie ? Et si une autre Lulu apparaissait à Reno, juste après le divorce, et que Mark parte avec elle ? Diana resterait échouée là, sans mari, sans enfant, sans argent et sans maison.

Elle regrettait maintenant la hâte avec laquelle elle lui avait dit oui. Au lieu de se jeter dans ses bras et d'accepter tout sur-le-champ, elle aurait dû discuter soigneusement de l'avenir et réfléchir à tous les obstacles. Exiger un minimum de sécurité, ne serait-ce que l'argent d'un billet de retour en Angleterre, au cas ou les choses tourneraient mal. Mais cela aurait pu le vexer, et d'ailleurs il faudrait plus qu'un billet pour traverser l'Atlantique quand la guerre aurait vraiment commencé.

Je ne sais pas ce que j'aurais dû faire, songea-t-elle avec consternation, mais c'est trop tard pour avoir des regrets. J'ai pris ma décision, je ne vais pas me laisser dissuader maintenant.

Mark posa ses mains sur les siennes et elle était trop triste pour se dégager.

« Tu as changé d'avis une fois, changes-en encore une autre, lui dit-il d'un ton persuasif. Viens avec moi, épouse-moi et nous aurons des enfants ensemble. Nous habiterons une maison tout près de la plage et nous emmènerons les gosses patauger dans les vagues. Ils seront blonds, et hâlés par le soleil et ils grandiront en jouant au tennis, en faisant du surf et de la bicyclette. Combien d'enfants voudrais-tu ? Deux ? Trois ? Six ? » Mais son moment de faiblesse était passé. « Ça ne sert à rien, Mark, dit-elle d'un ton nostalgique. Je vais rentrer. »

Elle lut dans son regard que maintenant il la croyait. Ils se dévisagèrent avec tristesse. Pendant un moment, tous deux restèrent silencieux.

Là-dessus, Mervyn entra.

Diana n'en croyait pas ses yeux. Elle le contempla comme si c'était un fantôme. Il ne pouvait pas être ici, c'était impossible !

« Ah, te voilà ! » dit-il de sa voix de baryton qu'elle connaissait si bien.

Diana était en proie à des émotions contradictoires, tout à la fois horrifiée, fascinée, soulagée, embarrassée et honteuse. Elle se rendit compte que son mari la surprenait alors qu'elle étreignait les mains d'un autre homme. Elle se dégagea.

« Qu'est-ce qu'il y a ? demanda Mark. Qu'est-ce qui se passe ? »

Mervyn s'approcha et se planta devant leur table.

« Qu'est-ce que c'est que ce type ? demanda Mark.

— C'est Mervyn, dit Diana d'une voix faible.

— Nom de Dieu !

— Mervyn..., fit Diana... Comment es-tu arrivé ici ?

— Par avion », dit-il avec sa brièveté habituelle.

Elle vit qu'il portait un blouson de cuir et tenait un casque. « Mais... mais comment as-tu su où nous trouver ?

— Ta lettre disait que tu t'envolais pour l'Amérique, et il

n'y a qu'une seule façon de le faire », déclara-t-il avec un accent de triomphe.

Il était visiblement content de lui d'avoir deviné son plan et réussi à l'intercepter. Elle n'avait jamais imaginé qu'il les rattraperait avec son propre avion : l'idée ne lui en était même pas venue à l'esprit. Qu'il pût tenir à elle au point de la poursuivre ainsi l'emplit de gratitude.

Il s'assit en face d'eux. « Apportez-moi un grand whisky irlandais », lança-t-il à la serveuse.

Mark prit son verre de bière et avala nerveusement une gorgée. Diana le regarda. Tout d'abord, il avait paru intimidé, mais de toute évidence il comprenait maintenant que Mervyn n'avait pas l'intention de se jeter sur lui et il avait simplement l'air mal à l'aise. Il écarta légèrement sa chaise de la table, comme pour mettre un peu de distance entre Diana et lui.

Diana avala une gorgée de cognac pour se donner des forces. Mervyn la dévisageait avec inquiétude. L'expression de surprise et de peine qu'elle avait lue sur son visage lui avait donné envie de se précipiter dans ses bras. Il avait fait tout ce chemin sans savoir quel genre d'accueil on lui réserverait. Elle tendit la main et lui toucha le bras d'un geste rassurant.

A la surprise de Diana, il parut gêné, comme s'il trouvait inconvenant qu'elle se permît ce simple geste en présence de son amant. On lui apporta son whisky qu'il avala d'un trait. Mark rapprocha de nouveau sa chaise de la table.

Diana était désemparée. Jamais elle ne s'était trouvée dans une situation pareille. Deux hommes avec qui elle avait couché, et qui l'aimaient. Elle aurait voulu les réconforter l'un et l'autre, mais elle n'osait pas. Sur la défensive, elle recula pour mettre un peu plus d'espace entre elle et eux.

« Mervyn, commença-t-elle, je ne voulais pas te faire de peine. »

Il la regarda droit dans les yeux. « Je te crois, dit-il tranquillement.

— Vraiment... ? Tu peux comprendre ce qui s'est passé ?

— Je peux en appréhender les grandes lignes, âme simple que je suis, dit-il d'un ton sarcastique. Tu as décampé avec ton amoureux. » Il se pencha vers Mark d'un air mauvais. « Un Américain, je présume ; le genre malingre qui te laissera en faire à ta tête. »

Mark ne dit rien, se contentant d'observer Mervyn. Il n'était pas l'homme des confrontations. Il n'avait pas l'air vexé, simplement intrigué. Sans le savoir, Mervyn avait joué un grand rôle dans sa vie. Durant tous ces mois, Mark avait été tenaillé par la curiosité à propos de l'homme dont Diana partageait le lit chaque nuit. Maintenant qu'il le rencontrait, il était fasciné. Mervyn, au contraire, ne s'intéressait pas le moins du monde à Mark.

Diana observait les deux hommes. Ils auraient difficilement pu être plus différents : Mervyn était grand, agressif, amer et nerveux ; Mark petit, soigné, vif et l'esprit ouvert. L'idée lui vint que Mark allait sans doute utiliser cette scène un jour dans un scénario de comédie.

Elle avait les yeux pleins de larmes. Elle prit un mouchoir et tamponna son nez. « Je sais que j'ai été imprudente, commença-t-elle.

— Imprudente ! répéta Mervyn d'un ton railleur. Tu as été franchement idiote. »

Diana tressaillit. Le mépris de son mari la touchait toujours au vif. Mais cette fois-ci, elle le méritait.

La serveuse et les deux clients dans le coin suivaient la conversation avec un intérêt non dissimulé. Mervyn héla la serveuse. « Pourrais-je avoir un sandwich au jambon ?

— Avec plaisir », répondit-elle poliment. Les serveuses aimaient toujours bien Mervyn.

« Je... j'ai été si malheureuse ces temps-ci, reprit Diana. Je cherchais seulement un peu de bonheur.

— Tu cherchais du bonheur ! En Amérique... où tu n'as pas d'amis, pas de famille, pas de maison... Où as-tu la tête ? »

Elle lui était reconnaissante d'être venu, mais elle l'aurait souhaité plus aimable. Elle sentit la main de Mark sur son épaule. « Ne l'écoute pas, dit-il doucement. Pourquoi ne serais-tu pas heureuse ? Il n'y a rien de mal à ça. »

Elle jeta vers Mervyn un regard apeuré, craignant de le

blesser davantage. Il pouvait encore la repousser. Comme ce serait humiliant s'il l'éconduisait devant Mark. (Et, lui souffla une voix, alors que l'horrible Lulu Bell figurait au tableau.) Il en était bien capable. Elle regrettait maintenant qu'il l'eût suivie. Il allait devoir prendre une décision sur-le-champ, alors qu'avec un peu plus de temps, elle aurait pu calmer son orgueil blessé. Tout cela était trop précipité. Elle porta son verre à ses lèvres, puis le reposa sans y avoir touché.

« Je n'en veux plus, dit-elle.

— Je pense que tu aimerais une tasse de thé », fit Mark.

C'était exactement ce dont elle avait envie. « Oui, je veux bien. »

Mark alla passer la commande au bar.

Mervyn n'aurait jamais fait ça : pour lui, c'était aux femmes de s'occuper de leur thé. Il lança à Mark un regard lourd de mépris.

« C'est ça que tu me reproches ? demanda-t-il à Diana d'un ton furieux. Je ne vais pas te chercher ton thé, c'est ça ? Tu veux que non seulement je gagne ton pain, mais que je te serve de bonne ? » Son sandwich arriva, mais il n'y toucha pas.

Diana ne sut que lui répondre. « Pas la peine de faire une scène, dit-elle doucement.

— Pas la peine de faire une scène ? Alors quand faut-il en faire si ce n'est pas maintenant ? Tu fiches le camp avec ce gringalet sans même me dire adieu, en me laissant un petit mot ridicule... » Il prit dans la poche de son blouson une feuille de papier et Diana reconnut sa lettre. Elle rougit jusqu'aux oreilles, tant elle se sentait humiliée. Elle avait pleuré sur ce billet : comment pouvait-il le brandir ainsi dans un bar ? Elle s'écarta, pleine de rancœur.

On apporta le plateau et Mark prit la théière. Il regarda Mervyn en disant : « Est-ce que le petit gringalet peut vous servir une tasse ? » Les deux Irlandais dans le coin éclatèrent de rire, mais Mervyn le foudroya du regard sans répondre.

Diana commençait à s'énerver. « Je suis peut-être une idiote, Mervyn, mais j'ai le droit d'être heureuse. »

Il braqua sur elle un doigt accusateur. « Tu as fait une promesse en m'épousant et tu n'as pas le droit de partir. »

Elle se sentit exaspérée, un sentiment qu'elle connaissait bien. Cela faisait cinq ans qu'elle l'éprouvait environ une fois par semaine. Au cours des dernières heures, dans l'affolement causé par le voyage dans l'hydravion, elle avait oublié combien Mervyn pouvait être épouvantable et à quel point il pouvait la rendre malheureuse. Tout cela lui revenait maintenant comme l'horreur d'un cauchemar dont on se souvenait soudain.

« Elle peut faire ce qu'elle veut, Mervyn, déclara Mark. Vous ne pouvez l'obliger à rien. C'est une adulte. Si elle veut rentrer avec vous, elle le fera ; si elle a envie de venir en Amérique et de m'épouser, elle le fera aussi. »

Mervyn frappa du poing sur la table. « Elle ne peut pas vous épouser, elle est déjà mariée avec moi !

— Elle peut divorcer.

— Sous quel motif ?

— On n'a pas besoin de motif au Nevada. »

Mervyn fixa sur Diana son regard furieux. « Tu ne vas pas au Nevada. Tu rentres à Manchester avec moi. »

Elle se tourna vers Mark qui lui fit un doux sourire. « Tu n'as à obéir à personne, dit-il. Fais ce que toi tu veux.

— Prends ton manteau », ordonna Mervyn.

Par sa maladresse, Mervyn avait rendu à Diana son sens des proportions. Elle comprenait maintenant que sa peur de prendre l'avion et son anxiété à propos de la vie en Amérique n'étaient que des soucis mineurs comparées à la question primordiale : avec qui avait-elle envie de vivre ? Elle aimait Mark, Mark l'aimait et toutes les autres considérations n'étaient que marginales. Un formidable sentiment de soulagement déferla sur elle au moment où, sa décision prise, elle l'annonça aux deux hommes qui l'aimaient.

Elle prit une profonde inspiration : « Je suis désolée, Mervyn, déclara-t-elle. Je pars avec Mark. »

12

Nancy Lenehan connut un instant de jubilation quand, du haut du Tiger Moth de Mervyn Lovesey, elle aperçut le Clipper de la Pan American flottant majestueusement sur l'eau calme de l'estuaire du Shannon.

Contre toute attente, elle était parvenue à rattraper son frère et à faire échouer, du moins en partie, son plan machiavélique. Ceux qui voudront rouler Nancy Lenehan devront se lever de très bon matin, songea-t-elle, s'autorisant un bref moment d'autosatisfaction.

Peter allait avoir le choc de sa vie en la voyant.

Tandis que le petit avion jaune décrivait des cercles et que Mervyn cherchait un endroit où se poser, Nancy commençait à considérer avec appréhension son imminente confrontation avec son frère. Elle avait encore du mal à croire qu'il l'avait trompée et trahie de façon aussi impitoyable.

En même temps, elle avait hâte d'engager le combat. Or rattraper Peter n'était que la première étape. Encore fallait-il embarquer sur l'hydravion. Ça pouvait paraître tout simple, mais, si le Clipper était complet, elle devrait essayer d'acheter la place de quelqu'un d'autre, ou jouer de son charme auprès du commandant, voire soudoyer à coups de pourboires des membres de l'équipage. Ensuite, quand elle arriverait à Boston, elle devrait persuader les actionnaires minoritaires, tante Tilly et le vieil avocat de son père, Danny

Riley, de refuser de vendre leurs parts à Nat Ridgeway. Elle se sentait capable de le faire, mais Peter ne céderait pas sans se battre et Nat Ridgeway était un redoutable adversaire.

Mervyn posa l'appareil sur un chemin de terre à la lisière du petit village. Dans un déploiement de bonnes manières qui ne lui ressemblait guère, il aida Nancy à descendre. Au moment de fouler pour la seconde fois le sol irlandais, elle pensa à son père qui, même s'il parlait constamment de son pays d'origine, n'y était en fait jamais allé. Mieux valait qu'il ne fût plus là pour voir l'entreprise à laquelle il avait consacré toute sa vie menacée d'éclater par la faute de son propre fils.

Mervyn arrima l'avion au sol. Nancy était soulagée de le quitter. Si joli que fût l'appareil, il avait bien failli la tuer. Elle frissonnait chaque fois qu'elle revoyait la façon dont ils avaient piqué vers cette falaise. Elle avait bien l'intention de ne pas remettre les pieds dans un petit avion jusqu'à la fin de ses jours.

Ils s'avancèrent d'un pas décidé vers le village, en suivant un chariot qui transportait un chargement de pommes de terre. Nancy devinait que Mervyn aussi éprouvait un sentiment mêlé de triomphe et d'appréhension. Comme elle, il avait été trahi et dupé et il avait refusé de s'incliner ; et comme elle, il ressentait une grande satisfaction à contrecarrer les projets de ceux qui avaient comploté contre lui. Mais, pour tous les deux, la véritable confrontation était encore à venir.

Une unique rue traversait Foynes. A peu près au milieu, ils tombèrent sur un groupe de gens bien vêtus qui ne pouvaient être que les passagers du Clipper. Ils avaient l'air de s'être égarés sur le mauvais plateau d'un studio de cinéma. Mervyn s'approcha et dit : « Je cherche Mme Diana Lovesey... Je crois que c'est une passagère du Clipper.

— Je pense bien ! » répondit une des femmes, et Nancy reconnut la star de cinéma Lulu Bell. Il y avait dans sa voix quelque chose qui donnait à penser qu'elle n'aimait pas Mme Lovesey. Nancy, une fois de plus, se demanda à quoi ressemblait la femme de Mervyn. Lulu Bell reprenait déjà :

« Mme Lovesey et son... compagnon... sont entrés dans un bar au bout de la rue.

— Pourriez-vous m'indiquer le guichet des billets ? demanda Nancy.

— Si jamais on me donne un rôle de guide touristique, je n'aurai pas besoin de répéter ! » fit Lulu — et les gens qui l'accompagnaient éclatèrent de rire. « Le bâtiment de la compagnie est tout au bout de la rue, après la gare, en face du port. »

Nancy la remercia et continua son chemin. Mervyn était déjà reparti et elle dut courir pour le rattraper. Mais il s'arrêta brusquement en apercevant deux hommes qui remontaient la rue, en grande conversation. Nancy jeta à ces deux personnages un regard curieux, en se demandant pourquoi à leur vue Mervyn s'était arrêté net. L'un était un homme élégant aux cheveux argentés, vêtu d'un costume noir avec un gilet gris colombe, et figurait manifestement au nombre des passagers du Clipper. L'autre était une sorte d'épouvantail, grand et décharné, avec les cheveux si courts qu'il en avait presque l'air chauve et l'expression de quelqu'un qui vient tout juste de s'éveiller d'un cauchemar. Mervyn s'approcha de l'épouvantail et dit : « Vous êtes le professeur Hartmann, n'est-ce pas ? »

La réaction de l'homme fut très étonnante. Il fit un petit saut en arrière et leva les bras dans un geste de défense, comme s'il croyait qu'on allait l'attaquer.

« Ne vous inquiétez pas, Carl, dit son compagnon.

— Je serais très honoré de vous serrer la main, professeur », dit Mervyn.

Bien qu'il eût toujours l'air méfiant, Hartmann baissa les bras et ils échangèrent une poignée de main. Nancy trouva surprenant le comportement de Mervyn. Elle aurait juré que Mervyn Lovesey ne ressentait pas le moindre sentiment d'infériorité envers qui que ce soit, et voilà qu'il se conduisait comme un collégien quémandant un autographe à un champion de base-ball.

« Je suis heureux de constater que vous avez pu partir,

reprit Mervyn. Vous savez, nous avons craint le pire quand vous avez disparu. Au fait, je m'appelle Mervyn Lovesey.

— Et voici mon ami, le baron Gabon, répliqua Hartmann, qui m'a aidé à m'enfuir. »

Mervyn serra la main de Gabon et dit : « Je ne vais pas vous déranger plus longtemps. Bon voyage, messieurs. »

Hartmann devait être un personnage très spécial, songea Nancy, pour avoir distrait ne serait-ce que quelques instants Mervyn de la poursuite de sa femme. Comme ils traversaient le village, elle demanda : « Qui est-ce donc ?

— Le professeur Carl Hartmann, le plus grand physicien du monde, répondit Mervyn. Il a travaillé sur la fission de l'atome. Il a eu des tas d'ennuis avec les nazis à cause de ses opinions politiques et tout le monde le croyait mort.

— Comment le connaissez-vous ?

— J'ai étudié la physique à l'université. Je pensais faire de la recherche, mais je n'en ai pas eu la patience. Je continue pourtant à suivre les progrès de la physique. Il se trouve qu'au cours des dix dernières années il y a eu des découvertes stupéfiantes dans ce domaine.

— Par exemple ?

— Il y a une Autrichienne — encore une qui a fui les nazis — du nom de Lise Meitner ; elle travaille à Copenhague et elle a réussi à briser l'atome d'uranium en deux atomes plus petits, de barium et de krypton.

— Je croyais que les atomes étaient insécables.

— Nous le pensions tous jusqu'à une époque récente. C'est ce qui est si stupéfiant. Quand ça se produit, ça fait un énorme bang, et c'est pourquoi les militaires sont si intéressés. S'ils parviennent à contrôler le processus, ils pourront fabriquer la bombe la plus destructrice qu'on ait jamais connue. »

Nancy regarda par-dessus son épaule le petit homme effrayé au regard brûlant. La bombe la plus destructrice qu'on ait jamais connue, se répéta-t-elle et elle frissonna. « Je suis étonnée qu'on le laisse circuler sans garde.

— Je suis sûr qu'il n'est pas sans garde, dit Mervyn. Regardez ce type. »

Du menton, Mervyn lui indiquait l'autre côté de la rue. Un autre passager du Clipper marchait d'un pas nonchalant : un grand et robuste gaillard coiffé d'un chapeau melon, vêtu d'un costume gris avec un gilet lie-de-vin. « Vous croyez que c'est son garde du corps ? » demanda-t-elle.

Mervyn haussa les épaules. « Ce gaillard m'a tout l'air d'être un flic. Hartmann ne le sait peut-être pas, mais je dirais qu'il a un ange gardien qui chausse du quarante-cinq fillette. »

Nancy ne l'aurait pas cru aussi observateur.

« Je pense que ce doit être le bar », fit Mervyn, sautant brusquement à un autre sujet. Il s'arrêta devant la porte.

« Bonne chance », dit Nancy. Elle le pensait. Bizarrement, elle en était arrivée à le trouver sympathique, malgré ses façons exaspérantes.

Il sourit. « Merci. Bonne chance à vous aussi. »

Il entra, et Nancy poursuivit son chemin.

Au bout de la rue, en face du port, elle tomba sur un bâtiment couvert de lierre, plus grand que toutes les autres constructions du village. A l'intérieur, Nancy trouva un bureau improvisé et un charmant jeune homme en uniforme de la Pan American.

Il avait bien quinze ans de moins qu'elle mais cela ne l'empêcha pas de la couver d'un regard appréciateur.

« Je voudrais acheter un billet pour New York », lui annonça-t-elle.

Il eut l'air surpris. « Vraiment ! En général nous ne vendons pas de billets ici — en fait, nous n'en avons pas. »

Ce n'était peut-être pas une difficulté insurmontable. Elle lui décocha un sourire : un sourire l'aidait toujours à surmonter les menus obstacles de la bureaucratie. « Bah, un ticket n'est qu'un bout de papier, dit-elle. Si je vous donne le montant du billet, je pense que vous me laisserez embarquer, n'est-ce pas ? »

Il sourit à son tour. Elle sentit qu'il ne demanderait pas mieux que de lui rendre service s'il le pouvait. « Bien sûr, répondit-il. Mais l'hydravion est complet.

— Bon Dieu ! » marmonna-t-elle. Avait-elle traversé tout

cela pour rien ? Elle n'était pas encore prête à renoncer, loin de là. « Il doit bien y avoir quelque chose, dit-elle. Je n'ai pas besoin d'une couchette. Je dormirai dans un fauteuil. Même un fauteuil d'équipage ferait l'affaire.

— Vous ne pouvez pas prendre un siège d'équipage. Il n'y a de libre que la suite nuptiale.

— Et je ne peux pas l'avoir ?

— Ma foi, je ne sais même pas ce que ça coûte...

— Mais vous pourriez le découvrir, non ?

— Je pense que ça coûte au moins autant que deux billets normaux, ce qui ferait sept cent cinquante dollars pour un aller, peut-être davantage. »

Même sept mille dollars, elle était prête à les payer. « Je vais vous donner un chèque en blanc, proposa-t-elle.

— Fichtre, vous avez vraiment envie de prendre cet avion, n'est-ce pas ?

— Il faut que je sois à New York demain. C'est... très important. » Elle n'arrivait pas à trouver les mots pour souligner à quel point c'était important.

« Allons demander au commandant, dit le jeune homme. Par ici, s'il vous plaît, madame. »

Nancy le suivit, en se reprochant d'avoir dépensé autant d'efforts avec quelqu'un qui n'était pas en mesure de prendre une décision.

Il la conduisit à un bureau au premier étage. Il y avait là six ou sept membres de l'équipage du Clipper en manches de chemise, fumant et buvant du café tout en examinant les cartes et les bulletins météo. Le jeune homme la présenta au commandant Marvin Baker. Quand le commandant, bel homme, ma foi, lui serra la main, elle eut l'étrange impression qu'il allait lui prendre le pouls et elle se rendit compte que c'était parce qu'il avait des airs de médecin de famille.

« Mme Lenehan, annonça le jeune homme, a vraiment besoin d'aller à New York, commandant, et elle est prête à payer la suite nuptiale. Pouvons-nous l'emmener ? »

Nancy attendit avec angoisse la réponse, mais le commandant lui posa une autre question. « Votre mari est-il avec vous, madame Lenehan ? »

Elle battit des paupières, une mimique toujours utile quand vous vouliez persuader un homme de faire quelque chose pour vous. « Je suis veuve, commandant.

— Pardonnez-moi. Avez-vous des bagages ?

— Juste ce sac de voyage.

— Eh bien, madame Lenehan, dit-il, nous serons heureux de vous emmener à New York.

— Dieu soit loué, fit Nancy avec ferveur. Je ne peux pas vous dire à quel point c'est important pour moi. » Un instant, elle sentit ses genoux se dérober sous elle. Elle s'assit sur la chaise la plus proche, gênée qu'on la vît aussi bouleversée. Pour masquer son embarras, elle fouilla dans son sac, en sortit son chéquier et d'une main tremblante signa un chèque en blanc qu'elle tendit au jeune homme.

Le moment était venu maintenant d'affronter Peter.

« J'ai vu des passagers dans le village, dit-elle. Où pourraient être les autres ?

— La plupart sont au pub de Mme Walsh, répondit le jeune homme. C'est un bar dans ce bâtiment. L'entrée est sur le côté. »

Elle se leva. Elle avait retrouvé son calme. « Je vous remercie beaucoup, dit-elle.

— Ravi d'avoir pu vous aider. »

Elle sortit.

Elle n'avait pas encore refermé la porte que les commentaires commençaient à fuser, et elle devina les remarques grivoises auxquelles ils devaient se livrer à propos d'une séduisante veuve qui pouvait se permettre de signer des chèques en blanc.

C'était un après-midi doux avec un pâle soleil, et l'air humide avait le goût salé de la mer. Il lui fallait maintenant chercher sa canaille de frère.

Elle fit donc le tour du bâtiment et entra dans le bar, le genre d'endroit où normalement elle n'aurait jamais mis les pieds : une petite pièce sombre, sommairement meublée, très masculine. De toute évidence destinée à l'origine à servir de la bière aux pêcheurs et aux fermiers, elle se retrouvait maintenant envahie de millionnaires réclamant des cocktails. L'atmosphère était confinée, et le niveau sonore élevé, dans plusieurs langues. Était-ce son imagination, ou percevait-elle dans les rires de l'assistance une sorte de nervosité ? Peut-être cherchaient-ils à s'étourdir avant d'entamer ce long vol au-dessus de l'Océan ?

Elle scruta les visages et repéra Peter.

Il ne la remarqua pas.

Elle le dévisagea un moment, la rage lui faisant venir le rose aux joues. Elle avait une envie folle de le gifler. Mais elle se maîtrisa. Elle n'allait pas lui montrer à quel point elle était bouleversée. La sagesse commandait de garder son sang-froid.

Il était assis dans un coin, et il parlait avec Nat Ridgeway Ce fut un nouveau choc. Nancy savait que Nat s'était rendu à Paris pour les collections, mais l'idée ne lui était pas venue qu'il pourrait reprendre l'avion avec Peter. Sa présence ne faisait que compliquer les choses. Elle allait devoir oublier qu'un jour elle l'avait embrassé. Elle chassa cette pensée de son esprit.

Se frayant un chemin à travers la foule, elle se dirigea vers leur table. Nat fut le premier à lever les yeux. La surprise et une certaine culpabilité se peignirent sur son visage. Remarquant l'expression de son compagnon, Peter à son tour leva la tête.

Nancy croisa son regard.

Il pâlit et se leva d'un bond. « Bonté divine ! » s'exclama-t-il. Il avait l'air affolé.

« Pourquoi as-tu si peur, Peter ? » fit Nancy d'un ton méprisant.

Il avala péniblement sa salive et retomba sur son siège.

« Ainsi, reprit Nancy, tu as acheté un billet sur l'*Oriana*, en sachant très bien que tu n'allais pas l'utiliser ; tu es venu jusqu'à Liverpool avec moi et tu as pris une chambre à l'hôtel Adelphi, tout en sachant que tu n'y resterais pas ; et tout cela parce que tu n'osais pas me dire que tu prenais le Clipper ! »

Il la dévisageait, blanc comme un linge et silencieux.

Elle n'avait pas prévu de tenir un discours, mais les mots

sortaient tout seuls. « Hier tu as quitté l'hôtel en catimini et tu t'es précipité à Southampton, en espérant que je ne m'apercevrais de rien ! » Elle se pencha sur la table et il recula sur sa chaise. « De quoi as-tu peur ? Je ne vais pas te mordre ! » En entendant le mot mordre, il tressaillit comme si elle allait réellement le faire.

Elle n'avait pas pris la peine de baisser le ton. Les gens aux tables voisines se taisaient. Peter promena autour de la salle un regard embarrassé. Nancy reprit : « Pas étonnant que tu te sentes ridicule ! Quand je pense à tout ce que j'ai fait pour toi ! Toutes ces années où je t'ai protégé, où j'ai couvert tes erreurs stupides et où je t'ai laissé la présidence de la société, alors même que tu n'aurais pas été capable d'organiser une vente de charité ! Et maintenant, voilà que tu essaies de me voler l'affaire ! Mais comment as-tu pu faire ça ? Tu ne te sens pas un vrai salaud ? »

Il devint tout rouge. « Tu ne m'as jamais protégé... Tu t'es toujours occupée de toi d'abord, protesta-t-il. Tu as toujours voulu être la patronne... mais ce n'est pas à toi qu'on a donné le poste ! C'est à moi, et depuis tu n'as pas arrêté de comploter pour me l'enlever. »

C'était si injuste que Nancy ne savait pas si elle devait rire, éclater en sanglots ou lui cracher au visage. « Espèce d'idiot, je complote en effet pour que tu *conserves* la présidence. »

Il tira des documents de sa poche avec un grand geste. « Avec ça, par exemple ? »

Nancy reconnut son rapport. « Avec ça, en effet, répliqua-t-elle. Ce plan est la seule façon pour toi de garder ta place.

— Pendant que toi, tu prendrais le contrôle ! J'ai vu clair dans ton jeu. » Il prit un air de défi. « C'est pourquoi j'ai conçu mon propre plan.

— Qui n'a pas marché, fit Nancy. J'ai obtenu une place dans l'hydravion et je rentre pour le conseil d'administration. » Pour la première fois elle se tourna vers Nat Ridgeway et s'adressa à lui. « Je crois que ce n'est pas encore cette fois-ci que vous prendrez le contrôle de la compagnie Black, Nat.

— N'en sois pas si sûre », dit Peter.

Elle le regarda. Il était d'une agressivité puérile. Aurait-il un atout caché dans sa manche ? Il n'était pas malin à ce point.

« Peter, reprit-elle, toi et moi possédons chacun quarante pour cent. Tante Tilly et Danny Riley détiennent le reste. Ils m'ont toujours suivie. Ils me connaissent et ils te connaissent. Je gagne de l'argent, toi tu en perds et ils comprennent ça, même s'ils sont courtois envers toi en souvenir de papa. Ils voteront comme je leur demanderai de le faire.

— Riley votera pour moi », dit Peter d'un ton obstiné.

Il y avait dans son entêtement quelque chose qui la préoccupait.

« Pourquoi voterait-il pour toi alors que tu as mené pratiquement l'entreprise au bord de la faillite ? » demanda-t-elle d'un ton méprisant. Mais Nancy n'était pas aussi sûre d'elle qu'elle voulait en avoir l'air.

Il perçut son inquiétude. « Je t'ai fait peur, n'est-ce pas ? » ricana-t-il.

Malheureusement, il ne se trompait pas. Elle commençait vraiment à se faire du souci. Il n'avait pas l'air aussi accablé qu'il l'aurait dû. Il fallait découvrir ce que cachaient ces rodomontades. « Tu dis n'importe quoi, lança-t-elle.

— Pas du tout. »

Si elle continuait à le harceler, il se sentirait obligé de lui prouver qu'elle avait tort, elle le savait. « Tu fanfaronnes toujours comme si tu allais sortir un lapin de tes poches, mais en général ça n'est que du vent.

— Riley a promis.

— Et on peut se fier à Riley comme à un serpent à sonnette », affirma-t-elle d'un ton catégorique.

Peter était piqué au vif. « Pas si... c'est son intérêt. »

C'était donc ça : Danny Riley s'était fait acheter. Effectivement, Dany était tout sauf incorruptible. Que lui avait donc offert Peter ? Elle devait le savoir, soit pour casser le marché, soit pour surenchérir. « Eh bien, si ton plan repose sur le soutien de Danny Riley, je crois que je n'ai pas de raison de m'inquiéter ! fit-elle en riant.

— Il repose sur la cupidité de Riley », riposta Peter.

Elle se tourna vers Nat et dit : « Si j'étais vous, je me méfierais.

— Nat sait que c'est vrai », poursuivit Peter d'un ton satisfait.

Nat de toute évidence aurait préféré garder le silence, mais comme tous les deux avaient les yeux fixés sur lui, il acquiesça de la tête.

« Il confie à Riley, annonça Peter, une bonne partie des affaires de la General Textiles. »

Ça, c'était un coup dur, et Nancy encaissa. Rien ne pouvait mieux plaire à Riley que de mettre le pied dans une grande société comme la General Textiles. Pour un petit cabinet d'avocats de New York, c'était l'occasion rêvée. Pour un pot de vin comme ça, Riley vendrait sa mère.

Les actions de Riley s'ajoutant à celles de Peter, on obtenait cinquante pour cent. Celles de Nancy plus celles de tante Tilly, cela donnait également cinquante pour cent. La question serait donc tranchée par la voix prépondérante du président : Peter.

Celui-ci comprit qu'il l'avait emporté et il se permit un sourire victorieux.

Nancy pourtant n'était pas encore disposée à s'avouer vaincue.

Elle prit une chaise et s'assit. Ce fut vers Nat Ridgeway qu'elle se tourna. Pendant toute la discussion, elle avait perçu sa désapprobation. « Vous saviez, j'imagine, que Peter me mentait sur toute la ligne ? »

Il la regarda, les lèvres serrées ; mais ça, elle savait le faire aussi, et elle attendit simplement sa réponse. Il finit pas céder : « Je n'ai rien demandé. Vos querelles de famille ne me regardent pas. Je ne suis pas une assistante sociale, je suis un homme d'affaires. »

Mais, pensa-t-elle, il y a eu une époque où tu me tenais la main dans les restaurants et où tu m'embrassais devant ma porte et une fois tu m'as caressé les seins. Elle reprit : « Êtes-vous un homme d'affaires honnête ?

— Vous le savez bien, fit-il d'un ton pincé.

— Dans ce cas, vous n'approuverez pas les méthodes malhonnêtes utilisées en votre nom. »

Il réfléchit un moment, puis rétorqua : « Il s'agit d'une OPA, pas d'un goûter d'enfants. »

Il allait en dire plus, mais elle intervint. « Si vous êtes prêt à tirer profit de la malhonnêteté de mon frère, vous êtes malhonnête vous aussi. Vous avez changé depuis l'époque ou vous travailliez pour mon père. » Sans laisser à Nat le temps de répondre, elle se retourna vers Peter. « Tu ne te rends pas compte que tu pourrais obtenir deux fois plus de tes actions si tu me donnais deux ans pour réaliser mon plan.

— Il ne me plaît pas, ton plan.

— Même sans restructuration, l'entreprise va valoir davantage à cause de la guerre. Nous avons toujours fourni des chaussures à l'armée... Pense un peu au surcroît de commandes si les États-Unis entrent en guerre !

— Les États-Unis n'entreront pas dans cette guerre.

— De toute façon, la guerre en Europe sera bonne pour les affaires. » Son regard revint à Nat. « Vous le savez, n'est-ce pas ? C'est la raison pour laquelle vous voulez nous racheter. »

Nat ne répondit pas.

Elle se tourna de nouveau vers Peter. « Nous ferions mieux d'attendre. Écoute-moi. Est-ce que je me suis jamais trompée dans ce genre de choses ? As-tu jamais perdu de l'argent en suivant mes conseils ? En as-tu jamais gagné davantage en n'en tenant pas compte ?

– Tu ne comprends pas, on dirait ? » fit Peter.

Cette fois, elle n'arrivait pas à deviner ce qu'il allait dire.

« Qu'est-ce que je ne comprends pas ?

— Pourquoi je fais cette fusion.

— Eh bien, pourquoi ? »

Il la considéra en silence, et elle lut la réponse dans son regard.

Il la détestait.

Elle était pétrifiée. Elle avait l'impression de s'être fracassée tête la première contre un mur de brique. Elle aurait voulu ne pas y croire, mais la grotesque expression de malveillance sur ce visage crispé de haine, elle ne pouvait pas l'ignorer.

Il avait toujours régné une certaine tension entre eux, une rivalité naturelle entre frère et sœur ; mais ça, c'était terrible, c'était pathologique. Elle ne s'en était jamais doutée. Peter, son petit frère, la haïssait.

Voilà ce qu'on doit éprouver, songea-t-elle, quand l'homme auquel on est marié depuis vingt ans vous annonce qu'il a une liaison avec sa secrétaire et qu'il ne vous aime plus.

Peter n'était pas simplement mesquin ou méprisable. Il en arrivait à se faire du tort à seule fin de ruiner sa sœur. C'était de la haine à l'état pur.

Elle avait besoin de réfléchir. Elle décida de quitter ce bar enfumé pour prendre un peu l'air. Elle se leva et partit sans un mot.

A peine dehors, elle se sentit un peu mieux. Une brise fraîche soufflait de l'estuaire. Elle traversa la route et marcha le long du quai, en écoutant le cri des mouettes.

Le Clipper se balançait au milieu du chenal. Il était plus gros qu'elle ne se l'était imaginé : les hommes en train de faire le plein de carburant paraissaient minuscules. Elle trouva rassurants ces monstrueux moteurs et ces énormes hélices. Surtout après avoir survécu à une traversée de la mer d'Irlande sur un monomoteur Tiger Moth.

Mais que ferait-elle une fois arrivée en Amérique ? Peter ne se laisserait jamais dissuader de son plan. Il y avait derrière son comportement trop d'années de colère dissimulée. Dans une certaine mesure, elle le plaignait. Il avait été si malheureux tout ce temps. Mais elle n'allait pas céder. Il existait peut-être encore un moyen de protéger ses droits.

Le maillon faible, c'était Danny Riley. Un homme qui se laissait acheter par un camp pouvait être acheté par l'autre. Peut-être Nancy trouverait-elle autre chose à lui proposer, quelque chose qui l'amènerait à changer d'alliés. Mais ce ne serait pas commode. Le pot de vin offert par Peter, une part des dossiers juridiques de la General Textiles, difficile de trouver mieux.

Et si elle usait de la menace ? Ça coûterait moins cher. Mais comment ? Elle pourrait lui retirer certaines affaires personnelles et certains dossiers de la famille, mais ça ne représenterait pas une grosse perte pour son cabinet, auprès de tout ce qu'il allait obtenir de la General Textiles. Ce que Danny aimerait plus que tout au monde, ce serait bien sûr du liquide, mais la fortune de Nancy était presque tout entière investie dans les Chaussures Black. Elle n'aurait pas trop de mal à réunir quelques milliers de dollars, mais Danny en voudrait davantage, peut-être une centaine de milliers. Jamais elle ne trouverait à temps une somme pareille.

Brusquement elle entendit appeler son nom. Se retournant, elle aperçut le jeune employé de la Pan American qui lui faisait de grands signes. « Il y a un appel téléphonique pour vous, cria-t-il. Un M. MacBride de Boston. »

Soudain, elle reprit espoir. Peut-être Mac pourrait-il trouver une solution. Il connaissait Danny Riley. Les deux hommes, comme son père, étaient des Irlandais de la deuxième génération, passaient tout leur temps entre Irlandais et n'éprouvaient que méfiance pour les protestants, même s'il s'agissait d'Irlandais. Mac était honnête et Danny pas, mais, à cette différence près, ils étaient pareils. Le père de Nancy avait été honnête, mais il avait toujours été prêt à fermer les yeux sur des pratiques un peu douteuses si cela aidait un vieux copain du pays.

Son père, elle s'en souvenait tout en courant sur le quai, son père avait un jour sauvé Danny de la ruine. Il y avait à peine quelques années de cela, peu de temps avant sa mort Danny avait perdu une grosse affaire et, dans son désespoir, il avait tenté d'acheter le juge. Mais ce dernier n'était pas achetable, et il avait menacé Danny de le faire radier du barreau s'il n'acceptait pas de prendre sa retraite. Le père de Nancy était intervenu auprès du juge et l'avait persuadé qu'il s'agissait d'un moment de faiblesse, et que cela ne se reproduirait jamais.

C'était tout Danny : au bord de la malhonnêteté, peu fiable, un peu sot, facile à ébranler. Elle pourrait sûrement le ramener dans son propre camp.

Mais elle ne disposait que de deux jours.

Elle entra dans le bâtiment et le jeune homme lui montra le téléphone. C'était bon d'entendre la voix affectueuse de Mac. « Alors tu as réussi à attraper le Clipper, fit-il avec jubilation. Bravo !

— Je serai au conseil d'administration... mais la mauvaise nouvelle, c'est que Peter prétend qu'il est sûr de la voix de Danny.

— Tu le crois ?

— Oui. La General Textiles va confier à Danny un bon nombre de ses dossiers. »

Elle sentit la consternation dans la voix de Mac. « Tu es sûre que c'est vrai ?

— Nat Ridgeway est ici avec lui.

— Ce serpent ! »

Mac n'avait jamais aimé Nat, et il l'avait détesté quand l'autre avait commencé à sortir avec Nancy. Même si Mac était heureusement marié, il se montrait jaloux de quiconque manifestait un intérêt sentimental pour Nancy.

« Je plains la General Textiles d'avoir Danny comme avocat, ajouta Mac.

— Je pense qu'ils ne lui confieront que les petites affaires. Mac, est-ce légal de leur part de lui faire cette proposition ?

— Sans doute que non, mais le délit serait difficile à prouver.

— Alors, je suis dans le pétrin.

— J'en ai peur. Nancy, je suis désolé.

— Merci, mon vieux. Tu m'avais prévenue de ne pas laisser Peter devenir le patron.

— Ça, c'est vrai. »

Mais, décida Nancy, ce qui est fait est fait. Elle prit un ton plus vif. « Écoute, si nous nous appuyions sur Danny, nous serions inquiets, n'est-ce pas ?

— Tu parles...

— Inquiets à l'idée de le voir changer de camp, inquiets

en pensant que l'adversaire pourrait lui faire une meilleure offre. Alors, à ton avis, quel est son prix ?

— Hmm. » Il y eut quelques instants un silence sur la ligne, puis Mac répondit : « Rien ne me vient à l'esprit. »

Nancy pensait à cette histoire de Danny essayant de corrompre un juge. « Tu te rappelles la fois où papa a tiré Danny du pétrin ? C'était l'affaire de la Jersey Rubber.

— Bien sûr que je me la rappelle. Mais pas de détails au téléphone, d'accord ?

— Oui. Pouvons-nous utiliser cette affaire d'une façon ou d'une autre ?

— Je ne vois pas comment.

— Pour le menacer ?

— De le dénoncer, tu veux dire ?

— Oui.

— Avons-nous des preuves ?

— Non, à moins qu'il y ait quelque chose dans les vieux papiers de papa.

— Nancy, c'est toi qui as tous ses documents. »

Il y avait plusieurs cartons des dossiers personnels de son père dans la cave de la maison de Nancy à Boston. « Je ne les ai jamais regardés.

— Et on n'a pas le temps maintenant.

— Mais nous pourrions faire semblant, dit-elle d'un ton songeur.

— Je ne te suis pas.

— Je pense tout haut. Patiente une minute. Nous pourrions prétendre devant Danny qu'il y a quelque chose, un document susceptible de faire resurgir toute cette histoire.

— Je ne vois pas comment...

— Mac, écoute-moi, c'est une idée, reprit Nancy, la voix vibrante d'excitation à mesure qu'elle entrevoyait de nouvelles possibilités. Imagine que le barreau ou Dieu sait qui décide d'ouvrir une enquête sur l'affaire de la Jersey Rubber.

— Pourquoi le ferait-on ?

— Quelqu'un pourrait leur dire que ça n'était pas très net.

— Bon, et alors ? »

Nancy commençait à se dire qu'elle tenait là les éléments d'un plan utilisable. « Imagine qu'on apprenne que dans les papiers de papa il y avait un témoignage crucial ?

— On te demanderait l'autorisation d'examiner les papiers.

— Cela dépendrait alors de moi de les leur communiquer ou pas ?

— Dans une simple enquête du barreau, oui. Dans le cadre d'une enquête criminelle, on pourrait te convoquer, et alors, bien sûr, tu n'aurais pas le choix. »

Le plan se formait dans l'esprit de Nancy, si vite qu'elle n'arrivait pas à l'exposer tout haut. « Écoute, je veux que tu appelles Danny, fit-elle d'un ton pressant. Pose-lui la question suivante...

— Attends que je prenne un crayon. Bon, vas-y.

— Demande-lui ceci : s'il y avait une enquête du barreau sur l'affaire de la Jersey Rubber, aimerait-il que je communique les dossiers de papa ? »

Mac était intrigué. « Tu penses qu'il dira non.

— Je pense qu'il s'affolera, Mac ! Il sera mort de peur. Il ne sait pas ce qu'il y a là-dedans. Ce sont des notes, des journaux, des lettres, ça pourrait être n'importe quoi.

— Je commence à voir comment ça pourrait marcher, dit Mac, et Nancy sentit l'espoir revenir dans sa voix. Danny penserait que tu as quelque chose qu'il lui faut récupérer...

— Il me demandera de le protéger, comme l'a fait papa. Il me demandera de refuser au barreau l'autorisation de consulter les papiers. Et j'accepterai... à condition qu'il vote avec moi contre la fusion avec la General Textiles.

— Attends une minute. N'ouvre pas encore le champagne. Danny est peut-être vénal, mais il n'est pas stupide. Ne va-t-il pas se douter que nous avons concocté tout ça pour faire pression sur lui ?

— Bien sûr, répondit Nancy. Mais il n'en sera pas sûr. Et il ne pourra pas se payer le luxe d'y réfléchir longtemps.

— Oui. Et pour l'instant, c'est notre seule chance.

— Tu veux tenter le coup ?

— D'accord. »

Nancy se sentait beaucoup mieux : pleine d'espoir et de la volonté de gagner. « Appelle-moi à notre prochaine étape.

— Où est-ce ?

— Botwood, à Terre-Neuve. Nous devrions être là-bas dans dix-sept heures.

— Tu crois qu'ils ont des téléphones ?

— J'imagine, s'il y a un aéroport. Tu devrais demander la communication d'avance.

— Entendu. Bon vol.

— Salut, Mac. »

Elle raccrocha l'appareil. Elle était de bien meilleure humeur. Impossible de dire si Danny allait tomber dans le panneau, mais la seule idée d'avoir un moyen de pression la réconfortait prodigieusement.

Il était 4 h 20, l'heure d'embarquer. Elle quitta la pièce et traversa un bureau où se trouvait Mervyn Lovesey, lui aussi au téléphone. De la main il lui fit signe de s'arrêter. Par la fenêtre, elle apercevait les passagers sur le quai en train d'embarquer sur le canot, mais elle s'arrêta néanmoins. Il criait dans l'appareil :

« Je ne peux pas m'occuper de ça maintenant. Donnez à ces salopards l'augmentation qu'ils demandent et continuez le travail. »

Cela la surprit. Elle se rappelait l'avoir entendu parler d'un malaise dans l'usine. Et voilà qu'il avait l'air de céder, ce qui ne lui ressemblait pas.

Apparemment l'interlocuteur était étonné lui aussi, car au bout d'un moment, Mervyn, rétorqua : « Oui, c'est exactement ce que je veux dire, je suis trop occupé pour discuter avec des contremaîtres. Au revoir ! » Il raccrocha. « Je vous cherchais, déclara-t-il à Nancy.

— Avez-vous réussi ? lui demanda-t-elle. Avez-vous persuadé votre femme de revenir ?

— Non. Mais je ne m'y suis pas bien pris.

— C'est dommage. Elle est sur le quai, maintenant ? »

Il regarda par la fenêtre.

« C'est elle, avec le manteau rouge. »

Nancy vit une femme blonde d'une trentaine d'années.

« Mervyn, mais elle est magnifique ! » s'écria-t-elle. Elle n'en revenait pas. Sans savoir pourquoi, elle imaginait la femme de Mervyn moins jolie, avec un air plus dur, plutôt le genre Bette Davis que Lana Turner. « Je comprends pourquoi vous n'avez pas envie de la perdre. » La femme tenait le bras d'un homme en blazer bleu, sans doute son petit ami. Il n'était pas aussi bel homme que Mervyn. D'une taille une peu au-dessous de la moyenne, il commençait même à perdre ses cheveux. Mais il avait des façons plaisantes. Nancy comprit tout de suite que la femme s'était entichée de lui parce qu'il était le contraire de Mervyn. Elle éprouvait de la sympathie pour ce dernier. « Mervyn, dit-elle, je suis désolée.

— Je n'ai pas renoncé, déclara-t-il. Je vais à New York. »

Nancy sourit. Voilà qui lui ressemblait davantage.

« Pourquoi pas ? fit-elle. Elle m'a l'air d'être le genre de femme qu'un homme pourrait poursuivre à travers l'Atlantique.

— Le problème, c'est que ça dépend de vous, déclara-t-il. L'avion est complet.

— Évidemment. Alors comment pouvez-vous venir ? En quoi ça dépend-il de moi ?

— Vous disposez de la seule place vacante. Vous avez pris la suite nuptiale. C'est pour deux personnes. Je vous demande de me vendre la place libre.

— Mervyn, dit-elle en riant, je ne peux pas partager une suite avec un homme. Je suis une veuve respectable, pas une girl de music-hall !

— Vous me devez un service, insista-t-il.

— Je vous dois un service, pas ma réputation ! »

Son beau visage prit une expression obstinée. « Vous ne pensiez pas à votre réputation quand vous vouliez traverser en avion la mer d'Irlande avec moi.

— Il n'était pas question de passer la nuit ensemble ! » Elle aurait voulu pouvoir l'aider : il y avait quelque chose de touchant dans sa détermination à retrouver sa belle épouse. « Je suis désolée, vraiment, répéta-t-elle. Mais je ne peux pas me permettre un scandale public à mon âge.

— Écoutez. Je me suis renseigné à propos de cette suite,

elle n'est pas très différente du reste de l'avion. Il y a deux couchettes. Si nous laissons la porte ouverte la nuit, nous serons exactement dans la même situation que deux parfaits étrangers qui se trouvent occuper des couchettes voisines.

— Mais que vont dire les gens ?

— De qui vous préoccupez-vous ? Vous n'avez pas de mari que vous pourriez offenser et vos parents ne sont plus en vie. Qui s'intéresse à ce que vous faites ? »

Il pouvait être extrêmement brutal quand il voulait quelque chose, se dit-elle. « Mais j'ai deux fils d'une vingtaine d'années, protesta-t-elle.

— Je parie qu'ils trouveront ça très drôle. »

Il a sans doute raison, se dit-elle. « Je m'inquiète aussi de toute la société de Boston. Une histoire comme ça, on ne va pas manquer d'en parler.

— Écoutez. Vous étiez désespérée quand vous êtes venue me trouver sur ce terrain d'aviation. Vous étiez dans le pétrin et je vous ai sauvé la mise. Maintenant c'est moi qui suis désespéré... Vous vous en rendez compte, non ?

— Oui.

— J'ai des problèmes et j'en appelle à vous. C'est ma dernière chance de sauver mon mariage. Vous pouvez m'aider. Je vous ai sauvée et vous pouvez me sauver. Tout ce que ça vous coûtera, c'est une bouffée de scandale. Ça n'a jamais tué personne. Je vous en prie, Nancy. »

Elle pensa à cette « bouffée » de scandale. Était-ce vraiment important qu'une veuve commette une petite imprudence pour son quarantième anniversaire ? Comme il le disait, ça ne la tuerait pas et ça n'entacherait sans doute même pas sa réputation. Les matrones de Beacon Hill la trouveraient « émancipée », mais les gens de son âge admireraient probablement son cran. Ce n'est pas comme si j'étais censée être vierge, songea-t-elle.

Elle le regarda, avec son air entêté et vexé, et elle eut un mouvement vers lui. Au diable la société de Boston, se dit-elle ; voilà un homme qui souffre. Il m'a aidée quand j'en avais besoin. Sans lui, je ne serais pas ici. Il a raison. Je lui dois un service.

« Vous voulez bien m'aider, Nancy ? supplia-t-il. Je vous en prie ! »

Nancy prit une profonde inspiration. « Mon Dieu, oui », dit-elle.

13

La dernière vision qu'eut Harry Marks de l'Europe, ce fut un phare blanc, qui se dressait fièrement sur la rive nord de l'estuaire du Shannon, tandis que l'Atlantique fouettait le pied de la falaise. Quelques minutes plus tard, il n'y avait plus de terre en vue : rien que la mer, aussi loin que portât le regard.

Quand j'arriverai en Amérique, je vais être riche, se dit-il.

Se sentir si près de la fameuse Parure Delhi était si excitant que c'en était presque sexuel. Quelque part sur cet appareil, à quelques mètres à peine de l'endroit où il se tenait, reposait une fortune en bijoux. Ses doigts le démangeaient à l'idée de la toucher.

Un million de dollars en pierres précieuses lui en rapporterait bien cent mille chez un receleur. Je pourrais m'acheter un bel appartement et une voiture, pensa-t-il ; où peut-être une maison de campagne avec un court de tennis. Ou peut-être devrais-je investir l'argent et vivre sur les intérêts. Je serais un dandy avec des revenus ! Mais il fallait commencer par mettre la main sur la camelote.

Puisque lady Oxenford ne les portait pas sur elle, les bijoux devaient se trouver soit dans un bagage de cabine, juste ici dans le compartiment, soit dans les malles enregistrées qui s'empilaient dans la soute. A sa place, moi je ne m'en séparerais pas, se dit Harry. J'aurais ça dans ma valise de cabine, que je n'oserais pas perdre des yeux. Mais impossible de dire comment raisonnait lady Oxenford.

Il allait commencer par inspecter la valise. Il l'apercevait, sous son siège, en superbe cuir bordeaux avec des coins en cuivre. Mais comment faire ? Peut-être pourrait-il profiter de la nuit, quand tout le monde dormirait ?

Il trouverait bien un moyen. Ce serait risqué : le vol était une activité dangereuse. Mais il s'en tirait toujours, même quand les choses tournaient mal. Tiens, se dit-il, pas plus tard qu'hier, j'ai été pris la main dans le sac avec dans ma poche des boutons de manchettes volés ; j'ai passé la nuit en prison ; et voilà maintenant que je vais à New York à bord du Clipper de la Pan American. De la chance ? Ce n'est pas le mot !

Il connaissait la plaisanterie sur l'homme qui saute par une fenêtre du dixième étage et qu'on entend dire en passant devant le cinquième : « Pour l'instant, ça va. » Mais ce n'était pas lui.

Nicky, le steward, apporta le menu du dîner et lui proposa un cocktail. Il n'éprouvait pas le besoin d'un verre, mais il commanda une coupe de champagne, simplement parce que ça lui semblait la chose à faire. C'est la vie, mon petit Harry, se dit-il. Sa griserie de se trouver à bord de l'avion le plus luxueux du monde rivalisait avec l'angoisse qu'il éprouvait à survoler l'océan, mais, le champagne faisant son effet, l'exaltation l'emporta.

Il fut surpris de constater que le menu était en anglais. Les Américains ne se rendaient donc pas compte que les menus chic se devaient d'être en français ? Peut-être étaient-ils simplement doués de raison et jugeaient-ils absurde d'imprimer des menus dans une langue étrangère. Harry eut l'impression que l'Amérique allait lui plaire.

Il n'y avait que quatorze places dans la salle à manger, aussi y aurait-il trois services, expliqua le steward. « Voulez-vous dîner à 6 heures, 7 heures et demie ou 9 heures, monsieur Vandenpost ? »

Voilà peut-être ma chance, se dit Harry. Si les Oxenford dînaient plus tôt ou plus tard que lui, il se retrouverait seul dans le compartiment. Mais quel service allaient-ils choisir ? Harry maudit le steward de commencer par lui. Un steward britannique se serait tourné d'abord vers les gens titrés, mais cet Américain aux mœurs démocratiques procédait sans doute par numéro de place. Harry devrait donc deviner ce que serait le choix des Oxenford. « Voyons », dit-il pour gagner du temps. D'après son expérience, les riches prenaient leurs repas tard, aussi choisit-il le premier service « J'ai plutôt faim, annonça-t-il. Je dînerai à 6 heures. »

Le steward se tourna vers les Oxenford, et Harry retint son souffle.

« Je pense que 9 heures, ce sera très bien », dit lord Oxenford.

Harry réprima un sourire de satisfaction.

Mais lady Oxenford remarqua : « C'est trop tard pour Percy... Allons-y plus tôt. »

Bon, se dit Harry mal à l'aise, mais pas trop tôt, bon sang.

« Alors, conclut lord Oxenford, 7 heures et demie. »

Harry sentit le bonheur l'envahir. Il avait fait un pas de plus vers la Parure Delhi.

Le steward se tourna alors vers le passager assis en face de Harry, l'homme en gilet lie-de-vin et qui avait l'air d'un policier. Il s'appelait Clive Membury, leur avait-il annoncé. Dis 7 heures et demie, pensa Harry, et laisse-moi seul dans le compartiment. Mais à sa vive déception, Membury n'avait pas faim et choisit 9 heures.

Quel ennui ! pensa Harry. Restait à espérer que Membury bougerait un peu. C'était le genre agité, toujours à aller et venir. Et s'il ne sortait pas du compartiment de son plein gré, Harry devrait trouver un moyen de se débarrasser de lui.

« Monsieur Vandenpost, dit le steward, le chef mécanicien et le navigateur dîneront à votre table, si vous n'y voyez pas d'inconvénient.

— Mais aucun », répondit Harry. Il serait ravi de bavarder avec des membres de l'équipage.

Lord Oxenford commanda un autre whisky. Voilà un homme qui ne suçait pas de la glace, comme disaient les

Irlandais. Sa femme était pâle et silencieuse. Elle tenait un livre sur ses genoux, mais ne tournait jamais une page. Elle paraissait déprimée.

Le jeune Percy se dirigea vers l'avant pour discuter avec l'équipage qui n'était pas de service et Margaret vint s'asseoir à côté de Harry. Il huma une bouffée de son parfum et reconnut Tosca. Elle avait ôté son manteau et il put voir qu'elle avait la silhouette de sa mère : très grande, avec les épaules larges, une poitrine assez forte et de longues jambes. Sa toilette, de bonne qualité, mais simple, ne la mettait pas en valeur : Harry l'imaginait dans une robe du soir longue avec un décolleté plongeant, ses cheveux roux relevés et son long cou blanc embelli par de longs pendants d'oreilles en émeraudes taillées par Louis Cartier lors de sa période indienne... Elle serait extraordinaire. Mais elle ne ferait jamais ça. Elle supportait mal sa qualité de riche aristocrate, alors elle s'habillait comme une femme de pasteur. C'était une fille impressionnante, et Harry se sentait un peu intimidé devant elle, mais il devinait aussi son côté vulnérable et trouvait cela attendrissant. Mon petit Harry, se dit-il, ce n'est pas le moment de t'attendrir ; souviens-toi qu'elle signifie un danger pour toi et que tu as besoin de l'amadouer.

Il lui demanda si elle avait déjà pris l'avion. « Seulement pour aller à Paris avec Mère », répondit-elle.

Seulement pour aller à Paris avec Mère, se répéta-t-il avec émerveillement. Sa mère à lui ne verrait jamais Paris, pas plus qu'elle ne prendrait l'avion. « Comment était-ce ? demanda-t-il.

— J'avais horreur de ces voyages à Paris. Je devais prendre le thé avec des Anglais assommants alors que j'avais envie d'aller dans des restaurants enfumés où on jouait de la musique nègre.

— Ma mère m'emmenait à Margate, raconta Harry. Je pataugeais dans la mer, et puis on prenait une glace et du poisson avec des frites. »

Normalement il n'aurait jamais du faire un tel aveu. Il aurait dû marmonner quelque chose à propos d'un collège élégant et d'une maison de campagne loin de tout, comme il le disait en général aux jeunes filles de la haute société quand il se voyait contraint de parler de son enfance. Mais Margaret connaissait son secret, et il avait parlé assez bas pour que personne d'autre ne pût entendre ce qu'il lui disait. Malgré tout, se surprenant à dire la vérité, il eut l'impression d'avoir sauté hors de l'appareil et d'attendre l'ouverture de son parachute.

« Nous n'allions jamais à la mer, dit Margaret d'un ton de regret. C'étaient seulement les gens du commun qui pataugeaient dans l'eau. Ma sœur et moi jalousions les enfants pauvres. Ils pouvaient faire tout ce qui leur plaisait. »

Harry trouva cela amusant, preuve supplémentaire qu'il était né coiffé : les enfants de riches, qui circulaient dans de grosses voitures noires, arboraient des manteaux à col de velours et à qui l'on servait de la viande tous les jours, l'avaient envié de courir pieds nus et de manger du poisson avec des frites.

« Je me rappelle les odeurs, reprit-elle. L'odeur d'une pâtisserie à l'heure du déjeuner ; l'odeur de machines bien huilées quand on passe auprès d'un manège ; les relents de bière et de tabac quand la porte d'un pub s'ouvre un soir d'hiver. Les gens avaient toujours l'air de s'amuser tellement dans ces endroits-là. Je ne suis jamais allée dans un pub.

— Vous n'avez pas manqué grand-chose, déclara Harry, qui n'aimait pas les pubs. On mange mieux au Ritz.

— Chacun préfère la façon de vivre de l'autre, dit-elle.

— Mais j'ai essayé les deux, lui fit remarquer Harry. Je sais quelle est la meilleure. »

Elle parut un instant songeuse, puis reprit : « Qu'allez-vous faire de votre vie ? »

C'était une question bizarre. « M'amuser, répondit Harry.

— Non, vraiment ?

— Comment ça : vraiment ?

— Tout le monde a envie de s'amuser. Mais qu'est-ce que vous ferez ?

— Ce que je fais maintenant. » Mû par une brusque impulsion, Harry décida de lui révéler une chose dont il n'avait jamais parlé. « Avez-vous jamais lu *The Amateur*

Craksman de Hornung ? » Elle secoua la tête. « Il s'agit d'un gentleman cambrioleur du nom de Raffles, qui fume des cigarettes turques, porte des vêtements somptueux, se fait inviter chez les gens et vole leurs bijoux. J'ai envie d'être comme lui.

— Oh, voyons, ne dites pas de bêtises », fit-elle avec brusquerie.

Maintenant qu'il lui avait ouvert son cœur, il éprouvait le besoin de la convaincre qu'il disait la vérité. « Ce ne sont pas des bêtises, répliqua-t-il.

— Mais vous ne pouvez pas être un voleur toute votre vie, protesta-t-elle. Vous passerez vos vieux jours en prison. Même Robin des bois a fini par se marier et par se ranger. Qu'est-ce que vous aimeriez vraiment ? »

Harry répondait en général à cette question par toute une liste : un appartement, une voiture, des filles, des soirées, des costumes de Savile Row. Mais il savait qu'elle traiterait cela par le mépris. Il avait très envie qu'elle croie à ses rêves, et il fut tout étonné de s'entendre lui confier une chose qu'il n'avait jamais avouée auparavant. « J'aimerais vivre dans une grande maison de campagne avec du lierre sur les murs », dit-il.

Il s'arrêta. Il était gêné, mais, sans savoir pourquoi, il tenait vraiment à lui raconter tout cela. « Une maison à la campagne avec un court de tennis, des écuries et des rhododendrons le long de l'allée », poursuivit-il. Il voyait tout cela très nettement dans sa tête et cela lui semblait l'endroit le plus sûr, le plus confortable au monde. « J'arpenterais la propriété en bottes avec un costume de tweed, en bavardant avec les jardiniers et les garçons d'écurie, et ils trouveraient tous que je suis un vrai gentleman. J'aurais tout mon argent investi dans des placements sûrs et je ne dépenserais jamais la moitié de mes revenus. En été, je donnerais des garden-parties avec des fraises à la crème. Et j'aurais cinq filles toutes aussi jolies que leur mère.

— Cinq ! s'exclama-t-elle en riant. Vous feriez mieux d'épouser une femme robuste ! » Mais elle redevint aussitôt sérieuse. « C'est un joli rêve, fit-elle. J'espère qu'il se réalisera. »

Il se sentait très proche d'elle, sûr de pouvoir lui poser presque n'importe quelle question. « Et vous ? demanda-t-il. Avez-vous un rêve ?

— Je veux faire la guerre, répondit-elle. Je vais m'engager dans les auxiliaires féminines. »

Ça paraissait encore drôle d'entendre une femme parler de s'engager dans l'armée, mais, bien sûr, c'était commun aujourd'hui. « Qu'est-ce que vous ferez ?

— Je conduirai. On a besoin de femmes pour porter les messages et conduire des ambulances.

— Ça va être dangereux.

— Je sais. Ça m'est égal. Je veux simplement participer à la lutte. C'est notre dernière chance d'arrêter le fascisme. » Elle avait la mâchoire crispée, un regard intrépide et Harry trouva qu'elle était terriblement brave.

« Vous semblez très déterminée, dit-il.

— J'avais un... un ami qui a été tué par les fascistes en Espagne, et je veux terminer l'œuvre qu'il a commencée. »

Tout à coup, Harry demanda : « Vous l'aimiez ? »

Elle acquiesça de la tête.

Il s'aperçut qu'elle était au bord des larmes. Il posa sur son bras une main compatissante. « Vous l'aimez encore ?

— Je l'aimerai toujours un peu. » Sa voix n'était plus qu'un murmure. « Il s'appelait Ian. »

Harry en eut la gorge serrée. Il aurait voulu la prendre dans ses bras pour la réconforter et il n'aurait pas hésité, n'eût été le père au visage rougeaud assis à l'autre bout du compartiment à boire du whisky et à lire le *Times*. Il dut se contenter de lui presser discrètement la main et elle eut un sourire reconnaissant.

« Le dîner est servi, monsieur Vandenpost », annonça le steward.

Harry fut surpris de constater qu'il était déjà 6 heures. Il était désolé d'interrompre sa conversation avec Margaret.

Elle devina ses pensée. « Nous aurons encore du temps

pour bavarder, dit-elle. Nous allons être ensemble pour les vingt-quatre heures à venir.

— C'est vrai. A tout à l'heure », murmura-t-il.

Attention, se souvint-il, il lui fallait gagner son amitié pour se servir d'elle, et non pour lui confier tous ses secrets. C'était inquiétant cette façon qu'elle avait de vous amener à bouleverser tous vos plans. Le pire c'est qu'il aimait ça.

Il passa dans le compartiment voisin. Il fut tout surpris de constater que de salon la pièce avait été complètement transformée en salle à manger. Il y avait trois tables de quatre personnes, plus deux petites tables de desserte. Le couvert était dressé comme dans un bon restaurant, avec des nappes, des serviettes de lin et de la vaisselle en porcelaine blanche ornée du symbole bleu de la Pan American. Les murs étaient recouverts d'un papier dont le motif représentait une carte du monde avec, comme dans tout l'avion, le symbole de la Compagnie, les ailes déployées.

Le steward lui désigna une place en face d'un homme petit et trapu dont le costume gris pâle fit aussitôt l'envie de Harry. Sa cravate était fixée par une épingle ornée d'une grosse perle, une vraie perle. Harry se présenta et l'homme lui tendit la main en disant : « Tom Luther. » Harry constata que ses boutons de manchettes étaient assortis à l'épingle de cravate. Voilà un homme qui dépensait de l'argent en accessoires.

Harry s'assit et déplia sa serviette. Luther avait un accent américain avec quelque chose d'autre derrière, une intonation européenne. « D'où êtes-vous, Tom ? demanda Harry, pour tâter le terrain.

— De Providence, Rhode Island. Et vous ?

— Philadelphie. » Harry aurait bien voulu savoir où était Philadelphie. « Mais j'ai vécu un peu partout, mon père était dans les assurances. »

Luther hocha poliment la tête, pas très intéressé. Cela faisait l'affaire de Harry. Il n'avait pas envie qu'on le questionnât sur le terrain glissant de ses antécédents.

Les deux membres de l'équipage arrivèrent et se présentèrent. Eddie Deakin, le chef mécanicien, était un homme aux larges épaules et aux cheveux roux, avec un visage avenant : Harry eut l'impression qu'il aurait volontiers défait sa cravate et ôté sa veste d'uniforme. Jack Ashford, le navigateur, avait les cheveux bruns ; avec ses manières précises, il semblait être né en uniforme.

A peine se furent-ils assis que Harry perçut une hostilité entre Eddie le chef mécanicien et Luther le passager. Voilà qui était intéressant.

Le dîner commença par un cocktail de crevettes. Les deux membres de l'équipage buvaient du Coca-Cola. Harry prit un verre de vin du Rhin et Tom Luther commanda un martini.

Harry pensait toujours à Margaret Oxenford et à son petit ami tué en Espagne. Il regardait par le hublot, en se demandant ce qu'elle éprouvait encore pour ce garçon.

Jack Ashford suivit son regard et dit : « Jusqu'à maintenant, nous avons de la chance avec le temps. »

Le ciel était clair et le soleil étincelait sur les ailes. « Comment est-ce en général ? demanda Harry.

— Parfois, il pleut pendant tout le trajet d'Irlande à Terre-Neuve, dit Jack. On a de la grêle, de la neige, du tonnerre et des éclairs. »

Harry se souvint de quelque chose qu'il avait lu. « Le givre, n'est-ce pas dangereux ?

— Nous calculons notre route pour éviter le gel. Mais, de toute façon, l'avion est équipé de calottes dégivrantes.

— De calottes ?

— Ce sont simplement des couvertures en caoutchouc qui recouvrent les ailes et l'empennage là où ça a tendance à givrer.

— Et quelles sont les prévisions pour le reste du voyage ? »

Jack marqua une hésitation et Harry sentit qu'il regrettait d'avoir parlé du temps. « Il y a une tempête sur l'Atlantique, annonça-t-il.

— Sévère ?

— Au centre, oui, mais nous ne ferons qu'en effleurer la bordure, je pense. » Il ne semblait qu'à demi convaincu.

« Comment ça se passe dans une tempête ? » interrogea

Tom Luther. Il souriait en découvrant ses dents, mais Harry vit la peur dans ses pâles yeux bleus.

« Ça secoue un peu », répondit Jack.

Il ne poursuivit pas, mais Eddie, le chef mécanicien, prit la parole. Regardant Tom Luther droit dans les yeux, il précisa : « C'est un peu comme essayer de monter un cheval sauvage. »

Luther pâlit. Jack regarda Eddie en fronçant les sourcils, désapprouvant manifestement son manque de tact.

Le chef mécanicien semblait préoccupé. Harry l'examina discrètement. Avec son visage ouvert, aimable, il n'avait pas l'air du genre boudeur. Pour le tirer de ses pensées, Harry demanda : « Qui s'occupe de l'avion pendant que vous dînez, Eddie ?

— Le mécanicien adjoint, Mickey Finn, me remplace », répondit Eddie. Il avait parlé d'un ton plutôt courtois, mais sans un sourire. « Nous sommes un équipage de neuf sans compter les deux stewards. Tous, à l'exception du commandant, nous accomplissons des quarts de quatre heures. Jack et moi étions de service depuis que nous avons décollé de Southampton à 2 heures, alors nous nous sommes arrêtés à 6 heures, voilà quelques minutes.

— Et le commandant ? interrogea Tom Luther d'un ton soucieux. Est-ce qu'il prend des comprimés pour rester éveillé ?

— Il fait un somme quand il peut, répondit Eddie. Il va sans doute faire une pause quand nous aurons franchi le point de non-retour.

— Alors nous volerons dans le ciel et le commandant dormira ? dit Luther d'une voix un peu trop forte.

— Bien sûr », fit Eddie en souriant.

Luther avait l'air terrifié. Harry essaya de détourner la conversation vers des zones plus calmes. « Qu'est-ce que le point de non-retour ?

— Nous surveillons constamment nos réserves de carburant. Quand nous n'en avons plus assez pour revenir à Foynes, nous avons passé le point de non-retour. » Eddie parlait avec une certaine brusquerie, et Harry était certain maintenant que le chef mécanicien essayait d'effrayer Tom Luther.

Le navigateur intervint, s'efforçant de se montrer rassurant. « Pour l'instant, nous avons assez de carburant pour atteindre notre destination ou pour faire demi-tour.

— Mais que se passe-t-il si nous n'en avons pas assez pour aller là-bas ni pour revenir ? » demanda Luther.

Eddie se pencha à travers la table et lui adressa un sourire sans humour. « Faites-moi confiance, monsieur Luther, dit-il.

— Ça ne se produira jamais, s'empressa de dire le navigateur. Nous reviendrions vers Foynes avant d'avoir atteint ce point. Et, à titre de précaution supplémentaire, nous faisons les calculs en comptant sur trois moteurs au lieu de quatre, au cas où quelque chose irait mal avec l'un d'entre eux. »

Jack essayait de redonner confiance à Luther mais, bien sûr, parler de moteur tombant en panne ne fit qu'accentuer la frayeur de ce dernier : il essaya de prendre une cuillerée de soupe, mais sa main tremblait et il en renversa sur sa cravate.

Eddie retomba dans son silence, apparemment satisfait. Jack essaya de poursuivre la conversation, et Harry fit de son mieux pour l'aider, mais l'atmosphère était tendue. Harry se demandait ce qu'il pouvait bien y avoir entre Eddie et Luther.

La salle à manger s'emplissait rapidement. La jolie femme en robe à pois vint s'asseoir à la table voisine avec son compagnon en blazer bleu. Harry avait découvert qu'ils s'appelaient Diana Lovesey et Mark Alder. Margaret devrait s'habiller comme Mme Lovesey, se dit Harry : elle serait encore mieux. Mais Mme Lovesey n'avait pas l'air heureuse : en fait, elle semblait malheureuse comme les pierres.

Le service était rapide et la chère bonne. Le plat principal consistait en un filet mignon avec des asperges à la sauce hollandaise et de la purée de pommes de terre. Le steak était environ deux fois aussi gros que celui qu'on aurait servi dans un restaurant anglais. Harry ne parvint pas à le finir et il refusa un autre verre de vin. Il voulait rester alerte. Il s'apprêtait à dérober la Parure Delhi. Ce serait le plus gros coup de sa carrière, et ce pourrait être le dernier s'il en décidait ainsi. Cela lui permettrait d'acheter cette maison de campagne couverte de lierre avec un court de tennis.

Après le steak, on servit une salade, ce qui surprit Harry. On ne proposait pas souvent de salade dans les restaurants élégants de Londres, et assurément pas comme un met séparé après le plat principal.

Pêche Melba, café et petits fours se succédèrent rapidement. Eddie, le chef mécanicien, parut s'apercevoir qu'il n'était guère sociable et fit un effort pour participer à la conversation.

« Puis-je vous demander quel est le but de votre voyage, monsieur Vandenpost ?

— Ma foi, je n'ai pas envie de me trouver sur le chemin de Hitler, répondit Harry. Aussi longtemps du moins que l'Amérique n'entre pas dans la guerre.

— Vous croyez que ça va arriver ? demanda Eddie d'un ton sceptique.

— Ça c'est passé comme ça la dernière fois.

— Nous n'avons pas de querelle avec les nazis, déclara Tom Luther. Ils sont contre le communisme, et nous aussi. »

Jack acquiesça.

Harry fut surpris. En Angleterre, tout le monde pensait que l'Amérique allait entrer en guerre. Mais, autour de cette table, on ne l'imaginait pas. Peut-être les Anglais se faisaient-ils des illusions ? Peut-être ne fallait-il pas compter sur l'aide de l'Amérique ? Ce serait une mauvaise nouvelle pour sa mère, là-bas à Londres.

« Je pense, reprit Eddie, que nous serons peut-être obligés de combattre les nazis. » Il y avait dans sa voix une note de colère. « Ils sont comme des gangsters, dit-il en regardant Luther droit dans les yeux. Au bout du compte, les gens comme ça, il faut les exterminer, comme des rats. »

Jack se leva brusquement, l'air inquiet. « Puisque nous avons fini, Eddie, nous ferions bien d'aller prendre un peu de repos », dit-il d'un ton ferme.

Eddie parut surpris de cette sortie mais il hocha la tête et les deux membres de l'équipage prirent congé.

« Ce mécanicien, dit Harry, était plutôt grossier.

— Vous trouvez ? fit Luther. Je n'avais pas remarqué. »

Sale menteur, se dit Harry. Il t'a pratiquement traité de gangster !

Luther commanda un cognac. Harry se demanda s'il était vraiment un gangster. Ceux que Harry connaissait à Londres étaient beaucoup plus voyants, avec des bagues à tous les doigts, des manteaux de fourrure et des chaussures bicolores. Luther avait plutôt l'air d'un millionnaire self-made-man, un armateur peut-être, ou quelque chose dans l'industrie. Tout à coup, il lui demanda : « Qu'est-ce que vous faites dans la vie, Tom ?

— Je fais des affaires à Rhode Island. »

Cela n'encourageait guère à poursuivre la conversation et au bout de quelques instants, Harry se leva à son tour, fit un petit salut de la tête et partit.

Quand il regagna son compartiment, lord Oxenford lui demanda d'un ton brusque : « Le dîner était bon ? »

Harry l'avait beaucoup apprécié, mais les gens de la haute ne se montraient jamais trop enthousiastes à propos de la cuisine. « Pas mal, fit-il d'un ton neutre. Et il y a un vin du Rhin qui se laisse boire. »

Oxenford poussa un petit grognement et se replongea dans son journal. Il n'y a personne d'aussi mal élevé qu'un lord mal élevé, songea Harry.

Margaret sourit et parut contente de le voir. « Comment était-ce, vraiment ? dit-elle dans un murmure de conspiratrice.

— Délicieux », répondit-il. Et tous deux éclatèrent de rire.

Margaret était différente lorsqu'elle riait. Pâle et presque terne au repos, lorsqu'elle s'animait ses joues rosissaient, elle découvrait des dents impeccables, et elle eut un rire de gorge que Harry trouva excitant. L'envie le prit de se pencher à travers l'étroit couloir et de la toucher. Il s'apprêtait à le faire quand il surprit le regard de Clive Membury assis en face de lui et, sans savoir pourquoi, cela l'empêcha de céder à cet élan. « Il y a une tempête sur l'Atlantique, annonça-t-il à Margaret.

— Est-ce que cela veut dire que nous allons avoir un vol difficile ?

— Oui. Ils vont essayer de la contourner, mais tout de même ça va secouer. »

La conversation n'était pas commode parce que les stewards n'arrêtaient pas de passer dans le couloir, apportant des plats à la salle à manger et revenant avec des plateaux d'assiettes sales. Harry trouvait remarquable que deux hommes seulement parviennent à faire la cuisine et à servir autant de monde.

Il prit l'exemplaire de *Life* que Margaret avait reposé et se mit à le feuilleter tout en attendant avec impatience le moment où les Oxenford iraient dîner. Il n'avait emporté ni livres ni magazines : il n'aimait guère la lecture. Il aimait jeter un coup d'œil au contenu des journaux mais, comme distraction, il préférait la radio et le cinéma.

On appela enfin les Oxenford pour le dîner, et Harry resta seul avec Clive Membury. Pendant la première partie du voyage, l'homme était demeuré dans le grand salon à jouer aux cartes, mais maintenant qu'on avait transformé la pièce en salle à manger, il avait regagné sa place. Il va peut-être aller aux toilettes, songea Harry.

Il se demanda de nouveau si Membury était un policier et dans ce cas ce qu'il faisait sur le Clipper de la Pan American. S'il filait un suspect, il devait s'agir d'un crime important, sinon comment expliquer que la police britannique se fendît d'un billet sur le Clipper ? Mais peut-être était-il de ces gens qui économisent pendant des années et des années pour se payer un voyage de rêve, une croisière sur le Nil ou un trajet à bord de l'Orient-Express. C'était peut-être un fanatique de l'aviation qui avait simplement envie de faire le grand voyage transatlantique. Si c'est le cas, j'espère qu'il en profitera, se dit Harry. Quatre-vingt-dix livres, ça représente beaucoup d'argent pour un flic.

La patience n'était pas le point fort de Harry et, comme au bout d'une demi-heure Membury n'avait pas bougé, il décida de prendre les choses en main. « Avez-vous vu le poste de pilotage, monsieur Membury ? demanda-t-il.

— Non...

— Il paraît que c'est vraiment quelque chose. On dit que c'est aussi grand que tout l'intérieur d'un Douglas DC-3, et c'est pourtant un assez gros appareil.

— Fichtre. » Membury ne manifestait qu'un intérêt poli. Ce n'était pas un passionné d'aviation.

« Nous devrions allez jeter un coup d'œil. » Harry arrêta Nicky qui passait avec une soupière. « Les passagers peuvent-ils visiter le poste de pilotage ?

— Mais oui, monsieur, ils sont les bienvenus !

— Est-ce le bon moment ?

— Très bon moment, monsieur Vandenpost. Pas d'amerrissage en perspective, ni de décollage, pas de changement de quart et le temps est calme. Vous ne pourriez pas mieux choisir. »

Harry avait espéré qu'il répondrait cela. Il se leva et se tourna vers Membury. « On y va ? »

Membury parut sur le point de refuser. Il n'était pas du genre à se laisser influencer. D'un autre côté, Il risquerait de paraître grossier en refusant. Et peut-être Membury n'avait-il pas envie de se montrer désagréable. Après un moment d'hésitation, il se leva en disant : « Pourquoi pas ? »

Harry le précéda, passant devant la cuisine et les toilettes, puis tourna à droite, empruntant l'escalier en spirale. Arrivé en haut, il émergea dans le poste de pilotage, Membury sur ses talons.

Harry regarda autour de lui. Cela ne ressemblait pas du tout à l'image qu'il se faisait du cockpit d'un avion. Propre, silencieux et confortable, cela faisait plutôt penser à un bureau dans un immeuble moderne. Les compagnons de dîner de Harry, le navigateur et le chef mécanicien étaient absents, bien sûr, puisqu'ils n'étaient pas de service ; c'était l'autre équipe. Mais le commandant était là, assis derrière une petite table à l'arrière de la cabine. Il leva les yeux, leur adressa un sourire aimable et dit : « Bonsoir, messieurs. Voudriez-vous visiter ?

— Je pense bien, dit Harry. Mais il faut que j'aille chercher mon appareil. Est-ce que je peux prendre une photo ?

— Bien sûr.

— Je reviens tout de suite. »

Il redescendit précipitamment l'escalier, très content de lui, mais quand même tendu. Il s'était débarrassé pour un moment de Membury, mais il allait devoir mener rondement sa fouille.

Il regagna sa place. Il y avait un steward dans la cuisine et l'autre dans la salle à manger. Il aurait aimé attendre qu'ils fussent tous les deux occupés à servir à table, pour être bien sûr qu'ils ne traverseraient pas le compartiment pendant quelques minutes, mais le temps lui manquait. Il allait devoir prendre le risque d'être interrompu.

Il tira de sous son siège la valise de lady Oxenford. Elle était trop grosse et trop lourde pour un bagage de cabine, mais elle ne la portait sans doute pas elle-même. Il la posa sur le siège et l'ouvrit. La valise n'était pas fermée à clé : c'était mauvais signe : même lady Oxenford n'était probablement pas assez naïve pour laisser des bijoux hors de prix dans une valise non fermée.

Il en fouilla pourtant rapidement le contenu, surveillant du coin de l'œil pour voir si personne ne passait. Il y avait du parfum et ses produits de maquillage, un nécessaire de toilette, un peignoir couleur châtaigne, une chemise de nuit, des mules élégantes, des dessous de soie couleur pêche, des bas, un petit sac contenant une brosse à dents et quelques articles de toilette, un livre de poèmes de Blake, mais pas de bijoux.

Harry jura sous cape. Il avait estimé que c'était l'endroit le plus probable pour dissimuler la Parure Delhi. Il commençait maintenant à mettre en doute toute sa théorie.

La fouille avait duré une vingtaine de secondes.

Il s'empressa de refermer la valise et la remit sous la banquette.

Peut-être avait-elle demandé à son mari de transporter les bijoux dans ses bagages à lui ?

Il regarda le sac de voyage sous la place de lord Oxenford. Les stewards étaient toujours occupés. Il décida de pousser plus loin sa chance.

Il prit le sac d'Oxenford. On aurait dit un sac de tapisserie, mais c'était du cuir, avec une fermeture à glissière sur le haut munie d'un petit cadenas. Harry avait toujours un canif sur lui pour ce genre de circonstances. Il l'utilisa pour forcer le cadenas, puis ouvrit le sac.

Comme il en inspectait le contenu, le petit steward, Davy, passa, arrivant de la cuisine avec un plateau de consommations. Harry le regarda en souriant. Davy regarda le sac. Harry retint son souffle et conserva son sourire figé. Le steward continua vers la salle à manger. Il avait évidemment pensé que le sac était celui de Harry.

Ce dernier poussa un soupir de soulagement. Il était passé maître dans l'art de désarmer les soupçons, mais chaque fois que cela lui arrivait, il éprouvait une frousse terrible.

Le bagage d'Oxenford contenait l'équivalent masculin de ce qu'emportait sa femme : un nécessaire à raser, de la lotion pour les cheveux, un pyjama à rayures, du linge de flanelle et une biographie de Napoléon. Harry le referma et remit le cadenas en place. Oxenford allait le trouver cassé et bien entendu se demanderait comment c'était arrivé. Il regarderait si rien ne manquait et, trouvant tout en ordre, il s'imaginerait que la serrure était défectueuse.

Harry remit le sac à sa place.

Il s'en était tiré sans encombre, mais il ne s'était pas rapproché d'un pouce de la Parure Delhi.

Il était peu probable que les bijoux se trouvent dans les bagages des enfants, mais, toujours aussi téméraire, il décida de les inspecter quand même.

Si lord Oxenford, jouant les malins, avait décidé de dissimuler les bijoux de sa femme dans les valises de ses enfants, sans doute avait-il porté son choix sur Percy, qui serait tout excité à l'idée de faire partie d'une conspiration, plutôt que sur Margaret, qui était disposée à braver son père.

Harry prit le fourre-tout de Percy et le posa sur la banquette, là où il avait posé celui d'Oxenford, dans l'espoir que, si le steward repassait, il penserait qu'il s'agissait du même bagage.

Les affaires de Percy étaient si bien rangées que Harry était sûr qu'il avait laissé à un domestique le soin de s'en occuper. Aucun garçon normal de quinze ans ne plierait son pyjama pour l'envelopper ensuite dans du papier de soie. Son sac de toilette contenait une brosse à dents neuve ainsi qu'un tube de dentifrice non entamé. Il y avait un jeu d'échecs de voyage, une petite pile de bandes dessinées et un paquet de biscuits au chocolat — fourré là, s'imagina Harry, par une cuisinière ou une femme de chambre pleine d'attentions. Harry regarda à l'intérieur du jeu d'échecs pliant, fouilla parmi les albums de bandes dessinées et ouvrit le paquet de biscuits, mais il ne trouva pas de bijoux.

Comme il remettait le sac en place, un passager traversa le couloir, se rendant aux toilettes. Harry ne s'occupa pas de lui.

Il n'arrivait pas à croire que lady Oxenford eût laissé sa parure en Angleterre, dans un pays qui dans quelques semaines risquait d'être envahi et conquis. Il restait deux solutions : la valise de Margaret, ou les bagages enregistrés. Ce ne serait pas commode d'y avoir accès. Pouvait-on pénétrer dans la soute pendant que l'appareil volait ? Ou alors, il fallait envisager de suivre les Oxenford jusqu'à leur hôtel à New York...

Le commandant et Clive Membury allaient se demander pourquoi il mettait aussi longtemps à chercher son appareil photo.

Il prit le sac de Margaret. Ça semblait être un cadeau d'anniversaire : une petite valise aux coins arrondis, en cuir crème souple avec de belles fermetures en cuivre. En l'ouvrant, il sentit son parfum, Tosca. Il trouva une chemise de nuit de cotonnade à petites fleurs et essaya de s'imaginer Margaret dans cette tenue. C'était trop petite fille pour elle. Elle avait des dessous de simple coton blanc. Il se demanda si elle était vierge. Il tomba sur une petite photographie encadrée d'un garçon d'une vingtaine d'années, plutôt beau, avec de longs cheveux bruns et des yeux noirs, arborant une toge et une toque universitaires : sans doute le garçon qui était mort en Espagne. Avait-elle couché avec lui ? Harry penchait plutôt pour l'affirmative, malgré son linge de collégienne. Elle lisait un roman de D.H. Lawrence. Je parie que sa mère ne sait pas ça, se dit Harry. Il y avait une petite pile de mouchoirs brodés « M. O. ». Ils embaumaient Tosca.

Mais les bijoux n'étaient pas là.

Harry décida de prendre en souvenir un des mouchoirs parfumés. Et, juste au moment où il s'en emparait, Davy survint, portant un plateau où s'entassaient des assiettes à soupe.

Il jeta un coup d'œil à Harry, puis s'arrêta, fronçant les sourcils. Le sac de Margaret, bien sûr, était très différent de celui de lord Oxenford. De toute évidence, Harry ne pouvait pas être le propriétaire des deux bagages ; il devait donc être en train de fouiller ceux d'autrui.

Davy le dévisagea un moment, manifestement méfiant, mais effrayé aussi à l'idée d'accuser un passager. Il finit par balbutier : « Monsieur, c'est votre sac ? »

Harry lui montra le petit mouchoir. « Est-ce que je me moucherais là-dedans ? » Il referma la valise et la remit en place.

Davy avait toujours l'air inquiet. Harry expliqua : « Elle m'a demandé de venir lui chercher ça. Ce qu'on nous fait faire... »

L'expression de Davy changea, et il parut gêné. « Pardonnez-moi, monsieur, mais j'espère que vous comprenez...

— Je suis heureux que vous ayez l'œil, répondit Harry. Vous faites du bon travail. » Il tapota l'épaule de Davy. Maintenant, il allait devoir donner ce foutu mouchoir à Margaret, pour accréditer son histoire. Il entra dans la salle à manger.

Elle était à une table avec ses parents et son frère. Il brandit le mouchoir dans sa direction en disant : « Vous avez fait tomber ceci. »

Elle s'étonna : « Vraiment ? Merci !

— Je vous en prie. » Il s'éclipsa rapidement. Davy aurait-il l'audace de vérifier en demandant à Margaret si elle avait prié Harry d'aller lui chercher un mouchoir propre ? Il en doutait.

Il retraversa son compartiment, passa devant la cuisine où Davy entassait la vaisselle sale et grimpa l'escalier en spirale. Comment diable allait-il avoir accès à la soute à bagages ? Il ne savait pas où elle était située, n'ayant pas surveillé le chargement des malles. Mais il devait bien y avoir un moyen.

Le commandant Baker expliquait à Clive Membury comment on naviguait au-dessus de l'océan sans point de repère. « La plupart du temps, nous sommes hors de portée des balises radio, alors ce sont les étoiles qui nous guident... quand nous pouvons les voir. »

Membury leva les yeux vers Harry. « Pas d'appareil ? » demanda-t-il sèchement.

C'est sûrement un flic, se dit Harry. « J'ai oublié de mettre de la pellicule, dit-il. C'est idiot, hein ? » Il regarda autour de lui. « Comment pouvez-vous voir les étoiles d'ici ?

— Oh, le navigateur sort juste un moment », dit le commandant, impassible. Puis il sourit. « Je plaisantais. Il y a un observatoire que je vais vous montrer. » Il ouvrit une porte au fond du poste de pilotage et franchit le seuil. Harry lui emboîta le pas et se trouva dans une étroite coursive. Le commandant leva la main. « Voici le dôme d'observation. » Harry regarda sans grand intérêt : il pensait toujours aux bijoux de lady Oxenford. Il y avait une calotte vitrée dans le toit, et une échelle pliante pendait à un crochet sur le côté. « Le navigateur grimpe là-haut avec son octant chaque fois qu'il y a une brèche dans les nuages. C'est aussi par là qu'on charge les bagages. »

Harry fut soudain attentif. « Les bagages par le toit ? demanda-t-il.

— Bien sûr. Par ici.

— Et ensuite, où les entrepose-t-on ? »

Le commandant montra les deux portes de part et d'autre de la coursive. « Dans la soute. »

Harry n'en croyait pas sa chance. « Alors toutes les valises sont juste là, derrière ces portes !

— Mais oui, monsieur. »

Harry essaya une des portes. Elle n'était pas fermée à clef. Il jeta un coup d'œil à l'intérieur. Là se trouvaient les valises et les malles des passagers, soigneusement entassées et fixées par des sangles aux entretoises pour les empêcher de bouger en cours de vol.

Quelque part là-dedans se trouvait la Parure Delhi, et une vie de luxe pour Harry Marks.

Clive Membury regardait par-dessus l'épaule de Harry. « Fascinant, murmura-t-il.

— Je pense bien », dit Harry.

14

Margaret était d'excellente humeur. Elle ne cessait d'oublier qu'elle ne voulait pas aller en Amérique. Elle avait du mal à croire qu'elle s'était liée d'amitié avec un vrai voleur ! D'ordinaire, si quelqu'un lui avait annoncé : « Je suis un voleur », elle ne l'aurait pas cru ; mais dans le cas de Harry, elle savait que c'était vrai car elle l'avait rencontré dans un commissariat de police et l'avait vu accusé.

Elle avait toujours été fascinée par les gens qui vivaient en marge de la société : criminels, bohèmes, anarchistes, prostituées ou vagabonds. Ils semblaient si libres. Bien sûr, ils n'étaient peut-être pas libres de commander du champagne, prendre l'avion pour New York ou envoyer leurs enfants à l'université : elle n'était pas assez naïve pour négliger les restrictions qu'imposait le fait d'être un hors caste. Mais les gens comme Harry n'étaient jamais obligés de faire quelque chose simplement parce qu'on leur en donnait l'ordre, et cela lui paraissait merveilleux. Elle rêvait de combattre dans les maquis, vêtue de pantalons et trimbalant un fusil, volant de la nourriture, dormant sous les étoiles et n'ayant jamais de vêtements repassés.

Jamais elle ne rencontrait de gens comme ça ; ou bien, si cela lui arrivait, elle ne les reconnaissait pas pour ce qu'ils étaient : n'était-elle pas restée assise sur le seuil d'une porte dans « la rue la plus malfamée de Londres » sans se rendre compte qu'on allait la prendre pour une prostituée ? Comme cela lui paraissait loin, même si ça ne datait que d'hier soir.

Rencontrer Harry était ce qui lui était arrivé de plus intéressant depuis une éternité. Il représentait tout ce qu'elle avait jamais voulu avoir. Il pouvait faire tout ce qui lui plaisait ! Ce matin, il avait décidé de partir pour l'Amérique, et cet après-midi, il était en route. S'il avait envie de danser toute la nuit et de dormir toute la journée, eh bien, personne ne l'en empêchait. Il mangeait et buvait ce que bon lui semblait, quand l'envie l'en prenait, au Ritz, dans un pub ou à bord du Clipper de la Pan American. Il pouvait s'inscrire au parti communiste et puis le quitter sans donner d'explications à personne. Quand il avait besoin d'argent, il en prenait tout simplement à des gens qui en avaient plus qu'ils ne le méritaient. C'était un esprit totalement libre !

Elle aurait voulu en savoir plus sur son compte et elle regrettait le temps qu'elle devait perdre à dîner sans lui.

Le baron Gabon et Carl Hartmann occupaient la table voisine de celle des Oxenford. Père leur avait lancé un regard noir quand ils étaient entrés, sans doute parce qu'ils étaient juifs. Ollis Field et Frank Gordon partageaient leur table. Frank Gordon était un jeune homme un peu plus âgé que Harry, beau garçon, mais avec quelque chose d'un peu brutal dans la bouche, et Ollis Field un homme vieillissant, l'air plutôt déjeté et complètement chauve. Ces deux personnages avaient provoqué quelques commentaires en restant à bord de l'appareil quand tout le monde avait débarqué à Foynes.

A la troisième table étaient installées Lulu Bell et la princesse Lavinia, qui récriminait tant et plus parce que la sauce du cocktail de crevettes était trop salée. Avec elles se trouvaient deux personnes qui avaient rejoint l'avion à Foynes, M. Lovesey et Mme Lenehan. Percy affirmait que ces deux-là partageaient la suite nuptiale bien qu'ils ne fussent pas mariés. Margaret jugeait surprenant que la Pan American tolère une telle situation. Peut-être cette absence de rigueur tenait-elle au fait que tant de gens voulaient désespérément gagner l'Amérique.

Percy s'amena, coiffé d'une calotte noire comme en portent les Juifs. Margaret pouffa. Où diable avait-il trouvé cela ? Père la lui arracha en marmonnant d'un ton furieux : « Petit imbécile ! »

Mère arborait l'expression figée qu'elle avait depuis le départ d'Elizabeth. Elle dit d'un ton vague : « Il me semble que c'est terriblement tôt pour dîner.

— Il est 7 heures et demie, déclara Père.

— Pourquoi ne fait-il pas nuit ?

— Il fait nuit en Angleterre, répondit Percy. Mais nous sommes à cinq cents kilomètres de la côte irlandaise. Nous courons après le soleil.

— Mais la nuit finira quand même bien par tomber.

— Vers 9 heures à mon avis, annonça Percy.

— Bien, dit Mère, d'un air absent.

— Vous rendez-vous compte que si nous allions assez vite, nous rattraperions le soleil et qu'il ne ferait jamais nuit ? » lança Percy.

Père dit d'un ton condescendant : « Je ne pense pas qu'il y ait la moindre chance que les hommes construisent jamais des avions aussi rapides. »

Nicky, le steward, apporta le premier plat. « Pas pour moi, merci, dit Percy. Les crevettes ne sont pas casher. »

Le steward lui lança un regard stupéfait mais ne dit rien. Père devint tout rouge.

Margaret s'empressa de changer de sujet. « Quand arrivons-nous à la prochaine étape, Percy ? » Il savait toujours ces choses-là.

« On compte seize heures et demie de temps de vol jusqu'à Botwood, annonça-t-il. Nous devrions être là-bas à 9 heures du matin, heure d'été britannique.

— Mais quelle heure sera-t-il là-bas ?

— Terre-Neuve a trois heures et demie de retard sur l'heure de Greenwich.

— Trois heures et *demie* ? fit Margaret, surprise. Je ne savais pas qu'il y avait des endroits où on comptait par demi-heure.

— Et Botwood aussi a adopté l'heure d'été, reprit Percy,

comme l'Angleterre. L'heure locale quand nous arriverons sera 5 h 30 du matin.

— Je n'arriverai jamais à me réveiller, dit Mère d'un ton las.

— Mais si, dit Percy avec impatience. Vous aurez l'impression qu'il est 9 heures.

— Les garçons sont si forts pour les choses techniques », murmura Mère.

Elle irritait Margaret quand elle faisait semblant d'être idiote. Elle estimait que ce n'était pas féminin de comprendre les détails techniques. « Les hommes n'aiment pas que les femmes soient trop intelligentes, ma chérie », avait-elle répété plus d'une fois à sa fille. Margaret ne discutait plus avec sa mère, mais elle n'en croyait pas un mot. Seuls des hommes stupides, à son avis, pensaient de cette façon. Les hommes intelligents aimaient les femmes intelligentes.

Elle s'aperçut que le ton montait un peu à la table voisine. Le baron Gabon et Carl Hartmann discutaient, sous les yeux de leurs compagnons de table qui gardaient un silence ahuri. Margaret se rendit compte que chaque fois qu'elle s'était trouvée en présence des deux hommes, ils étaient plongés dans une profonde discussion. Il n'y avait là rien de vraiment surprenant : si l'on s'adressait à un des plus grands cerveaux de ce monde, ce n'était pas pour parler de la pluie et du beau temps. Elle entendit le mot « Palestine ». Ils devaient parler du sionisme. Elle lança à Père un regard anxieux. Lui aussi avait entendu et avait l'air de mauvaise humeur. Sans lui laisser le temps de parler, Margaret déclara : « Nous allons traverser une tempête. Nous serons peut-être un peu secoués.

— Comment le sais-tu ? » demanda Percy. Il y avait dans sa voix une pointe de jalousie : c'était lui l'expert en détails du vol, pas Margaret.

« C'est M. Vandenpost qui me l'a dit.

— Et comment le saurait-il, lui ?

— Il a dîné avec le chef mécanicien et le navigateur.

— Ça ne me fait pas peur », lança Percy d'un ton qui laissait entendre le contraire.

L'idée n'était pas venue à Margaret de s'inquiéter de la tempête. Ce serait peut-être inconfortable, mais il n'y avait sûrement pas de véritable danger.

Père vida son verre et, d'un ton irrité, redemanda du vin au steward. Avait-il peur de la tempête ? Elle avait remarqué qu'il buvait encore plus que d'habitude. Dans son visage congestionné, ses yeux pâles avaient un regard fixe.

« Margaret, commença Mère, tu devrais parler davantage à ce M. Membury qui n'ouvre pas la bouche. »

Margaret fut surprise. « Pourquoi ? On dirait qu'il a envie qu'on le laisse tranquille.

— Je pense que c'est simplement de la timidité. »

Ce n'était pas le genre de Mère de s'apitoyer sur les gens timides, surtout si, comme dans le cas de M. Membury, il s'agissait incontestablement de petites gens. « Allons, Mère, riposta Margaret. Que voulez-vous dire ?

— Je ne veux pas que tu passes tout le voyage à bavarder avec M. Vandenpost. »

C'était exactement ce que Margaret avait l'intention de faire. « Et pourquoi donc ?

— Eh bien, tu comprends, il a ton âge, il ne s'agit pas de lui donner des idées.

— J'aimerais assez lui donner des idées. Il est rudement beau garçon.

— Non, ma chérie, dit lady Oxenford d'un ton ferme. Il y a je ne sais quoi chez lui qui n'est pas tout à fait comme il faut. » Elle voulait dire qu'il n'appartenait pas à la haute société. Comme bien des étrangères qui avaient épousé un aristocrate, Mère était encore plus snob que les Anglais.

Elle n'avait donc pas été complètement dupe du rôle de riche jeune Américain que s'efforçait de jouer Harry. Elle avait des antennes pour ces choses-là. « Mais vous disiez que vous connaissiez les Vandenpost de Philadelphie, observa Margaret.

— C'est vrai, mais maintenant que j'y pense, je suis sûre qu'il n'appartient pas à cette famille.

— Je devrais rechercher sa compagnie rien que pour vous punir d'être une telle snob, Mère.

— Ce n'est pas du snobisme, ma chérie, c'est de l'éducation. Le snobisme est vulgaire. »

Margaret renonça. La cuirasse de supériorité de sa mère était impénétrable. Inutile de vouloir raisonner avec elle. Mais Margaret n'avait pas du tout l'intention de lui obéir. Harry était bien trop intéressant.

« Je me demande, reprit Percy, qui est ce M. Membury. J'aime bien son gilet rouge. Il n'a pas l'air d'un passager habituel des vols transatlantiques.

— Je pense, fit Mère, que c'est une sorte de fonctionnaire. »

C'est exactement de quoi il a l'air, songea Margaret. Mère avait vraiment l'œil pour ce genre de choses.

« Il travaille sans doute pour la compagnie aérienne, observa Père.

— Je le verrais plus en serviteur de l'État », dit Mère. Les stewards arrivaient avec le plat principal. Mère refusa le filet mignon. « Je ne mange jamais de plats cuisinés, expliqua-t-elle à Nicky. Apportez-moi juste un peu de céleri et du caviar. »

A la table voisine, le baron Gabon déclarait : « Nous devons avoir une terre à nous... il n'y a pas d'autre solution !

— Mais vous avez admis, répondit Carl Hartmann, que ce devra être un État militarisé...

— Capable de se défendre contre des voisins hostiles !

— Et vous reconnaissez qu'il devra pratiquer une discrimination entre Juifs et Arabes, en faveur des Juifs ; or la combinaison du militarisme et du racisme conduit au fascisme, et c'est justement ce que vous êtes censé combattre !

— Chut, pas si fort », intima Gabon, et ils baissèrent le ton.

Dans des circonstances normales, Margaret se serait intéressée à la discussion : c'était un sujet qu'elle avait abordé avec Ian. Les socialistes étaient divisés à propos de la Palestine. Les uns disaient que c'était l'occasion de créer un État idéal ; d'autres que la terre appartenait aux gens qui vivaient là et qu'on ne pouvait pas plus la donner aux Juifs que l'Irlande, Hong Kong ou le Texas. Le fait que tant de socialistes fussent juifs ne faisait que compliquer les choses.

Mais, pour l'instant, elle aurait voulu voir Gabon et Hartmann se calmer pour éviter que Père ne suivît leur conversation.

Malheureusement, il n'en était rien. Ils discutaient de quelque chose qui les touchait profondément. Hartmann éleva de nouveau la voix et dit : « Je ne veux pas vivre dans un état raciste ! »

Père lança d'une voix forte : « Je ne savais pas que nous voyagions avec une bande de Juifs.

— Oy vey », dit Percy.

Margaret jeta à son père un regard consterné. A une époque, sa philosophie politique avait eu un certain sens. Quand des millions d'hommes valides se retrouvaient sans emploi et affamés, cela semblait courageux d'affirmer que le capitalisme tout comme le socialisme avaient échoué et que la démocratie n'était pas bonne pour l'homme ordinaire. Il y avait quelque chose de séduisant dans l'idée d'un État tout-puissant dirigeant l'industrie sous l'égide d'un dictateur bienveillant. Mais ces idéaux élevés et cette politique audacieuse avaient dégénéré maintenant dans ce fanatisme absurde. Elle avait pensé à Père quand, lisant *Hamlet*, elle était tombée sur le vers : « *Oh, quel noble esprit est ici dérangé !* »

Elle espérait que les deux hommes n'avaient pas entendu la remarque grossière de Père, car ils lui tournaient le dos et étaient plongés dans leur discussion. Pour éloigner Père de ce sujet, elle lança d'un ton enjoué : « A quelle heure devrions-nous tous aller nous coucher ?

— J'aimerais me coucher de bonne heure », annonça Percy. C'était inhabituel mais, bien sûr, il attendait avec impatience de réaliser cette expérience nouvelle pour lui : dormir à bord d'un avion.

« Nous irons tous nous coucher comme d'habitude, déclara Mère.

— Mais dans quel fuseau horaire ? demanda Percy. Faut-il que je me couche à 10 heures, heure d'été en Angleterre ou à 10 heures, heure d'été de Terre-Neuve ? »

« L'Amérique est raciste ! s'exclama le baron Gabon. Tout comme la France... l'Angleterre... L'Union soviétique... autant d'États racistes !

— Bonté divine ! » fit Père.

Sur quoi Carl Hartmann demanda : « Alors pourquoi fonder un État raciste de plus ? »

C'en était trop. Père se retourna, le visage empourpré. Avant que personne ait pu l'arrêter, il éclata : « Vous, les youpins, vous feriez mieux de baisser un peu le ton. »

Hartmann et Gabon le dévisagèrent avec stupéfaction.

Le silence se fit dans la pièce. Margaret aurait voulu voir le plancher s'entrouvrir et l'engloutir. L'idée que tout le monde savait maintenant qu'elle était la fille de cet imbécile pris de boisson assis en face d'elle la rendait malade. Elle croisa le regard de Nicky, lut sur son visage qu'il la plaignait, et cela ne fit qu'aggraver les choses.

Le baron Gabon devint très pâle. On put croire un moment qu'il allait répliquer, mais il changea d'avis et détourna les yeux. Hartmann eut un sourire un peu crispé et Margaret se dit que pour lui, qui arrivait d'Allemagne nazie, ce genre d'incidents devait paraître mineur.

Mais Père n'en avait pas terminé. « C'est un compartiment de première classe », ajouta-t-il.

Margaret ne quittait pas des yeux le baron Gabon. S'efforçant toujours d'ignorer Père, il prit sa cuiller, mais sa main tremblait et il fit tomber de la soupe sur son gilet. Il renonça et reposa la cuiller.

Cette marque évidente de son désarroi toucha Margaret droit au cœur. Folle de rage contre son père, elle se tourna vers lui et, pour une fois trouva le courage de lui dire ce qu'elle pensait : « Vous venez d'insulter grossièrement deux des hommes les plus distingués d'Europe !

— Deux des *Juifs* les plus distingués d'Europe, rectifia-t-il.

— Souvenez-vous de Granny Fishbein », lança Percy.

Père se tourna vers lui, le menaçant du doigt : « Tu vas cesser ces absurdités, tu m'entends ?

— Il faut que j'aille aux toilettes, annonça Percy en se

levant. J'ai mal au cœur. » Sur quoi, il quitta la salle à manger.

Margaret se rendit compte que Percy et elle avaient tenu tête à leur père et que celui-ci n'avait rien pu faire. Ce jour était à marquer d'une pierre blanche. Baissant la voix, Père lâcha à l'intention de Margaret : « Souviens-toi que ce sont ces gens qui nous ont chassés de chez nous ! » Puis, élevant de nouveau le ton, il reprit : « S'ils veulent voyager avec nous, qu'ils apprennent au moins à se tenir.

— En voilà assez ! » dit une voix qu'on n'avait pas encore entendue.

Margaret regarda autour d'elle. Le personnage qui venait d'intervenir était Mervyn Lovesey, l'homme qui avait embarqué à Foynes. Repoussant sa chaise, Lovesey se leva, traversa la salle à manger et se pencha sur la table des Oxenford, l'air menaçant. C'était un homme grand, d'une quarantaine d'années, avec des cheveux drus et grisonnants, des sourcils noirs et des traits énergiques. Il portait un costume élégant mais parlait avec un accent du Lancashire. « Je vous serais obligé de garder ces opinions-là pour vous, dit-il d'un ton lourd de menaces.

— Cela ne vous regarde pas..., commença Père.

— Mais si », répliqua Lovesey.

Margaret vit Nicky partir précipitamment et devina qu'il allait chercher de l'aide au poste de pilotage.

Lovesey poursuivit : « Vous n'en savez sans doute rien, mais le professeur Hartmann est un des premiers physiciens au monde.

— Peu m'importe ce qu'il est...

— Je m'en doute. Mais moi, ça m'importe, et je trouve vos opinions aussi nauséabondes qu'un égout.

— Je dirai ce qui me plaît », fit Père en faisant mine de se redresser.

Lovesey le maintint à sa place d'une main forte posée sur son épaule. « Nous sommes en guerre avec des gens comme vous.

— Fichez le camp, voulez-vous ?

— Si vous vous taisez.

— Je vais appeler le commandant...

— Inutile », fit une voix, et le commandant Baker apparut, l'air calme et plein d'autorité. « Monsieur Lovesey, puis-je vous demander de regagner votre place ? Je vous en serais fort obligé.

— Mais oui, je vais m'asseoir, répondit celui-ci, mais je ne laisserai pas sans réagir le plus éminent savant d'Europe se faire traiter de youpin par un abruti d'ivrogne.

— Je vous en prie, monsieur Lovesey. »

Lovesey regagna sa place.

Le commandant se tourna vers Père. « Lord Oxenford, sans doute vous a-t-on mal entendu. Je suis certain que vous n'emploieriez pas à l'adresse d'un autre passager le mot qu'a cité M. Lovesey. »

Margaret pria le ciel que Père accepte cette solution, mais à sa consternation, il se montra plus belliqueux encore. « Je l'ai traité de youpin, parce que c'est ce qu'il est ! s'exclama-t-il.

— Père, arrêtez !

— Je vous demanderai de ne pas utiliser ce genre de termes à bord de mon appareil, intima le commandant.

— Il a donc honte d'en être un », continua Père, méprisant. Margaret se rendait compte que le commandant Baker commençait à s'énerver.

« Ceci, monsieur, est un avion américain et nous avons des règles de conduite américaines. J'insiste pour que vous cessiez d'insulter les autres passagers, et je vous préviens que j'ai tout pouvoir pour vous faire arrêter et jeter en prison par la police locale à notre prochaine escale. Vous devriez savoir que dans ces cas-là, si rares soient-ils, la compagnie aérienne porte toujours plainte. »

La menace d'emprisonnement ébranla Père. Pendant un moment, il fut réduit au silence. Margaret se sentait profondément humiliée. La grossièreté de son père rejaillissait sur elle. Enfin il déclara : « Je vais regagner mon compartiment. » Il se leva, suivi de Mère.

Harry apparut soudain, jaillissant de nulle part. Il posa les mains sur le dossier du fauteuil. « Lady Margaret », dit-il en s'inclinant. Elle lui fut profondément reconnaissante de cette marque de soutien.

Mère s'éloigna, le visage sans expression, la tête haute. Père lui emboîta le pas.

Harry offrit son bras à Margaret. Ce n'était pas grand-chose, mais cela représentait beaucoup pour elle. Les joues brûlantes, elle parvint à quitter la pièce avec une certaine dignité. Un brouhaha de conversations s'éleva dès qu'elle eut le dos tourné.

Harry l'escorta jusqu'à sa place.

« C'était si gentil de votre part, dit-elle avec chaleur. Je ne sais comment vous remercier.

— J'entendais la dispute d'ici, dit-il avec calme. Je savais que vous vous sentiriez mal.

— Je n'ai jamais été aussi humiliée », murmura-t-elle.

Mais Père n'avait toujours pas fini. « Ils le regretteront un jour, ces fichus imbéciles ! » Mère, assise dans son coin, le regardait d'un œil vide. « Ils vont perdre cette guerre, je vous le dis.

— Assez, Père, je vous en prie », dit Margaret. Heureusement, seul Harry était là pour entendre la tirade de lord Oxenford : M. Membury avait disparu.

Sans l'écouter, Père continua : « L'armée allemande va déferler sur l'Angleterre comme une lame de fond ! Et alors que crois-tu qu'il arrivera ? Hitler, bien sûr, installera un gouvernement fasciste. » Une lueur étrange s'alluma soudain dans son regard. Mon Dieu, il a vraiment l'air fou, songea Margaret, mon père est en train de perdre la tête. Il baissa la voix et son visage prit une expression machiavélique. « Un gouvernement fasciste anglais, bien sûr. Et il aura besoin d'un fasciste anglais pour en prendre la tête !

— Oh, Seigneur », fit Margaret.

Père s'imaginait que Hitler le rappellerait d'exil pour faire de lui le dictateur de la Grande-Bretagne.

« Et quand il y aura un Premier ministre fasciste à Londres, alors, ils changeront de ton ! » conclut Père d'un ton triomphant, comme s'il venait de remporter une discussion

Harry le dévisageait avec stupéfaction. « Vous vous imaginez... vous croyez que Hitler va vous demander...

— Qui sait ? répondit Père. Ce devra être quelqu'un n'ayant eu aucun rapport avec l'administration vaincue. Si on faisait appel à moi... mon devoir envers mon pays... en partant de zéro, sans récriminations... »

Harry semblait trop abasourdi pour dire un mot.

Désespérée, Margaret décida que les choses avaient assez duré. Elle allait vraiment quitter ses parents, et cette nouvelle tentative serait la bonne. Elle tirerait la leçon de l'exemple d'Elizabeth. Elle réfléchirait avec soin et préparerait son affaire. Elle s'assurerait qu'elle avait de l'argent, des amis et un endroit pour dormir. Cette fois, ça marcherait.

Percy sortit des toilettes, ayant manqué l'essentiel du drame. Mais il semblait en avoir vécu un lui-même : il avait le visage tout rouge et l'air excité. « Devinez quoi ? lança-t-il au compartiment. Je viens de voir M. Membury aux toilettes... Il avait déboutonné sa veste et rentrait sa chemise dans son pantalon : il a un baudrier sous sa veste... avec un pistolet dedans ! »

15

Le Clipper approchait du point de non-retour.

Eddie Deakin, angoissé, agité, reprit son service à 22 heures, heure britannique. Le soleil avait poursuivi sa course, laissant l'appareil dans l'obscurité. Le temps avait changé aussi. La pluie cinglait les hublots, des nuages obscurcissaient les étoiles et des rafales de vent frappaient le puissant appareil, secouant les passagers.

Le temps était généralement plus mauvais à basse altitude mais, malgré cela, le commandant Baker maintenait l'appareil presque au ras des flots. Il « chassait le vent », recherchant l'altitude à laquelle le vent dominant d'ouest serait le moins contraire.

Eddie, inquiet, savait que l'appareil n'avait plus beaucoup de carburant. Il s'assit à son poste et entreprit de calculer la distance que l'hydravion pourrait parcourir avec ce qui restait dans les réservoirs. Comme le temps était un peu plus mauvais que celui qu'avait prédit la météo, les moteurs avaient dû consommer plus de carburant que prévu. S'il n'en restait pas assez pour amener le Clipper jusqu'à Terre-Neuve, il faudrait faire demi-tour avant d'atteindre le point de non-retour.

Et qu'adviendrait-il alors de Carol-Ann ?

Tom Luther était certainement un homme prévoyant, et il avait dû envisager la possibilité que le Clipper fût retardé. Il devait avoir un moyen de contacter ses complices pour confirmer ou modifier l'heure du rendez-vous.

Mais, si l'avion faisait demi-tour, Carol-Ann demeurerait encore au moins vingt-quatre heures de plus aux mains de ses ravisseurs.

Pendant tout son temps de repos, Eddie était resté assis dans le compartiment avant, à regarder par le hublot sans rien voir. Il n'avait même pas essayé de dormir, sachant que ce serait sans espoir. Des images de sa femme ne cessaient de le tourmenter : Carol-Ann en larmes, ou ligotée, ou meurtrie. Carol-Ann, effrayée, suppliante, hystérique, désespérée. Toutes les cinq minutes, l'envie le prenait de marteler le fuselage et il n'avait cessé de lutter contre l'élan qui le poussait à grimper l'escalier pour demander à son remplaçant, Mickey Finn, où en était la consommation de carburant.

Sa conduite à l'égard de Tom Luther dans la salle à manger avait été tout à fait stupide. Une vraie malchance qu'on les eût mis à la même table. Après coup, le navigateur, Jack Ashford, lui avait fait la leçon, et il s'était rendu compte à quel point son attitude avait été déraisonnable. Jack savait maintenant qu'il y avait quelque chose entre Eddie et Luther. Eddie avait refusé de lui donner des explications, et Jack avait pour l'instant accepté la chose. Mais Eddie s'était bien promis de se montrer plus prudent désormais. Si le commandant Baker venait à se douter que son chef mécanicien était victime d'un chantage, il prendrait des mesures et Eddie se retrouverait alors impuissant à sauver Carol-Ann.

Il est vrai que son comportement envers Tom Luther avait dû être oublié dans l'excitation de la bagarre qui avait failli éclater entre Mervyn Lovesey et lord Oxenford. Eddie n'en avait pas été témoin, mais les stewards lui avaient tout raconté. Eddie estimait qu'Oxenford était une brute qui avait besoin de se faire rabattre le caquet, et c'était précisément ce qu'avait fait le commandant Baker. Eddie plaignait ce garçon, Percy, d'être élevé par un tel père.

Le troisième service allait s'achever dans quelques minutes, et les choses alors commenceraient à se calmer sur le pont des passagers. Les plus âgés iraient se coucher. La majorité resterait encore une heure ou deux, malgré les secousses, trop excités ou trop énervés pour avoir envie de dormir ; puis, l'un après l'autre, ils céderaient à leur horloge interne et gagneraient leur lit. Quelques obstinés entameraient une partie de cartes dans le salon principal, et continueraient à boire, mais ce serait le genre de buveurs tranquilles qui donnaient rarement d'ennuis.

Eddie calculait la consommation en carburant de l'appareil d'après le tableau qu'on appelait la « courbe zinzin ». La ligne rouge qui indiquait la consommation réelle louvoyait sans cesse au-dessus de celle de ses prévisions tracée au crayon. C'était presque inévitable, puisqu'il avait truqué ses calculs. Mais la différence était plus grande qu'il ne s'y attendait, à cause du mauvais temps.

Son inquiétude augmenta encore quand il constata le rayon d'action effectif de l'appareil avec le carburant qui restait. En faisant ses calculs sur la base de trois moteurs — ce que les règles de sécurité imposaient — il se rendit compte qu'il ne restait même pas assez de carburant pour les emmener jusqu'à Terre-Neuve.

Il aurait dû alerter aussitôt le commandant, mais il n'en fit rien.

La différence était très faible : avec quatre moteurs, qui paradoxalement permettaient de consommer moins, il devrait y avoir assez de carburant. D'ailleurs, la situation pouvait changer dans les deux heures à venir : si les vents se révélaient moins violents que prévu, l'appareil consommerait également moins. Et enfin, si le pire arrivait, ils pourraient changer leur itinéraire et voler au milieu de la tempête, réduisant ainsi la distance. Les passagers en seraient quittes pour supporter les secousses.

A sa gauche, l'opérateur radio, Ben Thompson, transcrivait un message en morse, son crâne chauve penché sur sa console. Espérant que ce serait un bulletin annonçant un temps meilleur, Eddie se planta derrière lui et lut par-dessus son épaule.

Le message l'étonna et l'intrigua.

Il émanait du FBI et était adressé à un certain Ollis Field. On pouvait lire : D'APRÈS DES INFORMATIONS QUE NOUS AVONS REÇUES, DES COMPLICES DE CRIMINELS CONNUS POURRAIENT ÊTRE À BORD DE VOTRE APPAREIL. PRENEZ UN SURCROÎT DE PRÉCAUTIONS AVEC LE PRISONNIER.

Qu'est-ce que cela voulait dire ? Cela avait-il quelque chose à voir avec l'enlèvement de Carol-Ann ? Un moment, Eddie en eut le vertige.

Ben arracha la page de son bloc et appela : « Commandant ! Vous feriez bien de jeter un coup d'œil là-dessus. »

Jack Ashford, alerté par le ton d'urgence du radio, leva les yeux de ses cartes. Eddie prit le message, le montra un moment à Jack, puis le passa au commandant qui dévorait un steak-purée à la table de conférence, au fond de la cabine.

Le visage de Baker s'assombrit en lisant le texte. « Je n'aime pas ça, dit-il. Ollis Field doit être un agent du FBI.

— C'est un passager ? interrogea Eddie.

— Oui. Je trouvais qu'il avait quelque chose de bizarre. Un type un peu éteint, pas du tout le genre de passager du Clipper. Il est resté à bord pendant l'étape de Foynes. »

Eddie ne l'avait pas remarqué, mais le navigateur l'avait vu. « Je crois que je sais de qui vous parlez, dit Jack en se grattant le menton. Un type chauve. Il y a un garçon plus jeune avec lui, habillé de façon un peu voyante. Ça m'a l'air d'un drôle de couple.

— Le jeune doit être le prisonnier, dit le commandant. Je crois qu'il s'appelle Frank Gordon. »

Eddie réfléchissait rapidement. « C'est pour ça qu'ils sont restés à bord à Foynes : l'homme du FBI ne veut pas donner à son prisonnier une occasion de s'échapper. »

Baker acquiesça. « Gordon a dû être extradé d'Angleterre, et on n'obtient pas un mandat d'extradition pour des voleurs à la tire. Ce type doit être un dangereux criminel. Et dire qu'ils l'ont collé dans mon avion sans me prévenir ! »

Ben, le radio, dit : « Je me demande ce qu'il a fait.

— Frank Gordon, murmura Jack. Ça me dit quelque chose. Attendez un peu... Je parie que c'est Frankie Gordino ! »

Eddie se souvint d'avoir lu quelque chose à propos de Gordino dans les journaux. C'était un homme de main appartenant à une bande de Nouvelle-Angleterre. Il était recherché pour le meurtre du patron d'une boîte de nuit de Boston qui refusait de se laisser racketter. Gordino avait fait irruption dans le cabaret, tiré une balle dans le ventre du propriétaire, violé sa petite amie puis incendié la boîte. Le patron était mort, mais la fille avait échappé à l'incendie et avait indentifié Gordino d'après les photos.

« On ne va pas tarder à savoir si c'est lui, dit Baker. Eddie, voulez-vous s'il vous plaît prier cet Ollis Field de venir ici.

— Bien sûr. » Eddie coiffa sa casquette, passa sa veste d'uniforme et descendit l'escalier, tournant et retournant cette histoire dans sa tête. Il était certain qu'il devait y avoir un lien entre Frankie Gordino et les gens qui avaient enlevé Carol-Ann et il essayait frénétiquement de deviner lequel, mais sans succès.

Il s'arrêta au seuil de la cuisine où un steward emplissait une cafetière.

« Davy, demanda-t-il, où est assis M. Ollis Field ?

— Compartiment quatre, côté bâbord, face à l'arrière », répondit le steward.

Eddie suivit le couloir, gardant l'équilibre sur le plancher instable, et nota au passage que la famille Oxenford semblait s'être calmée. La tempête maintenant secouait l'appareil et, dans la salle à manger où le troisième service venait de se terminer, le café se répandait dans les soucoupes. Il traversa le compartiment numéro trois, puis monta une marche jusqu'au numéro quatre.

Sur le siège face à l'arrière, du côté bâbord, était assis un homme chauve d'une quarantaine d'années, l'air endormi, qui fumait une cigarette en regardant par le hublot. Ce n'était pas l'image qu'Eddie se faisait d'un agent du FBI : il ne voyait pas cet homme entrant pistolet au point dans une pièce pleine de bootleggers.

En face de Field il y avait un homme plus jeune, bien mieux habillé, avec la carrure d'un athlète qui a cessé de s'entraîner et commence à prendre du poids. Ce devait être

Gordino. Il avait le visage boudeur et un peu bouffi d'un enfant gâté. Serait-il capable de tirer sur un homme ? se demanda Eddie. Ma foi, je pense que oui.

Eddie s'adressa au plus âgé des deux. « Monsieur Field ?

— Oui.

— Le commandant aimerait vous dire un mot, si vous pouvez lui accorder un instant. » Field eut l'air vaguement contrarié puis il sembla en prendre son parti. Il devinait que son secret était éventé, mais on sentait à le voir qu'au fond ça lui était égal. « Bien sûr », dit-il. Il écrasa sa cigarette dans le cendrier fixé au mur, déboucla sa ceinture et se leva.

« Voulez-vous me suivre », proposa Eddie.

En revenant sur ses pas, Eddie aperçut Tom Luther dans le compartiment numéro trois et leurs regards se croisèrent. Soudain, Eddie eut une illumination.

La mission de Tom Luther était de récupérer Frankie Gordino.

Sa découverte lui causa un tel choc qu'il s'arrêta net et qu'Ollis Field vint le heurter dans le dos.

Luther le dévisagea d'un air affolé, craignant manifestement de voir Eddie faire quelque chose qui allait tout révéler.

« Pardonnez-moi », fit Eddie à Field, et il reprit sa marche.

Tout devenait clair. Frankie Gordino avait été obligé de fuir les États-Unis, mais le FBI l'avait retrouvé en Grande-Bretagne et l'avait fait extrader. On avait décidé de le ramener par avion et on ne sait comment ses complices l'avaient appris. Ils allaient essayer de récupérer Gordino avant l'arrivé aux États-Unis.

C'était ici qu'Eddie intervenait, afin que le Clipper se pose au large de la côte du Maine. Une vedette rapide attendrait dans les parages. On ferait descendre Gordino du Clipper et il filerait à bord du canot. Quelques minutes plus tard, il débarquerait dans quelque crique abritée, peut-être du côté canadien de la frontière. Une voiture s'y trouverait, qui le conduirait dans une planque. Il aurait échappé à la justice... grâce à Eddie Deakin.

Tout en précédant Field dans l'escalier en spirale qui menait au poste de pilotage, Eddie se sentait soulagé de comprendre enfin ce qui se passait, et horrifié en même temps que, pour sauver sa femme, il lui fallût aider un meurtrier à s'évader.

« Commandant, voici M. Field », annonça-t-il.

Le commandant Baker avait enfilé sa veste d'uniforme et était assis à la table de conférence avec le message radio à la main. On avait ôté le plateau du dîner. Sa casquette couvrait ses cheveux blonds et lui conférait un air d'autorité. Il regarda Field, mais sans lui demander de s'asseoir. « J'ai reçu un message pour vous... du FBI », déclara-t-il.

Field tendit la main pour prendre le papier, mais Baker ne le lui donna pas.

« Vous êtes un agent du FBI ? demanda-t-il.

— Oui.

— Et vous êtes actuellement en mission ?

— En effet.

— Quelle est cette mission, monsieur Field ?

— Je ne pense pas que vous ayez besoin de le savoir, commandant. Voudriez-vous me donner ce message ? Vous m'avez bien dit qu'il était adressé à moi, pas à vous.

— Je suis le commandant de cet appareil, et c'est à moi de juger ce que j'ai besoin de savoir de la mission qui vous est confiée. Ne discutez pas, monsieur Field, faites ce que je vous dis. »

De haute stature, Field avait dû être autrefois un homme robuste, mais il avait maintenant les épaules voûtées et l'air avachi. Eddie estima qu'il devait être arrogant plutôt que courageux et il fut confirmé dans son jugement en voyant Field céder aussitôt à la pression du commandant.

« J'escorte un prisonnier extradé vers les États-Unis pour être jugé, expliqua-t-il. Il s'appelle Frank Gordon.

— Connu aussi sous le nom de Frankie Gordino.

— C'est exact.

— Je tiens à ce que vous sachiez, monsieur, que je proteste contre le fait que vous introduisiez à bord de mon avion un criminel dangereux sans m'en avertir.

— Si vous connaissez le vrai nom de cet homme, vous savez sans doute aussi comment il gagne sa vie. Il travaille pour Raymond Patriarca, qui est accusé de vols à main armée, d'extorsion de fonds, de prêt usuraire, d'organisation de jeux clandestins et de proxénétisme, de Rhode Island jusqu'au Maine. Ray Patriarca a été proclamé ennemi public numéro un par la direction de la sécurité publique de Providence. Gordino est ce qu'on appelle un homme de main : il terrorise, torture et assassine des gens sur l'ordre de Patriarca. Pour des raisons de sécurité, nous ne pouvions pas vous prévenir de sa présence à bord.

— Votre sécurité, Field, je m'en fous. » Baker était vraiment furieux : Eddie ne l'avait jamais vu injurier un passager. « La bande de Patriarca est au courant de tout. » Il lui tendit le message radio.

Field le lut et son visage vira au gris. « Comment diable l'ont-ils appris ? murmura-t-il.

— Je dois m'enquérir de ces passagers "complices de criminels connus", dit le commandant. Reconnaissez-vous quelqu'un à bord ?

— Bien sûr que non, répondit Field avec agacement. Si c'était le cas, j'aurais déjà alerté le Bureau.

— Si nous parvenons à identifier les gens dont il s'agit, je les débarquerai à la prochaine escale. »

Eddie songea : je sais qui ils sont, c'est Tom Luther et moi.

« Envoyez au Bureau par radio une liste complète des passagers et de l'équipage, dit Field. Ils vérifieront chaque nom. »

Un frisson d'angoisse parcourut Eddie. Y avait-il un risque que Tom Luther fût démasqué ? Voilà qui pourrait tout gâcher. Était-il un criminel connu ? Son vrai nom était-il Tom Luther ? S'il utilisait un faux nom, il lui fallait aussi un faux passeport — mais ça ne devait pas poser de problème pour quelqu'un en cheville avec des gangsters. Il avait dû prendre ses précautions. Tout le reste semblait bien organisé.

Le commandant Baker se hérissa. « Je ne pense pas que nous ayons à nous inquiéter de l'équipage. »

Field haussa les épaules. « Comme vous voudrez. En une minute le Bureau obtiendra les noms de la Pan American. »

Le commandant prit la liste des passagers et le rôle de l'équipage sur sa table et les tendit à l'opérateur radio. « Envoyez ça immédiatement, Ben », dit-il. Il marqua un temps, puis ajouta : « Y compris l'équipage. »

Ben Thompson s'installa à sa console et se mit à envoyer le message en morse.

« Encore une chose, dit le commandant à Field. Je vais devoir vous retirer votre arme. »

Voilà qui était astucieux, songea Eddie. L'idée ne lui était même pas venue que Field pourrait être armé, mais il l'était sûrement s'il escortait un dangereux criminel.

« Je proteste..., dit Field.

— Les passagers ne sont pas autorisés à avoir des armes à feu. Il n'y a pas d'exception à cette règle. Remettez-moi votre revolver.

— Et si je refuse ?

— M. Deakin et M. Ashford vous le confisqueront de toute façon. »

Eddie fut surpris de cette déclaration, mais il joua son rôle et s'avança menaçant vers Field. Jack en fit autant.

Baker poursuivit : « Si vous m'obligez à employer la force, je devrai vous débarquer de l'appareil à notre prochaine escale et je ne vous permettrai pas de remonter à bord. »

Qu'allait faire Field ? Le FBI n'approuverait sûrement pas qu'il ait remis son arme, mais d'un autre côté ce serait sûrement pire de se voir débarqué de l'appareil.

« J'escorte un prisonnier dangereux, insista Field. J'ai besoin d'être armé. »

Prêt à intervenir, Eddie remarqua quelque chose du coin de l'œil. La porte au fond de la cabine, qui menait au dôme d'observation et aux soutes à bagages était entrebâillée, et derrière elle, quelque chose bougeait.

« Eddie, prenez son revolver », ordonna le commandant.

Eddie plongea la main sous la veste de Field. L'homme ne fit pas un geste. Eddie trouva le baudrier, défit le rabat et s'empara de l'arme. Field regardait obstinément devant lui.

Eddie se dirigea alors vers l'arrière de la cabine et ouvrit toute grande la porte, révélant le jeune Percy Oxenford.

Eddie fut soulagé. Il avait commencé à s'imaginer que des membres de la bande de Gordino attendaient là, avec des mitraillettes.

Le commandant Baker dévisagea Percy et demanda : « D'où sortez-vous ?

— Il y a une échelle auprès des toilettes pour dames, dit Percy. Ça mène à la queue de l'avion. » C'était là qu'Eddie avait inspecté les câbles de contrôle de l'empennage. « De là on peut se faufiler. Ça donne dans la soute à bagages. »

Eddie tenait toujours le revolver d'Ollis Field. Il le déposa dans le tiroir de la table des cartes.

Baker ordonna à Percy : « Retournez à votre place, je vous en prie, jeune homme ; et ne quittez plus le pont des passagers durant le reste du vol. » Percy s'apprêtait à repartir par où il était venu. « Pas par là, lança Baker. Par l'escalier. »

L'air un peu effrayé, Percy s'empressa de traverser la cabine et dévala l'escalier.

« Depuis combien de temps était-il là, Eddie ? demanda le commandant.

— Je ne sais pas. Il a dû tout entendre.

— Autant pour notre espoir de cacher l'affaire aux passagers. » Un moment, Baker parut accablé et Eddie se rendit compte de la responsabilité qui pesait sur les épaules du commandant. Puis Baker retrouva son assurance. « Vous pouvez regagner votre place, monsieur Field. Merci de votre coopération. » Ollis Field tourna les talons et repartit sans un mot. « Messieurs, au travail », conclut le commandant.

Les membres de l'équipage regagnèrent leur poste. Eddie consulta machinalement ses cadrans, tout en remâchant la situation. Il constata que le niveau baissait dans les réservoirs placés dans les ailes et il entreprit d'y transférer du carburant des réservoirs principaux, installés dans les stabilisateurs. Mais il pensait à Frankie Gordino. Gordino avait abattu un homme, violé une femme et incendié une boîte de nuit, mais il avait été pris et serait puni pour ces crimes horribles

— à ceci près qu'Eddie Deakin allait le sauver. Grâce à Eddie, cette fille verrait son violeur s'en tirer sans dommage.

Pire encore, Gordino allait presque certainement tuer de nouveau. Il n'était probablement bon à rien d'autre. Un jour viendrait donc où Eddie lirait dans les journaux le compte rendu de quelques crimes abominables : ce pourrait être une vengeance, la victime torturée et mutilée avant d'être achevée, ou peut-être un immeuble incendié avec des femmes et des enfants carbonisés à l'intérieur, ou bien une fille violée par trois hommes ; et la police ferait le rapprochement avec la bande de Ray Patriarca et Eddie se demanderait : était-ce Gordino ? Est-ce que je suis responsable de ça ? Ces gens ont-ils souffert et sont-ils morts parce que j'ai aidé Gordino à s'échapper ?

Combien de meurtres aurait-il sur la conscience s'il continuait à obéir aux ordres de Luther ?

Mais il n'avait pas le choix. Carol-Ann était entre les mains de Ray Patriarca. Chaque fois qu'il y pensait, il sentait une sueur froide perler sur ses tempes. Il devait la protéger, et la seule façon de s'y prendre, c'était de coopérer avec Tom Luther.

Il jeta un coup d'œil à sa montre. Minuit.

Jack Ashford lui donna la position de l'appareil, du mieux qu'il pouvait l'estimer car il n'avait pas encore pu repérer une étoile. Ben Thompson lui fournit les dernières prévisions météo : la tempête était sévère. Eddie fit un nouveau relevé du niveau des réservoirs de carburant et remit à jour ses calculs. Peut-être cela fournirait-il une solution : s'ils n'avaient pas assez de carburant pour atteindre Terre-Neuve, ils devraient faire demi-tour et ce serait la fin de cette histoire. Mais cette pensée ne le consolait pas pour autant. Il n'était pas fataliste : il fallait *faire* quelque chose.

Le commandant Baker lança : « Comment ça va, Eddie ?

— Presque fini, répondit-il.

— Faites vite... nous ne devons pas être loin du point de non-retour. »

Eddie sentit une goutte de sueur ruisseler le long de sa joue. Il l'essuya subrepticement.

Il termina ses calculs.

Il ne restait pas assez de carburant.

Un moment, il ne dit rien.

Il se pencha sur son bloc et sur ses tableaux, comme s'il n'avait pas encore terminé. La situation s'était aggravée depuis qu'il avait repris son quart. Il n'y avait plus maintenant assez de carburant pour terminer le voyage en suivant l'itinéraire choisi par le commandant, même avec quatre moteurs : la marge de sécurité avait disparu. La seule façon d'y parvenir, c'était de raccourcir le trajet en fonçant dans la tempête au lieu de la contourner ; et alors, si un moteur tombait en panne, ils seraient fichus.

Tous les passagers mourraient, et lui aussi ; et qu'adviendrait-il alors de Carol-Ann ?

« Allons, Eddie, reprit le commandant. Qu'est-ce qu'on fait ? On continue sur Botwood ou on revient sur Foynes ? »

Eddie serra les dents. Il ne pouvait supporter l'idée de laisser encore un jour Carol-Ann aux mains de ses ravisseurs. Il préférait prendre tous les risques.

« Êtes-vous prêt à changer de cap et à traverser la tempête ? demanda-t-il.

— Est-ce qu'il le faut ?

— C'est soit ça, soit faire demi-tour. » Eddie retint son souffle.

« Nom d'un chien ! » grogna le commandant. Ils avaient tous horreur de faire demi-tour au milieu de l'Atlantique : c'était un tel aveu d'échec.

Eddie attendait le verdict.

« Et puis merde, fit le commandant. On va traverser la tempête. »

Quatrième Partie

Du milieu de l'Atlantique à Botwood

16

Diana Lovesey en voulait terriblement à Mervyn d'avoir embarqué sur le Clipper à Foynes. Tout d'abord, elle était horriblement gênée qu'il la poursuivît ainsi et craignait de voir les gens trouver cette situation du plus haut comique. Mais surtout, elle refusait cette occasion qu'il lui offrait de changer d'avis. Elle avait pris sa décision, mais Mervyn avait refusé de la considérer comme définitive et, ce faisant, il jetait un doute sur sa détermination. Elle allait devoir réaffirmer sa résolution toutes les fois qu'il lui demanderait de la reconsidérer. Enfin, il avait complètement gâché le plaisir qu'elle éprouvait à faire cette traversée. C'était censé être le voyage de toute une vie, une escapade romanesque avec son amant. Mais le grisant sentiment de liberté qu'elle avait ressenti au moment du décollage à Southampton avait bel et bien disparu. Elle ne goûtait ni le luxe de l'appareil, ni l'élégante compagnie qu'elle côtoyait, ni la chère délicate qu'on y servait. De crainte de voir Mervyn surgir à côté d'elle, elle n'osait pas toucher Mark, l'embrasser sur la joue, lui caresser le bras ou lui tenir la main.

Quant à Mark, cette évolution imprévue de la situation avait douché son enthousiasme. Quand Diana avait éconduit Mervyn là-bas, à Foynes, il avait été ravi, il s'était montré affectueux et optimiste, parlant de la Californie, faisant des plaisanteries et l'embrassant à la moindre occasion, comme toujours. Puis il avait vu avec horreur son rival monter à bord de l'appareil. Il ressemblait maintenant à un ballon dégonflé. Assis muet auprès d'elle, il feuilletait d'un air navré des magazines sans en lire un mot. Elle comprenait qu'il fût abattu. Avec Mervyn à bord, comment pouvait-il être sûr qu'elle n'allait pas changer une nouvelle fois d'avis ? Pour aggraver encore les choses, le temps avait tourné à la tempête et l'avion tressautait comme une voiture roulant à travers champs. De temps en temps, un passager verdâtre traversait le compartiment, se précipitant vers les toilettes. On disait que la météo annonçait un temps encore pire. Diana se félicitait maintenant que son humeur chagrine l'eût empêchée de trop manger.

Elle aurait voulu savoir dans quel compartiment se trouvait Mervyn. Peut-être, sachant où il était, cesserait-elle de s'attendre à le voir apparaître à tout moment. Elle décida d'aller aux toilettes et de le repérer au passage.

Quittant son compartiment, le quatre, elle jeta un rapide coup d'œil au numéro trois, sans succès. Revenant sur ses pas, elle se dirigea vers l'arrière, se cramponnant à tout ce qui lui tombait sous la main tandis que l'avion se cabrait et tanguait. Il n'y avait pas davantage trace de Mervyn dans le compartiment numéro cinq. L'essentiel du numéro six était occupé par les toilettes des dames du côté tribord, ce qui ne laissait de place que pour deux passagers du côté bâbord, deux hommes d'affaires selon toute vraisemblance. Dire, songea Diana, qu'ils payent une telle somme pour se retrouver assis pendant tout le vol à côté des toilettes ! Après le numéro six, il ne restait plus que la suite nuptiale. Mervyn devait donc avoir un siège à l'avant — au numéro un ou deux — à moins qu'il ne fût dans le grand salon, à jouer aux cartes.

Elle entra dans les toilettes. Il y avait deux tabourets devant la glace, l'un déjà occupé par une femme à qui elle n'avait pas encore parlé. Alors que Diana refermait la porte derrière elle, l'avion fit un nouveau plongeon et elle faillit perdre l'équilibre. Elle s'affala sur le siège vacant.

« Ça va ? demanda l'autre femme.

— Oui, merci. Mais je déteste quand l'avion fait ça.

— Moi aussi. Et on m'a dit que ça allait être pire. Il y a une forte tempête devant nous. »

La turbulence se calma, Diana tira une brosse de son sac et entreprit de se brosser les cheveux.

« Vous êtes madame Lovesey, n'est-ce pas ? dit la femme.

— Oui. Appelez-moi Diana.

— Je suis Nancy Lenehan. » La femme hésita, elle avait l'air gênée, puis elle reprit : « J'ai embarqué à Foynes. Je suis venue de Liverpool avec votre... avec M. Lovesey.

— Oh ! fit Diana, se sentant rougir. Je ne savais pas qu'il était accompagné.

— Il m'a tirée d'un joli pétrin. J'avais absolument besoin de prendre l'avion, mais j'étais coincée à Liverpool sans aucun moyen d'arriver à Southampton à temps, alors je suis allée en voiture jusqu'au terrain d'aviation et je l'ai supplié de m'emmener dans son avion.

— J'en suis ravie pour vous. Mais c'est terriblement embarrassant pour moi.

— Je ne vois pas pourquoi *vous* devriez être embarrassée. Ce doit être agréable d'être désespérément aimée par deux hommes. Je n'en ai même pas un. »

Diana la regarda dans le miroir. Elle était séduisante plutôt que belle, avec des traits réguliers et des cheveux foncés, et elle portait un très élégant tailleur rouge avec un corsage de soie gris. Elle avait un air vif et assuré. Ça ne m'étonne pas que Mervyn vous ait emmenée, se dit Diana, vous êtes tout à fait son type. « A-t-il été poli avec vous ? demanda-t-elle.

— Pas très, fit Nancy avec un petit sourire.

— Je suis désolée. Les bonnes manières ne sont pas son point fort. » Elle prit son rouge à lèvres.

« Mais je lui étais si reconnaissante de m'emmener », continua Nancy qui se moucha délicatement dans une serviette en papier. Diana remarqua qu'elle portait une alliance. « Il est un peu abrupt, pousuivit-elle. Mais je crois qu'il a bon cœur. J'ai dîné avec lui. Il me fait rire. Et il est très bel homme.

— C'est un homme bien, se surprit à dire Diana. Mais il

est arrogant comme une duchesse et il n'a aucune patience. Je le rends fou parce que j'hésite, je change d'avis et je ne dis pas toujours ce que je pense. »

Nancy passait un peigne dans ses cheveux : Diana se demanda si elle les teignait pour dissimuler des mèches grises. Nancy reprit : « Il a l'air disposé à en faire des tonnes pour vous reprendre.

— Simple question d'orgueil, répondit Diana. C'est parce qu'un autre homme m'a emmenée. Mervyn a le sens de la concurrence. Si je l'avais abandonné pour aller vivre chez ma sœur, il s'en ficherait éperdument.

— On dirait, fit Nancy en riant, qu'il n'a aucune chance de vous reprendre.

— Absolument aucune. » Diana soudain n'avait plus envie de parler à Nancy Lenehan. Elle se sentait inexplicablement hostile. Elle rangea son maquillage, se leva et sourit pour masquer cette brusque vague d'antipathie. « Voyons si j'arrive à regagner ma place, dit-elle.

— Bonne chance ! »

Au moment où elle sortait des toilettes, Lulu Bell et la princesse Lavinia y arrivaient, portant leur sac de voyage. Quand Diana regagna le compartiment, Davy, le steward, aménageait la banquette opposée à la sienne en double couchette. Diana était curieuse de voir comment une banquette d'aspect tout à fait ordinaire pouvait se transformer en deux lits.

Davy commença par ôter tous les coussins et par tirer de leurs rainures les accoudoirs. Se penchant sur le dossier de la banquette, il abaissa deux rabats dans la paroi qui révélèrent des crochets. Il défit alors une courroie, ce qui libéra un cadre plat, qu'il fixa aux crochets pour former la base de la couchette supérieure. Le côté extérieur entrait dans une rainure ménagée dans la cloison mitoyenne. Diana était en train de se dire que tout ça n'avait pas l'air très solide quand Davy prit deux entretoises métalliques qu'il fixa aux cadres supérieur et inférieur pour former des colonnes de lits. L'ensemble paraissait maintenant plus robuste.

Il replaça les coussins de la banquette sur la couchette inférieure et utilisa ceux du dossier comme matelas pour la couchette du dessus. Il prit sous le siège des draps et des couvertures bleu pâle et, en quelques gestes précis, les lits étaient faits.

Les couchettes semblaient confortables, mais exposées à tous les regards. Davy prit alors un rideau bleu marine avec ses crochets et le fixa à une moulure du plafond que Diana avait crue purement décorative. Il attacha le rideau au cadre de la couchette, laissant une ouverture triangulaire, semblable à l'entrée d'une tente, pour permettre aux dormeurs de grimper à l'intérieur. Pour finir, il déplia une petite échelle et l'appuya à la couchette supérieure.

Il se tourna vers Diana et Mark avec un petit air satisfait, comme s'il venait d'exécuter un tour de magie. « Vous n'aurez qu'à me dire quand vous serez prêts, et je ferai votre côté, dit-il.

— Ça n'est pas un peu étouffant là-dedans ? lui demanda Diana.

— Chaque couchette a son propre ventilateur, répondit-il. En regardant juste au-dessus de vous, vous pouvez apercevoir le vôtre. » Diana leva les yeux et vit une grille avec un levier qui commandait l'ouverture et la fermeture. « Vous avez aussi votre hublot, votre éclairage électrique, un portemanteau et une étagère ; si vous avez besoin de quoi que ce soit d'autre, appuyez sur ce bouton pour m'appeler. »

Pendant qu'il s'affairait, les deux passagers du côté bâbord, le beau Frank Gordon et le chauve Ollis Field, avaient pris leurs sacs de nuit et étaient partis vers les toilettes ; Davy entreprit alors de préparer leurs couchettes. La disposition là-bas était légèrement différente. Le couloir ne passait pas au milieu de l'appareil, mais plus près du côté bâbord, si bien que de ce côté il n'y avait qu'une seule paire de couchettes disposée en longueur plutôt qu'en travers de la carlingue.

La princesse Lavinia revint dans un long peignoir bleu marine orné de dentelle bleue, avec un turban assorti. Son visage était un masque de dignité figée : de toute évidence, elle trouvait extrêmement inconfortable d'apparaître en public en vêtements de nuit. Elle jeta un coup d'œil horrifié à la couchette. « Mais je vais mourir de claustrophobie », gémit-elle. Personne ne lui prêta attention. Elle ôta ses petites mules de soie et s'installa dans la couchette du bas. Sans dire bonsoir, elle tira le rideau et le ferma avec soin.

Quelques instants plus tard, Lulu Bell fit son entrée dans un ensemble de mousseline rose qui ne parvenait guère à dissimuler ses charmes. Depuis Foynes, elle s'était montrée d'une politesse un peu crispée avec Diana et Mark, mais elle semblait maintenant avoir oublié son agacement. Elle vint s'asseoir auprès d'eux sur la banquette en disant : « Vous ne devinerez jamais ce que je viens d'entendre à propos de nos compagnons ! » Du pouce elle désigna les places vides de Field et de Gordon.

« Qu'as-tu entendu, Lulu ? demanda Mark.

— M. Field est un agent du FBI ! »

Voilà qui n'avait rien d'extraordinaire, se dit Diana. Un agent du FBI n'était qu'un policier.

Lulu continuait : « Et qui plus est, Frank Gordon est un prisonnier !

— Qui t'a raconté ça ? fit Mark d'un ton sceptique.

— On ne parle que de ça aux toilettes des dames.

— Ça ne veut pas dire que ce soit vrai, Lulu.

— Je savais que tu ne me croirais pas ! s'écria-t-elle. Le gosse a surpris une discussion entre Field et le commandant. Celui-ci était furieux parce que le FBI n'a pas prévenu la Pan American qu'il y avait un dangereux prisonnier à bord. Il y a presque eu une bagarre et pour finir l'équipage a confisqué son revolver à M. Field ! »

Diana se rappela avoir pensé que Field avait l'air d'être le chaperon de Gordon. « Qu'est-ce qu'on dit que Frank a fait ?

— C'est un gangster. Il a abattu un type, violé une fille et mis le feu à une boîte de nuit. »

Diana trouvait cela difficile à croire. Elle avait personnellement discuté avec cet homme ! Il n'était pas très raffiné, certes ; mais il était bel homme, bien habillé, et il avait flirté courtoisement avec elle. Elle l'imaginait en escroc ou en fraudeur du fisc, à la rigueur impliqué dans une affaire de tripot clandestin ; mais il ne lui semblait pas possible qu'il eût délibérément tué. Lulu était du genre survolté, prête à gober n'importe quoi.

« C'est un peu dur à croire, fit Mark.

— Je renonce, rétorqua Lulu avec un geste résigné. Vous n'avez aucun sens de l'aventure. » Elle se leva. « Je vais me coucher. S'il se met à violer les gens, réveille-moi. » Elle grimpa la petite échelle et se coula dans la couchette supérieure. Elle tira les rideaux, puis repassa la tête dehors en disant à Diana : « Mon chou, je comprends pourquoi vous étiez en rogne contre moi en Irlande. J'y ai réfléchi et je crois que je n'ai eu que ce que je méritais. J'ai accaparé Mark. C'est idiot, je le sais. Je suis prête à oublier ça comme vous. Bonsoir. »

Elle lui faisait pratiquement des excuses, et Diana n'eut pas le cœur de les repousser. « Bonsoir, Lulu », fit-elle.

Lulu referma le rideau.

« C'était ma faute autant que la sienne, reprit Mark. Pardonne-moi, mon chou. »

En guise de réponse, Diana l'embrassa. Elle se sentait tout à coup de nouveau bien avec lui. Tout son corps se détendait et elle s'affala sur la banquette, sans cesser de l'embrasser. Elle avait conscience que son sein droit se pressait contre la poitrine de Mark. C'était bon de retrouver avec lui des contacts physiques. Le bout de la langue de Mark effleura les lèvres de Diana. Les choses allaient un peu trop loin, songea Diana. Elle ouvrit les yeux... et aperçut Mervyn.

Il se dirigeait vers l'avant et peut-être ne l'aurait-il pas remarquée s'il ne s'était retourné. En la découvrant dans cette posture, il se figea presque sur place.

Diana le connaissait si bien qu'elle pouvait lire ses pensées. Elle avait eu beau lui affirmer qu'elle était amoureuse de Mark, il était bien trop entêté pour l'admettre, et le choc était rude de la voir dans les bras de l'autre. Son visage s'assombrit, ses sourcils noirs se froncèrent en un pli furieux, une fraction de seconde Diana crut qu'il allait déclencher une bagarre. Puis il tourna les talons et repartit.

« Qu'est-ce qu'il y a ? » demanda Mark. Il ne s'était aperçu de rien, trop occupé à embrasser Diana.

Elle décida de ne rien lui dire. « On pourrait nous voir », murmura-t-elle. A contrecœur, il s'écarta.

Un moment, elle fut soulagée, puis sa colère la reprit. Mervyn n'avait pas le droit de la suivre à travers le monde : elle l'avait quitté et il devait accepter ce fait. Mark alluma une cigarette. Diana éprouvait le besoin d'affronter Mervyn. Elle voulait lui dire de sortir de sa vie.

Elle se leva. « Je vais voir ce qui se passe dans le salon, annonça-t-elle. Reste donc là à fumer. » Elle s'en alla sans attendre sa réponse.

Ayant visité l'arrière de l'appareil sans trouver la place de Mervyn, elle se dirigea donc vers l'autre extrémité. Les turbulences s'étaient suffisamment calmées pour qu'elle pût avancer sans se cramponner aux parois. Pas de Mervyn dans le compartiment numéro trois. Dans le grand salon, les joueurs de cartes étaient lancés dans une longue partie, ceintures bouclées, entourés de nuages de fumée, avec des bouteilles de whisky sur les tables. Elle passa dans le compartiment numéro deux, occupé en partie par la famille Oxenford. Tout le monde à bord savait que lord Oxenford avait insulté Carl Hartmann, le savant, et que Mervyn Lovesey s'était précipité pour le défendre. Mervyn avait ses bons côtés, elle ne lui avait jamais dénié cela.

Elle passa ensuite devant la cuisine. Nicky, le steward grassouillet, lavait la vaisselle à un rythme endiablé pendant que son collègue faisait les lits à l'arrière de l'appareil. La porte des toilettes hommes était en face de celle de la cuisine. Après cela, il y avait l'escalier qui montait au poste de pilotage et, plus loin, dans le nez de l'appareil, le compartiment numéro un. Où elle ne trouva pas davantage Mervyn, mais seulement les membres de l'équipage dont c'était la période de repos.

Elle monta l'escalier jusqu'au poste de pilotage, endroit aussi luxueux que le pont des passagers, observa-t-elle. Mais les hommes de quart avaient tous l'air terriblement occupés et l'un d'eux lui dit : « Nous serions ravis de vous faire visiter la cabine une autre fois, madame, mais quand nous volons dans un mauvais temps pareil, nous devons vous prier de rester assise et de boucler votre ceinture de sécurité. »

Mervyn doit être aux toilettes, alors, songea-t-elle en descendant l'escalier. Elle n'avait toujours pas découvert quelle place il occupait.

En arrivant au pied de l'escalier, elle tomba sur Mark. Elle sursauta, se sentant vaguement coupable. « Qu'est-ce que tu fais ? dit-elle.

— Je me posais la même question à ton sujet, répliqua-t-il, et il y avait dans le ton de sa voix quelque chose d'un peu déplaisant.

— Je me promenais.

— En cherchant Mervyn ? fit-il d'un ton accusateur.

— Mark, pourquoi es-tu en colère contre moi ?

— Parce que tu vas le voir en catimini. »

Nicky les interrompit. « Messieurs dames, voudriez-vous regagner vos places, s'il vous plaît ? Ça ne secoue pas trop pour le moment, mais ça ne va pas durer. »

Ils retournèrent à leur compartiment. Diana se sentait ridicule. Elle avait suivi Mervyn et Mark l'avait suivie. Ça semblait stupide.

Ils s'assirent. Ils allaient reprendre leur conversation quand Ollis Field et Frank Gordon arrivèrent. Frank portait un peignoir de soie jaune avec un dragon dans le dos ; Field une vieille robe de chambre en laine. Frank ôta son peignoir pour exhiber un pyjama rouge avec un liséré blanc. Il enleva ses pantoufles et gravit la petite échelle qui montait à la couchette supérieure.

Là-dessus, sous l'œil horrifié de Diana, Field prit dans la poche de sa robe de chambre une paire de menottes étincelantes et dit quelque chose à Frank à voix basse. Diana n'entendit pas la réponse, mais elle constata que Frank protestait. Field insista pourtant et Frank finit par tendre un poignet. Field referma sur lui une menotte et attacha l'autre à l'extrémité de la couchette. Puis il tira le rideau sur Frank et ferma les rabats.

C'était donc vrai : Frank était bien un prisonnier.

« Eh ben, murmura Mark.

— Je n'arrive toujours pas à croire qu'il soit un assassin, murmura Diana.

— J'espère bien que non ! fit Mark sur le même ton. Nous aurions été plus en sûreté en payant cinquante dollars pour voyager dans la cale d'un cargo !

— Il n'aurait pas dû lui mettre les menottes. Je ne comprends pas comment ce garçon peut dormir enchaîné à son lit. Il ne pourra même pas se retourner !

— Tu es trop bonne, dit Mark en la serrant contre lui. Ce type est sans doute un violeur et tu le plains parce qu'il pourrait avoir du mal à dormir. »

Elle posa la tête sur l'épaule de Mark, qui lui caressa les cheveux. « Mark, fit-elle. Tu crois que deux personnes peuvent tenir sur une de ces couchettes ?

— Tu as peur, mon chou ?

— Non. »

Il lui lança un regard étonné, puis il comprit et sourit. « Je pense qu'on doit pouvoir tenir à deux... mais pas côte à côte...

— Ah non ?

— Ça me paraît trop étroit.

— Alors... fit-elle en baissant la voix. Il faudra que l'un de nous se mette au-dessus.

— Ça te plairait d'être au-dessus ? lui souffla-t-il à l'oreille.

— Je crois bien que oui, fit-elle en riant.

— Il va falloir que j'y réfléchisse, dit-il d'une voix un peu rauque. Combien pèses-tu ?

— Cinquante kilos et deux seins.

— Si on se changeait ? »

Elle ôta son chapeau et le posa sur la banquette auprès d'elle. Mark tira leurs bagages de sous le siège. Le sien était un sac de voyage patiné par les ans, celui de Diana, une petite valise en cuir fauve avec ses initiales en lettres d'or.

Diana se leva.

« Fais vite », dit Mark. Il l'embrassa.

Elle le serra contre elle et sentit son désir. « Bonté divine, dit-elle, je reviens tout de suite. »

Mark prit son sac et se dirigea vers les toilettes pour hommes à l'avant. En quittant le compartiment, il croisa Mervyn. Ils se dévisagèrent comme deux chats sur un mur, mais sans échanger un mot.

Diana fut stupéfaite de voir Mervyn vêtu d'une grosse chemise de flanelle à larges rayures marron. « Au nom du ciel, qu'est-ce que tu as sur le dos ? demanda-t-elle, incrédule.

— Vas-y, moque-toi, fit-il. C'est tout ce que j'ai pu trouver à Foynes. La boutique locale n'a jamais entendu parler de pyjama de soie : ils se demandaient si j'étais une tante ou simplement timbré.

— Eh bien, ton amie Mme Lenehan ne va pas te trouver séduisant dans cette tenue. » Qu'est-ce qui m'a prise de dire ça ? se demanda Diana.

« Je ne crois pas qu'elle me trouve le moins du monde séduisant », répliqua sèchement Mervyn et il continua son chemin.

Le steward arriva et Diana dit : « Oh, Davy, voudriez-vous faire nos lits maintenant, je vous prie ?

— Tout de suite, madame.

— Merci. » Elle prit sa valise et sortit.

En traversant le compartiment numéro cinq, elle se demanda de nouveau où dormait Mervyn. Aucune des couchettes n'était encore faite, pas plus que dans le numéro six ; et pourtant, il avait disparu. L'idée s'imposa à Diana qu'il logeait dans la suite nuptiale. Et elle se rendit compte qu'en parcourant toute la longueur de l'avion, quelques instants plus tôt, elle n'avait vu nulle part Mme Lenehan. Elle s'arrêta devant la porte des toilettes, sa mallette à la main, encore pétrifiée de surprise. C'était scandaleux. Mervyn et Mme Lenehan partageant la suite nuptiale !

La compagnie aérienne ne le permettait sûrement pas. Peut-être Mme Lenehan était-elle déjà couchée et avait-elle disparu derrière un rideau dans un compartiment à l'avant.

Diana avait besoin de savoir.

Elle se dirigea vers la suite et, à la porte, marqua un temps d'hésitation. Puis elle tourna la poignée et entra.

La pièce avait à peu près les mêmes dimensions qu'un compartiment ordinaire, une moquette couleur terre cuite, des murs tendus de beige et la tapisserie bleue avec le motif étoilé qu'on retrouvait dans le grand salon. Deux couchettes au fond, un canapé et une table basse le long d'un mur, un tabouret, une coiffeuse et un miroir le long de l'autre. Deux hublots l'éclairaient de chaque côté.

Mervyn était planté au milieu de la cabine, stupéfait de sa soudaine apparition. On ne voyait pas Mme Lenehan, mais son manteau de cachemire gris était jeté sur le canapé.

Diana claqua la porte derrière elle. « Comment as-tu pu me faire ça ? demanda-t-elle.

— Faire quoi ? »

C'était une bonne question, songea-t-elle. Qu'est-ce qui la mettait tellement en colère ? « Tout le monde va savoir que tu passes la nuit avec elle !

— Je n'avais pas le choix, protesta-t-il. Il ne restait pas une place de libre.

— Tu ne sais donc pas que les gens vont se moquer de nous ? C'est déjà suffisant que tu me suives comme ça !

— Qu'est-ce que ça peut faire ! Tout le monde se moque d'un type dont la femme s'enfuit avec un autre.

— Mais ça aggrave encore les choses ! Tu aurais dû accepter la situation.

— Tu me connais...

— Mais oui... C'est pourquoi j'ai essayé de t'empêcher de me suivre. »

Il haussa les épaules. « Eh bien, tu as échoué. Tu n'es pas assez maligne pour me rouler.

— Et toi, tu n'es pas assez malin pour savoir quand il faut renoncer avec grâce !

— Je n'ai jamais prétendu avoir de la grâce.

— Et qui est cette traînée ? Elle est mariée : j'ai vu son alliance !

— Elle est veuve. D'ailleurs de quel droit prends-tu ces airs supérieurs ? Toi aussi, tu es mariée, et tu passes la nuit avec ton amant.

— Nous serons au moins dans des couchettes séparées,

dans un compartiment, et non pas blottis dans une douillette petite suite nuptiale », répliqua-t-elle, oubliant, le temps d'une repartie, comment elle comptait passer la nuit.

« Mais je n'ai pas d'aventure avec Mme Lenehan, reprit-il d'un ton exaspéré. Alors que tout l'été tu n'as pas cessé de t'envoyer en l'air avec ce play-boy.

— Ne sois pas si vulgaire », siffla-t-elle ; mais elle savait qu'au fond il avait raison. C'était exactement ce qu'elle avait fait : s'envoyer en l'air chaque fois que Mark et elle s'étaient trouvés dans la situation adéquate.

« Si c'est vulgaire de le dire, ce doit être pire de le faire.

— Moi, au moins, j'étais discrète... je ne m'affichais pas pour t'humilier.

— Je n'en suis pas sûr. Je vais probablement découvrir que j'étais la seule personne dans tout Manchester à ne pas savoir ce que tu mijotais. Les femmes adultères ne sont jamais aussi discrètes qu'elles le croient.

— Ne m'appelle pas comme ça ! protesta-t-elle.

— Pourquoi pas ? C'est ce que tu es.

— Ça semble horrible, dit-elle en détournant les yeux.

— Remercie le ciel qu'on ne lapide plus les épouses adultères comme on le faisait dans la Bible.

— C'est un mot horrible.

— C'est de l'acte que tu devrais avoir honte, pas du mot.

— Ça te va bien de prendre des airs vertueux, fit-elle d'un ton las. Tu n'as jamais rien fait de mal, n'est-ce pas ?

— Je t'ai toujours bien traitée ! » s'écria-t-il.

Il l'exaspérait. « Deux épouses t'ont plaqué, mais tu as toujours été l'innocent. L'idée ne te viendra jamais de te demander quels pouvaient bien être tes torts, à *toi* ? »

Cela le toucha au vif. Il l'empoigna par les bras et la secoua avec hargne. « Je t'ai donné tout ce que tu voulais.

— Mais sans te soucier de ce que je ressentais, cria-t-elle. Ça ne t'a jamais intéressé. C'est pour ça que je t'ai quitté. »

Les mains sur la poitrine de Mervyn, elle essaya de le repousser. A cet instant la porte s'ouvrit et Mark entra. En pyjama.

Il les considéra une minute avant de lâcher :

« Mais enfin, Diana, qu'est-ce qui se passe ? Tu comptes passer la nuit ici ? »

Mervyn la libéra. « Pas du tout, dit-elle à Mark. C'est la cabine de Mme Lenehan : Mervyn ne fait que la partager. »

Mark eut un rire méprisant. « Voilà autre chose ! Il faudra que je mette ça dans un script un de ces jours.

— Ça n'est pas drôle ! protesta-t-elle.

— Mais si ! fit-il. Ce type se précipite à la poursuite de sa femme comme un dément, et puis qu'est-ce qu'il fait, il se met à la coule avec une femme qu'il rencontre en chemin ! »

Diana n'aimait pas l'attitude de Mark et se surprit malgré elle à défendre Mervyn. « Ils ne sont pas à la coule, répliqua-t-elle avec agacement. C'étaient les seules places qui restaient.

— Tu devrais être contente, poursuivit Mark. S'il s'entiche d'elle, peut-être qu'il cessera de te poursuivre.

— Tu ne vois donc pas que je suis bouleversée ?

— Bien sûr que si, mais je ne comprends pas pourquoi. Tu n'aimes plus Mervyn. Parfois tu parles de lui comme si tu le détestais. Tu l'as quitté. Alors qu'est-ce que ça peut te faire de savoir avec qui il couche ?

— Je n'en sais rien, mais ça me fait quelque chose ! Je me sens humiliée ! »

Mark était trop exaspéré pour se montrer compatissant. « Il y a quelques heures, tu décides de retourner auprès de Mervyn. Et puis il t'agace et tu changes d'avis. Et voilà maintenant que tu es furieuse contre lui parce qu'il couche avec une autre.

— Je ne couche pas avec elle », intervint Mervyn.

Mark l'ignora. « Tu es sûre de ne pas être toujours amoureuse de Mervyn ? demanda-t-il d'un ton furieux à Diana.

— C'est une chose horrible que tu dis là !

— Je sais, mais est-ce que c'est vrai ?

— Non, ça n'est pas vrai et je te déteste de croire que ça pourrait l'être. » Maintenant, elle était en larmes.

« Alors, prouve-le moi. Ne t'occupe plus de lui ni de savoir où il couche.

— Cesse d'être d'une telle logique ! Ce n'est pas un cours de rhétorique ! cria-t-elle.

— En effet ! » dit une voix qu'on n'avait pas encore entendue. Tous trois se retournèrent pour voir Nancy Lenehan dans l'encadrement de la porte, très séduisante dans un peignoir de soie bleu clair. « Il me semble, si je ne me trompe, que c'est ma suite. J'aimerais bien savoir ce qui se passe. »

17

Colère et honte se disputaient le cœur de Margaret Oxenford. Elle était certaine que les autres passagers la dévisageaient et pensaient à l'horrible scène de la salle à manger ; sans doute s'imaginaient-ils qu'elle partageait l'abominable attitude de son père. Elle n'osait regarder personne.

Pendant les deux heures qui suivirent le dîner, il régna dans le compartiment un silence glacial. Quand le temps commença à se gâter, Mère et Père allèrent se changer pour la nuit. Percy surprit alors Margaret en disant : « Allons nous excuser. »

Sa première réaction fut de refuser, sous prétexte que cela ne ferait qu'ajouter à son embarras et à son humiliation. « Je ne crois pas en avoir le courage, avoua-t-elle.

— Nous allons simplement aller trouver le baron Gabon et le professeur Hartmann et dire que nous sommes désolés que Père se soit montré aussi grossier. »

L'idée d'atténuer un peu l'inconduite de son père était très tentante. Elle se sentirait certainement bien mieux ensuite. « Père sera furieux, bien sûr, observa-t-elle.

— Il n'a pas besoin de le savoir. Mais ça m'est égal qu'il soit furieux. Je crois qu'il est en train de perdre la boule. Il ne me fait même plus peur. »

Margaret se demanda si c'était vrai. Quand il était petit, Percy se vantait souvent de n'avoir pas peur alors qu'en fait il était terrifié. Mais il n'était plus un petit garçon.

« Viens, insista Percy. Faisons-le maintenant. Ils sont dans le compartiment numéro trois... J'ai vérifié. »

Margaret hésitait toujours. Leur démarche ne risquait-elle pas de raviver la peine de ces hommes que son père avait insultés ? Peut-être préféreraient-ils oublier le plus vite possible cet incident. Mais peut-être aussi se demanderaient-ils combien d'autres passagers partageaient secrètement l'opinion de Père ? Il valait mieux à coup sûr prendre position contre les préjugés raciaux.

Au diable la pusillanimité. Margaret se leva, en se tenant au bras de son siège, car l'avion se cabrait fréquemment. « Très bien, dit-elle. Allons faire nos excuses. »

Dans le compartiment numéro trois, Gabon et Hartmann étaient assis côté bâbord, l'un en face de l'autre. Son long corps décharné s'incurvant dans son fauteuil, sa tête aux cheveux en brosse penchée en avant, Hartmann était plongé dans la lecture d'une page de calculs mathématiques. Gabon ne faisait rien, il avait l'air de s'ennuyer, et ce fut lui qui les vit le premier. Quand Margaret s'arrêta auprès de lui, en se cramponnant au dossier de son fauteuil pour ne pas tomber, il se crispa et prit un air hostile. Margaret s'empressa de dire : « Nous sommes venus vous présenter nos excuses.

— Je suis surpris de tant d'audace », fit Gabon. Il parlait parfaitement l'anglais, avec juste une trace d'accent français. Ce n'était pas la réaction que Margaret avait espérée, mais elle continua : « Je suis infiniment désolée de ce qui s'est passé, et mon frère partage mes sentiments. J'admire tant le professeur, je le lui ai dit tout à l'heure. »

Hartmann avait levé le nez de son livre et acquiesçait de la tête.

« C'est trop facile pour des gens comme vous de dire qu'ils regrettent », dit Gabon. Margaret fixait le plancher et s'en voulait d'être venue. « L'Allemagne est pleine de gens riches et polis qui sont "extrêmement désolés" de ce qui se passe là-bas, continua Gabon. Mais que font-ils ? Que faites-vous ?

— Voyons, Philippe, intervint Hartmann d'une voix douce. Vous ne voyez donc pas qu'ils sont jeunes ? » Il regarda Margaret. « J'accepte vos excuses et je vous remercie.

— Oh, mon Dieu, murmura-t-elle. Est-ce que j'ai encore aggravé les choses ?

— Pas du tout, dit Hartmann. Vous les avez arrangées, et je vous en suis reconnaissant. Mon ami le baron est très bouleversé, mais je suis persuadé qu'il finira par penser comme moi.

— Il vaut mieux que nous partions », conclut lamentablement Margaret.

Hartmann hocha la tête.

Elle tourna les talons.

« Je suis terriblement désolé », ajouta Percy, et il la suivit.

Ils regagnèrent en trébuchant leur compartiment. Davy était en train de préparer les couchettes. Harry avait disparu. Margaret décida de se préparer pour la nuit. Elle prit son sac de voyage et se dirigea vers les toilettes pour se changer. Mère en sortait tout juste, superbe dans son peignoir couleur châtaigne. « Bonne nuit, ma chérie », dit-elle. Margaret la croisa sans répondre.

Dans les toilettes surpeuplées, elle passa rapidement sa chemise de nuit de coton et son peignoir de bain. Ses vêtements de nuit semblaient bien peu élégants auprès des soies de couleurs vives et des cachemires des autres femmes, mais peu lui importait. Avoir présenté ses excuses ne lui avait en fin de compte apporté aucun soulagement, et elle reconnaissait la justesse des remarques du baron Gabon. C'était trop facile de dire qu'on était désolé et de ne rien faire.

Quand elle regagna son compartiment, Père et Mère étaient déjà couchés derrière les rideaux tirés et un ronflement étouffé montait de la couchette de Père. Le lit de Margaret n'était pas prêt, et elle fut donc obligée d'attendre dans le salon.

Mme Lenehan, la séduisante femme qui avait rejoint l'avion à Foynes, vint s'asseoir auprès d'elle. « J'ai envie d'un cognac, mais les stewards ont l'air si occupés », fit-elle. Elle ne semblait pas très déçue. D'un geste elle désigna les passagers. « On dirait une soirée pyjama ou une fête nocturne au dortoir : tout le monde se promène en vêtement de nuit. Vous ne trouvez pas ? »

Margaret n'avait jamais assisté à une soirée pyjama ni passé la nuit dans un dortoir, aussi se contenta-t-elle de dire : « C'est très bizarre. On dirait que nous faisons partie de la même famille. »

Mme Lenehan boucla sa ceinture de sécurité : elle était d'humeur à bavarder. « Il est difficile de se montrer formaliste quand on est en vêtement de nuit, il me semble. Même Frankie Gordino avait l'air mignon dans son pyjama rouge, non ? »

Au début, Margaret ne savait pas très bien de qui elle voulait parler ; puis elle se rappela que Percy avait surpris un échange assez vif entre le commandant et un agent du FBI. « C'est le prisonnier ?

— Oui.

— Il ne vous fait pas peur ?

— Je ne pense pas. Il ne me fera aucun mal.

— Mais les gens disent que c'est un assassin, et pire encore.

— Il y aura toujours des crimes dans les taudis. Retirez Gordino de la circulation, et quelqu'un d'autre se chargera des meurtres. Moi, je le laisserais là. Le jeu et la prostitution continuent depuis l'époque où Dieu était un enfant, et s'il doit y avoir crime, autant qu'il soit organisé. »

C'était un discours plutôt choquant. Peut-être quelque chose dans l'atmosphère de l'avion incitait-il les gens à manifester une sincérité insolite. Margaret devinait aussi que Mme Lenehan ne se serait pas exprimée ainsi si elles ne s'étaient pas trouvées entre femmes : les femmes se montraient toujours plus réalistes quand il n'y avait pas d'homme dans les parages. Quelle qu'en fût la raison, Margaret était fascinée. « Ce ne serait pas mieux si le crime était désorganisé ? demanda-t-elle.

— Certainement pas. Organisé, ça veut dire maîtrisé. Les gangs ont chacun leur territoire et ils s'y cantonnent. Ils n'éliminent pas les gens sur la Cinquième Avenue et ne vont pas aller faire du racket au Harvard Club, alors pourquoi les ennuyer ? »

Margaret ne pouvait pas laisser passer ça. « Et les pauvres gens qui perdent leur argent au jeu ? Et les malheureuses filles qui ruinent leur santé ?

— Bien sûr, je les plains », fit Mme Lenehan. Margaret la dévisagea attentivement, en se demandant si elle était sincère. « Écoutez, reprit-elle. Je fabrique des chaussures. » Margaret dut avoir un air surpris, car Mme Lenehan ajouta : « C'est comme ça que je gagne ma vie. Je suis propriétaire d'une usine de chaussures. Les chaussures d'hommes sont bon marché et elle durent de cinq à dix ans. Si vous voulez, vous pouvez acheter des modèles encore meilleur marché, mais ils ne valent rien : ils ont des semelles en carton qui durent une dizaine de jours. Et, croyez-moi, il y a des gens qui achètent celles en carton ! Eh bien, j'estime que j'ai fait mon devoir en fabriquant de bonnes chaussures. Si les gens sont assez bêtes pour en acheter de mauvaises, je n'y peux rien. Et si les gens sont assez bêtes pour gaspiller leur argent à jouer quand ils n'ont pas les moyens de s'acheter un steak pour dîner, ça n'est pas mon problème non plus.

— Avez-vous jamais été pauvre vous-même ? demanda Margaret.

— Bonne question, répondit Mme Lenehan en riant. Non, alors peut-être que je devrais me taire. Mon grand-père fabriquait des chaussures à la main et c'est mon père qui a fondé l'usine que je dirige maintenant. Je ne connais rien à la vie dans les taudis. Et vous ?

— Pas grand-chose, mais je crois qu'il y a des raisons qui font que les gens jouent, volent ou vendent leur corps. Ce n'est pas par simple stupidité. Ils sont victimes d'un système cruel.

— Vous devez être un peu communiste, dit Mme Lenehan, sans aucune hostilité.

— Socialiste, corrigea Margaret.

— Très bien, fit Mme Lenehan à la surprise de Margaret. Vous pourrez changer d'avis plus tard, les idées qu'on a se modifient toujours quand on vieillit. Mais si on n'a pas d'idéal au départ, qu'est-ce qu'on peut améliorer ? Je ne suis pas cynique, je crois que nous devons tirer des leçons de l'expérience mais garder nos idéaux. Je me demande bien d'ailleurs pourquoi je vous tiens un tel discours. Peut-être parce que j'ai quarante ans aujourd'hui ?

— Bon anniversaire ! » Margaret en général n'aimait pas les gens qui lui disaient qu'elle changerait d'avis en vieillissant : c'était de la condescendance qui venait souvent de ce qu'ils avaient eu le dessous dans une discussion mais refusaient de le reconnaître. Toutefois Mme Lenehan était différente.

« Quels sont vos idéaux ? lui demanda Margaret.

— Je veux simplement fabriquer de bonnes chaussures. » Elle eut un sourire modeste. « Ça n'est peut-être pas un grand idéal, mais pour moi c'est important. J'ai une vie agréable. J'habite une belle maison, mes fils ont tout ce qu'il leur faut, je dépense une fortune en toilettes. Pourquoi est-ce que j'ai tout cela ? Parce que je fais de bonnes chaussures. Si je fabriquais des chaussures en carton, je m'estimerais une voleuse. Je ne vaudrais pas mieux que Frankie.

— C'est un point de vue plutôt socialiste, observa Margaret avec un sourire.

— En fait, dit Mme Lenehan d'un ton songeur, je n'ai fait qu'adopter les idéaux de mon père. D'où viennent les vôtres ? Pas de votre père, ça, je le sais. »

Margaret rougit. « Vous avez entendu parler de la scène au dîner.

— J'étais là.

— Il faut que je quitte mes parents.

— Qu'est-ce qui vous retient ?

— Je n'ai que dix-neuf ans. »

Mme Lenehan eut un sourire légèrement méprisant. « Et alors ? Il y a des gens qui s'enfuient de chez eux à dix ans !

— J'ai bien essayé, expliqua Margaret. J'ai eu des ennuis et la police m'a arrêtée.

— Vous abandonnez bien facilement. »

Margaret voulait faire comprendre à Mme Lenehan que ce n'était pas par manque de courage qu'elle avait échoué. « Je n'ai pas d'argent et je ne sais rien faire. Je n'ai jamais eu de véritable éducation. Je ne sais pas comment je gagnerais ma vie.

— Ma petite, vous êtes en route pour l'Amérique. La plupart des gens sont arrivés là-bas avec bien moins que vous, et certains d'eux sont millionnaires aujourd'hui. Vous savez lire et écrire l'anglais, vous présentez bien, vous êtes intelligente, jolie... vous pourriez facilement trouver un travail. Moi je vous engagerais. »

Margaret n'en croyait pas ses oreilles. Juste au moment où elle commençait à en avoir assez de l'attitude supérieure de Mme Lenehan, voilà que celle-ci lui tendait une perche. « C'est vrai ? fit-elle. Vous m'engageriez ?

— Bien sûr.

— Comme quoi ? »

Mme Lenehan réfléchit un moment. « Je vous mettrais au service des ventes : pour coller des timbres, aller chercher du café, répondre au téléphone, être aimable avec les clients. Si vous vous rendiez utile, vous deviendriez vite assistante du directeur des ventes.

— Ça signifie quoi ?

— Ça veut dire faire la même chose pour plus d'argent. »

Cela semblait à Margaret un rêve impossible. « Oh, mon Dieu, un vrai travail dans un vrai bureau, fit-elle d'un ton songeur.

— La plupart des gens trouvent que c'est un travail assommant !

— Pour moi, ce serait une telle aventure.

— Au début, peut-être.

— Vous parlez sérieusement ? demanda Margaret d'un ton grave. Si dans une semaine je viens à votre bureau, vous me donnerez du travail ? »

Mme Lenehan parut stupéfaite. « Fichtre, c'est vous qui êtes sérieuse, fit-elle. Je pensais que nous parlions en théorie. »

Margaret sentit son cœur se serrer. « Alors vous ne me donnerez pas de travail ? Ça n'était que des paroles en l'air ?

— J'aimerais bien vous engager, mais il y a un petit

problème. Dans une semaine, il se peut très bien que je n'aie moi-même plus de travail. »

Margaret en aurait pleuré. « Comment ça ?

— Mon frère essaie de me retirer l'entreprise.

— Comment peut-il le faire ?

— C'est compliqué, et peut-être n'y parviendra-t-il pas. Je lutte contre lui, mais je ne suis pas sûre de la tournure que ça prendra. »

Il n'était pas possible, se disait Margaret, qu'une telle chance lui fût retirée aussitôt après lui avoir été offerte. « Il faut que vous gagniez ! » constata-t-elle.

Mme Lenehan n'eut pas le temps de répondre : Harry fit son apparition, l'air d'un lever de soleil en pyjama rouge et peignoir bleu ciel. Sa vue calma Margaret. Il s'assit et Margaret fit les présentations. « Mme Lenehan est venue boire un cognac, mais les stewards sont occupés », ajouta-t-elle.

Harry prit un air étonné. « Ils sont peut-être occupés, mais ils peuvent encore servir à boire. » Il se leva et passa la tête dans le compartiment voisin. « Davy, voudriez-vous apporter un cognac à Mme Lenehan, je vous prie ? »

Margaret entendit le steward répondre : « Mais bien sûr, monsieur Vandenpost ! » Harry avait le chic pour obtenir des gens ce qu'il voulait.

Il se rassit : « Je n'ai pas pu m'empêcher de remarquer vos boucles d'oreilles, madame Lenehan. Elles sont absolument superbes.

— Merci », fit-elle avec un sourire. Le compliment semblait lui plaire.

Margaret regarda plus attentivement. Chaque boucle était constituée d'une seule grosse perle dans un treillis de fils d'or et de brillants, le tout d'une discrète élégance. Elle regrettait de ne pas porter de somptueux bijoux pour exciter l'intérêt de Harry.

« Vous les avez trouvées aux États-Unis ? interrogea Harry.

— Oui, elles viennent de chez Paul Flato. »

Harry hocha la tête. « Mais, à mon avis, elles ont été dessinées par Fulco di Verdura.

— Je ne pourrais vous l'assurer, dit Mme Lenehan. C'est rare de voir un jeune homme s'intéresser aux bijoux », ajouta-t-elle d'un ton surpris.

Margaret aurait voulu ajouter : *ce qui l'intéresse surtout, c'est de les voler !* Mais en fait, les connaissances de Harry en la matière l'impressionnaient. Il repérait toujours les plus belles pièces et savait souvent qui les avait dessinées.

Davy arriva avec le cognac de Mme Lenehan. Il parvenait à marcher sans trébucher malgré l'instabilité de l'avion.

Elle but son verre et se leva : « Je vais aller dormir un peu.

— Bonne chance », dit Margaret, en pensant à la bataille qu'elle devait mener contre son frère. Si elle l'emportait, elle engagerait Margaret, elle l'avait promis.

« Merci. Bonne nuit. »

« De quoi parliez-vous ? » demanda Harry avec une pointe de jalousie.

Margaret hésita à lui faire part de l'offre de Nancy. Si excitée qu'elle fût, elle n'oubliait pas ce que cela supposait d'abord. Elle décida de garder la chose pour elle un peu plus longtemps. « Nous nous sommes mises à parler de Frankie Gordino, répondit-elle. Nancy estime qu'on devrait laisser tranquilles des gens comme lui. Ils se contentent d'organiser des choses comme le jeu et... la prostitution... ce qui ne fait de mal qu'à ceux qui choisissent ce genre d'activités. » Elle se sentit rougir : jamais elle n'avait prononcé tout haut le mot prostitution.

Harry paraissait songeur. « Toutes les prostituées ne sont pas volontaires, dit-il au bout d'une minute. Certaines y sont contraintes. Vous avez entendu parler de la traite des Blanches ?

— C'est ça que ça veut dire ? » Margaret avait vu la formule dans la presse, mais avait vaguement imaginé qu'on enlevait des jeunes filles pour les envoyer comme femmes de chambre à Istanbul. Comme elle était stupide !

« Ça n'a pas autant d'ampleur que les journaux le font croire, précisa Harry. Il n'y a qu'un seul trafiquant qui pratique la traite des Blanches à Londres : il s'appelle Benny le Maltais, parce qu'il est originaire de Malte. »

Margaret était abasourdie. Dire que tout ça se passait sous son nez !

« Ça aurait pu m'arriver !

— Ça aurait pu, cette nuit où vous vous êtes enfuie de chez vous, dit Harry. C'est tout à fait le genre de situation dont Benny peut s'occuper. Une jeune fille livrée à elle-même, sans argent et nulle part où dormir. Il vous aurait offert un bon dîner et proposé une place dans une troupe de danseuses partant pour Paris le lendemain matin et vous auriez pensé qu'il était votre sauveur. La troupe de danseuses se serait révélée être un spectacle de nu, mais vous ne vous en seriez aperçue qu'une fois coincée à Paris, sans argent et sans moyen de rentrer chez vous, si bien que vous seriez restée à vous dandiner de votre mieux au fond de la scène. »

Margaret essaya de s'imaginer la situation et se rendit compte que c'était probablement exactement ce qu'elle aurait fait. « Et puis un soir on vous aurait demandé d'être "gentille" envers un type ivre dans la salle, et si vous aviez refusé, on vous y aurait obligée. » Margaret ferma les yeux, affolée à l'idée de ce qui aurait pu lui arriver. « Certes, vous pourriez partir le lendemain, mais pour aller où ? Vous auriez peut-être quelques francs, mais pas assez pour rentrer chez vous. Et vous commenceriez à vous demander ce que vous iriez raconter à votre famille en arrivant. La vérité ? Jamais. Alors vous reviendriez à votre logement avec les autres filles qui au moins se montreraient amicales et compréhensives. Et vous commenceriez à penser que si vous l'avez fait une fois, vous pourriez le refaire ; et avec le prochain ce serait un peu plus facile. Avant de vous en rendre compte, vous vous mettriez à attendre les pourboires que les clients laissent sur la table de nuit le matin. »

Margaret frissonna. « Je n'ai jamais rien entendu d'aussi horrible.

— C'est pourquoi je ne pense pas qu'il faille laisser Frankie Gordino tranquille. »

Ils restèrent tous deux silencieux quelques instants, puis

Harry dit d'un ton songeur : « Je me demande quel rapport il y a entre Frankie Gordino et Clive Membury.

— Il y en a un ?

— Eh bien, Percy dit que Membury a une arme. J'avais déjà deviné qu'il pouvait être un flic.

— Vraiment ? Comment ça ?

— Ce gilet rouge. Un flic penserait que c'est le genre de choses qui donne l'air d'un play-boy.

— Peut-être aide-t-il à surveiller Frankie Gordino. »

Harry paraissait sceptique. « Pourquoi ? Gordino est un criminel américain en route pour une prison américaine. Il est sorti du territoire britannique sous la garde du FBI. Je ne vois pas pourquoi Scotland Yard enverrait quelqu'un pour aider à le surveiller, surtout étant donné le prix d'un billet de Clipper. »

Margaret baissa la voix. « Est-ce qu'il pourrait vous suivre ?

— Jusqu'en Amérique ? fit Harry d'un ton sceptique. A bord du Clipper ? Avec un pistolet ? Pour une paire de boutons de manchettes ?

— Avez-vous une autre explication ?

— Non.

— En tout cas, peut-être que toute cette agitation à propos de Gordino va faire oublier aux gens la consternante conduite de mon père au dîner.

— Pourquoi croyez-vous qu'il a fait cet éclat ? demanda Harry avec curiosité.

— Je ne sais pas. Il n'a pas toujours été comme ça. Je me souviens, il était tout à fait raisonnable quand j'étais plus jeune.

— J'ai rencontré quelques fascistes, fit Harry. Normalement ce sont des gens qui ont peur.

— Vraiment ? » Margaret trouvait l'idée surprenante et assez peu plausible. « Ils ont l'air si agressifs.

— Je sais. Mais au fond, ils sont terrifiés. C'est pour ça qu'ils aiment marcher au pas et porter des uniformes : ils se sentent en sûreté quand ils font partie d'un groupe. C'est pourquoi ils n'aiment pas la démocratie : c'est trop incertain. Ils se sentent plus heureux dans une dictature, où on sait ce qui va se passer et où le gouvernement ne peut pas être renversé comme un rien. »

Margaret se rendit compte que tout cela tenait debout. Elle acquiesça d'un air songeur. « Je me rappelle, même avant de devenir si amer, il entrait dans des colères folles à propos des communistes, des sionistes, des syndicats, des Irlandais du Sinn Fein ou des gens de la cinquième colonne : il y avait toujours quelqu'un pour mettre le pays à genoux. A la réflexion, ça ne m'a jamais paru vraisemblable que les sionistes puissent mettre l'Angleterre à genoux, vous ne trouvez pas ? »

Harry sourit. « Et puis les fascistes sont toujours en colère. Ce sont souvent des gens qui pour une raison quelconque ont été déçus par la vie.

— Ça s'applique aussi à mon père. Quand mon grand-père est mort et que Père a hérité de la propriété, il a découvert que l'exploitation était en faillite. Il était fauché jusqu'à ce qu'il épouse Mère. Alors il s'est présenté au Parlement et n'a jamais été élu. Et voilà qu'aujourd'hui il est jeté à la porte de son pays. » Elle eut soudain l'impression de mieux comprendre son père. Harry était d'une étonnante lucidité. « Où avez-vous appris tout cela ? fit-elle. Vous n'êtes guère plus âgé que moi. »

Il haussa les épaules. « Battersea est un quartier très politique. Je crois que c'est là que se trouve la plus importante cellule communiste de Londres. »

Maintenant qu'elle comprenait mieux les émotions de son père, elle avait un peu moins honte de ce qui s'était passé. Cela n'excusait toujours pas son comportement, bien sûr, mais tout de même, c'était réconfortant de le considérer comme un homme déçu et effrayé plutôt que comme un être vindicatif à l'esprit un peu dérangé. Harry Marks était vraiment intelligent ! Elle regrettait de ne pas avoir pu profiter de son aide pour fuir sa famille. Elle se demandait s'il voudrait encore la voir quand ils seraient arrivés en Amérique. « Savez-vous où vous allez vivre maintenant ? demanda-t-elle.

— J'imagine que je trouverai de quoi me loger à New

York, dit-il. J'ai un peu d'argent et je pourrai bientôt en trouver davantage. »

A l'entendre, ça semblait si facile. C'était sans doute plus facile pour des hommes. Une femme avait besoin de protection.

« Nancy Lenehan m'a proposé du travail, dit-elle dans un brusque élan, mais elle ne sera peut-être pas en mesure de tenir sa promesse, parce que son frère essaie de lui prendre le contrôle de la société. » Il la regarda, puis détourna les yeux, d'un air timide, comme si pour une fois il n'était pas très sûr de lui.

« Vous savez, si vous voulez, je veux dire, ça ne m'ennuierait pas de vous donner un coup de main. »

C'était ce qu'elle avait espéré entendre. « Vraiment ? fit-elle.

— Je pourrais vous aider à chercher une chambre. »

Elle éprouva un immense soulagement. « Ce serait merveilleux, dit-elle. Je n'ai jamais cherché un logement, je ne saurais même pas par où commencer.

— On regarde dans le journal.

— Quel journal ?

— Un quotidien.

— Les quotidiens parlent de logements ?

— Il y a des petites annonces.

— Il n'y a pas d'annonces de logements dans le *Times*. » C'était le seul journal que lisait Père.

« Les journaux du soir sont les meilleurs. »

Elle se sentait stupide de ne pas savoir une chose aussi simple.

« J'ai vraiment besoin d'un ami pour m'aider.

— Je pense que je peux au moins vous protéger de l'équivalent américain de Benny le Maltais.

— Je me sens si heureuse, dit Margaret. D'abord Mme Lenehan, puis vous. Je sais que je pourrai me débrouiller si j'ai des amis. Je vous suis si reconnaissante, je ne sais pas quoi dire. »

Davy entra dans le grand salon. Margaret s'aperçut que depuis cinq ou dix minutes l'avion volait sans secousses.

Davy annonça : « Regardez tous par les hublots à bâbord. Dans quelques secondes, vous allez voir quelque chose. »

Margaret regarda. Harry déboucla sa ceinture et s'approcha pour regarder par-dessus son épaule. L'avion vira à bâbord. Quelques minutes plus tard, il survolait à faible altitude un grand paquebot, aussi illuminé que Piccadilly Circus. Quelqu'un lança : « Ils ont dû allumer les lumières pour nous : normalement ils naviguent tous feux éteints depuis que la guerre est déclarée, par peur des sous-marins. » Margaret était très consciente de la présence de Harry auprès d'elle et cela ne la gênait pas du tout.

L'équipage du Clipper avait dû communiquer par radio avec celui du navire, car les passagers étaient tous sortis sur le pont et saluaient à grands gestes l'hydravion. Ils étaient si proches que Margaret distinguait leurs vêtements : les hommes portaient des vestes de smoking blanches et les femmes des robes longues. Le paquebot avançait vite, son étrave effilée fendant sans effort les grosses vagues, tandis que l'hydravion le survolait avec lenteur. Elle jeta un coup d'œil à Harry et ils échangèrent un sourire, partageant la magie de cet instant. Il posa sa main droite sur la taille de Margaret, du côté qu'il camouflait de son corps, si bien que personne ne pouvait la voir. Il ne faisait que l'effleurer, mais elle ressentit comme une brûlure. Elle n'avait pas envie qu'il retire sa main. Au bout d'un moment, le paquebot s'éloigna, les lumières diminuèrent, puis s'éteignirent complètement. Les passagers du Clipper regagnèrent leur place et Harry revint à son siège.

Les uns après les autres, les gens allèrent se coucher et il ne resta bientôt plus dans le salon que les joueurs de cartes, ainsi que Margaret et Harry. Finalement, intimidée et ne sachant pas quoi faire, Margaret déclara : « Il se fait tard. Nous devrions aller nous coucher. » Pourquoi ai-je dit ça ? songea-t-elle ; je n'ai aucune envie d'aller me coucher !

Harry parut déçu. « Je crois que je vais attendre une minute. »

Margaret se leva. « Merci beaucoup d'avoir proposé de m'aider, dit-elle.

— Je vous en prie », fit-il.

Pourquoi sommes-nous si formels ? se demanda Margaret. Je ne veux pas lui dire bonsoir comme ça ! « Dormez bien, ajouta-t-elle.

— Vous aussi. »

Elle s'éloigna, puis se retourna. « Vous parlez sérieusement, n'est-ce pas, quand vous proposez de m'aider ? Vous n'allez pas me laisser tomber ? »

Son visage s'adoucit et il la regarda d'un air presque attendri.

« Je ne vous laisserai pas tomber, Margaret, je vous le promets. »

Tout à coup, sans y réfléchir, elle se pencha pour l'embrasser. Elle ne fit qu'effleurer ses lèvres, mais lorsqu'elle les toucha, une sorte de décharge électrique la parcourut. Elle se redressa aussitôt, stupéfaite de ce qu'elle avait fait et de ce qu'elle ressentait. Un instant, ils se regardèrent droit dans les yeux. Puis elle passa dans le compartiment voisin.

Elle vit que M. Membury avait pris la couchette supérieure du côté bâbord, laissant celle du bas libre pour Harry. Percy aussi avait pris une couchette du haut. Elle s'installa au-dessous de celle de Percy et tira les rideaux.

Je l'ai embrassé, se dit-elle, et c'était bien agréable.

Elle se glissa sous les couvertures et éteignit la veilleuse. On avait l'impression d'être sous une tente. Elle pouvait regarder par le hublot, mais il n'y avait rien à voir : rien que des nuages et la pluie. Tout de même, c'était excitant. Cela lui rappelait les fois où, petites filles, Elizabeth et elle étaient autorisées à dresser une tente dans le jardin et à dormir dehors par les chaudes nuits d'été. Elle croyait toujours qu'elle ne fermerait pas l'œil tant c'était enivrant, mais tout à coup il faisait jour, la cuisinière tapait sur la toile et lui tendait un plateau avec du thé et des toasts.

Où se trouvait maintenant Elizabeth ?

Juste au moment où cette pensée lui traversait l'esprit, son rideau s'agita doucement.

Elle crut tout d'abord que ce n'était qu'un produit de son imagination, mais cela recommença, comme un ongle grattant le tissu. Elle hésita, se souleva sur un coude, remontant le drap sous son cou.

On insistait.

Elle entrebâilla le rideau et aperçut Harry.

« Qu'est-ce que c'est ? murmura-t-elle, bien qu'elle crût le savoir.

— Je veux vous embrasser encore », murmura-t-il.

Elle était à la fois ravie et horrifiée. « Ne dites pas de bêtises !

— Je vous en prie.

— Allez-vous-en !

— Personne ne nous verra. »

Elle se souvint du picotement électrique du premier baiser, elle avait tellement envie d'un autre. Presque involontairement, elle écarta un peu plus le rideau. Il passa la tête et lui adressa un regard suppliant. C'était irrésistible. Elle l'embrassa sur la bouche. Il sentait la pâte dentifrice. Elle prévoyait un baiser rapide comme le dernier, mais lui avait d'autres idées. Il lui mordilla la lèvre inférieure. Instinctivement, elle entrouvrit la bouche et sentit la langue de Harry lui effleurer les lèvres. Ian n'avait jamais fait cela. C'était une sensation bizarre, mais agréable. Se jugeant parfaitement dépravée, elle sortit la langue à la rencontre de celle de Harry. Il commençait à haleter un peu. Soudain Percy s'agita dans la couchette au-dessus de sa tête, lui rappelant où elle était. La panique la gagna : comment pouvait-elle faire ça ? Voilà qu'elle embrassait en public un homme qu'elle connaissait à peine ! Si Père la voyait, ce serait horrible ! Elle se dégagea, pantelante. Harry poussa la tête plus avant, voulant l'embrasser encore, mais elle le repoussa.

« Laissez-moi entrer, dit-il.

— Ne soyez pas ridicule ! souffla-t-elle.

— Je vous en prie. »

C'était impossible. Elle n'était même pas tentée : elle avait peur.

« Non, non, non », fit-elle.

Il semblait déconfit.

Elle s'adoucit. « Vous êtes l'homme le plus charmant que j'aie rencontré depuis longtemps, peut-être depuis toujours ; mais vous n'êtes pas charmant à ce point-là, dit-elle. Allez vous coucher. »

Il comprit qu'elle parlait sérieusement. Il eut un petit sourire triste. Il semblait sur le point de dire quelque chose, mais Margaret referma le rideau sans lui en laisser le temps. Elle tendit l'oreille et crut entendre un léger bruit de pas qui s'éloignaient. Elle se rallongea dans sa couchette, tout essoufflée. Oh, mon Dieu, se dit-elle, c'était comme un rêve. Elle sourit dans l'obscurité, revivant le baiser. Elle avait vraiment eu envie d'aller plus loin. Elle se caressa doucement en y pensant.

Le souvenir de son premier amour lui revint : Monica, une cousine qui était venue passer l'été chez eux. Margaret avait treize ans, Monica seize, elle était blonde et ravissante et semblait tout savoir, et Margaret l'adora dès le premier jour.

Elle habitait la France et, peut-être à cause de cela, ou peut-être parce que ses parents étaient moins collet monté que ceux de Margaret, Monica tout naturellement évoluait nue dans les chambres et la salle de bains de l'aile des enfants. Margaret n'avait jamais vu d'adulte nu et elle avait été fascinée par les gros seins de Monica et par la toison de poils couleur miel entre ses jambes : elle-même avait encore le buste peu développé et seulement un peu de duvet.

Mais Monica avait d'abord séduit Elizabeth, Elizabeth, laide et autoritaire avec ses boutons sur le menton ! Margaret les avait entendues échanger des murmures et des baisers dans la nuit et elle était passée par tous les stades, de la curiosité à la colère pour finir par la jalousie. Elle voyait que Monica était très attachée à Elizabeth. Elle se sentait exclue, rien ne lui échappait des petits regards qu'elles se lançaient et de la façon apparemment accidentelle dont leurs mains se touchaient lorsqu'elles marchaient ou qu'elles étaient assises côte à côte.

Et puis, un jour où Elizabeth était allée à Londres avec Mère, Margaret surprit Monica dans la baignoire. Allongée dans l'eau chaude, les yeux fermés, elle se touchait entre les jambes. Elle entendit Margaret et entrouvrit les yeux, mais ne s'arrêta pas et Margaret regarda, effrayée mais fascinée, Monica se masturber jusqu'à l'orgasme.

Cette nuit-là, Monica vint dans le lit de Margaret au lieu de celui d'Elizabeth ; mais celle-ci fit une scène et menaça de tout raconter si bien qu'à la fin elles se la partagèrent.

Margaret se sentit coupable tout l'été, mais l'intense affection et le ravissement physique nouvellement découvert étaient trop merveilleux pour qu'elle y renonçât, et cela ne se termina que quand Monica rentra en France en septembre.

Après Monica, coucher avec Ian avait été un choc. Il s'était montré gauche et maladroit. Elle comprit qu'un jeune homme comme lui ne connaissait pratiquement rien au corps des femmes, aussi ne pouvait-il pas lui donner de plaisir comme Monica. Elle surmonta pourtant bientôt sa première déception ; et Ian l'aimait si fort que sa passion compensait son inexpérience.

Penser à Ian comme toujours lui donna envie de pleurer. Elle regrettait de tout son cœur de ne pas avoir fait l'amour avec lui plus volontiers et plus souvent. Au début, elle avait beaucoup résisté, même si elle en avait aussi envie que lui ; et il l'avait suppliée pendant des mois avant qu'elle cédât enfin. Après la première fois, bien qu'elle voulût recommencer, elle avait tergiversé. Elle ne voulait pas faire l'amour dans sa chambre au cas où quelqu'un remarquerait la porte fermée et se demanderait pourquoi ; elle avait peur de le faire en plein air, même si elle connaissait des tas de cachettes dans les bois autour de la maison ; et elle répugnait à utiliser les appartements de ses amies de crainte de la réputation que cela ne manquerait pas de lui attirer. Derrière tout cela, il y avait la terreur de la réaction de Père si jamais il l'apprenait.

Déchirée par ce conflit entre désir et angoisse, elle avait toujours fait l'amour à la sauvette ; et ça ne s'était produit que trois fois avant qu'il partît pour l'Espagne.

Bien sûr, elle s'était imaginé qu'ils avaient tout le temps

du monde devant eux. Puis il avait été tué et, en apprenant la nouvelle, elle avait compris avec horreur que plus jamais elle ne toucherait le corps de Ian ; et elle avait pleuré si fort qu'elle avait cru que son cœur allait éclater.

Elle regrettait de ne pas s'être donnée à lui librement dès le début et de ne pas avoir fait l'amour chaque fois que l'occasion s'en présentait. Ses craintes lui semblaient stupides maintenant qu'il était enterré au flanc d'une colline poussiéreuse de Catalogne.

L'idée lui vint soudain qu'elle allait peut-être répéter la même erreur.

Elle désirait Harry Marks. Son corps le réclamait. Il était le seul homme qui lui avait fait éprouver cela depuis Ian. Mais elle l'avait éconduit. Pourquoi ? Parce qu'elle avait peur, qu'elle était terrifiée à l'idée qu'on pût la surprendre.

Et si l'avion s'écrasait ? se demanda-t-elle. Actuellement, ils étaient à mi-chemin entre l'Europe et l'Amérique, à des centaines de kilomètres de toute terre dans n'importe quelle direction : si quelque chose tournait mal, ils mourraient tous en quelques minutes. Et sa dernière pensée serait pour regretter de ne jamais avoir fait l'amour avec Harry Marks.

Bien sûr, l'appareil n'allait pas s'écraser, mais elle n'avait aucune idée de ce qui allait se passer quand ils arriveraient en Amérique. Elle comptait s'engager dans les forces armées dès qu'elle en aurait la possibilité, et Harry avait parlé de devenir pilote dans l'aviation canadienne. Peut-être mourrait-il au combat, comme Ian. Qu'importait sa réputation, qui pouvait se soucier de la colère de ses parents, quand la vie pouvait être si courte ? Elle regrettait presque de ne pas avoir laissé Harry la rejoindre dans sa couchette.

Allait-il essayer encore ? Elle ne le pensait pas. Elle lui avait opposé un refus très ferme. Un garçon capable de passer outre ne serait qu'un être abominable. Harry s'était montré insistant, mais il n'était pas têtu comme une mule. Il ne le lui redemanderait pas ce soir.

Quelle idiote je suis ! Il pourrait être ici en ce moment : tout ce que j'avais à dire, c'était oui. En imagination elle tendit une main hésitante pour caresser la hanche nue du jeune homme. Il devait avoir des poils blonds et bouclés sur les cuisses, se dit-elle.

Elle décida de se lever et d'aller aux toilettes. Peut-être, par chance, Harry se lèverait-il en même temps ; ou peut-être appellerait-il le steward pour commander un verre ou quelque chose. Elle passa son peignoir, écarta ses rideaux et s'assit. La couchette de Harry avait ses rideaux bien tirés. Elle glissa ses pieds dans ses mules et se mit debout.

Presque tous les passagers étaient maintenant couchés. Elle jeta un coup d'œil dans la cuisine : vide. Bien sûr, les stewards avaient besoin de dormir, eux aussi. Sans doute sommeillaient-ils dans le compartiment numéro un. Poursuivant son chemin, elle traversa le salon où les obstinés, tous des hommes, continuaient à jouer au poker. Il y avait une bouteille de whisky sur la table et ils se servaient eux-mêmes. Vers le bout de l'appareil, le plancher s'élevait et des marches séparaient les compartiments. Deux ou trois personnes lisaient, assises sur leur couchette, avec les rideaux ouverts, mais la plupart des couchettes étaient fermées et silencieuses.

Les toilettes des dames étaient désertes. Margaret se regarda dans le miroir, pensant comme c'était bizarre qu'un homme pût trouver cette femme désirable. Elle avait un visage plutôt ordinaire, une peau très pâle, des yeux d'une curieuse nuance de vert. Ses cheveux, c'était ce qu'elle avait de mieux, se disait-elle parfois : longs, souples et d'une belle couleur bronze. Les hommes remarquaient souvent ses cheveux.

Qu'aurait pensé Harry de son corps, si elle l'avait laissé venir auprès d'elle ? Peut-être détestait-il les gros seins, évocateurs de maternité, de pis de vache ou de Dieu sait quoi. Elle avait entendu dire que les hommes aimaient les petits seins menus, de la même forme que les coupes dans lesquelles on servait le champagne dans les soirées. On ne pourrait pas faire entrer un des miens dans un verre à champagne, songea-t-elle avec mélancolie.

Elle aurait voulu être menue, comme les mannequins de *Vogue*, mais au lieu de cela, elle ressemblait à une danseuse espagnole. Chaque fois qu'elle mettait une robe de bal, elle devait enserrer sa poitrine dans un corset pour l'empêcher de gigoter dans tous les sens. Mais Ian avait aimé son corps, prétendant que les mannequins ressemblaient à des poupées. « Toi, tu es une vraie femme », avait-il dit un après-midi au cours d'un instant d'intimité volé dans la vieille nursery ; il lui embrassait le cou et lui caressait les seins, les mains passées sous son chandail de cachemire.

L'appareil entra dans une zone de turbulences et elle dut se cramponner au bord de la coiffeuse pour ne pas tomber du tabouret.

Avant de mourir, songea-t-elle, j'aimerais qu'on me caresse de nouveau les seins.

Quand l'appareil eut retrouvé sa stabilité, elle regagna son compartiment. Apparemment tout le monde dormait.

Elle secoua le rideau de Harry, sans réfléchir, ne sachant pas ce qu'elle ferait ou dirait.

Rien ne se passa. Alors elle secoua à nouveau.

Le visage de Harry apparut, l'air abasourdi.

Ils se dévisagèrent en silence.

Alors un bruit se fit entendre, de la couchette de lord Oxenford. Il allait se lever, probablement pour aller aux toilettes.

Sans hésiter, Margaret repoussa Harry sur sa couchette et y grimpa avec lui. Comme elle refermait le rideau derrière elle, elle vit son père émerger. Par miracle, il ne l'aperçut pas.

Elle s'agenouilla au pied de la couchette et regarda Harry. Il était assis à l'autre extrémité, les genoux sous le menton, la regardant à la faible lumière qui filtrait à travers le rideau. On aurait dit un enfant qui vient de voir le père Noël descendre par la cheminée : il n'en croyait pas sa bonne fortune. Il ouvrit la bouche pour parler, mais Margaret le fit taire en posant un doigt sur ses lèvres.

Elle s'aperçut soudain qu'elle avait laissé ses mules derrière elle quand elle avait sauté dans la couchette.

Elles étaient brodées à ses initiales, et posées sur le sol

auprès des chaussons de Harry, comme des chaussures à la porte d'une chambre d'hôtel.

Deux secondes à peine s'étaient écoulées. Elle jeta un coup d'œil à l'extérieur. Père descendait l'échelle de sa couchette et lui tournait le dos. Elle tendit la main par l'entrebâillement des rideaux. S'il se retournait maintenant, elle était fichue. Elle chercha à tâtons les mules et les trouva. Elle les ramassa au moment précis où Père posait ses pieds nus sur la moquette.

Elle n'avait pas une idée claire de ce qu'elle voulait maintenant. Tout ce qu'elle savait, c'est qu'elle désirait être avec Harry. La perspective de passer la nuit allongée dans sa propre couchette en regrettant qu'il ne fût pas là lui était devenue intolérable. Mais elle n'allait pas se donner à lui. Elle aimerait bien — elle aimerait beaucoup —, mais il y avait toutes sortes de problèmes pratiques, dont le moindre n'était pas M. Membury, qui dormait à poings fermés quelques centimètres au-dessus d'eux.

Un instant plus tard, elle comprit que, contrairement à elle, Harry savait exactement ce qu'il voulait.

Il se pencha, passa une main derrière la tête de Margaret, l'attira vers lui et lui embrassa les lèvres.

Après un instant d'hésitation, elle abandonna toute idée de résistance et s'abandonna complètement à la sensation.

Elle y pensait depuis si longtemps qu'elle eut l'impression qu'ils faisaient l'amour depuis des heures. Mais cette fois-ci, c'était la réalité : une main robuste tenait son cou, une vraie bouche était posée sur sa bouche, une vraie personne mêlait son haleine à la sienne. C'était un baiser lent, tendre, doux et hésitant, et elle avait conscience de chaque petit détail : les doigts de Harry remontant dans ses cheveux, son menton un peu râpeux, son souffle tiède sur sa joue, ses dents qui lui mordillaient les lèvres et finalement sa langue qui cherchait la sienne. Cédant à une envie irrésistible, elle ouvrit toute grande la bouche.

Au bout d'un moment, ils se séparèrent, haletants. Le regard de Harry se posa sur la poitrine de Margaret. En baissant les yeux, elle vit que son peignoir s'était entrouvert et que ses boutons de seins se dressaient contre le coton de sa chemise de nuit. Harry regardait, comme hypnotisé. Lentement, il tendit une main et du bout des doigts effleura son sein gauche, caressant à travers le tissu la pointe sensible, ce qui la fit haleter de plaisir.

Ses vêtements soudain parurent insupportables à Margaret. D'un geste vif elle se débarrassa de son peignoir. Elle saisit l'ourlet de sa chemise de nuit, puis hésita. Une voix au fond de son esprit disait : *Après ça, il n'y a plus de retour possible*, et elle pensa : *Tant mieux* et, tirant sa chemise de nuit par-dessus sa tête, elle s'agenouilla nue devant lui.

Elle se sentait vulnérable et timide, mais dans une certaine mesure l'angoisse accentuait son excitation. Le regard de Harry parcourait son corps et elle lut sur son visage tout à la fois de l'adoration et du désir. Se contorsionnant dans l'étroit espace, il se mit à genoux et se pencha en avant. Elle connut un moment d'incertitude : qu'allait-il faire ? Elle sentit ses lèvres lui caresser les seins, d'abord l'un, puis l'autre. Puis une main passa sous son sein gauche, caressant d'abord, soupesant, pressant doucement. Les lèvres de Harry descendirent jusqu'au bouton. Il le mordilla doucement. Puis il se mit à sucer et elle gémit de délice.

Au bout d'un moment, elle eut envie qu'il en fît autant à l'autre, mais comment le lui faire comprendre ? Peut-être devina-t-il son désir car, quelques instants plus tard, il s'exécuta.

Quand il reprit haleine, elle le repoussa et déboutonna la veste de son pyjama. Tous deux haletaient comme des sprinters, mais ni l'un ni l'autre ne parlait, de crainte d'être entendu. Il se dégagea de sa veste. Il n'avait pas de poils sur la poitrine. Elle le voulait complètement nu, comme elle. Elle trouva la ceinture de son pantalon de pyjama et, consciente de l'audace de son geste, la dénoua.

Il semblait hésitant et un peu étonné, donnant à Margaret la déplaisante impression qu'elle se montrait plus osée que les autres filles qu'il avait rencontrées ; mais elle sentait qu'elle devait continuer ce qu'elle avait commencé. Elle le repoussa jusqu'au moment où il fut allongé, la tête sur l'oreiller, puis elle saisit la ceinture de son pantalon et tira. Il souleva les hanches.

Il avait une toison blond foncé au bas du ventre. Elle tira plus bas le pantalon de pyjama rouge et libéra son sexe qu'elle contempla, fascinée. La curiosité et une autre émotion qu'elle identifiait mal la poussaient à le toucher. Il émit un sourd gémissement en voyant ce qu'elle allait faire. Elle n'hésita qu'un instant. Elle le regarda. Il avait le visage rouge de désir et le souffle un peu rauque. Ce fut ensuite son tour à lui de la caresser. Elle sentit la main de Harry qui évoluait, explorait. Bientôt des spasmes de plaisir la secouèrent. Elle frissonna et, pour s'empêcher de crier, enfonça ses dents dans le haut du bras de Harry.

Au bout d'un moment, Harry se dégagea et se frotta l'épaule, là où elle l'avait mordu.

Encore hors d'haleine, elle haleta : « Je suis désolée... Je t'ai fait mal ?

— Je pense bien », murmura-t-il, et tous deux se mirent à pouffer.

Essayer de ne pas rire bruyamment aggravait encore les choses et pendant une ou deux minutes ils furent secoués d'un irrépressible fou rire.

Quand il furent calmés, il murmura : « Tu as un corps merveilleux... merveilleux.

— Toi aussi », dit-elle avec ferveur.

Elle lui embrassa le bras à l'endroit de la morsure. Même dans la pénombre, elle distinguait les traces de ses dents. Il allait avoir un vilain bleu. « Je suis désolée », chuchota-t-elle, trop bas pour qu'il entendît.

Épuisés de plaisir, ils sombrèrent tous deux dans un léger sommeil. A un moment, Margaret crut entendre des pas traverser le compartiment et revenir quelques minutes plus tard, mais elle était trop heureuse pour s'intéresser à ce que cela représentait.

Pendant un temps, l'avion poursuivit son vol sans heurt, et elle sombra dans un vrai sommeil.

Elle s'éveilla en sursaut. Était-ce le jour ? Tout le monde

était-il debout ? Allaient-ils tous la voir se glisser hors de la couchette de Harry ? Son cœur battait à tout rompre.

« Qu'est-ce qu'il y a ? murmura-t-il.

— Quelle heure est-il ?

— C'est le milieu de la nuit. »

Il avait raison. Rien ne bougeait, les lumières de la cabine étaient en veilleuse et il n'y avait derrière le hublot aucun signe de jour. Elle pouvait se couler dehors en toute sécurité.

« Il faut que je retourne à ma couchette maintenant avant qu'on nous découvre », dit-elle frénétiquement. Elle se mit à chercher ses mules sans parvenir à les trouver.

Harry posa une main sur son épaule. « Calme-toi, murmura-t-il. Nous avons des heures devant nous.

— Mais j'ai peur que Père... » Elle s'arrêta. Pourquoi s'inquiétait-elle tant ? Leurs regards se croisèrent dans la semi-obscurité et ils échangèrent un sourire, un sourire complice d'amants satisfaits.

Alors elle décida qu'elle n'avait pas encore besoin de partir. Puisqu'elle avait envie de rester, eh bien, elle resterait. Ils avaient le temps.

Harry bougea contre elle et elle sentit son désir. « Ne t'en vas pas déjà », supplia-t-il.

Elle eut un soupir heureux. « Bon, pas tout de suite », dit-elle, et elle se mit à l'embrasser.

18

Eddie parvenait à se maîtriser, mais il était comme une bouilloire au couvercle bloqué, comme un volcan qui attend d'exploser. Toujours en nage, le ventre noué, il avait du mal à rester en place.

Il devait prendre son temps de repos à 2 heures, heure anglaise. Comme la fin de son quart approchait, il fit semblant de calculer de nouveau les réserves de carburant. Après avoir sous-estimé la consommation de l'appareil de façon à faire croire qu'il y avait tout juste assez de carburant pour terminer le voyage, il gonflait maintenant les chiffres, pour compenser, si bien que lorsque son remplaçant, Mickey Finn, prendrait son service et regarderait les jauges, rien ne clocherait. La « courbe zinzin » montrerait que la consommation de carburant passait par de folles fluctuations, et Mickey se demanderait pourquoi ; mais Eddie lui répondrait que c'était dû à la tempête. D'ailleurs, Mickey était le moindre de ses soucis. Sa grande angoisse, celle qui lui tenaillait le cœur, c'était que l'avion se trouvât réellement à court de carburant avant d'arriver à Terre-Neuve.

Ils n'avaient plus le minimum imposé par le règlement, plus de réserve supplémentaire de carburant pour des urgences comme une défaillance de moteurs. Si quelque chose tournait mal, l'hydravion plongerait dans les eaux tumultueuses de l'océan Atlantique. Ne pouvant pas amerrir en pleine mer déchaînée, il coulerait en quelques minutes. Et il n'y aurait pas de survivants.

Mickey se présenta au poste de pilotage quelques minutes avant 2 heures, l'air frais et dispos. « Le niveau de carburant est très bas, lui dit aussitôt Eddie. J'ai prévenu le commandant. »

Mickey acquiesça de la tête sans répondre et s'empara de la torche électrique. Sa première tâche en prenant la relève consistait à procéder à une inspection visuelle des quatre moteurs.

Eddie le laissa et descendit jusqu'au pont des passagers. Le second, Johnny Dott, le navigateur Jack Ashford et l'opérateur radio Ben Thompson le suivirent car leurs remplaçants arrivaient. Jack alla à la cuisine se préparer un sandwich. L'idée de nourriture donnait la nausée à Eddie. Il prit une tasse de café et alla s'asseoir dans le compartiment numéro un.

Quand il n'était pas de service, rien ne parvenait à détourner ses pensées de Carol-Ann aux mains de ses ravisseurs.

Il était un peu plus de 9 heures du soir dans le Maine maintenant. Carol-Ann était sans doute épuisée et, au mieux, découragée. Elle avait tendance à s'endormir beaucoup plus tôt depuis qu'elle était enceinte. Lui trouverait-on un endroit pour s'allonger ? Elle ne dormirait pas toute la nuit, mais peut-être pourrait-elle se reposer. Eddie espérait seulement que la nuit n'allait pas donner des idées aux canailles qui la gardaient...

Son café n'avait pas eu le temps de refroidir que la tempête se déchaîna.

Cela faisait plusieurs heures que l'appareil était secoué, mais cela devenait maintenant vraiment dur. L'énorme appareil s'élevait avec lenteur puis retombait comme un navire affrontant les vagues, heurtant le creux avec un bruit sourd puis remontant, roulant et tanguant sous les assauts du vent. Eddie s'assit sur une couchette et arrima ses pieds sur la colonne d'angle. Les passagers commençaient à s'éveiller, à sonner les stewards et à courir vers les toilettes.

Nicky et Davy, qui sommeillaient dans le compartiment numéro un avec l'équipage au repos, boutonnèrent leur col, passèrent leur veste et s'empressèrent de répondre aux appels.

Au bout d'un moment, Eddie alla chercher un autre café à la cuisine. Comme il y entrait, la porte des toilettes s'ouvrit et Tom Luther apparut, pâle et le visage baigné de sueur. Eddie lui lança un regard méprisant. Il éprouvait l'envie de saisir l'homme à la gorge, mais il la réprima.

« C'est normal ? demanda Luther d'un ton effrayé.

— Non, ça n'est pas normal, répliqua Eddie. Nous devrions contourner la tempête, mais nous n'avons pas assez de carburant.

— Pourquoi donc ?

— Nous sommes à court. »

Luther avait vraiment peur. « Mais vous nous disiez que nous reviendrions avant le point de non-retour ! »

Eddie était plus inquiet que Luther, mais il ressentait un plaisir pervers à observer le désarroi de l'autre. « Nous aurions dû faire demi-tour, mais j'ai truqué les chiffres. J'ai une raison particulière de vouloir terminer ce vol comme prévu, vous vous souvenez ?

— Espèce de salaud ! fit Luther d'un ton désespéré. Vous essayez de nous tuer tous ?

— Je préfère prendre le risque de vous tuer que de laisser ma femme avec vos amis.

— Mais si nous mourons tous, ça n'est pas ça qui aidera votre femme !

— Je sais. » Il savait effectivement ce que cela signifiait, mais il ne pouvait pas supporter l'idée de laisser un jour de plus Carol-Ann aux mains de ses ravisseurs. « Peut-être bien que je suis fou », dit-il à Luther.

L'autre avait l'air malade. « Mais cet appareil peut amerrir, n'est-ce pas ?

— Erreur. Nous ne pouvons le faire que sur des eaux calmes. Si nous nous posions au milieu de l'Atlantique dans une tempête pareille, l'hydravion se briserait en quelques secondes.

— Oh, mon Dieu, gémit Luther. Je n'aurais jamais dû prendre cet avion.

— Vous n'auriez jamais dû toucher à ma femme, espèce d'ordure », murmura Eddie entre ses dents.

L'appareil fit une terrible embardée, Luther tourna les talons et rentra en trébuchant dans les toilettes.

Eddie traversa le compartiment numéro deux et déboucha dans le salon. Les joueurs de cartes, attachés à leurs sièges, tenaient bon ; sous les soubresauts de l'avion, verres, cartes et bouteilles avaient roulé sur la moquette. Eddie regarda dans le couloir. Le premier moment d'affolement passé, les passagers se calmaient. La plupart avaient regagné leur couchette et bouclé leur ceinture, se rendant compte que c'était la meilleure façon d'affronter le gros temps. Ils restaient allongés, rideaux ouverts, les uns résignés à l'inconfort, les autres de toute évidence morts de peur. Tout ce qui n'était pas attaché était tombé sur le sol et la moquette était jonchée de livres, de lunettes, de peignoirs, de dentiers, de petite monnaie, de boutons de manchettes et de tout ce que les gens gardaient la nuit auprès de leur lit. Eddie soudain fut pris d'un torturant remords : tous ces gens allaient-ils mourir à cause de lui ?

Il regagna sa place et boucla sa ceinture. Il ne pouvait rien maintenant pour ce qui concernait la consommation de carburant, et le seul moyen de secourir Carol-Ann était de s'assurer que l'amerrissage forcé se passerait conformément au plan prévu.

Tandis que le Clipper bondissait dans la nuit, Eddie essaya de revoir son scénario dans sa tête.

Il serait de service quand ils décolleraient de Shediac, la dernière escale avant New York. Il commencerait aussitôt à larguer du carburant. Les jauges le montreraient, bien sûr. Mickey Finn pourrait s'en apercevoir si pour une raison quelconque il montait jusqu'au poste de pilotage ; mais à ce moment-là, vingt-quatre heures après avoir quitté Southampton, les membres de l'équipage qui n'étaient pas de quart ne songeaient à rien d'autre qu'à dormir. Et il était peu probable que quelqu'un d'autre allât regarder les jauges de carburant, d'autant que pendant cette dernière et courte partie du vol la consommation de carburant ne posait en principe plus de problème critique. Il était navré à l'idée de tromper ses collègues et, un moment, sa rage le reprit. Il serra les poings, mais il n'y avait rien à frapper. Il essaya de se concentrer sur son plan.

Quand on approcherait du point où Luther voulait faire se poser l'appareil, Eddie larguerait encore du carburant de façon à se trouver presque en panne d'essence quand ils auraient atteint la région prévue. A ce moment, il annoncerait au commandant qu'ils étaient quasiment à sec et qu'il fallait se poser.

Il lui faudrait surveiller soigneusement leur route. On ne suivait pas exactement le même itinéraire chaque fois : la navigation n'était pas aussi précise. Mais Luther avait habilement choisi son lieu de rendez-vous. C'était de toute évidence le meilleur endroit dans un large rayon pour faire amerrir un hydravion, si bien que même s'ils se trouvaient à quelques milles de ce point, le commandant ne manquerait pas de mettre le cap sur cette zone en cas d'urgence.

S'il en avait le temps, le commandant ne manquerait pas de demander à Eddie comment il avait pu ne pas remarquer la spectaculaire perte de carburant avant qu'ils aient atteint le stade critique. Eddie n'aurait qu'à répondre que toutes les jauges avaient dû se coincer, situation hautement improbable. Il serra les dents. Ses collègues comptaient sur lui pour s'acquitter d'une tâche cruciale, ils lui confiaient leur vie. Ils sauraient qu'il les avait laissés tomber.

Un canot rapide attendrait dans le secteur et s'approcherait du Clipper. Le commandant croirait que ces gens étaient venus l'aider. Il les inviterait peut-être à monter à bord, mais, s'il ne le faisait pas, Eddie leur ouvrirait la porte. Les gangsters maîtriseraient alors Ollis Field, l'agent du FBI et délivreraient Frankie Gordino.

Ils devraient faire vite. L'opérateur radio aurait envoyé un SOS avant que l'avion ne se pose et, vu sa taille, le Clipper s'apercevait de loin, si bien que d'autres navires ne tarderaient pas à arriver. Il y avait même la possibilité que les garde-côtes fussent assez rapides pour empêcher l'opération. Eddie un moment se sentit plein d'espoir, puis il se rappela qu'il voulait voir Luther réussir et non pas échouer.

Comment pouvait-il lui, Eddie Deakin, voir des criminels obtenir ce qu'ils voulaient ? Il se creusait sans arrêt la cervelle pour trouver un moyen de déjouer le plan de Luther, mais chaque fois il se heurtait au même obstacle : Carol-Ann. Si Luther n'avait pas Gordino, Eddie n'aurait pas Carol-Ann.

Il avait essayé de trouver un moyen de s'assurer que Gordino serait arrêté vingt-quatre heures plus tard, une fois Carol-Ann en sûreté ; mais c'était impossible. Le gangster serait alors bien loin. La seule solution consistait à persuader Luther de rendre Carol-Ann plus tôt, mais l'autre n'était pas assez fou pour accepter cela. Le malheur, c'était qu'Eddie n'avait rien avec quoi menacer Luther. Luther avait Carol-Ann, et Eddie avait...

Mais, songea-t-il soudain, j'ai Gordino.

Une minute.

Ils ont enlevé ma femme et je ne peux la retrouver sans coopérer avec eux. Mais Gordino est à bord de cet avion et ils ne peuvent pas le délivrer sans coopérer avec moi. Ils n'ont peut-être pas tous les atouts en main. Avait-il une chance de pouvoir prendre l'initiative ?

Mais oui, il en avait une.

Pourquoi leur livrerait-on Gordino d'abord ? Un échange d'otages devait être simultané. Comment procéderait-on ? Il leur faudrait amener Carol-Ann jusqu'au Clipper à bord du canot qui emporterait Gordino.

Pourquoi pas ? Mais pourquoi pas ?

Il avait calculé qu'elle était détenue à une centaine de kilomètres de leur domicile, soit à une centaine de kilomètres également de l'endroit où ils devaient faire leur amerrissage forcé. En mettant les choses au pire, elle se trouvait donc à quatre heures de voiture. Était-ce trop loin ?

Supposons que Tom Luther soit d'accord. Sa première chance de contacter ses hommes serait à la prochaine escale,

Botwood, où le Clipper devait arriver à 9 heures, heure anglaise. Après cela, l'appareil se rendait à Shediac.

L'amerrissage non prévu aurait lieu une heure après le départ de Shediac, vers 4 heures de l'après-midi, toujours heure britannique, soit sept heures plus tard. Les bandits avaient le temps d'amener Carol-Ann sur place. Ils disposaient d'une marge de deux heures.

Eddie avait du mal à maîtriser son excitation à l'idée qu'une possibilité existait de récupérer sa femme plus tôt, et de pouvoir faire quelque chose pour compromettre l'opération de Luther. Il parviendrait peut-être ainsi à se racheter aux yeux du reste de l'équipage, on lui pardonnerait peut-être sa traîtrise.

Une fois de plus, il se dit de ne pas nourrir trop d'espoirs. Tout cela n'était qu'une idée. Luther n'accepterait sans doute pas sa proposition. Eddie pouvait menacer de ne pas faire amerrir l'avion si l'on n'acceptait pas ses conditions, mais ils sauraient que cette menace ne reposait sur rien. Ils estimeraient qu'Eddie ferait n'importe quoi pour sauver sa femme, et ils auraient raison. Eux n'essayaient que de sauver un copain. Son désespoir même mettait Eddie en état de faiblesse.

Quand même, il allait poser un problème à Luther, en faisant naître dans son esprit le doute et l'inquiétude. Pour passer totalement outre à la menace d'Eddie, il fallait du cran, et Luther n'était pas un homme courageux, du moins pas pour l'instant.

De toute façon, songea Eddie, qu'est-ce que j'ai à perdre ?

Il allait tenter le coup.

Il se leva de sa couchette.

Il lui fallait préparer soigneusement la conversation, prévoir les réponses aux objections de Luther. Mais s'il n'agissait pas, il deviendrait fou.

Se cramponnant à tout ce qu'il pouvait trouver, il gagna tant bien que mal le grand salon.

Luther figurait au nombre des passagers qui ne s'étaient pas couchés. Assis dans un coin du salon, il buvait du whisky. Son visage avait retrouvé quelque couleur, et il semblait avoir maîtrisé sa nausée. Il lisait un magazine anglais, *The Illustrated London News*. Eddie lui donna une petite tape sur l'épaule. L'autre leva les yeux, surpris et un peu effrayé. En apercevant Eddie, il prit un air hostile. « Monsieur Luther, déclara Eddie, le commandant voudrait vous dire un mot. »

Luther resta un moment sans bouger, apparemment inquiet. Eddie lui fit un signe de tête impératif. Luther reposa son magazine, déboucla sa ceinture et se leva.

Eddie l'entraîna mais, au lieu de l'emmener jusqu'au poste de pilotage, il ouvrit la porte des toilettes et l'y fit entrer. Il y régnait une faible odeur de vomissure. Ils n'étaient pas seuls : un passager en pyjama se lavait les mains, qui heureusement repartit au bout de quelques instants.

« Qu'est-ce qui se passe ? demanda Luther.

— Écoutez-moi. Je sais pour quelle raison vous êtes ici, j'ai deviné votre plan et j'exige une modification. Quand je ferai poser l'appareil, Carol-Ann devra déjà attendre dans le canot.

— Vous n'êtes pas en position d'avoir des exigences », fit Luther d'un ton méprisant.

Eddie ne s'était naturellement pas imaginé qu'il allait céder tout de suite. C'était maintenant qu'il devait bluffer. « Très bien, dit-il avec toute la conviction dont il était capable. Le marché est annulé. »

Luther eut l'air un peu inquiet, mais il répliqua : « Pauvre petite merde. Vous voulez récupérer votre femme. Vous ferez amerrir cet appareil. »

C'était la vérité. Mais Eddie secoua la tête. « Je n'ai pas confiance en vous. Vous risquez de me doubler même si je fais tout ce que vous voulez. Je ne vais pas prendre ce risque. Je veux un nouvel accord. »

L'assurance de Luther n'était pas encore ébranlée. « Pas de nouvel accord.

— Très bien. » Le moment était venu pour Eddie d'abattre son atout.

« Très bien, alors vous irez en prison. »

Luther eut un rire nerveux. « Qu'est-ce que vous racontez ? »

Eddie se sentit un peu plus assuré : Luther faiblissait. « Je vais tout raconter au commandant. On vous débarquera de l'avion à la prochaine escale. La police vous attendra. Vous irez en tôle au Canada, là où vos petits copains ne pourront pas vous libérer. On vous accusera d'enlèvement, de piraterie. Vous savez, Luther, vous pourriez bien ne jamais en sortir. »

Luther parut vraiment secoué. « Tout est arrangé, protesta-t-il. C'est trop tard pour changer de plan.

— Pas du tout, fit Eddie. A la prochaine escale, vous pouvez appeler vos amis et leur dire ce qu'il faut faire. Ils auront sept heures pour amener Carol-Ann à bord de ce canot. Ils auront le temps. »

Luther céda soudain. « Bon, d'accord. »

Eddie ne le croyait pas : le revirement avait été trop brusque. Son instinct lui disait que Luther allait le rouler. « Dites-leur qu'ils doivent m'appeler à la dernière escale, à Shediac, pour confirmer qu'ils ont bien pris les dispositions. »

Une expression de colère passa brièvement sur le visage de Luther et Eddie eut la certitude qu'il ne s'était pas trompé.

« Et quand le canot abordera le Clipper, reprit Eddie, je veux voir ma femme sur le pont avant d'ouvrir les portes, vous comprenez ? Si je ne la vois pas, je donnerai l'alarme. Ollis Field vous empoignera avant que vous puissiez sortir et les garde-côtes seront là avant que vos gorilles puissent entrer. Alors assurez-vous bien que tout se passe exactement comme ça ou vous êtes tous morts. »

Luther retrouva soudain son aplomb. « Vous ne ferez rien de tout cela, ricana-t-il. Vous n'allez pas risquer la vie de votre femme. »

Eddie essaya encore un coup. « En êtes-vous sûr, Luther ? »

Mais Luther secoua la tête d'un air décidé. « Vous n'êtes pas fou à ce point-là. »

Ce mot fournit à Eddie l'inspiration qui lui manquait. « Je

vais vous montrer comme je suis fou », dit-il. Il poussa Luther contre la paroi à côté du grand hublot carré. L'homme fut trop surpris pour résister. « Je vais vous montrer à quel point je suis fou. » D'un brusque coup de pied dans les jambes, il fit tomber Luther qui s'affala lourdement. A cet instant, il se sentait bel et bien fou. « Vous voyez ce hublot, pauvre merdeux ? » Eddie saisit le store vénitien et l'arracha de sa tringle. « Je suis assez fou pour vous jeter par ce hublot, voilà à quel point je suis fou. » Il sauta sur le lavabo et se mit à donner des coups de pied dans la vitre du hublot. Il portait de solides chaussures, mais le hublot était en verre de sécurité, épais de deux millimètres. Il frappa encore, plus fort, et cette fois, le panneau se fêla. Encore un coup de pied et il se brisa. Des éclats de verre se répandirent dans la pièce. L'hydravion volait à deux cents kilomètres à l'heure et le vent glacial et la pluie s'engouffrèrent comme un ouragan.

Luther, terrifié, essayait de se relever. Eddie se jeta sur lui et l'empêcha de bouger. La rage lui donnait la force de maîtriser Luther, bien qu'ils eussent à peu près le même poids. Il l'empoigna par les revers de sa veste et lui poussa la tête dehors. L'autre se mit à hurler.

Le vacarme du vent était tel que ce fut à peine si on entendit son cri.

Eddie le tira à l'intérieur et lui cria à l'oreille : « Je vous jure devant Dieu que je vais vous flanquer par le hublot ! » Il poussa de nouveau la tête de Luther dehors et le souleva du sol.

Si Luther ne s'était pas affolé, il aurait pu se libérer, mais il avait perdu tout contrôle et il était impuissant. Il se remit à hurler : « Je vais le faire, je vais le faire, lâchez-moi, lâchez-moi ! »

Eddie réprima une violente envie de le balancer une fois pour toutes. Il se rappela qu'il ne voulait pas tuer Luther, simplement l'effrayer. Il y était parvenu. Ça suffisait.

Il le reposa sur le sol et relâcha son emprise.

Luther se précipita vers la porte.

Eddie le laissa partir.

Je joue assez bien les fous, songea Eddie ; mais il savait au fond de lui-même qu'en réalité il ne jouait pas la comédie.

Il s'adossa au lavabo pour reprendre haleine. Sa rage l'avait quitté aussi vite qu'elle était venue. Il se sentait calme, mais secoué par sa propre violence, presque comme si c'était quelqu'un d'autre qui avait agi ainsi.

Un instant plus tard, un passager entra.

C'était l'homme qui avait rejoint le vol à Foynes, Mervyn Lovesey, un grand type en chemise de nuit à rayures, ce qui lui donnait une allure cocasse. Il inspecta les dégâts et dit : « Fichtre, qu'est-ce qui s'est passé ici ? »

Eddie avala sa salive. « Un hublot cassé », répondit-il.

Lovesey lui lança un coup d'œil ironique. « Je l'avais deviné.

— Ça arrive parfois dans une tempête, expliqua Eddie. Ces vents violents transportent des bouts de glace ou même des pierres. »

Lovesey parut sceptique. « Tiens, voilà dix ans que je pilote mon avion, et je n'ai jamais entendu parler de ça. »

Il avait raison, bien sûr. Les hublots se brisaient parfois, mais cela se passait en général quand l'appareil était en rade, et pas au milieu de la tempête. Pour ce genre d'éventualité, on avait des couvre-fenêtres en aluminium qui, justement, se trouvaient entreposés ici, dans les toilettes. Eddie ouvrit le placard et en sortit un. « C'est pourquoi nous emportons cela », annonça-t-il.

Lovesey sembla convaincu. Il s'enferma dans un des cabinets.

Avec les panneaux se trouvait le tournevis qui était le seul outil nécessaire pour les poser. Eddie décida que cela ferait moins d'histoire s'il se chargeait lui-même du travail. En quelques secondes, il eut ôté l'encadrement du hublot, fait tomber ce qui restait de verre cassé, vissé le panneau et remis l'encadrement.

« Très impressionnant », fit Mervyn Lovesey en sortant du cabinet. Eddie eut l'impression qu'il n'était quand même pas tout à fait rassuré.

Eddie se dirigea vers la cuisine où il trouva Davy en train

de verser un verre de lait. « Le hublot s'est cassé dans les toilettes, lui annonça-t-il.

— Je le réparerai dès que j'aurai servi son cacao à la princesse.

— J'ai posé le panneau de secours.

— Oh, merci, Eddie.

— Mais il faudra que tu balaies les débris de verre dès que tu pourras.

— Entendu. »

Enfin il était parvenu à quelque chose. Il avait fait peur à Luther. Il pouvait espérer que le truand accepterait le nouveau plan et demanderait que l'on amène Carol-Ann sur les lieux du rendez-vous à bord du canot.

Son esprit revint à son autre préoccupation : les réserves en carburant de l'appareil. Bien qu'il ne fût pas encore temps pour lui de reprendre son service, il monta jusqu'au poste de pilotage pour parler à Mickey Finn.

« La courbe part dans tous les sens ! » dit Mickey, tout excité, sitôt l'arrivée d'Eddie.

Mais avons-nous assez de carburant ? se demanda Eddie. Toutefois, il conserva un calme apparent. « Montre-moi.

— Regarde : la consommation est incroyablement élevée pour ma première heure de quart, puis pour la seconde elle revient à la normale.

— C'était pareil pendant mon quart, répondit Eddie, essayant de ne laisser percer qu'une légère inquiétude alors qu'il éprouvait une peur terrible. Je pense que la tempête rend tout imprévisible. » Ce fut alors qu'il posa la question qui le tourmentait. « Mais avons-nous assez de carburant pour tenir jusqu'au bout ? » Il retint son souffle.

« Oui, nous en avons assez », dit Mickey.

Eddie poussa un soupir de soulagement. Dieu merci. Ce souci-là du moins était effacé.

« Mais nous n'avons pas de réserve, ajouta Mickey. J'espère bien qu'on ne va pas perdre un moteur. »

Eddie n'allait pas s'inquiéter d'une éventualité aussi peu

probable : il avait trop d'autres choses en tête. « Quelles sont les prévisions météo ? Peut-être avons-nous traversé l'essentiel de la tempête ?

— Oh non, fit Mickey en secouant la tête. Ça va être bien pire. »

19

Nancy Lenehan était décidément perturbée de se retrouver dans la même chambre qu'un parfait étranger.

Comme Mervyn Lovesey le lui avait assuré, la suite nuptiale contenait malgré son nom des couchettes séparées. Toutefois, à cause de la tempête, il n'avait pas réussi à maintenir la porte ouverte en permanence : quoi qu'il fît, elle claquait constamment, si bien qu'ils décidèrent qu'il valait mieux la fermer une bonne fois pour toutes.

Nancy avait veillé le plus tard possible. Elle avait été tentée de passer toute la nuit dans le grand salon, mais c'était devenu un endroit masculin au plus mauvais sens du terme, avec fumée de cigarettes, relents de whisky, rires et jurons des joueurs, et elle détonnait totalement dans le paysage. Finalement, elle n'avait eu d'autre solution que d'aller se coucher.

Ils éteignirent la lumière, s'installèrent dans leurs couchettes, mais Nancy n'avait pas le moins du monde envie de dormir. Le verre de cognac que le jeune Harry Marks lui avait fait servir ne l'avait pas aidée : elle se sentait aussi éveillée que s'il avait été 9 heures du matin.

Elle se rendait compte que Mervyn ne dormait pas non plus. Elle l'entendait tourner et remuer dans la couchette au-dessus d'elle. Contrairement aux autres, celles de la suite nuptiale n'avaient pas de rideau, si bien que seule l'obscurité assurait à chacun une certaine discrétion.

Ses pensées revinrent à Margaret Oxenford, si jeune et naïve, si pleine d'incertitude et d'idéalisme. Pourtant, elle en était sûre, ce caractère hésitant dissimulait un tempérament passionné, si bien que Margaret et elle se ressemblaient. Elle aussi avait dû se battre avec ses parents ; ou, du moins, avec sa mère. Celle-ci avait voulu lui faire épouser une garçon d'une vieille famille de Boston mais, à seize ans, Nancy était tombée amoureuse de Sean Lenehan, un étudiant en médecine dont le père était, horreur des horreurs ! contremaître dans l'usine de son père. Sa mère pendant des mois avait fait campagne contre Sean, rapportant les plus abominables rumeurs sur son comportement avec d'autres filles, refusant de rencontrer ses parents, tombant malade et ne se relevant que pour reprocher à sa fille son égoïsme et son ingratitude. Nancy avait supporté tout cela, et au bout du compte elle avait épousé Sean et l'avait aimé de tout son cœur jusqu'au jour de sa mort.

Margaret n'avait peut-être pas la force de Nancy. J'ai sans doute été un peu dure avec elle, songea-t-elle, en lui disant que, si elle n'aimait pas son père, elle n'avait qu'à partir de chez elle. Mais elle semblait avoir besoin de quelqu'un qui lui intime de cesser de geindre et de se conduire en adulte. A son âge, moi j'avais déjà deux bébés ! J'espère de tout mon cœur pouvoir tenir ma promesse et lui offrir du travail.

Tout cela dépendait de Danny Riley, cette vieille crapule. L'inquiétude de nouveau taraudait Nancy, elle remâchait le problème. Mac, son avocat, était-il parvenu à joindre Danny ? Et, si oui, comment Danny avait-il réagi à la perspective d'une enquête concernant un de ses délits passés ? Se doutait-il que toute l'histoire avait été inventée pour faire pression sur lui ? Ou bien était-il très inquiet ? Toutes ces questions ne trouveraient pas de réponse tant qu'elle n'aurait pas parlé à Mac. Pourvu qu'elle puisse le joindre au téléphone à Botwood, la prochaine escale !

L'avion roulait et tanguait depuis un moment, ce qui ne faisait qu'accentuer la nervosité de Nancy et, au bout d'une heure ou deux, cela empira. Elle n'avait jamais eu peur en avion, mais il est vrai qu'elle n'avait jamais connu pareille tempête. Cramponnée au bord de sa couchette, elle sentait le puissant appareil ballotté par les rafales de vent. Elle avait affronté beaucoup de choses seule depuis la mort de son mari, ce n'est pas maintenant qu'elle allait craquer. Mais elle ne pouvait s'empêcher d'imaginer le fracas des ailes brisées, la panne de moteurs, le plongeon dans la mer, et elle finit par être réellement terrifiée. Elle ferma les yeux très fort et mordit l'oreiller. L'appareil soudain parut tomber en chute libre, et cela semblait ne devoir jamais s'arrêter. Elle ne put réprimer un gémissement de frayeur. Enfin il y eut une secousse et elle eut l'impression que l'hydravion se redressait.

Un instant plus tard, elle sentit sur son épaule la main de Mervyn. « Ce n'est qu'une tempête, dit-il avec son accent anglais. J'ai connu pire. Il n'y a rien à craindre. »

Elle trouva la main rassurante et la serra de toutes ses forces. Il s'assit au bord de sa couchette et lui caressa les cheveux.

Ils demeurèrent ainsi pendant un temps qu'elle aurait été incapable d'estimer. La tempête finit par s'apaiser. Un peu gênée, Nancy lâcha la main de Mervyn. Elle ne savait pas quoi dire. Par bonheur, il se leva et quitta la pièce.

Nancy alluma, se mit debout, encore mal assurée sur ses jambes, passa sur son déshabillé noir un peignoir de soie bleu électrique et s'assit à la coiffeuse. Elle se brossa les cheveux, ce qui la calmait toujours. La sorte d'intimité qui s'était installée entre eux l'embarrassait beaucoup, et elle s'en voulait de s'être raccrochée ainsi à lui. Elle était contente qu'il fût assez sensible pour deviner ce qu'elle éprouvait et pour la laisser seule quelques minutes afin qu'elle pût retrouver ses esprits.

Il revint avec une bouteille de cognac et des verres. Il les remplit et en tendit un à Nancy. Elle prit le verre d'une main et s'agrippa de l'autre au bord de la coiffeuse car les turbulences n'avaient pas complètement cessé.

Elle se serait sentie encore plus mal à l'aise s'il n'avait pas porté cette chemise de nuit de vaudeville. Il avait l'air ridicule, et il le savait, mais il se comportait avec la même dignité que s'il évoluait dans son costume croisé, et, elle ignorait pourquoi, mais ça le rendait encore plus drôle. De toute évidence il ne craignait pas le ridicule.

Elle but une gorgée de cognac. L'alcool fit aussitôt son effet, elle s'empressa d'en avaler une nouvelle gorgée.

« Il s'est passé quelque chose de bizarre, dit-il sur le ton de la conversation. Comme j'entrais dans les toilettes, un autre passager en est sorti, l'air mort de peur. Dans la pièce, le hublot était cassé et le chef mécanicien était planté là, l'air coupable.Il m'a raconté une histoire à dormir debout comme quoi la vitre avait été fracassée dans la tempête par un morceau de glace, mais j'ai eu l'impression que l'homme et lui s'étaient battus. »

Nancy lui fut reconnaissante de trouver un sujet de discussion. « Lequel est le chef mécanicien ? demanda-t-elle.

— Un type pas mal, à peu près ma taille, les cheveux blonds.

— Je vois. Et le passager ?

— Je ne connais pas son nom. Un homme d'affaires, sans doute, qui voyage seul, en costume gris clair. » Mervyn se leva pour se servir une nouvelle rasade de cognac.

Le peignoir de Nancy malheureusement arrivait à peine plus bas que ses genoux et elle se sentait un peu trop exposée avec ses mollets et ses pieds nus ; mais elle se rappela que Mervyn était lancé à la poursuite d'une épouse adorée et qu'il n'avait d'yeux pour personne d'autre ; il est probable que, si Nancy se retrouvait nue devant lui, il s'en apercevrait à peine. Quant au fait qu'il lui avait tenu la main, il fallait le mettre au compte de la compassion d'un être humain envers un autre, tout simplement. Une voix cynique lui soufflait que tenir la main du mari d'une autre était rarement un geste tout simple, mais elle ne voulut pas l'entendre.

Cherchant un sujet de conversation, elle dit : « Votre femme est toujours furieuse contre vous ?

— Elle ressemble à une chatte en fureur. »

Nancy sourit en se rappelant la scène dont elle avait été témoin quand elle était revenue après s'être changée pour la nuit : Diana hurlant après Mervyn, le petit ami hurlant après Diana, et elle, Nancy, plantée sur le pas de la porte. Diana et Mark s'étaient aussitôt calmés et étaient partis, l'air un peu penaud, continuer ailleurs leur dispute. Nancy s'était sur le moment abstenue de tout commentaire, ne voulant pas que Mervyn s'imagine qu'elle riait de la situation dans laquelle il se trouvait. Mais maintenant elle n'éprouvait plus aucune gêne à lui poser des questions personnelles : « Va-t-elle vous revenir ?

— Impossible de savoir, répondit-il. Ce type avec qui elle est... je crois que c'est une lavette, mais c'est peut-être ce qu'elle veut. »

Nancy hocha la tête. Les deux hommes auraient difficilement pu être plus différents : Mervyn grand, brun et autoritaire, plutôt bel homme avec des manières carrées ; Mark beaucoup moins anguleux, avec des yeux noisette, des taches de rousseur, et un visage rond qui arborait en général une expression un peu amusée. « Je n'aime pas beaucoup le genre garçonnet, mais dans son style, il est séduisant », dit-elle.

Elle pensait : si Mervyn était mon mari, je ne le changerais pas pour Mark ; mais chacun son goût.

« Hé oui ! Au début j'ai cru que Diana était juste toquée, mais maintenant que je l'ai vu, je n'en suis pas si sûr. » Mervyn parut un moment songeur, puis changea de sujet. « Et vous ? Vous allez l'emporter sur votre frère ?

— Je crois que j'ai trouvé son point faible, dit-elle avec une certaine satisfaction, en pensant à Danny Riley. Je travaille là-dessus. »

Il sourit. « Quand vous avez cet air-là, j'aime mieux vous avoir comme amie que comme ennemie.

— C'est à cause de mon père, dit-elle. Je l'aimais tendrement et l'usine, c'est tout ce qui me reste de lui. C'est un peu comme un monument à sa mémoire, mais mieux que ça, parce que partout l'entreprise porte la marque de sa personnalité.

— Comment était-il ?

— C'était un de ces hommes qu'on n'oublie jamais. Grand,

avec des cheveux noirs et une grosse voix, et on savait dès l'instant où on le voyait que c'était un homme puissant. Il connaissait le nom de chacun de ceux qui travaillaient pour lui, savait si leurs femmes étaient malades et comment leurs enfants se conduisaient à l'école. Il a payé l'éducation d'innombrables fils d'employés de l'usine, qui sont aujourd'hui avocats ou comptables : il savait comment gagner la fidélité des gens. A cet égard, il était un peu vieux jeu — paternaliste. Mais il avait le meilleur cerveau pour les affaires que j'aie jamais rencontré. En pleine crise, quand les usines fermaient dans toute la Nouvelle-Angleterre, nous embauchions du personnel parce que nos ventes grimpaient. Il a compris le pouvoir de la publicité avant n'importe qui d'autre dans l'industrie de la chaussure, et il l'a utilisée brillamment. Il s'intéressait à la psychologie, aux réactions des gens. Il avait le don d'éclairer d'un jour nouveau tout problème qu'on lui posait. Il me manque chaque jour. Il me manque presque autant que mon mari. » Tout à coup, elle se sentit folle de rage. « Et je ne veux pas rester là à voir l'œuvre de sa vie gaspillée par mon bon à rien de frère. » Elle s'agitait sur son siège, retrouvant ses angoisses. « J'essaie de faire pression sur un actionnaire clé, mais je ne saurai pas si j'ai réussi avant... »

Elle ne termina pas sa phrase. L'appareil pénétra dans la plus violente zone de turbulences qu'il eût encore rencontrée et se cabra comme un cheval sauvage. Nancy lâcha son verre et se raccrocha au bord de la coiffeuse. Mervyn essaya de se caler sur ses pieds, mais il n'y parvint pas et, quand l'avion roula sur le côté, il tomba en renversant la table basse.

L'avion se stabilisa. Nancy tendit la main pour aider Mervyn à se relever en disant : « Ça va ? » Puis l'appareil subit une nouvelle secousse. Elle glissa, perdit prise et tomba sur lui.

Il éclata de rire.

Elle avait craint de lui avoir fait mal, mais elle ne pesait pas grand-chose comparée à ce grand gaillard. Elle était allongée sur lui et leurs deux corps formaient un x sur la moquette couleur terre cuite. L'avion reprit un vol normal, elle se laissa rouler sur le côté et s'assit en le regardant.

« On doit avoir l'air fin », dit-il en se remettant à rire.

Un moment, elle oublia les tensions accumulées pendant les dernières vingt-quatre heures. Elle se rendit compte du comique de la situation où elle se trouvait, assise par terre en chemise de nuit avec un inconnu, à bord d'un avion secoué par la tempête. Et elle partit à son tour d'un grand éclat de rire.

L'embardée suivante de l'hydravion les jeta l'un contre l'autre, toujours riant. Ils se regardèrent.

Tout d'un coup, elle l'embrassa.

Ce fut pour elle une surprise totale. L'idée de l'embrasser ne lui avait jamais traversé l'esprit. Elle n'était même pas sûre de le trouver tout à fait sympathique. C'était comme un élan surgi d'on ne sait où.

De toute évidence, il était stupéfait, mais il s'en remit rapidement et lui rendit son baiser avec enthousiasme.

Au bout d'une minute, elle se dégagea, haletant. « Qu'est-ce qui s'est passé ? demanda-t-elle stupidement.

— Vous m'avez embrassé, répondit-il, l'air ravi.

— Je n'en avais pas l'intention.

— Je suis quand même content que vous l'ayez fait », dit-il, et il recommença.

Elle voulut se dégager, mais il la tenait solidement et elle se débattait mollement. Elle sentit sa main se couler à l'intérieur de son peignoir et elle se crispa mais il la caressait avec une surprenante douceur et elle s'abandonna à cette délicieuse sensation. Cela faisait si longtemps qu'elle n'avait pas connu ce plaisir.

Qu'est-ce que je fais ? songea-t-elle soudain. Je suis une veuve respectable et me voilà qui roule sur le plancher d'un avion avec un homme que j'ai rencontré hier ! Qu'est-ce qui m'arrive ?

« Arrêtez ! » fit-elle d'un ton décidé. Elle se dégagea et se redressa. Son déshabillé était remonté au-dessus de ses genoux. Mervyn caressait sa cuisse nue. « Assez, dit-elle en repoussant sa main.

— Comme vous voudrez, fit-il, visiblement à contrecœur, mais si vous changez d'avis, je serai prêt. »

Jetant un coup d'œil vers lui, elle constata qu'il ne mentait pas. Elle s'empressa de détourner les yeux.

« C'était ma faute, fit-elle, encore haletante du baiser. Je n'aurais pas dû. Je me conduis comme une allumeuse, je sais. Pardonnez-moi.

— Ne vous excusez pas, dit-il. C'est ce qu'il m'est arrivé de plus agréable depuis des années.

— Mais vous aimez votre femme, n'est-ce pas ? » fit-elle carrément.

Il tressaillit. « Je le croyais. Maintenant, pour vous dire la vérité, je ne sais plus très bien où j'en suis. »

C'était exactement ce que Nancy éprouvait. Après dix ans de célibat, voilà qu'elle brûlait d'envie d'étreindre un homme qu'elle connaissait à peine.

Mais si, je le connais, se dit-elle ; je le connais très bien. J'ai fait un long voyage avec lui et nous avons partagé nos problèmes. Je sais qu'il est difficile, arrogant et fier, mais aussi passionné, loyal et fort. Je l'aime bien malgré ses défauts. Je le respecte. Il est terriblement séduisant, même en chemise de nuit à rayures marron. Et il m'a tenu la main quand j'avais peur. Comme ce serait agréable d'avoir quelqu'un pour me tenir la main chaque fois que j'ai peur.

Comme s'il avait lu ses pensées, il lui reprit la main. Cette fois, il la retourna et lui embrassa la paume. Cela fit frissonner Nancy. Au bout de quelques instants, il l'attira vers lui et embrassa de nouveau sa bouche.

« Ne faites pas ça, murmura-t-elle. Si nous recommençons, nous ne pourrons pas nous arrêter.

— Je crains justement que si nous nous arrêtons maintenant, nous ne puissions jamais recommencer », murmura-t-il d'une voix que le désir rendait un peu rauque.

Elle sentait en lui une formidable passion, qu'il maîtrisait tout juste, et cela l'enflamma davantage encore. Elle avait rencontré trop d'homme faibles et complaisants qui renonçaient trop facilement quand elle résistait à leurs exigences.

Mervyn, lui, n'allait pas céder ainsi. Il la voulait et il la voulait maintenant. Elle mourait d'envie de capituler.

Elle sentit sa main sous son déshabillé, ses doigts caressant la peau si douce de l'intérieur de la cuisse. Elle ferma les yeux et presque involontairement écarta à peine les jambes. Il n'en demandait pas plus. Quelques instants plus tard, la main de Mervyn avait trouvé son sexe et elle gémit. Personne ne l'avait touchée ainsi depuis la disparition de Sean, son mari. A cette pensée un flot de tristesse l'envahit. Oh, Sean, tu me manques ; jamais je ne m'avoue à quel point tu me manques. Des larmes filtrèrent entre ses paupières closes et ruisselèrent sur son visage. Mervyn en l'embrassant sentit le goût des larmes. « Qu'est-ce qu'il y a ? » murmura-t-il.

Elle ouvrit les yeux. Comme à travers un voile, elle vit son visage, beau et déconcerté ; et puis le déshabillé qu'il avait remonté jusqu'à sa taille et la main qu'il avait glissée entre ses cuisses. Elle lui prit le poignet pour écarter sa main, doucement, mais fermement. « Je vous en prie, dit-elle, ne m'en veuillez pas.

— Je ne vous en voudrai pas, dit-il doucement. Racontez-moi.

— Personne ne m'a touchée comme ça depuis la mort de Sean, et ça m'a fait penser à lui.

— C'était votre mari ? »

Elle acquiesça de la tête.

« Ça fait longtemps ?

— Dix ans.

— C'est long.

— Je suis fidèle. » Elle lui fit un sourire mouillé de larmes. « Comme vous. »

Il soupira. « Vous avez raison. J'en suis à mon deuxième mariage, et c'est la première fois que je suis sur le point d'être infidèle.

— Sommes-nous idiots ? fit-elle.

— Peut-être. Nous devrions cesser de penser au passé, profiter de l'instant, vivre pour aujourd'hui.

— Nous devrions peut-être », dit-elle, et elle l'embrassa de nouveau.

L'avion se cabra comme s'il avait heurté quelque chose. Leurs visages se heurtèrent et les lumières clignotèrent. Nancy ne pensa plus aux baisers et se cramponna à Mervyn pour retrouver son équilibre.

Quand la turbulence se fut un peu calmée, Nancy constata qu'il avait la lèvre qui saignait. « Vous m'avez mordu, dit-il avec un petit sourire.

— Je suis navrée.

— Je suis ravi. J'espère qu'il y aura une cicatrice. »

Elle le serra très fort, dans un élan d'affection.

Ils restèrent allongés sur le sol tandis que la tempête faisait rage. A l'accalmie suivante, Mervyn proposa : « Essayons de regagner la couchette : ce serait plus confortable que la moquette. »

Nancy acquiesça. A quatre pattes, elle parvint à remonter sur sa couchette. Mervyn la suivit et vint s'allonger auprès d'elle. Il lui passa les bras autour des épaules et elle se blottit contre sa chemise de nuit.

Chaque fois que les turbulences s'accentuaient, elle le serrait fort, comme un marin ligoté au grand mât. Quand le calme revenait, elle se détendait, et il la caressait d'une main apaisante.

A un moment, elle s'endormit.

Elle fut réveillée par un coup frappé à la porte et une voix qui criait : « Steward ! »

Elle ouvrit les yeux et s'aperçut qu'elle était dans les bras de Mervyn. « Oh, Seigneur ! » fit-elle, affolée. Elle s'assit et promena autour d'elle un regard éperdu.

Mervyn posa la main sur son épaule et lança d'une voix forte et pleine d'autorité : « Un instant, steward. »

Une voix un peu effrayée répondit : « Bien, monsieur, prenez votre temps. »

Mervyn roula à bas de la couchette, se remit sur ses pieds et tira les draps sur Nancy. Elle lui fit un sourire reconnaissant puis se retourna, feignant de dormir pour ne pas avoir à regarder le steward.

Elle entendit Mervyn ouvrir la porte et le steward entrer. « Bonjour ! » lança-t-il avec entrain. L'odeur du café chaud flotta jusqu'aux narines de Nancy. « Il est 9 h 30 du matin, heure britannique, 4 h 30 du matin à New York et 6 heures du matin à Terre-Neuve.

— Vous avez dit qu'il était 9 heures et demie en Angleterre mais 6 heures à Terre-Neuve ? Ils ont trois heures *et demie* de retard sur l'heure anglaise ?

— Oui, monsieur. L'heure légale de Terre-Neuve retarde de trois heures et demie sur l'heure de Greenwich.

— Je ne savais pas qu'on comptait par demi-heure. Ça doit rendre la vie compliquée pour les gens qui préparent les horaires d'avions. Dans combien de temps nous posons-nous ?

— Nous arriverons dans trente minutes, juste une heure plus tard que prévu. C'est à cause de la tempête. » Le steward repartit en fermant la porte derrière lui.

Mervyn tira les stores vénitiens. Il faisait grand jour. Nancy le regarda servir le café et les souvenirs de la nuit précédente lui revinrent en une série de brèves images : Mervyn lui tenant la main dans la tempête, tous deux tombant sur le plancher, la main de Mervyn sur son sein, elle qui se cramponnait à lui pendant que l'avion était ballotté dans la tempête, la façon dont il la caressait pour l'endormir. Doux Jésus, se dit-elle, il me plaît bien, cet homme-là.

« Comment prenez-vous votre café ? demanda-t-il.

— Noir, sans sucre.

— Comme moi. » Il lui tendit une tasse.

Elle but avec reconnaissance. Tout à coup, elle avait envie de savoir un tas de choses à propos de Mervyn. Jouait-il au tennis, allait-il à l'opéra, aimait-il courir les magasins ? Est-ce qu'il lisait beaucoup ? Comment faisait-il son nœud de cravate ? Cirait-il lui-même ses chaussures ? En le regardant boire son café, elle se dit qu'elle pouvait à coup sûr deviner pas mal de choses. Il jouait sans doute au tennis, mais il ne devait pas lire beaucoup de romans et il n'aimait certainement pas courir les boutiques. Il devait être bon joueur de poker et mauvais danseur.

« A quoi pensez-vous ? demanda-t-il. Vous me dévisagez

comme si vous vous demandiez si je suis un bon cheval pour une assurance sur la vie. »

Elle éclata de rire. « Quelle genre de musique aimez-vous ?

— Je n'ai aucune oreille, dit-il. Quand j'étais jeune homme, avant la guerre, le ragtime faisait fureur dans tous les dancings. J'aimais bien le rythme, mais je n'ai jamais été un grand danseur. Et vous ?

— Oh, je dansais... Il fallait bien. Tous les samedis matin j'allais au cours de danse en robe blanche froufroutante et gants blancs, pour apprendre à danser avec des garçons de douze ans en costume croisé. Ma mère pensait que ça me donnerait accès aux plus hautes couches de la société bostonienne. Ça n'a pas été le cas, bien sûr ; mais heureusement ça m'était égal. Je m'intéressais davantage à l'usine de papa — au grand désespoir de ma mère. Vous avez fait la Grande Guerre ?

— Eh oui, fit-il et une ombre passa sur son visage. J'étais à Ypres. Et j'ai juré de ne jamais supporter de voir une autre génération de jeunes gens mourir de cette façon. Mais c'était compter sans Hitler. »

Leurs regards se croisèrent et elle sut que lui aussi pensait aux baisers et aux caresses de la nuit. Brusquement, elle se sentit de nouveau embarrassée. Elle détourna les yeux vers le hublot et elle aperçut la terre. Cela lui rappela que, quand ils arriveraient à Botwood, elle espérait recevoir un coup de téléphone qui, d'une façon ou d'une autre, lui changerait la vie. « Nous y sommes presque ! » dit-elle. Elle sauta à bas de sa couchette. « Il faut que je m'habille.

— Laissez-moi y aller d'abord, dit-il. Ce sera mieux pour vous.

— D'accord. » Elle ne savait pas très bien s'il lui restait une réputation à protéger. Elle le regarda décrocher son costume pendu à un cintre et prendre le sac en papier contenant les effets de rechange qu'il avait achetés à Foynes, en même temps que la chemise de nuit : une chemise blanche, des chaussettes de laine noire et un caleçon de coton gris. A la porte, il hésita, et elle devina qu'il se demandait s'il l'embrasserait un jour de nouveau. Elle s'approcha de lui et tendit son visage. « Merci de m'avoir tenue dans vos bras toute la nuit », dit-elle.

Il se pencha. Ce fut un baiser très doux, ses lèvres fermées posées sur celles de Nancy. Ils restèrent ainsi un long moment, puis se séparèrent.

Nancy lui ouvrit la porte et il sortit.

Elle soupira en la refermant derrière lui. Je crois bien que je pourrais tomber amoureuse de lui, songea-t-elle.

Elle jeta un coup d'œil par le hublot. L'appareil perdait peu à peu de l'altitude. Il lui fallait se hâter.

Elle se peigna rapidement, puis sortit en emportant sa trousse de maquillage. Les toilettes se trouvaient juste à côté de la suite nuptiale. Lulu Bell y était avec une autre passagère mais, par bonheur, pas la femme de Mervyn. Nancy aurait bien aimé prendre un bain, mais elle dut se contenter d'une hâtive toilette devant le lavabo. Elle avait emporté du linge de rechange et un autre corsage, bleu marine au lieu de gris, pour mettre sous son tailleur rouge. Tout en s'habillant, elle se rappela sa conversation matinale avec Mervyn. Penser à lui la rendait heureuse mais, sous ce bonheur, demeurait un certain malaise. Pourquoi donc ? Dès qu'elle se fut posé la question, la réponse devint évidente. Il n'avait rien dit de sa femme. La veille au soir, il avait avoué qu'il « ne savait plus où il en était ». Depuis, le silence. Souhaitait-il le retour de Diana ? L'aimait-il encore ? Il avait tenu toute la nuit Nancy dans ses bras, mais cela n'effaçait pas nécessairement des années de mariage.

Et moi ? se demanda-t-elle ? Qu'est-ce que je veux ? Bien sûr, j'aimerais revoir Mervyn, sortir avec lui, sans doute même avoir une aventure ; mais est-ce que j'ai envie qu'il divorce pour moi ? Comment puis-je le dire après une nuit de passion non consommée ?

Elle était en train de se mettre du rouge à lèvres et elle s'arrêta pour se dévisager dans le miroir. Laisse ça, Nancy, se dit-elle. Tu connais la vérité. Tu désires cet homme. En dix ans, c'est le premier qui t'intéresse vraiment. Tu as quarante ans et un jour, et tu es tombée sur l'homme de ta vie. Cesse de tourner autour du pot et essaie donc plutôt de mettre le grappin dessus.

Elle se parfuma avec quelques gouttes de Soir de New York et quitta la pièce.

En sortant, elle tomba sur Nat Ridgeway et Peter. « Bonjour, Nancy », dit Nat. Le souvenir lui revint de ce qu'elle avait éprouvé pour cet homme, à peine cinq ans auparavant. Oui, se dit-elle, j'aurais pu tomber amoureuse de lui, mais je n'en ai pas eu le temps. Et j'ai peut-être eu de la chance : il avait probablement plus envie des Chaussures Black que de moi. Après tout, il essaie encore de mettre la main sur la société, mais on ne peut pas dire qu'il essaie de mettre la main sur moi. Elle lui fit un petit signe de tête et regagna sa suite.

On avait replié les couchettes pour former un canapé, et Mervyn était assis là, rasé de frais, vêtu de son costume gris sombre et de sa chemise blanche. « Regardez par la fenêtre, dit-il. Nous sommes presque arrivés. »

Nancy regarda et aperçut la terre. Ils volaient à faible altitude au-dessus d'une épaisse forêt de pins parcourue de ruisseaux argentés. Peu à peu, les arbres cédèrent la place à l'eau, non pas la grande houle sombre de l'Atlantique, mais un estuaire aux eaux calmes et grises. Au fond, elle apercevait un port et un groupe de bâtiments de bois dominés par une église.

L'appareil descendait rapidement. Nancy et Mervyn étaient assis sur le divan, leur ceinture de sécurité bouclée, et ils se tenaient la main. Ce fut à peine si Nancy perçut le choc quand la coque fendit la surface de la rivière et elle ne fut sûre qu'ils avaient amerri que quand, un moment plus tard, des embruns vinrent brouiller les hublots.

« Eh bien, dit-elle, j'ai traversé l'Atlantique en hydravion.

— C'est vrai. Il n'y en a pas beaucoup qui peuvent dire ça. »

Elle ne se sentait pas particulièrement brave. Elle avait passé la moitié du voyage à s'inquiéter de ses affaires et l'autre moitié à tenir la main du mari d'une autre. Elle n'avait pensé au vol proprement dit que quand le temps s'était gâté et qu'elle avait cru mourir de peur. Qu'allait-elle raconter à ses fils ? Ils voudraient tous les détails. Elle ne savait même pas à quelle vitesse volait l'appareil. Elle résolut de s'enquérir de ce genre de renseignement avant d'arriver à New York.

L'hydravion finit par s'arrêter et une vedette vint se ranger le long du bord. Nancy enfila son manteau et Mervyn son blouson d'aviateur. La moitié environ des passagers avait décidé de descendre pour se dégourdir les jambes. Les autres étaient encore au lit, tapis derrière les rideaux bleus bien fermés de leur couchette.

Ils traversèrent le grand salon, débouchèrent sur le flotteur et embarquèrent sur le canot. L'air sentait la mer et le bois fraîchement coupé : sans doute y avait-il une scierie dans les parages. Près de l'ancrage du Clipper, se trouvait une péniche de carburant portant l'inscription Shell Aviation Service, et des hommes en combinaison blanche attendaient pour refaire le plein des réservoirs de l'hydravion. La rade abritait également deux très gros cargos : le mouillage devait être profond.

La femme de Mervyn et son amant figuraient au nombre de ceux qui avaient décidé de débarquer et, tandis que la vedette se dirigeait vers le rivage, Diana foudroyait des yeux Nancy. Laquelle ne parvenait pas à soutenir son regard, encore qu'elle eût moins de raison que Diana de se sentir coupable : après tout, c'était Diana la femme adultère.

Le débarquement se fit comme d'habitude via un dock flottant et une passerelle. Malgré l'heure matinale, une petite foule de badauds se pressait sur le quai au bout duquel se trouvaient les bâtiments de la Pan American, une grande construction et deux petites, toutes en bois peint en vert avec un filet rouge sombre. Auprès des maisons, un champ avec quelques vaches.

Les passagers pénétrèrent dans le bâtiment le plus grand et montrèrent leur passeport à un douanier endormi. Nancy remarqua que les gens de Terre-Neuve s'exprimaient à toute allure, avec un accent plus irlandais que canadien. Il y avait une salle d'attente, mais qui n'attira personne, et les passagers décidèrent tous d'explorer le village.

Nancy avait hâte de parler à Patrick MacBride à Boston. Au moment où elle allait s'enquérir d'un téléphone, on appela son nom par haut-parleur. Elle se présenta à un jeune homme en uniforme de la Pan American.

« Un appel téléphonique pour vous, madame », annonça-t-il.

Elle sentit son cœur bondir. « Où est le téléphone ? demanda-t-elle en regardant autour d'elle.

— Au bureau du télégraphe, sur Wireless Road. C'est à quinze cents mètres. »

Quinze cents mètres ! Elle avait du mal à réprimer son impatience.

« Alors dépêchons-nous avant que la communication soit coupée ! Vous avez une voiture ? »

Le jeune homme la regarda aussi stupéfait que si elle avait demandé un tapis volant. « Non, madame.

— Bon, nous irons à pied. Montrez-moi le chemin. »

Ils sortirent, Nancy et Mervyn suivant le messager. Ils grimpèrent la colline par un chemin de terre sans trottoir. Des moutons errants broutaient les accotements. Nancy se félicita d'avoir des chaussures confortables — de chez Black, bien sûr. La société Black lui appartiendrait-elle encore demain soir ? C'est ce que Patrick MacBride allait lui dire.

En une dizaine de minutes, ils parvinrent à un autre petit bâtiment de bois où ils pénétrèrent. On escorta Nancy jusqu'à un fauteuil devant un téléphone. Elle s'assit et décrocha l'appareil d'une main tremblante. « Ici Nancy Lenehan.

— Ne quittez pas, dit une standardiste, je vous passe Boston. »

Il y eut un long silence, puis elle entendit : « Nancy ? Tu es là ? »

Contrairement à ce qu'elle attendait, ce n'était pas Mac, et il lui fallut un moment pour reconnaître la voix. « Danny Riley ! s'exclama-t-elle.

— Nancy, je suis dans le pétrin et il faut que tu m'aides ! »

Elle serra plus fort le combiné. Son plan avait l'air de marcher. Elle s'efforça de prendre un ton calme, détaché, comme si cet appel la dérangeait. « Quelle sorte de pétrin, Danny ?

— Des gens m'appellent à propos de cette vieille histoire ! »

Voilà qui était une bonne nouvelle ! Mac avait dû affoler Danny. Il avait la voix qui tremblait. Elle fit semblant de ne pas savoir de quoi il parlait. « Quelle affaire ? Qu'est-ce que c'est ?

— Tu sais bien. Je ne peux pas en parler par téléphone.

— Si tu ne peux pas en parler au téléphone, pourquoi m'appelles-tu ?

— Nancy ! Cesse de me traiter comme une merde ! J'ai besoin de toi !

— Bon, calme-toi. » Il était suffisamment effrayé : à elle maintenant de savoir utiliser sa peur. « Dis-moi exactement ce qui s'est passé, sans mentionner les noms ni les adresses. Je crois que je devine de quelle affaire tu parles.

— Tu as tous les vieux papiers de ton père, n'est-ce pas ?

— Bien sûr, ils sont dans mon coffre chez moi.

— Des gens vont peut-être demander à les consulter. »

Danny était en train de raconter à Nancy l'histoire qu'elle avait elle-même concoctée. Jusqu'à maintenant, le piège avait parfaitement fonctionné. Nancy dit d'un ton allègre : « Je ne pense pas que tu aies la moindre raison de t'inquiéter...

— Comment peux-tu en être sûre ? fit-il, l'interrompant.

— Je ne sais pas...

— Tu les as tous regardés ?

— Non, il y en a trop, mais...

— Personne ne sait ce qu'il y a là-dedans. Tu aurais dû brûler tout ça voilà des années.

— Tu as sans doute raison, mais je n'ai jamais pensé... Au fait, qui veut voir ces documents ?

— C'est une enquête du barreau.

— En ont-ils le droit ?

— Non, mais ça fait mauvais effet si je refuse.

— Et ça n'a pas d'importance si c'est moi qui refuse ?

— Tu n'es pas avocate. Ils ne peuvent pas faire pression sur toi. »

Nancy prit un temps, faisant semblant d'hésiter, prolongeant le suspense quelques instants. Elle finit par dire . « Alors, il n'y a pas de problème.

— Tu vas les envoyer promener ?

— Je vais faire mieux que ça. Je brûlerai tous ces papiers demain.

— Nancy..., fit-il, comme s'il allait éclater en sanglots. Nancy, tu es une véritable amie.

— Comment pourrais-je être autre chose ?

— Je te suis reconnaissant de ce geste, mon Dieu, oui. Je ne sais pas comment te remercier.

— Eh bien, puisque tu parles de ça, il y a quelque chose que tu pourrais faire pour moi. » Elle se mordit la lèvre. Elle abordait le point délicat. « Tu sais pourquoi je rentre avec une telle précipitation ?

— Je ne sais pas, j'étais si préoccupé par cette autre histoire.

— Peter est en train d'essayer de vendre la société derrière mon dos. »

Il y eut un silence à l'autre bout du fil.

« Danny, tu es toujours là ?

— Bien sûr, je suis là. Tu ne veux pas vendre la compagnie ?

— Non ! Le prix est beaucoup trop bas. Et il n'y a pas de place pour moi dans la nouvelle organisation. Bien sûr que je ne veux pas vendre. Peter sait que c'est une mauvaise affaire, mais ça lui est égal dès l'instant qu'il peut me nuire.

— C'est une mauvaise affaire ? La société ne marche pas trop bien depuis quelque temps.

— Tu sais pourquoi, non ?

— Il me semble...

— Allons, dis-le. Peter est un mauvais gestionnaire.

— D'accord...

— Au lieu de le laisser vendre la compagnie à bas prix, pourquoi ne pas le flanquer dehors ? Me laisser prendre la direction. Je peux remonter l'affaire... tu le sais. Alors, quand nous gagnerons de l'argent, nous pourrons de nouveau penser à vendre... à un prix bien plus élevé.

— Je ne sais pas...

— Danny, une guerre vient d'éclater en Europe, et ça veut dire que les affaires vont connaître un boom. Nous allons vendre des chaussures plus vite que nous ne pourrons les fabriquer. Si nous attendions deux ou trois ans, nous réussirions à vendre l'entreprise pour deux ou trois fois le prix d'aujourd'hui.

— Mais l'association avec Nat Ridgeway serait si utile à mon cabinet d'avocats..

— Oublie ce qui est utile... je te demande de m'aider.

— Je ne sais vraiment pas si c'est dans ton intérêt. »

Espèce de sale menteur, c'est à *tes* intérêts que tu penses, faillit-elle exploser. Mais elle se mordit la langue et dit : « Je sais ce qui est bien pour nous tous.

— Bon, je vais y réfléchir. »

Ce n'était pas suffisant. Il la forçait à abattre ses cartes.

« Et si nous revenions aux papiers de mon père ? » Elle retint son souffle.

« Qu'est-ce que tu dis ?

— Je te demande un service parce que je t'en rends un. Je sais que tu comprends ce genre de choses.

— Je crois que je comprends en effet. En général, ça s'appelle du chantage. »

Elle tressaillit, puis elle se rappela à qui elle parlait. « Espèce de vieux salaud d'hypocrite, tu t'es livré à ce genre de chose toute ta vie. »

Il se mit à rire. « Touché, ma petite. » Mais cela fit naître en lui une autre pensée. « Ça n'est quand même pas toi qui as déclenché cette foutue enquête, rien que pour avoir un moyen de faire pression sur moi, hein ? »

Voilà qui était dangereusement proche de la vérité. « Ce que toi tu aurais fait, n'est-ce pas ? Mais je n'ai pas l'intention de répondre à tes questions. Tout ce que tu as besoin de savoir, c'est que si tu votes avec moi demain, tu es sauvé ;

sinon, tu es dans le pétrin. » La brutalité, ça il comprenait. Mais allait-il mettre les pouces ou bien la défier ?

« Tu ne peux pas me parler comme ça. Je t'ai connue quand tu étais dans les langes. »

Elle radoucit le ton. « N'est-ce pas là une raison pour m'aider ? »

Il y eut un long silence. Puis il dit : « Je n'ai vraiment pas le choix, n'est-ce pas ?

— Il ne me semble pas.

— Bon, fit-il à contrecœur. Je t'appuierai demain, si tu t'occupes de cette autre histoire. »

Nancy en aurait pleuré de soulagement. Elle avait réussi. Elle avait retourné Danny. Maintenant elle allait gagner. « Je suis contente, Danny, dit-elle d'une voix faible.

— Ton père avait prévu que ce serait comme ça. »

D'où sortait-il cette affirmation ?

« Que veux-tu dire ?

— Ton père. Il voulait vous voir vous battre, Peter et toi. »

Il y avait dans la voix de Danny un accent un peu sournois qui éveilla la méfiance de Nancy. Furieux d'avoir dû lui céder, il voulait lâcher sa flèche du Parthe. Elle répugnait à lui donner cette satisfaction, mais la curiosité l'emporta sur la prudence : « De quoi diable parles-tu ?

— Il disait toujours que les enfants de riches faisaient normalement de mauvais hommes d'affaires parce qu'ils ignoraient la faim. Ça l'inquiétait vraiment : il pensait que vous risquiez de gâcher tout ce qu'il avait gagné.

— Il ne m'a jamais parlé de ça, dit-elle d'un ton méfiant.

— C'est pour ça qu'il a arrangé les choses de façon à ce que vous vous battiez l'un contre l'autre. Il t'a élevée pour que tu puisses reprendre l'affaire après sa mort, mais il ne t'a jamais nommée officiellement ; et il a dit à Peter que ce serait son travail à lui de diriger l'entreprise. Comme ça, vous seriez obligés de vous battre, et le plus costaud aurait le dessus.

— Je n'en crois rien », répliqua Nancy, mais elle n'en était pas si sûre. Dans sa colère, Danny cherchait à la blesser, mais ça ne prouvait pas qu'il mentait. Elle se sentit frissonner.

« Crois ce que tu veux, fit Danny. Je te répète seulement ce que ton père me disait.

— Papa disait à Peter qu'il voulait le voir président ?

— Bien sûr. Si tu ne me crois pas, demande à Peter.

— Je n'ai pas de raison de lui faire davantage confiance.

— Nancy, la première fois que je t'ai vue, tu avais deux jours, fit Danny, et il y avait maintenant dans sa voix un accent nouveau et un peu las. Je t'ai connue toute ta vie et pendant le plus clair de la mienne. Tu es quelqu'un de bien, avec un côté dur, comme ton père. Je n'ai pas envie de me battre avec toi pour les affaires ni pour aucune autre raison. Je suis désolé d'avoir abordé ce sujet. »

Maintenant elle le croyait. Il paraissait vraiment regretter ce qu'il avait dit et cela l'amena à penser qu'il était sincère. Bouleversée par cette révélation, elle se tut pendant un moment, essayant de retrouver son calme.

« Je pense que je te verrai au conseil d'administration, reprit Danny.

— D'accord, fit-elle.

— Au revoir, Nancy.

— Au revoir, Danny. » Et elle raccrocha.

« Bon sang, fit Mervyn, vous avez été brillante ! »

Elle eut un pâle sourire. « Merci. »

Il se mit à rire. « Je veux dire, la façon dont vous l'avez embobiné... il n'avait pas une chance ! Le pauvre diable n'a même pas compris ce qui lui arrivait..

— Oh, taisez-vous », lança-t-elle.

Mervyn la regarda comme si elle l'avait giflé. « Comme vous voudrez », fit-il sèchement.

Elle regretta tout de suite son attitude. « Pardonnez-moi, dit-elle en lui touchant le bras. A la fin, Danny a dit quelque chose qui m'a bouleversée.

— Vous avez envie de m'en parler ? interrogea-t-il prudemment.

— Il dit que mon père a préparé cette lutte entre moi et Peter pour que le plus fort finisse par diriger la société.

— Vous le croyez ?

— Oui, et c'est ce qu'il y a de terrible. Ça sonne vrai. Je n'y avais jamais pensé, mais ça explique beaucoup de choses à propos de moi et de mon frère. »

Il lui prit la main. « Vous êtes dans tous vos états.

— C'est vrai. » Elle caressa les petits poils noirs qu'il avait sur les phalanges. « J'ai l'impression d'être un personnage de cinéma jouant un scénario écrit par quelqu'un d'autre. Ça fait des années que je suis manipulée, et je n'aime pas ça. Je ne suis même pas sûre d'avoir envie de remporter ce combat contre Peter, maintenant que je sais comment ça a été arrangé. »

Il hocha la tête d'un air compréhensif. « Qu'est-ce que vous aimeriez faire ? »

La réponse jaillit à peine eut-il posé la question.

« J'aimerais bien écrire mon propre scénario, voilà ce que j'aimerais. »

20

Harry Marks était si heureux qu'il pouvait à peine bouger. Allongé sur sa couchette, il se souvenait de chaque instant de cette nuit : le soudain frisson de plaisir quand Margaret l'avait embrassé ; la déception quand elle l'avait éconduit ; et sa stupéfaction ravie quand elle avait sauté sur sa propre couchette comme un lapin plongeant dans son terrier.

Comment expliquer cela ? Il n'était pas particulièrement malin, il n'avait pas d'argent, il ne sortait pas de la bonne classe de la société, il était une absolue canaille et elle le savait. Que voyait-elle en lui ? Ce qui l'attirait lui en Margaret, n'avait rien de mystérieux : elle était belle, adorable, chaleureuse et vulnérable ; et, comme si ce n'était pas suffisant, elle avait un corps de déesse. N'importe qui serait tombé amoureux d'elle. Mais lui ? Évidemment, il n'était pas mal, il savait s'habiller mais il avait le sentiment que ce genre de choses ne comptait pas beaucoup pour Margaret. Toutefois, il l'intriguait. Elle trouvait sa façon de vivre fascinante et il connaissait un tas de choses qui lui étaient totalement étrangères sur la vie de la classe ouvrière en général et de la pègre en particulier. Il devinait qu'elle le voyait comme un personnage romanesque, une sorte d'Arsène Lupin, de Robin des bois ou de Billy le Kid. Elle lui avait été extraordinairement reconnaissante de l'avoir aidée à sortir de la salle à manger, un geste sans importance qu'il avait fait sans même y penser, mais ça avait beaucoup compté pour elle. En fait, il était absolument sûr que c'était à ce moment-là qu'elle avait vraiment commencé à s'enticher de lui. Les filles sont bizarres, se dit-il avec un haussement d'épaules. En tout cas, peu importait ce qui les attirait d'abord : une fois déshabillées, c'était de la pure chimie. Il n'oublierait jamais le spectacle de ses seins blancs dans la pénombre, de cette toison châtain entre ses jambes et de sa gorge parsemée de taches de rousseur...

Et voilà maintenant qu'il allait risquer de perdre tout cela. Il s'apprêtait à voler les bijoux de sa mère.

Ce n'était pas une chose qu'une fille pouvait prendre à la légère. Certes, elle jugeait sévèrement ses parents, trouvait leur fortune injustifiée, mais n'en serait pas moins choquée. Voler quelqu'un, c'était comme flanquer une gifle : ça pouvait ne pas faire grand mal mais cela exaspérait les gens hors de toute proportion. Il risquait ainsi de mettre fin à son aventure avec Margaret.

D'un autre côté, il y avait la Parure Delhi, dans la soute à bagages, juste à quelques pas de l'endroit où il était allongé : les plus beaux bijoux du monde, qui valaient une fortune, dont il pourrait tirer de quoi vivre jusqu'à la fin de ses jours.

Il avait envie de tenir ce collier entre ses mains, de gaver ses yeux du rouge profond des rubis de Birmanie et de caresser des doigts les diamants étincelants.

Bien sûr, il faudrait détruire les montures et dépareiller les pièces, dès qu'il aurait trouvé un receleur. C'était une tragédie, mais inévitable. Les pierres survivraient et finiraient dans une autre parure sur la peau de quelque épouse de millionnaire. Et Harry Marks s'achèterait une maison.

Oui, voilà ce qu'il ferait de l'argent. Il achèterait une maison de campagne, quelque part en Amérique, peut-être dans cette région qu'on appelait la Nouvelle-Angleterre et dont il ne savait même pas où elle se trouvait. Il la voyait déjà, avec ses pelouses et ses arbres, les invités du week-end en pantalon blanc et canotier, et sa femme descendant l'escalier de chêne en jodhpur et bottes de cheval...

Seulement, la femme avait le visage de Margaret.

Elle l'avait quitté à l'aube, se glissant par les rideaux quand personne ne risquait de la voir, et elle avait dit qu'elle resterait à bord pendant l'escale pour profiter d'une heure de sommeil. Harry avait répondu qu'il en ferait autant, bien qu'il n'eût nulle intention de dormir.

Il apercevait maintenant par son hublot une file de gens qui embarquaient à bord du canot : environ la moitié des passagers et presque tout l'équipage. Et tant que la plupart de ceux restés à bord dormaient encore, il tenait l'occasion rêvée de se glisser dans la soute. Balayé l'obstacle des serrures, qui ne saurait le retarder longtemps, il aurait bientôt la Parure Delhi entre les mains.

Mais voilà qu'il se demandait si les seins de Margaret n'étaient pas les bijoux les plus précieux qu'il tiendrait jamais dans ses mains.

Allons, il fallait cesser de rêver, redescendre sur terre. Elle avait passé une nuit avec lui, mais la reverrait-il jamais quand ils auraient débarqué ? Les gens parlaient toujours d'« aventures de croisière », que leur caractère éphémère rendait encore plus romantiques, alors que dire d'une aventure en hydravion ? Margaret avait désespérément envie de quitter ses parents et de mener une existence indépendante, mais cela se produirait-il jamais ? Un tas de filles riches souhaitaient leur liberté, mais en pratique, il était très difficile de renoncer à une vie de luxe. Margaret avait beau être entièrement sincère, elle n'avait aucune idée de la façon dont vivaient les gens ordinaires et, quand elle essaierait, elle aurait horreur de cela.

Décidément, impossible de savoir ce qu'elle ferait. Les bijoux, par contre, c'était du solide.

Ce serait plus simple si aucun choix ne s'offrait à lui, si le diable venait lui dire : « Tu peux avoir Margaret ou voler les bijoux, mais pas les deux. » Il choisirait Margaret. Mais la réalité était plus compliquée. Il pourrait bien laisser les bijoux et perdre quand même Margaret. Ou bien il pourrait avoir les deux.

Toute sa vie, il avait eu de la chance.

Il décida d'essayer d'avoir les deux.

Il enfila ses chaussons et passa sa robe de chambre, puis

regarda autour de lui. Margaret et sa mère dormaient toujours derrière leurs rideaux. Les trois autres couchettes étaient vides : celles de Percy, de lord Oxenford et de M. Membury. Le salon à côté était désert à l'exception d'une femme de ménage avec un foulard autour des cheveux, qui avait dû monter à Botwood, et qui vidait les cendriers avec des gestes un peu endormis. Dans le compartiment numéro trois, Clive Membury bavardait avec le baron Gabon. Harry se demanda de quoi ils pouvaient bien parler : peut-être de gilets ? Plus au fond, les stewards reconvertissaient les couchettes en canapés. Il régnait dans tout l'appareil une atmosphère un peu vaseuse de lendemain de fête.

Harry continua vers l'avant et grimpa l'escalier. Comme d'habitude, il n'avait aucun plan d'action, pas d'excuse toute prête, pas la moindre idée de ce qu'il ferait s'il était surpris.

Réfléchir d'avance et penser à la façon dont les choses pourraient mal tourner lui donnait des angoisses. Du calme, se dit-il ; tu as fait ça cent fois. Si les choses tournent mal, tu trouveras bien une explication, comme toujours.

Il parvint au poste de pilotage et regarda autour de lui.

Il avait de la chance. Personne. Il respira mieux.

Il remarqua un panneau ouvert sous le pare-brise entre les sièges des deux pilotes. Il y passa la tête et vit un grand espace vide dans l'étrave de l'appareil, le poste avant. Une porte du fuselage était ouverte et un des membres subalternes de l'équipage faisait quelque chose avec un cordage. Harry rentra vite la tête avant de se faire repérer.

Il traversa rapidement le poste de pilotage et franchit la porte de la paroi du fond. Il se trouvait maintenant entre les deux soutes à bagages, sous la trappe de chargement où se nichait aussi la coupole d'observation du navigateur. Il choisit la soute de gauche, entra et referma la porte derrière lui. L'équipage n'avait aucune raison d'aller fourrer son nez là-dedans.

Il inspecta les lieux. On se serait cru dans une boutique de bagages de luxe : un entassement de somptueuses valises et malles en cuir, fixées par des sangles au flanc de la carlingue. Il fallait maintenant repérer les bagages des Oxenford. Harry se mit à l'ouvrage.

Ce n'était pas facile. Certains bagages étaient rangés cul par-dessus tête, l'étiquette portant le nom du propriétaire se trouvait par conséquent en dessous, d'autres empilés les uns sur les autres et bien lourds à manœuvrer. La soute n'était pas chauffée, et il avait froid dans son peignoir. Ses mains tremblaient, il se blessait les doigts en dénouant les sangles qui empêchaient les bagages de remuer pendant le vol. Il opéra méthodiquement, de façon à ne rien manquer ni à vérifier deux fois la même valise. Il refit les nœuds du mieux qu'il put. Les noms étaient internationaux : Ridgeway, D'Annunzio, Lo, Hartmann, Bazarov — mais pas d'Oxenford. Au bout de vingt minutes, il avait vérifié chaque bagage, il mourait de froid et il avait la certitude que ce qu'il cherchait se trouvait dans l'autre soute. Il jura sous cape.

Il renoua la dernière sangle et promena un regard attentif autour de lui : il n'avait laissé aucune trace de son passage.

Il allait maintenant devoir recommencer dans l'autre soute Il ouvrit la porte, sortit prudemment, et c'est alors qu'une voix stupéfaite s'écria : « Eh là ! Qui êtes-vous ? » C'était l'officier que Harry avait vu travailler dans le poste avant, un jeune homme à l'air enjoué, avec des taches de rousseur et portant une chemise à manches courtes.

Harry fut tout aussi stupéfait, mais il eut tôt fait de masquer sa surprise. Il sourit, referma la porte derrière lui et dit d'un ton calme : « Harry Vandenpost. Qui êtes-vous ?

— Mickey Finn, l'assistant mécanicien. Vous savez, monsieur, vous n'êtes pas censé être ici. Vous m'avez fichu la frousse. Pardonnez-moi de vous avoir parlé comme ça. Mais qu'est-ce que vous fabriquez ?

— Je cherche ma valise, dit Harry. J'ai oublié mon rasoir dedans.

— Monsieur, l'accès aux bagages pendant le voyage n'est autorisé sous aucune circonstance.

— Je pensais qu'il n'y avait pas de mal à ça.

— Eh bien, je suis désolé, mais ce n'est pas permis. Je peux vous prêter mon rasoir.

— Je vous en remercie, mais j'aime bien le mien. Si seulement je pouvais trouver ma valise...

— J'aimerais vous venir en aide, monsieur, mais ce n'est vraiment pas possible. Quand le commandant reviendra à bord, vous pourrez le lui demander, mais je sais qu'il vous dira la même chose. »

Harry comprit, la gorge serrée, qu'il allait devoir accepter la défaite, du moins pour l'instant. Faisant contre mauvaise fortune bon cœur, il sourit et dit aussi gracieusement que possible : « Dans ce cas, je crois que je vais emprunter votre rasoir, avec tous mes remerciements. »

Mickey Finn lui tint la porte ouverte et il pénétra dans le poste de pilotage, puis descendit l'escalier. Quel coup de malchance, songea-t-il, furieux. Quelques secondes de plus et j'y étais. Dieu sait quand j'aurai une autre occasion.

Quelques instants plus tard, Mickey lui apporta un rasoir de sûreté, avec une lame neuve encore dans son emballage, et un savon à raser dans un bol. Harry prit le tout et le remercia. Il n'avait d'autre choix maintenant que de se raser.

Il emporta sa trousse dans les toilettes, pensant toujours à ces rubis de Birmanie. Carl Hartmann, le savant, s'y trouvait déjà, en train de se laver vigoureusement. Harry laissa son superbe nécessaire à raser dans sa trousse, et se servit de la lame de Mickey.« Une rude nuit, dit-il pour engager la conversation.

— J'en ai connu de plus dures », fit Hartmann en haussant les épaules.

Harry regardait son dos décharné. L'homme était un squelette ambulant. « J'imagine », dit Harry.

La conversation s'arrêta là. Hartmann n'était pas bavard et Harry préoccupé. Il mit une chemise bleue neuve. Déballer une chemise neuve était un des petits plaisirs exquis de l'existence. Il aimait le bruissement du papier de soie et le contact un peu craquant du coton vierge. Il l'enfila avec délice et fit un nœud parfait à sa cravate de soie lie-de-vin.

Il regagna son compartiment, et constata que les rideaux de Margaret étaient toujours tirés. Il l'imagina dormant à poings fermés, ses cheveux ravissants étalés sur la blancheur de l'oreiller, et il sourit. Jetant un coup d'œil dans le salon, il vit les stewards affairés à dresser un buffet pour le petit déjeuner qui lui mit l'eau à la bouche : des saladiers de fraises, des pots de crème et des carafes de jus d'orange, du champagne frappé dans des seaux à glace couverts de rosée.

Tenant le rasoir prêté par Mickey Finn à la main, il remonta l'escalier qui menait au poste de pilotage pour une nouvelle tentative.

Mickey n'était pas là, mais à la grande table des cartes un autre membre de l'équipage s'affairait à jeter des chiffres sur un bloc. L'homme leva les yeux, sourit et dit : « Bonjour. Je peux vous aider ?

— Je cherche Mickey, pour lui rendre son rasoir.

— Vous le trouverez au numéro un, c'est le compartiment le plus à l'avant.

— Merci. » Harry hésita. Il fallait passer devant ce type... mais comment ?

« Autre chose ? fit l'homme d'un ton aimable.

— Ce poste de pilotage est extraordinaire, dit Harry. On dirait un bureau.

— Incroyable, n'est-ce pas ?

— Vous aimez voler sur ces avions ?

— J'adore ça. Écoutez, je regrette de ne pas avoir tellement de temps pour bavarder, mais il faut que je termine ces calculs et ça va me prendre à peu près jusqu'au décollage. »

Harry sentit son cœur se serrer. Cela signifiait que la route de la soute allait demeurer bloquée. Et après, il serait trop tard. Aucun prétexte ne lui vint qui aurait justifié une visite à la soute. Une fois de plus, il se força à dissimuler sa déception. « Pardon, dit-il. Je vous laisse.

— Normalement, nous aimons bien bavarder avec les passagers, on rencontre des gens si intéressants. Mais pour le moment...

— C'est ma faute. » Harry renonça à tenter de prolonger la conversation. Il tourna les talons et redescendit l'escalier en maudissant le sort.

Sa chance semblait lui faire défaut.

Il repartit vers l'avant, rendit ses affaires à Mickey, puis regagna son compartiment. Margaret n'avait toujours pas bougé. Harry traversa le salon et sortit sur le flotteur. Il aspira plusieurs profondes bouffées de l'air froid et humide. Dire que je manque l'occasion d'une vie, se dit-il avec rage. Il en avait des démangeaisons dans les paumes des mains quand il s'imaginait les fabuleux joyaux à quelques mètres à peine au-dessus de sa tête. Mais il n'avait pas encore renoncé. Il y avait encore une escale. Shediac. Ce serait sa dernière occasion de voler une fortune.

Cinquième Partie

De Botwood à Shediac

21

Quand ils descendirent à terre dans la vedette, Eddie Deakin sentit l'hostilité de ses camarades d'équipage. Ils évitaient tous son regard. Ils savaient tous qu'ils avaient failli se trouver à court de carburant et près de s'écraser dans l'océan déchaîné. Personne encore ne comprenait pourquoi c'était arrivé, mais le carburant, c'était la responsabilité du chef mécanicien.

Ils avaient forcément remarqué son comportement bizarre pendant le vol, cette altercation avec Tom Luther durant le dîner, la vitre du hublot brisée. Pas étonnant qu'ils aient eu l'impression que Deakin n'était plus fiable à cent pour cent. Ce genre de sentiment se répandait vite dans un équipage étroitement uni, où la vie de chacun dépendait des autres.

La certitude que ses camarades n'avaient plus confiance en lui était une pilule amère à avaler. Il se flattait d'être considéré comme un des types les plus solides. Pour aggraver encore les choses, lui-même ne pardonnait pas facilement les erreurs d'autrui et il s'était parfois montré méprisant envers des gens dont les performances chutaient en raison de problèmes personnels. « Les excuses ne volent pas », disait-il parfois, une plaisanterie que maintenant il jugeait sévèrement.

Il avait essayé de se répéter qu'il s'en fichait pas mal, que seul comptait le salut de sa femme. Il avait risqué la vie de ses compagnons, mais son pari avait réussi. C'était l'essentiel.

N'empêche, le chef mécanicien Deakin, solide comme un roc, était devenu Eddie l'instable, un type qu'il fallait surveiller au cas où il déraillerait. Il détestait les gens comme ça. Il se détestait.

Un grand nombre de passagers était resté à bord de l'avion, comme toujours à Botwood : l'immobilité de l'appareil leur donnait l'occasion de récupérer un peu de sommeil. Ollis Field, l'agent du FBI et son prisonnier, Frankie Gordino, n'avaient pas débarqué non plus, bien sûr, tout comme à Foynes. En revanche, Tom Luther se trouvait à bord de la vedette, arborant un manteau avec un col de fourrure et un chapeau gris colombe. Comme ils approchaient du quai, Eddie vint se placer auprès de lui et murmura : « Attendez-moi au bâtiment de la compagnie. Je vous indiquerai où est le téléphone. »

Botwood : une grappe de maisons de bois serrées autour d'une rade en eau profonde dans l'estuaire bien protégé de la rivière des Exploits. Même les millionnaires du Clipper ne trouveraient pas grand-chose à acheter ici. Le village n'avait le téléphone que depuis juin, et quelques rares voitures, qui roulaient à gauche, car Terre-Neuve était toujours sous domination britannique.

Ils pénétrèrent tous dans le baraquement de la Pan American et l'équipage gagna la salle de service. Eddie lut aussitôt les bulletins météo qui parvenaient par radio du grand et tout nouveau terrain d'aviation construit à une cinquantaine de kilomètres de là près du lac de Gander. Il calcula ensuite les besoins en carburant pour la prochaine étape. Étape beaucoup plus courte que les précédentes, mais qui n'en nécessitait pas moins des calculs précis puisque, étant donné le coût du fret, l'appareil ne transportait pas de surcharge de carburant. Tout en alignant ses chiffres, Eddie se demandait s'il réussirait un jour à faire son travail sans penser à cette horrible journée. La question était purement académique : après ce qui allait se passer, il ne serait plus jamais chef mécanicien à bord d'un Clipper.

En attendant, il devait essayer de retrouver la confiance du commandant. Il décida de manifester ouvertement des doutes. Il révisa deux fois ses chiffres, puis tendit son travail au commandant Baker en disant d'un ton neutre : « J'aimerais bien que quelqu'un vérifie cela.

— Ça ne peut pas faire de mal », répondit son supérieur d'un ton détaché ; mais il avait l'air soulagé, comme s'il avait eu envie de proposer un contrôle mais avait répugné à le faire.

« Je vais respirer un peu », dit Eddie, et il sortit.

Il trouva Tom Luther planté devant le bâtiment de la Pan American, les mains dans les poches, observant d'un air sombre les vaches dans le pré. « Je vais vous emmener au bureau du télégraphe », annonça Eddie. Il le précéda dans la côte d'un pas vif. « Magnez-vous, dit Eddie. Il faut que je rentre vite. » Luther hâta le pas, soucieux semblait-il de ne pas provoquer la colère d'Eddie.

Ils saluèrent au passage deux voyageurs qui semblaient revenir du bureau du télégraphe : M. Lovesey et Mme Lenehan, le couple qui avait embarqué à Foynes. L'homme portait un blouson d'aviateur. Si désemparé qu'il fût, Eddie remarqua qu'ils avaient l'air heureux d'être ensemble. Les gens disaient toujours que Carol-Ann et lui respiraient le bonheur, se rappela-t-il, et il en ressentit une vive douleur.

Ils arrivèrent au bureau et Luther écrivit sur un bout de papier le numéro qu'il voulait. Eddie ainsi l'ignorerait. Ils passèrent dans une petite pièce avec un téléphone et deux chaises et attendirent impatiemment d'avoir la liaison. A cette heure matinale, les lignes ne devaient pas être trop encombrées, mais il devait y avoir pas mal de relais entre ici et le Maine.

Eddie était persuadé que Luther allait dire à ses hommes d'amener Carol-Ann au rendez-vous. Cela signifiait que lui, Eddie, serait libre d'agir dès l'instant où Gordino aurait été délivré. Mais que pourrait-il faire exactement ? La solution évidente consisterait à alerter aussitôt la police par radio ; mais Luther y aurait sûrement pensé et il y avait fort à parier qu'il veillerait à mettre la radio du Clipper hors d'état de fonctionner. Et quand la police finirait par arriver, Gordino et Luther seraient à terre, filant dans une voiture vers le

Canada ou les États-Unis. Eddie se creusait la cervelle pour trouver un moyen de faciliter les choses à la police, mais il n'arrivait à rien. S'il s'avisait de donner l'alerte avant, la police risquerait d'intervenir trop tôt et de mettre la vie de Carol-Ann en danger. Il commençait à se demander si après tout il avait obtenu quelque chose.

Au bout d'un moment, le téléphone sonna et Luther décrocha. « C'est moi, dit-il. Il va y avoir un changement de plan. Il faut que vous ameniez la femme à bord du canot. » Il y eut un silence, puis il ajouta : « Le mécanicien veut que ça se passe comme ça et il dit qu'autrement ça ne marchera pas, et je le crois, alors vous amenez la femme, d'accord ? » Après un nouveau silence, il regarda Eddie. « Ils veulent vous parler. »

Eddie sentit son cœur se serrer. Luther jusqu'à maintenant s'était comporté comme le responsable. Voilà maintenant qu'il semblait ne pas avoir le pouvoir de donner des ordres.

« Qui ça "ils" ? Vos patrons ?

— C'est moi le patron, fit Luther mal à l'aise. Mais j'ai des associés. »

Les associés de toute évidence n'aimaient pas l'idée d'amener Carol-Ann au rendez-vous. Mais avait-il intérêt à leur parler, leur donnant peut-être ainsi la possibilité de le dissuader de ce projet ? « Dites-leur d'aller se faire voir », lança-t-il. Le téléphone était posé sur la table et il avait parlé d'une voix forte, dans l'espoir qu'on pourrait l'entendre à l'autre bout du fil.

Luther avait l'air affolé. « On ne peut pas parler comme ça à ces gens ! » protesta-t-il.

Du coup Eddie se demanda s'il n'avait pas mal interprété la situation. Si Luther était l'un des gangsters, de quoi avait-il peur ? Mais il n'avait plus le temps maintenant de repenser à la situation. Il fallait s'en tenir à son plan. « Je ne veux qu'un oui ou un non. Je n'ai pas besoin de parler à ces merdeux.

— Oh, mon Dieu. » Luther prit l'appareil et dit : « Il ne veut pas venir au téléphone... Je vous ai prévenus qu'il n'était pas facile. » Il y eut un silence. « Oui, bonne idée. Je vais le lui dire. » Il se tourna de nouveau vers Eddie en lui tendant l'appareil. « Votre femme est au bout du fil. »

Eddie avança la main vers le téléphone, puis la ramena. S'il parlait à Carol-Ann, il allait se mettre à leur merci. Il avait pourtant une envie désespérée d'entendre sa voix. Il rassembla toute sa volonté, enfonça les mains dans ses poches et secoua la tête sans rien dire.

Luther le dévisagea un moment, puis reprit l'appareil : « Il ne veut toujours pas parler ! Il... Lâchez le téléphone, connasse. Je veux parler à... »

Eddie soudain le saisit à la gorge. Le combiné tomba par terre.

Eddie pressait ses pouces sur le cou épais de Luther. Celui-ci haletait : « Arrêtez ! Laissez-moi... »

La brume rouge se dissipa, Eddie retrouva une vision normale. Il se rendit compte qu'il était en train de tuer Luther. Il diminua la pression, mais sans lâcher prise. Il approcha son visage tout près de celui de Luther, si près que ce dernier se mit à cligner les yeux. « Écoutez-moi, dit Eddie. Vous appelez ma femme madame Deakin.

— Ça va, ça va ! fit l'autre d'une voix rauque. Lâchez-moi ! »

Eddie le lâcha.

Luther se frictionna le cou, récupérant son souffle. Puis il reprit le téléphone. « Vincini ? Il vient de me sauter dessus parce que j'ai traité sa femme de... un gros mot. Il dit que je dois l'appeler madame Deakin. Est-ce tu comprends maintenant, ou est-ce qu'il faut que je te fasse un dessin ? Il est capable de n'importe quoi. » Il y eut un nouveau silence. « Je pense que je pourrais le maîtriser, mais si les gens nous voient nous battre, que penseront-ils ? Ça pourrait faire tout échouer ! » Il resta un moment silencieux. « Bon. Je vais lui dire. Crois-moi, nous prenons la bonne décision, je le sais. Ne quitte pas. » Il se tourna vers Eddie. « Ils sont d'accord. Elle sera sur le canot. »

Eddie s'efforça de dissimuler son immense soulagement.

Luther poursuivit d'un ton nerveux : « Mais je vous préviens que s'il y a le moindre pépin, ils la descendent. »

Eddie lui arracha l'appareil des mains. « Écoutez bien ça, Vincini. Un : il faut que je la voie sur le pont de votre canot avant que j'ouvre les portes de l'hydravion. Deux : elle doit monter à bord avec vous. Trois : quels que soient les pépins qu'il pourrait y avoir, s'il lui arrive quelque chose, je vous tuerai de mes mains nues. N'oubliez pas ça, Vincini. » Sans laisser à l'homme le temps de répliquer, il raccrocha.

Luther avait l'air consterné. « Pourquoi avez-vous fait ça ? » Il reprit l'appareil et agita le support. « Allô ? Allô ? » Il secoua la tête et raccrocha. « Trop tard. » Il regarda Eddie avec un mélange de colère et de respect. « Vous vivez vraiment dangereusement, hein ?

— Allez payer la communication », dit Eddie.

Luther tira de sa poche intérieure une épaisse liasse de billets.

« Écoutez, fit-il. Ça ne sert à rien de devenir enragé. Je vous ai accordé ce que vous demandez. Maintenant il va falloir travailler ensemble pour faire de cette opération un succès, c'est notre intérêt à tous les deux. Pourquoi n'essayons-nous pas tout simplement de nous entendre ? Nous sommes associés maintenant.

— Allez vous faire foutre », lança Eddie, et il sortit.

Il était plus furieux que jamais en reprenant la route du port. La remarque de Luther, disant qu'ils étaient associés, avait touché un point sensible. Eddie avait fait ce qu'il pouvait pour protéger Carol-Ann, mais il était toujours tenu de participer à la libération de Frankie Gordino, un assassin et un violeur. Qu'il fût forcé d'agir sous la contrainte ne changeait rien à la chose : il savait que s'il allait jusqu'au bout, plus jamais il ne marcherait la tête haute.

En descendant la colline jusqu'à la baie, il regarda la rade. Le Clipper flottait majestueusement sur les eaux calmes. Il y avait aussi deux gros cargos à l'ancre, ainsi que quelques petits bateaux de pêche ; et, à sa surprise, un patrouilleur de la marine américaine. Il se demanda ce qu'il faisait à Terre-Neuve. Quelque chose à voir avec la guerre ? Cela lui rappela son temps dans la Marine. Avec le recul, ça semblait une époque dorée où la vie était simple. Peut-être que quand on avait des ennuis, le passé semblait toujours séduisant.

Il entra dans le bâtiment de la Pan American. Et là, dans le hall peint en vert et blanc, se tenait un homme en uniforme de lieutenant, sans doute appartenant au patrouilleur. Comme Eddie s'approchait, le lieutenant se retourna. C'était un grand gaillard plutôt laid, avec de petits yeux trop rapprochés et une verrue sur le nez. Eddie le contempla avec une stupéfaction ravie. Il n'en croyait pas ses yeux. « Steve ? fit-il. C'est bien toi ?

— Salut, Eddie.

— Comment diable... ? » C'était Steve Appleby, qu'Eddie avait essayé d'appeler d'Angleterre : son plus vieux et son meilleur ami, le seul homme au monde qu'il voulait auprès de lui dans un moment difficile. Il n'arrivait pas à y croire.

Steve s'avança et ils s'étreignirent en se donnant de grandes claques dans le dos.

« Tu es censé être dans le New Hampshire..., fit Eddie ; qu'est-ce que tu fiches ici ?

— Nella m'a dit que tu paraissais affolé quand tu as appelé, répondit Steve, l'air grave. Moi je ne t'ai jamais vu même un peu secoué. Tu es toujours un tel roc. Je savais que tu devais être dans un sale pétrin.

— Je le suis. Je... » Eddie succomba à l'émotion. Cela faisait vingt heures qu'il gardait ses sentiments pour lui et il était prêt à exploser. Le fait que son meilleur ami eût remué ciel et terre pour venir à son secours le bouleversait. « Je suis dans un pétrin terrible », avoua-t-il, puis les larmes lui montèrent aux yeux et sa gorge se serra si bien qu'il ne put plus parler. Il tourna les talons et sortit.

Steve le suivit. Eddie l'entraîna derrière le bâtiment et pénétra dans le hangar désert où était normalement entreposée la vedette. Là, on ne les verrait pas.

Steve parla pour masquer son embarras. « Tu ne peux pas savoir le nombre de gens que j'ai pu remuer pour arriver ici. Ça fait huit ans que je suis dans la Marine et j'ai rendu service à un tas de gens, mais aujourd'hui ils m'ont tous doublement remboursé et c'est moi maintenant qui leur suis redevable. Il va me falloir encore huit ans rien que pour me remettre à flot ! »

Eddie hocha la tête. Steve était naturellement doué pour les combines, sa réputation de débrouillardise n'était plus à faire. Eddie aurait voulu lui dire merci, mais il ne parvenait pas à arrêter ses larmes.

« Eddie, qu'est-ce qui se passe ? » Le ton de Steve avait changé.

« Ils ont pris Carol-Ann, réussit à dire Eddie.

— Qui ça, bon Dieu ?

— La bande de Patriarca. »

Steve le fixait, l'air incrédule. « *Ray* Patriarca ? Le racketteur ?

— Ils l'ont enlevée.

— Seigneur, pourquoi ?

— Ils veulent que je fasse amerrir le Clipper.

— Pour quoi faire ? »

Eddie s'essuya le visage avec sa manche et parvint à se maîtriser.

« Il y a à bord un agent du FBI avec un prisonnier, une canaille du nom de Frankie Gordino. Je crois que Patriarca veut le délivrer. En tout cas, un passager du nom de Tom Luther m'a ordonné de faire amerrir l'hydravion au large de la côte du Maine. Ils attendront là avec un canot rapide, et Carol-Ann sera à bord. On fait l'échange, Carol-Ann contre Gordino, et Gordino disparaît. »

Steve hocha la tête. « Et Luther a été assez malin pour comprendre que la seule façon de faire coopérer Eddie Deakin, c'était d'enlever sa femme.

— Eh oui !

— Les salauds.

— Je veux avoir ces types, Steve. Je veux les voir crucifiés. Je veux planter moi-même les clous, je te le jure.

— Mais que peux-tu faire ?

— Je ne sais pas. C'est pourquoi je t'ai appelé. »

Steve fronça les sourcils. « La période dangereuse pour eux, c'est depuis l'instant où ils arrivent à bord de l'appareil jusqu'au moment où ils regagnent leur voiture. Peut-être que la police pourrait repérer la voiture et leur tendre une embuscade. »

Eddie était sceptique. « Comment la police la reconnaîtrait-elle ? Ce ne sera qu'une voiture garée près d'une plage.

— Ça vaut peut-être le coup d'essayer.

— C'est trop hasardeux, Steve. Trop de choses peuvent mal tourner. Et je ne veux pas appeler les flics... en tentant quelque chose, ils risqueraient de mettre en danger la vie de ma femme. »

Steve acquiesça. « Et la voiture peut être garée de l'un ou l'autre côté de la frontière, si bien qu'il faudrait alerter aussi la police canadienne. En cinq minutes, tout le monde serait au courant. Non, la police, ça ne va pas. Reste la Marine ou les garde-côtes.

— Tu as raison, prévenons la Marine.

— Très bien. Suppose que je puisse m'arranger pour qu'un patrouilleur comme celui-ci intercepte le canot après l'échange, avant que Gordino et Luther aient gagné la terre ?

— Ça pourrait marcher, dit Eddie, qui commençait à prendre espoir. Mais comment y arriver ? » Il était quasiment inimaginable de réussir à dérouter une unité de la Marine sans ordre venu d'en haut.

« Je crois que je le peux. De toute façon, ils sont en manœuvres, en plein branle-bas pour le cas où les nazis décideraient d'envahir la Nouvelle-Angleterre après la Pologne. Il s'agit juste d'en détourner un. Le type qui peut faire ça, c'est le père de Simon Greenbourne... Tu te rappelles Simon ?

— Bien sûr que oui. » Eddie se souvenait d'un garçon un peu fou avec un extraordinaire sens de l'humour et un goût prononcé pour la bière. Il avait toujours des ennuis, mais il s'en tirait généralement sans dommage parce que son père était amiral.

« Un jour, poursuivit Steve, Simon est allé trop loin, il a foutu le feu à un bar de Pearl City et l'incendie a détruit la moitié d'un bloc d'immeubles. C'est une longue histoire, mais j'ai réussi à lui éviter la prison et son père m'a juré une reconnaissance éternelle. Je crois qu'il accepterait de faire ça pour moi. »

Eddie regarda le bâtiment à bord duquel Steve était venu. C'était un chasseur de sous-marins de la classe SC, vieux de vingt ans, avec une coque en bois, mais il était armé d'un canon de trois pouces, d'une mitrailleuse de vingt-trois et de grenades sous-marines. De quoi flanquer la frousse à un tas de truands en canot à moteur. Mais c'était un peu voyant. « Ils risquent d'apercevoir le bateau avant et de flairer quelque chose », dit-il avec angoisse.

Steve secoua la tête. « Ces machins-là peuvent se planquer dans des criques. Ils ont moins de deux mètres de tirant d'eau, à pleine charge.

— C'est risqué, Steve.

— Bon, admettons qu'il repèrent un patrouilleur de la Marine. Qu'est-ce qu'ils vont faire... annuler toute l'opération ?

— Ils pourraient faire quelque chose à Carol-Ann. »

Steve semblait sur le point de discuter, puis il changea d'avis. « C'est vrai, fit-il. N'importe quoi peut arriver. Tu es le seul qui ait le droit de décider si oui ou non il faut courir le risque. »

Eddie savait que Steve ne disait pas ce qu'il pensait vraiment.

« Tu penses que je me dégonfle, hein ? dit-il avec humeur.

— Oui. Mais c'est ton droit. »

Eddie regarda sa montre. « Bon sang, il faut que je retourne dans la salle de service. » Il fallait prendre une décision. Steve avait proposé le meilleur plan possible, et c'était maintenant à Eddie d'accepter ou de refuser.

« Une chose à laquelle tu n'as peut-être pas pensé, dit Steve. Ils comptent peut-être encore te rouler.

— Comment ça ? »

Il haussa les épaules. « Je ne sais pas comment, mais une fois qu'ils seront à bord du Clipper, ce sera difficile de discuter avec eux. Ils peuvent décider d'emmener non seulement Gordino mais aussi Carol-Ann.

— Pourquoi diable feraient-ils ça ?

— Pour s'assurer que tu ne mettras pas trop d'enthousiasme pendant quelque temps à coopérer avec la police.

— Merde ! » Il y avait une autre raison aussi, se dit Eddie. Il avait engueulé ces types et les avait insultés.

Il était coincé. Il fallait accepter le plan de Steve.

Dieu me pardonne si je me trompe, songea-t-il.

« Bon, fit-il. Allons-y. »

22

Margaret s'éveilla en pensant : aujourd'hui, il faut que je parle à Père.

Il lui fallut un moment pour se souvenir de ce qu'elle devait lui dire : qu'elle n'allait pas vivre avec eux dans le Connecticut, qu'elle allait quitter la famille, trouver de quoi se loger et chercher du travail.

Il allait certainement piquer une crise.

Une déplaisante sensation de peur et de honte l'envahit. C'était une impression qu'elle connaissait bien. Elle l'éprouvait chaque fois qu'elle voulait défier Père. J'ai dix-neuf ans, se dit-elle ; je suis une femme. La nuit dernière, j'ai fait passionnément l'amour avec un homme merveilleux. Pourquoi ai-je encore peur de mon père ?

Elle n'avait jamais compris pourquoi il tenait tellement à les garder en cage, Elizabeth et elle. On aurait dit qu'il voulait voir ses filles devenir des ornements inutiles. Il ne se montrait jamais plus odieux que lorsqu'elles manifestaient le désir de faire quelque chose de pratique comme apprendre à nager, construire une cabane dans un arbre ou monter à bicyclette. Peu lui importait combien elles dépensaient en toilettes, du moment qu'elle n'ouvraient pas un compte dans une librairie.

Ce n'était pas simplement la perspective de la défaite qui la rendait malade. C'était la façon dont il la rabrouerait, la colère et le mépris, les railleries et la rage qui empourpreraient son visage.

Souvent elle avait tenté de l'emporter par la ruse, mais cela marchait rarement : elle était si terrifiée à l'idée qu'il tombât sur elle en train de jouer avec les enfants « infréquentables » du village ou qu'il fouillât sa chambre pour trouver son exemplaire des *Vicissitudes d'Évangeline*, d'Elinor Glyn, que ces plaisirs interdits en perdaient de leur charme.

Elle n'avait réussi à s'élever contre sa volonté qu'avec l'aide d'autrui. Monica l'avait initiée aux plaisirs de la chair. Percy lui avait appris à tirer ; Digby, le chauffeur, à conduire. Peut-être maintenant Harry Marks et Nancy Lenehan allaient-ils l'aider à devenir indépendante

Déjà elle se *sentait* différente. Elle éprouvait une agréable fatigue dans tous ses mucles, comme si elle s'était escrimée toute une journée à quelque dur labeur. Allongée sur sa couchette, elle passa les mains sur son corps. Elle qui depuis son adolescence se considérait comme une créature sans grâce, voilà qu'elle aimait bien son corps. Harry semblait le trouver merveilleux.

Derrière le rideau de sa couchette lui arrivaient quelques bruits étouffés. Des gens s'éveillaient sans doute. Elle jeta un coup d'œil dans l'entrebâillement. Nicky, le gros steward, défaisait les couchettes opposées, celles où avaient dormi ses parents et les arrangeait en banquettes. Il en avait déjà fait autant avec celles de Harry et de M. Membury. Habillé de pied en cap, Harry regardait par le hublot d'un air songeur.

Elle eut honte tout à coup et tira précipitamment le rideau avant qu'il pût l'apercevoir. C'était drôle : voilà quelques heures, ils étaient aussi intimes que deux êtres peuvent l'être, et voilà maintenant qu'elle se sentait gênée.

Elle se demandait où étaient passés les autres. Percy avait dû descendre à terre, ainsi que Père, qui s'éveillait généralement de bonne heure. Mère n'était jamais très énergique le matin : elle devait être aux toilettes. On ne voyait nulle part M. Membury.

Margaret regarda par son hublot. Il faisait grand jour. L'hydravion était ancré près d'une petite ville entourée d'une forêt de sapins. Le paysage était très calme.

Elle se rallongea, contente d'être seule, savourant les souvenirs de la nuit, évoquant les détails et les rangeant comme des photographies dans un album. Elle avait l'impression d'avoir *vraiment* perdu sa virginité au cours de cette nuit. Auparavant, avec Ian, les rapports sexuels étaient précipités, difficiles et brefs, et elle se sentait comme une enfant coupable imitant un jeu de grandes personnes. La nuit dernière, Harry et elle s'étaient comportés en adultes, chacun prenant plaisir au corps de l'autre. Il s'était montré discret mais pas évasif ; timide mais non point embarrassé ; hésitant sans maladresse. J'en veux encore, se dit-elle ; beaucoup encore. Harry était assis à deux pas d'elle, avec sa chemise bleu ciel et un air songeur sur son beau visage. Brusquement elle eut envie de l'embrasser. Elle se redressa, passa son peignoir autour de ses épaules, entrouvrit les rideaux et dit : « Bonjour, Harry. »

Il sursauta comme si on l'avait surpris à faire quelque chose de mal. Il croisa son regard, puis sourit. Elle lui rendit son sourire avec l'impression qu'elle ne pourrait jamais s'arrêter. Ils restèrent ainsi, à se sourire stupidement pendant une longue minute. Margaret finit par baisser les yeux et se leva.

« Bonjour, lady Margaret. Voudriez-vous une tasse de café ? demanda le steward, s'interrompant un instant.

— Non, je vous remercie, Nicky. » Elle devait avoir un air épouvantable et elle avait hâte de se retrouver devant un miroir.

Elle espérait que Nicky allait quitter le compartiment pour qu'elle pût embrasser Harry, mais voilà qu'il demandait : « Puis-je défaire votre couchette ?

— Bien sûr », dit-elle, déçue. Elle prit son sac de voyage, lança à Harry un regard lourd de regret et sortit.

L'autre steward, Davy, dressait un buffet pour le petit déjeuner dans la salle à manger. Elle vola une fraise au passage avec un sentiment de péché. Elle traversa toute la longueur de l'appareil. La plupart des couchettes avaient maintenant repris la forme de canapés, et quelques passagers buvaient leur café d'un air ensommeillé. Elle vit M. Membury en grande conversation avec le baron Gabon et se demanda ce que cette paire hétéroclite trouvait à se dire avec tant de véhémence. Il manquait quelque chose au tableau et, au bout d'un moment, elle comprit quoi : les journaux du matin.

Elle entra dans les toilettes. Mère se tenait devant la coiffeuse. Comment ai-je pu faire toutes ces choses, se demanda Margaret avec affolement, à seulement deux pas de ma mère ? Elle sentit le rouge lui monter aux joues. Elle s'obligea à dire : « Bonjour, Mère. » A sa surprise, elle avait une voix tout à fait normale.

« Bonjour, ma chérie. Tu as l'air fiévreuse. As-tu bien dormi ?

— Très bien », répondit Margaret et elle rougit encore plus. Puis une inspiration lui vint et elle dit : « Je me sens coupable parce que j'ai volé une fraise en passant devant le buffet ! » Elle s'engouffra dans un cabinet. Quand elle ressortit, elle fit couler de l'eau dans le lavabo et s'aspergea le visage avec vigueur.

Elle regrettait de devoir remettre la robe qu'elle avait portée la veille. Elle aurait aimé arborer quelque chose de nouveau et elle s'inonda d'eau de toilette. Harry aimait son parfum, il en connaissait même le nom, Tosca. C'était le premier homme qu'elle eût rencontré capable de reconnaître un parfum.

Elle se brossa longuement les cheveux. C'était ce qu'elle avait de mieux, et il fallait qu'elle en tirât le meilleur parti possible. Je devrais me donner plus de mal pour soigner mon apparence, se dit-elle. Elle ne s'y était jamais beaucoup intéressée jusqu'à maintenant mais tout d'un coup cela semblait important. Je devrais avoir des robes qui mettent ma silhouette en valeur et des chaussures élégantes qui attirent l'attention sur mes longues jambes ; et porter des couleurs qui vont bien avec des cheveux roux et des yeux verts. La robe qu'elle portait aujourd'hui était d'un rouge brique, qui seyait à son teint, mais sans forme. Elle se rendait compte maintenant qu'elle aurait bien meilleure allure avec des épaulettes et une ceinture. Quant au maquillage, Mère bien sûr s'y opposait formellement.

« Je suis prête », annonça-t-elle gaiement.

Mère n'avait pas changé de position. « J'imagine que tu vas retourner bavarder avec M. Vandenpost.

— Je pense que oui, puisqu'il n'y a personne d'autre là-bas et que vous êtes toujours occupée à vous redécorer le visage.

— Ne sois pas impertinente. Il a un air un peu juif. »

En tout cas, songea Margaret, il n'est pas circoncis, et elle faillit le dire tout haut par pure malice ; mais elle se contenta de pouffer.

Mère fut offensée. « Il n'y a pas de quoi rire. Je tiens à ce que tu saches que je ne te permettrai pas de revoir ce jeune homme quand nous aurons quitté cet appareil.

— Vous serez heureuse de savoir que je m'en fiche éperdument. »

C'était vrai : elle allait quitter ses parents, alors peu importait ce qu'ils lui permettraient ou non.

Mère lui lança un regard méfiant. « Pourquoi ai-je l'impression que tu me caches quelque chose ?

— Parce que les tyrans ne peuvent jamais se fier à personne », lança Margaret.

Voilà une bonne réplique, songea-t-elle, et elle se dirigea vers la porte.

« Ne pars pas, ma chérie », dit Mère, dont les yeux s'emplirent de larmes.

Voulait-elle dire *Ne quitte pas la pièce* ou bien *Ne quitte pas la famille* ? Aurait-elle par hasard deviné ce que complotait Margaret ? Elle avait toujours eu de l'intuition. Margaret ne répondit rien.

« J'ai déjà perdu Elizabeth, je ne pourrais pas supporter de te perdre toi aussi.

— Mais c'est la faute de Père ! éclata Margaret. » Et tout à coup elle eut envie de pleurer. « Vous ne pouvez donc pas l'empêcher d'être si horrible ?

— Tu ne crois pas que j'ai déjà essayé ? »

Margaret était bouleversée : Mère n'avait encore jamais reconnu que Père pouvait avoir tort. « Et ce n'est pas ma faute s'il est comme ça, dit-elle d'un ton lamentable. Tu pourrais essayer de ne pas le provoquer.

— Vous voulez dire : lui céder tout le temps.

— Pourquoi pas ? Ce n'est que jusqu'à ton mariage.

— Si vous, vous lui teniez tête, il ne se comporterait peut-être pas ainsi. »

Mère secoua tristement la tête. « Je ne peux pas prendre ton parti contre lui, ma chérie. C'est mon mari.

— Mais il a tellement tort !

— Ça ne fait rien. Tu comprendras quand tu seras mariée. »

Margaret se sentait coincée. « Ce n'est pas juste.

— Il n'y en a plus pour longtemps. Je te demande simplement de le tolérer encore un peu. Dès que tu auras vingt et un ans, il sera différent, je te le promets, même si tu n'es pas mariée. Je sais que c'est dur. Mais je ne veux pas qu'il te bannisse, comme cette pauvre Elizabeth... »

Margaret se rendit compte qu'elle serait aussi bouleversée que Mère si elles devenaient des étrangères. « Je ne veux pas de ça non plus, Mère. » Elle fit un pas vers le tabouret. Mère ouvrit les bras. Elles s'étreignirent maladroitement, Margaret debout et Mère assise.

« Promets-moi de ne pas te quereller avec lui », supplia mère.

Elle avait l'air si triste que Margaret aurait de tout son cœur aimé lui faire cette promesse, mais quelque chose la retint et elle se contenta de dire : « J'essaierai, Mère ; j'essaierai vraiment. »

Mère la lâcha et la regarda, et Margaret lut sur son visage une triste résignation. « Merci en tout cas d'essayer. »

Il n'y avait plus rien à dire.

Margaret sortit.

Harry se leva quand elle entra dans le compartiment. Elle était si bouleversée que, perdant tout sens des convenances, elle se jeta à son cou. Après un instant d'hésitation, il la serra contre lui et l'embrassa sur les cheveux. Elle commença tout de suite à se sentir mieux.

Ouvrant les yeux, elle surprit le regard étonné de M. Membury, qui avait regagné sa place. Peu lui importait au fond, mais elle se détacha des bras de Harry et ils allèrent s'asseoir de l'autre côté du compartiment.

« Il faut que nous fassions des plans, déclara Harry. Peut-être est-ce notre dernière chance de bavarder tranquillement. »

Margaret se rendit compte que Mère n'allait pas tarder à revenir, ainsi que Père et Percy, et qu'après cela Harry et elle risquaient de ne plus se retrouver seuls un instant. Elle fut saisie de panique à l'idée que tous deux pourraient se séparer à Port Washington et ne jamais se retrouver. « Où pourrai-je te contacter, dis-moi vite ! murmura-t-elle.

— Je n'en sais rien... Je n'ai encore rien décidé. Mais ne t'inquiètes pas, je prendrai contact avec toi. A quel hôtel allez-vous descendre ?

— Au Waldorf. Tu me téléphoneras ce soir ? Il le faut !

— Calme-toi, bien sûr que je te téléphonerai. Je dirai que je suis M. Marks. »

Le ton détendu de Harry fit comprendre à Margaret qu'elle était stupide... et un peu égoïste aussi. Elle ne pensait qu'à elle.

« Où vas-tu passer la nuit ?

— Je trouverai bien un petit hôtel. »

Une idée lui vint à l'esprit. « Ça te dirait de te glisser dans ma chambre au Waldorf ? »

Il sourit. « Tu parles sérieusement ? Tu sais bien que je le ferai !

— Normalement j'aurais dû partager une chambre avec ma sœur, mais là je serai toute seule.

— Oh, j'ai hâte d'y être. »

Elle savait à quel point il aimait la grande vie et elle voulait tant le rendre heureux. Qu'aimerait-il d'autre ? « Nous commanderons des œufs brouillés et du champagne.

— J'aurai envie de rester là pour toujours. »

Cela la ramena à la réalité. « Mes parents au bout de

quelques jours vont aller s'installer chez mon grand-père, dans le Connecticut. Alors il faudra que je trouve un endroit où habiter.

— Nous chercherons ensemble, dit-il. Nous trouverons peut-être des chambres dans le même immeuble.

— Vraiment ? » Elle était tout excitée. Ils allaient avoir des chambres dans le même immeuble ! C'était exactement ce qu'elle voulait. Continuer à le voir mais sans prendre d'engagement précipité.

Apprendre à mieux le connaître et continuer à coucher avec lui. Mais il y avait un hic. « Si je travaille pour Nancy Lenehan, je serai à Boston.

— J'irai peut-être à Boston aussi.

— Vraiment ?

— Ça n'est pas plus mal qu'ailleurs. Où est-ce, au fait ?

— En Nouvelle-Angleterre.

— Ça ressemble à la vieille Angleterre ?

— J'ai entendu dire que les gens y sont snobs.

— Ça me rappellera le pays.

— Quel genre de chambre allons-nous trouver ? demanda-t-elle avec excitation. Je veux dire : combien et tout ça ? »

Il sourit : « Tu n'auras guère qu'une seule pièce et même pour payer ça, tu devras te bagarrer. Si ça ressemble à l'Angleterre, ce sera pauvrement meublé avec une seule fenêtre. Avec de la chance, il y aura peut-être un réchaud à gaz ou une plaque chauffante pour faire le café. Tu partageras la salle de bains avec le reste de la maison.

— Et la cuisine ? »

Il secoua la tête. « Tu n'auras pas les moyens d'avoir une cuisine. Ton déjeuner sera le seul repas chaud de la journée. Quand tu rentreras, tu prendras une tasse de thé et un morceau de gâteau, ou bien tu pourras te faire des toasts si tu as un grille-pain. »

Elle savait qu'il s'efforçait de la préparer à ce qui lui paraissait une déplaisante réalité, mais elle trouvait tout cela merveilleusement romantique. L'idée de pouvoir se préparer soi-même le thé et un toast, à l'heure qui vous plaisait, dans une petite chambre à soi, sans avoir à s'inquiéter de parents ni de domestiques... ça semblait divin. « Est-ce que les propriétaires de ces logements habitent là ?

— Quelquefois. Ça n'est pas mal si c'est le cas, parce qu'alors ils entretiennent bien l'endroit ; mais aussi ils fourrent leur nez dans votre vie privée. Mais si le propriétaire vit ailleurs, l'immeuble est souvent délabré : une plomberie en mauvais état, de la peinture qui s'écaille, des fuites dans la toiture, ce genre de choses. »

Margaret se rendait compte de son ignorance des choses de la vie, mais rien de ce que disait Harry ne pouvait l'abattre : tout cela était trop grisant. Avant qu'elle pût poser d'autres questions, les passagers et les membres de l'équipage qui avaient débarqué revinrent. Mère rentra peu après, pâle mais belle. Cela doucha l'enthousiasme de Margaret. Se rappelant sa conversation avec sa mère, elle comprit qu'elle payerait son indépendance de beaucoup de chagrin.

En général elle ne mangeait pas beaucoup le matin, mais aujourd'hui elle était affamée. « J'aimerais des œufs au bacon, dit-elle. Beaucoup, en fait. » Elle surprit le regard de Harry et se rendit compte qu'elle avait faim parce qu'elle avait fait l'amour toute la nuit. Elle étouffa un sourire. Lisant dans ses pensées, il s'empressa de détourner les yeux.

Quelques minutes plus tard, l'hydravion décolla. Pour la troisième fois, Margaret éprouva une extraordinaire sensation, mais elle n'avait plus peur.

Elle repensa à sa conversation avec Harry. Il voulait aller à Boston avec elle ! Bien qu'il fût beau et charmant et qu'il dût avoir eu pas mal d'aventures, il semblait s'être réellement épris d'elle. Il paraissait prêt à tout faire pour rester avec elle. Certes, tout cela était terriblement soudain, mais elle ne doutait pas du dévouement de Harry. L'avenir lui apporterait tout ce qu'elle désirait, la liberté, l'indépendance et l'amour.

A peine l'appareil eut-il atteint sa vitesse de croisière qu'on les invita à aller se servir au buffet du petit déjeuner, ce que Margaret s'empressa de faire. Ils prirent tous des fraises à la crème, sauf Percy, qui préférait les flocons d'avoine. Père but du champagne avec ses fraises. Margaret prit aussi des petits pains chauds et du beurre. A un moment, elle surprit le regard de Nancy Lenehan posé sur elle. Une Nancy aussi élégante et soignée que la veille avec un corsage en soie bleu marine à la place du gris, et qui attendait que son porridge refroidisse. Elle fit signe à Margaret et lui dit à voix basse : « J'ai reçu un très important coup de téléphone à Botwood. Je vais gagner aujourd'hui contre mon frère. Vous pouvez considérer que vous avez un travail. »

Margaret rayonnait de plaisir. « Oh, merci ! »

Nancy lui tendit une petite carte de visite.

« Vous n'aurez qu'à m'appeler quand vous serez prête.

— Je pense bien ! D'ici quelques jours ! Merci ! »

Nancy posa un doigt sur ses lèvres et lui fit un clin d'œil.

Margaret regagna sa place dans un état de totale allégresse. Elle espérait que Père n'avait rien remarqué : elle ne voulait pas qu'il posât des questions. Mais il était trop absorbé par le contenu de son assiette pour s'intéresser à autre chose.

Tout en mangeant, elle comprit que tôt ou tard elle devrait lui parler. Mère l'avait suppliée d'éviter une confrontation, mais ce n'était pas possible. Elle avait déjà essayé de s'enfuir en cachette, et ça n'avait pas marché. Cette fois, elle devrait annoncer ouvertement qu'elle partait, faire clairement comprendre à Père qu'elle avait un endroit où aller et des amis pour l'aider.

L'hydravion était assurément l'endroit idéal pour une confrontation, comme le train l'avait été pour Elizabeth. Sous le regard des autres, Père avait été obligé de se contrôler. Si elle attendait de se retrouver à l'hôtel, une fois dans la chambre, il aurait beaucoup moins de retenue.

Quand devrait-elle lui parler ? Mieux valait le faire le plus vite possible : il serait de la meilleure humeur du monde après un petit déjeuner arrosé au champagne. Plus tard, à mesure que le jour avancerait, qu'il aurait pris un cocktail ou deux et un peu de vin, il deviendrait plus irascible.

Percy se leva et annonça : « Je vais aller me chercher d'autres cornflakes.

— Assieds-toi, dit Père. On va nous apporter du bacon.

Tu as pris assez de cette cochonnerie. » On ne sait pourquoi, il était contre les cornflakes.

« J'ai encore faim », déclara Percy ; et, à la stupéfaction de Margaret, il sortit.

Père semblait abasourdi par cet acte de rébellion. Mère se contenta de regarder dans le vide. Tout le monde attendit le retour de Percy. Il revint avec une assiette pleine de céréales, s'assit et se mit à manger.

Père dit : « Je t'ai interdit de manger de ça.

— Ça n'est pas votre estomac », répliqua Percy, et il continua.

Père parut sur le point de se lever, mais là-dessus Nicky arriva de la cuisine et lui tendit une assiette de saucisses avec du bacon et des œufs pochés. Un instant, Margaret crut que Père allait lancer l'assiette au visage de Percy, mais il avait trop faim. Il prit son couteau et sa fourchette et dit : « Apportez-moi de la moutarde anglaise.

— Je crains, monsieur, que nous n'ayons pas de moutarde.

— Pas de moutarde ? dit Père d'un ton furieux. Comment voulez-vous que je mange mes saucisses sans moutarde ? »

Nicky avait l'air affolé. « Je suis désolé, monsieur... personne ne m'en a encore jamais demandé. Mais je vais m'assurer que nous en aurons sur le prochain vol.

— Ça ne m'avance pas beaucoup pour aujourd'hui, n'est-ce pas ?

— Sans doute que non. Je suis navré. »

Père grommela et attaqua son bacon. Il avait déversé sa colère sur le steward et Percy s'en était tiré. Margaret n'en revenait pas.

Nicky lui apporta ses œufs au bacon qu'elle engloutit de bon cœur. Était-il possible que Père finît par s'adoucir ? La fin de ses espoirs politiques, la guerre, l'exil et la rébellion de sa fille aînée, tout cela avait peut-être contribué à écraser son ego et à affaiblir sa volonté.

Il n'y aurait jamais de meilleur moment pour lui parler.

Elle termina son petit déjeuner et attendit que les autres en eussent fait autant. Puis elle laissa le steward desservir, attendit encore que Père ait repris du café. Et puis il n'y eut plus rien à attendre.

Elle vint s'installer sur le canapé, auprès de Mère et presque en face de Père, prit une profonde inspiration et se lança : « J'ai quelque chose à vous dire, Père, et j'espère que vous n'allez pas vous fâcher. »

Mère murmura : « Oh, non...

— Qu'est-ce que c'est ? dit Père.

— J'ai dix-neuf ans et je n'ai jamais travaillé de ma vie. Il serait temps que je commence.

— Au nom du ciel, pourquoi ?

— J'aimerais être indépendante.

— Il y a des millions de filles travaillant dans des ateliers et des bureaux qui donneraient la prunelle de leurs yeux pour être à ta place, répliqua sa mère.

— Je m'en rends compte, Mère. » Margaret se rendait compte aussi que Mère discutait avec elle pour éviter que Père n'intervienne. Mais cela ne marcherait pas longtemps.

Mère la surprit en capitulant presque tout de suite. « Enfin, je suppose que si tu es déterminée à le faire, ton grand-père pourra te trouver une place auprès de quelqu'un qu'il connaît...

— J'ai déjà du travail. »

Cette nouvelle la prit au dépourvu. « En Amérique ? Comment as-tu pu ? »

Margaret décida de ne pas leur parler de Nancy Lenehan : ils essaieraient peut-être de discuter avec elle et risqueraient de tout gâcher. « Tout est arrangé, annonça-t-elle calmement.

— Quel genre de travail ?

— Assistante au service de ventes d'une usine de chaussures.

— Oh, je t'en prie, ne sois pas ridicule. »

Margaret se mordit la lèvre. Pourquoi fallait-il que Mère se montrât si méprisante ? « Ça n'a rien de ridicule. Je suis plutôt fière de moi. J'ai trouvé du travail toute seule, sans votre aide ni celle de Père ni de Grand-Père, sur mes seuls mérites. » Ce n'était peut-être pas exactement comme ça que les choses s'étaient passées, mais Margaret n'allait pas entrer dans les détails.

« Où est cette usine ? » demanda Mère.

Père intervint pour la première fois. « Elle ne peut pas travailler dans une usine, et c'est tout.

— Je travaillerai au service des ventes, précisa Margaret, pas à l'usine. Et c'est à Boston.

— Alors, c'est réglé, dit Mère. Tu habiteras Stamford, pas Boston.

— Non, Mère, pas du tout. J'habiterai Boston. »

Mère ouvrit la bouche puis se ravisa, se rendant enfin compte qu'elle était confrontée à quelque chose qu'elle ne pouvait pas éluder si facilement. Elle resta un moment silencieuse, puis reprit : « Qu'est-ce que tu nous racontes ?

— Juste que je m'en vais vous quitter, pour aller à Boston vivre dans une chambre meublée et travailler.

— Oh, c'est trop stupide. »

Margaret s'enflamma : « Ne soyez pas si négative. » Son ton coléreux fit tressaillir Mère et Margaret le regretta aussitôt. Elle reprit d'un ton plus calme : « Je fais seulement ce que font la plupart des filles de mon âge.

— De ton âge peut-être, mais pas de ta classe.

— Pourquoi devrait-il y avoir une différence ?

— Parce qu'il est inutile de te lancer dans un travail stupide pour cinq dollars par semaine et de vivre dans un appartement qui coûtera à ton père cent dollars par mois.

— Je ne veux pas que Père paie mon appartement.

— Alors où habiteras-tu ?

— Je vous l'ai dit, dans un meublé.

— Mais c'est sordide ! Pour quelle raison ?

— J'économiserai de l'argent jusqu'à ce que j'en aie assez pour me payer un billet pour l'Angleterre et puis je rentrerai m'engager dans les Services auxiliaires féminins. »

Père reprit la parole. « Tu ne sais pas ce que tu dis. »

Margaret fut piquée au vif. « Qu'est-ce que je ne sais pas, Père ? »

Mère essaya de les interrompre : « Non, ne va pas... »

Margaret ne la laissa pas continuer. « Je sais qu'on me

demandera de faire le garçon de courses, de préparer le café et de répondre au téléphone. Je sais que j'habiterai une chambre avec un réchaud à gaz et que je partagerai la salle de bains avec d'autres locataires. Je sais que je n'aimerai pas être pauvre... mais je serai ravie d'être libre.

— Tu ne sais rien du tout, dit-il d'un ton méprisant. Libre ? Toi ? Tu seras comme un lapin apprivoisé lâché dans un chenil. Je vais te dire ce que tu ne sais pas, ma petite fille : tu ne sais pas que tu as été gâtée et choyée toute ta vie. Tu n'es même jamais allée à l'école... »

L'injustice de cette remarque lui fit monter les larmes aux yeux et l'incita à riposter. « Mais je voulais aller à l'école. C'est vous qui m'en avez empêchée ! »

Il ignora cette interruption. « Tu as toujours eu quelqu'un pour laver ton linge, préparer ta cuisine, un chauffeur pour t'emmener partout où tu voulais aller, on a fait venir des enfants à la maison pour jouer avec toi et tu n'as jamais réfléchi une seconde à la façon dont tout cela était arrangé...

— Mais si !

— Et voilà maintenant que tu veux vivre toute seule ! Je parie que tu ne connais même pas le prix d'une miche de pain.

— Je ne tarderai pas à le découvrir.

— Tu n'as jamais pris un autobus. Tu n'as jamais dormi seule dans une maison. Tu ne sais pas remonter un réveil, appâter un piège à souris, faire la vaisselle, faire cuire un œuf... Saurais-tu faire cuire un œuf ?

— De qui est-ce la faute si je ne le sais pas ? » demanda Margaret, en larmes.

Il insistait sans remords, son visage exprimant le mépris et la colère. « A quoi seras-tu bonne dans un bureau ? Servir le thé ? Tu ne sais pas comment on fait ! Tu n'as jamais vu un classeur de ta vie, tu n'as jamais eu à rester dans un endroit de 9 heures du matin à 6 heures de l'après-midi. Tu vas t'ennuyer et envoyer tout promener. Tu ne tiendras pas une semaine. »

Il exprimait tout haut les secrètes inquiétudes de Margaret, ce qui la bouleversait encore plus. Au fond de son cœur, elle se disait, terrifiée, qu'il avait peut-être raison : elle serait en effet incapable de vivre seule, elle serait sans doute congédiée de son travail. La voix impitoyable de son père, lui prédisant que ses pires craintes allaient se réaliser, détruisait son rêve aussi sûrement que la mer démolit un château de sable. Elle se mit à pleurer sans retenue, les larmes ruisselant sur son visage.

Elle entendit Harry s'exclamer : « C'en est trop...

— Laissez-le continuer », lui dit-elle. C'était un combat que Harry ne pouvait pas livrer pour elle.

Le visage tout rouge, brandissant le doigt en parlant de plus en plus fort, Père continuait à se déchaîner. « Boston, ce n'est pas comme le village d'Oxenford, tu sais. Les gens là-bas ne s'aident pas entre eux. Tu tomberas malade et tu seras empoisonnée par des médecins métis. Tu seras dépouillée par des propriétaires juifs et violée dans la rue par des nègres. Quant à ton idée de t'engager dans l'armée... !

— Des milliers de filles ont rejoint les Services auxiliaires féminins, dit Margaret, mais sa voix n'était plus qu'un faible murmure.

— Pas des filles comme toi, répliqua-t-il. Des filles robustes habituées à se lever tôt le matin et à astiquer des planchers ; mais pas des débutantes choyées. Et Dieu te garde de te trouver exposée à un danger... tu t'effondrerais complètement ! »

Elle se rappelait ce qui lui était arrivé dans le black-out — son affolement, son total dénuement devant une situation imprévue — et elle brûlait de honte. Mais il n'en serait pas éternellement ainsi. Il avait fait de son mieux pour la rendre impuissante et dépendante, mais elle était farouchement décidée à secouer le joug, et l'espoir continuait de vivre en elle, alors même qu'elle semblait plier sous les attaques.

Son père était dans un tel état que ses yeux exorbités paraissaient sur le point de tomber dans son assiette. « Tu ne tiendras pas une semaine dans un bureau, et tu ne tiendrais pas un jour dans les Services féminins. Tu es bien trop molle », conclut-il l'air très content de lui.

Harry vint s'asseoir auprès de Margaret. Tirant de sa poche un fin mouchoir, il essuya doucement ses joues humides.

« Et quant à vous, reprit Père, jeune gandin... »

En un instant, Harry s'était levé, comme s'il allait bondir sur lord Oxenford.

« Je vous interdis de me parler sur ce ton. Je ne suis pas une fille, je suis un homme fait, et si vous m'insultez encore, vous recevrez mon poing sur vos grosses joues. »

Père garda le silence.

Harry lui tourna le dos et revint s'asseoir auprès de Margaret.

Celle-ci était bouleversée, mais en même temps elle exultait : son père avait hurlé, l'avait accablée de sarcasmes, l'avait réduite aux larmes, mais il avait échoué : elle partirait quand même.

Et quant au doute qu'il avait réveillé en elle, la crainte de se retrouver paralysée par l'angoisse à la dernière minute, elle les surmonterait. J'y arriverai, se jura-t-elle. Je ne suis pas trop molle, et je le leur prouverai.

Elle leva les yeux. Père regardait par le hublot d'un air mauvais. Rien ne prouvait qu'il se tînt pour battu. Il avait banni Elizabeth. Quelle vengeance réservait-il à Margaret ?

23

Diana Lovesey songeait avec tristesse que le véritable amour ne dure pas longtemps.

Quand Mervyn s'était épris d'elle, il ne demandait qu'à satisfaire tous ses désirs, et plus ils confinaient au caprice, plus il était content. Il lâchait tout pour aller à Blackpool en voiture lui acheter des sucreries, passer un après-midi avec elle au cinéma ou même s'envoler pour Paris. Il était ravi de faire toutes les boutiques de Manchester à la recherche d'une écharpe de cachemire ayant exactement la nuance bleu-vert qui convenait ou de partir au beau milieu d'un concert parce qu'elle s'ennuyait. Mais tout cela n'avait pas duré longtemps. Il lui refusait rarement quelque chose, mais il cessa bientôt de prendre plaisir à satisfaire ses caprices. La joie céda la place à la tolérance, puis à l'impatience et parfois, vers la fin, au mépris.

Elle se demandait maintenant si ses relations avec Mark n'allaient pas suivre le même cours.

Tout l'été, il s'était montré son esclave, mais voilà que, quelques jours à peine après leur fugue, ils se disputaient. Dès la seconde nuit, ils avaient été si furieux l'un contre l'autre qu'ils avaient fait couchette à part ! Au milieu de la nuit, quand la tempête s'était levée et que l'avion tanguait et se cabrait comme un cheval sauvage, Diana avait eu si peur qu'elle avait failli ravaler son orgueil et se blottir contre Mark · mais ç'aurait été trop humiliant, aussi était-elle restée allongée sur sa couchette, persuadée qu'elle allait mourir. Elle avait espéré qu'il viendrait la rejoindre, mais il était aussi orgueilleux qu'elle et cela l'avait rendue encore plus furieuse.

Ce matin, c'était à peine s'ils s'étaient adressé la parole. Elle s'était réveillée juste au moment où l'hydravion amerrissait à Botwood et, quand elle s'était levée, Mark était déjà descendu à terre. Ils se retrouvaient maintenant assis l'un en face de l'autre aux places de couloir du compartiment numéro quatre, faisant semblant de prendre leur petit déjeuner. Diana chipotait quelques fraises et Mark émiettait un petit pain sans le manger.

Elle ne savait plus très bien pourquoi elle avait éprouvé une telle rage en découvrant que Mervyn partageait la suite nuptiale avec Nancy Lenehan. Et Mark, au lieu de la soutenir, lui avait reproché sa réaction et laissé entendre qu'elle devait être encore amoureuse de Mervyn. Comment Mark pouvait-il dire cela, alors qu'elle avait tout abandonné pour s'enfuir avec lui !

Elle regarda autour d'elle. A sa droite, la princesse Lavinia et Lulu Bell poursuivaient une conversation sans intérêt. Ni l'une ni l'autre n'avaient dormi à cause de la tempête et toutes deux semblaient épuisées. A sa gauche, de l'autre côté du couloir, l'agent du FBI, Ollis Field, et son prisonnier, Frankie Gordino, déjeunaient en silence. Une menotte attachait le pied de Gordino à son siège, tout le monde avait l'air fatigué et un peu grincheux. Ç'avait été une longue nuit.

Davy, le steward, entra pour ramasser les plateaux. La princesse Lavinia se plaignit que ses œufs pochés eussent été trop mous et son bacon trop cuit. Davy proposa du café. Diana refusa.

Elle surprit le regard de Mark et essaya de sourire. Il la contemplait d'un air furibond. « Tu ne m'as pas parlé de toute la matinée, dit-elle.

— Parce qu'apparemment tu t'intéresses plus à Mervyn qu'à moi ! » lança-t-il.

Elle s'en voulut : peut-être avait-il le droit de se montrer jaloux ? « Je suis désolée, Mark, balbutia-t-elle. Je t'assure que tu es le seul homme auquel je m'intéresse. »

Il lui prit la main. « Tu le penses vraiment ?

— Mais oui. Je me sens si bête. Je me suis si mal conduite. »

Il lui caressa le dos de la main. « Tu comprends... » Il plongea les yeux dans les siens et Diana fut stupéfaite de voir qu'il était au bord des larmes. « Tu comprends, je suis terrifié à l'idée que tu pourrais me quitter. »

Elle ne s'attendait pas à cela. Ce fut un choc. L'idée ne lui était jamais venue qu'il avait peur de la perdre.

« Tu es si ravissante, poursuivit-il, si désirable, tu pourrais avoir n'importe quel homme, et j'ai du mal à croire que ce soit moi que tu aies choisi. J'ai peur que tu t'aperçoives de ton erreur et que tu changes d'avis. »

Elle était touchée. « Tu es l'homme le plus adorable du monde, c'est pour ça que je suis tombée amoureuse de toi.

— Tu n'aimes vraiment plus Mervyn ? »

Elle hésita, juste un instant, mais ce fut suffisant.

Le visage de Mark se rembrunit de nouveau et il dit d'un ton amer : « Tu vois bien que si. »

Comment pouvait-elle lui expliquer cela ? Elle n'était plus amoureuse de Mervyn, mais il exerçait encore une sorte de pouvoir sur elle. « Ce n'est pas ce que tu crois », fit-elle d'un ton désespéré.

Mark retira sa main. « Alors explique-moi. Dis-moi ce que c'est. »

Sur ces entrefaites, Mervyn traversa le compartiment.

Il jeta un coup d'œil circulaire, aperçut Diana et dit : « Tiens, te voilà. »

Aussitôt elle devint nerveuse. Que voulait-il ? Était-il en colère ? Elle espérait qu'il n'allait pas faire de scène.

Elle regarda Mark. Il avait le visage pâle et tendu. Il prit une profonde inspiration et dit : « Écoutez, Lovesey... nous ne voulons pas de nouvelle bagarre, alors vous feriez peut-être mieux de sortir d'ici. »

Mervyn l'ignora et s'adressa à Diana. « Il faut qu'on parle. »

Elle l'examina prudemment. L'idée qu'il avait d'une

conversation n'était pas forcément la bonne : « bavarder » se résumait parfois pour lui à prononcer un discours. Toutefois, il n'avait pas l'air agressif. Il essayait de garder un visage impassible, mais elle avait l'impression qu'il se sentait penaud. Cela piqua sa curiosité. Elle dit avec prudence : « Je ne veux pas de scène.

— Pas de scène, c'est promis.

— Très bien, alors. »

Mervyn s'assit auprès d'elle. Se tournant vers Mark, il demanda : « Ça vous ennuierait de nous laisser seuls quelques minutes ?

— Fichtre, oui ! » s'exclama Mark.

Tous deux la regardaient et elle comprit que ce serait à elle de prendre la décision. A la réflexion, elle aurait aimé rester seule avec Mervyn, mais si elle l'avouait, elle blesserait Mark. Elle hésita, se dit enfin : « J'ai quitté Mervyn et je suis avec Mark ; je dois donc prendre son parti. » Le cœur battant, elle déclara : « Dis ce que tu as à dire, Mervyn. Si tu ne peux pas le faire devant Mark, je n'ai pas envie de l'entendre. »

Il parut choqué. « Très bien, très bien », fit-il avec irritation ; puis il se reprit et retrouva son calme. « J'ai réfléchi à certaines choses que tu m'as reprochées. Comment je suis devenu froid à ton égard. Combien tu as été malheureuse. »

Il marqua un temps. Diana se taisait. Cela ne ressemblait pas à Mervyn. Qu'est-ce qu'il mijotait ?

« Je tiens à te dire que je suis vraiment désolé. »

Elle n'en revenait pas. Il était sincère, elle le sentait. Qu'est-ce qui avait provoqué ce changement ?

« Je voulais te rendre heureuse, poursuivit-il. Au début de notre mariage, je ne voulais rien d'autre. Je souhaitais surtout que tu ne sois jamais malheureuse. C'est injuste que tu le sois. Tu mérites le bonheur parce que tu sais le donner. Tu fais sourire les gens rien qu'en entrant dans une pièce. »

Elle sentit les larmes lui monter aux yeux.

« C'est un péché de te rendre triste, reprit Mervyn. Je ne le ferai plus. »

Allait-il promettre d'être parfait, se demanda-t-elle avec crainte ? Allait-il la supplier de lui revenir ? Elle ne voulait même pas lui poser la question. « Je ne reviens pas », dit-elle d'une voix angoissée.

Il n'écoutait même pas. « Est-ce que Mark te rend heureuse ? » demanda-t-il.

Elle acquiesça de la tête.

« Sera-t-il gentil avec toi ?

— Oui, je sais qu'il le sera.

— Ne parlez pas de moi comme si je n'étais pas ici ! » s'écria Mark, exaspéré.

Diana prit la main de Mark. « Nous nous aimons, annonça-t-elle à Mervyn.

— Mais oui. » Pour la première fois, l'esquisse d'un ricanement apparut sur son visage, mais disparut rapidement. « Mais oui, je pense que oui. »

La veuve était-elle pour quelque chose dans cette soudaine transformation ? « C'est Mme Lenehan qui t'a conseillé de venir me parler ? interrogea Diana avec méfiance.

— Non, mais elle sait ce que je vais t'annoncer.

— J'aimerais, intervint Mark, que vous vous dépêchiez de le dire. »

Mervyn le toisa d'un air méprisant. « Ne me bousculez pas, mon garçon... Diana est encore ma femme. »

Mark ne voulait rien entendre. « Erreur, vous n'avez aucun droit sur elle, alors n'essayez pas de vous en arroger. Et ne m'appelez pas mon garçon, grand-père.

— Ne commencez pas, fit Diana. Mervyn, si tu as quelque chose à dire, dis-le tout de suite et cesse de rouler des mécaniques.

— Très bien, très bien. C'est juste ceci. » Il prit une profonde inspiration. « Je ne me dresserai pas sur ton chemin. Je t'ai demandé de revenir et tu as refusé. Si tu crois que ce garçon peut réussir là où j'ai échoué et te rendre heureuse, alors bonne chance à vous deux. Je vous souhaite tout le bonheur du monde. » Il se tut et les regarda à tour de rôle. « C'est tout. »

Il y eut un moment de silence. Mark allait rétorquer, mais Diana parla la première. « Espèce de sale hypocrite ! » lança-t-elle. Elle avait compris en un éclair ce qui se passait vraiment dans l'esprit de Mervyn et elle était étonnée de la violence de sa réaction. « Comment oses-tu ? siffla-t-elle.

— Quoi ? dit-il, stupéfait. Pourquoi... ?

— Ce ton noble pour affirmer que tu ne te dresseras pas sur mon chemin. Cette façon de nous souhaiter bonne chance, comme si tu faisais un sacrifice. Je te connais trop bien, Mervyn Lovesey : le seul moment où tu donnes quelque chose, c'est quand tu n'en veux plus ! » Elle se rendait compte que tout le monde dans le compartiment écoutait goulûment, mais elle était trop agacée pour s'en soucier. « Je sais où tu veux en venir. Tu t'es envoyé cette veuve la nuit dernière, n'est-ce pas ?

— Non !

— Non ? » Elle le regarda attentivement. Il lui disait sans doute la vérité. « Mais il s'en est fallu de peu, n'est-ce pas ? » Et elle lut sur son visage que cette fois elle avait deviné juste. « Tu t'es entiché d'elle, tu lui plais, et maintenant tu ne veux plus de moi... C'est à ça que ça revient, hein ? Allons, avoue-le !

— Je n'avouerai rien du tout...

— Parce que tu n'as pas le courage d'être sincère. Mais je sais la vérité et tout le monde à bord de cet avion s'en doute. Tu me déçois, Mervyn. Je croyais que tu avais plus de tripes.

— De tripes ! » Cela l'avait piqué au vif.

« Parfaitement : avais-tu vraiment besoin de ce laïus, comme quoi tu ne voulais plus te dresser sur notre chemin, etc. ? C'est vrai que tu t'es amolli... tu t'es amolli dans la tête. Je ne suis pas née d'hier, et tu ne peux pas me duper aussi facilement !

— Bon, bon, dit-il, en levant les mains dans un geste défensif. J'ai fait une offre de paix et tu l'as repoussée. A ta guise. » Il se leva. « A t'entendre, on pourrait croire que c'est moi qui ai filé avec la personne que j'aime. » Il se dirigea vers la porte. « Annonce-moi la date de votre mariage, je t'enverrai une tranche de poisson. »

Il sortit. « Ce culot ! fit Diana, encore folle de rage. Le toupet de cet homme ! » Elle regarda autour d'elle les autres passagers. La princesse Lavinia détourna la tête avec hauteur, Lulu Bell souriait, Ollis Field fronçait les sourcils d'un air désapprobateur et Frankie Gordino lâcha un : « Bien joué, ma petite ! »

Enfin elle regarda Mark. Il arborait un sourire épanoui. Sa bonne humeur était contagieuse. « Qu'est-ce qu'il y a de si drôle ? dit-elle en pouffant.

— Tu as été magnifique. Je suis fier de toi. Et je suis content.

— Pourquoi content ?

— Tu as tenu tete à Mervyn pour la première fois de ta vie.

— Ma foi, c'est bien possible.

— Tu n'as plus peur de lui, n'est-ce pas ? »

Elle réfléchit un instant. « Tu as raison.

— Tu te rends compte de ce que ça signifie ?

– Ça veut dire que je n'ai plus peur de lui.

– Ça signifie bien plus que cela. Ça veut dire que tu ne l'aimes plus.

— Vraiment ? » murmura-t-elle d'un ton songeur. Elle s'était répété que cela faisait des années qu'elle n'aimait plus Mervyn, mais maintenant qu'elle sondait son cœur, elle se rendait compte qu'elle s'était abusée elle-même. Tout cet été, alors même qu'elle le trompait, elle était restée sous son joug, l'emprise qu'il avait sur elle avait persisté même apres qu'elle s'était enfuie, s'exerçait encore à bord de l'avion quand elle avait envisagé de lui revenir. Mais c'était fini

« Quel effet ça te ferait, demanda Mark, s'il filait avec la veuve ? »

Sans réfléchir, elle répondit : « Qu'est-ce que tu veux que ça me fasse ?

— Tu vois ? »

Elle se mit à rire. « Tu as raison, fit-elle. Enfin, c'est fini. »

24

Tandis que le Clipper amorçait sa descente vers Shediac, dans la baie du Saint-Laurent, Harry sentait faiblir sa détermination de voler les bijoux de lady Oxenford.

Il y avait à cela plusieurs raisons. Premièrement le Waldorf, la chambre de Margaret, le petit déjeuner pris en commun. Il s'y voyait déjà. Ensuite le départ avec elle pour Boston, la vie qu'ils y mèneraient, la façon dont il l'aiderait à devenir indépendante. L'excitation de Margaret était contagieuse.

Or rien de tout cela n'existerait s'il volait les bijoux de sa mère.

Shediac était le dernier arrêt avant New York. Il devait se décider rapidement. Il n'aurait plus d'autre occasion de pénétrer dans la soute.

Il se demanda une fois de plus s'il ne pourrait pas découvrir un moyen d'avoir à la fois Margaret et les bijoux. D'abord, comment saurait-elle que c'est lui qui les avait volés ? Lady Oxenford découvrirait leur disparition en ouvrant sa malle, sans doute au Waldorf. Mais difficile de préciser quand le vol avait eu lieu. Avant ou après le débarquement ? Margaret connaissait le passé de Harry, aussi le soupçonnerait-elle certainement ; mais s'il niait, le croirait-elle ? Peut-être bien.

Et alors ? Ils vivraient dans la pauvreté à Boston alors qu'il aurait cent mille dollars en banque ! Mais ça ne durerait pas longtemps. Elle trouverait un moyen de regagner l'Angleterre pour s'engager dans les Services féminins et lui se rendrait au Canada pour devenir pilote de chasse. Quand la guerre serait terminée, il retirerait son argent de la banque et acheterait cette maison de campagne ; peut-être Margaret viendrait-elle y habiter avec lui... Et alors elle voudrait savoir d'où venait l'argent.

Quoi qu'il arrivât, tôt ou tard, Harry devrait le lui dire.

Mais plus tard vaudrait peut-être mieux que plus tôt.

Il allait devoir trouver un prétexte pour rester à bord de l'appareil à Shediac. Sans toutefois prétendre qu'il ne se sentait pas bien, car alors Margaret voudrait rester à bord avec lui. Il fallait absolument qu'elle aille à terre.

Il l'observa de l'autre côté du couloir. Elle était en train de boucler sa ceinture de sécurité, en rentrant son ventre. L'espace d'un instant, il la revit assise là, dans la même pose, ses seins nus se découpant à la lumière qui filtrait des hublots, une toison châtain pointant entre ses cuisses et ses longues jambes allongées devant elle. Ne serait-il pas un imbécile, songea-t-il, de risquer de la perdre pour une poignée de rubis ?

Mais ce n'était pas une poignée de rubis, c'était la Parure Delhi, qui valait cent briques, assez pour faire de Harry ce qu'il avait toujours voulu être, un riche oisif.

Il caressait pourtant l'idée de lui dire maintenant : *Je vais voler les bijoux de ta mère, j'espère que tu n'y vois pas d'inconvénient ?* Et elle lui répondrait : *Bonne idée, cette vieille peau n'a jamais rien fait pour les mériter.* Mais non, Margaret ne réagirait pas ainsi. Elle se prenait pour une radicale et elle prônait la redistribution des richesses, mais tout cela était théorique : elle serait choquée jusqu'au tréfonds s'il s'avisait de déposséder sa famille d'une partie de ses biens. Et les sentiments qu'elle lui portait en prendraient un sacré coup.

Elle surprit son regard et sourit.

Il lui rendit son sourire, d'un air coupable, puis regarda par le hublot.

L'hydravion descendait vers une baie en forme de fer à

cheval au bord de laquelle s'éparpillaient quelques villages. Plus loin, c'étaient des champs. Comme ils approchaient, Harry distingua une voie de chemin de fer serpentant entre les fermes jusqu'à une longue jetée. Auprès de la jetée étaient mouillés plusieurs navires de différentes tailles et un petit hydravion. A l'est de la digue s'étendaient des kilomètres de plage sablonneuse avec, dispersées au milieu des dunes, quelques grandes demeures, probablement des résidences secondaires. Harry songea comme ce serait agréable d'en posséder une semblable dans un endroit comme celui-là. Eh bien, si c'est ce que je veux, c'est ce que j'aurai, se dit-il ; je vais être riche !

L'hydravion se posa en douceur. Harry se sentait détendu : il commençait à en prendre l'habitude.

« Quelle heure est-il, Percy ? demanda-t-il.

— 11 heures, heure locale. Nous avons une heure de retard.

— Et combien de temps restons-nous ici ?

— Une heure. »

A Shediac, on utilisait un nouveau mode de débarquement. Un bateau qui ressemblait à un thonier arriva pour remorquer l'hydravion. Puis on attacha des haussières aux deux extrémités de l'appareil et on l'amarra à un dock flottant relié à la jetée par une passerelle.

Cette méthode résolvait pour Harry un problème. Aux escales précédentes, tous les passagers empruntaient un canot, il n'y avait donc qu'une seule occasion d'aller à terre. Maintenant, il lui suffisait de dire à Margaret qu'il la rejoindrait dans quelques minutes.

Un steward ouvrit la porte et les passagers commencèrent à mettre manteaux et chapeaux. La famille Oxenford au complet se prépara à descendre, tout comme Clive Membury, qui n'avait pratiquement pas desserré les lèvres de tout le vol sauf, Harry s'en souvenait maintenant, pour une conversation assez intense avec le baron Gabon. Il se demanda une fois de plus de quoi ils avaient bien pu parler. Puis il écarta cette pensée et se concentra sur ses projets. Il chuchota à l'adresse de Margaret : « Je te rejoins », et se dirigea vers les toilettes.

Il se donna un coup de peigne et se lava les mains, rien que pour avoir quelque chose à faire, remarquant le panneau de bois fixé au cadre du hublot. La vitre avait dû se briser la nuit dernière, peut-être à cause de la tempête. Il entendit l'équipage descendre du poste de pilotage par l'escalier et passer devant la porte. Il consulta sa montre et décida d'attendre encore deux minutes.

Vraisemblablement personne ou presque n'allait rester à bord. A Botwood nombre de passagers étaient trop endormis pour bouger mais ils devaient maintenant avoir envie de se dégourdir les jambes et de respirer un peu d'air frais. A l'exception, bien sûr, d'Ollis Field et de son prisonnier. Bizarre tout de même que Membury descendît à terre, s'il était censé surveiller Frankie. L'homme au gilet bordeau décidément intriguait beaucoup Harry.

L'équipe de nettoyage n'allait pas tarder à arriver. Il tendit l'oreille : il n'entendit aucun son de l'autre côté de la porte. Il l'entrebâilla, regarda dans le couloir. Rien à signaler. Prudemment, il sortit.

La cuisine en face était vide. Il jeta un coup d'œil au compartiment numéro deux, également vide, puis au salon : une femme armée d'un balai lui tournait le dos. Sans plus d'hésitation, il grimpa l'escalier.

Au tournant, il s'arrêta et inspecta ce qu'il pouvait apercevoir du poste de pilotage. Personne. Il allait continuer quand une paire de jambes en uniforme traversa son champ visuel. Il replongea derrière le tournant de l'escalier, puis osa un œil. C'était le mécanicien adjoint, Mickey Finn, celui qui l'avait surpris la dernière fois. L'homme s'arrêta devant le tableau de contrôle et tourna les talons. Harry recula à nouveau, se demandant où pouvait bien aller le mécanicien. Allait-il descendre l'escalier ? Harry tendit l'oreille. Les pas traversèrent le poste de pilotage puis il n'entendit plus rien. A la précédente escale, se rappela Harry, Mickey se tenait dans le poste avant aménagé dans l'étrave, occupé avec l'ancre. En serait-il de même cette fois-ci ? Il lui fallait prendre ce risque.

Arrivé dans le poste de pilotage, il comprit qu'il avait deviné juste : il n'y avait pas trace de Mickey et la trappe était ouverte. Harry ne s'attarda pas et franchit rapidement la porte qui donnait accès aux soutes.

Lors de sa précédente tentative, il avait fouillé la soute tribord. Cette fois, il entra dans la soute bâbord.

Il comprit tout de suite que la chance lui souriait. Au milieu de la pièce trônait une énorme malle-cabine en cuir vert et or, avec de gros clous de cuivre étincelants. Il était sûr qu'elle appartenait à lady Oxenford. Il vérifia l'étiquette : pas de nom, mais l'adresse indiquait le Manoir Oxenford, Berkshire.

« Nous y voilà », murmura-t-il.

Il examina la serrure et n'eut aucune peine à la forcer avec la lame de son canif. Il y avait en outre six fermoirs de cuivre qu'il lui suffit de soulever.

La malle était conçue pour servir de penderie. Harry la mit debout et l'ouvrit. Elle se divisait en deux spacieux compartiments. D'un côté, une tringle où étaient accrochés des robes et des manteaux, avec, au fond, un petit habitacle pour les chaussures. L'autre côté contenait six tiroirs.

Harry commença par les tiroirs. Ils étaient en bois clair recouverts de cuir et tapissés de velours. Lady Oxenford y avait rangé des corsages de soie, des chandails en cachemire, des dessous en dentelle et des ceintures en crocodile.

Du côté penderie, le haut de la malle se soulevait comme un couvercle et la tringle se tirait pour donner plus facilement accès aux toilettes. Harry palpa chacune d'elles du haut en bas et inspecta les parois de la malle. Puis il passa à l'habitacle à chaussures. Il ne contenait rien d'autre que des chaussures.

Dépité, il refusa cependant de s'avouer vaincu.

Son premier mouvement fut d'inspecter le reste des bagages de la famille Oxenford, mais il réfléchit : si je devais transporter des bijoux d'une telle valeur dans des bagages enregistrés, songea-t-il, j'essaierais d'aménager une cachette.

Et il serait plus facile d'aménager cette cachette dans une grande malle que dans une valise ordinaire.

Il décida de recommencer son inspection.

D'une main il tâta l'intérieur de la penderie, de l'autre l'extérieur, en essayant de mesurer l'épaisseur des côtés : s'ils semblaient anormalement épais, ils pouvaient comporter une cache. Mais il ne trouva rien d'insolite. Il sortit alors les tiroirs un à un...

Et découvrit ce qu'il cherchait.

Son cœur se mit à battre plus vite.

Une grande enveloppe brune et une sacoche en cuir étaient fixées par des bandes au fond de la malle.

« Des amateurs », fit-il en secouant la tête.

Avec une excitation croissante, il entreprit de détacher les bandes, dégageant en premier l'enveloppe. Elle semblait ne rien contenir qu'une liasse de documents, mais Harry l'ouvrit quand même. Il découvrit une cinquantaine de feuilles d'un papier épais couvertes sur une face d'inscriptions. Il lui fallut un moment pour deviner ce que c'était, mais il finit par conclure qu'il s'agissait de bons au porteur, d'une valeur chacun de cent mille dollars. Ce qui représentait un total de cinq millions de dollars, soit un million de livres.

De saisissement, il s'assit par terre. Un million de livres, cela dépassait presque l'entendement.

Harry comprenait ce qu'ils faisaient là. Le gouvernement britannique avait décrété des mesures d'urgence de contrôle des changes pour empêcher l'argent de quitter le pays. Oxenford faisait tout bonnement de la contrebande.

Il est tout autant escroc que moi, songea Harry avec amusement.

Il n'était jamais tombé sur des bons du Trésor. Parviendrait-il à les écouler ? Ils étaient payables au porteur : ça figurait en toutes lettres sur chaque certificat. Mais ils étaient aussi numérotés, si bien qu'on pouvait les identifier. Oxenford signalerait-il leur disparition ? Au risque de devoir reconnaître qu'il les avait sortis d'Angleterre en fraude ? Mais il trouverait sans doute un mensonge pour couvrir cela.

C'était trop dangereux. Harry n'avait aucune expérience dans ce domaine. S'il essayait de négocier les bons, il allait se faire prendre. A regret, il les reposa.

Il passa à la sacoche en cuir marron souple, ressemblant à un portefeuille d'homme, mais en plus grand. Harry la détacha. Elle était close par une fermeture à glissière. Harry la tira.

Et là, reposant sur la doublure de velours noir, trônait la Parure Delhi.

Elle luisait dans la pénombre de la soute à bagages comme un vitrail dans une cathédrale. Le rouge profond des rubis alternait avec l'arc-en-ciel étincelant des diamants. Les pierres étaient énormes, parfaitement assorties et exquisement taillées, chacune montée sur or et entourée de délicats pétales d'or. Harry était pétrifié.

Il souleva avec révérence le collier et laissa les joyaux couler entre ses doigts comme de l'eau colorée. Comme c'est étrange, songea-t-il que quelque chose puisse avoir l'air si chaud et être si froid au contact. C'était la plus belle pièce de joaillerie qu'il eût jamais tenue entre les mains, peut-être la plus belle jamais œuvrée.

Et qui allait changer sa vie.

Au bout d'une minute ou deux, il reposa le collier et examina le reste de la parure. Le bracelet, comme le collier, était constitué d'une alternance de rubis et de diamants, mais plus petits. Les boucles d'oreilles étaient particulièrement délicates : d'un bouton de rubis tombait une cascade de petits diamants et de rubis, chaque pierre montée sur un pétale d'or miniature.

Harry imagina l'ensemble sur Margaret. Le rouge et l'or feraient sur sa peau pâle un effet extraordinaire. J'aimerais la voir avec ces bijoux pour tout vêtement, se dit-il et ce fantasme érotique l'excita.

Il ne savait pas très bien depuis combien de temps il était assis sur le plancher à contempler ces merveilles quand il entendit quelqu'un arriver.

La première idée qui lui traversa l'esprit fut qu'il s'agissait de l'assistant mécanicien ; mais les pas avaient une sonorité différente : c'était une démarche conquérante, agressive, autoritaire... pour tout dire officielle.

Il se crispa soudain de terreur, l'estomac noué, les dents serrées, les mains paralysées.

Les pas approchaient rapidement. Harry dans une hâte frénétique remit les tiroirs en place, jeta au milieu du linge l'enveloppe contenant les bons du Trésor, et referma la malle. Il était en train de fourrer la Parure Delhi dans sa poche quand la porte de la soute s'ouvrit.

Il plongea derrière la malle.

Il y eut un long moment de silence. Il eut l'horrible impression qu'il n'avait pas été assez rapide et que le type l'avait vu. Il entendit une respiration un peu essoufflée comme celle d'un homme corpulent qui a monté un escalier un peu vite. Puis la porte se referma.

L'homme était-il ressorti ? Harry tendit l'oreille. Il n'entendait plus de bruit de respiration. Il se redressa lentement et regarda.

L'homme avait disparu.

Il poussa un immense soupir de soulagement.

Mais que se passait-il ? L'idée lui vint que ces pas lourds et ce souffle court appartenaient à un policier. Ou peut-être à un douanier. Ou peut-être ne s'agissait-il que d'un contrôle de routine.

Il s'approcha de la porte et l'entrebâilla. Des voix étouffées lui parvenaient du poste de pilotage.

Il sortit. La porte de la cabine de pilotage était entrouverte, les voix étaient celles de deux hommes.

« Ce type n'est pas à bord.

— Il doit bien y être. Il n'est pas descendu. »

Ils parlaient avec un accent vaguement américain. Mais que Harry identifia comme canadien. Mais à qui faisaient-ils allusion ?

« Peut-être a-t-il filé après tout le monde.

— Pour aller où ? Il n'est nulle part dans les environs. »

Frankie Gordino s'était-il évadé ? se demanda Harry.

« Qui est-ce, d'ailleurs ?

— On dit que c'est un complice du bandit qu'il y a à bord. »

Ainsi Gordino ne s'était pas évadé ; mais quelqu'un de sa bande, qui se trouvait à bord, avait été découvert et avait réussi à s'enfuir. Lequel de ces passagers à l'air si respectable pouvait-ce bien être ?

« Ça n'est pas vraiment un crime d'être complice ?

— Non, mais il voyage avec un faux passeport. »

Un frisson parcourut Harry. Lui aussi voyageait avec un faux passeport. Ce n'était quand même pas lui qu'on recherchait ?

« Bon, alors qu'est-ce qu'on fait ? entendit-il.

— On va faire notre rapport au sergent Morris »

Au bout d'un moment, l'idée s'ancra dans l'esprit de Harry qu'il pouvait fort bien être l'homme qu'on recherchait. Si la police avait appris, ou deviné, que quelqu'un à bord allait tenter de faire évader Gordino, ils avaient tout naturellement passé au peigne fin la liste des passagers, et ne tarderaient pas à découvrir que Harry Vandenpost avait signalé le vol de son passeport à Londres deux ans auparavant ; il n'y aurait plus qu'à l'appeler chez lui pour constater qu'il n'était pas sur le Clipper de la Pan American mais assis dans sa cuisine à manger ses cornflakes en lisant le journal du matin ou quelque chose dans le genre. Sachant que Harry était un imposteur, on supposerait tout naturellement que c'était lui qui allait tenter de faire évader Gordino.

Non, se dit-il, ne va pas trop vite. Il doit y avoir une autre explication.

Une troisième voix se mêla à la conversation. « Vous cherchez quelqu'un, les gars ? » Ce semblait être l'adjoint du chef mécanicien, Mickey Finn.

— Un type qui utilise le nom de Harry Vandenpost, mais ce n'est pas lui. »

Voilà qui était réglé. Harry se sentit abasourdi par le choc. Il avait été démasqué. La vision de la maison de campagne avec le court de tennis s'effaça comme une vieille photographie pour être remplacée par une image de Londres plongé dans le black-out, un tribunal, une cellule de prison et pour finir une caserne. Sa chance l'avait bien abandonné.

Mickey disait : « Vous savez, je l'ai trouvé rôdant par ici pendant l'escale de Botwood !

— En tout cas il n'y est plus.

— Vous en êtes sûr ? »

Tais-toi, Mickey, songea Harry.

« On a regardé partout.

— Vous avez vérifié les postes des mécaniciens ?

— Où sont-ils ?

— Dans les ailes.

— Oui, nous avons inspecté les ailes.

— Mais avez-vous rampé jusqu'au bout ? Il y a des endroits où se cacher là-dedans, qu'on n'aperçoit pas d'ici.

— On ferait mieux d'y retourner. »

Ces deux policiers avaient l'air un peu abrutis, songea Harry.

Si leur sergent avait un peu de bon sens, il ordonnerait une nouvelle fouille de l'appareil. Et la prochaine fois, ils ne manqueraient sûrement pas de regarder derrière la malle-cabine. Où trouver une autre cache ?

Une fouille approfondie comprendrait le poste avant, les toilettes, les ailes et la partie creuse de la queue. Comment espérer qu'il découvre un autre endroit, inconnu de l'équipage ? Il était coincé.

Et s'il essayait de filer ? De se glisser hors de l'appareil et de s'enfuir par la plage ? C'était risqué, mais ça valait mieux que de se rendre. Mais même s'il parvenait à quitter ce petit village sans se faire remarquer, où aller ? Il était capable de se débrouiller dans une ville, mais il avait l'impression de se trouver à des kilomètres de toute agglomération. En pleine campagne, il était perdu. Il lui fallait des foules, des ruelles, des gares et des magasins. Il avait l'idée que le Canada était un immense pays, uniquement composé de forêts.

Il s'en tirerait si seulement il parvenait jusqu'à New York. Mais où se cacher en attendant ?

Il entendit les policiers ressortir des ailes. Pour plus de sécurité, il replongea dans la soute...

Et se retrouva le nez sur la solution de ses problèmes.

La malle de lady Oxenford.

Pourrait-il y entrer ? Il le pensait. Elle mesurait environ un mètre cinquante de haut sur soixante centimètres de large : vide, on aurait pu y tenir à deux. Ce n'était pas le cas, bien sûr : il devrait s'aménager de la place en ôtant certaines des toilettes. Mais alors qu'en ferait-il ? Il ne pouvait pas les laisser traîner là. Et s'il les mettait dans sa propre valise à moitié vide ?

Il fallait faire vite.

Il se hissa par-dessus les bagages entassés et récupéra sa valise. Avec une hâte fébrile, il l'ouvrit et y fourra les manteaux et les robes de lady Oxenford. Il dut s'asseoir sur le couvercle pour la refermer.

Maintenant, il pouvait entrer dans la malle. Il constata qu'il parvenait sans trop de mal à la fermer de l'intérieur. Et comment respirerait-il quand elle serait fermée ? Ça ne durerait pas longtemps : il étoufferait peut-être un peu, mais il survivrait.

Les flics remarqueraient-ils que les fermoirs étaient ouverts ? Ils en étaient capables. Pouvait-il, lui, les actionner de l'intérieur ? Ça semblait difficile. Il étudia un long moment le problème. S'il perçait des trous dans la malle, il pourrait passer la lame de son canif par l'ouverture et abaisser ainsi les fermoirs. Les mêmes orifices lui apporteraient aussi un peu d'air.

Il prit son canif. La malle était en bois recouverte de cuir vert sombre et marron, décoré d'un motif de fleurs couleur d'or. Comme tous les canifs, le sien était muni d'une pointe permettant d'ôter les cailloux des sabots des chevaux. Il posa la pointe au milieu d'une des fleurs et poussa. L'acier pénétra sans mal le cuir, mais le bois était plus résistant. Harry s'escrima ; le bois devait avoir un bon demi-centimètre d'épaisseur ; cela lui prit une minute ou deux, mais il finit par y arriver.

Il retira le poinçon. Grâce aux motifs, c'était à peine si on distinguait le trou.

Il se glissa à l'intérieur de la malle et constata avec soulagement qu'il pouvait actionner les fermoirs.

Il y en avait deux en haut et trois sur le côté. Il commença par ceux du haut, car c'étaient les plus visibles. Il venait de terminer quand il entendit de nouveau des pas.

Il s'engouffra dans la malle et la referma.

Cette fois, ce ne fut pas si facile d'actionner les fermoirs. Avec les jambes fléchies, il avait du mal à les manœuvrer. Mais il y parvint quand même.

Au bout de quelques minutes, il trouva sa position douloureusement inconfortable. Il eut beau se tortiller et se retourner, rien ne le soulageait. Il allait devoir souffrir en silence.

Son souffle lui paraissait très bruyant. Les bruits venant de l'extérieur étaient étouffés. Il entendit pourtant marcher devant la soute, sans doute parce qu'à cet endroit il n'y avait pas de moquette et que les vibrations étaient transmises par les tôles du pont. Il y avait maintenant au moins trois personnes dans les parages, estima-t-il. Sans avoir entendu la porte s'ouvrir, il perçut un pas beaucoup plus proche et devina que quelqu'un avait pénétré dans la soute.

Une voix s'éleva tout près de lui. « Je ne vois pas comment ce salopard nous a échappé. »

Mon Dieu, se dit Harry avec angoisse, faites qu'il ne regarde pas les fermoirs de côté.

Il y eut un choc sur le haut de la malle. Harry sentit son cœur s'arrêter. Peut-être le type s'était-il seulement appuyé dessus.

Quelqu'un parlait au loin.

« Non, il n'est pas à bord de cet hydravion, reprit l'homme. Nous avons regardé partout. »

L'autre répondit quelque chose. Harry avait les genoux endoloris.

Au nom du ciel, pria-t-il, allez discuter ailleurs !

« Oh, on finira bien par l'attraper. Il ne va pas faire deux cents kilomètres à pied jusqu'à la frontière sans que quelqu'un l'aperçoive. »

Deux cents kilomètres ! Il lui faudrait bien une semaine pour parcourir à pied une telle distance. Il y avait la solution du stop, mais dans un pays aussi sauvage, on se souviendrait sûrement de lui.

Pendant quelques secondes, il n'entendit plus un mot. Puis les pas s'éloignèrent. Il attendit encore un moment. Tout était calme.

Il prit son canif et passa le poinçon par un des trous pour ouvrir le fermoir.

Cette fois, ce fut encore plus dur. Il avait terriblement mal aux genoux, la douleur était si insupportable qu'il serait tombé s'il en avait eu la place. L'angoisse le gagna et il fourragea frénétiquement dans le trou. Il était pris d'un épouvantable sentiment de claustrophobie. *Je vais étouffer là-dedans*, songea-t-il. Il essaya de se calmer. Au bout d'un moment, il parvint à insérer convenablement la pointe d'acier par le trou.

Il poussa la lame. La boucle de cuivre se souleva, puis retomba. Serrant les dents, il essaya encore.

Cette fois, le fermoir s'ouvrit.

Lentement, péniblement, il répéta l'opération avec l'autre.

Il parvint enfin à écarter les deux moitiés de la malle et à se redresser. La douleur qu'il éprouvait dans les genoux devint telle qu'il faillit pousser un cri, puis elle se calma.

Qu'allait-il faire ?

Il ne pouvait pas quitter l'appareil ici. Il ne risquait sans doute rien avant leur arrivée à New York, mais alors que se passerait-il ?

Il devrait rester caché à bord et puis se glisser dehors à la faveur de la nuit. Et peut-être s'en tirer.

D'ailleurs, il n'avait pas le choix. Le monde entier saurait qu'il avait volé les bijoux de lady Oxenford. Ce qui était plus important, c'est que Margaret le saurait. Et il ne serait pas là pour lui expliquer la chose.

Plus il envisageait cette possibilité, plus elle lui faisait horreur. Il avait toujours su que voler la Parure Delhi risquait de compromettre ses relations avec Margaret ; mais il avait toujours imaginé qu'il serait là quand elle comprendrait ce qui s'était passé, si bien qu'il pourrait essayer de se justifier. Mais voilà maintenant que des jours peut-être s'écouleraient avant qu'il pût la revoir ; et si les choses tournaient mal et qu'il était arrêté, cela se compterait en années.

Il imaginait ce qu'elle penserait. Que tout ce qu'il lui avait promis n'était que de la frime, que la seule chose qui l'intéressait depuis le début, c'était les bijoux. Elle aurait le cœur brisé, et puis elle en viendrait à le détester et à le mépriser.

Cette idée le rendait malade.

Jusqu'à cet instant, il n'avait pas pleinement compris tout ce que Margaret représentait pour lui. L'amour qu'elle lui portait était sincère. Jusque-là, tout dans sa vie avait été du toc : les accents qu'il prenait, les manières qu'il affectait, ses vêtements, tout son mode d'existence n'était que déguisement. Mais Margaret était tombée amoureuse du voleur, du petit prolétaire orphelin, du véritable Harry. C'était la meilleure chose qui lui fût jamais arrivée. S'il renonçait à cela, sa vie serait toujours ce qu'elle était maintenant, une suite de malhonnêtetés et de faux-semblants. Or Margaret l'avait amené à vouloir plus que cela. Il espérait toujours avoir la maison de campagne avec le court de tennis, mais cela ne lui plairait que si Margaret s'y trouvait avec lui. Il soupira. Fini le petit Harry. Peut-être était-il en train de devenir un homme.

Il ouvrit la malle de lady Oxenford, prit dans sa poche le petit sac de cuir contenant la Parure Delhi, en sortit une fois de plus les bijoux. Les rubis luisaient comme des feux rougeoyants. Je ne reverrai peut-être jamais quelque chose de pareil, songea-t-il.

Il remit les joyaux dans leur sachet. Puis, le cœur lourd, il replaça le sac à bijoux dans la malle de lady Oxenford.

25

Nancy Lenehan était assise tout au bout de la longue jetée en planches de Shediac, près de l'aérogare. Le bâtiment ressemblait à une villa de bord de mer, avec des fleurs dans des bacs et des stores protégeant les fenêtres ; mais une antenne radio auprès de la maison et une tour de contrôle dépassant de son toit révélaient ses véritables fonctions.

Près de la jeune femme, Mervyn Lovesey avait pris place lui aussi dans un transatlantique en toile rayée.

L'eau clapotait contre les piliers de la jetée avec un bruit apaisant et Nancy fermait les yeux. Elle n'avait pas beaucoup dormi. Au souvenir de ce qui s'était passé entre Mervyn et elle la nuit dernière, un léger sourire retroussait les commissures de ses lèvres.

Elle se félicitait de ne pas être allée jusqu'au bout. Ç'aurait été trop brusque. Et puis maintenant quelque chose d'autre l'attendait.

Shediac était un village de pêcheurs et une station estivale. A l'ouest de la jetée s'étendait une baie ensoleillée où flottaient plusieurs bateaux de pêche, des petits yachts et deux appareils, le Clipper et un petit hydravion. A l'est s'allongeait une large plage de sable qui semblait se poursuivre pendant des kilomètres, et la plupart des passagers du Clipper s'étaient assis parmi les dunes ou déambulaient au bord de la grève.

Cette scène paisible fut troublée soudain par l'arrivée de

deux voitures qui s'arrêtèrent au bout de la jetée dans un crissement de pneus et déchargèrent sept ou huit policiers. Ils se précipitèrent dans le bâtiment de la compagnie et Nancy chuchota à Mervyn : « On dirait qu'ils viennent arrêter quelqu'un. »

Il acquiesça de la tête et dit : « Je me demande qui ?

— Frankie Gordino, peut-être ?

— Ce n'est pas possible... il est déjà arrêté. »

Quelques instants plus tard, ils ressortirent du bâtiment. Trois montèrent à bord du Clipper, deux s'éloignèrent sur la plage et deux suivirent la route. Ils avaient l'air de chercher quelqu'un. Quand un des membres de l'équipage du Clipper apparut, Nancy demanda : « Après qui en ont les policiers ? »

L'homme hésita, comme s'il ne savait pas très bien s'il devait le leur révéler, puis il haussa les épaules et dit : « Ce type se fait appeler Harry Vandenpost, mais ce n'est pas son vrai nom. »

Nancy fronça les sourcils. « C'est le garçon qui partageait le compartiment des Oxenford. » Elle avait dans l'idée que Margaret s'était entichée de lui.

« Mais oui, fit Mervyn. Il est descendu de l'avion ? Je ne l'ai pas vu.

— Je ne suis pas sûre.

— Je lui trouvais un air passablement déluré.

— Vraiment ? » Nancy l'avait pris pour un jeune homme de bonne famille. « Il a d'excellentes manières.

— Justement. »

Nancy réprima un sourire : c'était bien de Mervyn de ne pas aimer les hommes ayant de bonnes manières. « Je crois que Margaret s'intéressait beaucoup à lui. J'espère qu'elle ne va pas en souffrir.

— J'imagine que ses parents vont être ravis qu'elle l'ait échappé belle. »

Nancy n'arrivait pas à se réjouir pour les parents. Mervyn et elle avaient été témoins de l'abominable comportement de lord Oxenford dans la salle à manger du Clipper. Ces gens méritaient tout ce qui leur arrivait. Sauf Margaret. Et

Nancy la plaignait sincèrement s'il s'avérait qu'elle était tombée sur un escroc.

« Nancy, commença Mervyn, je ne suis généralement pas du genre impulsif. »

Elle se redressa, tous ses sens en éveil.

Il poursuivit : « Je ne vous ai rencontrée que voici quelques heures, mais j'ai l'absolue certitude que je veux vous connaître jusqu'à la fin de mes jours. »

Nancy pensa : Tu ne peux pas en être *certain*, gros bêta ! mais ça lui faisait plaisir quand même. Elle ne dit rien.

« A la pensée que j'allais vous quitter à New York et rentrer à Manchester, j'ai découvert que je n'en ai aucune envie. »

Nancy sourit. C'était exactement ce qu'elle voulait l'entendre dire. Elle tendit le bras et lui prit la main. « Je suis si heureuse, murmura-t-elle.

— C'est vrai ? » Il se pencha vers elle. « Le malheur, c'est que bientôt ce sera tout à fait impossible de traverser l'Atlantique pour d'autres gens que les militaires. »

Elle acquiesça de la tête. Elle avait envisagé le problème. Elle n'y avait pas réfléchi très longtemps, mais elle était certaine qu'ils parviendraient à trouver une solution s'ils le voulaient vraiment.

Mervyn reprit : « Si nous nous séparons maintenant, il s'écoulera peut-être des années avant que nous puissions nous revoir. Je ne peux pas accepter cette idée.

— Moi non plus.

— Alors, voulez-vous rentrer en Angleterre avec moi ? » fit Mervyn.

Le sourire de Nancy disparut. « Quoi ?

— Revenez avec moi. Installez-vous dans un hôtel, si vous voulez, ou achetez-vous une maison, un appartement... n'importe quoi. »

Nancy sentit le ressentiment monter en elle. Elle serra les dents et essaya de garder son calme. « Vous avez perdu la tête », dit-elle sèchement. Elle détourna les yeux. Elle était amèrement déçue.

Il semblait blessé et interloqué par sa réaction. « Qu'est-ce qui se passe ?

— J'ai une maison, deux fils et une affaire qui vaut plusieurs millions de dollars, répliqua-t-elle. Vous me demandez de quitter tout cela pour aller m'installer dans un hôtel à Manchester ?

— Pas si ça vous déplaît ! fit-il avec indignation. Venez vivre avec moi, si c'est ce que vous voulez.

— Je suis une veuve respectable, avec une place dans la société... Je n'ai pas l'intention de vivre comme une fille entretenue !

— Écoutez, je pense que nous nous marierons, j'en suis certain, mais je n'imagine pas que vous soyez prête à en prendre l'engagement après simplement quelques heures, non ?

— La question n'est pas là, Mervyn, dit-elle, bien que dans une certaine mesure ce fût le cas. Peu m'importent les arrangements que vous envisagez. Ce que je n'aime pas, c'est votre façon de supposer que je vais tout abandonner pour vous suivre en Angleterre.

— Mais sinon comment pourrions-nous rester ensemble ?

— Pourquoi ne pas vous poser cette question au lieu de supposer la réponse ?

— Parce qu'il n'y a qu'une réponse.

— Il y en a trois. Je pourrais m'installer en Angleterre , vous pourriez vous installer en Amérique ; ou nous pourrions tous les deux aller nous installer dans un endroit comme les Bermudes. »

Il était déconcerté. « Mais mon pays est en guerre. Je dois participer à la lutte. Je suis peut-être trop vieux pour le service actif, mais l'aviation va avoir besoin d'hélices par milliers, et j'en sais plus sur leur fabrication que personne dans ce pays. Ils ont besoin de moi. »

Tout ce qu'il disait semblait aggraver les choses. « Pourquoi imaginez-vous que mon pays n'a pas besoin de moi ? répliqua-t-elle. Je fabrique des chaussures pour les soldats et quand les États-Unis entreront dans cette guerre, il va y avoir un tas d'autres soldats qui auront besoin de bonnes chaussures.

— Mais j'ai une affaire à Manchester.

— Et moi j'en ai une à Boston, bien plus importante que la vôtre, au fait.

— Pour une femme, ce n'est pas la même chose !

— Bien sûr que si, espèce d'idiot ! » cria-t-elle.

Elle regretta tout de suite ce mot. Une expression de rage se peignit sur le visage de Mervyn : elle l'avait profondément vexé. Il se leva de son transat. Elle aurait voulu lui dire quelque chose pour l'empêcher de partir blessé, mais elle n'arrivait pas à trouver les mots qu'il fallait et un instant plus tard il avait disparu.

« Et zut ! » marmonna-t-elle. Elle était furieuse contre lui et furieuse contre elle-même. Elle ne voulait pas l'éconduire : il lui plaisait ! Voilà des années, elle avait appris que la confrontation directe n'était jamais la bonne approche quand on avait affaire à des hommes : ils acceptaient l'agressivité entre eux, mais pas venant d'une femme. En affaire, elle avait toujours maîtrisé son esprit combatif, adouci son ton et obtenu ce qu'elle voulait en manipulant les gens, mais pas en se querellant avec eux. Et voilà que l'espace d'un instant elle avait stupidement oublié tout cela et s'était querellée avec l'homme le plus séduisant qu'elle eût rencontré depuis dix ans.

Je ne suis qu'une imbécile, se dit-elle ; sa fierté, c'est un des traits que j'aime chez lui, ça fait partie de sa force. Il est coriace, mais il n'a pas muselé toutes ses émotions comme le font souvent les hommes de sa trempe. Il n'y a qu'à voir la façon dont il a suivi cette épouse volage à travers la moitié du monde. La façon dont il a pris la défense des Juifs quand lord Oxenford a piqué sa crise dans la salle à manger. Je me souviens comment il m'a embrassée...

L'ironie de tout cela, c'était qu'elle se sentait tout à fait prête à envisager un changement dans son existence.

Ce que Danny Riley lui avait confié à propos de son père avait éclairé d'un jour nouveau toute l'histoire de sa propre vie. Elle avait toujours supposé que Peter et elle se querellaient parce qu'il lui en voulait d'être plus intelligente. Mais ce genre de rivalité entre frère et sœur disparaissait normalement pendant l'adolescence : ses deux fils, après s'être battus comme chien et chat pendant près de cinq ans, étaient maintenant les meilleurs amis du monde et d'une farouche loyauté l'un envers l'autre. En revanche, l'hostilité qui existait entre Peter et elle avait survécu jusqu'à l'âge mûr et elle comprenait maintenant que la responsabilité en incombait à son père.

Il avait affirmé à Nancy qu'elle lui succéderait et que Peter travaillerait sous ses ordres ; mais il avait dit le contraire à Peter. Tous deux s'imaginaient donc qu'ils étaient destinés à diriger l'entreprise. Mais cela remontait encore plus loin. Leur père avait toujours refusé d'instaurer des règles claires ou de définir des secteurs de responsabilité, elle s'en apercevait aujourd'hui. Il achetait des jouets qu'ils devaient partager, puis refusait d'arbitrer les inévitables disputes. Quand ils eurent l'âge de conduire, il acheta une voiture à leur double usage : pendant des années ce fut un sujet de querelle entre eux.

La stratégie de son père avait bien marché pour Nancy : cela l'avait rendue volontaire et astucieuse. Mais Peter s'était transformé en un être faible, sournois et méprisant. Et maintenant, conformément au plan de leur père, c'était le plus fort des deux qui allait prendre le contrôle de la société.

Et c'était cela qui troublait Nancy : tout se passait *conformément au plan de leur père*. La certitude que tout ce qu'elle faisait avait été ordonnancé par quelqu'un d'autre lui gâchait le goût de la victoire. Toute sa vie lui paraissait maintenant comme un devoir d'école imposé par son père : elle avait obtenu dix-huit sur vingt, mais à quarante ans, elle était trop grande pour aller à l'école. Elle éprouvait un soudain désir de se fixer elle-même ses objectifs et de mener sa vie comme elle l'entendait.

En fait, elle était précisément dans les dispositions d'esprit requises pour avoir avec Mervyn une discussion franche sur leur avenir commun. Mais il l'avait offensée en s'imaginant qu'elle allait tout lâcher pour le suivre à travers la moitié du monde ; et au lieu de le convaincre, elle l'avait engueulé.

Elle ne s'attendait pas à le voir tomber à genoux en lui demandant sa main, mais tout de même....

Quelque chose en elle lui disait qu'il aurait dû le faire. Après tout, elle n'était pas une romanichelle, elle était une catholique américaine, et si un homme exigeait d'elle un engagement, il n'était en droit de ne lui en demander qu'un seul, sa main. S'il n'était pas capable de cela, il n'avait rien à exiger.

Elle soupira. C'était très bien de s'indigner, mais elle l'avait fait partir. Peut-être la rupture ne serait-elle que temporaire. Elle l'espérait de tout son cœur. Maintenant qu'elle risquait de perdre Mervyn, elle se rendait compte à quel point elle avait besoin de lui.

Ses pensées furent interrompues par l'arrivée d'un autre homme qu'elle avait lui aussi éconduit un jour : Nat Ridgeway.

Il se planta devant elle, ôta poliment son chapeau et dit : « On dirait que vous m'avez vaincu... encore une fois. »

Elle l'examina un moment. Jamais il n'aurait pu fonder une entreprise et la développer comme son père l'avait fait avec les Chaussures Black : il n'avait ni l'imagination ni l'énergie pour cela. Mais il excellait dans la fonction de directeur : il était malin, travailleur et coriace. « Si ça peut vous consoler, Nat, je sais que j'ai commis une erreur, il y a cinq ans.

— Une erreur dans les affaires ou dans la vie privée ? demanda-t-il et dans sa voix perçait un ressentiment que l'on sentait latent.

— Dans les affaires », dit-elle d'un ton léger. Le départ de Nat avait mis fin à une aventure qui avait à peine commencé : elle n'avait pas envie d'en parler. « Félicitations pour votre mariage. J'ai vu une photo de votre femme, elle est très belle. » Ce n'était pas vrai : elle était attirante, tout au plus.

« Merci, dit-il. Mais pour revenir aux affaires, je suis un peu surpris que vous ayez eu recours au chantage pour obtenir ce que vous vouliez.

— Il s'agit d'une prise de contrôle, pas d'un goûter d'enfants. C'est ce que vous m'avez dit hier.

— Touché. » Il hésita. « Je peux m'asseoir ? »

Tout à coup, ce ton formaliste l'agaça. « Bien sûr que oui, fit-elle. Nous avons travaillé des années ensemble et pendant quelques semaines nous sommes également sortis ensemble ; vous n'avez pas à me demander la permission de vous asseoir, Nat. »

Il sourit. « Merci. » Il s'empara du transat de Mervyn et le tourna de façon à pouvoir la regarder. « J'ai essayé de prendre le contrôle de Black sans votre aide. C'était stupide et j'ai échoué. J'aurais dû m'en douter.

— Il n'est plus temps d'en discuter. » Elle se rendit compte de ce que cette remarque avait d'hostile. « Mais sans rancune tout de même.

— Je suis heureux que vous disiez cela... parce que j'ai toujours envie d'acheter votre compagnie. »

Nancy fut prise au dépourvu. Elle avait failli le sous-estimer. Ne baisse jamais ta garde ! se dit-elle. « Qu'est-ce que vous avez en tête ?

— Je vais essayer encore, dit-il. Bien sûr, la prochaine fois il faudra que je fasse une meilleure offre. Mais, ce qui est plus important, je veux que vous soyez de mon côté... avant et après la fusion. Je veux m'entendre avec vous et puis je veux que vous deveniez une des directrices de General Textiles avec un contrat de cinq ans. »

Elle ne s'attendait pas à cela et ne savait pas ce qu'elle devait en penser. Pour gagner du temps, elle posa une question : « Un contrat ? Pour faire quoi ?

— Pour diriger les Chaussures Black comme un département de la General Textiles.

— Je perdrais mon indépendance..., je deviendrais une employée.

— Selon la façon dont je conçois l'accord, vous pourriez devenir actionnaire. Et tout en gagnant de l'argent, vous aurez toute l'indépendance que vous voudrez : je n'interviens pas auprès des départements qui rapportent. Mais si vous perdez de l'argent, alors oui, vous perdrez votre indépendance. Je congédie ceux qui échouent. » Il secoua la tête. « Mais vous n'échouerez pas. » La première réaction de Nancy fut de refuser. Il avait beau lui dorer la pilule, il voulait toujours lui prendre la compagnie. Mais elle se rendit compte qu'un refus immédiat était ce que son père aurait attendu et elle avait résolu de cesser de vivre en suivant le programme fixé par son père. Elle essaya encore de gagner du temps. « Ça pourrait m'intéresser, fit-elle.

— C'est tout ce que je voulais savoir, répondit-il en se levant. Réfléchissez-y et voyez quel genre d'accord conviendrait. Je ne vous propose pas un chèque en blanc, mais je tiens à ce que vous sachiez que je suis prêt à aller loin pour vous satisfaire. »

Nancy était passablement médusée. Il avait appris à négocier ces dernières années.

« Je crois que votre frère veut vous parler. »

Elle se retourna et vit Peter qui approchait. Nat remit son chapeau et s'éloigna. Tout cela ressemblait à une manœuvre en tenaille. Nancy lança à Peter un regard plein de rancœur. Elle aurait aimé réfléchir à la surprenante proposition de Nat Ridgeway et voir comment cela s'accordait avec ses nouvelles conceptions de la vie, mais Peter ne lui en laissa pas le temps. Il se planta devant elle, en penchant la tête d'une façon qui rappelait son enfance, et dit : « Est-ce qu'on peut parler ?

— J'en doute, riposta-t-elle.

— Je voudrais m'excuser.

— Tu regrettes ta traîtrise maintenant qu'elle a échoué.

— Je voudrais faire la paix. »

Tout le monde a envie de passer un accord avec moi aujourd'hui, songea-t-elle avec amertume. « Comment pourrais-tu réparer ce que tu m'as fait ?

— Je ne peux pas, répliqua-t-il aussitôt. Je ne pourrai jamais. »

Il s'assit dans le siège laissé libre par Nat. « Quand j'ai lu ton rapport, je me suis senti un imbécile. Il disait que je ne pouvais pas diriger l'affaire, que je ne pouvais pas me comparer à mon père, que ma sœur y parviendrait mieux que moi. Et j'ai eu honte parce qu'au fond je savais que c'était vrai. »

Ma foi, se dit-elle, voilà un progrès.

« Ça m'a rendu furieux, Nan, c'est vrai. » Nan et Petey, c'est ainsi qu'ils s'appelaient dans leur enfance, et ce rappel de leurs jeunes années lui serra la gorge. « Je crois que je ne savais pas ce que je faisais. »

Elle secoua la tête. C'était le genre d'excuses qu'invoquait toujours Peter. « Tu savais très bien ce que tu faisais. » Mais elle était triste maintenant, plutôt qu'en colère.

Un groupe de gens s'arrêta près de la porte du bâtiment de la compagnie aérienne pour bavarder. Peter leur jeta un regard irrité et dit à Nancy : « Tu viens marcher sur la plage avec moi ? »

Elle soupira. Après tout, c'était son petit frère. Elle se leva. Il lui lança un sourire radieux.

Ils se dirigèrent vers l'extrémité de la jetée qui passait au-dessus de la voie de chemin de fer et qui descendait jusqu'à la plage. Nancy ôta ses chaussures à talons hauts pour marcher dans le sable. La brise agitait les cheveux blonds de Peter et elle constata, avec un petit choc, qu'il se déplumait aux tempes. Elle se demanda pourquoi elle ne l'avait pas remarqué plus tôt et se rendit compte qu'il se peignait avec soin pour dissimuler sa calvitie naissante. Soudain elle se sentit vieille.

Il n'y avait personne maintenant dans les parages, mais Peter resta quelque temps silencieux et ce fut Nancy qui finit par parler. « Danny Riley m'a raconté une drôle d'histoire. Il m'a dit que papa avait délibérément combiné les choses de façon que toi et moi nous nous combattions. »

Peter fronça les sourcils. « Pourquoi avoir fait ça ?

— Pour nous endurcir. »

Peter eut un rire un peu rauque. « Tu y crois ?

— Oui.

— Moi aussi.

— J'ai décidé de ne plus vivre le restant de mes jours sous la houlette de papa. » Il acquiesça, puis ajouta : « Mais qu'est-ce que ça veut dire ?

— Je ne sais pas encore. Peut-être que je vais accepter l'offre de Nat et fusionner nos deux compagnies.

— Ce n'est plus “notre” compagnie, Nan. C'est la tienne. »

Elle l'examina. Était-il sincère ? Elle se sentait mesquine de se montrer aussi méfiante. Elle décida de lui accorder le bénéfice du doute.

Effectivement il semblait sincère quand il reprit : « Je me suis rendu compte que je n'étais pas taillé pour les affaires et je vais laisser ça à des gens comme toi qui y excellent.

— Mais que vas-tu faire ?

— Je vais peut-être acheter cette maison. » Ils passaient devant une jolie villa peinte en blanc avec des volets verts. « Je vais avoir beaucoup de temps pour mes vacances. »

Elle était un peu navrée pour lui. « C'est une jolie maison, dit-elle. Mais est-elle à vendre ?

— Il y a une pancarte de l'autre côté. Je me promenais tout à l'heure par ici. Viens voir. »

Ils firent le tour de la maison. Tout était fermé, portes et volets, si bien qu'ils ne pouvaient pas regarder dans les pièces, mais de l'extérieur l'endroit était séduisant. Il y avait une grande véranda avec un hamac, un court de tennis dans le jardin, et au fond, un petit bâtiment sans fenêtre dont Nancy pensa que ce devait être un hangar à bateau. « Tu pourrais avoir un bateau », dit-elle. Peter avait toujours aimé naviguer.

Sur le côté du hangar, une porte était ouverte. Peter entra. Elle l'entendit s'écrier : « Bonté divine ! »

Elle franchit le seuil et scruta la pénombre. « Qu'est-ce qu'il y a ? dit-elle avec inquiétude. Peter, ça va ? »

Peter surgit auprès d'elle et lui prit le bras. Pendant une fraction de seconde elle vit sur son visage un vilain sourire de triomphe et elle comprit qu'elle avait commis une terrible erreur. Alors il la tira violemment par le bras pour l'entraîner à l'intérieur. Elle trébucha, poussa un cri, lâcha ses chaussures et son sac et tomba sur le sol poussiéreux.

« Peter ! » hurla-t-elle, furieuse. Elle entendit trois pas rapides, puis une porte qui claquait et elle se retrouva dans l'obscurité. « Peter ? » Maintenant elle avait peur. Elle se releva. Il y eut un grincement, puis un coup sourd comme si on se servait d'un objet pour coincer la porte « Peter ! Dis quelque chose ! »

Pas de réponse.

La peur lui nouait la gorge, elle sentait l'hystérie la gagner. Elle porta la main à sa bouche et se mordit le pouce. Au bout d'un moment, la panique commença à se dissiper.

Debout là dans le noir, aveugle et désorientée, elle comprit que ce piège n'avait rien d'improvisé : il avait trouvé la maison abandonnée avec son hangar à bateaux bien commode, il l'avait entraînée là et l'y avait enfermée si bien qu'elle allait manquer l'avion et qu'elle serait incapable de voter au conseil d'administration. Les regrets qu'il avait exprimés, ses excuses, ses promesses de renoncer aux affaires et sa soudaine honnêteté, tout cela n'était qu'une feinte. Il avait cyniquement évoqué leur enfance pour l'amollir. Une fois de plus elle lui avait fait confiance ; une fois de plus il l'avait trahie. Il y avait de quoi pleurer.

Elle se mordit la lèvre et considéra la situation. Quand ses yeux se furent accoutumés à l'obscurité, elle parvint à distinguer un rai de lumière sous la porte. Elle se dirigea dans cette direction, les mains tendues devant elle. Quand elle fut arrivée à la porte, elle tâta le mur de chaque côté et trouva un commutateur. Elle l'abaissa et le hangar fut inondé de lumière. Elle essaya, sans espoir réel, de faire tourner la poignée. Rien ne bougea : il l'avait bien coincée. Elle appuya son épaule contre le montant et poussa de toutes ses forces, mais en vain.

En tombant elle s'était écorché les coudes et les genoux et avait déchiré ses bas. « Ordure », jura-t-elle à l'intention de Peter.

Elle mit ses chaussures, ramassa son sac et regarda autour d'elle.

Presque tout l'espace était occupé par un grand bateau à voiles posé sur un chariot. Le mât était accroché à un cadre pendu au plafond et ses voiles soigneusement pliées sur le pont. A l'autre bout du hangar, il y avait une grande porte.

Nancy l'examina et constata, comme elle s'y attendait, qu'elle était solidement verrouillée.

Le bâtiment se trouvait un peu en retrait de la plage, mais il était possible qu'un passager du Clipper ou même quelqu'un d'autre s'aventurât par là. Nancy prit une profonde inspiration et cria à pleins poumons : « Au secours ! A l'aide ! Au secours ! » Elle décida de crier à intervalles d'une minute, pour ne pas s'enrouer.

Aussi bien la porte de devant que celles des côtés étaient robustes et bien encastrées, mais elle parviendrait peut-être à les forcer avec un levier ou quelque chose de ce genre. Elle regarda autour d'elle. Le propriétaire était un homme soigneux : il ne gardait pas d'instruments de jardinage dans son hangar à bateau. Pas trace de pelle ni de râteau.

Elle appela de nouveau à l'aide, puis grimpa sur le pont du bateau, toujours à la recherche d'un outil. Il y avait plusieurs placards sur le pont, mais tous fermés à clé par leur méticuleux propriétaire. Elle inspecta de nouveau les lieux du haut du pont, mais sans rien découvrir de neuf. « Bon Dieu de bon Dieu ! » marmonna-t-elle.

Elle s'assit sur la dérive relevée, ruminant son angoisse. Il faisait très froid dans le hangar et elle était heureuse d'avoir son manteau de cachemire. Elle continuait à appeler au secours toutes les minutes, mais, à mesure que le temps passait, son espoir diminuait. Les passagers avaient dû maintenant regagner le Clipper. Bientôt l'appareil allait décoller en la laissant derrière.

Elle songea soudain que perdre la société pourrait bien se révéler le cadet de ses soucis. Et si personne ne passait près de ce hangar pendant une semaine ? Terrorisée, elle se mit à hurler à tue-tête et sans arrêt.

Au bout d'un moment, la fatigue la gagna et cela la calma. Peter était mauvais, mais ce n'était pas un assassin. Il n'allait pas la laisser mourir. Sans doute comptait-il faire parvenir un message anonyme à la police de Shediac pour leur dire de la libérer. Mais pas avant le conseil d'administration, bien sûr. Elle tentait de se convaincre qu'elle ne courait pas un réel danger, mais elle se sentait quand même profondément malheureuse. Et si Peter était plus pervers qu'elle ne le croyait ? Et s'il oubliait ? S'il tombait malade ou s'il avait un accident ? Qui alors la sauverait ?

Elle entendit dans la baie le rugissement des puissants moteurs du Clipper. Un total désespoir l'envahit. Elle avait été trahie et vaincue, elle avait même perdu Mervyn, qui devait se trouver maintenant à bord de l'hydravion, attendant le décollage. Peut-être se demanderait-il vaguement ce qu'il était advenu d'elle, mais comme les derniers mots qu'elle lui avait adressés avaient été « espèce d'idiot ! » il supposait sans doute qu'elle en avait assez de lui.

Le rugissement des moteurs au loin s'éleva en crescendo. Le Clipper décollait. Le bruit persista une minute ou deux, puis commença à s'affaiblir tandis que, s'imaginait Nancy, l'appareil s'élevait dans le ciel. Et voilà, se dit-elle ; j'ai perdu mon affaire, j'ai perdu Mervyn et je vais sans doute mourir de faim ici. Non, elle n'allait pas mourir de faim, elle allait mourir de soif, hurlant et délirant dans son agonie...

Elle sentit une écorchure sur sa joue et l'essuya du revers de sa manche. Elle devait se reprendre. Il devait bien y avoir un moyen de sortir d'ici. Elle regarda une nouvelle fois autour d'elle. Elle se demanda si elle pourrait utiliser le mât comme un bélier, et tendit la main vers le cadre où il était suspendu. Mais non, le mât était bien trop lourd pour être manié par une seule personne.

Pourrait-elle d'une façon quelconque faire un trou dans la porte ? Elle se rappelait des histoires de prisonniers dans des cachots médiévaux grattant les pierres avec leurs ongles année après année dans de vains efforts pour se creuser un chemin. Elle n'avait pas des années devant elle, et il lui faudrait quelque chose de plus solide que des ongles.

Elle inspecta son sac. Un petit peigne d'ivoire, un bâton de rouge à lèvres presque usé, un poudrier sans valeur que les garçons lui avaient offert pour son trentième anniversaire, un mouchoir brodé, son chéquier, un billet de cinq livres, plusieurs billets de cinquante dollars et un petit stylo en or : rien qui pût lui être utile. Elle pensa à ses vêtements. Elle portait une ceinture en crocodile avec une boucle plaquée or. Et si elle utilisait la pointe de la boucle pour creuser le bois autour de la serrure ? Ce serait un long travail, mais elle avait l'éternité devant elle. Elle descendit du bateau et examina la serrure de la grande porte. Le bois était solide, mais peut-être la serrure céderait-elle sans qu'elle ait besoin de creuser jusqu'au bout.

Elle ôta sa ceinture. Sa jupe ne tenait plus, alors elle l'enleva, la plia soigneusement, la posa sur le plat-bord du bateau. Personne ne pouvait la voir, mais l'idée qu'elle portait une élégante culotte bordée de dentelle et un porte-jarretelles assorti la réconforta.

Elle se mit au travail. Le métal de la boucle n'était pas très solide et au bout d'un moment, la pointe se courba. Elle s'obstina néanmoins, s'arrêtant toutes les deux ou trois minutes pour appeler à l'aide. Lentement, la marque devint un sillon, de la sciure tombait sur le sol.

Le bois de la porte se révéla finalement plus tendre qu'elle ne le croyait, peut-être à cause de l'air humide. Le travail avançait rapidement et elle se prit à espérer qu'elle allait se retrouver bientôt dehors.

C'est à ce moment-là que la pointe de la boucle cassa.

Elle la ramassa, essaya de continuer mais, sans la boucle, la pointe seule était difficile à manier. Si elle creusait profond, elle lui échappait des doigts, et si elle grattait sans appuyer, le sillon ne s'approfondissait pas. Après l'avoir fait tomber cinq ou six fois, des larmes de rage lui brouillaient la vue, et elle se mit à marteler la porte avec ses poings.

Une voix cria : « Qui est là ? »

Elle se tut et cessa de frapper. Avait-elle bien entendu ? Elle hurla : « Au secours ! A l'aide !

— Nancy, c'est vous ? »

Son cœur battit plus fort. La voix avait un accent britannique et elle la reconnut. « Mervyn ! Dieu soit loué !

— Je vous cherchais. Qu'est-ce qui vous est arrivé ?

— Faites-moi sortir de là, voulez-vous ? »

Il secoua la porte. « C'est fermé à clé.

— Passez sur le côté.

— J'arrive. »

Nancy traversa le hangar, contournant le voilier et se dirigea vers l'autre porte. Elle l'entendit dire : « Elle est bloquée... attendez une minute... » Se rendant compte qu'il allait la trouver en bas et en sous-vêtements, elle s'enveloppa dans son manteau. Quelques instants plus tard, la porte s'ouvrit toute grande. Nancy se jeta dans les bras de Mervyn. « J'ai cru que j'allais mourir là-dedans ! » fit-elle et elle éclata en sanglots.

Il la serra contre lui et lui caressa les cheveux. « Là, là, murmurait-il.

— C'est Peter qui m'a enfermée, dit-elle en larmes.

— Je me doutais bien qu'il avait fait une saloperie. Votre frère, si vous voulez mon avis, est une véritable ordure. »

Nancy se moquait bien de Peter, elle était trop heureuse de voir Mervyn. Elle s'accrochait à lui, le dévorant des yeux, et soudain elle couvrit son visage de baisers : les yeux, les joues, le nez et enfin les lèvres. Elle ouvrit la bouche et l'embrassa avec passion. Il passa les bras autour d'elle et la serra très fort. Elle se pressait contre lui, avide de mieux sentir son corps. Les mains de Mervyn descendirent le long de son dos sous son manteau et s'arrêtèrent à sa culotte. Il s'écarta et la regarda. Son manteau s'était entrouvert. « Qu'est-il arrivé à votre jupe ? »

Elle se mit à rire. « J'ai essayé de découper la porte avec la pointe de ma boucle de ceinture et comme ma jupe ne tenait plus, je l'ai ôtée...

— Quelle agréable surprise », dit-il d'une voix rauque en lui caressant les fesses et ses cuisses nues.

Le désir monta en eux, puissant, irrésistible. Elle aurait voulu faire l'amour ici, tout de suite, et elle savait qu'il éprouvait la même sensation. J'aurais pu mourir, j'aurais pu mourir, se répétait-elle, et cette idée ne faisait qu'exacerber son désir. Le souffle court, ils haletaient tous deux comme des bêtes.

Il se mit à genoux devant elle et fit lentement glisser sa culotte. Tout à la fois timide et enflammée de désir, elle le sentit couvrir de baisers sa toison. Elle se dégagea de sa culotte qui maintenant entravait ses chevilles.

Il se redressa et l'étreignit de nouveau. Ils ne cessaient d'échanger des baisers humides, lèvres et langues passionnément mêlées, ne s'arrêtant que pour reprendre haleine.

Au bout d'un moment, Nancy se recula, regarda autour d'elle et demanda : « Où ça ?

— Mets tes bras autour de mon cou », dit-il.

Elle obéit. Mervyn passa les mains sous ses cuisses et la souleva sans effort. Les pans de son manteau s'écartèrent. Elle le guida à l'intérieur d'elle puis noua ses jambes autour de la taille de Mervyn.

Un moment ils restèrent immobiles et elle savoura cette sensation qu'elle n'avait plus connue depuis si longtemps, la réconfortante impression de sentir en elle un homme, de deux corps confondus aussi intimement. Rien n'était plus merveilleux au monde, et elle se dit qu'elle avait dû être folle de s'en passer pendant dix ans.

Puis elle se mit à bouger, elle l'entendit pousser des gémissements rauques et la pensée du plaisir qu'elle lui donnait l'excita davantage encore. Elle n'éprouvait aucune honte à faire l'amour dans cette posture bizarre avec un homme qu'elle connaissait à peine.

Au bout d'un moment, elle ouvrit les yeux et le regarda. Elle aurait voulu lui dire qu'elle l'aimait. Quelque part, dans sa tête, un reste de bon sens lui soufflait que c'était trop tôt ; mais le sentiment demeurait. « Chéri », chuchota-t-elle.

Le regard qui passa dans ses yeux dit à Nancy qu'il comprenait. Il murmura son nom et accéléra ses mouvements.

Elle ferma de nouveau les yeux en ne pensant qu'aux vagues de délices qui la traversaient. Elle s'entendait, comme au loin, pousser de petits cris de plaisir chaque fois qu'il s'enfonçait en elle. Elle le sentait maintenant qui se retenait, pour l'attendre. Tout son corps frissonna de plaisir, elle hurla tandis que l'orgasme secouait leurs deux corps. Le plaisir enfin s'apaisa, Mervyn s'immobilisa et elle se blottit contre sa poitrine.

Il la serra fort en disant : « Eh bien, c'est toujours comme ça pour toi ? »

Elle éclata de rire. Rien ne lui plaisait plus qu'un homme qui pouvait la faire rire.

Il la reposa sur le sol. Elle resta là, tremblante, encore appuyée contre lui, pendant quelques minutes. Puis, à regret, elle se rhabilla.

Ils se souriaient, mais sans parler, quand ils sortirent dans le pâle soleil pour suivre lentement la plage vers la jetée.

Nancy se demandait si c'était son destin que de vivre en Angleterre et d'épouser Mervyn. Elle avait perdu la bataille pour le contrôle de la compagnie : elle n'avait aucun moyen d'arriver à Boston à temps pour le conseil d'administration, aussi Peter l'emporterait-il sur Danny Riley et tante Tilly. Elle pensa à ses fils : ils étaient indépendants maintenant, sa vie n'avait plus besoin de se conformer à leurs exigences. Et elle venait de découvrir en Mervyn l'amant idéal. Elle se sentait encore étourdie et un peu faible après leurs ébats. Mais que ferais-je en Angleterre ? songea-t-elle. Je ne peux pas devenir une femme d'intérieur.

Ils arrivèrent à la jetée et contemplèrent la baie. Nancy se demandait avec quelle fréquence les trains partaient d'ici. Elle allait proposer de se renseigner quand elle remarqua que Mervyn fixait quelque chose au loin. « Que regardes-tu ? demanda-t-elle.

— Un Grumman, dit-il d'un ton songeur.

— Quoi donc ? »

Il le lui montra du doigt. « Ce petit hydravion s'appelle un Grumman. C'est un modèle tout nouveau... sorti il y a moins de deux ans. Ce sont des appareils très rapides, plus que le Clipper... »

Elle regarda l'hydravion : un monoplan bimoteur avec une cabine fermée. Elle comprit ce à quoi songeait Mervyn. Avec un hydravion, elle pourrait arriver à Boston à temps pour le conseil d'administration. « Pourrions-nous le louer ? dit-elle hésitante, osant à peine l'espérer.

— C'est ce à quoi je pensais.

— Demandons ! » Elle se précipita vers le bâtiment de la compagnie, et Mervyn la suivit sans peine, à grandes enjambées.

Le cœur de Nancy battait à tout rompre. Peut-être pourrait-elle encore sauver sa société. Mais elle contint son excitation. Il pouvait encore y avoir un hic.

Ils entrèrent dans le bâtiment et un jeune homme en uniforme de la Pan American s'écria : « Dites donc, vous avez manqué votre avion ?

— Savez-vous à qui appartient le petit hydravion ? demanda Nancy sans préambule.

— Le Grumman ? Bien sûr. A un filateur du nom d'Alfred Southborne.

— Est-ce qu'il le loue parfois ?

— Oui, chaque fois qu'il peut. Vous voulez le louer ? »

Nancy sentit son cœur bondir. « Oui !

— Un des pilotes est justement là... Il est venu voir le Clipper. » Il recula et appela dans une pièce voisine : « Eh, Ned ? Quelqu'un veut louer ton Grumman. »

Ned apparut. Un homme souriant âgé d'une trentaine d'années, portant une chemise ornée d'épaulettes. Il salua poliment d'un signe de tête et dit :

« J'aimerais bien vous aider, mais mon copilote n'est pas ici et pour piloter le Grumman, il faut être deux. »

Le cœur de Nancy se serra de nouveau.

« Je suis pilote », dit Mervyn.

Ned eut l'air sceptique. « Vous avez déjà piloté un hydravion ? »

Nancy retint son souffle.

« Oui..., fit Mervyn, un Supermarine. »

Nancy n'avait jamais entendu ce nom-là, mais ce devait être un appareil de compétition, car Ned parut impressionné et demanda : « Vous êtes professionnel ?

— Je l'étais quand j'étais jeune. Maintenant, je vole juste pour le plaisir. J'ai un Tiger Moth.

— Eh bien, si vous avez piloté un Supermarine, vous n'aurez aucun mal à copiloter un Grumman. Et M. Southborne est absent jusqu'à demain. Où voulez-vous aller ?

— A Boston.

— Ça vous coûtera mille dollars.

— Pas de problèmes ! s'écria Nancy, excitée. Mais nous

devons partir immédiatement. » Le pilote la regarda avec un peu d'étonnement : il avait cru que c'était l'homme qui commandait.

« Madame, nous pouvons décoller dans quelques minutes. Comment voulez-vous régler ?

— Je peux vous donner un chèque, ou bien vous pouvez facturer ma compagnie à Boston, les Chaussures Black.

— Vous travaillez pour les Chaussures Black ?

— L'affaire m'appartient.

— Tiens, je porte vos chaussures ! »

Elle baissa les yeux. Il avait aux pieds le modèle Oxford noir à bout pointu à six dollars quatre-vingt-quinze, taille quarante-quatre. « Vous êtes bien dedans ? fit-elle machinalement.

— Formidable. Ce sont de bonnes chaussures. Mais je pense que vous le savez. »

Elle sourit. « Oui, dit-elle. Ce sont de bonnes chaussures. »

Sixième Partie

De Shediac à la baie de Fundy

26

Margaret se rongeait d'inquiétude tandis que le Clipper survolait le New Brunswick et mettait le cap sur New York. Où était donc Harry ?

La police avait découvert qu'il voyageait avec un faux passeport. Elle n'arrivait pas à imaginer *comment* ils l'avaient appris, mais la question était purement académique. Le plus important, c'était ce qu'on lui ferait si on l'attrapait. Sans doute le renverrait-on en Angleterre, et là, ou bien il irait en prison pour avoir volé ces maudits boutons de manchettes, ou bien on l'enrôlerait dans l'armée ; et alors comment le retrouverait-elle ?

A sa connaissance, on ne l'avait pas encore arrêté. La dernière fois qu'elle l'avait vu, au moment de l'escale de Shediac, il se dirigeait vers les toilettes. Était-ce le début d'un plan d'évasion quelconque ? Savait-il alors qu'il avait des problèmes ?

La police avait fouillé l'appareil sans le trouver, il avait donc dû s'échapper à un moment donné ; mais pour aller où ? A cet instant même, marchait-il le long d'une petite route à travers la forêt, en espérant faire du stop ? Ou bien avait-il réussi à persuader le patron d'un bateau de pêche de l'embarquer ? Quoi qu'il eût fait, la même question torturait Margaret : le reverrait-elle jamais ?

Elle se répéta pour la millième fois qu'elle ne devait pas

se décourager. C'était dur de perdre Harry, mais elle avait encore Nancy Lenehan pour l'aider.

Père ne pouvait plus rien contre elle désormais. C'était un homme fini, un exilé, privé de son pouvoir de coercition. Pourtant, elle redoutait encore une dernière attaque, celle d'un animal blessé aux abois dont les réactions peuvent être terribles.

Dès que l'appareil eut atteint son altitude de croisière, elle déboucla sa ceinture de sécurité et se rendit à l'arrière pour voir Mme Lenehan.

Dans la salle à manger, les stewards préparaient les tables du déjeuner. Plus loin, dans le compartiment numéro quatre, Ollis Field et Frank Gordon étaient assis côte à côte, reliés par une paire de menottes. Margaret frappa à la porte de la suite nuptiale. Pas de réponse. Elle frappa de nouveau, puis ouvrit. La suite était vide.

La peur lui glaça le cœur.

Peut-être Nancy était-elle aux toilettes. Mais alors où se trouvait M. Lovesey ? A supposer qu'il soit allé dans le poste de pilotage ou aux lavabos, Margaret l'aurait vu traverser le compartiment numéro deux. Du seuil elle inspecta la suite d'un regard soucieux, comme si l'un ou l'autre s'y cachait, mais il n'y avait aucun endroit où se cacher.

Peter, le frère de Nancy, et son compagnon étaient installés près de la suite nuptiale, en face des toilettes. Margaret leur demanda : « Où est Mme Lenehan ?

— Elle a décidé de débarquer à Shediac avec M. Lovesey », répondit Peter.

Margaret sursauta. « Quoi ? s'écria-t-elle. Comment le savez-vous ?

— Elle me l'a dit.

— Mais pourquoi ? fit Margaret d'un ton plaintif. Pour quelle raison est-elle restée là-bas ? »

Il parut vexé. « Ma foi, je n'en sais rien, dit-il d'un ton glacial. Elle ne m'a pas fait de confidences. Elle m'a simplement demandé d'annoncer au commandant qu'elle ne réembarquerait pas pour la dernière étape du vol. »

Margaret s'en voulait d'insister, mais elle redemanda : « Où est allée Nancy ? »

Il prit un journal sur la banquette à côté de lui. « Je n'en ai pas la moindre idée » dit-il, et il se mit à lire.

Margaret était consternée. Comment Nancy avait-elle pu faire ça ? Elle savait combien Margaret comptait sur son aide. Elle n'aurait certainement pas quitté l'hydravion sans l'avertir ou du moins sans lui laisser un message.

Margaret dévisagea Peter. Elle lui trouvait l'air sournois. Il semblait un peu trop agacé aussi qu'on lui posât des questions. Prise d'un brusque soupçon, elle lança : « Je ne crois pas que vous me disiez la vérité. » L'insulte était grave, et elle retint son souffle en attendant sa réaction.

Il leva les yeux vers elle, rouge de colère. « Jeune personne, aboya-t-il, vous avez hérité les mauvaises manières de votre père. Je vous prie de partir. »

Il avait touché juste. Rien ne pouvait lui être plus odieux que de s'entendre dire qu'elle ressemblait à son père. Elle se détourna sans un mot, au bord des larmes.

En traversant le compartiment numéro quatre, elle aperçut Diana Lovesey, la belle épouse de Mervyn. Ils avaient tous suivis avec passion l'épopée de l'épouse en fuite poursuivie par son mari et avaient trouvé irrésistible le fait que Nancy et Mervyn aient dû partager la suite nuptiale. Margaret se demanda si Diana savait ce qu'il était advenu de son mari. Bien sûr, ce serait gênant de lui poser la question, mais elle était trop désespérée pour se laisser arrêter par ce genre de convenances. Elle s'assit auprès de Diana et dit : « Pardonnez-moi, mais savez-vous ce qui est arrivé à M. Lovesey et à Mme Lenehan ? »

Diana eut l'air surpris. « Arrivé ? Ils ne sont pas dans la suite nuptiale ?

— Non... ils ne sont pas à bord.

— Vraiment ? fit Diana, manifestement choquée et intriguée. Comment est-ce possible ? Ils ont manqué l'avion ?

— Le frère de Nancy affirme qu'ils ont décidé de ne pas continuer le voyage, mais je ne le crois pas. »

Diana paraissait contrariée. « Ni l'un ni l'autre ne m'a rien dit. »

Margaret lança un regard interrogateur au compagnon de Diana, l'aimable Mark. « Ils ne m'ont certainement pas fait de confidences », répliqua-t-il.

D'un ton différent, Diana reprit : « J'espère qu'ils vont bien.

— Que veux-tu dire, chérie ? dit Mark.

— Je ne sais pas ce que je veux dire, j'espère simplement qu'ils vont bien. »

Margaret acquiesça de la tête. « Je ne me fie pas au frère. Je crois qu'il est malhonnête.

— Vous avez peut-être raison, répondit Mark, mais je ne pense pas que nous puissions faire quoi que ce soit pendant que nous sommes en vol. D'ailleurs...

— Ce n'est plus mon problème, je sais, fit Diana avec agacement. Mais il a été mon mari pendant cinq ans et je m'inquiète à son sujet.

— Il y aura sans doute un message de lui quand nous arriverons à Port Washington, ajouta Mark d'un ton apaisant.

— Je l'espère », dit Diana.

Davy, le steward, posa une main sur le bras de Margaret. « Le déjeuner est prêt, lady Margaret, et votre famille est à table.

— Je vous remercie. » Elle se fichait éperdument de manger ou non, mais ces deux-là ne pouvaient pas lui en dire davantage.

Comme Margaret se levait pour partir, Diana demanda : « Vous êtes une amie de Mme Lenehan ?

— Elle allait me trouver du travail », répondit Margaret d'un ton amer.

Elle s'éloigna en se mordant la lèvre.

Lorsqu'elle arriva dans la salle à manger, on servait le premier plat, un cocktail de homard confectionné avec des crustacés de Shediac. Margaret s'assit et dit machinalement : « Pardonnez-moi d'être en retard. » Père se contenta de la foudroyer du regard.

Elle mangeait du bout des lèvres, et se retenait pour ne

pas poser la tête sur la table et éclater en sanglots. Harry et Nancy l'avaient tous deux abandonnée sans prévenir. Elle était de retour à la case départ, sans aucun moyen de subvenir à ses besoins et sans ami pour l'aider. C'était si injuste : elle avait essayé de faire comme Elizabeth et de tout prévoir, mais ses plans minutieux s'étaient effondrés.

Le cocktail de homard fut suivi d'un potage à la tortue. Margaret en prit à peine une cuillerée. Elle avait la migraine et le Clipper super-luxueux commençait à lui donner l'impression d'une prison. Cela faisait maintenant près de vingt-sept heures qu'ils voyageaient et elle en avait assez Elle aspirait à se retrouver dans un vrai lit, avec un matelas confortable, des tas d'oreillers, elle voulait dormir toute une semaine.

Les autres aussi ressentaient la tension de ce vol trop long. Père avait la gueule de bois, les yeux injectés de sang et mauvaise haleine. Percy était agité et nerveux, comme quelqu'un qui a bu du café trop fort, et il bombardait son père de regards hostiles. Margaret avait l'impression qu'avant longtemps il allait se livrer à quelque action scandaleuse.

Pour le plat principal, on avait le choix : sole grillée avec une sauce cardinal ou filet de bœuf. Elle n'avait envie ni de l'un ni de l'autre, mais elle opta pour le poisson. Il était servi avec des pommes de terre et des choux de Bruxelles. Elle demanda à Davy un verre de vin blanc.

Elle pensait aux jours sinistres qui l'attendaient. Elle allait rester au Waldorf avec Mère et Père, et Harry ne viendrait pas se glisser dans sa chambre. Elle devrait faire le tour des boutiques avec Mère, puis ils partiraient tous pour le Connecticut. Sans la consulter, ils inscriraient Margaret à un club d'équitation et à un club de tennis, et elle serait invitée à des soirées. Mère en un rien de temps se lancerait dans un tourbillon de mondanités et bientôt des jeunes gens « convenables » viendraient prendre le thé, boire un cocktail ou emmener Margaret dans des randonnées à bicyclette. Comment pourrait-elle supporter ce cirque alors que l'Angleterre était en guerre ? Plus elle y pensait, plus elle se sentait déprimée.

Comme dessert, il y avait de la tarte aux pommes avec de la glace nappée de chocolat, que Margaret dévora.

Père demanda du cognac avec son café, puis s'éclaircit la voix. Il allait faire un discours.

« Ta mère et moi avons discuté de ton cas, commença-t-il.

— Comme si j'étais une domestique désobéissante, lança Margaret.

— Tu es une enfant désobéissante, observa Mère.

— J'ai dix-neuf ans et cela fait six ans que j'ai mes règles.. comment pourrais-je être une enfant ?

— Tais-toi ! fit Mère, choquée. Le simple fait que tu utilises des termes pareils devant ton père montre que tu n'es pas encore adulte.

— Je renonce, soupira Margaret. Je ne peux pas gagner.

— Ton attitude ridicule ne fait que confirmer tout ce que nous avons dit. Tu es incapable de mener une vie mondaine normale parmi les gens de ta classe.

— Dieu merci ! »

Percy éclata de rire et Père le foudroya du regard, mais il continua à s'adresser à Margaret. « Nous avons réfléchi à l'endroit où nous pourrions t'envoyer, où tu auras le minimum d'occasions de causer des ennuis.

— Avez-vous envisagé un couvent ? »

Cette impertinence le décontenança quelque peu, mais au prix d'un effort, il maîtrisa sa colère. « Ce genre de propos n'arrangera rien.

— Qu'y a-t-il à arranger ? Mes parents qui m'aiment décident de mon avenir en ne pensant qu'à mes seuls intérêts. Que pourrais-je demander de plus ? »

A sa surprise, sa mère versa une larme. « Tu es très cruelle, Margaret », dit-elle en s'essuyant la joue.

Margaret fut touchée. Le spectacle de sa mère en pleurs anéantit sa résistance. Elle retrouva sa docilité et demanda doucement : « Que voulez-vous que je fasse. Mère ? »

Ce fut Père qui répondit : « Tu vas aller vivre avec ta tante Claire. Elle a une propriété dans le Vermont. C'est dans les montagnes, un endroit un peu isolé ; tu ne risqueras d'embarrasser personne.

— Ma sœur Claire, précisa Mère, est une femme admirable. Elle ne s'est jamais mariée. C'est le pilier de l'église épiscopalienne de Brattleboro. »

Une rage froide s'empara de Margaret, mais elle parvint à se dominer. « Quel âge a tante Claire ? demanda-t-elle.

— Une cinquantaine d'années.

— Est-ce qu'elle vit seule ?

— A part les domestiques, oui. »

Margaret tremblait de fureur. « Voilà donc mon châtiment pour essayer de vivre ma vie, dit-elle d'une voix mal assurée. On m'exile dans les montagnes avec une vieille fille pilier de bénitier. Combien de temps comptez-vous que je reste là-bas ?

— Jusqu'à ce que tu te sois calmée, dit Père. Un an, peut-être.

— Un an ! » Ça semblait toute une vie. Mais on ne pouvait pas l'obliger à s'enfermer ainsi. « Ne soyez pas stupide. Je deviendrai folle, je me tuerai ou je m'enfuirai.

— Tu ne partiras pas de là-bas sans notre consentement, reprit Père. Et si tu le fais... » Il hésita.

Margaret le regarda. Mon Dieu, pensa-t-elle, même lui a honte de ce qu'il va dire. Qu'est-ce que ça peut bien être ?

Il serra les lèvres, eut une sorte de rictus et déclara : « Si tu t'enfuis, nous te ferons passer pour folle et tu seras enfermée dans un asile. »

Margaret sursauta. L'horreur lui coupait la parole. Elle ne l'avait pas imaginé capable de pareille cruauté. Elle se tourna vers sa mère, mais celle-ci évita son regard.

Percy se leva et jeta sa serviette sur la table. « Espèce de vieil imbécile, vous avez perdu la tête », cria-t-il et il sortit.

Si Percy s'était exprimé de cette façon une semaine plus tôt, les représailles auraient été terribles, mais cette fois-ci on l'ignora.

Margaret fixa de nouveau son père. Il avait un air à la fois coupable, provoquant et obstiné. Il savait qu'il avait tort, mais rien ne le ferait changer d'avis.

Elle trouva enfin les mots pour exprimer ce qu'elle ressentait.

« Vous m'avez condamnée à mort », déclara-t-elle.

Mère se mit à pleurer sans bruit.

Le rythme du moteur changea brusquement. Tout le monde s'en aperçut et les conversations s'arrêtèrent. Il y eut une secousse et l'appareil commença à descendre.

27

Quand les deux moteurs de bâbord s'arrêtèrent en même temps, le destin d'Eddie se trouva scellé.

Jusqu'à cet instant, il aurait pu changer d'avis. L'appareil aurait poursuivi son vol, personne se sachant rien de son projet. Mais maintenant, de toute manière, la vérité se ferait jour. Il ne volerait plus jamais, sauf peut-être comme passager : sa carrière était finie. Il s'efforça de maîtriser la rage qui s'emparait de lui. Il devait rester calme et achever sa tâche. Ensuite il penserait aux salauds qui avaient gâché sa vie.

L'hydravion devait à présent faire un amerrissage d'urgence. Les ravisseurs monteraient à bord pour délivrer Frankie Gordino. Après quoi tout pourrait arriver. Carol-Ann serait-elle saine et sauve ? La Marine tendrait-elle une embuscade aux gangsters quand ils mettraient le cap sur la terre ? Eddie irait-il en prison pour son rôle dans l'affaire ? Il était prisonnier du destin. Mais s'il pouvait simplement serrer dans ses bras sa femme vivante et en bonne santé, rien d'autre ne compterait.

Un moment après l'arrêt des moteurs, il entendit dans son casque la voix du commandant Baker. « Bon sang, que se passe-t-il ? »

La bouche sèche, Eddie dut avaler deux fois sa salive avant de pouvoir parler. « Je ne sais pas encore », répondit-il, mais il le savait très bien. Les moteurs s'étaient arrêtés faute de carburant : il avait coupé l'alimentation.

Le Clipper avait six réservoirs. Les moteurs étaient alimentés par deux petits réservoirs situés dans les ailes. La majeure partie du carburant était entreposée dans quatre grandes cuves aménagées dans les hydrostabilisateurs, les flotteurs sur lesquels les passagers passaient pour embarquer dans l'avion ou en débarquer.

Le carburant pouvait être largué des cuves de réserve, mais pas par Eddie, car les commandes se trouvaient au poste de copilote. Eddie toutefois pouvait pomper du carburant de ces cuves pour remplir les réservoirs des ailes. Ces transferts s'effectuaient en actionnant deux grands volants sur la droite du tableau de bord du mécanicien. L'appareil se trouvait à présent au-dessus de la baie de Fundy, à environ cinq milles nautiques du point de rendez-vous, et au cours des dernières minutes Eddie avait vidé les deux réservoirs des ailes. Celui de tribord avait du carburant pour quelques milles encore. Le réservoir bâbord était maintenant à sec et les moteurs de ce côté-là s'étaient arrêtés

Il eût été très simple, certes, de pomper du fuel dans les ·eserves pour les alimenter de nouveau. Mais, au cours de ι escale à Shediac, Eddie était remonté seul à bord et avait trafiqué les volants et déréglé les cadrans de sorte qu'ils indiquaient maintenant le contraire de ce qui se passait.

Eddie avait tremblé à deux reprises à Shediac. D'abord, quand la police avait annoncé qu'elle connaissait l'identité du complice de Frankie Gordino à bord de l'appareil. Persuadé qu'on parlait de Luther et croyant que l'affaire était découverte, Eddie s'était creusé la cervelle pour trouver un autre moyen de délivrer Carol-Ann. Puis la police avait prononcé le nom de Harry Vandenpost et Eddie avait failli en sauter de joie. Il ne savait absolument pas pourquoi Vandenpost, qui semblait être un charmant jeune Américain d'une riche famille, voyageait avec un faux passeport, mais il lui fut reconnaissant de détourner l'attention de Luther. La police n'ayant pas cherché plus loin, et Luther ne s'étant pas fait remarquer, le plan pouvait continuer à se dérouler.

Mais alors même qu'Eddie se remettait de sa peur, le commandant avait lâché une bombe. Qu'un complice se fût trouvé à bord signifiait que quelqu'un envisageait sérieusement de délivrer Gordino, dit-il, et il entendait débarquer ce dernier. Ce qui risquait de tout gâcher pour Eddie.

Une vive altercation avait éclaté entre Baker et Ollis Field, l'agent du FBI menaçant de faire accuser le commandant d'obstruction à la justice. Baker avait fini par appeler la Pan American à New York en se déchargeant du problème sur la compagnie ; celle-ci avait décidé de laisser Gordino poursuivre son vol ; et Eddie avait respiré de nouveau.

Autre bonne nouvelle : un message énigmatique mais bien reconnaissable de Steve Appleby avait confirmé la présence d'une vedette de la marine américaine le long de la côte à l'endroit où le Clipper devait se poser. Elle resterait hors de vue jusqu'à l'amerrissage puis intercepterait toute embarcation qui établirait le contact avec l'hydravion.

Voilà qui changeait les choses pour Eddie. Sachant que les gangsters seraient pris ensuite, il pouvait avec une conscience pure s'assurer que le plan se déroulait sans accroc.

C'était maintenant presque chose faite. L'hydravion approchait du point de rendez-vous et ne volait que sur deux moteurs.

Très vite, le commandant Baker surgit aux côtés d'Eddie qui demeura muet pour commencer et se contenta, d'une main tremblante, d'actionner l'alimentation du réservoir tribord qui normalement aurait dû permettre la remise en marche des moteurs bâbord. Puis il dit : « Le réservoir bâbord est à sec et je n'arrive pas à le remplir.

— Pourquoi ? » aboya le commandant.

Eddie désigna les volants. Avec l'impression d'être un traître, il annonça : « J'ai branché les pompes, mais rien ne se passe. »

Le tableau de bord n'indiquait ni circulation ni pression de carburant entre les cuves et les réservoirs d'alimentation, mais, au fond de la cabine de contrôle, quatre viseurs permettaient une vérification directe du carburant dans les canalisations. Le commandant les examina tour à tour. « Rien ! dit-il. Combien reste-t-il dans le réservoir de l'aile tribord ?

— Il est presque à sec.. Quelques milles de vol tout au plus.

— Comment se fait-il que vous ne l'ayez remarqué que maintenant ? demanda-t-il d'un ton furieux.

— Je croyais que les pompes fonctionnaient », dit Eddie d'une voix faible.

C'était une réponse insatisfaisante et qui mit le commandant en colère.

« Comment les deux pompes ont-elles pu lâcher en même temps ?

— Je n'en sais rien... mais Dieu merci nous avons la pompe à main. » Eddie saisit la poignée auprès de sa table et entreprit d'actionner la pompe à main que l'on n'utilisait normalement pendant le vol que pour évacuer l'eau des réservoirs de carburant. Le mécanicien avait procédé à cette opération juste après le départ de Shediac et il avait délibérément omis de refermer la soupape qui permettait à l'eau de s'échapper par-dessus bord. Son vigoureux pompage ne servait donc pas à emplir les réservoirs d'ailes mais simplement à larguer du carburant.

Le commandant, bien entendu, n'en savait rien, et il ne remarquerait probablement pas l'ouverture de la soupape ; mais il pouvait constater que pas une goutte de carburant ne passait par les viseurs. « Ça ne fonctionne pas ! dit-il. Je ne comprends pas comment les trois pompes ont pu tomber en panne en même temps ! »

Eddie consulta ses cadrans. « Le réservoir tribord est pratiquement à sec, dit-il. Si nous ne nous posons pas bientôt, nous allons tomber.

— Tout le monde paré pour un amerrissage forcé », lança Baker.

Il braqua un doigt sur Eddie. « Je n'aime pas votre rôle dans tout ça, Deakin, dit-il avec une fureur glaciale. Je n'ai pas confiance en vous. »

Eddie se sentait malade. Il avait de bonnes raisons de

mentir à son commandant, mais il ne s'en détestait pas moins. Toute sa vie, il s'était montré honnête avec les gens, méprisant ceux qui recouraient à la tromperie et aux tricheries. Et sa conduite aujourd'hui lui faisait horreur. Vous comprendrez à la fin, commandant, pensa-t-il ; mais il aurait souhaité pouvoir le dire tout haut.

Le commandant se tourna vers la table à cartes. Jack Ashford, le navigateur, lança un regard surpris à Eddie, puis d'un doigt indiqua : « Nous sommes ici. »

Le plan tournait entièrement autour de l'amerrissage du Clipper dans le chenal entre la côte et l'île de Grand Manan. Les gangsters comptaient là-dessus, tout comme Eddie. Mais, dans les urgences, les gens avaient parfois d'étranges réactions. Eddie décida que si Baker choisissait contre toute attente un autre endroit, il protesterait pour souligner les avantages du chenal. Baker se méfierait, mais il serait obligé de reconnaître la logique du raisonnement ; et ce serait alors lui qui se comporterait bizarrement s'il se posait ailleurs.

Mais toute intervention se révéla inutile. Au bout d'un moment Baker annonça : « Ici. Dans ce chenal. Voilà où nous allons amerrir. »

Eddie détourna la tête pour que personne ne pût voir son expression triomphale. Il avait fait un pas de plus vers Carol-Ann.

Comme tout l'équipage exécutait la procédure d'amerrissage forcé, Eddie regarda par le hublot et essaya d'estimer l'état de la mer. Il aperçut une petite embarcation blanche, genre bateau de pêche sportive, qui dansait sur la houle. La mer était agitée. L'amerrissage serait rude.

Il entendit une voix qui le fit sursauter. « Que se passe-t-il ? » C'était Mickey Finn qui montait l'escalier pour venir aux nouvelles.

Eddie le contempla avec horreur. En une minute Mickey devinerait que la valve de la pompe à main n'avait pas été remise en place. Il fallait qu'Eddie se débarrasse de lui sur-le-champ.

Mais le commandant Baker fut plus rapide. « Fichez-moi le camp d'ici ! lança-t-il. Les membres de l'équipage qui sont au repos doivent boucler leur ceinture en cas d'amerrissage forcé, et non pas traîner dans l'appareil en posant des questions stupides ! »

Mickey disparut aussitôt et Eddie poussa un soupir de soulagement.

L'appareil perdait rapidement de l'altitude : Baker voulait être à proximité de l'eau au cas où ils tomberaient en panne de carburant plus tôt que prévu.

Ils virèrent à l'ouest de façon à ne pas survoler l'île : une panne sèche au-dessus de la terre signerait leur arrêt de mort Quelques instants plus tard, ils survolaient le chenal.

Il y avait une forte houle, avec des creux de plus d'un mètre, estima Eddie. La hauteur critique était de quatre-vingt-dix centimètres : au-dessus il devenait dangereux d'amerrir avec le Clipper. Eddie serra les dents. Baker était un bon pilote, mais l'opération s'annonçait délicate.

L'appareil descendit très vite. Eddie sentit le fuselage heurter la crête d'une haute vague. Ils volèrent encore un instant, puis l'hydravion toucha l'eau de nouveau. La seconde fois, le choc fut plus fort et Eddie sentit son estomac basculer tandis que l'énorme appareil rebondissait en l'air.

Eddie redouta le pire : c'était ainsi que les hydravions s'écrasaient.

Bien que l'appareil volât toujours, l'impact avait réduit sa vitesse, si bien qu'au lieu de glisser sur l'eau à un angle très faible, il allait se poser brutalement. C'était la différence entre un plongeon réussi où l'on fendait l'eau comme la lame d'un couteau et un plat qui vous faisait mal au ventre, à ceci près que le ventre de l'appareil était fait d'une mince couche d'aluminium qui pouvait exploser comme un sac en papier.

Il se figea, attendant le choc. L'hydravion toucha l'eau avec une terrible secousse qu'Eddie sentit se répercuter le long de sa colonne vertébrale. L'eau recouvrit les hublots. Tourné de côté comme il l'était, Eddie fut projeté sur la gauche, mais parvint à rester sur son siège. L'opérateur radio, face à l'avant, vint cogner de la tête sur son microphone. Eddie crut que l'avion allait se briser Qu'une aile touchât l'eau et ce serait la fin.

Une seconde passa, puis une autre. On entendait montei par l'escalier les cris des passagers terrifiés. L'appareil se souleva de nouveau, émergeant un peu de l'eau et avançant moins vite ; puis il retomba et Eddie fut de nouveau projeté sur le côté.

Mais l'appareil demeura d'aplomb et Eddie commença à espérer qu'ils allaient s'en tirer. Les hublots se dégagèrent et il aperçut la mer. Les moteurs rugissaient toujours : ils n'avaient pas été submergés.

A mesure que l'hydravion ralentissait, Eddie se sentait un peu plus rassuré jusqu'au moment où enfin l'appareil s'immobilisa, ne remuant plus qu'au rythme des vagues. Dans son casque, Eddie entendit le commandant s'écrier : « Bon Dieu, ça a été plus dur que je ne pensais », et le reste de l'équipage eut un grand rire de soulagement.

Eddie se leva et regarda par les hublots, cherchant une embarcation. Le soleil brillait, mais il y avait des nuages de pluie dans le ciel. Malgré la bonne visibilité, il n'apercevait aucun autre navire. Peut-être la vedette se trouvait-elle derrière le Clipper.

Il regagna sa place et coupa les moteurs. L'opérateur radio envoya un SOS. Le commandant partit en disant : « Je ferais mieux d'aller rassurer les passagers. » L'opérateur radio obtint une réponse et Eddie espéra qu'elle émanait des gens qui venaient chercher Gordino.

Tenaillé par l'impatience, il se dirigea vers l'avant, ouvrit la trappe du cockpit et descendit par l'échelle dans le poste avant. Le panneau avant s'ouvrait en s'abaissant pour former une plate-forme. Eddie s'avança dessus. Il dut se cramponner à l'encadrement de la porte pour ne pas perdre l'équilibre dans la houle. Les vagues déferlaient sur les flotteurs et venaient parfois lui éclabousser les pieds. Le soleil par instants disparaissait derrière les nuages et une brise mordante soufflait. Eddie inspecta avec soin le fuselage et les ailes : on ne voyait aucune avarie. Le grand hydravion semblait avoir survécu sans dommages.

Il jeta l'ancre, puis continua à surveiller la mer alentour, en quête d'une embarcation. Où étaient donc les copains de Luther ? Et si quelque chose avait mal tourné, et s'ils ne se montraient pas ? Puis il aperçut enfin un canot à moteur au loin. Son cœur battit plus fort. Était-ce le bon bateau ? Et Carol-Ann se trouvait-elle à bord ? Et s'il s'agissait d'une autre embarcation s'approchant par curiosité de l'hydravion et qui gênerait le déroulement du plan ?

Le canot arrivait vite, bondissant sur les vagues. Eddie était censé regagner son poste dans la cabine de pilotage, après avoir largué l'ancre et vérifié les dégâts éventuels, mais il demeura cloué sur place, hypnotisé par le canot, une grosse vedette rapide, avec une timonerie couverte. Il savait que le canot fonçait à vingt-cinq ou trente nœuds, mais cela lui semblait horriblement lent. Un groupe de personnages se tenait sur le pont. Bientôt, il put les compter : ils étaient quatre dont l'un beaucoup plus petit que les autres. Puis il distingua trois hommes en costume sombre et une femme en manteau bleu. Carol-Ann possédait un manteau bleu.

C'était probablement elle, mais il n'en était pas sûr. La femme avait les mêmes cheveux blonds et la même silhouette frêle. Elle se tenait un peu à l'écart des autres qui, accrochés au bastingage, contemplaient le Clipper. L'attente devenait insupportable. Puis le soleil sortit de derrière un nuage et la femme mit sa main en visière pour se protéger les yeux. Quelque chose dans ce geste serra le cœur d'Eddie et il devina que c'était sa femme.

« Carol-Ann », dit-il tout haut.

Une vague d'excitation monta en lui et, un moment, il oublia les périls que tous deux devraient encore affronter avant de connaître le bonheur d'être réunis. Il leva les bras dans un geste joyeux et hurla : « Carol-Ann ! Carol-Ann ! »

Elle ne pouvait pas l'entendre, naturellement, mais elle pouvait le voir. Elle eut un mouvement de surprise, hésita comme si elle n'était pas sûre que ce fût bien lui, puis elle agita le bras en retour, timidement d'abord, vigoureusement ensuite. Si elle pouvait s'agiter de la sorte, c'est qu'elle se portait bien ; Eddie se sentit faiblir comme un bébé sous l'effet du soulagement et de la gratitude.

Il se rappela que rien n'était terminé. Il avait encore des tâches à accomplir. Il fit un dernier salut puis, à regret, rentra à l'intérieur de l'appareil.

Il émergea dans le poste de pilotage à l'instant même où le commandant remontait du pont des passagers. « Pas d'avarie ? demanda Baker.

— Absolument rien, pour autant que je puisse voir. »

Le commandant se tourna vers l'opérateur radio qui annonça : « Plusieurs navires ont répondu à notre SOS, mais le plus proche est un bateau de plaisance qui approche maintenant à bâbord. Vous pouvez sans doute le voir. »

Le commandant regarda par le hublot et aperçut le canot. Il secoua la tête. « Il ne nous servira à rien. Il faut qu'on nous remorque. Essayez d'avoir les gardes-côtes.

— Les gens du canot veulent monter à bord, ajouta l'opérateur radio.

— Pas question », dit Baker. Eddie était consterné. Il fallait pourtant bien qu'ils montent à bord ! « C'est trop dangereux, poursuivit le commandant. Je ne veux pas de canot amarré à l'appareil, ça risquerait d'endommager le fuselage. Et si nous essayons de transférer les gens dans cette houle, je suis sûr que quelqu'un ira à la baille. Dites-leur que nous les remercions de leur offre, mais qu'ils ne peuvent pas nous aider. »

Eddie n'avait pas prévu cela. Il prit un air détaché pour dissimuler l'anxiété qui s'emparait de lui. Au diable les avaries ! Quoi qu'il arrive, la bande de Luther monterait à bord ! Mais ça ne lui serait pas facile sans aide de l'intérieur. Et même avec de l'aide, embarquer par les portes d'accès normales serait un cauchemar. Les vagues balayaient les flotteurs et arrivaient à mi-hauteur des portes : personne ne pourrait rester sur le flotteur sans se cramponner à un bout, et une fois la porte ouverte, l'eau déferlerait dans la salle à manger. Eddie n'avait songé à rien de cela plus tôt, car le Clipper n'amerrissait normalement que sur des eaux très calmes.

Comment allaient-ils donc pouvoir embarquer ? Il leur faudrait passer par le panneau du poste avant.

L'opérateur radio reprit : « Je leur ai dit qu'ils ne pouvaient pas monter à bord, commandant, mais ça n'a pas l'air de les impressionner. »

Eddie regarda dehors. Le canot tournait autour de l'hydravion.

« Ne vous occupez pas d'eux », ordonna le commandant.

Eddie se leva. Comme il s'avançait vers l'échelle menant au poste avant, Baker lança : « Où allez-vous ?

— Il faut que je vérifie l'ancre », fit Eddie d'un ton vague, et il continua sans attendre de réponse.

Il entendit Baker dire : « Ce type est *fini.* »

Je le savais déjà, pensa-t-il, le cœur gros.

Il sortit sur la plate-forme. Le canot se trouvait à dix ou douze mètres du nez du Clipper. Eddie apercevait Carol-Ann debout près du bastingage. Elle portait une vieille robe et des chaussures plates, la tenue qu'elle aurait eue pour faire le ménage à la maison. Quand ils l'avaient emmenée, elle avait passé son plus beau manteau par-dessus. Il distinguait maintenant son visage. Elle avait l'air pâle et tendu. Eddie sentit la colère bouillonner en lui. « Je leur ferai payer ça », se dit-il.

Il remonta le guindeau escamotable, puis héla le canot, en montrant le guindeau et leur faisant signe de lancer un bout. Il dut s'y reprendre à plusieurs fois avant que les types sur le pont comprennent. Ce ne devait pas être des marins expérimentés. Ils ne paraissaient certainement pas très à leur place sur un bateau, avec leur costume croisé, luttant pour garder, malgré le vent, leur feutre sur la tête. L'homme qui se trouvait dans la timonerie, sans doute le patron du canot, se cramponnait à la barre, essayant de maintenir la position du canot par rapport à l'hydravion. Un des hommes enfin fit signe qu'il avait compris et ramassa un bout.

Il ne savait pas le lancer et il fallut quatre tentatives avant qu'Eddie parvienne à l'attraper.

Il l'arrima au guindeau. Les hommes sur le canot halèrent leur embarcation plus près de l'hydravion. Le canot, beaucoup trop léger, montait et descendait plus fort dans la houle. Amarrer le canot à l'appareil allait être une opération difficile et dangereuse.

Il entendit soudain derrière lui la voix de Mickey Finn qui criait : « Eddie, nom de Dieu, qu'est-ce que tu fabriques ? »

Il se retourna. Mickey le regardait, une expression soucieuse peinte sur son visage criblé de taches de rousseur. « Reste en dehors de ça, Mickey ! cria Eddie. Je te préviens, si tu t'en mêles, des gens vont en pâtir ! »

Mickey parut affolé. « Bon, bon, comme tu voudras. » Il battit en retraite vers le poste de pilotage, convaincu qu'Eddie était devenu fou.

Eddie se retourna vers le canot, maintenant tout proche.

Il examina les trois hommes. L'un d'eux était très jeune, pas plus de dix-huit ans, un autre plus âgé, petit et mince, avait une cigarette au coin de la bouche. Le troisième, vêtu d'un costume sombre à fines rayures blanches, semblait diriger les opérations.

Il leur faudrait deux bouts d'amarrage, décida Eddie, pour bien arrimer le canot. Il mit ses mains en porte-voix et cria : « Envoyez une autre amarre ! »

L'homme en costume rayé ramassa un bout à l'avant, à côté de celui qui servait déjà. Non, inutile, il leur fallait une amarre à chaque extrémité du canot pour former un triangle. « Non, pas celui-là, cria Eddie. Lancez-moi un bout de l'arrière. »

L'homme comprit.

Eddie cette fois attrapa le bout du premier coup. Il le tira à l'intérieur de l'hydravion et l'arrima à une traverse.

Le canot se rapprochait maintenant rapidement. Ses moteurs s'arrêtèrent soudain et un homme en salopette sortit de la timonerie pour prendre en main la manœuvre. Celui-là était de toute évidence un marin.

Soudain une autre voix éclata derrière Eddie. Cette fois c'était le commandant Baker. « Deakin, cria-t-il, vous désobéissez à un ordre formel ! »

Eddie fit semblant de ne pas avoir entendu et pria le ciel que son supérieur n'intervînt pas immédiatement. Le canot ne pouvait s'approcher davantage. Le patron de l'embarcation enroula les cordages autour des chandeliers, en laissant juste assez de mou pour permettre au canot de suivre les mouvements de la houle. Pour monter à bord du Clipper, les hommes devraient attendre qu'une vague amenât le pont au niveau de la plate-forme, puis sauter du canot sur l'hydravion. Pour plus d'équilibre, ils pourraient se cramponner au bout qui reliait l'arrière du canot à l'intérieur du poste avant.

« Deakin ! lança Baker. Revenez ici ! »

Le matelot ouvrit un portillon dans le bastingage et le gangster en costume rayé s'avança, prêt à sauter. Eddie sentit le commandant Baker l'agripper par la manche. Le gangster vit ce qui se passait et sa main disparut à l'intérieur de son veston.

Le pire cauchemar d'Eddie était qu'un de ses camarades d'équipage décidât de jouer les héros et se fît tuer. Il aurait voulu pouvoir leur parler de la vedette de patrouille envoyée par Steve Appleby, mais il craignait que l'un des équipiers n'alerte alors accidentellement les gangsters. Il devait donc se contenter d'essayer de garder le contrôle de la situation.

Il se tourna vers Baker et hurla : « Commandant ! Écartez-vous ! Ces salopards sont armés ! »

Baker parut abasourdi. Il dévisagea le gangster, puis plongea à l'abri. Eddie se retourna pour voir l'homme au costume rayé remettre un pistolet dans la poche de son veston. Seigneur, j'espère que je vais pouvoir empêcher ces bandits de descendre quelqu'un, se dit-il, terrifié. Si cela se produit, ce sera ma faute.

Le canot était sur la crête d'une vague et le pont un peu au-dessus du niveau de la plate-forme. Le gangster empoigna le bout, hésita, puis sauta. Eddie le rattrapa pour l'aider à retrouver son équilibre.

« C'est toi, Eddie ? » demanda l'homme.

Eddie reconnut la voix : il l'avait entendue au téléphone. Il se rappelait le nom de l'homme : Vincini. Eddie l'avait insulté et il le regrettait maintenant, car il avait besoin de son concours. « Je veux travailler avec vous, Vincini, dit-il.

Si vous voulez que tout se passe bien, sans accroc, laissez-moi vous aider. »

Vincini lui lança un regard sans indulgence. « D'accord, fit-il au bout d'un moment. Mais un faux mouvement, et tu es mort. »

Il parlait d'un ton sec et détaché, sans manifester de rancune : il avait à n'en pas douter trop de choses en tête pour se soucier d'affronts passés.

« Entrez là et attendez pendant que je fais passer les autres.

— Entendu. » Vincini se tourna vers le canot. « Joe... à toi. Puis le Kid. La fille vient en dernier. » Il descendit dans le poste avant.

Eddie vit le commandant gravir l'échelle qui menait au poste de pilotage. Vincini tira son pistolet en disant : « Toi, reste là !

— Faites ce qu'il dit, commandant, lança Eddie, je vous en supplie, ces types ne plaisantent pas »

Baker redescendit et leva les mains en l'air.

Eddie se retourna. Le petit bonhomme qu'on appelait Joe se cramponnait au bastingage du canot, l'air mort de peur. « Je ne sais pas nager ! dit-il d'une voix rauque.

— Ce ne sera pas la peine », répondit Eddie. Et il lui tendit la main.

Joe sauta, lui saisit la main et dégringola à moitié dans le poste avant.

Le jeune était le dernier. Ayant vu les deux autres passer sans encombre, il se montra trop confiant. « Je ne sais pas nager non plus », annonça-t-il en souriant. Il sauta trop tôt, arriva juste au bord de la plate-forme, perdit l'équilibre et bascula en arrière. Eddie se pencha, tenant le bout de la main gauche, et attrapa le garçon par la ceinture de son pantalon. Il le tira jusqu'à la plate-forme.

« Oh, merci ! » dit le garçon, comme si Eddie lui avait simplement tendu la main au lieu de lui sauver la vie.

C'était au tour de Carol-Ann à présent, debout sur le pont du canot, de regarder la plate-forme d'un air affolé. Elle n'était généralement pas peureuse, mais Eddie devinait que la mésaventure du Kid l'avait inquiétée. Il lui sourit et lança : « Fais juste ce qu'ils ont fait, mon chou. Tu n'as rien à craindre. »

Elle hocha la tête et saisit le bout.

Eddie attendait, le cœur au bord des lèvres. La houle amena le canot au niveau de la plate-forme. Carol-Ann hésita, manqua sa chance et parut plus effrayée encore. « Prends ton temps, cria Eddie, d'une voix calme pour masquer sa propre terreur. Quand tu voudras. »

Le canot descendit et remonta. Carol-Ann arborait une expression de résolution forcée, les lèvres serrées, le front barré d'un pli soucieux. Le canot dériva d'une cinquantaine de centimètres, rendant l'écart un peu trop grand. Eddie cria : « Peut-être pas cette fois-ci... » mais c'était trop tard. Déterminée à se montrer courageuse, Carol-Ann avait déjà sauté.

Elle manqua complètement son but.

Elle poussa un hurlement de terreur et demeura accrochée au bout, ses pieds battant l'air. Eddie ne pouvait rien faire que regarder le canot descendre au creux de la vague et Carol-Ann s'éloigner de la plate-forme. « Tiens bon ! hurla-t-il. Tu vas remonter ! » Il s'apprêta à sauter à l'eau pour la sauver si elle venait à lâcher prise. Mais elle se cramponnait frénétiquement à l'amarre et la houle qui l'avait entraînée la fit remonter. Arrivée au niveau de la plate-forme, elle tendit une jambe dans sa direction, mais sans réussir à la toucher. Eddie s'agenouilla et essaya de la saisir au passage. Il faillit perdre l'équilibre et tomber à l'eau, sans parvenir à l'atteindre. La houle l'emporta de nouveau et elle poussa un cri de désespoir.

« Balance-toi ! hurla Eddie. Balance-toi en remontant ! »

Elle l'entendit. Il la vit serrer les dents pour lutter contre la douleur qui lui tirait les bras, mais elle réussit à se balancer d'arrière en avant au moment où la houle soulevait le canot. Eddie s'agenouilla et l'attrapa par la cheville. Elle ne portait pas de bas. Il la tira plus près et parvint à s'emparer de son autre cheville, mais sans que les pieds touchent la plate-forme. Le canot monta en haut de la vague et commença à retomber. Carol-Ann poussa un hurlement.

Eddie lui tenait toujours les chevilles. Ce fut alors qu'elle lâcha l'amarre.

Il se cramponna à elle de toutes ses forces. Au moment où elle tombait, il fut entraîné en avant par son poids et faillit tomber à la mer ; mais il parvint à s'affaler sur le ventre et à demeurer sur la plate-forme. Dans cette position, il n'arrivait pas à soulever sa femme, mais la mer fit le travail à sa place. La vague suivante, tout en submergeant la tête de Carol-Ann, la porta vers Eddie Il lâcha une cheville pour libérer sa main droite et lui passa le bras autour de la taille.

Il la tenait solidement. Il souffla un moment en disant : « Ça va, bébé, je te tiens », tandis qu'elle s'étranglait en recrachant de l'eau. Puis il la hissa vers lui, l'aida à se remettre debout, puis à entrer à l'intérieur de l'appareil.

Elle s'écroula dans ses bras en sanglotant. Il pressa contre lui sa tête ruisselante. Il sentit les larmes venir mais il les refoula. Les trois gangsters et le commandant Baker le regardaient avec l'air de l'attendre mais il les ignora quelques instants encore. Il serrait fort Carol-Ann qui tremblait de tous ses membres.

« Ça va, chérie ? demanda-t-il enfin. Ces salauds ne t'ont pas fait de mal ? »

Elle secoua la tête. « Ça va, je crois », dit-elle en claquant des dents.

Il leva la tête et croisa le regard du commandant qui se posa sur Carol-Ann, avant de revenir vers Eddie.

« Seigneur, murmura Baker, je commence à comprendre ce...

— Assez parlé, intervint Vincini. On a du travail à faire. »

Eddie lâcha sa femme. « Bon. Je crois que nous devrions d'abord nous occuper des membres de l'équipage. Les calmer et nous arranger pour ne pas les avoir dans les jambes. Ensuite je vous conduirai auprès de l'homme que vous recherchez. C'est d'accord ?

— Oui, mais pressons.

— Suivez-moi. » Eddie grimpa l'échelle. Il arriva le premier au poste de pilotage et prit tout de suite la parole.

Profitant des quelques secondes de répit avant que Vincini ne le rejoigne, il dit : « Écoutez, les gars, je vous en prie, que personne n'essaie d'être un héros, *ça n'est pas nécessaire*, j'espère que vous me comprenez. » Il ne pouvait pas risquer plus que cette allusion. Quelques instants plus tard, Carol-Ann, le commandant Baker et les trois bandits débouchaient par le panneau. Eddie reprit : « Que chacun garde son calme et fasse ce qu'on lui dit. Je ne veux pas un coup de feu. Je ne veux aucun blessé. Le commandant va vous dire la même chose. » Il se tourna vers lui.

« C'est vrai, messieurs, dit Baker. Ne donnez pas à ces gens une raison de faire usage de leurs armes. »

Eddie regarda Vincini. « Bon, allons-y. Venez avec nous, je vous prie, commandant, pour calmer les passagers. Ensuite Joe et le Kid devraient emmener l'équipage dans le compartiment numéro un. »

Vincini acquiesça.

« Carol-Ann, veux-tu aller avec l'équipage, ma chérie ?

— Bien sûr. »

Eddie se sentit rassuré. Loin des menaces, elle pourrait expliquer à l'équipage pourquoi il aidait les gangsters.

Il regarda Vincini. « Voulez-vous rengainer votre arme ! Vous allez effrayer les passagers.

— Va te faire foutre, dit Vincini. Allons-y. »

Eddie haussa les épaules. Autant avoir essayé.

Il les escorta jusqu'au pont des passagers. On entendait un brouhaha de conversations, des rires un peu nerveux et les sanglots d'une femme. Les passagers étaient tous à leur place et les deux stewards faisaient des efforts héroïques pour garder un air calme et normal.

Eddie traversa l'avion dans toute sa longueur. La salle à manger était un véritable chantier, avec de la vaisselle et des verres brisés sur le plancher ; par bonheur, il n'y avait pas trop de nourriture répandue car au moment de l'amerrissage forcé on en était au café. Les gens se turent à la vue du pistolet de Vincini. Derrière le gangster, le commandant annonça : « Je vous prie de m'excuser pour cet incident, mesdames et messieurs, mais veuillez rester assis et essayer de rester calmes, tout cela sera terminé rapidement. » Il était si rassurant qu'Eddie se sentit mieux lui-même.

Il traversa le compartiment numéro trois et pénétra dans le numéro quatre. Ollis Field et Frankie Gordino étaient assis côte à côte. Ça y est, songea Eddie, c'est là que je libère un assassin. Il écarta cette pensée, désigna du doigt Gordino et dit à Vincini : « Voilà votre homme. »

Ollis Field se leva. « Je vous présente l'agent du FBI Tommy McArdle, déclara-t-il. Frankie Gordino a traversé l'Atlantique à bord d'un bateau qui est arrivé à New York hier, et il est maintenant en prison à Providence, Rhode Island.

— Bon sang ! » explosa Eddie. Il était abasourdi. « Un leurre ! J'ai vécu tout ça pour un foutu leurre ! » Finalement, il n'aurait pas à libérer un meurtrier, mais il n'arrivait pas à s'en réjouir car il redoutait beaucoup trop ce que les gangsters risquaient de faire maintenant. Il regarda Vincini d'un air craintif.

« Merde, ce n'est pas Frankie qu'on veut, lança Vincini. Où est le Boche ? »

Eddie le dévisagea, incrédule. Ils n'en avaient donc pas après Gordino ? Qu'est-ce que ça signifiait ? De quel Boche s'agissait-il ?

La voix de Tom Luther leur parvint du compartiment numéro trois.

« Il est ici, Vincini. Je l'ai. » Luther apparut sur le seuil, un pistolet braqué sur la tête de Carl Hartmann.

Eddie n'y comprenait plus rien. Pourquoi diable la bande de Patriarca voulait-elle enlever Carl Hartmann ? « Que voulez-vous faire d'un savant ? demanda-t-il.

— Ce n'est pas un simple savant, répondit Luther. C'est un physicien nucléaire.

— Vous êtes des nazis ?

— Oh non, répondit Vincini. On fait simplement un travail pour eux. Nous, on est des démocrates. » Il eut un gros rire.

« Je ne suis pas démocrate, déclara Luther d'un ton froid. Je suis fier d'être membre du Fund germano-américain. » Eddie avait entendu parler du Fund, censé être une inoffensive association amicale germano-américaine, en réalité, il était financé par les nazis. Luther poursuivit : « Ces hommes ne sont que des mercenaires. J'ai reçu un message personnel du Führer lui-même, demandant mon aide pour appréhender un savant en fuite et le rendre à l'Allemagne. » Eddie comprit que Luther était fier de cet honneur : c'était l'événement le plus important qu'il eût jamais vécu. « J'ai payé ces gens pour m'aider. Maintenant je m'en vais ramener Herr Doktor Professor Hartmann en Allemagne, où sa présence est requise par le Troisième Reich. »

Eddie surprit le regard de Hartmann. Le savant paraissait malade de peur. Eddie se sentit accablé de remords. On allait ramener Hartmann en Allemagne, et ceci par sa faute.

« Ils avaient ma femme..., lui dit-il en manière d'excuse. Que pouvais-je faire d'autre ? »

L'expression de Hartmann changea aussitôt. « Je comprends, répondit-il. En Allemagne, nous avons l'habitude de ce genre de choses. Ils vous font trahir une cause pour une autre. Vous n'aviez pas le choix. Ne vous faites pas de reproches. »

Eddie fut stupéfait de voir que cet homme pouvait trouver le moyen de le consoler, lui, à un moment pareil.

Il surprit le regard d'Ollis Field. « Mais pourquoi avez-vous amené un leurre sur le Clipper ? dit-il. Vous vouliez vraiment que le gang de Patriarca attaque l'avion ?

— Pas du tout, répliqua Field. D'après les renseignements que nous avons reçus, ils voulaient *tuer* Gordino pour l'empêcher de se mettre à table. Ils devaient le liquider dès qu'il serait en Amérique. Nous avons donc laissé filtrer la nouvelle qu'il était à bord du Clipper, après l'avoir expédié par bateau. On va maintenant annoncer à la radio que Gordino est en prison et les gangsters sauront qu'ils ont été roulés.

— Pourquoi ne gardiez-vous pas Carl Hartmann ?

— Nous ignorions qu'il serait sur ce vol... Personne ne nous a prévenus ! »

Hartmann était-il absolument sans protection ? se demanda Eddie. Ou bien avait-il un garde du corps qui ne s'était pas encore montré ? Le petit gangster qu'on appelait Joe pénétra dans le compartiment avec un pistolet dans la main droite et une bouteille de champagne dans l'autre. « Ils sont doux comme des agneaux, Vinnie, annonça-t-il à Vincini. Le Kid est retourné dans la salle à manger : de là, il peut couvrir tout l'avant de l'appareil.

— Alors, demanda Vincini à Luther, où est ce foutu sous-marin ?

— Il sera ici d'un instant à l'autre, dit Luther. J'en suis certain. »

Un sous-marin ! Luther avait un rendez-vous avec un U-Boat ici même, au large de la côte du Maine ! Eddie regarda par les hublots, s'attendant à le voir émerger de l'eau comme une baleine d'acier, mais il ne vit rien que des vagues.

« Eh bien, dit Vincini, on a rempli notre contrat, file-nous l'argent. »

Continuant à menacer Hartmann de son arme, Luther recula jusqu'à son siège, prit une petite mallette et la tendit à Vincini qui l'ouvrit. Elle était bourrée de liasses de billets.

« Cent mille dollars, annonça Luther, en billets de vingt.

— Vaut mieux que je vérifie », rétorqua Vincini. Il posa son arme et s'assit avec la mallette sur ses genoux.

« Il va te falloir une éternité..., dit Luther.

— Tu me prends pour un débutant ? Je vais vérifier deux liasses, puis je compterai en nombre de liasses. J'ai l'habitude. »

Ils regardèrent tous Vincini compter l'argent. Les passagers du compartiment — la princesse Lavinia, Lulu Bell, Mark Alder, Diana Lovesey, Ollis Field et le faux Frankie Gordino — ne le quittaient pas des yeux. Joe reconnut Lulu Bell. « Dites donc, vous ne faites pas du cinéma ? » s'écria-t-il. Lulu détourna la tête sans lui répondre. Joe but une gorgée de champagne au goulot, puis tendit la bouteille à Diana Lovesey qui pâlit et se recula. « C'est vrai que cette bibine est dégueulasse », dit Joe, puis il tendit le bras et aspergea de champagne la robe crème à pois rouges de Diana.

Elle poussa un cri affolé en écartant la main du bandit. Sa robe trempée moulait de façon révélatrice sa poitrine.

Eddie fut horrifié. C'était le genre d'incident qui pouvait mener à des actes de violence. « Laissez tomber, voulez-vous », dit-il.

L'homme l'ignora. « Belle devanture », commenta-t-il avec un ricanement égrillard. Il lâcha la bouteille et saisit un des seins de Diana qui hurla.

Mark, tout en se débattant avec sa ceinture de sécurité, lança : « Ne la touchez pas, canaille. »

D'un geste étonnamment vif, le gangster le frappa à la bouche avec son pistolet. Le sang jaillit des lèvres de Mark.

« Vincini, fit Eddie, je vous en prie, arrêtez-le !

— Une fille comme ça, répondit Vincini. Si elle ne s'est jamais fait peloter les seins à son âge, il est temps de commencer. »

Joe empoigna Diana par le devant de son corsage. Elle tenta de lui échapper, mais elle était prisonnière de sa ceinture de sécurité.

Mark parvint à défaire la sienne, mais au moment où il se levait, l'homme le frappa de nouveau. Cette fois, la crosse du pistolet l'atteignit au coin de l'œil. De son poing gauche, Joe flanqua à Mark un coup au creux de l'estomac, puis le frappa une troisième fois en plein visage avec son arme. Du sang ruisselait maintenant dans les yeux de Mark et l'aveuglait. Des femmes se mirent à hurler.

Eddie fut atterré. Il avait voulu éviter toute effusion de sang. En voyant Joe s'apprêter à frapper encore Mark, il n'y tint plus. Au risque de sa vie, il se jeta sur le petit gangster et d'une prise lui bloqua les bras dans le dos

Joe se débattit et tenta de braquer son arme sur Eddie, sans succès. Joe pressa la détente. Dans l'espace confiné, le bruit du coup de feu fut assourdissant, mais l'arme était pointée vers le sol et la balle traversa le plancher.

Le premier coup de feu avait été tiré. Eddie eut le sentiment terrifiant qu'il perdait le contrôle de la situation Tout cela risquait de finir en bain de sang

Vincini finit par intervenir. « Laisse tomber, Joe ! » cria-t-il.

L'homme s'immobilisa.

Eddie le lâcha.

Joe lui lança un regard venimeux, mais ne dit rien.

« On peut y aller, annonça Vincini. Il y a le compte. »

Eddie entrevit un rayon d'espoir. S'ils partaient maintenant, au moins les dégâts seraient limités. Partez, se dit-il ; au nom du ciel, partez !

« Emmène cette connasse avec toi si tu veux, Joe, reprit Vincini. Je vais peut-être me l'envoyer. Elle me plaît plus que la femme du mécanicien, qui est trop maigrelette. » Il se leva.

« Non, non ! » hurla Diana.

Joe défit la ceinture de sécurité de la jeune femme et l'empoigna par les cheveux. Elle se débattit. Mark bondit en essuyant le sang qui lui ruisselait dans les yeux. Eddie empoigna Mark pour le retenir. « Ne vous faites pas tuer ! » lança-t-il. Puis à voix basse, il ajouta : « Tout ira bien, je vous le promets ! » Il aurait voulu dire à Mark que le canot des gangsters allait être intercepté par une vedette de la marine américaine avant qu'ils aient le temps de molester Diana, mais il craignait que Vincini ne l'entendît.

Joe braqua son arme sur Mark et s'adressa à Diana : « Tu viens avec nous ou ton petit ami prend une balle entre les deux yeux. »

Diana cessa de se débattre et éclata en sanglots.

« Je viens avec vous, Vincini, dit Luther. Mon sous-marin n'est pas au rendez-vous.

— Je le savais, dit Vincini. Ils ne peuvent pas arriver si près des États-Unis. »

Vincini ne connaissait rien aux sous-marins. Eddie, lui, devinait la vraie raison qui avait empêché le U-Boat de faire son apparition. Son commandant avait vu la vedette rapide de Steve Appleby patrouiller le chenal. Sans doute attendait-il maintenant, en suivant les messages radio du patrouilleur, que le bateau mette le cap sur un autre secteur.

La décision prise par Luther de partir avec les gangsters

au lieu d'attendre le sous-marin redonna quelque espoir à Eddie. Le canot des bandits tomberait dans le piège tendu par Steve Appleby et, si Luther et Hartmann se trouvaient à bord, le savant allemand serait sauvé. Si tout cela pouvait se terminer sans rien de plus grave que quelques points de suture sur le visage de Mark Alder, Eddie s'estimerait heureux.

« Allons-y, dit Vincini. Luther d'abord, puis le Boche, puis le Kid, puis moi, puis le mécanicien — je veux que vous soyez près de moi jusqu'à ce que j'aie quitté ce zinc — et puis Joe avec la blonde. En route ! »

Mark Alder tenta de se libérer d'Eddie.

Vincini s'adressa à Ollis Field et à l'autre agent : « Vous calmez ce type, ou vous voulez que Joe l'abatte ? » Ils s'emparèrent de Mark et l'immobilisèrent.

Eddie sortit derrière Vincini. Les passagers bouche bée les regardèrent traverser le compartiment numéro trois et passer dans la salle à manger.

Au moment où Vincini entrait dans le compartiment numéro deux, M. Membury dégaina un pistolet et cria : « Halte ! » Il visait directement Vincini. « Personne ne bouge ou je descends votre chef ! »

Eddie recula d'un pas pour ne pas se trouver dans la ligne de feu.

Vincini devint blême et laissa tomber : « Très bien, les gars, personne ne bouge. »

Celui qu'on appelait le Kid pivota et fit feu à deux reprises. Membury s'effondra.

Vincini, furieux, hurla au jeune homme : « Espèce de connard, il aurait pu me tuer !

— Tu n'as pas entendu sa voix ? répliqua le Kid. C'est un Anglais.

— Et alors ? cria Vincini.

— J'ai vu des tas de films et personne ne se fait jamais descendre par un Anglais. »

Eddie s'agenouilla auprès de Membury. Les balles avaient atteint sa poitrine. Son sang était de la même couleur que son gilet.

« Qui êtes-vous ? demanda Eddie.

— Scotland Yard, Special Branch, murmura Membury. Chargé de protéger Hartmann. » Le savant n'avait donc pas été totalement sans garde, songea Eddie. « Pas très réussi », fit Membury d'une voix rauque. Il ferma les yeux, cessa de respirer.

Eddie jura. Il s'était promis de voir les gangsters quitter l'appareil sans que personne ait été tué, et il avait été si près de réussir ! Et voilà maintenant que ce courageux policier était mort. « C'était si inutile », dit-il à voix haute.

Il entendit Vincini répliquer : « Comment tu peux être si sûr que personne n'a besoin d'être un héros ? » Il leva les yeux. Vincini le dévisageait avec méfiance et hostilité. Seigneur, je crois qu'il aimerait bien me tuer, pensa Eddie. Vincini poursuivit : « Saurais-tu quelque chose que nous ignorons ? »

Eddie ne trouva rien à répondre. Sur ces entrefaites le matelot du canot dévala l'escalier et se précipita dans le compartiment.

« Dis donc, Vinnie, je viens d'apprendre par Willard...

— Je lui avais dit de n'utiliser cette radio qu'en cas d'urgence !

— Mais c'est une urgence : il y a une vedette de la Marine qui patrouille devant la côte, comme si ces gens-là cherchaient quelqu'un. »

Eddie sentit son cœur s'arrêter. Il n'avait pas envisagé cette possibilité. Les bandits avaient une sentinelle à terre, qui faisait le guet, avec une radio à ondes courtes pour pouvoir communiquer avec le canot. Vincini savait maintenant qu'il y avait un piège.

Tout était fini, et Eddie avait perdu.

« Tu m'as doublé, hurla Vincini à Eddie. Espèce de salaud, je vais te descendre ! »

Eddie croisa le regard du commandant Baker et lut sur son visage la compréhension et un respect étonné.

Vincini braqua son arme sur Eddie.

Eddie pensa : J'ai fait de mon mieux et tout le monde le sait. Peu m'importe si je meurs maintenant.

Luther s'écria alors : « Vincini, écoute ! Tu n'entends pas quelque chose ? »

Ils tendirent tous l'oreille. Eddie perçut le moteur d'un autre avion.

Luther regarda par le hublot. « C'est un hydravion, il amerrit tout près ! »

Vincini abaissa son arme et regarda par le hublot. Eddie suivit son regard. Il aperçut le Grumman qu'il avait cru mouillé à Shediac. L'appareil vint se poser sur la crête d'une vague et s'immobilisa.

« Et puis après ? fit Vincini. S'ils se mettent en travers de notre chemin, on va les descendre.

— Tu ne comprends donc pas ? s'écria Luther, tout excité. Voilà notre moyen d'évasion ! On peut passer par-dessus la tête de ce foutu patrouilleur et filer ! »

Vincini hocha lentement la tête. « Bien vu. C'est ce qu'on va faire. »

Eddie comprit qu'ils allaient s'en tirer. Il avait la vie sauve, mais en fin de compte, il avait échoué.

28

Nancy Lenehan avait trouvé la réponse à son problème tandis qu'ils suivaient la côte canadienne à bord de l'hydravion qu'ils avaient loué.

Elle voulait vaincre son frère, mais elle voulait aussi trouver un moyen d'échapper au plan tracé par son père. Elle voulait vivre avec Mervyn, mais ne tenait pas, si elle abandonnait l'entreprise pour aller en Angleterre, à devenir une femme au foyer livrée à l'ennui, ce qui avait été le cas de Diana.

Nat Ridgeway avait dit qu'il était prêt à augmenter son offre et à donner à Nancy un poste à la General Textiles. En y réfléchissant, elle s'était souvenue que la General Textiles possédait plusieurs usines en Europe, pour la plupart en Angleterre, et que Ridgeway se trouverait dans l'impossibilite de les inspecter avant la fin de la guerre, ce qui signifierait peut-être des années. Elle allait donc lui proposer de la nommer directrice pour l'Europe de la General Textiles. De cette façon elle pourrait vivre avec Mervyn, sans abandonner les affaires.

La solution lui semblait parfaite. Le seul ennui, c'est que l'Europe était en guerre et qu'elle risquait de s'y faire tuer.

Elle songeait à cette éventualité lointaine mais réfrigérante quand Mervyn se retourna sur son siège pour désigner par le hublot quelque chose : elle aperçut au-dessous d'eux le Clipper qui flottait sur la mer.

Mervyn essaya d'entrer en contact avec l'avion par radio, mais il n'obtint aucune réponse. Nancy oublia ses propres problèmes tandis que le petit hydravion décrivait des cercles autour du Clipper. Qu'était-il arrivé ? Les gens à bord étaient-ils sains et saufs ? L'appareil semblait intact, mais on ne voyait aucun signe de vie.

Mervyn se tourna vers elle et cria par-dessus le rugissement des moteurs : « Il faut descendre pour voir s'ils ont besoin d'aide. »

Nancy acquiesça vigoureusement de la tête.

« Boucle ta ceinture et cramponne-toi. L'amerrissage risque d'être un peu brutal à cause de la houle. »

Elle boucla sa ceinture et regarda dehors. Effectivement, la mer était agitée, avec de grands creux. Ned, le pilote, amena l'hydravion sur une ligne parallèle à la crête des vagues. La coque toucha l'eau à l'arrière d'une lame et l'hydravion suivit la vague comme un surfeur de Hawaii. Ce ne fut pas aussi brutal que Nancy l'avait craint.

Un canot à moteur était amarré au nez du Clipper. Un homme en salopette et coiffé d'une casquette apparut sur le pont et leur fit signe. Nancy en conclut qu'il voulait que l'hydravion vînt aborder le long du canot. La plate-forme avant du Clipper était abaissée, aussi allaient-ils sans doute embarquer par là. Nancy comprit pourquoi : les vagues balayaient les flotteurs, rendant très difficile l'accès à la porte habituelle.

Ned approcha son appareil du canot. Nancy comprenait que par une mer pareille, il s'agissait d'une manœuvre délicate. Mais le Grumman était un monoplan aux ailes surélevées, et son empennage passait bien au-dessus des superstructures du canot, si bien qu'ils purent venir se ranger, la coque de l'hydravion heurtant la rangée de pneus sur le flanc du bateau. L'homme qui se trouvait sur le pont amarra l'appareil à son embarcation.

Tandis que Ned coupait les moteurs de l'hydravion, Mervyn passa à l'arrière, ouvrit la portière et déplia l'échelle.

« Je dois rester dans l'appareil, expliqua Ned à Mervyn. Vous feriez mieux d'aller voir ce qui se passe.

— Je viens aussi », annonça Nancy.

Étant liées l'une à l'autre, les deux embarcations dansaient au même rythme, si bien que l'échelle ne bougeait pas trop. Mervyn débarqua le premier et tendit la main à Nancy.

« Que s'est-il passé ? » demanda Mervyn à l'homme qui les accueillit sur le pont.

— Ils ont eu des problèmes de carburant et ont dû amerrir en catastrophe, répondit-il.

— Je n'ai pas pu les avoir par radio. »

L'homme haussa les épaules. « Vous feriez mieux d'y aller voir. »

Passer du canot sur le Clipper nécessitait un petit saut. Mervyn là encore passa le premier. Nancy ôta ses chaussures qu'elle fourra à l'intérieur de son manteau, puis elle le suivit assez facilement.

Dans le compartiment avant se trouvait un jeune homme qu'elle ne reconnut pas. « Que s'est-il passé ici ? demanda Mervyn.

— Un amerrissage forcé, répondit le jeune homme. Nous étions en train de pêcher dans les parages, on a tout vu.

— Pourquoi la radio ne fonctionne-t-elle pas ?

— J'sais pas. »

Pas très futé, le jeune homme, pensa Nancy. Mervyn avait dû avoir la même idée car il dit d'un ton impatient : « Il vaudrait mieux que je parle au commandant.

— Ils sont tous dans la salle à manger. »

Le garçon avait une tenue bien étrange pour un pêcheur, avec ses chaussures bicolores et sa cravate jaune. Nancy suivit Mervyn par l'échelle qui menait au poste de pilotage, lequel était abandonné. Voilà qui expliquait pourquoi Mervyn n'avait pas pu contacter le Clipper par radio. Mais pourquoi se trouvaient-ils tous dans la salle à manger ? Comment se faisait-il que tout l'équipage eût quitté le poste de pilotage ?

En redescendant vers le pont des passagers, elle commença à se sentir mal à l'aise. Mervyn la précéda dans le compartiment numéro deux et s'arrêta brusquement.

M. Membury gisait sur le plancher, dans une mare de sang. Nancy porta la main à sa bouche pour étouffer un cri d'horreur.

« Bonté divine, s'exclama Mervyn, qu'est-il arrivé ? »

Derrière eux le jeune homme à la cravate jaune répliqua : « Avancez. » Son ton s'était durci.

Nancy se retourna : il tenait un pistolet à la main. « C'est vous qui avez fait ça ?

— Fermez-la et avancez ! »

Ils pénétrèrent dans la salle à manger.

Trois autres hommes armés se trouvaient dans la pièce, dont l'un assez grand, en costume à rayures, semblait être le chef. Un petit homme au visage chafouin, planté derrière la femme de Mervyn, lui pelotait nonchalamment les seins : quand Mervyn vit cela, il poussa un juron. Le troisième bandit n'était autre que M. Luther : il braquait son arme sur un de leurs compagnons de voyage, le professeur Hartmann. Tout cela au nez et à la barbe du commandant et du chef mécanicien, apparemment impuissants. Plusieurs passagers étaient assis autour des tables, mais la plupart des verres et des assiettes avaient roulé par terre et s'étaient fracassés. Nancy aperçut Margaret Oxenford, pâle et effrayée. Et elle se rappela soudain la conversation au cours de laquelle elle avait expliqué à Margaret que les gens n'avaient pas à s'inquiéter des gangsters car ceux-ci n'opéraient que dans les quartiers pauvres. Comment avait-elle pu dire une chose aussi stupide ?

M. Luther parlait. « Les dieux sont de mon côté, Lovesey. Vous êtes arrivés au bon moment avec votre hydravion. Grâce à vous, nous allons, M. Vincini, moi-même et nos associés, pouvoir survoler le patrouilleur de la Marine que ce traître d'Eddie Deakin a appelé pour nous prendre au piège. »

Mervyn le regarda sans rien dire.

L'homme au costume à rayures prit la parole. « Tirons-nous avant que la Marine commence à s'impatienter et vienne fourrer son nez ici. Kid, tu prends Lovesey Sa petite amie peut rester ici.

— Très bien, Vinnie. »

Nancy ne comprenait pas très bien ce qui se passait, mais elle savait qu'elle ne voulait pas rester : si Mervyn avait des problèmes, elle entendait être auprès de lui. Mais personne ne lui demandait son avis.

L'homme qu'on appelait Vincini continuait à donner des instructions. « Luther, tu prends le Boche. »

Nancy se demanda pourquoi ils emmenaient Carl Hartmann. Elle avait cru que tout cela concernait Frankie Gordino, mais elle ne l'apercevait nulle part.

— Joe, dit Vincini, amène la blonde. »

Le petit homme braqua son pistolet sur la poitrine de Diana Lovesey. « Allons-y », fit-il. Elle ne bougea pas.

Nancy était horrifiée. Pourquoi enlevaient-ils Diana ? Elle eut l'horrible impression qu'elle connaissait la réponse.

Joe enfonça le canon de son arme entre les seins de Diana, et elle gémit de douleur.

« Une minute », fit Mervyn.

Tous les regards se tournèrent vers lui. « D'accord, je vous emmène d'ici, mais à une condition.

— Ferme-la et magne-toi. Tu n'as pas de condition à poser. »

Mervyn écarta les bras. « Alors, abattez-moi », dit-il.

Nancy poussa un cri de frayeur. Ces hommes étaient parfaitement capables d'abattre celui qui osait les défier. Mervyn ne comprenait-il donc pas ça ?

Il y eut un moment de silence, puis Luther demanda : « Quelle condition ? »

Mervyn désigna Diana. « Elle reste. »

Joe, le petit homme, lança à Mervyn un regard meurtrier.

« On n'a pas besoin de toi, connard, répliqua Vincini. Il y a tout un tas de pilotes de la Pan American à l'avant : n'importe lequel d'entre eux peut faire l'affaire.

— Et n'importe lequel d'entre eux posera la même condition, déclara Mervyn. Demandez-leur... si vous en avez le temps. »

Nancy comprit que les gangsters ne savaient pas qu'il y

avait un autre pilote dans le petit hydravion. Non pas que cela changeât grand-chose.

« Laisse-la ici », rugit Luther.

Le petit homme rougit de colère. « Merde, pourquoi...

— Laisse-la ici ! répéta Luther. Je t'ai payé pour m'aider à enlever Hartmann, pas pour violer les femmes !

— Il a raison, Joe, intervint Vincini. Tu trouveras toujours une pute quelque part.

— Bon, ça va », fit Joe.

Diana se mit à pleurer de soulagement.

« On perd du temps, dit Vincini. Allons-nous-en ! »

Nancy se demanda si elle reverrait jamais Mervyn.

De l'extérieur leur parvint le bruit d'un klaxon. Le patron du canot essayait d'attirer leur attention.

Celui qu'on appelait le Kid les appela de la pièce voisine. « Bon Dieu, regardez donc ça ! »

Harry Marks fut assommé quand le Clipper se posa. Au premier rebond, il s'étala au pied de l'amoncellement de valises. Juste au moment où il se remettait à quatre pattes, l'avion pénétra dans l'eau et il fut projeté la tête contre la paroi. Il s'évanouit.

Lorsqu'il revint à lui, il se demanda ce qui pouvait bien se passer.

Il savait qu'ils n'étaient pas arrivés à Port Washington : il s'était à peine écoulé deux heures sur un vol qui devait en compter cinq. Il s'agissait donc d'un arrêt non prévu ; et cela ressemblait fort à un amerrissage forcé.

Il se redressa, en se tâtant partout. Il comprenait maintenant à quoi servaient les ceintures de sécurité. Son nez saignait, sa tête lui faisait un mal de chien et il était couvert de meurtrissures ; mais rien de cassé. Il s'essuya le nez avec son mouchoir et estima qu'il avait eu de la chance.

Sans hublot, il lui était impossible de savoir ce qui se passait. Il resta un moment assis, l'oreille tendue, guettant des indices. Les moteurs étaient arrêtés, le silence régnait.

Puis il entendit un coup de feu.

Des armes à feu, ça voulait dire des gangsters, et s'il y avait des gangsters à bord, sans doute était-ce pour Frankie Gordino. Plus important, une fusillade signifiait confusion et affolement et, dans ces circonstances, Harry parviendrait peut-être à s'échapper.

Il entrebâilla la porte, ne vit personne.

Il sortit dans la coursive, s'approcha de la porte qui menait au poste de pilotage, s'arrêta, écouta. Il n'entendit rien.

Tout doucement, il poussa la porte et hasarda un œil.

Le poste de pilotage était désert.

Il enjamba le seuil surélevé et à pas de loup atteignit le haut de l'escalier.

Il entendait des voix d'hommes, mais sans pouvoir distinguer leurs propos.

Le panneau du cockpit était ouvert, ce qui lui permit de voir que la lumière du jour pénétrait dans le poste avant. Se penchant un peu, il constata que la plate-forme avant était abaissée.

Par le hublot, il aperçut un canot à moteur amarré au nez de l'appareil, et sur le pont un homme en bottes de caoutchouc coiffé d'une casquette.

Harry se rendit compte que son salut n'était peut-être pas loin.

Un canot rapide pour l'amener jusqu'à un point isolé de la côte et apparemment un seul homme à bord, Harry allait sûrement trouver un moyen de se débarrasser de lui et de s'emparer du canot.

Il entendit un bruit de pas juste derrière lui. Il se retourna, le cœur battant.

C'était Percy Oxenford.

Le jeune garçon se tenait dans l'encadrement de la porte, l'air aussi stupéfait que Harry

Au bout d'un moment, Percy demanda : « Où étiez-vous caché ?

— Peu importe, dit Harry. Qu'est-ce qui se passe là-bas ?

— M. Luther est un nazi qui veut renvoyer le professeur Hartmann en Allemagne. Il a engagé des gangsters pour l'aider et il leur a donné cent mille dollars dans une mallette !

— Fichtre, dit Harry, oubliant de prendre son accent américain.

— Et ils ont tué M. Membury, c'était un garde du corps envoyé par Scotland Yard. »

Voilà donc qui était Membury. « Votre sœur va bien ?

— Pour l'instant. Mais ils veulent emmener Mme Lovesey avec eux, parce qu'elle est si jolie... J'espère qu'ils ne vont pas remarquer Margaret...

— Mon Dieu, quelle histoire, fit Harry.

— J'ai réussi à filer en passant par la trappe à côté des toilettes pour dames.

— Pour quoi faire ?

— Pour récupérer le revolver de l'agent Field. J'ai vu le commandant Baker le confisquer. » Percy ouvrit le tiroir de la table des cartes, révélant un petit revolver à canon court, tout à fait le genre d'arme qu'un agent du FBI pouvait porter sous sa veste. « C'est bien ce que je pensais : un Colt 38 détective spécial », déclara Percy. Il s'en empara, l'arma d'une main experte et fit tourner le barillet.

Harry secoua la tête. « Je ne pense pas que ce soit une très bonne idée. Tu vas te faire tuer. » Il saisit le poignet du jeune garçon, lui reprit l'arme et la remit dans le tiroir qu'il ferma aussitôt.

Un grand bruit se fit entendre du dehors. Regardant par le hublot, Harry et Percy virent un hydravion qui décrivait des cercles autour du Clipper, puis qui amorçait sa descente. Il amerrit au sommet d'une vague et s'approcha du canot.

« Et maintenant ? » dit Harry. Il se retourna. Percy avait disparu. Le tiroir était ouvert.

Et l'arme n'était plus là.

« Bon sang », fit Harry.

Il franchit la porte, passa en trombe devant les soutes, traversa un compartiment bas de plafond, se retrouva devant une seconde porte.

Percy filait par un passage qui devenait plus bas et plus étroit à mesure qu'on approchait de la queue de l'appareil.

La structure de l'hydravion était à nu, avec les entretoises, les rivets et les câbles qui couraient sur le plancher. On se trouvait là de toute évidence dans un espace qui surplombait la moitié arrière du pont des passagers. De la lumière filtrait tout au bout et Harry vit Percy s'engouffrer par un trou carré. Il se rappela l'échelle accrochée au mur près des toilettes des dames, et la trappe au-dessus. Plus question d'arrêter Percy maintenant : il arrivait trop tard.

Il se souvint que Margaret lui avait dit qu'ils étaient tous bons tireurs dans la famille, mais ce garçon ne connaissait rien aux gangsters. S'il se jetait dans leurs jambes, ils n'hésiteraient pas à l'abattre comme un chien. Harry l'aimait bien, mais c'était surtout à Margaret qu'il pensait : il ne voulait pas que son frère se fît tuer sous ses yeux.

Harry revint dans le poste de pilotage et regarda au-dehors. On était en train d'amarrer le petit hydravion au canot. Ou bien les gens qu'il transportait allaient monter à bord du Clipper, ou ce serait l'inverse : en tout cas quelqu'un n'allait pas tarder à passer par le poste de pilotage. Harry devait disparaître quelques instants. Il sortit par la porte arrière, la laissant entrebâillée de façon à pouvoir entendre ce qui se passait.

Bientôt quelqu'un monta l'escalier venant du pont des passagers et traversa la pièce pour gagner le poste avant. Quelques minutes plus tard, ce fut au tour d'un petit groupe, deux ou trois personnes. Harry écouta le bruit de leurs pas décroître dans l'escalier, puis il sortit de sa cachette.

Avaient-ils amené de l'aide ou bien s'agissait-il de renforts pour les gangsters ?

Il décida de prendre le risque de descendre quelques marches. De là, il avait une vue plongeante sur la petite cuisine : elle était vide. Il continua, marche par marche, tendant l'oreille à chaque pas. Arrivé en bas, il entendit une voix. Il reconnut celle de Tom Luther, un accent d'Américain cultivé avec une intonation un peu européenne. « Les dieux sont de mon côté, Lovesey, disait-il. Vous êtes arrivé au bon moment avec votre hydravion. » Le reste se perdit un peu, mais Harry attrapa les mots survol, patrouilleur, Eddie

Deakin, prendre au piège. Voilà qui répondait à sa question. L'hydravion allait permettre à Luther de filer en emmenant Hartmann.

Harry remonta sans bruit. L'idée qu'on allait ramener ce pauvre Hartmann chez les nazis était désolante ; mais Harry aurait pu laisser faire : après tout, il n'était pas un héros. Seulement d'un instant à l'autre le jeune Percy Oxenford risquait de se livrer à un acte stupide, et Harry ne voulait pas que Margaret vît son frère se faire tuer sous ses yeux. Il devait intervenir le premier, créer une diversion.

Dans le poste avant, il remarqua un bout attaché à une entretoise et une inspiration lui vint. Il entrevit soudain la façon dont il pourrait créer une diversion et peut-être se débarrasser d'un des gangsters par la même occasion.

D'abord, il fallait défaire les amarres et larguer le canot.

Il s'engouffra par le panneau d'écoutille et descendit l'échelle.

Son cœur battait plus vite. Il avait peur.

Il ne voulait pas penser à ce qu'il dirait si quelqu'un maintenant le surprenait. Il trouverait bien quelque chose, comme toujours.

Il s'approcha. Comme il l'avait pensé, le bout appartenait au canot.

Il tendit la main, défit le nœud et laissa tomber le bout sur le plancher.

En jetant un coup d'œil dehors, il constata qu'il y avait un second bout partant de l'étrave du canot pour aller jusqu'au nez du Clipper. Bon Dieu. Il allait devoir s'aventurer sur la plate-forme pour l'atteindre et cela signifiait qu'il risquait d'être vu.

Mais il ne pouvait pas renoncer maintenant. Et il devait faire vite. Percy était retourné là-bas comme Daniel dans la fosse aux lions.

Il s'avança sur la plate-forme. Le bout était amarré à un guindeau qui dépassait du nez du Clipper. Il entreprit de le défaire. Il entendit un cri venant du canot. « Hé, vous là-bas, qu'est-ce que vous fabriquez ? »

Il ne regarda même pas. Il espérait que le type n'avait pas d'arme.

Il détacha le bout et le jeta à la mer. « Hé, vous ! »

Il se retourna. Le patron était planté sur le pont vociférant.

Dieu merci, il n'était pas armé. L'homme ramassa l'autre extrémité de l'amarre qui fila du poste avant et tomba à l'eau.

Le patron du bateau plongea dans la timonerie et mit son moteur en marche.

L'étape suivante allait être plus dangereuse.

Il ne faudrait que quelques secondes aux gangsters pour s'apercevoir que leur canot avait dérivé. L'un d'eux viendrait voir ce qui se passait et tenter d'amarrer à nouveau l'embarcation. Et alors...

Harry avait trop peur pour penser à ce qu'il ferait alors. Il grimpa l'échelle quatre à quatre, et retourna une fois de plus se cacher dans la soute.

Pendant une longue minute, rien ne se passa. Allez, grinçait-il, dépêchez-vous d'aller regarder par le hublot ! Votre canot dérive : il faut que vous vous en aperceviez avant que mon cran m'abandonne.

Enfin il entendit de nouveau des pas, des pas lourds, précipités, qui montaient l'escalier et traversaient le poste de pilotage. Il semblait qu'il y eût deux hommes. Et ça c'était la catastrophe. Il n'avait pas prévu d'avoir à affronter deux adversaires.

Quand il estima qu'ils avaient dû descendre dans le poste avant, il jeta un coup d'œil. La voie était libre. Par l'écoutille, il aperçut deux hommes, pistolet au poing. Même sans leurs armes, rien qu'à leurs vêtements criards, Harry aurait deviné que c'était des bandits. L'un était un vilain petit bonhomme à l'air mauvais ; l'autre était très jeune, dans les dix-huit ans.

Je devrais peut-être retourner me cacher, pensa Harry.

Le patron manœuvrait son canot, avec le petit hydravion toujours amarré à son côté. Les deux gangsters allaient devoir rattacher le canot au Clipper et ils ne pouvaient pas le faire avec un pistolet à la main. Harry attendrait qu'ils déposent leurs armes.

Le patron cria quelque chose que Harry ne comprit pas et, quelques instants plus tard, les deux gangsters fourrèrent les pistolets dans leur poche et s'avancèrent sur la plate-forme.

L'estomac noué, Harry descendit l'échelle jusqu'au poste avant.

Les hommes essayaient d'attraper un bout que le marin leur lançait, et tout à leurs mouvements, ils ne le virent pas tout de suite.

Il avait traversé presque tout le poste avant quand le plus jeune saisit le bout. L'autre, le petit, se tourna à demi... et aperçut Harry. Il plongea la main dans sa poche, sortit son arme juste au moment où Harry lui tombait dessus.

Je vais mourir, se dit Harry en un éclair.

D'un élan désespéré, sans réfléchir, il se pencha, attrapa le petit homme par la cheville et tira.

Un coup de feu claqua, mais Harry ne sentit rien.

L'homme trébucha, faillit tomber, laissa choir son arme et se cramponna à son copain. Le plus jeune perdit l'équilibre et lâcha le bout. Ils vacillèrent un instant, cramponnés l'un à l'autre, Harry agrippait toujours la cheville du petit homme et il donna une nouvelle secousse.

Les deux hommes basculèrent par-dessus la rambarde et disparurent au milieu des vagues.

Harry poussa un cri de triomphe.

Ils coulèrent aussitôt, remontèrent à la surface, se mirent à se débattre. Harry comprit que ni l'un ni l'autre ne savait nager.

« C'est pour Clive Membury, salauds ! » cria Harry.

Il n'attendit pas de voir ce qu'il advenait d'eux. Il devait savoir ce qui s'était passé sur le pont des passagers. Il fonça : poste avant, échelle, poste de pilotage, escalier.

Arrivé à la dernière marche, il s'arrêta et tendit l'oreille.

Margaret entendait les battements de son cœur.

Cela résonnait dans ses oreilles comme la grosse caisse d'un orchestre, avec un rythme insistant, et si bruyamment qu'elle s'imaginait que les autres devaient l'entendre aussi.

Elle n'avait jamais eu aussi peur de sa vie. Et elle avait honte d'avoir peur. Elle avait été terrifiée par l'amerrissage forcé, par la brusque apparition d'hommes armés, par les constants changements de rôle de Frankie Gordino, M. Luther et le chef mécanicien, par la nonchalante brutalité de ces crapules stupides dans leur costume abominable ; et surtout, elle était terrifiée parce que le discret M. Membury gisait sur le plancher, mort.

Depuis des années, elle n'arrêtait pas de proclamer qu'elle voulait lutter contre le fascisme, et voilà maintenant que l'occasion s'en présentait. Devant elle, un fasciste essayait d'enlever Carl Hartmann pour le ramener en Allemagne et elle restait là, paralysée par la peur. Mais que pouvait-elle faire ? Essaye, se disait-elle, tente quelque chose. Ne serait-ce qu'en souvenir de Ian.

Soudain elle comprit que son père avait eu raison de railler ses forfanteries. Elle n'était héroïque que dans son imagination. Son idée de s'engager, de devenir une estafette dans l'armée était pur fantasme. Au premier bruit de fusillade elle disparaîtrait sous une haie.

Elle n'avait pas dit un mot quand le Clipper avait amerri, que les bandits étaient montés à bord et que Nancy accompagnée de M. Lovesey était arrivée dans le petit hydravion. Elle était restée silencieuse quand l'homme nommé Vincini avait dépêché celui qu'ils appelaient le Kid aider Joe à rattacher le canot qui dérivait. Mais quand elle vit le Kid et Joe en train de se noyer, elle se mit à hurler.

Assise, hébétée, elle regardait la mer sans rien voir quand deux hommes avaient surgi au milieu des vagues. Le Kid essayait de surnager, mais Joe était juché sur son dos, enfonçant son ami sous l'eau dans ses efforts pour s'en tirer.

C'était un spectacle horrible.

Quand elle poussa son hurlement, Luther se précipita vers le hublot. « Ils sont dans l'eau ! hurla-t-il.

— Qui... le Kid et Joe ? fit Vincini.

— Oui ! »

Le patron du canot lança un bout, mais les deux hommes ne le virent pas. Joe se débattait en proie à une panique aveugle, et le Kid était maintenu sous l'eau par les gestes désordonnés de son copain.

« Faites quelque chose ! » cria Luther. Lui-même était au bord de la panique.

« Mais quoi ? répliqua Vincini. On ne peut rien faire Ces salauds sont trop cons pour s'en tirer ! »

La houle rabattait les deux hommes sur le flotteur. S'ils avaient gardé leur calme, ils auraient pu grimper dessus. Mais ils ne s'en rendirent pas compte.

La tête du Kid disparut sous l'eau et ne réapparut pas.

Joe livré à lui-même avala une énorme quantité d'eau. Malgré l'insonorisation du Clipper, Margaret entendit un cri rauque. La tête de Joe s'enfonça, resurgit, puis disparut pour la dernière fois.

Margaret frissonna. Ils étaient morts tous les deux.

« Comment est-ce arrivé ? fit Luther. Comment sont-ils tombés ?

— Peut-être qu'on les a poussés, dit Vincini.

— Mais qui ?

— Il doit y avoir quelqu'un d'autre sur ce foutu appareil. »

Margaret pensa : Harry !

Était-ce possible ? Harry pouvait-il être encore à bord ? S'était-il caché quelque part pendant que la police le recherchait et avait-il réapparu après l'amerrissage forcé ? Était-ce Harry qui avait poussé les deux gangsters à la mer ?

Puis elle pensa à son frère. On n'avait plus vu Percy depuis que le canot était venu s'amarrer au Clipper, et Margaret avait supposé qu'il s'était rendu aux toilettes, puis avait décidé de ne pas se montrer. Mais ce n'était pas son style. Il avait plutôt tendance à chercher les ennuis. Elle savait qu'il avait trouvé un passage caché vers le poste de pilotage. Que mijotait-il maintenant ?

« Tout le plan se casse la gueule. Qu allons-nous faire ? demanda Luther.

— Nous partons avec le petit hydravion, comme nous

l'avions prévu : toi, moi, le Boche et le fric, dit Vincini. Si quelqu'un nous barre la route, colle-lui une balle dans le ventre. Calme-toi et allons-y. »

Margaret avait l'horrible pressentiment qu'ils allaient tomber sur Percy dans l'escalier et que ce serait lui qui récolterait une balle dans le ventre.

Là-dessus, juste au moment où les trois hommes quittaient la salle à manger, elle entendit la voix de Percy, émanant de l'arrière de l'appareil.

Il hurla de toutes ses forces : « Arrêtez-vous ! »

Stupéfaite, Margaret vit qu'il tenait une arme... et qu'il la braquait droit sur Vincini.

C'était un revolver à canon court, et Margaret devina aussitôt que ce devait être le Colt qu'on avait confisqué à l'agent du FBI.

Vincini se retourna lentement.

La salle à manger était pleine de monde. Derrière Vincini, tout à côté de l'endroit où se tenait Margaret, Luther braquait son arme sur la tête de Hartmann. A l'autre bout du compartiment étaient groupés Nancy, Mervyn, Diana Lovesey, le chef mécanicien et le commandant.

Vincini fixa Percy un long moment, puis aboya : « Fiche le camp, petit.

— Lâchez votre arme », dit Percy de sa voix fêlée d'adolescent.

Vincini réagit avec une surprenante rapidité. Il plongea de côté. Il y eut un coup de feu. Le bruit de la détonation assourdit Margaret : elle entendit un hurlement et se rendit compte que c'était sa propre voix. Elle était incapable de dire qui avait blessé qui. Percy semblait indemne. Puis Vincini trébucha et tomba, du sang jaillissant par saccades de sa poitrine. Il lâcha sa mallette qui s'ouvrit. Du sang éclaboussa les liasses de billets.

Percy lâcha le revolver et contempla, horrifié, l'homme qu'il venait d'abattre. Il semblait sur le point d'éclater en sanglots.

Tous les yeux se tournèrent vers Luther, le dernier de la bande et le seul à être encore armé.

Profitant d'une seconde d'inattention de Luther, Carl Hartmann, en un brusque mouvement, se libéra et se jeta à terre. Avec horreur, Margaret se dit que Hartmann allait se faire tuer, puis elle pensa que c'était sur Percy que Luther allait tirer, mais ce qui se passa en fait la prit totalement au dépourvu.

Ce fut *elle* que Luther empoigna.

Il l'extirpa de son fauteuil et la poussa devant lui, appuyant sur sa tête le canon de son pistolet, tout comme il l'avait fait avec Hartmann.

Tout le monde était pétrifié.

Margaret était trop terrifiée pour faire un geste, pour dire un mot, même pour crier. Le canon du pistolet s'enfonçait douloureusement dans sa tempe. Luther tremblait : il avait aussi peur qu'elle. Dans le silence, il dit : « Hartmann, gagnez le poste avant et grimpez dans le canot. Faites ce qu'on vous dit ou c'est la fille qui trinque. »

Soudain un calme terrible envahit Margaret. Elle comprenait, avec une redoutable lucidité, que Luther avait été d'une habileté diabolique. S'il s'était contenté de braquer son arme sur Hartmann, ce dernier aurait pu dire : « Tuez-moi... je préfère mourir plutôt que de rentrer en Allemagne. » Mais maintenant c'était sa vie à elle qui était en jeu. Hartmann était peut-être prêt à renoncer à la sienne, mais il n'allait pas sacrifier celle d'une jeune fille.

Lentement, l'Allemand se leva.

Tout reposait sur elle, analysa Margaret avec une logique glacée. Elle pouvait sauver Hartmann en se sacrifiant. Ça n'est pas juste, songea-t-elle. Je ne m'attendais pas à ça, je ne suis pas prête, je ne peux pas le faire !

Elle surprit le regard de son père qui avait l'air horrifié.

Elle n'avait qu'un geste à faire. Luther la tuerait peut-être ; mais les autres hommes lui sauteraient dessus avant qu'il pût tenter autre chose, et Hartmann serait sauvé.

Le temps passa aussi lentement que dans un cauchemar.

Je peux le faire, se dit-elle, toujours aussi glacée.

Elle prit une profonde inspiration. « Au revoir tout le monde », murmura-t-elle.

Soudain elle entendit derrière elle la voix de Harry. « Monsieur Luther, je crois que votre sous-marin est arrivé. »

Tous les regards se tournèrent vers les hublots.

Margaret sentit la pression de l'arme sur sa tempe se relâcher légèrement et comprit que Luther avait une seconde d'inattention.

Elle baissa la tête et se libéra de son emprise.

Il y eut un coup de feu, mais elle ne sentit rien.

Tout le monde bougea à la fois.

Le chef mécanicien, Eddie, bondit devant elle et s'abattit comme une masse sur Luther.

Margaret vit Harry saisir la main de Luther et lui arracher son arme.

Luther s'écroula sur le plancher avec Eddie et Harry sur lui.

Margaret se rendit compte qu'elle était toujours en vie.

Elle se sentit brusquement aussi faible qu'un bébé et elle se laissa tomber dans un fauteuil.

Percy se précipita vers elle. Elle le serra dans ses bras. Le temps semblait s'être arrêté. Elle s'entendit demander : « Tu n'as rien ?

— Je ne crois pas, dit-il d'une voix tremblante.

— Tu es si courageux !

— Toi aussi ! »

Oui, se dit-elle, c'est vrai : j'ai été courageuse.

Tous les passagers se mirent à crier à la fois, puis le commandant Baker lança : « Silence, tout le monde, s'il vous plaît ! »

Margaret regarda autour d'elle. Luther était toujours sur le sol, le visage contre la moquette, avec Eddie et Harry sur son dos. Le danger venant de l'intérieur de l'appareil était passé. Elle regarda au-dehors. Le sous-marin flottait sur l'eau comme un grand requin gris, ses flancs d'acier humides luisant sous le soleil.

Le commandant dit : « Il y a un patrouilleur de la Marine dans les parages, et nous allons l'alerter tout de suite par radio pour le prévenir de la présence de ce sous-marin. »

L'équipage était arrivé par le compartiment numéro un, et le commandant s'adressa à l'opérateur radio. « Allez-y, Ben.

— Bien, commandant. Vous vous rendez compte que le sous-marin risque de capter notre message et de filer ?

— Tant mieux, répliqua-t-il. Nos passagers en ont assez vu comme ça. »

L'opérateur radio disparut vers le poste de pilotage.

Tous les regards étaient fixés sur le submersible. Le panneau d'écoutille restait fermé. Son commandant devait attendre de voir ce qui allait se passer.

Baker reprit : « Il y a un gangster que nous n'avons pas pris, et j'aimerais le voir ici : le patron du canot. Eddie, allez jusqu'au poste avant et tâchez de l'attirer à bord : dites-lui que Vincini le demande. »

Eddie lâcha Luther et s'éloigna.

« Jack, ordonna le commandant au navigateur, ramassez-moi toutes ces nom de Dieu d'armes et de munitions. » S'apercevant qu'il avait juré, il ajouta : « Mesdames, veuillez pardonner mon langage. » Les dames en question avaient entendu des propos si orduriers dans la bouche des gangsters que Margaret éclata de rire, imitée par les autres passagers. Il fut un peu surpris d'abord, puis comprit ce que sa phrase avait de drôle. Il sourit.

Les passagers se rendaient compte enfin qu'ils étaient hors de danger. Margaret frissonnait encore, avec l'impression d'être prise dans un bloc de glace.

Le commandant poussa Luther de la pointe de sa chaussure et dit à un homme d'équipage : « Johnny, fourrez-moi ce type dans le compartiment numéro un et ne le quittez pas de l'œil. »

Harry et Margaret se regardèrent.

Elle s'était imaginé qu'il l'avait abandonnée ; elle avait cru ne jamais le revoir ; elle avait eu la certitude qu'elle allait mourir. Et voilà qu'ils se retrouvaient, bien vivants tous les deux. C'était merveilleux, extraordinaire. Il s'assit auprès d'elle et elle se jeta dans ses bras. Ils s'étreignirent de toutes leurs forces.

Au bout d'un moment, il lui murmura à l'oreille : « Regarde au-dehors. »

Le sous-marin s'enfonçait lentement sous les vagues.

Margaret sourit à Harry, puis l'embrassa.

29

Tout était terminé, et Carol-Ann ne pouvait se résoudre à toucher Eddie.

Assise dans la salle à manger, elle buvait un café au lait brûlant préparé par Davy, le steward. Elle était pâle et tremblante, mais elle n'arrêtait pas de dire qu'elle allait très bien. Pourtant, elle sursautait chaque fois qu'Eddie posait la main sur elle. Elle évitait son regard. Ils parlaient à voix basse de ce qui s'était passé. Elle revenait, encore et toujours, sur le moment où les hommes avaient fait irruption dans la maison et l'avait entraînée dans leur voiture. « J'étais là, en train de mettre des prunes en bocaux ! » répétait-elle sans cesse, comme si c'était ce qu'il y avait de plus scandaleux dans toute cette histoire.

« Tout ça est fini maintenant », répétait-il lui aussi, et elle acquiesçait vigoureusement de la tête, mais il sentait bien qu'elle n'y croyait pas.

Enfin elle le regarda et dit : « Quand va-t-il falloir que tu repartes ? »

Alors, il comprit. Elle avait peur de ce qui se passerait en elle la prochaine fois qu'il la laisserait seule. Il se sentit soulagé : sur ce point, il pouvait la rassurer facilement. « Je ne vais plus voler, lui dit-il. Je donne ma démission tout de suite. Sinon, ils seraient obligés de me congédier : ils ne peuvent pas continuer à employer un ingénieur mécanicien qui a délibérément fait amerrir son appareil dans de telles conditions. »

Le commandant surprit cette partie de la conversation et l'interrompit. « Eddie, il y a une chose que je dois vous dire. Je comprends ce que vous avez fait. Vous vous êtes trouvé placé dans une situation impossible et vous vous en êtes tiré du mieux que vous pouviez. Plus que cela : je ne connais pas un homme qui se serait si bien sorti de pareil guêpier. Vous vous êtes montré courageux et habile, et je suis fier de voler avec vous.

— Merci, commandant, dit Eddie, la gorge serrée. Je ne peux pas vous dire le bien que vous me faites. »

Du coin de l'œil, il aperçut Percy Oxenford, assis tout seul, l'air bouleversé.

« Commandant, je crois que nous devrions tous remercier le jeune Percy : il s'est vraiment montré à la hauteur ! »

Percy l'entendit et leva les yeux.

« Vous avez raison », dit le commandant. Il donna une tape sur l'épaule d'Eddie et s'en alla serrer la main du jeune garçon.

« Percy, tu es un brave. »

Percy retrouva aussitôt son entrain et le remercia.

Baker s'assit pour bavarder avec lui, et Carol-Ann demanda à Eddie : « Si tu ne voles plus, qu'est-ce que tu vas faire ?

— Je vais monter cette affaire dont nous avons parlé. »

Il put lire l'espoir sur son visage, mais elle n'y croyait pas encore vraiment. « On va y arriver ?

— J'ai assez d'argent de côté pour acheter le terrain et j'emprunterai ce qu'il faut pour démarrer. »

Son visage s'éclairait de seconde en seconde. « Est-ce qu'on pourrait diriger l'affaire ensemble ? demanda-t-elle. Je tiendrais la comptabilité et je répondrais au téléphone pendant que tu ferais les réparations et le ravitaillement ? »

Il sourit et hocha la tête. « Bien sûr. En tout cas jusqu'à l'arrivée du bébé. »

Il lui prit la main et cette fois, au lieu de sursauter, elle répondit à sa pression. « Une petite affaire de famille », dit-il, et elle sourit enfin.

Nancy serrait Mervyn dans ses bras quand Diana donna une tape sur l'épaule de son mari.

Nancy était ivre de joie et de soulagement, éperdue de se savoir en vie auprès de l'homme qu'elle aimait. Elle se demandait maintenant si Diana allait jeter un nuage sur cet instant. Diana avait quitté Mervyn sans être sûre de sa décision et, depuis lors, elle avait montré çà et là des signes de regret. Il venait de lui prouver qu'il tenait encore à elle en marchandant avec les gangsters pour la sauver. Allait-elle le supplier de la reprendre ?

Mervyn se retourna et lança à sa femme un regard circonspect. « Alors, Diana ? »

Elle avait le visage humide de larmes, mais une expression décidée. « Tu veux bien me serrer la main ? » fit-elle.

Nancy ne savait pas très bien ce que cela signifiait et l'attitude prudente de Mervyn lui confirma qu'il ne le savait pas davantage. Il lui tendit doucement la main en disant : « Bien sûr. »

Diana la prit entre les siennes. De nouvelles larmes ruisselèrent et Nancy fut certaine qu'elle allait dire : « Essayons encore », mais au lieu de cela, elle balbutia : « Bonne chance, Mervyn. Je te souhaite plein de bonheur. »

Mervyn avait l'air solennel : « Merci, Diana. Je t'en souhaite autant. »

Alors Nancy comprit : ils se pardonnaient mutuellement le mal qu'ils s'étaient fait. Ils allaient réellement se séparer, mais bons amis.

Dans un brusque élan, Nancy dit à Diana : « Voulez-vous me serrer la main à moi aussi ? »

L'autre n'hésita qu'une fraction de seconde. « Mais oui », fit-elle. Puis elle ajouta : « Tous mes vœux.

— Tous les miens aussi. »

Diana tourna les talons sans rien ajouter et s'éloigna vers son compartiment, à l'arrière de l'appareil.

« Et nous, demanda Mervyn, qu'allons-nous faire ? »

Nancy s'aperçut qu'elle n'avait pas encore eu le temps de

lui parler de son plan. « Je vais être la directrice pour l'Europe de Nat Ridgeway. »

Mervyn parut surpris. « Quand t'a-t-il offert ce poste ?

— Il ne l'a pas encore fait... mais il va le faire », répondit-elle, avec un rire ravi.

On entendit le bruit d'un moteur, mais trop faible pour être un de ceux du Clipper. Elle regarda par le hublot en se demandant si la Marine était arrivée.

A sa surprise, elle vit que le canot à moteur des gangsters s'était détaché du Clipper et du petit hydravion et qu'il s'éloignait rapidement.

Mais qui pilotait ?

Margaret mit pleins gaz et le canot s'arracha du Clipper.

Le vent ébouriffait ses cheveux et elle poussa un cri de joie.

« Libre ! hurla-t-elle. Je suis libre ! »

Harry et elle avaient eu l'idée en même temps. Ils se tenaient dans la travée du Clipper, se demandant ce qu'ils allaient faire, quand Eddie, le mécanicien, était arrivé poussant devant lui le pilote du canot pour l'enfermer dans le compartiment numéro un avec Luther ; tous deux avaient alors été frappés par une pensée identique.

Trop occupés à se congratuler, les passagers et l'équipage ne virent pas Margaret et Harry se glisser dans le poste avant et monter à bord du canot. Le moteur tournait au ralenti. Harry avait largué les amarres pendant que Margaret étudiait le tableau de bord, qui était la copie conforme de celui du canot de Père à Nice, et quelques secondes plus tard ils étaient partis.

Elle ne croyait pas qu'on allait les poursuivre. Le patrouilleur de la Marine appelé à la rescousse par Eddie Deakin poursuivait un sous-marin allemand et il était impensable qu'il s'intéresse à un homme coupable d'avoir volé une paire de boutons de manchettes à Londres. Quand la police arriverait, elle aurait à s'occuper de meurtres, d'enlèvements et de piraterie et aurait bien autre chose à faire que de se soucier du menu fretin.

Harry fouilla dans un coffre, en sortit des cartes. Après les avoir étudiées un moment, il annonça : « Il y a un tas de cartes des eaux autour d'une baie du nom de Black Harbour, et qui se trouve juste à la frontière entre les États-Unis et le Canada. Je crois que nous ne devons pas être loin. Nous devrions mettre le cap sur le côté canadien. »

Un peu plus tard, il précisa : « A cent vingt kilomètres au nord d'ici, il y a un gros bourg qui s'appelle Saint-John, avec une gare de chemin de fer. Est-ce que nous nous dirigeons vers le nord ? »

Margaret consulta le compas. « Oui, plus ou moins.

— Je ne connais rien à la navigation, mais si nous restons en vue de la côte, je ne vois pas comment nous pouvons nous tromper. Nous devrions arriver là-bas à la tombée de la nuit. »

Elle lui sourit.

Il rangea les cartes et vint se poster auprès d'elle à la barre. Il la dévisagea longuement.

« Quoi ? fit-elle. Qu'est-ce qu'il y a ? »

Il secoua la tête d'un air incrédule. « Tu es si belle, dit-il. Et tu m'aimes ! »

Elle éclata de rire. « N'importe qui t'aimerait si on te connaissait. »

Il la prit par la taille. « C'est formidable de naviguer au soleil avec une fille comme toi. Ma vieille mère me disait toujours que j'avais de la chance, et elle avait bien raison, pas vrai ?

— Que fera-t-on en arrivant à Saint-John ?

— Nous accosterons, nous irons en ville, nous prendrons une chambre pour la nuit et le premier train du matin.

— Je ne sais pas comment on va se débrouiller pour l'argent, murmura-t-elle d'un ton un peu soucieux.

— En effet, c'est un problème. Je n'ai que quelques livres, et il faudra payer des chambres d'hôtel, des billets de train, des vêtements...

— Je regrette de ne pas avoir pris comme toi mon sac de voyage. »

Il prit un air malicieux. « Ce n'est pas le mien, dit-il. C'est celui de M. Luther.

— Mais pourquoi donc as-tu emporté sa mallette ? demanda-t-elle, n'y comprenant plus rien.

— Parce qu'il y a cent mille dollars dedans », répliqua-t-il, et il partit d'un grand rire.

Note de l'auteur

L'âge d'or des hydravions fut de très courte durée.

Seuls douze Boeing B-314 furent construits, six du premier modèle et six autres d'une version légèrement modifiée baptisée le B-314A. Neuf furent remis aux autorités militaires américaines au début de la guerre. L'un de ceux-ci, le *Dixie Clipper,* emmena le Président Roosevelt à la conférence de Casablanca en janvier 1943. Un autre, le *Yankee Clipper,* s'écrasa à Lisbonne en février 1943, faisant vingt-neuf victimes — le seul accident dans l'histoire de l'appareil.

Les trois hydravions que la Pan American ne donna pas à l'armée américaine furent vendus aux Anglais, qui les utilisèrent aussi pour faire traverser l'Atlantique à des personnages importants : Churchill vola sur deux d'entre eux, le *Bristol* et le *Berwick.*

L'avantage des hydravions, c'était qu'ils n'avaient pas besoin de longues et coûteuses pistes d'atterrissage. Mais, pendant la guerre, on construisit de longues pistes dans bien des parties du monde pour permettre aux bombardiers lourds de décoller et de se poser, et les hydravions perdirent ainsi leur principal atout.

Après la guerre, faute d'être rentables, les B-314 furent l'un après l'autre mis au rebut ou à la casse.

Il n'en existe aujourd'hui plus un seul modèle de par le monde.

Remerciements

Je remercie les nombreuses personnes qui m'ont aidé dans mes recherches pour ce livre, et notamment :

A New York : la Pan American Airlines, et plus particulièrement leur bibliothécaire, Liwa Chu ;

A Londres : Lord Willis ;

A Manchester : Chris Makepeace ;

A Southampton : Ray Facey, de l'Association des Ports britanniques, et Ian Sinclair, de la base de la RAF de Hythe ;

A Foynes : Margaret O'Shaughnessy, du Flying Boat Museum ;

A Botwood : Tip Evans, le Botwood Heritage Museum, et l'hospitalière population de Botwood ;

A Shediac : Ned Belliveau et sa famille, Charles Allain et le Moncton Museum ;

Les anciens membres d'équipage de la Pan American et autres employés à avoir volé à bord du Clipper : Madeline Cuniff, Bob Fordyce, Lew Lindsey, Jim McLeod, States Mead, Roger Wolin et Stan Zedalis ;

Pour m'avoir fait connaître la plupart de ceux que je viens de citer : Dan Starer et Pam Mendez.

Table

Cet ouvrage a été composé par C.M.L., Montrouge
et achevé d'imprimer le 28 août 1992
sur presse CAMERON,
dans les ateliers de B.C.A.
à Saint-Amand-Montrond (Cher)

Imprimé en France

Dépôt légal : août 1992.
N° d'édition : 8443. - N° d'impression : 92/393.

54-05-4112-92

ISBN : 2-234-02471-4